btb
Aus Freude am Lesen

btb

Buch

Archive IV: »Die Entstehung des Repräsentanten von Planet 8«: Unbeachtet, ganz am Rande des canopischen Imperiums, leben die Bewohner des Planeten 8 in einer Welt der Harmonie und des Überflusses, gesegnet von einem tropischen Klima. Bis eines Tages die erste Schneeflocke fällt, das erste Zeichen einer kommenden Eiszeit, und der Überlebenskampf beginnt. Doeg, der Repräsentant der canopischen Regierung, schildert den Niedergang seines Volkes …

Archive V: »Die sentimentalen Agenten im Reich Volyen«: Im Reich der Volyen, am Rande der Argos-Galaxie, hat die herrschende Kaste ihre Bevölkerung versklavt: Revolutionen, Invasionen und Aufstände herrschen. Auch Incent, ursprünglich von Canopus geschickt, um von den Unruhen zu berichten, läßt das explosive politische Klima nicht kalt. Fasziniert und verführt von dem Reiz der ideologischen Rivalitäten, verliert er erst seine Objektivität und später völlig seinen Realitätssinn …

Autorin

Doris Lessing, 1919 im heutigen Iran geboren und in Rhodesien aufgewachsen, lebt seit 1949 in England. 1950 veröffentlichte sie ihren ersten Roman und kam 1953 mit »Eine afrikanische Tragödie« zu Weltruhm. Heute ist Doris Lessing eine der bedeutendsten Schriftstellerinnen der Gegenwart, vielfach preisgekrönt, umfaßt ihr umfangreiches Werk Lyrik, Prosa und autobiographische Schriften.

Doris Lessing bei btb

Ben in der Welt. Roman (72741)
Das fünfte Kind. Roman (72075)
Unter der Haut. 1919–1949. Autobiographie (72045)
Schritte im Schatten. 1949–1962. Autobiographie (72276)
Die Liebesgeschichte der Jane Somers. Roman (72155)
Das Tagebuch der Jane Somers. Roman (72156)
Und wieder die Liebe. Roman (72067)
Der Wind weht unsere Worte fort. Afghanische Betrachtungen (73800)

Der *»Canopus im Argos«-Zyklus:* Shikasta (1, 72734) – Die Ehen zwischen den Zonen Drei, Vier und Fünf (2, 72773) – Die sirianischen Versuche (3, 72813)

Doris Lessing

Canopus im Argos

Archive IV: Die Entstehung des Repräsentanten von Planet 8

Archive V: Die sentimentalen Agenten im Reich Volyen

Zwei Romane

Aus dem Englischen von Manfred Ohl und Hans Sartorius

btb

Die Originalausgabe erschien unter den Titeln »Canopus in Argos: Archives. The Making of the Representative for Planet 8« und »Canopus in Argos: Archives. The Sentimental Agents in the Volyen Empire« bei Jonathan Cape Ltd., London

btb Taschenbücher erscheinen im Goldmann Verlag, einem Unternehmen der Verlagsgruppe Random House GmbH.

1. Auflage
Taschenbuchausgabe Februar 2003

Umschlaggestaltung: Design Team München
Umschlagfoto: Photonica/Penketh
Satz: Uhl + Massopust, Aalen
MD · Herstellung: Augustin Wiesbeck
Made in Germany
ISBN 3-442-72812-6
www.btb-verlag.de

Canopus im Argos: Archive IV

Die Entstehung des Repräsentanten von Planet 8

Ihr fragt, wie die canopäischen Agenten auf uns wirkten, als DAS EIS kam.

Meist besuchte uns Johor, aber keiner von ihnen kündigte sein Kommen an. Sie blieben kurz oder lang, und während dieser angenehmen Besuche – denn wir freuten uns schon immer darauf – gaben sie uns Ratschläge; sie zeigten uns, wie wir die natürlichen Reichtümer unseres Planeten besser nutzen konnten, und machten uns mit Hilfsmitteln, Methoden und Techniken vertraut. Danach verließen sie uns, ohne zu sagen, wann wir damit rechnen konnten, Canopus wiederzusehen.

Die canopäischen Agenten unterschieden sich nicht sehr voneinander. Ich und die wenigen anderen, die man zum Zweck der Unterweisung und Ausbildung auf verschiedenen Gebieten hin und wieder auf andere kolonisierte Planeten brachte, wußten, man konnte die Beamten des canopäischen Kolonialdienstes an der Autorität erkennen, die sie alle besaßen. Doch sie war ein Ausdruck innerer Qualitäten und nicht einer Position in der Hierarchie. Auf den anderen Planeten erkannte man die Canopäer auf den ersten Blick, wenn man wußte, wonach man Ausschau halten mußte. Und das machte uns noch deutlicher bewußt, wieviel sie für unseren Planeten 8 taten.

Alles auf Planet 8, was geplant, gebaut, gemacht wurde – alles was nicht natürlich war –, entsprach ihren Anweisungen. Es war ihnen, es war Canopus zu verdanken, daß unsere Gattung auf diesem Planeten lebte. Sie hatten uns hierhergebracht; wir waren eine Art, die sie aus Rassen verschiedener Planeten geschaffen hatten.

Deshalb ist es nicht ganz richtig, von Gehorsam zu sprechen: Spricht man im Kontext seines Ursprungs, seiner Existenz von *gehorchen?*

Oder von Rebellion …

Einmal kam es beinahe zu einer Revolution.

Damals sagte Johor, wir sollten eine hohe, dicke Mauer um unseren kleinen Planeten bauen. Er brachte Anweisungen zur Herstellung unbekannter Baumaterialien mit. Wir mußten Chemikalien in einem bestimmten Verhältnis mit dem zermahlenen Stein unseres Planeten mischen. Der Bau dieser Mauer würde lange Zeit all unsere Kräfte, all unsere Anstrengungen und alle unsere Ressourcen in Anspruch nehmen.

Darauf wiesen wir hin, als sei es Canopus nicht bereits bewußt! Das war unser Protest, denn untereinander bezeichneten wir es so. Weiter ging unsere »Rebellion« nicht. Johors lächelndes Schweigen sagte uns, daß eine Mauer gebaut werden mußte. Wozu?

Wir würden es herausfinden, war die Antwort.

Die Fertigstellung der Mauer erlebten all jene, die bei Beginn der Bauarbeiten kleine Kinder gewesen waren, als alte Leute – darunter auch ich. Ihre Kindeskinder sahen die Zeremonie, bei der der letzte schwarzglänzende Block seinen Platz hoch oben auf einem Bauwerk fand, das fünfzigmal höher als unser höchstes Gebäude und auch entsprechend dick war.

Diese Mauer war ein Wunder.

Dieses schwarze *Ding*, das unseren Planeten umspannte – allerdings nicht dort, wo er den größten Umfang hatte, nicht in der Mitte, was unsere Zweifel und unsere Ungewißheit vergrößerte –, zog uns an, beherrschte unsere Überlegungen und Gedanken und fesselte uns. Wir standen immer wieder in Gruppen, Grüppchen und Ansammlungen auf der Mauer oder auf den Beobachtungsplattformen, die auf ihrer ganzen Länge zu diesem Zweck eingerichtet worden waren, oder an hochgelegenen Punkten, von denen man die Mauer überblickte – hochgelegenen Punkten in einiger Entfernung, denn nichts in ihrer Nähe konnte uns einen Blick schenken, der umfassend genug gewesen wäre. Wir standen dort am frühen Morgen, wenn die Sonne über ihrem Rand aufflammte, oder mittags, wenn das glitzernde Schwarz Licht und Farbe in den Himmel zurückstrahlte, und nachts, wenn die unzähligen leuchtenden Sterne des Planeten 8 in ihrem dunklen Schwarz zu schwimmen schienen wie in dunklem Wasser. Unser Planet hatte keine Monde.

Diese Mauer war zu unserem großen Werk geworden, zu unserem Fortschritt, zur Summe und Definition unseres Volkes: Auf anderen Gebieten gab es keine Entwicklung; unser Reichtum vermehrte sich nicht mehr. Wir erwarteten nicht länger, wie wir es in der Vergangenheit getan hatten, unsere Ressourcen ständig zu vermehren, unser Leben zu verfeinern, zu verschönern und zu bereichern.

Eine Mauer. Eine mächtige, schwarze glänzende Mauer. Eine *nutzlose* Mauer.

Johor und die anderen, die kamen, sagten: »Wartet ab, ihr werdet sehen, ihr werdet es herausfinden, ihr müßt uns vertrauen.«

Ihre Besuche häuften sich. Ihre Instruktionen hingen nicht nur mit der Mauer zusammen. Sinn und Zweck dessen, was wir tun mußten, war nicht immer leicht zu verstehen.

Wir wußten, wir verstanden nichts mehr. Wir *hatten* verstanden – oder glaubten, verstanden zu haben –, was Canopus für und von uns wollte: Unter ihrer Obhut hatten wir an einem langen, langsamen Prozeß fortschreitender Zivilisierung teilgenommen.

In dieser Zeit der Veränderung, als unsere Erwartungen für uns und unsere Kinder gedämpft wurden, blieb unsere Welt angenehm, sehr schön und klimatisch ausgeglichen. Wie immer ernteten wir mehr, züchteten wir mehr Tiere, als wir brauchten, und tauschten unsere Erzeugnisse gegen den Überfluß anderer nahe gelegener Planeten ein. Unsere Bevölkerung blieb genau auf dem Stand, den Canopus von uns verlangte. Unser Reichtum wuchs nicht, aber wir waren nicht arm. Wir hatten nie Härten oder Bedrohungen gekannt.

Wir lebten auf einem materiell und klimatisch begünstigten Planeten. Andere Planeten litten unter extremen Klimaschwankungen. Dort kannte man Hitze, die versengte und verdörrte, und Kälte, die große Teile unbewohnbar machte. Die Stellung des Planeten 8 zu seiner Sonne bewirkte, daß es in der Mitte eine schmale, heiße Zone gab, wo es manchmal nicht sehr angenehm war. Nach beiden Seiten erstreckten sich die gemäßigten Zonen. Um die Pole lagen kalte Regionen. Doch sie waren sehr klein. Die Achse des Planeten neigte sich nicht – oder nur so wenig, daß es nicht ins Gewicht fiel. Bei uns gab es keine Jahreszeiten wie auf anderen Planeten, von denen wir wußten.

In den Regionen, in denen wir alle lebten, kannte man keinen Schnee und kein Eis.

Wir sagten zu unseren Kindern: »Wenn man in diese Richtung reist, so weit man kann, und so weit man kann in die andere, erreicht man Plätze, die weiter von unserer Sonne entfernt liegen als wir hier. Dort stößt man auf dickes Wasser, das nicht so leicht und schnell dahinfließt wie bei uns. Die Kälte macht das Wasser langsam, es schlägt Falten an der Oberfläche, während es sich bewegt, und manchmal entstehen sogar feste Platten und Schollen. Das ist Eis.«

Ganz selten schleuderten Stürme Eisklümpchen vom Himmel, und dann machten wir großes Aufhebens darum. Wir riefen unsere Kinder zusammen und erklärten: »Seht ihr, das ist Eis! An den Polen unserer Welt läßt das kalte, langsam fließende Wasser manchmal diese Substanz entstehen. Man kann einen halben Tag lang gehen, ohne etwas anderes als Wasser in dieser Form zu sehen: weißes, festes, glänzendes Wasser.«

Und zu den größeren Kindern sagten wir: »Was auf unserem Planeten fruchtbares Land ist, liegt auf manchen anderen Planeten unter Eis begraben.«

Wir erzählten ihnen: »In den Regionen unseres Planeten, die fern der Sonne liegen, fallen manchmal kleine weiße Flocken vom Himmel. Sie sind so leicht und zart, daß man sie durch die Luft pusten kann. Das ist Schnee. So verwandelt sich in diesen Gegenden das Wasser, das die Luft immer enthält, wenn es durch die Kälte gefriert.«

Natürlich staunten die Kinder und wunderten sich darüber. Sie wünschten sich, Schnee und das erstarrte, faltige Wasser zu sehen, und auch das Eis, das manchmal Krusten, Platten und Schollen entstehen ließ.

Und dann fiel Schnee.

Über den leuchtend blauen, sonnenhellen Himmel trieb dickes Grau, senkte sich herab und umhüllte uns mit einem weißen Schleier. Wir standen überall, blickten nach oben, blickten nach unten und streckten die Hände aus, auf denen die zarten weißen Flocken aus den Geschichten, die wir unseren Kindern erzählten, einen Augenblick liegenblieben, ehe sie sich in nasse Tropfen und Flecken verwandelten.

Das Schneegestöber dauerte nicht lange, aber es war heftig. Eben noch war unsere Welt wie immer grün und braun, belebt vom Glitzern und Glänzen fließenden Wassers und den fröhlich ziehenden, leichten Wolken, und im nächsten Moment war es eine weiße Welt. Alles war weiß. Aus dem Weiß ragte die schwarze Mauer auf, und auf dem Schwarz lag eine weiße Haube.

Rückblickend sagen wir oft, daß wir nicht richtig verstanden haben, was geschah, daß wir die Bedeutung eines Ereignisses nicht erkannt haben. Doch ich kann sagen, daß dieser weiße Niederschlag, der von unserem weiten, milden Himmel fiel, uns bis ins Innerste traf und uns die Augen öffnete. O ja, wir wußten, wir verstanden. Und als wir uns Bestätigung suchend anblickten, sahen wir es im Gesicht des anderen – die Zukunft.

Diese Szene hat sich mir ganz deutlich eingeprägt. Wir waren alle aus den Häusern hervorgekommen; überall zusammengelaufen, standen in Gruppen und kleinen Ansammlungen beisammen und blickten nicht nur in dieses kalte Weiß, das uns so plötzlich einhüllte.

Wir waren groß und geschmeidig, leicht, aber kräftig, hatten braune Haut, schwarze Augen und langes, glattes schwarzes Haar. Wir liebten kräftige, leuchtende Farben in unserer Kleidung und bei der Einrichtung unserer Häuser. Denn diese Farben sahen wir in unserer Welt – die vielen Blautöne des Himmels, die unerschöpflichen Grünschattierungen der Blätter, das vielfältige Rot und Braun unserer Erde; Berge im Glanz von Pyriten und Quarzen, das Funkeln von Wasser und Sonne.

Es war uns nie in den Sinn gekommen, uns über den Einklang Gedanken zu machen, in dem wir mit unserer Umgebung standen; aber an diesem Tag taten wir es. Wir hatten uns stets als anmutig und schön empfunden, doch vor dem Hintergrund des glitzernden Weiß kamen wir uns klein und schäbig vor. Unsere Haut wirkte gelb; wir kniffen die Augen zusammen und blinzelten angestrengt, denn wir konnten dem kalten Glanz nur dadurch entgehen, daß wir sie schlossen. Die kräftigen Farben unserer Kleidung wirkten grell. Wir standen zitternd beisammen, denn die Temperatur war plötzlich gesunken, und überall sah man dieselbe, unfreiwillige Reaktion: Die Leute blickten sich an; was sie sahen, kam ihnen häßlich vor; und wenn sie daran dachten, daß sie auf die anderen ebenso wirken mußten, wendeten sie die Augen ab und legten die Arme fest um sich, allerdings nicht nur wegen der Kälte, sondern eher schutz- und trostsuchend.

Canopus traf ein, als der Schnee noch lag, als er noch nicht geschmolzen war.

Es kamen fünf, nicht einer oder zwei, wie üblich. Das allein genügte, um uns zu beeindrucken. Sie blieben, während der Schnee schmolz und unsere Welt zur Wärme und den freundlichen Farben des Wachstums zurückkehrte – und als der Schnee von neuem fiel und diesmal länger liegenblieb. Sie verließen uns auch nicht, als die zweite weiße Heimsuchung taute und verschwand. Canopus forderte, verkündete, drohte nie – stellte sich auch nicht hoch oben auf unsere Mauer, wie wir es manchmal bei öffentlichen Anlässen taten, um zur Menge zu sprechen. Nein, die Canopäer lebten unauffällig unter uns, blieben eine Weile in einem Haus, zogen dann in ein anderes, und obwohl nichts Dramatisches oder Unangenehmes gesagt wurde, dauerte es nicht lange, bis wir alle durch sie wußten, was erforderlich war.

Es würde wieder schneien, und zwar häufiger; langsam würde sich das Gleichgewicht von Wärme und Kälte auf unserem Planeten verändern, es würde mehr Schnee und Eis für uns geben und weniger Grün und Wachstum. Wir mußten dies und das und jenes tun, um uns darauf vorzubereiten …

Wir lernten, wie alle, die auf unwirtlicheren Planeten leben, der Kälte zu begegnen. Wir hörten von stabilen Häusern mit dicken Mauern, die dem Gewicht von Schneemassen und gewaltigen Stürmen standhielten, wie wir sie bisher nicht kannten. Canopus sprach von Kleidung und Schuhen und erklärte uns, wie man den Kopf mit einem dicken Tuch umhüllt, bis nur noch die Augen freiblieben – das beeindruckte und erschreckte uns besonders, denn die Schneefälle hatten uns bisher nur frösteln lassen, so daß wir unsere leichten Kleidungsstücke enger um uns zogen.

Während wir Pläne machten, wie zuerst die Siedlungen und Städte in der Nähe der Pole zu sichern seien, erklärte Canopus, wir müßten sie völlig aufgeben. Den ganzen Tag und die ganze Nacht über drängten die Menschen sich entlang der großen schwarzen Mauer. Wir standen hoch oben und versammelten uns an ihrem Fuß. Wir legten die Hände auf den harten kalten Glanz. Wir betrachteten die unvorstellbar schwere und dicke Mauer, drängten uns dicht an sie heran und blickten an ihr empor; wir sahen, wie unglaublich hoch sie über uns aufragte, und empfanden sie als Sicherheit und Garantie. Die Mauer – unsere Mauer –, unser großes, schwarzes nutzloses Monument, in das all unser Reichtum, unsere Arbeit, unsere Gedanken und unser Können geflossen waren… würde uns retten.

Wir mußten nun alle auf einer Seite der Mauer leben und den kleineren Teil unserer Welt verlassen, denn er würde bald unbewohnbar sein. Viele von uns reisten kreuz und quer durch diese milden, freundlichen Landstriche – das Getreide stand noch auf den Feldern, die Vegetation schmückte es mit vielen Farben; und es war warm. Wir wußten, wir gingen dorthin, weil wir begreifen mußten. Denn wir begriffen nichts. Man kann etwas gesagt bekommen, danach handeln und daran glauben – doch es als eine Wahrheit zu *fühlen*, ist etwas anderes. Wir – denen man die Aufgabe übertragen hatte, die Bevölkerung aus den bedrohten Häusern auszusiedeln – beschäftigten uns in Gedanken ständig mit dem schwierigen Problem, *wirklich* zu wissen, daß hier in Kürze Eis und Schnee herrschen würden. Und alle, die sich mit der Umsiedlung abfinden mußten, begriffen es ebenfalls nicht.

Bald gab es überall neue Städte und Fabriken auf der Seite der Mauer, die, wie wir glaubten, mehr oder weniger bleiben würde, wie sie war – vielleicht würde es Schnee und sogar Stürme geben, doch das Leben würde sich nicht allzusehr von dem unterscheiden, was wir kannten.

Wenn wir uns jetzt hoch oben auf der Grenzmauer versammelten, die dem Druck von schiebendem pressenden Eis standhalten sollte, und über das noch immer fruchtbare Land blickten, in dem die Zukunft noch nicht zu sehen war – oder nur am grauen tiefen Himmel-, empfanden wir Trauer; eine lähmende beklemmende Trauer überkam uns, denn endlich konnten wir fühlen, im tiefsten Innern wirklich fühlen, daß für unsere Welt, für unser Leben, für alles, was wir gewesen waren, das Ende nahte, daß es vorbei war – aus und vorbei.

In dieser Zeit der Vorbereitung, während wir damit beschäftigt waren, so viele Menschen in neuen Häusern unterzubringen, während wir versuchten, soviel wie möglich von Johor und den anderen Botschaftern zu erfahren, die sie uns schickten, lastete ein schwerer Schatten auf unserem Denken und Hoffen.

Dann warteten wir. Zusammengedrängt – denn jetzt lebten zu viele zu eng beisammen – im bewohnten Teil unserer Welt, sagten wir uns schließlich: Zumindest die Mauer, die stets sichtbare Erinnerung an unsere Situation, ist ein Beweis, daß wir eine Zukunft haben. Unser Planet hat eine Zukunft!

Wie uns schien, verging eine lange Zeit, und so war es auch; doch sie dehnte sich noch durch die Ereignisse und Gedanken, die sie befrachteten. Unser ehemals unbelastetes Leben war hart geworden. Die Vorstellungen, die wir gehegt hatten, ohne sie je zu hinterfragen, wurden nacheinander überprüft und – so sehr hatte sich bereits alles für uns geändert – größtenteils verworfen.

Die landwirtschaftlichen Erzeugnisse, für die wir auf allen benachbarten Planeten bekannt waren, gab es nicht mehr. Die Tiere, die wir verstanden und die uns verstanden hatten, wurden weniger und verschwanden schließlich; wir hatten neue Arten, die nicht zutraulich und freundlich waren, denn Entbehrungen und Bedrohungen, denen sie widerstehen mußten, prägten ihr Wesen. Wir hatten nicht gewußt, wie sehr das Glücksgefühl in unserem Leben darauf beruhte, daß uns auf den Feldern und in der Wildnis überall zutrauliche Tiere begegnet waren. Ich erinnere mich, daß ich und einige andere Repräsentanten von Provinzen und Kantonen eine Stadt verließen, in der wir uns getroffen hatten, und ein Tal erreichten, in dem wir uns üblicherweise nach den Beratungen ergingen. Wo einst leuchtendes, frisches Grün gewesen war, wo früher plätschernde Bäche geflossen waren und zierliche, verspielte, flinke Tiere sich getummelt hatten, bedeckten niedrige, stachlige grünlichgraue Sträucher die Hänge, und auf den Felsen wuchsen neue Arten von Flechten, grau und dick wie Fell. Unvermittelt standen wir einer Herde Rinder mit massigen Schultern und schweren großen Köpfen gegenüber – die mächtigen Hufe unbeweglich in den Boden gestemmt, starrten sie uns alle mit gesenkten Hörnern an. Wir betrachteten sie und versuchten, nicht allzu bedrückt zu sein, denn wir hatten gelernt, unseren Kummer zu fürchten. Plötzlich überzog ein silbernes Grau das Graubraun ihres zottigen Fells. Gräuliche Krümel fielen durch die Luft. Wir streckten die Hände aus, und sie füllten sich mit dieser grauen, rauhen Substanz. Ein grauer Himmel schien sich herabzusenken; er wurde hinuntergezogen von seinem eigenen Gewicht. Wir standen zitternd da und zogen die neuen Kleider enger um uns, die wir auf Anweisung von Canopus nun trugen – sie waren dick und warm; aber man konnte sich nicht ungehindert darin bewegen. Trotz der Kälte blieben wir lange dort stehen, denn wir wußten, wir brauchten solche Momente enthüllender Klarheit, damit wir uns vielleicht innerlich änderten, um den äußeren Veränderungen gerecht zu werden.

Der Teil der Welt hinter der Mauer war inzwischen grau, kalt, vereist und erstarrt; dort lebten die Geschöpfe der Kälte. Zuerst kamen harte Fröste, unter denen die Steine splitterten und schließlich barsten; ganze Berge veränderten ihr Aussehen, bestanden scheinbar nur noch aus losem Geröll; der Himmel hing tief und düster über dem Land, über das dicke, dunkle Wolken zogen. Dann kam der Schnee, er fiel heftig und dicht; darauf folgten Stürme, die einen Tag und schließlich tagelang tobten. Alles jenseits der Mauer war weiß; die Herden neuer Tiere kamen mit schneeverkrusteten Fellen herbei und starrten uns mit traurigen Augen in den verschneiten Gesichtern an. Doch der Schnee schmolz, hinterließ das graue und braune Land; dann schneite es wieder – und wieder; nun schmolz der Schnee nicht mehr so schnell und schließlich überhaupt nicht mehr. Canopus sagte, wir, die Repräsentanten, sollten den Planeten auf der Mauer umwandern, und etwa fünfzig machten sich auf den Weg. Canopus begleitete uns. Diese Aufgabe nahm beinahe ein Jahr in Anspruch. Wir wanderten nicht mit, sondern gegen die Drehung des Planeten, so daß die Sonne immer vor uns aufging. Und wir mußten uns umdrehen, wenn wir sehen wollten, wie sich die Schatten bei Einbruch der Dunkelheit verdichteten. Da die Mauer den größten Teil des Weges schmal war, gingen immer nur zwei oder drei nebeneinander; die hinter uns kamen, vermittelten einen Eindruck davon, wie klein und winzig wir unter diesem Himmel wirkten, an dem zur Rechten dichte Schneewolken hingen. Auf der anderen Seite der Mauer, aber weit unten, in Richtung Pol, war der Himmel oft noch blau; es gab warme Tage, dort lagen die grünen und braunen Farben einer sommerlichen Landschaft, und das Wasser in den Bächen strömte schnell und munter dahin. Zur Rechten verschwand das graue, öde Land immer wieder unter Schnee. Wir sahen, daß die weiße Kälte die fernen Berge auf dieser Seite erobert hatte, die Hänge bedeckte und bis in die Täler vordrang. Unsere Lungen schmerzten vom Wind, der aus dieser Richtung kam, und unsere Augen brannten. Deshalb wendeten wir den Kopf und blickten über den Teil unserer Welt, der uns noch suggerierte: Die Natur ist warm und angenehm wie eure Körper. Aber Canopus brachte uns immer wieder – sanft, doch mit unwiderstehlichem Nachdruck – dazu, so oft wie möglich in die Welt der Kälte zu blicken.

Wir zogen Tag um Tag weiter, und wir schienen durch ein sterbendes Land zu wandern. Denn schon bald wurden die

Gräser auch auf der linken Seite der Mauer niedriger und spärlicher, verlor die Vegetation ihre Üppigkeit, und irgendwo hinter dem Blau lag ein weißer Glanz, unter dem sich der Himmel senkte. Rechts drang der Schnee vor; er rückte immer weiter vor, kam auf uns zu, und es fiel schwer, die vertraute Landschaft zu erkennen.

Es kam ein Tag, an dem wir alle mit Canopus auf der Mauer standen und in die erstarrte Weite blickten, und wir sahen, wie die mächtigen, schweren Tiere, die Canopus von einem seiner Planeten mitgebracht hatte, sich am Fuß der Mauer drängten. Sie sammelten sich dort in riesigen Herden, während der Schnee hinter ihnen vorrückte; sie hoben die Köpfe und starrten mit wilden, entsetzten Augen auf die Mauer, die sie nicht überwinden konnten. Nicht weit von uns entfernt, gab es in halber Mauerhöhe eine Lücke, die wir mit einer Schiebetür verschlossen hatten.

Canopus brauchte uns nicht zu sagen, was wir tun mußten. Einige von uns kletterten die Mauer hinunter bis auf den nackten Boden – die Pflanzen waren seit langem verschwunden, nur eine dünne Schicht Flechten war geblieben – und öffneten das Tor. Die Tiere hoben die Köpfe, warfen sie hin und her und trampelten unschlüssig auf der Stelle. Dann begriffen sie: Dies war ihre Rettung! Ein Tier nach dem anderen stürmte durch die Lücke; bald galoppierten donnernd von überall her aus dem erstarrten Land riesige Herden, und alle kamen drängend und stoßend nacheinander durch die Lücke in der Mauer. Was waren es doch für schwerfällige, unbeholfene Tiere! Wir konnten uns nicht an ihre Masse, ihr Gewicht und ihre Plumpheit gewöhnen. Die Hörner auf ihren Köpfen waren am Ansatz mitunter dicker als unsere Schenkel, und manche Tiere hatten vier, ja sogar sechs Hörner. Ihre Hufe hinterließen Abdrücke, in denen das Wasser wie in kleinen Teichen stand; die Schultern, auf denen diese keulenartigen Knochen und Hörner ruhten, erinnerten an Hügel. Ihre Augen waren rot, wild und argwöhnisch, als sei es ihr Schicksal, unablässig anzuklagen, was immer sie dazu verurteilt hatte, dieses Gewicht von Knochen, Horn, Fleisch und Haar zu tragen, denn ihr Fell hing an ihnen herunter wie ein Zelt.

Es dauerte zwanzig Tage, bis die Herden die Mauerlücke passiert hatten, und bald lebte keines dieser Tiere der Kälte mehr in jenem Teil unserer Welt, der dazu verdammt war, unter Eis zu erstarren. Sie befanden sich nun alle in den begünstigteren Teilen – und wir wußten, was das bedeutete, auch ohne daß Canopus uns etwas sagen mußte.

Hatten wir wirklich angenommen, unsere Schutzmauer würde all den Schnee, das Eis und die Stürme auf der einen Seite halten, damit die andere Seite warm und angenehm blieb? Nein, aber wir hatten auch nicht richtig begriffen, daß die Bedrohung so weit über das Land hereinbrechen würde, in dem wir jetzt alle lebten … wo wir uns drängten, ballten, mit so viel weniger Nahrung und Annehmlichkeiten, daß unser früheres Leben, die früheren Bedingungen uns wie der Traum von einem fernen, begünstigten Planeten vorkamen, den wir nur in unserer Vorstellung zu kennen glaubten.

Da standen wir nun, blickten auf die Hügel und Täler, wo das Gras immer noch wuchs, wenn auch spärlicher, und wo das Wasser immer noch schnell und ungehindert floß. Wir sahen, wie die Tiere der Kälte sich in riesigen Herden überall ausbreiteten, und unsere Ohren schmerzten und dröhnten von ihrem wilden, triumphierenden Blöken; hier fanden sie wieder Gras zum Fressen. Wir, eine Gruppe zerbrechlicher, gelber, zartknochiger vogelähnlicher Wesen, standen inmitten der zottigen, langhaarigen Herden und starrten entsetzt in eine Landschaft, die uns nicht länger entsprach. Und wie es inzwischen immer öfter geschah, wanderte unser Blick nach oben; unsere Augen richteten sich auf den Himmel, wo die Vögel mühelos dahinglitten. Nein, es waren nicht mehr die hübschen kleinen Vögel der warmen Zeiten, die in Gruppen, Scharen und Schwärmen wie ein einziger Vogel pfeilschnell durch die Luft flogen, kreisten, in die Tiefe schossen und wieder aufstiegen, die sich so schnell bewegten wie Wasser, dessen Moleküle tanzen. Wir sahen die Vögel dieser kalten Zeit; sie flogen allein; Adler, Falken und Bussarde glitten langsam auf Schwingen dahin, die nicht schlugen, sondern wie Segel ausgebreitet waren. Auch sie hatten mächtige Schultern, und ihre Augen funkelten aus dem dichten Federkleid. Sie kreisten und schwebten durch den Himmel auf dem Atem eisiger Winde; Winde, die die vertrauten Vogelscharen manchmal im Flug hatten erstarren lassen. Und wenn die kleinen leuchtend bunten Körper zur Erde gestürzt waren, hatten wir aufgeblickt und uns vorgestellt, auch den eisigen Windhauch sehen zu können, der sie vom Himmel schleuderte. Aber auch diese großen, raubgierigen Geschöpfe waren Vögel; sie konnten fliegen; sie konnten von einem Ende eines Tals zum anderen durch die Luft gleiten, und es dauerte nicht länger, als wir den Atem anhalten konnten. Einst waren wir wie sie, sagten wir uns, während wir schwerfällig und plump in unseren dicken Fellen auf der Mauer standen – auf der Mauer, die auf der dem Eis zugewandten Seite matt und fleckig wirkte. Sie war nicht mehr strahlend und glänzend schwarz, sondern grau in allen Schattierungen. Sie war eisiges Grau.

Nachdem die Herden durch die Mauerlücke gezogen waren, schlossen wir das Tor. Aber Canopus erklärte, sobald wir wieder zu Hause seien, müßten Arbeitstrupps ausgeschickt werden, um diese und die anderen Lücken, die man gelassen hatte, so schnell wie möglich zu schließen, damit sie ebenso fest und massiv wurden wie die massive Mauer. Denn die Öffnungen, die auf Anweisung von Canopus in der Mauer geblieben waren, lange ehe es kalt wurde, ehe es auch nur die ersten Anzeichen von Kälte gegeben hatte, um Tiere zu retten, die damals noch nicht einmal auf unseren Planeten gebracht worden waren, hatten ihren Zweck erfüllt. Die Mauer mußte lückenlos, ganz und ohne eine einzige Schwachstelle sein.

Dann wanderten wir ein paar Tage weiter, ehe wir einen Schneesturm von solcher Gewalt erlebten, wie wir es uns nicht einmal hatten vorstellen können. Wir saßen zusammengedrängt auf der sicheren Seite der Mauer, während der Wind über uns pfiff und heulte und manchmal saugend und zerrend zu uns herunterstürzte. Wir zitterten und duckten uns; wir wußten, wir hatten noch nicht einmal eine Vorstellung von dem, was uns allen bevorstand. Als das Heulen und Toben aufhörte, stiegen wir die kleinen, aus dem Mauerwerk vorspringenden Stufen hinauf – vorsichtig, denn sie waren von Eis überzogen – und sahen, auf der kalten Seite war so viel Schnee gefallen, daß alle Mulden und Erhebungen der Landschaft unter wattigem Weiß verschwanden. Die Mauer war nur noch halb so hoch wie vorher.

Inzwischen befanden wir uns wieder in der Nähe unseres Ausgangspunktes; und wir sehnten uns nach unseren Häusern zurück, den neuen, festen Gebäuden mit dicken Mauern und spitzen Dächern, von denen der Schnee gleiten sollte – so hatten wir gedacht. Aber jetzt zweifelten wir daran. Würden wir unter Schnee leben müssen wie manche Geschöpfe unter Wasser? Würden wir uns in einer Schneewelt kleine Tunnel und Höhlen graben müssen? Aber auf unserer Seite der Mauer, wo sich Dörfer, Städte und Farmen ausbreiteten, gab es immer noch Grün und glitzerndes, fließendes Wasser. Canopus kannte unser Sehnen, unsere Verzweiflung und unser Verlangen und forderte nicht, daß wir unsere Gesichter von dieser lebenden Welt abwendeten, sondern ließ zu, daß wir, den Blick auf die Wärme gerichtet, vorwärts stolperten und versuchten, die verschneite Wildnis zu übersehen, die uns bedrängte.

In diesen Tagen blieb Johor mit mir zurück und sprach zu mir allein. Ich hörte ihm zu; meine Augen hefteten sich auf meine Gefährten vor uns, auf die Repräsentanten. Als ich begriff, daß alles, was gesagt wurde, für mich bestimmt war und nicht für sie – zumindest noch nicht, denn sie konnten sich dem noch nicht stellen –, entstand in mir eine noch deutlichere Ahnung von dem, was uns erwartete. Aber konnte es überhaupt noch schlimmer kommen?

Vor uns ragte die große Mauer hoch und schwarz über Sumpfland auf, wo der Schnee vom letzten Sturm zum Teil geschmolzen war und nur dünne weiße Streifen und Flecken auf dem dunklen Wasser zurückgelassen hatte. Dort standen wir – Johor und ich – und beobachteten unsere Gefährten, die weitergingen und schließlich nur noch ein undeutlicher, sich bewegender Fleck auf der Mauer waren, die einen Hügelkamm hinaufstieg, dann unseren Blicken entschwand, wieder anstieg und selbst aus dieser Entfernung immer noch mächtig und hoch wirkte. Sie verriet deutlich ihren Sinn und Zweck: Auf einer Seite türmte sich der Schnee, auf der anderen ästen die Tiere Wintergras und niedrige graue Büsche.

Johor berührte mich am Arm, und wir gingen weiter, bis auf beiden Seiten der Mauer Sumpfland lag. Die dunklen, weiß gestreiften Wasser zur Rechten schienen Kanäle zu sein, die in die Welt von Schnee und Eis führten. Doch das Sumpfland auf der anderen Seite gehörte zu einem Flußdelta, das zum »Meer« führte. Wir sprachen vom »Meer«, obwohl es sich in Wirklichkeit um einen großen, landumschlossenen See handelte. Wir hatten von Planeten gehört, manche von uns hatten sie sogar gesehen, auf denen es mehr Wasser als Land gab – wo Brocken, Stücke und sogar große Landflächen inmitten endlosen Wassers lagen. Es fällt schwer, etwas zu glauben, das der eigenen Erfahrung so fern liegt. Bei uns war alles umgekehrt. Unser »Meer« war für uns immer ein Wunder. Es war etwas Kostbares. Unser Leben hing davon ab, das wußten wir, denn das »Meer« trug zur Entstehung unserer Atmosphäre bei. Es schien uns von fernen und wunderbaren Wahrheiten zu sprechen, war ein Symbol dessen, was schwer erreichbar ist und beschützt und gehütet werden muß. Allen von euch, die ihr auf Planeten lebt, auf denen Flüssiges ebenso verbreitet ist wie Erde, Felsen und Sand, wird es ebenso schwerfallen, sich vorzustellen, daß wir unser »Meer« verehrten, wie uns, sich ein Bild von Planeten zu machen, auf denen Wassermassen das Land in einer ununterbrochenen, lebendigen Bewegung umspülen und immer von Ganzheit, Einheit sprechen, von Wechselwirkung, von schnellem und mühelosem Austausch. Denn die Grundlage unseres Lebens, die Materie, die uns Kontinuität verlieh, war Erde. O ja, wir wußten, der Boden und der Fels, aus denen unser Planet bestand, auf dem es nur flaches, stehendes Wasser gab – und selbst das nur an einer Stelle, wenn man von den Strömen und Flüssen absah, die dort mündeten –, waren Dinge, die sich bewegten, wie Wasser sich bewegte. Wir wußten, Felsen hatten Strömungen wie Wasser. Wir wußten es, denn Canopus hatte uns gelehrt, in diesen Begriffen zu denken. Festigkeit, Unbeweglichkeit, Dauer – so konnten nur wir vom Planeten 8 mit unseren Augen die Dinge sehen. Canopus sagte, es gibt keine Dauer, keine Unveränderlichkeit – nirgendwo in der Galaxis oder im Universum. Es gab nichts, was sich nicht bewegte und nicht veränderte. Wenn wir einen Stein betrachteten, mußten wir uns ihn als einen Tanz, als ein Fließen vorstellen. Einen Hügel, einen Berg ebenfalls.

Ich stand mit dem Rücken zu den eisigen Winden, das Gesicht unserem kostbaren See zugewandt, der hinter hohem, fedrigem Schilfgras verborgen lag, und dachte: Eis ... müssen wir unseren neuen Feind auch als etwas Fließendes, sich Bewegendes sehen? In diesem Moment kam mir zum ersten Mal der Gedanke, daß unser »Meer« vielleicht zufrieren würde, obwohl es auf der »sicheren« Seite unserer Schutzmauer lag. Diese Vorstellung traf mich wie ein eisiger Windstoß. Ich wußte, es würde so sein, und ahnte bereits etwas von dem, was Canopus mir zu sagen beabsichtigte. Ich wollte mich nicht umdrehen und mich Johor stellen – mich dem stellen, was ich tun mußte.

Wieder spürte ich seine Berührung am Ellbogen, und ich wendete mich um.

Ich sah ihn, wie er mich sah: zerbrechlich und verletzlich in dicken Fellen, die Hände in den Ärmeln vergraben, Augen, die unter einer tief ins Gesicht gezogenen Kapuze hervorspähten.

Es schmerzt, das Gefühl körperlicher Stimmigkeit zu verlieren – und meine Augen richteten sich wieder auf den Himmel, wo direkt über uns ein Adler schwebte.

»Repräsentant«, begann Johor freundlich, und ich zwang mich, den Blick wieder nach unten und dem zuzuwenden, was ich von seinem gelben Gesicht sehen konnte.

»Euer Meer wird zufrieren«, sagte er.

Ich spürte, wie sich meine Knochen unter dem dünnen Fleisch krümmten und zitterten.

Ich versuchte zu scherzen: »Canopus kann uns neue Tiere mit schweren Knochen für die Kälte bringen – aber was kannst du für unsere Knochen tun? Oder werden wir aussterben wie unsere anderen Tiere, um neuen Arten, neuen Rassen Platz zu machen?«

»Ihr werdet nicht aussterben«, sagte er, und seine klaren braunen Augen – allerdings entzündet und überanstrengt – zwangen mich, ihn anzusehen.

Mir kam ein anderer Gedanke, und ich fragte: »Du bist nicht auf Canopus geboren, hast du gesagt. Von welcher Art Planet kommst du?«

»Mein Leben begann auf einem warmen und freundlichen Planeten.«

»Wie Planet 8 es einmal war.«

»Wie der Planet ist, zu dem ihr alle gehen werdet.«

Darauf schwieg ich lange Zeit. Ich mußte Ordnung in meine Gedanken bringen, die unzusammenhängend durcheinanderwirbelten, so daß ich keine vernünftigen Fragen stellen konnte.

Als ich mich etwas erholt hatte, sah ich immer noch Johor an; er stand mit dem Rücken zum Wind, der aus den Schneefeldern wehte.

»Du bist immer auf Reisen«, sagte ich, »und nur selten auf deinem Planeten. Vermißt du ihn?«

Er gab keine Antwort. Er wartete.

»Wenn wir alle in Raumschiffen von unserer Heimat weggebracht werden sollen... wozu dann die Mauer? Weshalb wurden wir nicht weggebracht, als die Schneefälle einsetzten?«

»Es ist das schwerste zu erkennen, und zwar für jeden von uns, gleichgültig wie hoch die Ebene ist, auf der er sich befindet, daß für uns alle ein übergeordneter Plan gilt: eine allgemeine Notwendigkeit.«

»Weil es zu unbequem war?« Meine Stimme klang bitter.

»Hast du auf den anderen Planeten, auf die wir dich zur Ausbildung schickten, je von Rohanda gehört?«

Das hatte ich, und meine Neugier verwandelte sich in Erwartung – in eine warme, freundliche Erwartung.

»Ja, es ist ein schöner Planet... und sogar einer unserer erfolgreichsten Versuche...« Er lächelte. Da sein Mund verhüllt war, konnte ich sein Lächeln jedoch nicht sehen, sondern nur die Veränderung in seinen Augen.

Ich lächelte ebenfalls – natürlich wehmütig, denn es ist nicht leicht zu akzeptieren, daß man nur ein Punkt unter vielen ist.

»Unser bedauernswerter Planet ist kein erfolgreicher Versuch!«

»Niemanden trifft eine Schuld«, erwiderte er, »etwas am Gefüge hat sich geändert... unerwartet. Wir glaubten, dem Planeten 8 sei Stabilität und langsames Wachstum bestimmt. Da es sich anders ergeben hat, beabsichtigen wir, euch nach Rohanda zu bringen. Doch zuerst muß dort eine bestimmte Entwicklungsphase abgeschlossen sein. Eine Spezies auf Rohanda muß erst einen gewissen Entwicklungsstand erreichen, damit sie, wenn ihr dorthin gebracht werdet, mit deiner Art ein harmonisches Ganzes bildet. Noch ist es nicht soweit. In der Zwischenzeit müßt ihr hier vor dem Schlimmsten geschützt werden.«

»Also dient die Mauer dazu, den schlimmsten Schnee abzuhalten?«

»Das schlimmste Eis, das sich in großen Schollen und Platten herunterschieben und gegen die Mauer pressen wird. Dort, wohin wir jetzt blicken...«, er drehte mich um und lenkte meinen Blick von der Kälte in Richtung des warmen Pols, »wird die Kälte noch schlimm genug sein. Ihr werdet vielleicht schwere Zeiten durchmachen, doch ihr werdet überleben. Wir glauben, daß die Mauer dem Druck des Eises lange genug widerstehen wird.«

»Und nicht alle sollen erfahren, daß wir unseren Heimatplaneten verlassen und nach Rohanda gehen müssen?«

»Es genügt, wenn einer von euch es weiß.«

Es dauerte eine Weile, bis ich diese Bemerkung richtig verstand. Es erforderte Zeit und Beobachtung, denn ohne daß ich jemandem etwas gesagt hätte – auch nicht den anderen Repräsentanten –, wurde bekannt, daß wir alle mit Raumschiffen auf einen anderen schönen Planeten gebracht werden sollten, wo unser Leben wieder so sein würde, wie es einmal gewesen war in einer Vergangenheit, die fern zu sein schien, obwohl sie nicht fern war; sie lag nur auf der anderen Seite der äußeren Veränderungen unseres Lebens, die so drastisch und unvermittelt eingesetzt hatten, daß wir kaum glauben konnten, daß unser Leben einmal anders gewesen war.

Johor und die anderen Canopäer verließen uns, nachdem sie sich davon überzeugt hatten, daß alle Lücken in unserer Mauer fest und solide geschlossen waren und kein Lebewesen auf der kalten Seite der Mauer zurückblieb.

Dort schien jetzt ein totes Land zu sein, in dem beinahe ununterbrochen Schneestürme tobten, Winde pfiffen und heulten, wo der Schnee sich höher und höher türmte, bis es aussah, als würden selbst die Berge bald unter den Schneemassen begraben sein. Und wenn wir jetzt auf unserer Mauer standen und hinüberblickten, während wir die tränenden Augen mit den behandschuhten Händen schützten, sahen wir, daß die Berge glasig wirkten und Eiszungen bis in die Täler vordrangen. Ein paar von uns hüllten sich in dicke Pelze, bauten kleine Karren, die auf Kufen glitten, und wir wagten uns in das kalte schreckliche Land hinaus, um soviel wie möglich darüber herauszufinden. Es war wie eine Reise in einen anderen Teil unserer selbst. So langsam und schwerfällig waren unsere Bewegungen, und jeder Atemzug schmerzte so sehr! Sehen konnten wir nur, daß der Schnee sich immer höher türmte – hinauf und hinauf in den Himmel – und das Packeis immer weiter vordrang. Nach dieser Expedition standen wir zusammengedrängt auf unserer Mauer, blickten dorthin, wo wir gewesen waren, und sahen, daß Schneewolken von den weißen Feldern aufstoben und hoch oben durch den harten kalten blauen Himmel wirbelten.

Wir hatten sehr viel zu tun – alle von uns und ganz besonders wir Repräsentanten. Die äußeren Probleme waren zwar schlimm genug, aber eigentlich das geringste. Nachdem der Gedanke auf alle übergesprungen war, daß uns eine Heimat in einem begünstigten Teil der Galaxis erwartete, wo wir wieder im Einklang mit unserer Umgebung stehen würden – wir, eine lebhafte, glänzend braunhäutige gesunde Rasse unter einem blauen Himmel –, nachdem dieser Traum uns beherrschte, schien uns die Wirklichkeit noch mehr zu betäuben und abzustumpfen. Und wenn wir hinüberblickten und sahen, daß der Schnee sich in glitzerndes Packeis verwandelt hatte, mit Rissen und Spalten, die manchmal über den ganzen Horizont liefen, erschien uns dieser augenblickliche Schrecken weniger wirklich als Rohanda, unser

Ziel, unsere Zukunft. Wann? Schließlich sehnten wir uns nach unserer Rettung und wünschten sie herbei. Ich und die anderen mußten dagegen ankämpfen. Denn wenn wir zuließen, daß wir uns Tagträumen und Sehnsüchten hingaben, würde niemand mehr am Leben sein, um schließlich die Reise zu dem schönen Planeten anzutreten.

Eine unserer Schwierigkeiten lag darin, daß alle Gebäude, die errichtet worden waren, um unsere Bevölkerung und die Tiere vor Einbruch der Kälte aufzunehmen, sich nur nach der den Schneestürmen abgewandten Seite öffneten. Wenn wir auf der Mauer standen, fiel uns unweigerlich ins Auge, wie die Dörfer und Städte sich zusammendrängten, duckten und versteckten. Es schien in den Gebäuden keine Fenster und Öffnungen zu geben, denn sie befanden sich auf der anderen Seite. Früher hatten sich unsere Städte ausgebreitet, und man mochte glauben, sie seien zufällig entstanden, wie das bei Städten der Fall ist, die sich einen leicht zugänglichen Hang zunutze machen oder günstige Luftströmungen. Wenn man jetzt hinunterblickte, schien eine Stadt aus einem einzigen Gebäude zu bestehen, das in einem Tal lag und in dem man von einem Zimmer zum nächsten gehen konnte. Wenn wir auf der Mauer standen und spürten, wie der Wind an uns zerrte und riß, wirkten unsere neuen Behausungen so ungeschützt und zerbrechlich, denn wir kannten die Gewalt dessen, was kommen würde – und doch *war es dort unten in den Städten so leicht, die Bedrohung zu vergessen*. Dort waren wir geschützt, und die Stürme tobten über die Stadt hinweg. Aus Fenstern und Türen sah man auf Hügel, die immer noch grün waren, und Berge, an deren Flanken sich die Vegetation weit hinaufzog. Man sah das Glitzern und Glänzen von Wasser; und zwischen den dicken grauen Wolken tauchten dunstig blaue Flecken auf. Dort unten erwarteten uns Fruchtbarkeit, Wärme und Annehmlichkeiten… dort, gerade noch sichtbar, lag alles, was unser Herz begehrte.

Was sollten wir also tun – wir, die Repräsentanten? Diese Leute, für die wir verantwortlich waren, zwingen zurückzublicken – nach oben zu blicken? Hinter ihnen lag der Schutzwall, die Mauer. Sie ragte so hoch über die niedrigen, dichtgedrängten Häuser auf, in denen sie lebten, daß sie ein Drittel des Himmels verdeckte. Eine Mauer wie eine Klippe, eine glatte, steile, schwarzglänzende Klippe. Auf dieser Seite war sie immer noch schwarz, doch wenn man dicht davorstand und in den Glanz blickte (in dem sich früher einmal der blaue Himmel eines, wie es inzwischen schien, endlosen Sommers gespiegelt hatte, an dem weiße Wolken träge und müßig dahinsegelten), konnte man auf dem glatten Schwarz einen schwachen grauen Schimmer entdecken. Man sah, daß winzige Linien wie Kratzer den Glanz trübten. Frost! Und früh am Morgen wirkte die glatte Oberfläche bröckelig grau.

Sollten wir fordern, daß ausnahmslos jeder die Stufen bis zum Kranz der Mauer hinaufsteigen und ins Eis blicken, die Drohung der Stürme spüren und wissen sollte, was ständig dort auf der anderen Seite der Mauer lag? Sollten wir vielleicht ein Ritual daraus machen?

Oft genug kletterten wir, die etwa fünfzig, auf die Mauer und blickten über das Land bis hinauf zum kalten Pol auf der Suche nach neuen Veränderungen und Drohungen – und wir sprachen darüber, wie wir die herrschende Stimmung bekämpfen konnten, die das Volk schwächte.

Vielleicht hielt uns das Ausmaß der Veränderungen davon ab, etwas zu unternehmen. Eine Welt aus Schnee – so hatten wir es uns vorgestellt. Doch inzwischen war alles Eis. Der Schnee hatte sich gesetzt, war zusammengepreßt, hart und schwer geworden. Eine hallende Welt – selbst der Aufschlag eines Steins rief ein Echo hervor. Während wir dort oben standen und der Wind in unsere Gesichter blies, glaubten wir, ein vorüberfliegender Vogel könne das Eis zum Singen und Dröhnen bringen. Wenn die Schneestürme tosten, riß der Wind Schneemassen in die Luft, wirbelte sie durch den metallisch klirrenden Himmel, ließ sie wieder fallen und trieb und peitschte sie zu neuen Verwehungen und Schneebergen zusammen, die schnell gefroren und neues Packeis bildeten, das sich durch die Täler zu uns hinunterschob. Wenn wir jetzt hinausblickten, mußten wir uns an die tatsächliche Höhe der Schutzmauer erinnern, indem wir auf die geschützte Seite blickten, denn mehr als die Hälfte der Mauerhöhe verschwand inzwischen auf der anderen Seite im Schnee. Sehr bald, so scherzten wir, würden wir von der Mauerbrüstung geradewegs über den Schnee – oder über das Eis – gehen können.

Wir beschlossen, keine Rituale zu schaffen, keine Rituale der Schneebetrachtung und Mauerbesteigung, oder mit erhebenden Liedern den leise klagenden, sehnsuchtsvollen Gesängen entgegenzutreten, die man jetzt Tag um Tag und halbe Nächte lang hören konnte. Wir konnten die Wirkungen einer solch erzwungenen Konfrontation mit der Realität nicht abschätzen.

Früher konnten wir die Ergebnisse dieser oder jener Entscheidung genau voraussehen.

Es lag im Wesen der neuen Ordnung, daß die Repräsentanten, deren Obhut die Tiere anvertraut waren, größeres Gewicht bekamen als jeder andere von uns. Nur unten in der Nähe des warmen Pols konnten wir noch Landwirtschaft betreiben – und auch das nur mit neuen, kälteunempfindlichen Pflanzenarten. Wir konnten nicht genug anbauen, um die Bevölkerung mit Getreide zu versorgen wie früher.

Unsere Nahrung hatte sich verändert, und zwar sehr schnell. Die Herden mächtiger zottiger Tiere schienen bei dem Futter, das die neuen spärlichen Gräser und Flechten boten, zu gedeihen. Sie lieferten uns Fleisch, Felle für unsere Kleidung, versorgten uns mit Käse und Produkten aus gesäuerter Milch, die herzustellen wir uns früher keine Mühe gegeben hatten. Man entwöhnte die kleinen Kinder jetzt mit

Fleisch und Käse. Vor noch nicht allzu langer Zeit hätte man ihnen gekochtes Getreide zu essen gegeben – wir ernährten uns früher hauptsächlich von Früchten, Getreide und Gemüse. Wir überlegten, wie diese neue Ernährungsweise sich auswirken mochte. Canopus besaß genug Erfahrungen, um es uns zu sagen. Doch Canopus hatte uns schon seit einiger Zeit nicht mehr besucht. Wir würden sie danach fragen...

Die Tierhalter und die Tierzüchter riefen uns alle zusammen und erklärten, wir seien von dieser einen Tierart abhängig. Wir hatten gelernt – oder etwa nicht? –, wie schnell und rigoros Tierarten sich ändern... verschwinden... entstehen konnten. Wer garantierte uns, daß diese neuen Tiere einer weiteren Klimaverschiebung nicht ebenso schnell zum Opfer fielen, wie es bei unseren früheren Tieren der Fall gewesen war?

Wir befanden uns in einem unserer neuerbauten Häuser. Dicke Wände umgaben uns, und über uns breitete sich ein schweres Dach. Unser Leben verlief jetzt sehr still und zurückgezogen, nachdem wir uns früher jedem Windhauch und jeder Veränderung des Lichtes überließen.

Wir saßen in dieser tiefen Stille zusammen und beurteilten unsere Situation danach, wie die Verantwortungsbereiche sich verlagert hatten.

Die Zahl der Repräsentanten der Repräsentanten, zu denen ich manchmal gehörte, änderte sich nicht. Wir waren fünf. Doch manchmal mußten wir auch andere Aufgaben wahrnehmen. Jetzt gab es einen Kornverwalter und einen Kornzüchter. Die Obst- und Gemüsezüchter waren, wie angedeutet, zu Tierzüchtern geworden. Die Nahrungszüchter waren schon immer die unentbehrlichsten Züchter und Verwalter, gefolgt von denen, die bauten und die Gebäude instand hielten. Ihre Zahl hatte nicht ab-, sondern zugenommen. Fünfzehn von uns fünfzig beschäftigten sich jetzt damit, in dieser harten Zeit unserer Bevölkerung Unterkünfte zu beschaffen. Es gab die Instandhalter der Mauer. Die Aufgabe der anderen bestand in der Herstellung von Werkzeugen und allen möglichen Geräten, die zum Teil von Canopus eingeführt, zum Teil von uns entwickelt worden waren. Vor nicht allzu langer Zeit hatte es einen Repräsentanten des Gesetzes gegeben, inzwischen waren es mehrere, denn als Folge der Spannungen und Schwierigkeiten stritten sich die Leute, die früher gutmütig gewesen waren. Vor der Zeit der Kälte wurde ganz selten jemand getötet. Jetzt rechneten wir mit Mord. Wir hatten uns nicht gegenseitig bestohlen, jetzt war das allgemein üblich. Früher kannten wir keinen bürgerlichen Ungehorsam. Jetzt konnte es geschehen, daß Banden hauptsächlich junger Leute umherstreiften und Stöcke und Steine nach allem warfen, was sie herauszufordern schien – häufig die Mauer.

Aber diese Beratung beschäftigte sich ausschließlich mit Nahrung. Es war notwendig, neue Nahrungsquellen zu entdecken, zu entwickeln oder zu planen.

Was hatten wir übersehen oder bewußt unbenutzt gelassen? Da gab es unser Meer. In ihm lebten Geschöpfe aller Art. Doch selbst jetzt ließ das Gefühl, daß das Meer etwas Geheiligtes war, uns zögern, es als Nahrungsquelle in Betracht zu ziehen. Ich muß sagen, Canopus schwieg immer nur, wenn wir von unserem Heiligen See sprachen. So reagierten sie immer auf Haltungen, über die wir ihrer Erwartung nach hinauswachsen sollten. Ein paar wenige von uns hielten die Verehrung des Heiligen Sees insgeheim schon seit langem für albern. Doch wir tauschten solche Gedanken nur untereinander aus. Durch Canopus hatten wir begriffen, daß Kinder oder die Unreifen aus Argumenten nichts lernen. Nur Zeit und Erfahrung verhelfen zu Erkenntnissen.

Deshalb schwiegen wir, wie Canopus es bei solchen Gelegenheiten tat, als einige aus unserer Gruppe erregt auf den Vorschlag reagierten, man möge doch unseren See auf Nahrung untersuchen.

Es blieb nur das Land, dem wir den Rücken zugekehrt hatten und das wir so sehr fürchteten: die kalte Einöde. Auf unseren Beobachtungsgängen entlang der Mauer war uns aufgefallen, daß die großen Vögel, die wir so gerne beobachteten, schneeweiß geworden und nicht länger grau und braun waren. Auf weichen, fedrigen Schwingen schwebten sie weiß wie eine Art Schnee in den feindseligen Luftströmungen. Manchmal sahen wir sogar sehr viele Vögel; doch es fiel schwer, sie in den Schneemassen auszumachen; oft jagten Schneegestöber und Stürme über den Himmel, und dann wirbelten Vögel und Schnee durch die Luft. Aber sie mußten sich von irgend etwas ernähren... Wenn wir in der weißen Landschaft keine Lebewesen sahen, bedeutete das nicht, daß es sie nicht gab.

Es wurde beschlossen, eine Gruppe zum kalten Pol zu schicken; und man bestimmte neben anderen auch mich dafür, denn ich hatte auf anderen Planeten – allerdings nicht aus solcher Nähe – Landschaften der Kälte gesehen. Zwei der Gruppe hatten ähnliche Reisen hinter sich. Ich, Doeg, Schaffer der Erinnerungen und Bewahrer der Vergangenheit, Klin, früher unser bester Obsterzeuger, und Marl, einst ein Hüter der inzwischen ausgestorbenen Herden, waren die drei, die Canopus auf andere Planeten mitgenommen hatte. Und wir gehörten zu jenen, die manchmal fanden, unsere Gefährten seien allzu anfällig für schlichte Emotionen, wie etwa im Fall unseres Meeres. Wir waren seit langem gut befreundet. Die beiden anderen der Gruppe waren jung; ein Mädchen und ein Junge, deren Lehre gerade begann. Wenn man früher alt genug war, um sich für eine Lehre zu qualifizieren, war das ein Anlaß zu Festen und Feiern. Es bedeutete, erwachsen zu werden... Aber inzwischen waren unsere vielfältigen und sich ständig entwickelnden handwerklichen Fähigkeiten und Techniken nur noch in geringem Ausmaß anwendbar; es gab so viel Schwieriges, Unangenehmes und manchmal Barbarisches zu lernen, was wir statt dessen tun mußten. Deshalb blieben uns wenige Freuden und zu wenige Möglichkeiten zum Feiern. Deshalb sahen alle jungen Leute in dieser Reise etwas Großartiges. Die Konkurrenz war groß, denn jeder wollte daran teilnehmen. Unsere Befürchtungen ließen uns zögern, die Besten zu wählen; doch schließlich entschieden wir uns für die Besten. Sie hießen Alsi und Nonni, tapfere und gute Kinder, und sie waren schön... beziehungsweise wären es früher gewesen. Aber jetzt verschwanden ihre wie unsere gelblichen Körper in weiten, unförmigen Gewändern, die auf uns wie dicke, plumpe, sich bewegende Zelte wirkten.

Es war höchst problematisch, daß wir uns die Realität der grausamen Kälte nicht vorstellen konnten, obwohl wir kurze Vorstöße in diese Region unternommen hatten, obwohl wir unsere Erinnerungen nach allem durchforschten, was wir von anderen Planeten und ihren Methoden, mit extremen Situationen fertig zu werden, gelernt hatten.

Wir beluden kleine gleitende Karren mit Vorräten von getrocknetem Fleisch – das wir alle verabscheuten. Wir waren jedoch hungrig genug, um es zu essen. Außerdem nahmen wir zusätzliche Fellmäntel mit, für den Fall, daß wir unsere verloren oder daß sie unbrauchbar wurden, außerdem eine Art Zelt aus Tierhäuten. Wir glaubten alle, wir würden die Reise mit dieser spärlichen Ausrüstung sicher überstehen.

An einem ruhigen Morgen brachen wir auf; wir glitten über den Mauerrand, anstatt die Stufen zu benutzen, die inzwischen glatt und gefährlich waren, und landeten in einer Schneewehe, aus der wir uns herauskämpfen mußten. Den ganzen Tag lang arbeiteten wir uns mühsam durch hüfthohen, lockeren Schnee vorwärts; bei Anbruch der Dunkelheit hatten wir unser Ziel nicht erreicht – ein bestimmter Hügel, wo wir hofften, eine Höhle zu finden. Die reflektierten Strahlen unserer Sonne, die in dieser Zeit nur noch sehr schwach schien, verbrannten uns das Gesicht, und uns schmerzten die Augen. Um uns herum war alles weiß, weiß, weiß. Bald füllten weiße Schneemassen den Himmel; das Weiß war ein Schrecken und eine Qual, denn nichts in unserer Geschichte als Rasse und deshalb auch nichts in unseren Körpern und Köpfen hatte uns darauf vorbereitet. Die Dunkelheit brach herein, als wir uns in einer endlosen Ebene befanden, wo der Schnee weich und locker lag und in Wolken und Schleiern durch die Luft wirbelte. Unser Zelt fand keinen Halt auf dem Boden, sondern sank wie in Wasser ein. Wir drängten uns zusammen, öffneten unsere zottigen Mäntel, um die Wärme unserer Körper miteinander zu teilen, und schützten uns gegenseitig Arme und Köpfe. In dieser Nacht fiel kein Schnee, und es gab keinen Sturm; deshalb überlebten wir, was sonst nicht der Fall gewesen wäre. Am nächsten Morgen kämpften wir uns durch die weiche, erstickende Masse weiter und kletterten dann über einen Gletscher. Das harte Eis war so glatt, daß wir nicht schneller vorankamen, obwohl es besser war als der dicke weiche Schnee, in dem wir fürchteten, völlig zu verschwinden. Wir schlitterten und stolperten über das Eis, ohne auf die Prellungen und Schmerzen zu achten. An diesem Abend erreichten wir den Hügel, wo es eine Höhle gab, wie wir wußten. Doch eine Wand aus Eis versperrte den Zugang. Es gelang uns, das Zelt in einer Schneemulde aufzurichten. Es bestand aus zehn großen Häuten, die mit den Fellhaaren nach innen zusammengenäht worden waren. Wir breiteten auch Felle auf den eisigen Boden und lagen dort bis zum nächsten Morgen. Wir froren weniger als in der Nacht zuvor, aber das zottlige Fell auf der Innenseite des Zeltes sog sich mit den feuchten Ausdünstungen unserer Körper voll, und die Haare waren am Morgen zu Eis erstarrt – spitze Zapfen und Zacken drohten, uns zu verletzen, als wir mit dem Gesicht nach unten in den neuen Tag hinauskrochen. Der Himmel war klar und wolkenlos.

Inzwischen begriffen wir, wie schlecht wir auf diese Reise vorbereitet waren; ich war der Ansicht, wir sollten aufgeben.

Wir drei Älteren wollten umkehren, doch die beiden Jungen baten uns, es nicht zu tun, und schließlich willigten wir ein. Sie beschämten uns – nicht so sehr durch ihre tapferen leuchtenden Augen, ihre Kühnheit, sondern durch etwas Subtileres. Wenn eine Generation beobachtet, wie die Jugend heranwächst, ihre Zukunft, ihre Verantwortung vor Augen hat, und wenn das, was sie einmal erben soll, so jämmerlich, so wenig ist, überfällt die Älteren eine Scham, gegen die man mit Vernunft nicht ankämpfen kann. Nein, es war nicht unsere Schuld, daß unsere Kinder solche Härten erfahren, auf so viel verzichten mußten, was wir, die Älteren, zu unserem Erbe gezählt hatten. Es war nicht unsere Schuld, aber wir *empfanden* es so. Wir, die Alten, lernten, daß sich in einer Spezies, einer Rasse, die einer Bedrohung ausgesetzt ist, Triebe und Notwendigkeiten zu Wort melden, die in uns, in unseren Körpern liegen, und die uns unbekannt geblieben wären, wenn die Extremsituation diese Wahrheiten nicht aus uns herausgepreßt hätte. Eine ältere, eine vergehende Generation muß ihren Kindern etwas Gutes, etwas Schönes und Hohes übergeben – und sei es auch nur potentiell. Und wenn man den Jungen kein solches Vermächtnis in die Hände legen kann, stellen sich Bitterkeit und Schmerz ein, und es fällt schwer, in die jungen Augen und Gesichter zu blicken.

Wir, die drei Repräsentanten, erklärten uns bereit, weiterzugehen.

An diesem dritten Tag war der Himmel klar und blau, deshalb konnten wir überall die großen weißen Vögel sehen, die über Schnee und Eis dahinglitten und nach unten blickten. Sie suchten … was für eine Beute? Zuerst sahen wir nichts. Doch dann, nachdem unsere Augen sich an die gleißende Helligkeit gewöhnt hatten, bemerkten wir gewisse Bewegungen. Etwas schien zu kriechen, zu rennen und sich von dem Schnee zu unterscheiden, den der Wind in Wolken und Schleiern vor sich hertrieb. Dann entdeckten wir kleine schwarze Flecken im Weiß. Es war Kot. Und danach größere schwarze Flecken, den Kot der weißen Vögel. Er enthielt Fell und Knochen; so gelang es allmählich, uns ein Bild von kleinen Schneetieren zu machen, ehe wir tatsächlich das erste sahen: Wir traten beinahe darauf; es saß vor unseren Füßen, und es legte sich vertrauensvoll bittend, beinahe spielerisch auf den Rücken. Es handelte sich um eine Art Nagetier, war völlig weiß und hatte sanfte blaue Augen. Nachdem wir diese Tiere erst einmal gesehen hatten, konnten wir beobachten, wie sie im Schnee umherliefen; allerdings waren es nicht viele – ganz bestimmt nicht genug, um als Nahrungsquelle zu dienen. Es sei denn, man züchtete sie in Gefangenschaft. Aber wovon ernährten sie sich? Wir entdeckten, daß ein Tierchen am Kot der großen Vögel nagte ... wenn die Vögel sie fraßen, und sie ihrerseits die Überreste der Artgenossen im Kot der Vögel, war das ein geschlossener, schwer vorstellbarer Kreislauf – aber es schien sonst nichts Freßbares zu geben. Wir sahen ein paar, aber nur sehr wenige Schneekäfer oder eine Art Insekten; auch sie waren weiß – aber wovon ernährten *sie* sich, wenn sie die Nahrung der kleinen weißen Tiere darstellten?

Da wir beabsichtigten, noch einige Tage in Richtung des Pols zu wandern, verzichteten wir darauf, einzelne Exemplare mitzunehmen. Wir marschierten weiter. Ich wußte, vor uns lag eine Hügelkette, und dort gab es tiefe Höhlen. Wir hofften, sie würden nicht alle vom Eis verschlossen sein. An einem Nachmittag, der Himmel funkelte metallisch dunkelblau, bewegten wir uns rutschend und stolpernd einen Flußlauf entlang, den wir nur deshalb kannten, weil das Wasser hier früher zwischen grünen, fruchtbaren Ufern dahingeflossen war und sich die Menschen und Boote dort getummelt hatten. Jetzt bestand das Ufer aus steil aufragenden Eisklippen. Um die Höhlen zu erreichen, mußten wir Stufen hineinhacken; dabei stürzte Nonni, der Junge, und verletzte sich schwer am Arm, obwohl er vorgab, kaum etwas zu spüren.

Es würde bald dunkel werden, und wir wollten unter allen Umständen für die Nacht einen geschützten Platz erreichen. Doch wir mußten ihm Zeit geben, um sich von seinem Sturz zu erholen. Wir lagerten mit dem Rücken zu den Klippen in einer Eismulde. Vor uns breitete sich eine kaltglänzende Szenerie aus. Der harte blaue Himmel erschien uns grausam; er unterstrich das tote Weiß der Landschaft. Wir atmeten flach und vorsichtig, denn unsere Lungen stachen bei jedem Atemzug. Unsere Glieder schmerzten. Die Augen wollten sich immer wieder schließen. Doch wir wußten, was wir empfanden, war nichts im Vergleich zu den Schmerzen, unter denen Nonni sich krümmte. Er holte nur in langen Abständen unter schwerem Keuchen Luft; seine Augen schienen nichts von dem leuchtenden Blau und Weiß, dem Glitzern und Funkeln wahrzunehmen, das uns umgab. Er war nahe daran, das Bewußtsein zu verlieren. Alsi setzte sich hinter ihn und legte die Arme um ihn – vorsichtig, wegen seiner gebrochenen Schulter. (Wegen der dicken Kleider wußten wir nicht, ob es die Schulter oder der Arm war.) Sie umschloß ihn mit ihrer Vitalität und Kraft. Auf uns drei Beobachter wirkte der Gegensatz zwischen den beiden jungen Gesichtern alarmierend: Trotz der Strapazen sah sie lebendig und energisch aus, er dagegen fahl, gelblich, benommen und apathisch.

»Nonni«, redete sie auf ihn ein, und wir begriffen sofort, daß sie bewußt versuchte, ihn aufzurütteln. »Nonni, wach auf. Sag etwas, du mußt wach bleiben, du mußt reden…«

Auf seinem Gesicht spiegelte sich der Widerwille; er wirkte gereizt und verdrießlich. Aber sie ließ nicht locker: »Nein, nein, Nonni. Ich möchte, daß du redest! Du hast hier in der Nähe gewohnt, nicht wahr? Nicht wahr? Komm schon, sag es uns!« Er bewegte den Kopf hin und her und wich dann dem Druck ihrer Wange auf seinem Gesicht aus. Doch er öffnete die Augen, und sie waren klar; er begriff, was sie für ihn tat.

»Wo hast du gewohnt?«

Mit einer schwachen Kopfbewegung wies er die Richtung, dann fiel sein Kopf sofort an ihre Schulter. Es mußte irgendwo vor uns gewesen sein.

»Und wie? Was hast du getan?«

»Du weißt es doch!«

»Sprich weiter!«

Wieder wehrte er sich gegen sie mit einer unfreiwilligen Bewegung, die verriet, daß er nur einschlafen wollte. Doch sie ließ es nicht zu, und er stieß hervor: »Es war dort ... dort. Aber vor dem Eis.« *Dort* erstreckte sich nur der Schnee, sanft gewellt und durchschnitten von Spalten, über denen Schneeflocken tanzten und wirbelten.

»Du hast dort unten in einer Stadt gelebt, und zwar in einer unserer größten Städte. Von überall her kamen die Leute, um sie zu besuchen, denn diese Stadt hatte auf unserem Planeten nicht ihresgleichen. Es war eine neue Art Stadt.«

Mit gereizten Kopfbewegungen und geschlossenen Augen versuchte er, sich ihr zu entziehen. Doch sein Lebenswille kehrte schließlich zurück.

»Die Stadt wurde dort gebaut, weil es in diesen Hügeln Eisen gab. Unter dem Eis hier befinden sich die Bergwerke. Eine Straße führt von hier nach dort – die beste Straße auf dem ganzen Planeten. Denn auf ihr wurden die schweren Ladungen Erz transportiert, aus dem wir Fahrzeuge herstellten, die noch mehr Erz befördern konnten ...«

Er schien wieder einzunicken, und Alsi sagte: »Bitte, Nonni.«

»Ehe unsere Stadt entstand und wir mit dem Erzabbau begannen, gab es kein Zentrum der Eisenherstellung, obwohl es überall in geringem Umfang gewonnen wurde. Canopus forderte uns auf, hier nach Eisen zu suchen. Canopus zeigte uns dann, wie man es verarbeitet und mit anderen Metallen mischt. Wir begriffen, daß die Metalle, die wir herstellten, unser aller Leben ändern würden. Einigen gefiel nicht, was geschah. Manche verließen unsere Stadt wieder und suchten Orte auf, an denen sich das Leben noch nicht verändert hatte.«

»Und du, gefiel es dir?«

»Es muß mir gefallen haben, denn ich wollte wie meine Eltern Metall verarbeiten. Sie kannten beide die neuen Methoden. Kurz vor dem Eis besuchte ich mit ihnen eine Stadt, die nicht weit von unserem Meer entfernt liegt. Und zum ersten Mal im Leben sah ich etwas anderes.«

»Und wie wirkte die Stadt auf dich?« fragte Alsi neckend, denn sie kannte die Antwort.

»Sie erschien mir reizend«, erwiderte er, wieder ganz erfüllt von der jugendlichen Geringschätzung, die er dafür empfunden hatte, und wir lachten alle. Auch er lachte, denn nun konnte er auf diesen Besuch zurückblicken. Er sah die Stadt wieder vor sich. »Ja, sie war so *hübsch* und so *weich*. Bei uns war alles so viel härter. Jeder Tag brachte uns eine neue Erfindung oder Entdeckung. Wir lernten, Metalle herzustellen, an die wir vorher nicht im Traum gedacht hätten. Etwas völlig Neues schien mit uns zu geschehen. Wir mußten einfach neue Dinge herstellen und neue Gedanken denken. Ich freute mich, wieder zurückzukehren. Und um diese Zeit kam auch Canopus wieder. Wir hatten erlebt, wie anders die Menschen in anderen Teilen des Planeten lebten, und konnten deshalb Vergleiche anstellen. Wir fragten Canopus, wie das Leben auf anderen Planeten aussah. Etwas Neues schien plötzlich unseren Geist zu erfüllen … wir schienen uns auszudehnen … wir waren sehr viel größer als vorher … wir wußten, wie viele unterschiedliche Lebensweisen es gab. Wir sprachen darüber, wie Arten entstanden, wuchsen, sich veränderten und ausstarben …« Er brach ab und schwieg einen Augenblick. Dunkelheit zog über sein Gesicht.

»Nonni, wir werden nicht aussterben. Canopus sagt es.«

»Einige von uns nicht«, erwiderte er. Es war die schlichte Feststellung einer Sache, die er spürte, die er wußte, und uns fröstelte. Da wußten wir, zumindest wir Älteren, daß Nonni nicht überleben würde.

»Heute scheint mir das die eigentliche Veränderung gewesen zu sein. Das Leben auf unserem Planeten würde sich ändern. Wir wußten es. Es lag nicht nur daran, weil wir neue Metalle und alle möglichen Maschinen herstellten, sondern weil wir zum ersten Mal überhaupt in dieser Richtung dachten – und dann begannen wir, darüber nachzudenken, wie viele verschiedene Lebensweisen es geben mochte. Dann stellten wir uns natürlich die Frage, ob wir wählen konnten, wie wir uns entwickeln würden. Konnten wir die Richtung wählen, die wir einschlagen würden? Heute erscheint es mir, daß damals zum ersten Mal der Gedanke einer Wahl aufkam... Und dann kam das Eis!«

Er lachte heftig und zornig, wie nur sehr junge Leute lachen können. Der Zorn verlieh ihm neue Energie. Er erhob sich mühsam, und Alsi stützte ihn. »Weshalb sitzen wir hier herum? Es wird bald dunkel. Wir müssen einen geschützten Platz finden.«

Er ging voran, und wir folgten ihm. Wir behielten ihn im Auge, damit wir ihn festhalten konnten, wenn er ausglitt. Aber seine Kräfte hielten vor, bis wir einen Lagerplatz erreichten; dies war jedoch die letzte Anstrengung, zu der er in der Lage war.

Unter einem weit überhängenden Vorsprung aus blauem Eis entdeckten wir eine teilweise mit gefrorener Erde bedeckte Felsplatte und dahinter eine Höhle mit einem weichen, staubigen Boden. Es schien schon so lange her zu sein, daß wir Erde gesehen hatten; wir griffen voll Freude und Bestätigung suchend danach. Durch die Berührung stiegen Gerüche auf, und wir wußten, es handelte sich um Vogeldung oder Kot. In der Erwartung, Fledermäuse zu sehen, blickten wir zur Decke hinauf. Doch es gab keine Fledermäuse. Die Kälte hatte sie alle getötet. In dieser Höhle mit dem ungefrorenen weichen Boden gab es etwas, das uns beunruhigte, und wir warfen immer wieder verstohlene Blicke nach rückwärts über die Schulter.

Wir breiteten die Felle auf dem Höhlenboden aus und entfachten mit dem Vogeldung als Brennmaterial im Eingang der Höhle ein großes Feuer. Als die Flammen loderten und der Rauch aufstieg, hörten wir im Innern der Höhle Geräusche, als seien Lebewesen aufgeschreckt, die sich weiter und tiefer in den Berg zurückzogen. Wir hielten die ganze Nacht Wache, obwohl wir an diesem relativ warmen Platz gut schliefen. Wir lösten uns gegenseitig ab und hatten alle den Eindruck, daß wir beobachtet wurden – man hatte das Gefühl, angestarrt zu werden. Am nächsten Morgen vermißten wir etwas, woran wir bei Zusammenstellung unserer Ausrüstung nicht gedacht hatten. Wir brauchten eine Fackel. Es gab keinen Zweig, keinen Stock, nichts, was man als Fackel benutzen konnte; und das Tageslicht fiel nicht weit in die Höhle hinein. Als starke, geschlossene Gruppe drangen wir fünf so weit in das Innere vor, so weit wir es wagten, und wußten, daß sich nicht weit entfernt von uns Lebewesen befanden. Wir spürten eine Masse lebender Wärme. Handelte es sich um viele kleine Wesen oder um ein paar große? Und was konnten das für große Tiere sein? Die Pflanzenfresser der Vergangenheit hatten bestimmt nicht überlebt…

Sammelten sich die kleinen Nager in Höhlen, die das Eis noch nicht erobert hatte? Nisteten die großen Vögel in den Höhlen? Gab es Vögel oder andere Tiere, die wir uns nicht vorstellen konnten?

Im schmerzlichen Gefühl, etwas verloren zu haben, ließen wir diese Lebewesen zurück: Natürlich beruhte unsere Niedergeschlagenheit darauf, daß wir uns mit ihnen identifizierten. Wie hätte es in unserer Bedrängnis auch anders sein können, durch die unser Leben immer beschränkter, immer enger wurde? Unser Mitgefühl galt diesen bedauernswerten, unbekannten Tieren, die in dieser vom Eis umschlossenen Höhle überlebten.

Wir zogen weiter in Richtung Pol, kamen aber wegen Nonnis verletztem Arm nur noch langsamer vorwärts. Er konnte uns nicht beim Ziehen der Kufenkarren helfen, und Alsi übernahm seine Aufgabe. Während wir uns mühsam weiter und weiter voranarbeiteten, verloren wir jedes Gefühl für Zeit und Entfernung; unsere Augen brannten; die unbedeckte Haut unserer Gesichter schmerzte, und sogar die Knochen in unseren Körpern bäumten sich gegen die Anstrengungen auf – unsere zarten feinen Knochen, die uns die Natur zu leichten anmutigen Bewegungen geschenkt hatte. Über uns tobten die Stürme, und uns umtosten heulende Winde, die sich nie legten. Schließlich glaubten wir, die tobende, brausende Luft sei etwas ganz Normales, und Stille, sanfte Brisen oder laue Winde seien Produkte unserer Vorstellung, mit denen wir versuchten, im gegenwärtigen Schrecken den Verstand zu bewahren. Und als die Stürme vorüber waren und der Neuschnee unser mühsames Vorwärtskommen noch mehr behinderte, während Schneemassen über unsere Köpfe wirbelten, schien unser Platz in der Welt auf die Gruppe kleiner zitternder Körper geschrumpft zu sein; wir schienen uns in einem weißen Raum zu befinden, dessen Wände sich mit uns bewegten und sich immer enger um uns zu schließen schienen, während wir uns bewegten. Als die Wolkendecke aufriß und der Himmel klar wurde, befanden wir uns in einem hochgelegenen Tal, umgeben von hohen eisigen Gipfeln. Außer uns gab es hier kein Leben; unsere kleine Gruppe drängte sich eng zusammen. Wieder konnten wir auf dem harten Eis unser Zelt nicht aufschlagen. Die Nacht brach herein; wir fanden keinen Schlaf, denn dieser Ort erfüllte uns mit Staunen, Bewunderung und Schrecken. Über uns wölbte sich ein schwarzer Himmel, an dem nur ein paar wenige Sterne leuchteten. Kein Wind, keine Wolken, nur Stille. Wir kauerten uns zusammen und starrten zitternd nach oben – auf diesen strahlenden Stern und dann auf jenen. Wir überlegten, ob dieser oder ein anderer Stern die Sonne von Rohanda, des fruchtbaren Planeten, war. Wir sprachen von der Rasse, die Canopus auf einen höheren Entwicklungsstand brachte, und fragten uns, ob diese Menschen, die in unserer Vorstellung tapfer, stark und gut waren, uns willkommen heißen und uns eine Heimat bieten würden… und wir sprachen davon, wie die beiden Rassen, die Schützlinge von Canopus und wir, ebenfalls Kinder von Canopus, ihr Werk, zusammen arbeiten, zusammen leben und noch stärker und besser werden würden. Wir, die drei Älteren, spürten die vibrierende Erwartung und Sehnsucht der beiden jungen Leute; und wir alle empfanden für sie die warme, schützende Liebe, die eine scheidende Generation für ihre Schützlinge empfinden muß.

Wie schön, wie still war es in dieser langen Nacht! Es herrschte ein so tiefes Schweigen, daß wir das leise, kristalline Flüstern der Sterne vernahmen. Vor Tagesanbruch wurde die Kälte so durchdringend, daß unsere dicken Fellmäntel zu bersten und von uns abzufallen schienen. Wir schienen nackt zu sein. Plötzlich ertönte von einem der hohen glitzernden Gipfel, die uns umgaben, ein heftiges, durchdringendes Krachen, als der eisige Wind ihn traf; ein zweiter Gipfel fiel ein, und im nächsten Augenblick schienen alle Berge brüllend und stöhnend gegen die Kälte zu protestieren. Dann herrschte wieder Stille, und die Sterne funkelten lockend. Wir glaubten, wir würden diese Nacht nicht überleben. Im frühen Morgenlicht, in dem alles gleißend erstrahlte, so daß unsere Augen schmerzten, entdeckten wir, daß Nonni schwer und reglos dalag. Wir befreiten sein Gesicht aus dem umhüllenden Fell, um uns von seinem Zustand zu überzeugen: Das dünne Fleisch spannte sich gelblich über den Knochen; in seinen dunklen Augen regte sich nichts. Wir waren immer noch weit vom Pol entfernt. Ich erinnerte mich, daß es in der Nähe dieser Stelle eine Höhle gab, und dorthin trugen wir ihn. Er lag leicht wie ein Kind in meinen Armen. Die Höhle hatte nur eine kleine Öffnung, ein Loch im Schnee;

dort gab es keinen Vogelkot. Der Boden bestand aus einer harten grauen Mischung, aus Erde und Eis. Hier hatten wir nicht das Gefühl, aus den Tiefen der Höhle von Tieren beobachtet zu werden. Wir entdeckten Strohhaufen – vermutlich handelte es sich um die frühere Behausung eines Einsiedlers oder Eremiten – und entzündeten ein kleines Feuer. Aber es verbreitete nicht genügend Wärme, um Nonni zu retten. Er starb. Wir konnten ihn nicht begraben, der Boden war zu hart. Wir ließen ihn, eingehüllt in die dicken Felle, zurück und überlegten, wer von uns der nächste sein würde, während wir uns wieder auf unsere Reise machten, die wir für nutzlos, vielleicht sogar verbrecherisch hielten. Plötzlich ragte vor uns etwas Hohes, Schwarzes, Spitzes auf. Es war die Säule, die wir auf Anweisung von Canopus am Pol errichtet hatten! Doch sie war nicht mehr so hoch, wie wir sie in Erinnerung hatten, denn mehr als die Hälfte ihres Schafts verschwand inzwischen im Eis. Die Säulen an den Polen dienten den Raumschiffen von Canopus als nützliche Markierungen, wenn sie unseren Planeten besuchten.

Hier am Scheitelpunkt unserer Welt schien die Sonne heißer zu brennen als auf der ganzen Reise. Ihr werdet euch erinnern, ich erwähnte am Anfang, daß die Achse unseres Planeten eine kaum merkliche Neigung aufwies, was in der guten Zeit keinerlei Auswirkungen hatte; aber jetzt, unter diesen extremen klimatischen Bedingungen überlegten wir, ob diese leichte Neigung vielleicht eine Veränderung bewirkte, die spürbar genug war, um sie *Sommer* nennen zu können, wenn der andere Pol sich der Sonne zuwendete. Wie sich herausstellen sollte, war das der Fall: Es gab eine sehr kurze Jahreszeit, in der es wärmer wurde. Es war dann möglich, Getreide zu pflanzen und ein paar Gemüsesorten zu ziehen. Aber dieses bißchen Sommer konnte unsere Situation nicht verbessern.

Hier am Scheitelpunkt des Planeten umgab uns nichts als glitzerndes Eis, auf dem wir kaum einen Halt fanden. Wir mußten uns eingestehen, daß wir nichts gefunden hatten, was als Nahrungsquelle dienen konnte – ausgenommen vielleicht die kleinen weißen Schneetiere. Hier oben in diesen Breiten lebten sie nicht mehr – hier lebte nichts. Unser winziges Leben, unsere langsamen, durch die Kälte verwirrten Gedanken schienen uns fehl am Platz, beinahe ein Affront gegen die Natur zu sein. Die Natur verfügte, daß es hier nur die Stille des Eises und das Heulen der Stürme gab.

Auf dem Rückweg wurde das Mädchen krank, und wir mußten es auf einem der Kufenkarren ziehen – es gab Platz genug, denn wir hatten das getrocknete Fleisch beinahe aufgegessen. Als wir wieder die Täler erreichten, wo sich die kleinen Schneetiere unter den Schatten der großen Vögel bewegten, die auf weißen Schwingen über ihnen kreisten, fingen wir mehrere. Das fiel nicht schwer, denn sie waren zu unwissend, um uns zu fürchten. Es waren zutrauliche kleine Geschöpfe. Sie kuschelten sich an das Mädchen, das halb bewußtlos auf den Fellen lag. Ihre Zärtlichkeit und Wärme wirkten belebend; zum ersten Mal weinte Alsi über den Tod ihres Freundes Nonni.

Über den Rückweg kann ich nur berichten, daß er schrecklich war. Jeder Schritt erinnerte uns daran, wie töricht wir uns Gefahren ausgesetzt hatten, gegen die wir nicht gewappnet waren.

Als wir schließlich die Stelle erreichten, von der aus wir die schwarze Mauer zu sehen hofften, sahen wir nichts. Es war an einem blendenden, gleißend hellen Morgen nach einer Nacht, in der es so heftig geschneit hatte, daß wir glaubten, im Schnee zu ersticken. Wir stolperten mit zusammengekniffenen Augen vorwärts und stürzten beinahe über eine Klippe – unsere Mauer. Eis und Schnee hatten inzwischen ihre Höhe erreicht. Wir standen dort, blickten hinunter und sahen, daß der Schnee von der kalten Seite sich am Fuß der Mauer sammelte. Es handelte sich noch nicht um tiefe Wehen; doch er bedeckte schon ziemlich viel Erde.

Vorsichtig kletterten wir die glatten, gefährlichen Stufen hinunter in die Sicherheit. Alsi erholte sich bald und brachte die kleinen Tiere, die mit ihr auf dem Karren gesessen hatten, zu den Tierzüchtern. Nach vielen Versuchen fand man schließlich heraus, daß sie Flechten und das niedrige Gebüsch der Tundra fraßen. Aber wovon hatten sie sich in der Einöde des gefrorenen Wassers ernährt? Am Ende kam man zu der Ansicht, daß in den Höhlen Stroh oder Laub gelegen haben mußte oder daß es dort vielleicht sogar eine Art Vegetation gab. Wir züchteten diese Tiere wegen ihres Fleisches; aber das Problem bestand darin, daß wir nicht genug Futter anbauen konnten, um Tiere zu ernähren. Die großen Herden, die anfänglich trotz der spärlichen, kümmerlichen Vegetation zu gedeihen schienen, durchstreiften inzwischen ruhelos die Täler und Hänge, erkletterten sogar die hohen Berge auf der Suche nach Futter. Wenn die Kälte über unseren Schutzwall vordrang, würden die Gräser und Büsche verschwinden und mit ihnen auch die Herden…

Dieser Druck bewog auch unsere zartbesaiteten Repräsentanten, wieder an den Heiligen See zu denken, an unser Meer. Wir machten eine Zeremonie daraus. Die gesamte Bevölkerung der umliegenden Täler und Delegationen aus allen Teilen des Planeten standen am Ufer unseres Meeres. Es war ein düsterer grauer Morgen; auch die Menschen waren schweigsam und grau. Von unserem Platz am Fuß der niedrigen Hügel auf der einen Seite des Sees sahen wir in der Ferne am anderen Ufer bräunlichgrau eine dichtgedrängte Menschenmenge. Wir Repräsentanten befanden uns an der Stelle des Meers, die der Mauer am nächsten lag, und sahen hoch über den Bergen auf der anderen Seite des Wassers einen hellen, bläulichgrauen Himmel, der immer noch zu lächeln schien. Bedrohte Völker kennen ein Schweigen, von dem sie in unbeschwerten Zeiten nichts wissen. Man konnte beobachten, wie die Leute um mich herum die Köpfe wendeten, um in die Gesichter der anderen zu sehen. Alle schwiegen oder sprachen höchstens leise miteinander. Mir kam der Gedanke, daß die allgemeine Aufmerksamkeit entstand, weil sie, weil wir alle *lauschten*. Alles, was wir tun mußten, fiel uns schwer und war uns verhaßt. Selbst die kleinsten und gewöhnlichsten Dinge des täglichen Lebens, die sich ständig wiederholten – angefangen beim Überziehen der schweren Mäntel bis zur Zubereitung des fetten Fleischs, das inzwischen unsere Hauptnahrung bildete –, bereiteten uns Unbehagen; selbst im Schlaf ließ uns dieses Unbehagen nicht mehr los, denn immer drohte von allen Seiten Kälte. Das schwere Gewicht der Kälte schien in uns einzudringen und zu durchtränken wie Wasser ein Stück Ton. Dieses Unbehagen schwand selbst dann nicht, wenn wir die Hand ausstreckten und lächelten, denn unsere Gesichter und Körper schienen immer zu leicht, zu zerbrechlich zu sein für das, was sie tun und ausdrücken mußten. Uns schien nichts Instinktives und deshalb nichts Fröhliches oder einfach Angenehmes geblieben zu sein. Wir waren uns selbst ebenso fremd wie unserer Umgebung. Deshalb versanken Gruppen und Menschenansammlungen so oft und schnell in Schweigen, als sei dieser eine Sinn – das Hören – gezwungen, andere Sinne zu ersetzen, die uns fehlten und die wir brauchten. Wir *lauschten* – an den Augen jedes einzelnen konnte man erkennen, daß wir ständig darauf warteten, Neuigkeiten, Nachrichten oder Informationen zu erfahren.

Einige der Repräsentanten hatten angeregt, aus dem Anlaß der Freigabe unseres Sees zur Nutzung und Nahrungsbeschaffung eine Zeremonie mit Liedern und Gesängen zu machen, die unsere Vergangenheit mit der bedrückenden Gegenwart verglichen. Unsere jüngste Vergangenheit … nur die kleinen Kinder erinnerten sich nicht an unseren leuchtendblauen See inmitten der unendlichen Vielfalt grünen und gelben Blattwerks. Wozu brauchten wir ein förmliches Ritual der Erinnerung? Unser großes, glitzerndes Wasser war blau, war grün gewesen, und kleine weiße Wellen kräuselten es. Überall entlang der Ufer mit der erstaunlichen und wunderbaren Farbenpracht gab es braune Felsen, von denen man ins Wasser springen konnte … Wenn man nur von dunklen, grauen und schmutzigen Farben umgeben ist, erscheint einem der Farbenreichtum eines warmen, fruchtbaren Landes erstaunlich und beinahe wie ein Wunder. Standen wir wirklich einmal hier an diesem Ufer, wir, die Bewohner unseres heimgesuchten Planeten – standen wir hier und sahen flinke und geschmeidige braune Körper im Wasser schwimmen und tauchen, in dem sich der Himmel spiegelte? Hatten wir tatsächlich in warmen Nächten an diesen Ufern getanzt und gesungen … in warmen Nächten, in denen sich unzählige Sterne im weichen dunklen Wasser zu tummeln schienen? *Hatten* wir das wirklich getan? Wir wußten, daß wir es getan hatten, und wir erzählten all das unseren kleinen Kindern … ihre Augen hingen verwundert an unseren Gesichtern, und ihre Blicke verrieten deutlich, daß sie unsere Geschichten ebenso glaubten wie die Legenden, die Canopus uns gebracht hatte, um sie den Kindern zu erzählen. Canopus hatte uns Repräsentanten Hunderte von Geschichten erzählt. Sie sollten unser Volk auf unsere Rolle als ein Planet unter vielen Planeten vorbereiten. Durch sie sollten unsere Kinder erfahren, daß Canopus sie liebte, ernährte und behütete. Ich erinnere mich, daß ich als kleines Kind zusammen mit anderen Kindern von den Repräsentanten jener Zeit in einer milden warmen Nacht auf einen Hügel geführt wurde. Dort zeigten sie uns einen strahlenden Stern tief am Horizont und erklärten, dies sei Canopus, der Stern, der über uns wachte und uns nährte. Ich erinnere mich, wie schwer es mir fiel, das alles zu begreifen. Ich bemühte mich, das raschelnde Gras zu meinen Füßen, die vertraute Wärme der Hände meiner Eltern und den angenehmen Geruch ihrer Körper mit dem Gedanken in Einklang zu bringen, daß dieses leuchtende Ding dort oben, dieses kleine Licht, eine Welt wie unsere Welt, wie unser Planet ist.

Und wenn ich zu diesem Stern aufblicke, muß ich mich erinnern, daß es eine Welt ist: mein Schöpfer.

Ich weiß noch, daß ich es halb verstand und es zum Teil glaubte. Die Legenden und Geschichten erfüllten meinen Verstand und boten ihm Nahrung. Sie schufen einen Platz in mir, den ich jederzeit betreten konnte, um mich aufzurichten und an Ganzheit und Größe zu stärken. Doch diese langsame Veränderung, die Canopus überwachte (wie ich wußte, obwohl es mir schwerfiel, es zu glauben), war keineswegs leicht gewesen.

Als wir an diesem grauen Tag über das graue Wasser blickten, standen wir vor der schwierigen Aufgabe, uns gegenseitig zu sagen (und es zu begreifen), daß dieses unberührte Wunder des Planeten, dieses Heiligtum, in dem wir geschwommen waren, in dem wir gespielt, das wir aber nie entweiht hatten, zur Nahrungsgewinnung genutzt werden sollte, wie wir einmal beinahe den ganzen Planeten genutzt hatten… wie wir ein kleines Gebiet um den Pol immer noch nutzten, das sich dem fruchtbaren Licht unserer Sonne kaum merklich zuneigte. (Ja, wir nutzten unseren kurzen, beinahe nicht spürbaren »Sommer«!) Wir wollten die Geschöpfe ernten, die in unserem »Meer« lebten. Wir wollten es vorsichtig tun, denn von uns gab es viele und von ihnen nicht so viele, daß wir hätten so viele nehmen können, wie wir brauchten.

Die Repräsentanten, deren Obhut der See unterstand, seine Hüter, *Rivalins* genannt, lösten sich aus der schweigenden Menge. Sie bestiegen ein geschmücktes Boot; es sollte so fröhlich wie möglich aussehen, und deshalb hatten wir es mit den wenigen Dingen, die unsere Vegetation noch bot, dekoriert – mit Girlanden aus Flechten und Ähren. Das Boot entfernte sich vom kalten Ufer – allerdings nicht weit. Die Männer standen auf Deck und hielten die neuen Geräte hoch, damit alle sie sahen. Es waren Netze, Speere und Harpunen und alle Arten Leinen mit Haken. Die Speere nahmen sie mit wegen der Geschichten über Ungeheuer, die angeblich in der Mitte des Sees in der Tiefe hausten. Manchmal waren Leute ertrunken – allerdings nicht oft. Man erzählte, sie seien von den großen Wesen, die niemand je gesehen hatte, mit in die Tiefe genommen worden. Aber es gab keine Ungeheuer – zumindest hatten wir sie nie gesehen.

Als die Repräsentanten die neuen Waffen hoch über die Köpfe hoben und hin und her bewegten, um sie uns allen zu zeigen, geschah etwas Unerwartetes: Ein Stöhnen oder Schrei stieg aus der Menge auf. Dieser Laut, der wie aus uns herausgepreßt wurde, erschreckte uns alle. Es war eine heftige Klage. Weshalb? Weil die Notwendigkeit uns zwang zu entweihen, was uns einmal heilig gewesen war? Nicht nur an unserem Ufer entrang sich den Menschen dieser heftige, stöhnende Aufschrei. Um den ganzen See fuhren Leute in Booten auf den See hinaus, um mit den neuen Geräten die Geschöpfe des Wassers zu fangen. Und an jedem Ufer ertönte diese durchdringende Klage.

Der kurze Moment der Klage ging vorüber, und es herrschte wieder Stille – eine tiefe, lauschende Stille.

Manche Leute warteten, um zu beobachten, wie die ersten Tiere aus dem Wasser gezogen wurden. Beim Schwimmen hatten wir sie natürlich oft genug gesehen. Die Beobachtung der langen, schmalen, flinken Wasserwesen, die an Vögel ohne Flügel erinnerten – obwohl manche sich kleiner, zarter Flügel zu bedienen schienen –, hatte uns ursprünglich einmal zu dem Gedanken geführt, daß Lebewesen die Gestalt ihrer Umgebung annahmen. Sie waren ein Plan, eine Karte, an dem sich ihr Lebensraum ablesen ließ. Vögel – die einzelgängerischen Wesen unserer neuen Zeit und die munteren Schwärme von früher – zeichneten für uns die Luftströmungen nach. Und die Wassertiere – die ungeselligen – schienen immer die größeren zu sein, die anderen schwammen in Gruppen, Schulen oder Schwärmen, glitten und flohen pfeilschnell in jede beliebige Richtung – zeichneten ein sichtbares Bild der Strömungen des Wassers, die wir ebensowenig sehen konnten wie die Bewegungen der Luft. Wir beobachteten die Geschöpfe von Luft und Wasser und erkannten so den Lauf, das Drehen, Kreisen und Wirbeln dieser Elemente.

Doch die meisten Leute machten sich auf den Heimweg. Wir Repräsentanten standen auf einer Anhöhe und beobachteten, wie diese armen Leute, unsere Schützlinge, schnell, beinahe verstohlen in ihren Behausungen verschwanden, als fürchteten sie, gesehen oder sogar kritisiert zu werden. Weshalb kritisiert? Leider ist es eine Tatsache, daß Völker sich in Zeiten großen Unheils schuldig fühlen. Schuldig weshalb? Ach, was nützen solche rationalen, kühlen Fragen angesichts der plötzlichen, nicht für möglich gehaltenen, unerwarteten Grausamkeiten der Natur! Unsere Bevölkerung hatte das Gefühl, bestraft zu werden… und doch hatte sie kein Unrecht getan… und doch wurde sie das Gefühl nicht los. Wir mußten die Leute nur ansehen, um es zu erkennen – wie sie sich bewegten, beieinanderstanden und im Gesicht des anderen Bestätigung oder Beruhigung suchten. Eine unsichtbare Bürde schien auf ihnen zu lasten, unter der sie die Schultern krümmten, und die ihrer Kopfhaltung etwas trotzig Leidendes verlieh. Sie drängten sich zusammen und warfen beim Gehen verstohlene Blicke um sich, als lauerten Feinde auf sie. Und dabei hatten wir nie Feinde gehabt. Bis vor kurzem kannten wir noch nicht einmal Verbrechen oder Verbrecher. Diese Menschen, diese vom Schicksal begünstigten, glücklichen Menschen waren vor kurzem noch so fröhlich, lebhaft und spontan gewesen. Sie hatten sich gegenseitig und der Erde, in und auf der sie lebten, vertraut, und jetzt konnten sie keine Geste, keine Bewegung mehr machen, ohne daß darin Furcht oder ein Unrecht zum Ausdruck kam – und das war ein großes Unrecht an ihnen.

Wir hatten darüber beraten, wie man dem abhelfen könne.

Sollten wir an sie appellieren, mit ihnen sprechen, ihnen erklären, mit ihnen diskutieren und rechten... Weshalb solltet ihr, unser tapferes und mutiges Volk, das diese schwere Zeit so gut und aufrecht erträgt, diese schwere Zeit, die alles, was wir kannten, auf so schreckliche Weise verändert hat... *weshalb soll es den Anschein haben, man hätte euch verurteilt, für ein Verbrechen zu büßen? Es ist kein Verbrechen begangen worden! Euch trifft keine Schuld! Bitte, macht eine Sache, die schon schlimm genug ist, für euch und andere nicht noch schlimmer. Bitte, denkt daran, wie diese neue Haltung oder Einstellung – als würdet ihr in jedem Augenblick damit rechnen, daß ein Richter eine Strafe über euch verhängt – euch schwächen und uns alle, in unserem tiefsten Wesen, langsam zerstören muß...*

Das war die Stimme der Vernunft, und wir dachten daran, sie zu erheben. Aber wir taten es nicht. Die Vernunft kann die Quellen der Unvernunft nicht erreichen, sie kann sie nicht heilen oder kurieren. Nein, in unserem Volk arbeitete etwas, dessen Ursache und Quelle sehr viel tiefer lagen; und dorthin konnten wir, die Repräsentanten, nicht vordringen. Natürlich arbeitete es auch in uns, denn wir gehörten zu ihnen und lebten unter ihnen. Waren wir deshalb notwendigerweise ebenfalls davon betroffen? Vielleicht nicht in dem Bereich, den wir bei unseren Leuten deutlich sahen, sondern vielleicht tiefer und möglicherweise schlimmer? Wie sollten wir es wissen? Wie sollten wir entscheiden, was wir richtigerweise tun und sagen sollten, wenn wir dem mißtrauten, was in unseren eigenen Köpfen vorging, und wenn wir uns auf unser Urteil nicht mehr verlassen konnten?

Welche Worte konnten wir überhaupt finden, die alles aufwogen, womit jeder Tag und Nacht zu leben hatte: Das Wissen, daß infolge uns unbekannter Ereignisse gewisser Bewegungen der Sterne (kosmische Kräfte, wie Canopus es nannte – obwohl diese Worte unsere Bestürzung keineswegs verringerten) unser Heimatplanet, der schöne Planet 8, erstarrte und starb. Wir konnten nichts tun, nichts denken oder sagen, um an dieser grundlegenden Wahrheit etwas zu ändern. Wir alle mußten damit leben, so gut wir es vermochten. Wir mußten uns Gefahren stellen, die wir nicht verstanden. Doch irgendwann in der Zukunft in langer oder vielleicht auch kurzer Zeit – denn wir wußten nicht, was wir zu erwarten hatten – würde Canopus kommen und uns alle auf das fruchtbare Rohanda bringen – Rohanda, der milde Planet, der uns freundlich aufnehmen würde…

Wir, die Repräsentanten, machten uns auf den Weg zu unserem Versammlungsplatz. Dort saßen wir den Rest des Tages zusammen – meist schwiegen wir. Früher versammelten wir uns im Freien. Wir trafen uns am Hang eines Hügels oder nachts unter den Sternen. Nun saßen wir, in unsere Mäntel gehüllt, unter einem niedrigen Dach eng beisammen. Es war sehr kalt. Inzwischen gab es auch kein Feuer und keine Heizung mehr. Alles Pflanzliche, Dung, Flechten, ja sogar die Erde, die langsam brannte, mußte man jetzt unter dem Aspekt einer Eignung als Tierfutter betrachten. Wir hatten beobachtet, wie die großen Herden halb wahnsinnig vor Hunger auf der Suche nach Freßbarem diese Erde aufscharrten, die zum großen Teil aus abgestorbenen Pflanzen bestand, und sie fraßen. Weil sie dieses Futter nicht mochten, spien sie die Erde oft wieder aus – aber nur, um sie von neuem ins Maul zu nehmen.

Die Repräsentanten, die am Seeufer entlanggefahren waren und die neuen Methoden zum Nahrungserwerb demonstriert hatten, kamen ebenfalls und setzten sich zu uns. Wir berieten, wie diese neue Quelle der Ernährung am besten zu nutzen sei.

Ich will hier nur so viel sagen, daß unser hartes Los von der Nahrung im See etwas gemildert wurde. Doch wir fingen nicht viel, und es genügte nicht für alle. Im Vergleich mit anderen Planeten, deren Bevölkerung, wie wir wußten, nach Millionen zählte, konnte man unser Volk nicht als groß bezeichnen. Aber es war nicht klein genug, um sich lange aus einem See von bescheidener Größe ernähren zu können. Wir wußten diese Nahrung zwar zu schätzen, aber sie schmeckte uns nicht. Oh, wie wir uns nach dem Gemüse, dem Obst und Getreide der alten Zeit sehnten … inzwischen lebten wir nur noch von tierischer Nahrung, wenn wir nicht die Flechten von den Felsen schabten. Wir verrohten, wurden robuster und sahen speckig und schwerfällig aus. Es fiel nicht leicht, sich an unser früheres Aussehen zu erinnern. Unsere Haut schien stumpf zu werden und sich dem vorherrschenden Grau anzupassen. Das Grau, Grau, Grau, das wir überall sahen. Ein grauer Himmel, graue oder bräunliche Erde, ein grünlichgrauer Belag auf den Felsen, dunkelgraue Herden, und auch die großen Vögel in der Luft waren grau und braun … doch wenn sie über die Mauer segelten, aus der der Frost inzwischen nicht mehr wich und die deshalb ebenfalls grau vor uns aufragte, waren sie immer öfter weiß … leichte, schwebende Vögel mit einem weißen Federkleid kamen aus der weißen Einöde jenseits unserer Mauer.

Wenn wir zur Mauer aufblickten, sahen wir, wie sich das Eis bis über den Mauerkranz preßte und schob. Eine schmutziggraue, weißliche Platte ragte über die Mauer – die Zunge eines Gletschers. Wenn die Mauer nachgab … was stand dann noch zwischen uns, dem Eis und dem Schnee des ewigen Winters dort oben, der uns mit heulenden Winden und Stürmen nachts nicht schlafen ließ, wenn wir uns unter zahllosen Fellen zusammendrängten? Doch die Mauer würde nicht einstürzen, nein, das konnte sie nicht … Canopus hatte sie angeordnet. Wir hatten sie auf Anweisung von Canopus gebaut. Deshalb würde sie halten …

Aber wo blieb Canopus?

Wenn man uns rechtzeitig genug befreien wollte, um alle zu retten, dann war es bereits zu spät.

Ich habe bereits erwähnt, daß wir unter Verbrechen und Gewalttätigkeiten litten, die neu für uns waren. Sie forderten nicht viele Opfer. Aber jedes Verbrechen erschien uns als eine Ungeheuerlichkeit und als etwas Entsetzliches, denn früher gab es das bei uns nicht.

In einer verhängnisvollen Zeit, in der das Unheil so viele Leute heimtückisch überfällt, ist es nicht leicht, sich angebrachtem Kummer oder Selbstvorwürfen zu überlassen. Es war nicht angemessen, daß uns die vereinzelten Opfer eines Mordes oder ein Raubüberfall mehr bedrückten und in Zorn versetzten als der Tod von zwanzig Leuten infolge eines unerwarteten Schneesturms. Hing es damit zusammen, daß wir uns für die Gewalttätigkeiten verantwortlich fühlten, obwohl es vor dieser neuen Zeit, in der die Natur uns so grausam behandelte, keine Gewalt und keine Gewalttätigkeiten gab? So gesehen war niemand für diese Morde verantwortlich. Offensichtlich gingen sie mit der allgemeinen Verschlechterung auf allen Gebieten einher. Früher bot jeder Todesfall Anlaß zu aufrichtiger, öffentlicher Trauer. Wir kannten uns alle. Kein Gesicht blieb unbekannt, auch wenn die Namen es sein mochten.

Aber die Veränderung hatte schon vor einiger Zeit eingesetzt.

Als Nonni in der Kälte starb, litten wir nur wenig. Wir froren viel zu sehr, und uns drohte selbst der Tod. Alsi trauerte um ihn, aber nicht, wie sie es früher wahrscheinlich getan hätte. Nein, der Tod besaß einen neuen Stellenwert, der uns beschämte. Wir konnten nicht mehr soviel Anteil nehmen, wie wir es einmal getan hatten … das war die Wahrheit. Ließ die Kälte unsere Herzen erstarren, floß unser Blut langsamer, machte sie uns weniger liebevoll und aufgeschlossener füreinander? Ein Kind starb, und alle wußten, daß wir insgeheim vielleicht dachten: Wie gut! Welche Schrecken bleiben diesem bedauerlichen Wesen erspart! Es ist beinahe mit Sicherheit weniger bedauernswert als wir, die Überlebenden! Und wir wußten, daß wir dachten: Ein Mund weniger zu füttern. Und: Es wäre besser, es würden in dieser schrecklichen Zeit überhaupt keine Kinder mehr geboren. Ich habe bereits angedeutet, wenn eine Spezies beginnt, so über die kostbarste, natürlichste Fähigkeit zu denken, Kinder zu gebären und ein Erbe weiterzugeben, dann ist sie wirklich in ihrem Wesen getroffen. Was sind wir, wenn nicht Kanäle für die Zukunft? Was sind wir, wenn diese Zukunft nicht besser sein wird, als wir es sind … besser als die Gegenwart?

Wir wußten, was wir einmal gewesen waren: Als die Nachricht von Kämpfen in einem anderen Tal eintraf, Kämpfe um Lebensmittel, vielleicht sogar aus keinem erkennbaren Grund, blickten wir zu unserem düsteren Himmel auf und dachten: *Wann wirst du kommen, Canopus? Wann wirst du dein Versprechen erfüllen, das du uns gegeben hast?*

Canopus kam, aber anders als wir es erwartet hatten. Eine große Flotte Raumschiffe überflog den warmen Pol und landete auf der Tundra. Wie es schien, war eine ganze Armee von Canopäern damit beschäftigt, die Raumschiffe zu entladen. Zuerst wußten wir nicht, was sie uns alles brachten, denn wir schwelgten in den Lebensmitteln, die wir so lange nicht gesehen hatten – alle Arten getrockneter und konservierter Früchte und Gemüse. Aber in erster Linie stapelten sich auf dem Boden Container mit einer Art biegsamer Substanz. Die Canopäer erklärten, wir sollten damit unsere Häuser isolieren.

Hatten sie keine andere Botschaft für uns? Eine Nachricht von Johor zum Beispiel? Teilte man uns nicht mit, wann wir endlich gerettet würden?

Nein, nichts von alldem – die Raumflotte hatte Anweisung, uns diese Materialien zu bringen, und dies war geschehen. Danach stiegen die Raumschiffe wieder in den Himmel auf und verschwanden.

Wir kannten das Material für die Ummantelung unserer Häuser nicht. Es war dick, weich, leicht zu handhaben, und wir sollten daraus Hüllen, Hauben und Einschalungen für unsere Behausungen anfertigen. Das Material war so leicht, daß wenige Leute genügten, um es zu schneiden, anzupassen und die fertige Hülle über die Gebäude zu stülpen. Wir berieten, ob wir in die Verschalungen Fenster einschneiden sollten, entschieden uns aber dagegen. Als Belüftung mußte das Öffnen und Schließen der Türen ausreichen. In den überfüllten Häusern herrschte jetzt beinahe völlige Dunkelheit, denn sie wurden nur schwach von Elektrizität erhellt und wenn möglich durch in Talg getauchte Flechten, die lange brannten. Unsere Welt war jetzt dunkel. Sie wurde dunkler und immer dunkler, während der Himmel über uns undurchdringlicher und grauer wirkte. Wir erwachten in der dumpfen Dunkelheit, die die zusammengedrängten Körper etwas wärmten. Wir entzündeten unsere kleinen, glimmenden Lampen oder genehmigten uns das schwache, nur glühende elektrische Licht. Wir traten in eine Welt hinaus, in der sich nur weit unten in der Nähe des Pols eine Spur Helligkeit und am Himmel manchmal ein blauer Fleck zeigte. Über die graue Mauer trieben die schneebeladenen Wolken. Mittlerweile tanzten und wirbelten die Schneeflocken auf unserer Seite am Fuß der Mauer; Stürme waren an der Tagesordnung. Und jeder Ansturm heulender Winde schien uns mehr an die Erde zu pressen. Nicht alle unsere Gebäude waren mit dem Isolationsmaterial umhüllt worden. In manchen Städten gab es Häuser mit fünf, ja sogar sechs Funktionsebenen. (Mir ist natürlich bewußt, daß dies all jene nicht beeindrucken wird, die auf Planeten mit Gebäuden leben, die so hoch wie Klippen oder Berge sind. Ich habe solche Gebäude mit eigenen Augen gesehen.) Sie waren zu hoch, um sie isolieren zu können. Einige abgehärtete Leute beschlossen, dort zu bleiben. Aber nach jedem Sturm leerte sich eine Ebene nach der anderen. Schließlich lebten nur noch ein paar Menschen auf der untersten Ebene, vielleicht auch eine darüber. Alle, die aus ihren hochliegenden Wohnungen und Arbeitsplätzen vertrieben worden waren, drängten sich weiter unten zusammen. Unter dem Druck der ständig wachsenden Zahl mußten sie sich schließlich einer Familie, Gruppen oder Clans anschließen, die möglicherweise etwas mehr Raum zur Verfügung hatten, und trugen so noch mehr zu der allgemeinen Überfüllung bei… zu den Spannungen… zu den ständig sich verschlechternden Stimmungen und der Reizbarkeit von allen. Jetzt verschlimmerte sich die allgemeine Lage sehr schnell.

Der Zwang, unsere Häuser mit den schweren Hüllen zu umgeben, schien zu einem neuen Höhepunkt der Explosivität geführt zu haben. Von überall her kamen Nachrichten, die es bewiesen.

»Auf der anderen Seite des Planeten ist es zu Kämpfen gekommen.«

»Zu Kämpfen? Hat es Tote gegeben?«

»Viele… sehr viele.«

»Viele Menschen sind umgekommen? Weshalb? Sind so viele Streitigkeiten gleichzeitig ausgebrochen?«

»Ganze Gruppen haben gekämpft.«

»Gruppen… haben gegeneinander gekämpft?«

»Ja, Gruppen. Die Bewohner eines Dorfes kämpften gegen ein anderes Dorf.«

»Aber weshalb?«

»Jedes Dorf beschuldigte das andere, sich schlecht zu benehmen.«

»Das verstehe ich nicht.«

Ja, so nahmen wir die Nachrichten unserer ersten gewalttätigen Auseinandersetzungen auf. Und diese Fassungslosigkeit hielt an.

»Sie kämpfen dort drüben in den Bergen.«

»Sie kämpfen? Wer? Weshalb? Hat es eine Invasion gegeben? Sind Feinde vom Himmel eingefallen?«

»Nein, nein, es sind die Leute in der Gegend um das Vorgebirge. Früher gingen unsere jungen Leute dorthin, um sich Männer und Frauen zu suchen, erinnerst du dich?«

»Wie können sie kämpfen? Weshalb?«

Und dann hieß es: »Im nächsten Tal ist Krieg ausgebrochen.«

»Krieg?«

»Ja, die Leute in den Dörfern haben sich dort in zwei Parteien aufgespalten und stehen sich bewaffnet gegenüber.«

»Ist jemand getötet worden?«

Und so ging es weiter... lange Zeit. Es ging selbst dann weiter, als solche Dinge bei uns geschahen. Familien, die es immer noch auf der untersten Ebene eines ungeschützten Gebäudes ausgehalten hatten, stellten fest, daß die Öffnungen alle zugeschneit waren. Sie verließen ihre Wohnungen und gingen von einem Nachbarhaus zum anderen. Man schickte sie weg. Man schickte sie von einem Platz zum anderen – und wies sie überall ab. Schließlich griffen diese Leute zu allen möglichen Waffen, Steinen, Stöcken und selbst zu den Geräten, mit denen die Lebewesen des Sees gefangen wurden, und erzwangen sich den Zugang in eine Wohnung. Dort blieben sie in einem Teil des Hauses: ein feindseliger, verteidigungsbereiter Clan, der Wachen aufstellte, um beim ersten Anzeichen von Vergeltungsmaßnahmen die anderen zu alarmieren. Sie schliefen dort, kochten und führten ihr Leben als Einheit weiter. Sie hausten in einem großen Zimmer, nur durch eine Wand von ihren Feinden getrennt. Die so bedrohten Leute versuchten, sie mit Waffengewalt hinauszuwerfen, und es gelang ihnen schließlich, sie zu vertreiben. Der heimatlose Clan zog erneut von einem Platz zum anderen und hoffte, sich irgendwo den Zutritt zu erzwingen. Im dichten Schneetreiben, das es schwierig machte, Freund und Feind zu unterscheiden, kam es zum Handgemenge und zu Kämpfen. Als sich die Eindringlinge den Zugang erzwangen, kämpften die Überfallenen in der Finsternis der dunklen Räume weiter. Man rief uns Repräsentanten. Der Repräsentant für Behausung und Unterkunft ging zu den Streitenden und bestand darauf, daß der Clan sich auflöste; er wies die Leute einzeln oder zu zweit in viele

Hausgemeinschaften ein. Niemals zuvor hatten wir einen Clan aufspalten müssen, von einer Familie ganz zu schweigen. Wir alle betrachteten dies als einen weiteren Schritt nach unten, der Unannehmlichkeiten und sogar Gefahren mit sich brachte. Der Clan bildete unsere elementare Einheit; wir sahen darin unsere Kraft, das Fundament unseres Volkes. Doch es gab keine Alternative. Wir konnten keine neuen Häuser bauen; wir besaßen nicht die erforderlichen Materialien. Wir konnten die vorhandenen Wohnungen nur so gut wie möglich nutzen.

Nicht nur die Auflösung einiger Clans bedrohte uns auf eine neue Weise. Es kam beinahe zu einer Rebellion: Der Clan fügte sich dem Befehl des Repräsentanten, aber höchst widerwillig. Es fehlte nicht viel, und die Leute hätten sich geweigert. Wir besaßen kein Mittel, um anderen unseren Willen aufzuzwingen. Wir hatten uns nie als etwas anderes als die Stimme der Allgemeinheit gesehen; wir hatten nie daran gedacht, daß wir Individuen oder Gruppen einmal etwas aufzwingen müßten, gegen das sie sich heftig zur Wehr setzten. Unsere Stärke beruhte nur auf unserer Wahl durch die Allgemeinheit; wir führten, wie wir wußten, den Willen aller aus, also das, worin wir übereinstimmten. Wenn keine Einigkeit herrschte, konnten wir nicht funktionieren. Hätte unsere Gruppe unserem Repräsentanten erklärt: Nein, das tun wir nicht!, hätten wir nichts dagegen unternehmen können; es wäre das Ende unserer Lebensweise als Volk gewesen.

Das wußten wir alle. Und schließlich bewog die Furcht vor der allgemeinen Anarchie den Clan, sich zu trennen, und die einzelnen gingen zwar widerwillig, aber ohne sich aufzulehnen in getrennte Wohngemeinschaften.

Trotzdem war damit ein Abschnitt zu Ende, auf den wir sehr bald als eine Zeit der Unschuld zurückblicken sollten, in der wir uns unseres Glücks nicht bewußt waren.

Aber unsere Hauptsorge galt nicht der sich verschlechternden Stimmung unserer Leute, sondern der Bedrohung durch das Eis. Es stöhnte und kreischte, während sich die immer höher werdenden Massen näher schoben und auf der Mauer türmten, so daß es uns vorkam, als blickten wir auf einen wandernden Berg. Wir Repräsentanten suchten zusammen einen Platz an der Mauer auf, wo es eine Lücke im Packeis darüber gab, und kletterten vorsichtig die gefährlichen, bröckelnden Stufen nach oben. Die Oberfläche der Mauer wirkte porös, sie löste sich in winzige, frostige Krümel auf, die wir zwischen den Fingern verreiben konnten. Aber wir hofften, daß es sich nur um die Oberfläche handelte. Einer von uns glitt aus und stürzte beinahe von ganz oben ab; doch die Schneewehen waren inzwischen sehr tief, und er verletzte sich nicht. Die Stufen endeten an einem kleinen Platz zwischen den Eiszungen, die sich auf beiden Seiten vorschoben. Dort standen wir dicht zusammengedrängt und hielten uns gegenseitig fest, denn es fiel schwer, das Gleichgewicht zu halten. Ein schneidender Wind umtobte uns heulend; er wirbelte Wolken kleiner weißer Kristalle durch die Luft, und wir konnten den Horizont nicht erkennen. Tief unten lag unsere kleine Stadt, die früher einmal weiß inmitten von Parks und Alleen geleuchtet hatte; inzwischen konnten wir sie kaum noch ausmachen, denn die grauen, schützenden Umhüllungen verschmolzen mit der Tundra, und wir blickten auf eine Ansammlung von Buckeln und Höckern hinunter, die aus der Erde herausgewachsen zu sein schienen. Ein paar der höheren Gebäude ragten klar und dunkel auf, die oberen Teile waren in den Stürmen eingestürzt und wirkten zersplittert. Auf den Straßen regte sich kaum etwas; nur noch wenige Leute verließen ihre Häuser, wenn es nicht unbedingt sein mußte. Wir waren ein passives Volk geworden, das sich verdrießlich vom Nichtstun, verdrießlich vor erzwungener Geduld in den Wohnungen zusammendrängte. Alle warteten.

Sie warteten auf den Augenblick, in dem wir aus unserem

trostlosen kalten Land in das Paradies Rohanda gebracht werden würden. Die Menschen kauerten im Innern der niedrigen, dunklen, schlechtriechenden Häuser, in denen die Kälte jede Bewegung langsam und mühsam machte, und warteten. Wir standen auf der Eisklippe hoch über ihnen, starrten in den grauen Himmel und hielten Ausschau nach Canopus, suchten die wunderbaren Raumschiffe unseres Retters und Schöpfers Canopus.

Wo war Canopus? Weshalb zögerten die Canopäer so lange, ließen uns warten, leiden und an unserer Rettung zweifeln? Weshalb weckten sie Zweifel an uns selbst und an ihnen? Welchen Grund gab es dafür? Ja, sie hatten uns gewarnt und dafür gesorgt, daß wir uns vorbereiteten. Sie hatten die Schutzmauer angeordnet und uns gelehrt, wie wir unsere Gewohnheiten, unser Leben ändern konnten – manchmal erschien es wie eine Veränderung unseres Wesens, unseres innersten Ichs –, und sie hatten dieses erstaunliche Material eingeflogen, mit dem man Städte bekleiden konnte, als seien es Menschen. Aber man evakuierte uns *nicht*, rettete uns nicht, und überall degenerierten unsere Leute. Sie wurden zu Dieben und manchmal zu Mördern, und es schien noch immer kein Ende in Sicht zu sein.

Wir äußerten unsere Gedanken an diesem bitterkalten Morgen auf der Eisklippe, wir Repräsentanten … wir waren fünfzig, und jede Tätigkeit, jede Pflicht und jede Arbeit, die unser Volk ausübten und die uns jetzt noch blieben, waren durch uns dort vertreten. Wir standen auf dem Eis und blickten in Gesichter, die in den großen zotteligen Pelzen kaum noch sichtbar waren, und sahen die vielfältigen Aufgaben und Funktionen der alten Zeit, aber jetzt – immer und immer wieder – einen Repräsentanten für Wohnen und Unterkunft, einen Repräsentanten für Nahrungsmittel, einen Repräsentanten für die Verteilung von Wärme bzw. die Varianten dieser Grundbedürfnisse.

Wir bewahrten in einer bewußten Anstrengung das Wissen um unsere Möglichkeiten, das Potential für die Zukunft, das in der Vergangenheit so reichlich angewendet worden war. Wir waren nicht nur zitternde Tiere, deren einzige Sorge um Wärme und Nahrung kreiste – wir waren nicht nur das, was wir sahen, während wir uns zusammendrängten und versuchten, den Halt nicht zu verlieren, während der Wind an uns zog und zerrte. Nein, wir waren immer noch, was wir gewesen waren und wieder sein würden… Aber wo blieb Canopus, der uns wieder zu uns selbst machen würde?

Noch einmal umwanderten wir den Planeten – diesmal am Fuß der Mauer oder Klippe und nicht auf dem Mauerkranz, denn das vordrängende Eis machte das unmöglich. Wir stapften und stolperten durch Schneewehen und über gefrorenen Grund und wendeten den Blick immer nach rechts, denn wir bemühten uns, die Sonne so gut wie möglich vor uns zu haben – unsere arme, schwache, fahle Sonne. Sie schien inzwischen beinahe Wärme von uns aufzunehmen, anstatt uns zu nähren und zu wärmen. Unsere Augen glitten ständig aufmerksam über die Mauer oder Klippe, denn wir fürchteten, sie würde nachgeben. Doch bis jetzt zeigten sich keine großen Risse, obwohl die ganze Oberfläche bröcklig und gesprungen war. Die Mauer hielt stand. Die Reise dauerte doppelt so lange wie die erste, auf der Canopus uns begleitet hatte; wir froren, schienen zu erstarren und hatten das Bedürfnis zu schlafen. Schlafen… Schlafen… unser Geist fand darin seine Zuflucht; das Bedürfnis, uns im Vergessen zu verlieren, quälte und folterte uns. Sobald das Licht schwand, setzten wir uns dicht zusammengedrängt an einen Platz, an dem der Schnee nicht so tief war. Dort saßen wir mit dem Rücken zur großen Mauer und aßen unser geschmackloses, unappetitliches, getrocknetes Fleisch oder kauten die Wurzeln der halbgefrorenen Binsen. Wir schliefen, als seien wir ein einziger Organismus und nicht viele Menschen – als sei unsere getrennte, einmalige Individualität nur eine weitere Last geworden, die man abwerfen, auf die man verzichten mußte wie auf eine unnötige Bewegung. Und doch waren wir in Bewegung… als einzige unseres Volkes empfanden wir eine Art Ruhelosigkeit; sie hatte uns zu dieser Reise getrieben. Während die anderen die lange Zeit des Wartens verschliefen und verträumten, während sie zusammengedrängt in ihren dunklen und kalten Häusern saßen, empfanden wir immer noch das Bedürfnis, von einem Platz zum anderen zu eilen, als könnten wir woanders auf etwas stoßen, das uns vielleicht helfen würde.

Auf dieser Reise, während wir uns bei Einbruch der Dunkelheit zusammenkauerten, schloß sich einer von uns einmal der Gruppe nicht sofort an. Es war *Marl,* früher der erfahrene Züchter inzwischen ausgestorbener Tiere. Er machte sich daran, eine Schneewehe mit seinen Händen zu erhöhen, um einen Windschutz zu schaffen, hinter dem wir bequemer lagern konnten. Marl war immer ein starker, kräftiger Mann gewesen, und selbst jetzt gelang es ihm, sich mit einer gewissen Leichtigkeit und Zielstrebigkeit zu bewegen; es war ein Vergnügen, seinem geschickten Vorgehen zuzusehen. Wir beobachteten ihn; wir sahen in diesem Gesicht, das ebenso hager war wie alle unsere Gesichter, eine Konzentration und eine Energie, die uns wieder auf die Füße brachte – sie verlieh uns Entschlossenheit und Selbstdisziplin. An diesem und den folgenden Abenden bauten wir alle Schneemauern, die immer höher wurden, und wir fanden Schutz in einem Kreis hoch aufgeschichteten Schnees, der sich nach innen wölbte. Bald verbrachten wir die Nächte in Kuppeln aus Schnee. Bei ruhigem Wetter wölbten sie sich fest und sicher über uns, doch die Stürme bliesen sie davon. Aber wir lernten, den Schnee festzustampfen und die Stücke aufeinanderzuschichten: Wir wußten, wir hatten eine Methode gefunden, um für die Heimatlosen, die nicht mehr in den hohen Gebäuden leben konnten und in den überfüllten Häusern nur ungern aufgenommen wurden, eine Art Behausung zu schaffen. *Masson,* der Führer der Repräsentanten für Unterkunft und Behausung, beschäftigte sich die ganze Reise über – meist von Marl unterstützt – damit, Schnee auf alle mögliche Weise aufeinanderzuschichten. Dabei benutzten sie Eisbrocken zur Verstärkung ihrer Bauten, experimentierten mit Öffnungen, die sie hoch oder niedrig anbrachten – schließlich bauten sie kleine Tunnel, durch die wir in die Schneehäuser krochen, damit unsere Körperwärme nicht entwich.

Diese Reise brachte uns mehr als die Sicherheit, daß unsere Mauer immer noch fest und unversehrt stand. Wir wurden daran erinnert, daß eine Bemühung oft durch Erfolge und Erkenntnisse belohnt wird, die man nicht vorausgesehen hat. Wir kehrten in unsere Heimatstädte und Siedlungen mit dem Entschluß zurück, die lethargische Bevölkerung zu irgendwelchen Anstrengungen zu ermuntern.

Ich, Marl und *Klin*, der früher so viele köstliche Obstsorten gezüchtet hatte, und das Mädchen Alsi machten regelmäßig Besuche in den Häusern. Wir sprachen mit den Bewohnern, ermunterten und beschworen sie, etwas zu tun.

Wie oft betrat ich ein dunkles Gebäude und fand dort im schwachen Licht einer winzigen Lampe scheinbar eine Herde schlafender Tiere. Doch es handelte sich um unsere tief in Fellen vergrabenen Leute; sie hoben unwillig die Arme, die schützend über den Gesichtern lagen, oder schoben die Pelzkapuzen zurück. Ihre Blicke folgten mir, wenn ich energisch hin und her ging und versuchte, ihnen den Eindruck zu vermitteln, daß zielstrebiges Handeln immer noch möglich war. Die Augen bewegten sich langsam; ihr Glanz erlosch immer wieder, wenn der Schlaf sie verschloß, doch dann sah ich sie wieder glänzen … es erinnerte mich an eine Herde der großen Tiere, die in der Dämmerung an einem Hang lagerten und beim Näherkommen die Köpfe hoben, einen anstarrten und offensichtlich überlegten, ob man diesmal eine Gefahr darstelle, die dann aber ruhig liegenblieben. Das Leuchten vieler Augenpaare verschwand wieder, während sie die großen Köpfe mit den schweren Hörnern abwendeten. Oh, es war jetzt so stickig und unangenehm in unseren Häusern! Ich verabscheute es, hineingehen zu müssen, dort zu stehen und dabei zu versuchen, munter und wach zu wirken, obwohl die dumpfe Atmosphäre, die allgemeine Lethargie und die Kälte sich auf mein Gemüt legten, so daß mich nur noch der eine Gedanke beherrschte, mich zu ihnen zu legen, mein Leben zu verschlafen – bis Canopus kam.

»Ist Canopus gekommen?« – diese Frage hörte ich überall in den dunklen, stinkenden Häusern, und der angstvolle Hilferuf schien mir ständig in den Ohren zu dröhnen, wenn ich meiner Arbeit nachging.

Es gelang uns, genügend junge und kräftige Leute zu aktivieren, um die Schuppen und Gehege erweitern zu können, in denen Alsi die Schneetiere hielt. Sie erstreckten sich über ein großes Gebiet in der Nähe unserer Stadt; man wendete das von Alsi erarbeitete System auch in allen anderen Städten an. Als Geschöpfe der Kälte brauchten sie wenig Schutz. Wir hielten sie in einer Art Höhlen aus Steinen, die wir mit Flechten und Moosen polsterten. Denn wir vermuteten, daß sie in der Freiheit in solchen Höhlen lebten. Wälle aus der halbgefrorenen Erde der Tundra dienten als eine Art Zaun. Diese Tiere stellten inzwischen eine ebenso wichtige Nahrungsquelle dar wie die großen Herden. Ihre Ernährung war ein Problem, das wir nicht hoffen konnten zu lösen. Wir mußten die Tiere mit etwas Pflanzlichem ernähren, das wir ebenso dringend brauchten wie sie. Sie hatten sich daran gewöhnt, Flechten, Moose und die verschiedenen neuen Arten niedriger, zäher Pflanzen zu fressen, aus denen die Vegetation des Planeten inzwischen hauptsächlich bestand. Aber wir aßen diese Pflanzen ebenfalls in Form von Suppen und Eintöpfen, wenn wir das ständige Fleisch keinen Augenblick länger ertragen konnten. Die Tiere lieferten uns Fleisch – nichts anderes als Fleisch; doch da sie mit so wenig Futter auszukommen schienen, brachten sie uns größeren Nutzen, als wenn wir die

Flechten und bitteren, holzigen Pflanzen selbst gegessen hätten.

Es war ökonomisch und vernünftig, sie zu züchten. Aber wir mochten sie nicht; wir brachten ihnen keine Zuneigung entgegen.

In der Gefangenschaft waren sie zu plumpen, langsamen Tieren geworden. Der unvermeidliche und unumgängliche Schmutz in ihren Ställen und Höhlen legte sich über ihr weißes Fell. Ich stand oft mit Alsi dort, um sie zu beobachten. Diese fähige und einfallsreiche Tierpflegerin mochte ihre Arbeit nicht. Oft genug verzog sich ihr freundliches, breites Gesicht zu einer kläglichen Grimasse, und ihre glänzenden Augen blickten entschuldigend aus der großen, dicken Kapuze. Weshalb? Ich wußte es sehr wohl! Wir alle wußten es. Alsi, Klin, Marl oder auch ich wirkten manchmal verächtlich und trotzig, weil wir das, was wir tun mußten, ablehnten.

Die Gefangenschaft veränderte auch das Wesen dieser Geschöpfe: Sie waren unangenehm und unzugänglich; sie starrten uns mit ihren hellen, ausdruckslosen blauen Augen in den schmutzigen Gesichtern an. Alsi hielt in ihrer Wohnung, die sie mit Brüdern und Schwestern teilte, zwei dieser kleinen Geschöpfe als Haustiere. Dort spielten und hüpften sie munter herum; sie waren liebenswert und zärtlich; wenn sich ihnen jemand näherte, stießen sie leise, vergnügte Triller aus; sie schmiegten sich an uns oder krochen in die Falten eines Mantels oder Schals; sie blickten uns zufrieden aus halbgeschlossenen, sanften blauen Augen übermütig und freundlich an. An ihnen zeigte sich das wahre Wesen dieser Tiere, die wir zu unerfreulichen Gefangenen gemacht hatten.

Wenn der weiche Schnee fiel, ging ich manchmal allein hinaus und blieb regungslos stehen. Dann sah ich bald schnelle, weiche Bewegungen, die nichts mit den tanzenden Schneeflocken zu tun hatten. Wenn ich lange genug angestrengt in die weiße Landschaft blickte, stellten sich meine Augen auf das ein, was ich zu sehen hoffte. Die kaum wahrnehmbaren, schattenhaften Bewegungen verdichteten sich, und ich sah die kleinen Schneetiere – die wilden Schneetiere. Sie schienen sich aufzurichten, sich zu ducken, durch die weißen Flocken zu rennen und dann im Schnee durch die Luft zu schweben. Ja, das habe ich gesehen: Sie rannten und erhoben sich in die Luft; manchmal flogen sie weite Strecken, als seien sie Vögel, die sich von der Luftströmung tragen ließen. Sie landeten weicher als Vögel; und im nächsten Moment tauchte eine flauschige, weiße Gestalt auf; sie schwebte hoch über dem Boden, in Augenhöhe. Einen kurzen Augenblick lang erwiderten muntere und freundliche, glänzende blaue Augen meinen Blick. Das Tier machte eine flinke Wendung, es geschah so schnell, wie ein Tier im Wasser die Richtung ändern kann, und das weiße, weiche Wesen schwebte inmitten der wirbelnden weißen fedrigen Flocken davon. Manchmal traf ich auch Alsi dort draußen; sie tat dasselbe wie ich: Dieses entzückende, sanfte, übermütige Spiel im Schnee ließ uns wiederaufleben. Es gab uns Kraft und erinnerte uns an das wahre Wesen der bedauernswerten Tiere, die wir ihrer Freiheit beraubt hatten. Doch wovon ernährten sie sich? Es gab den Kot der großen Vögel, den sie fraßen. Doch das war wenig und wurde meist beinahe augenblicklich im Neuschnee begraben. Die Flechten an den Felsen und die Pflanzen mußte man unter dem Schnee herausholen. Schließlich glaubten Alsi und ich, daß diese Geschöpfe sich vom Schnee ernährten. Wenn wir es auch nicht wirklich glaubten, so spielten wir mit dieser Vorstellung. Wir schufen in unseren Köpfen einen kleinen Raum, in dem wir uns genußvoll Phantasien und Unwahrscheinlichkeiten überlassen konnten. Hier ruhten wir uns aus und erholten uns von einem Leben in zermürbenden Notwendigkeiten, die uns reduzierten und niederdrückten.

Und dann kam Canopus. Endlich kam Canopus. Johor erschien. Aber ich sah zunächst eine große, in dicke Kleider gehüllte Gestalt in der Nähe der Verschläge und Höhlen unserer Schneetiere. Dieser Mensch blickte so aufmerksam und interessiert auf unsere Stadt, daß ich mir sofort sagte: Das ist ein Fremder, denn jede Art Vitalität mußte mir ungewöhnlich erscheinen. Dann wendete er mir den Kopf zu, und ich sah sein gesundes, braunes Gesicht, das durch die Schneeflocken auf der Haut und in den Augenbrauen bereits grau wirkte. Ich sagte: »Johor!« Er erwiderte: »Doeg!«

Inzwischen schlief ich in einer Schneehütte, um anderen etwas von der bedrückenden Enge zu nehmen. Aber sonst hielt ich mich dort nicht viel auf. Johor sagte: »Oh, es ist kalt! Wohin können wir gehen?«

In der Nähe der Tiergehege stand ein langer niedriger Schuppen, in dem Alsi Futter und Streu für die Tiere lagerte. Ich sagte: »Dort hinein...« Ich ahnte bereits, daß meine großen Hoffnungen auf Rettung alle enttäuscht werden würden, denn nichts an seinem Verhalten signalisierte mir: Ja, jetzt ist alles vorbei. Eure Prüfung ist zu Ende, und ihr werdet bald erlöst sein! Im Gegenteil, aus seinem Verhalten sprach Verschlossenheit und Zurückhaltung. In seinen Augen lag ein Ausdruck, den ich gut kannte, denn ich sah ihn oft genug bei uns, bei den Repräsentanten. Johor spürte die Last der Geduld, die einen bedrückt, wenn man sieht, wie andere leiden, und man weiß, daß nichts, was man sagt, etwas an den Leiden ändern wird, da man weiß, daß man selbst ein Teil der Qual ist, die sie empfinden. Denn natürlich trafen wir Repräsentanten schwierige Entscheidungen, die unerfreuliche Folgen hatten; und deshalb empfanden uns die Leute als eine Last. Wir erklärten: »Nein, noch nicht.« Wir sagten: »Wartet!« Wir forderten: »Verschlaft nicht den ganzen Tag in euren dunklen Wohnungen. Rafft euch auf, tut irgend etwas – stellt euch eurem Bewußtsein, eurem Wissen. Vergeßt nicht alles im Schlaf.« Wir sagten: »So ist es, und so muß es sein... zumindest eine Zeitlang.« Das alles hatte nichts mit uns als Individuen zu tun, denn jeder, den sie wählten, um sie in dieser oder jener Funktion zu repräsentieren, mußte sagen »Nein.« Und: »Mehr gibt es nicht.« Und: »Ihr müßt darauf verzichten.«

Also sah ich in Johors Augen, was ich jeden Tag sah, und andere, wie ich wußte, in meinen Augen sahen. Ich wußte bereits, daß keine rettenden Raumschiffflotten irgendwo in der Tundra warteten, wo ich sie nicht sehen konnte. Ich wußte, er war allein gekommen.

Ich kannte seine Antwort bereits, als ich fragte: »Wo ist dein Raumschiff?«

Er antwortete freundlich: »Ich habe es weggeschickt. Ich werde einige Zeit bei euch bleiben…«

Ich wendete mein Gesicht schnell ab und wußte, daß er es im tiefen Pelz nicht sehen konnte, denn ich konnte meine Gefühle nicht verbergen.

Wir gingen in den Schuppen. Es war ein langer, niedriger Bau mit Öffnungen in einer Mauer zu den Ausläufen der Tiere. Das Futter wurde durch die Öffnungen durchgeschoben. Hier lagerten die sperrigen zähen Pflanzen aus der Tundra in Säcken. Sie verbreiteten einen durchdringenden, angenehmen Geruch. Ich setzte mich auf einen Sack und genoß den frischen Duft. Johor ließ sich mir gegenüber nieder. Aus seinen Taschen zog er kleine rote Früchte hervor, die ich nicht kannte; er hielt sie mir entgegen. Meine Hände streckten sich instinktiv aus, als wollte ich gierig danach greifen und sie ihm entreißen. Als ich mich dabei ertappte, überlief mich unwillkürlich ein Schauder, und ich mußte den Kopf abwenden. Diese Geste, die ich nicht unterdrücken konnte, sagte deutlich genug, wie weit es inzwischen mit uns allen gekommen war. Natürlich begriff Johor das alles.

Er schob die Kapuze zurück, und ich sah ihn deutlich. Er hatte sich nicht verändert. Es war ein Genuß, die gesunde, glänzende, braune Haut und seine schnellen, wachen Augen zu sehen. Ich wußte, meine Augen weideten sich an diesem

Anblick: Ich begriff, was diese Worte bedeuteten, sich an einem Anblick »weiden«. Ich hob den Kopf, öffnete den schweren Mantel, und er nahm alles in sich auf, was er von meinem Gesicht ablesen konnte.

Er nickte seufzend.

Ich sagte: »Wenn du keine Raumschiffflotte bei dir hast, gibt es auch keinen Nachschub an frischer Nahrung.«

Er schüttelte kaum merklich den Kopf.

»Trotzdem sollen wir nicht sofort von hier weggebracht werden?«

Ich wußte, daß ich mich vorbeugte, um forschend sein Gesicht zu betrachten. Er blieb still sitzen und ließ mir Zeit, seine Augen und sein Gesicht zu studieren.

»Wir werden nicht weggebracht«, erklärte ich schließlich und hörte, wie meine Worte durch das kalte Schweigen hallten. Jedes Wort schien durch die Luft hindurchzufallen, als wehre sich selbst die Luft gegen sie. Die Luft wehrte sich gegen den Inhalt meiner Worte, und ich hatte das Gefühl: Wenn meine Worte wahr sind, was weist sie dann zurück!

»Was ist geschehen?« fragte ich, und meine Stimme klang aufgebracht und zornig.

Er wollte sprechen, aber schwieg.

Ich sagte: »Irgendwo gibt es ein Paradies. Wir sehen es, wenn wir in dieser trostlosen Welt den Kopf heben. Wir sehen es an unserem kalten Himmel glänzen, vielmehr sehen wir seine Mutter, einen fruchtbaren Stern. Rohanda wird unsere Heimat sein. Das reiche Rohanda. Rohanda, der Planet, auf dem alles gedeiht, und wo eine Menschenrasse heranwächst wie besonders vielversprechende Pflanzen, die Canopus züchtet, damit sie eines Tages uns, die armen Bewohner des Planeten 8, bei sich aufnehmen, die ebenfalls von Canopus aufgezogen wurden. Canopus schuf und nährte sie, damit sie und wir uns eines Tages verbinden und Rohanda zu einem Planeten machen, den selbst Canopus bewundern und über den es staunen wird. Auf diesem schönen

Planeten erwarten uns warme Meere, sonnige Felder und angenehme Wälder. Dort gedeihen viele Früchte, und an den Hängen der Hügel wogt das Getreide gold, weiß und grün im Wind. Auf Rohanda stapeln sich in Lagerhäusern weiche, leichte Kleider, in die wir uns hüllen, und die frische, leichte Nahrung, die wir essen werden. Alles, alles, alles, was wir sehen, wird bunt sein, und wir werden wieder inmitten der Farben des Lebens sein. Wir werden die unerschöpflichen Schattierungen von Grün, Gelb und Rot sehen… unsere Augen werden sich wieder an Scharlach, Gold und Purpur weiden. Und wenn wir hinauf in die Weite des Himmels blicken, wird sie Blau, Blau, Blau erfüllen. Und wenn wir uns dann in die Augen sehen, liegt darin nicht länger der irre Widerschein von Weiß, von einem Weiß, aus dem das Weiß die Farbe herausgebleicht hat. Weiß, weiß, immer nur weiß oder grau oder braun… ja, Canopus? Bist du gekommen, um uns das zu sagen?«

»Nein«, erwiderte er schließlich.

»Was dann? Wie sieht es auf Rohanda aus? Habt ihr vor, eine andere Spezies dorthin zu bringen? Soll eine andere eurer genetischen Schöpfungen das schöne Rohanda besitzen?«

»Canopus hält sein Wort«, sagte er, aber seine Stimme klang sehr seltsam.

»Wenn es kann?« fragte ich.

»Wenn es kann.«

»Also?«

»Rohanda hat… das gleiche Schicksal erlebt wie Planet 8… allerdings nicht in diesem schrecklichen Ausmaß und nicht so plötzlich.«

»Rohanda ist nicht länger schön und fruchtbar?«

»Rohanda ist… Shikasta, der zerrissene, leidende Planet.« Jetzt erst begann ich zu begreifen, was er sagte. Mein ganzes Wesen nahm es in sich auf, und meine Empörung, meine heftige Auflehnung gegen das, was er mir sagte, legte sich. Ich saß dort in meinen dicken Fellen und hörte, wie sich mir ein durchdringender Schrei entrang – eine Klage, wie sie sich unseren Leuten entrang, als wir am See standen, an unserem heiligen Ort, und wußten, daß wir ihn zerstören würden.

Ich konnte diese Klage nicht ersticken – nicht sofort –, aber nicht, weil ich es nicht wollte, sondern weil ich an die vielen tausend niedrigen dunklen Häuser unserer kleinen Welt dachte, in denen wir uns wie Tiere zusammendrängten und von sonnigen Tagen und sanften Winden träumten – von Rohanda und unserer Erneuerung.

Johor bewegte sich nicht, schonte weder mich noch sich. Er blieb dicht neben mir sitzen und bot sein Gesicht meinen Blicken dar.

Und als ich schließlich ruhig wurde, sagte er: »Canopus hält sein Wort.«

»Wenn ihr könnt.«

»Wenn nicht auf die eine, dann auf die andere Weise.«

Ich wußte genau, es war zu schwierig, um diese Antwort in ihrer ganzen Tragweite begreifen zu können. Die Worte klangen, wie Worte es tun, wenn sie einen zum ersten Mal mit Wahrheiten konfrontieren, mit denen man sich anfreunden muß – ob man es nun will oder nicht! O ja, ich hörte und wußte es, daß mir neue Möglichkeiten der Entwicklung angeboten wurden. Sie sollte ich anstreben … in diese Richtung mußte ich wachsen … sie begreifen.

Aber die schmerzliche Empörung erfüllte mich immer noch und ließ mich nicht los. Ich sagte zu ihm: »Auf der anderen Seite des Planeten, in Mandel, in der großen Stadt, in der wir auftauchen würden, wenn wir einen Tunnel von hier geradewegs durch den Planeten hindurchgraben könnten, herrscht Bürgerkrieg. Die Leute bringen sich gegenseitig um. Überall in der Stadt liegen Berge von Toten, denn man kann sie in der gefrorenen Erde nicht begraben. Und um sie zu verbrennen, fehlt uns der Brennstoff. Die Lebenden –

wenn man sie als Lebende bezeichnen kann – gehen ihren täglichen Pflichten inmitten der zahllosen Toten nach. Und diese Menschen kannten bis vor kurzem noch nicht einmal ein Wort für Mord oder Krieg.«

Er seufzte – und litt, aber er wendete nicht das Gesicht ab. »Wie sollen wir es ihnen sagen, Johor?«

Er gab keine Antwort.

»Wirst du es ihnen sagen … du, Canopus? – Nein, das ist nicht eure Art. Du bleibst eine Weile bei uns, und bald werden wir, die Repräsentanten, feststellen, daß jeder es bereits weiß, jedoch ohne zu begreifen, wie es dazu gekommen ist.«

Ich schwieg lange, denn mein Geist schien etwas aufnehmen zu wollen – ich spürte den Druck einer Wahrheit, die im tiefsten Innern sich regte.

»Johor, was soll ich begreifen?«

»Hast du je darüber nachgedacht, was es bedeutet, ein Repräsentant zu sein?«

»Glaubst du, ich hätte nicht nächtelang deshalb wach gelegen, darüber nachgedacht und mich gefragt? Natürlich habe ich es getan. Das war mein Leben! Tue ich, was zum Wohl aller ist, treffe ich gute und gerechte Entscheidungen, arbeite ich ordentlich und richtig mit den anderen Repräsentanten zusammen, verkörpere ich sie, wie sie …«

Mein Geist verlor sich wieder in den Tiefen, ein Platz, wo die Wahrheit auf mich wartete.

»Wie sie mich verkörpern?« fragte ich schließlich.

»Wie bist du ein Repräsentant geworden? Wann? Kannst du dich daran erinnern?«

»Merkwürdigerweise hatte ich mir diese Frage vor kurzem selbst gestellt. Und ich kann nicht genau sagen, wann das war. Vermutlich könnte man sagen, es geschah, als ich mit mehreren anderen jungen Leuten zur Arbeit an einem neuen Abschnitt an der Mauer eingeteilt wurde. Wir mußten die Erde für die Fundamente ausheben. Wir waren etwa zwanzig. Nun ja, ich wurde der Sprecher für sie alle.«

»Ja, aber wie kam es dazu?«

»Genau das ist schwer zu sagen. Ich glaube … vermutlich war es einer Reihe von Zufällen zu verdanken. Jeder von ihnen hätte Sprecher werden können … und zu verschiedenen Zeiten waren sie es alle.«

»Jeder von ihnen hätte die anderen repräsentieren können?«

»Ich denke ja.«

»Und du warst in dieser Zeit Masson?«

»Nein, noch nicht … Masson unterwies uns. Damals waren sehr viele Masson, denn die Mauer mußte gebaut werden. Wir Jungen gingen bei Masson in die Lehre. Auch Klin und Marl gehörten dazu. Doch das war, ehe sie Klin und Marl wurden. Damals trugen wir noch unsere Familiennamen. Wir waren noch nicht in die Welt der Erwachsenen hineingewachsen. Wir standen noch nicht unter dem Druck, unsere Erwachsenennamen zu wählen. Das nächste Mal repräsentierte ich die anderen bei der Ernte. Doch damals wechselten wir uns als Sprecher für alle ab und wiesen den anderen auch abwechselnd die Arbeit zu. So ging es weiter. Wie die anderen verrichtete ich alle möglichen Arbeiten. Zu verschiedenen Zeiten war jeder von uns Repräsentant.«

»Und doch wurden einige dieser jungen Leute schließlich Repräsentanten und andere nicht?«

»Ja, ich habe darüber nachgedacht. Es ist merkwürdig, denn ich sehe nicht, daß jene, die es nicht wurden, so anders waren. Und ich, ich hielt mich damals nicht für einen künftigen Repräsentanten. Ich glaube, erst als ich *Doeg* war, wurde ich wirklich ein Repräsentant. Canopus brachte Klin, Marl und mich auf den Planeten 10. Wir erhielten keinen Unterricht, sondern wurden überall hingebracht, damit wir sahen, wie die Menschen dort lebten und wie anders man die Dinge dort tat. Du hast gesagt, daß Leute vom Planeten 10 die Rohandaner unterwiesen – ehe dort alles schiefging. Aber bei unserem Besuch auf dem Planeten 10 wußten wir nicht, daß zwischen uns und diesen Menschen ein besonderes Band bestand oder hätte bestehen können. Natürlich sahen wir, daß sie sehr viel weiter entwickelt waren als wir. Als wir von Planet 10 zurückkehrten, waren wir alle Doeg, denn wir reisten kreuz und quer über unseren Planeten und erzählten, was wir gesehen hatten. Alle staunten – denn noch nie zuvor war jemand von uns auf anderen Planeten gewesen. Ich frage mich, weshalb du uns gewählt hast, Johor. Ich weiß noch, daß ich mir diese Frage auch damals stellte. Wir unterschieden uns in keiner Weise von allen anderen. Vielleicht hatten wir alle drei öfter unterschiedliche Arbeiten verrichtet als die anderen, aber nicht sehr viel öfter. Nein, als wir darüber sprachen, denn natürlich taten wir das, kamen wir zu dem Schluß, daß wir wegen unserer Durchschnittlichkeit gewählt worden waren. An diesem Gedanken hielten wir auch fest, als wir mit unseren erstaunlichen Geschichten zu Hause großes Aufsehen erregten … Damals fiel mir zum ersten Mal auf, wenn man über etwas spricht, das man getan, gesehen oder erlebt hat, wird eine Geschichte daraus, eine Erzählung … jedenfalls hörten unsere Leute zu, als erzählten wir Märchen oder Legenden. Man muß nur anfangen: ›Wir wurden in diese oder jene Stadt gebracht. Es war morgens oder abends, und wir trafen …‹, und sofort hat alles etwas Wunderbares an sich, und die Zuhörer wollen unter allen Umständen wissen, was als nächstes geschah! Das gilt sogar, wenn man etwas Gewöhnliches erzählt, natürlich von einem neuen Planeten ganz zu schweigen. Seit dieser Zeit bin ich beinahe die ganze Zeit über Doeg geblieben, Klin und Marl jedoch nicht. Allerdings war ich, wenn erforderlich, Klin, Marl, *Pedug* und Masson. Aber ich vermute, Doeg ist mein Wesen.«

»Und als du einer der fünf Repräsentanten der Repräsentanten warst?«

»Oh, das war Routine, Zufall … man wird beinahe blindlings gewählt.«

»Jeder Repräsentant kann die anderen repräsentieren?«

»Ja! Das weißt du! Du weißt alles, was ich dir sage … ja, ich begreife, daß ich mir vorsagen muß, was ich weiß … aber wir sitzen hier und reden … du und ich, wir beide. Du drängst mich und bringst mich dazu, Dinge zu sagen, die, wie ich annehme, wichtig sind …«

»Erwartest du denn, daß ich dich nicht ernst nehme, wenn du mir Fragen stellst? Soll ich sie nicht beachten, weil du die Antwort bereits kennst? Wen repräsentierst du, Repräsentant Doeg? Und was bist du?«

Er beugte sich vor und sah mir direkt in die Augen. Doch in mir stieg etwas auf und beendete einen Augenblick, der mir viele Fragen und viel Schmerz hätte ersparen können. Aber wir können gewisse Prozesse in uns nicht beschleunigen. Sie müssen ihren Lauf nehmen, und zwar oft genug ohne unsere bewußte Unterstützung.

Ich dachte an unsere arme Bevölkerung; der Schmerz über ihr Schicksal überfiel mich; welch eine Verschwendung …

Johor erklärte trocken: »Dieses Universum ist verschwenderisch und großzügig.«

»Du meinst, es kann sich den Tod von ein paar Millionen Menschen leisten?«

»Ist der Tod etwas Neues für dich? Fängst du jetzt erst an, über den Tod nachzudenken? Und darüber, was er bedeutet?«

»Willst du mir sagen, der Tod alter Menschen, die ihr Leben gelebt und genutzt haben, ist dasselbe wie der Tod, dem wir jetzt entgegensehen müssen?«

»Sind bei euch nie Kinder, junge Leute, ja sogar Säuglinge gestorben? Habt ihr euch nur mit dem Tod der Alten abfinden müssen?«

»Du kannst nicht im Ernst behaupten, daß es gleichgültig ist, wenn die Bevölkerung eines ganzen Planeten sterben muß … eine Spezies?«

»Ich habe nicht behauptet, es sei gleichgültig. Ich habe auch nicht gesagt, daß uns, Canopus, nicht schmerzt, was geschieht, auch nicht, daß wir nicht alles getan hätten, um es zu verhindern, nicht, daß wir nicht ...«

Ich fiel ihm empört ins Wort: »Aber ihr seid nicht in der Lage, die zum Untergang verurteilten Millionen von diesem Planeten zu evakuieren? Habt ihr nicht irgendwo einen kleinen, unwichtigen Planeten, den ihr uns geben könntet, damit wir ihn nutzen, entwickeln und fruchtbar machen? Ihr könnt uns nicht gebrauchen!«

»Sind das wirklich Fragen, Doeg? Nun gut, ich werde sie als Fragen behandeln. Doch frage dich selbst ... bedient sich Canopus nach deiner Erfahrung rhetorischer Mittel? Nein, wir sind nicht in der Lage, die gesamte Bevölkerung vom Planeten 8 wegzubringen. Wir haben dazu nicht die Möglichkeiten ...«

Wieder empörte sich alles in mir. Ich konnte ihn nicht weitersprechen lassen und erklärte: »Ihr habt nicht die Möglichkeiten! Oder willst du damit sagen, daß einige von uns weggebracht und die anderen ihrem Schicksal überlassen werden? Wenn es so ist, werde ich mich auf jeden Fall weigern! Ich lasse mich nicht auf Kosten anderer retten. Ich weiß, daß alle Repräsentanten dasselbe sagen werden! Wir haben nicht unser Leben lang für unser Volk gearbeitet, unser Volk verkörpert, sind nicht unser Volk *gewesen*, um es am Ende im Stich zu lassen ...« An dieser Stelle schwand mir das Bewußtsein, und zwar lange. Ich wußte, daß es lange gewesen war, sobald ich zu mir kam und feststellte, daß ich in dem kalten Schuppen Johor gegenübersaß, der geduldig wartete.

Er sah mir durchdringend in die Augen und ins Gesicht.

In dieser langen Dunkelheit war etwas in mir vorgegangen, und das machte es mir unmöglich, ihn ebenso heftig und ungestüm anzugreifen wie vorher. Es dauerte eine Weile, und dann hörte ich, wie ich leise sagte: »Es ist merkwürdig, daß du gesagt hast, Canopus hat nicht die Möglichkeit, um dies oder jenes zu tun… Wir hielten euch immer für allmächtig und in der Lage, alles zu tun, was ihr tun wollt. Wir haben nie daran gedacht, daß euch Grenzen gesetzt sind. Was setzt euch Grenzen, Johor?« Und ich gab mir selbst die Antwort: »Ihr seid die Schöpfung und die Geschöpfe eines anderen, eines Wesens, zu dem ihr in derselben Beziehung steht wie wir zu euch… Ja, so muß es sein. Aber ich habe noch nie in diese Richtung gedacht… Ihr könnt eure Grenzen ebensowenig überschreiten wie wir unsere…« Wieder stieg Zorn in mir auf. »Aber Canopus ist nicht plötzlich Opfer eines kosmischen Unfalls! Euer Planet oder sind es Planeten? Nährt euer Stern mehr als einen abhängigen Planeten? *Euer* Planet ist nicht plötzlich und beinahe von einem Tag auf den anderen durch eine Bewegung von Sternen in seinem Lebensnerv getroffen und dem Untergang geweiht worden. Und diese Sterne sind so fern, daß ihr nicht wußet, daß es sie gab… und ihnen noch nicht einmal Namen gegeben habt.«

Er erwiderte freundlich und belustigt: »Noch nicht. Aber es könnte uns ebenso widerfahren, wie es euch widerfahren ist.«

»Und Rohanda.«

»Und Rohanda.« Bei diesem Namen stieß er einen so tiefen und schmerzerfüllten Seufzer aus, daß ich ausrief: »O Johor, ich frage mich, ob du um uns, den Planeten 8, ebenso seufzst und leidest wie um Rohanda. Liegt dir so viel daran? Ist es dort so viel schöner, als es hier ist… war? Wenn du mit anderen sprichst, vielleicht mit deinen Kollegen auf Canopus, seufzst du dann ebenso, wenn jemand sagt: ›Planet 8‹, wie du es gerade eben bei dem Wort ›Rohanda‹ getan hast?«

Er erwiderte: »Es stimmt, zur Zeit macht mich der Gedanke an Rohanda sehr niedergeschlagen. Ich komme gerade von dort. Es ist schwer, mitanzusehen, daß etwas so Gutes und Vielversprechendes – wie Rohanda es war – seine Antriebskraft und seine Richtung verliert.«

»Schlimmer, als zu sehen, daß es uns ebenso ergeht?«

»Du vergißt, die Zukunft eures Planeten sollte die Zukunft Rohandas sein! Wir haben besonders geschickte und vortreffliche Kolonisten vom Planeten 10 nach Rohanda geschickt, um eine Synthese mit einer Spezies herbeizuführen, die wir auf eine bestimmte Ebene bringen wollten, damit ihr von diesem Planeten eine Synthese mit ihnen eingehen und etwas höchst Außergewöhnliches werden würdet – wie wir hofften…«

Ich sagte: »Ihr hattet vor, unsere Bevölkerung nach Rohanda zu bringen. *Dafür* standen Mittel zur Verfügung, und dafür gab es Pläne… aber nicht, um uns jetzt zu retten.«

»Es gibt keinen Platz, an den wir euch bringen könnten. Unsere Ökonomie ist in allen Aspekten ausgewogen. Unser Reich ist kein Zufallsprodukt oder durch die Entscheidungen egoistischer Herrscher oder ungeplanter Entwicklungen unserer Technologien entstanden. Nein, solche barbarischen Zeiten liegen schon lange hinter uns. Unser Wachstum, unsere Existenz, *alles, was wir sind,* ist eine Einheit, ein Ganzes, eine Ganzheit… und zwar auf eine Weise, wie sie sonst nirgends in unserer Galaxis anzutreffen ist, soweit wir das wissen.«

»Also sind wir Opfer eurer Vollkommenheit!«

»Das Wort Vollkommenheit haben wir im Zusammenhang mit uns nie benutzt – auch nicht in Gedanken… dieses Wort ist… etwas Höherem vorbehalten.«

»Trotzdem sind wir Opfer.«

Ich sagte das nachdrücklich, kalt und mit Entschiedenheit. Ich fühlte mich nicht in der Lage, diese Unterredung fortzuführen. Mich erfaßte eine Müdigkeit, die ich nur allzugut kannte – als sei jede Bewegung, jedes Wort, selbst ein Gedanke, der mir kam, zu schwer und zu schwierig. Ich mußte schlafen. »Wenn du dich zurückziehen willst, kannst du meine Eishöhle benutzen«, sagte ich, »ich muß schlafen… ich muß… ich muß…«

Und während ich in meinen zotteligen Pelzen zusammensank, schob ich ihm einen Streifen getrocknetes Fleisch hin. Ich sah, wie er ein Stück abbrach und es versuchte. Er aß es nicht mit Genuß, aber eindeutig mit Interesse – Canopus interessierte sich für alles, was geschah. Canopus mußte das tun, denn sein Wesen forderte das – selbst wenn es sich um den Tod eines Planeten handelte …

Ich erwachte mit dem Bewußtsein, wach zu sein: *Ich bin hier in dieser schweren Wärme von Pelzen und Fellen.* Ich begriff, in glücklicheren Tagen war ich zwar mit dem Gedanken erwacht: *Wachsein, das ist mein augenblicklicher Zustand; der andere war mein Schlaf. Ich werde jetzt dieses oder jenes tun.* Doch das war nie in dieser Klarheit, mit dieser Dringlichkeit geschehen.

Unser früheres, unbeschwertes, sinnliches Leben verlangte von uns nie eine besondere Art Selbstwahrnehmung. Jetzt tauchte ich aus Schichten von Schlaf auf, und mein Körper wurde getragen von Wärme, wie er früher auf dem warmen Wasser trieb. Auch mein Geist war frei und unbeschwert, obwohl ich wußte, die Mühe und Pein unseres neuen Lebens mußten beinahe augenblicklich einsetzen. Ich fragte mich, ob unsere riesigen, zottigen Tiere so an einem halbgefrorenen Hügel erwachten; Muskeln und Knochen lagen entspannt unter der schützenden Hülle aus zottigem Fell. Wenn sie die Köpfe hoben und die Augen öffneten und der Schnee um sie herumwirbelte, hatten sie dann das Gefühl, daß im nächsten Moment die Anstrengung kommen würde, die schwerfälligen Glieder in Bewegung zu setzen, sie zwingen würde aufzustehen und sich an die Aufgabe zu machen, zu fressen und zu trinken … aber solange sie noch dort lagen, trieben sie im Schlaf und auf den schönen Erinnerungen dahin, die der Schlaf ihnen brachte … doch sie mußten sich mühsam aufrichten, über eisglatte Felsen und Geröll steigen; ihre Zähne fuhren schabend über bitterkalte Steine, um die Flechten darauf abzulösen; sanfte, weiche

Mäuler schoben den lockeren Schnee beiseite, um zur Erde vorzudringen, die zum großen Teil aus abgestorbenen Pflanzen bestand – Erdfutter, das schwer und unangenehm im Magen liegt. Ich war ein Tier wie sie, lag in einer Tierhülle, dachte an Tierfutter. Ich identifizierte mich so stark mit ihnen, daß ich spürte, wie kalte Luft durch das verfilzte Haar auf meinen Schultern drang, und ich glaubte beinahe, es sei Wind. Ich wendete den Kopf und sah, wie Johor leise durch eine Tür hereinkam, die er nur so weit wie nötig öffnete und wegen der Kälte sofort wieder schloß.

Er setzte sich auf einen Haufen halbtrockenen Heidekrauts und sah mich an. Ich schloß schnell die Augen, denn ich fühlte mich noch nicht zu der Anstrengung bereit, meinen Verstand zu zwingen, sich ihm zu stellen.

»Draußen tobt ein Schneesturm«, erklärte er, denn er wußte, daß ich wach war. »Niemand ist unterwegs…, ich bin in der ganzen Stadt von Haus zu Haus gegangen, und überall liegen sie wie du schweigend und still in ihre vielen, dicken Felle gehüllt.«

Ich blickte zum Dach hinauf: eine dicke Schicht Heidekraut, und darüber Grassoden und Erde. Reif lag auf dem Heidekraut und auf den Steinen der Mauer.

»Und wenn du in die Häuser hineinkamst«, sagte ich, »hoben sie die Köpfe… einer nach dem anderen. Ihre Augen leuchteten dir entgegen, erloschen dann, die Köpfe sanken zurück, und die Menschen fielen wieder in Schlaf.«

»Ja, sie fielen wieder in Schlaf.«

»Zurück in die Dunkelheit, aus der wir alle kommen.«

»Zurück in das… Licht, aus dem wir alle kommen.«

»Ich habe nicht von Licht geträumt, Johor! Ich erwachte aus…«

»Woraus?«

»Es war angenehm und wunderbar… das weiß ich. Danach sehne ich mich.«

»Das Licht. Eine Welt aus blendendem Licht, ein glänzendes, schimmerndes Wunder… dort leuchten die Farben, nach denen du dich sehnst… aus dieser Welt bist du gekommen.«

»Das sagst du, Johor.«

»Und dorthin wirst du zurückkehren.«

»Oh, aber wann, wann, *wann*…?«

»Wenn du es verdienst, Doeg«, sagte er freundlich, aber entschieden genug, damit ich mich in meinen Fellen bewegte, streckte und die Last meiner Glieder auf mich nahm, die mein Gewicht nicht spüren wollten… das Gewicht des Lebens. Das Gewicht der Gedanken…

Aber ich zwang mich, ihn anzusehen und mich aufzusetzen.

»Und sie«, sagte ich, »diese armen Leute, die dichtgedrängt in ihren Häusern liegen und von Paradiesen träumen, die ihnen fälschlicherweise versprochen wurden… wie werden sie es verdienen? Wie sollen sie am Ende das Licht erreichen… wo immer es auch sein mag, denn das hast du mir nicht gesagt, Johor.«

Er sah mich eindringlich an und erklärte: »Repräsentant Doeg, wenn du dort liegst und träumst, glaubst du dann, daß die Träume nur deine Träume sind… glaubst du, daß du die Träume aus dir hervorholst und sie einzig und allein dir gehören? Wenn du aus einer Traumwelt erwachst, die, wie du annimmst, niemand mit dir teilt, glaubst du dann, deine Selbstwahrnehmung, dieses Gefühl: *Ich bin hier. Doeg ist hier* – gehört nur dir, und kein anderer teilt dieses Gefühl? Wenn du mit dem Gefühl erwachst: *Dies ist Doeg. So nehme ich mich wahr, ich: Doeg, wie viele andere erwachen überall auf deinem Planeten und denken: Dies bin ich. So nehme ich mich wahr?*«

Es war bitter, diesen kleinen Platz aufgeben zu müssen, wo ich mich ausruhen konnte, wohin ich flüchten konnte, flüchten in den Gedanken: *Das bin ich… ich,* Doeg – und ich wehrte mich dagegen.

Ich sagte: »Es ist noch nicht lange her, da war ich ein flinkes, schlankes, braunhäutiges Geschöpf. Ich wachte morgens mit dem Gedanken auf: Bald trete ich hinaus in die Sonne. Ihre Strahlen werden meine braune Haut mit winzigen, schimmernden Punkten überziehen; weiche, sanfte Luft wird durch meine Lunge strömen … das war ich damals. Das war Doeg. Jetzt bin ich ein dickes, plumpes, fettiges Geschöpf mit fahler, graubrauner Haut. Aber ich bin immer noch Doeg, Johor. Das Gefühl ist geblieben … und nun sagst du, ich muß auch das aufgeben. Nun gut, ich bin nicht mehr das grazile, hübsche Tier, das ich einmal war, und ich bin nicht dieser schwerfällige Klotz. Aber ich erwache immer noch mit dem Gefühl: *Hier bin ich. Ich erkenne mich wieder. Ich liege hier nach all den vielen Reisen und Abenteuern in meinem Schlaf.*«

»Deinem geteilten Schlaf.«

»Mein geteiltes Wachsein … also gut, Johor, woran soll ich mich dann festhalten in diesem … Schneesturm, der alles davontreibt, alles, alles, alles …«

»Erinnerst du dich daran, wie wir, Canopus, zu euch allen kamen und euch erklärten, woraus ihr, woraus eure Welt gemacht ist?«

»Ja, nicht lange danach seid ihr gekommen, um uns zu sagen, wir sollten … die Mauer bauen, die uns vor dem Eis schützen würde.«

»Die euch vor dem Eis geschützt hat und noch immer schützt.«

»Sie wäre besser schon lange geborsten und hätte dieser endlosen Trostlosigkeit und Qual ein Ende gesetzt.«

»Nein.«

»Weil noch etwas getan werden muß? Was? Du bist den weiten Weg von deinem Platz in der Galaxis hierhergekommen. Du hast dein Raumschiff weggeschickt, und jetzt sitzt du mit mir hier in diesem Schuppen …«

»Ja, Repräsentant?«

»Was repräsentiere ich, Johor?«

»Erinnerst du dich daran, was wir euch gelehrt haben?«

Ich richtete mich in meinem Lager auf, zog die dicken Decken um mich, bis über den Kopf, und schließlich blieb nur noch mein Gesicht frei. Dicht vor mir befand sich Johors Gesicht unter der Kapuze.

»Ich weiß noch, wie wir plötzlich begriffen, daß ihr uns etwas lehren wolltet, und zwar nach einer Methode, die keiner von uns kannte – direkt. Ihr habt uns aufgefordert, zu den Hügeln auf der anderen Seite der Mauer zu gehen und dort einen Platz zu suchen, wo das Gelände nach allen Seiten anstieg. Dort versammelten wir uns. Alle Leute kamen – aus der Stadt und aus der nahen und ferneren Umgebung. Auf euer Geheiß nahmen wir eines der Tiere mit, die inzwischen ausgestorben sind, und die uns zur Nahrung dienen sollten. Ihr wolltet, daß wir das Tier schlachteten, ehe die Leute sich versammelten. Wir, die Repräsentanten, waren froh darüber, daß der Akt des Tötens nicht mit eurer Anwesenheit in Verbindung gebracht wurde. Wir verheimlichten zwar nicht, was Fleischessen mit sich brachte, vermieden aber, uns damit zu beschäftigen – Schlachthäuser, die Vorbereitungen. Denn wenn wir Repräsentanten zusammenkamen, um über dieses Thema zu sprechen, spürten wir immer ein gewisses Zögern, eine Furcht, wenn es um das Töten von Tieren ging. Uns schien das ein gefährliches Gebiet zu sein, etwas, das sich festsetzen und ausbreiten konnte – und doch erinnerten wir uns nicht daran, daß Canopus je etwas darüber gesagt hätte.«

»Eine der vier Arten, aus denen ihr entstanden seid, ließ sich leicht zum Töten hinreißen. Einige von uns auf Canopus wollten diese Erbmasse nicht benutzt sehen, aber andere sprachen dafür, denn dies war – und ist immer noch – eine physisch starke Spezies, die große Härten ertragen kann.«

»Wir standen alle an den Hängen, blickten auf die tote Antilope hinunter, und als mein alter Freund Marl zum Messer griff, um sie aufzuschneiden, durchlief mich eine heftige Erregung – ich fürchtete mich, es als Genuß zu bezeichnen, doch ich wußte, nichts anderes war es. Als der Leib von der Kehle bis zum Schwanz aufgeschnitten war und die Innereien herausfielen, wußte ich, es würde mir leichtfallen, mit den Händen in diese Masse zu greifen und dann …« Ein roter Nebel legte sich über mein Bewußtsein, und als er schwand, wirkten die bereiften Zweige am Dach, der graue Felsen und Johors hageres Gesicht noch abgezehrter und häßlicher.

»Ja«, sagte er, »ihr hattet recht, so vorsichtig zu sein.«

»Und doch hattet ihr uns zusammengerufen, damit wir sahen, wie das Tier ausgeweidet wurde. Wir standen in der warmen Sonne, der Wind trug aromatische Düfte vom See herüber, und wir sahen die Eingeweide dort liegen: das Herz, die Leber und die anderen Organe, Kopf, Schwanz und das Fell; die Knochen wirkten so kahl wie die Äste eines Baumes. Wir wurden unruhig, liefen auf den Hängen hin und her; der Blutgeruch stieg uns in die Nase. Er schien zu unseren Erinnerungen zu gehören. Dann hast du deinen Platz unter uns verlassen; du hast dich zwischen das blutige Fleisch und die Knochen gestellt. Du hast gesagt: ›Ihr fragt euch, jeder von euch fragt sich, wo das Tier geblieben ist … wo ist das eigentliche Tier, das ihr kennt. Wo ist sein Charme, seine Freundlichkeit, seine Anmut? Wo sind seine Bewegungen, die euch entzücken? Jeder von euch weiß, hier liegt nicht das Eigentliche des toten Tieres. Wenn wir über die Hügel blicken, wo die Gräser sich im Wind wiegen, der durch die Blätter streicht und sie hell aufleuchten läßt, sehen wir denselben Geist, der die Wahrheit über dieses tote Tier ist … wir sehen Lebendigkeit, Frische und Entzücken. Und wenn wir jetzt aufblicken und das Spiel der Wolken beobachten, sehen wir die Wirklichkeit des Tieres. Wenn wir uns gegenseitig betrachten und sehen, wie schön wir sind, sehen wir ebenfalls das Tier, seine Liebenswürdigkeit und Richtigkeit …‹ Johor, du hast lange und ausführlich über Schönheit und Anmut gesprochen. Danach hast du dich über den Haufen Fleisch und Knochen gebeugt und das Herz in deinen Händen hochgehalten. Du hast uns gesagt, daß jeder von uns ein Paket mit Herz, Leber, Nieren, Eingeweiden, Knochen ist. Jeder dieser Teile ist ein Ganzes, hast du erzählt, und hat ein Bewußtsein von sich. Ein Herz weiß, es ist ein Herz, und es empfindet sich als Herz. Und so ist es mit einer Leber und allen anderen Teilen in einem Tier, in uns. Wir sind ein Bündel, ein Paket kleinerer Stücke, Ganzheiten, Gebilde, und jedes spürt seine Identität und sagt sich: *Hier bin ich!* Genau wie wir es in Augenblicken tun, in denen wir spüren, was wir sind. Aber diese Ansammlung von Herz, Lunge, Haut, Blut, die so dicht und ordentlich in eine Haut verpackt ist, bildet ein Ganzes: ist ein Geschöpf … Und du hast uns zum Lachen gebracht, Johor, an diesem schönen Morgen. In meiner Erinnerung besteht er nur aus Farben, Farben – Blau- und Grün-, sanfte Rot- und Gelbtöne. Wir mußten lachen, als du sagtest, daß sich eine Leber vermutlich für das beste und wichtigste Organ eines Körpers hält, das Herz ebenfalls und auch das Blut. Sie glauben vielleicht sogar, ein Körper bestehe nur aus Herz oder Leber oder Blut … ja, ich weiß noch, wie wir alle lachten. Und so endete die Lektion. Als Canopus uns das nächste Mal besuchte, brachtest du die Instrumente mit, mit denen man das Winzige sehen kann. Lange Zeit betrachtete jeder von uns – auch die Kinder – durch die Instrumente das Winzige.«

»Was ist dir von diesem Morgen am stärksten im Gedächtnis geblieben? Der unerfreuliche Anblick der blutigen Organe, die auf dem Boden lagen, und dein Mitleid mit dem Tier?«

»Nein, sondern daß du uns gelehrt hast, die Anmut und die Lebendigkeit des Tieres überall zu suchen – im Fließen des Wassers, in den Figuren, die die Vogelscharen an den

Himmel zeichneten, während sie dort kreisten, durch die Luft glitten, auf und nieder schwebten.«

Alsi schob sich schnell in den Schuppen und öffnete dabei die Tür nur so weit wie unbedingt nötig. Sie wirkte schwerfällig und plump in den Fellhüllen. Sie lächelte uns beiden zu und machte sich daran, Heidekraut, Flechten und Rinden durch die Öffnungen in die Gehege der Schneetiere zu schieben. Es dauerte lange, und ich dachte daran, wie flink sie einmal gewesen war. Nach getaner Arbeit stand sie vor uns, öffnete ihren Mantel, und wir entdeckten darunter das kleine zutrauliche Köpfchen eines ihrer Lieblingstiere. Die hellen blauen Augen glänzten munter. Alsi streichelte das Tier und verriet damit, wie sehr sie den Kontakt mit Vitalität und Vertrauen brauchte. Sie erklärte: »Die Repräsentanten des Sees sagen, daß dort nur noch wenige Tiere leben.«

»Mach dir keine Sorgen«, erwiderte ich, als Johor schwieg, »wir werden nicht mehr viel Nahrung brauchen.«

Sie nickte, denn sie begann bereits zu verstehen, was geschah.

Sie sagte: »Aus vielen Städten und Dörfern kommt die Nachricht, daß die Leute beschlossen haben, nichts mehr zu essen. Sie warten nur noch auf den Tod.«

Johor sagte: »Bitte, suche so viele Leute wie möglich, die noch willens sind, es zu tun. Geht in diese Orte und sagt den Leuten, Canopus fordert euch auf, so lange wie möglich am Leben zu bleiben. Erklärt, es sei notwendig.«

»Notwendig?«

»Ja.«

»Obwohl wir alle bald sterben?«

In dieser Frage lag nur der Anflug eines Vorwurfs, aber Alsi fiel es schwer, ihn anzusehen. Doch sie tat es, und auf ihrem Gesicht lag eine solche Bestürzung, daß es ihn betroffen machte, ich sah, wie er sich unter den Fellen bewegte, als bereite er sich darauf vor, eine Last zu tragen. Alsi besaß ein so aufrichtiges, offenes Wesen. Sie war so stark und schön – sie überließ sich nicht der allgemeinen Trägheit und Gleichgültigkeit.

»Es gibt mehr als eine Art des Sterbens«, sagte er freundlich. Er blickte ihr in die Augen. Sie erwiderte den Blick. In diesem Moment schienen sich unsichtbare Türen öffnen zu wollen, um Wahrheiten und neues Wissen einzulassen ... Ich spürte diesen Druck auch in mir. Ich beobachtete, wie ihre Augen so tapfer und forschend an Johor hingen. Dabei streichelte sie immer wieder den Kopf ihres kleinen Freundes, der vertrauensvoll zu ihr aufblickte.

»Also gut«, sagte sie, »ich werde dafür sorgen, daß alle die Botschaft erhalten.«

Johor nickte und gab damit stumm zu verstehen: Ja, ich kann mich auf dich verlassen. Als sie sich aus der Tür schob, wirbelten unter dem Heulen des Sturms weiße Flocken herein, die nicht schmolzen, sondern auf dem Steinboden vor der Tür als ein weißer Fleck liegenblieben.

Ich sagte zu Johor: »Es ist leichter, die Nachricht vom Tod einer Million Menschen zu ertragen, als sich vorzustellen, daß Alsi in einem Berg stinkender Felle verhungern wird. Das hasse ich an mir, Johor. Ich habe mich nie damit abfinden können, daß wir alle im Grunde parteilich sind.«

»Du beschwerst dich, daß wir euch unzulänglich geschaffen haben«, bemerkte er nicht ohne Humor.

»Ja, vermutlich tue ich das. Ich kann nicht anders. Ich habe nie ertragen können, mitanzusehen, wie jemand über den Tod eines ihm Nahestehenden weint und leidet, aber gegenüber einer allgemeinen Gefahr oder einem Unglück gleichgültig bleibt. In mir entstand dann immer das Gefühl, mit einem schrecklichen Mangel, einem grundlegenden Versagen konfrontiert zu sein.«

»Du vergißt, daß wir nicht erwartet haben, euch würden solche Prüfungen auferlegt.«

»Ah, Canopus, ihr erwartet tatsächlich sehr viel von uns

armen Wesen, die einfach nicht zu dem fähig sind, was erforderlich ist.«

»Doch als Alsi gerade hier bei uns stand und so gefaßt und tapfer die Aufgabe übernahm, die ich ihr stellte, erschien es mir, als Spezies seid ihr sehr wohl in der Lage, das Notwendige zu tun.«

»Wieder wird eine Person, ein Individuum, als Beispiel angeführt, um so viele zu repräsentieren!«

Während ich sprach, spürte ich den inzwischen so vertrauten Druck, der mir verkündete, daß ich etwas verstehen sollte. Und da ließ ich mich in Schlaf sinken, denn ich hatte aufgenommen, soviel ich diesmal konnte. Als ich erwachte, saß Johor geduldig neben mir und wartete darauf, daß ich das Gespräch wieder aufnahm. Ich hatte kaum mehr getan, als zu registrieren: Hier bin ich!, und fügte den Gedanken hinzu: Aber mein »Ich« gehört mir nicht. Es kann mir nicht gehören. Es muß ein allgemeines, geteiltes Bewußtsein sein... und in diesem Moment bat mich Johor: »Doeg, sag mir, was du in dieser Zeit alles gelernt hast, als du das Material deines Planeten durch die neuen Instrumente betrachten konntest.«

Es war sehr still. Das Heulen und Toben des Windes hatte sich gelegt. Ich stellte mir vor, daß sich draußen der frische, weiße Schnee hoch auftürmen würde. Durch diesen hüfthohen Schnee bahnte Alsi sich den Weg in Begleitung all jener, die sie hatte aufrütteln können. Andere machten sich auf den mühseligen Marsch in nahe gelegene Städte und Dörfer und überlegten, ob sie dort ankommen würden, ehe der Sturm wieder einsetzte und die Luft mit Weiß, Weiß, Weiß erfüllte...

»Wir lernten, daß alles aus kleineren Dingen besteht. Und sie wiederum aus kleineren und feineren... unsere Organe, ein Herz oder eine Leber, an die wir überhaupt nicht denken, von denen wir jedoch wissen, daß sie da sind und daß sie arbeiten, setzen sich aus allen möglichen Teilen zusammen, Teilen in allen möglichen Formen: Stränge, Klumpen, Streifen, Schichten und Schwämme. Diese Stückchen und Teilchen bestehen aus allen möglichen Zellen, und sie … von denen jede ein vitales und befriedigendes Leben führt und sogar einen Tod hat, denn man kann ihr Sterben wie das unsere beobachten … setzen sich aus vielen kleineren lebenden Einheiten und Molekülen zusammen, die ihrerseits aus ebenso vielen Einheiten bestehen, und auch sie …«

Im Geist sezierte ich ein Stück Fleisch, ein Herz und sah, wie es sich in ein Gewimmel winzigen Lebens verwandelte; doch nun blickte ich wieder auf Johor – ein Berg Felle, in dem sich ein fahles Gesicht abhob. Trotzdem war es unverkennbar Johor, der dort saß, eine Gestalt, eine Kraft – ein fester Körper.

»Johor«, sagte ich, »ich sitze hier und empfinde mich als etwas Festes, als ein Gewicht dichter Materie in einer Gestalt, deren Rundungen und Oberfläche ich genau kenne. Mein Verstand sagt mir, das ist nichts – denn das weiß ich, nachdem ich durch eure Instrumente geblickt habe.«

»Was hast du denn gesehen, als du bis zu der kleinsten, für uns wahrnehmbaren Einheit vorgedrungen bist?«

»Es gibt einen Kern, der aus irgend etwas besteht. Doch auch er teilt sich und teilt sich wieder. Und um den Kern gibt es eine Art Tanz von … Schwingungen? Die Räume zwischen diesem … Kern und den Schwingungen sind so unendlich groß, so unendlich groß, und deshalb weiß ich, die Körperlichkeit, die ich empfinde, ist nichts. Ich bin eine Nebengestalt, ein farbiger Lichtfleck, wie wir ihn sehen oder *sahen,* denn jetzt sehen wir nur noch Schnee, der die vom Sonnenlicht erfüllten Räume erfüllt, wenn ein Lichtstrahl auf die Erde fällt, in dem die Falter schweben. Aus einer Perspektive, die weit von meinem normalen Sehvermögen entfernt ist, bin ich überhaupt keine dichte oder feste Masse … Ich kann zwar sehen, wohin du meine Gedanken gelenkt hast, nämlich, daß dieses Gewicht … und ich bin so schwer, so schwer, so massig und schwer, daß ich es kaum ertragen kann... daß dieses Gewicht überhaupt nichts ist. Ich bin eine Lichtgestalt mit etwas dichteren Partikeln an manchen Stellen. Doch was mein Verstand weiß, Johor, nützt mir in meiner Schwerfälligkeit nichts. Ich kann mir vorstellen, was du mit deinen Augen von mir siehst, die zu einem anderen Planeten, zu einem Stern mit einem anderen Gewicht gehören – ich kann es mir vorstellen, denn ich habe gesehen, wie Zellen und Moleküle in einer Art Tanz verschwinden. Aber...«

»Ein Tanz, den du dadurch beeinflußt, wie du ihn betrachtest. Oder wie du ihn denkst«, bemerkte er.

Das lauschende Schweigen, das uns umgab, vertiefte sich. Doch mein Unbehagen und meine Ungeduld meldeten sich, und ich brach es. »Trotzdem, Johor, arbeitest du mit diesem Nichts, diesem Gewicht und der beschwerlichen Materie, die so quälend auf uns allen lastet. Denn du sitzt hier, du sitzt in diesem eiskalten Schuppen und sagst: Versucht doch, noch nicht zu sterben, nehmt die Anstrengung auf euch, am Leben zu bleiben – und du möchtest, daß wir diese Körper, dieses Fleisch am Leben erhalten, das sich auflöst, wenn man es mit anderen Augen betrachtet, und den Faltern ähnelt, die die Sonne bescheint.«

Ja, danach schlief ich ein, ich sank in Schlaf, ging davon, kam zurück und erklärte: »Wenn ich die winzigen Oszillationen und Schwingungen betrachte, aus denen wir bestehen, frage ich mich oft, wo eigentlich unsere Gedanken sind, Johor. Wo ist das, was wir fühlen? Denn es ist unmöglich, daß Gedanken und Gefühle nicht ebenso Materie sind wie wir. Dieses Universum besteht nur aus allen erdenklichen Abstufungen der Materie – von grob zu fein, von fein zu feiner –, und das führt schließlich so weit, daß alles, woraus wir bestehen, ein Gitter, ein Raster, ein Netz, ein Nebel ist, in dem Partikel und Bewegungen so klein sind, daß wir sie nicht wahrnehmen können, die aber trotzdem in einem festen, exakten Gewebe gehalten werden, obwohl es für die Augen, die wir im normalen Leben benutzen, nicht existiert. Und so findet sich in diesem System von fein zu feiner die Substanz eines Gedankens?

Ich beobachte mich, Johor … ich spüre mich … in dieser Masse von Flüssigkeiten, Gewebe, Knochen und Luft, die so schwer ist, so furchtbar schwer ist, aber trotz allem nichts ist und kaum existiert. – Wenn ich Zorn empfinde, weht dann Zorn durch die Zwischenräume des Gewebes, das ich bin, wie ich weiß? Wenn ich Schmerz empfinde oder Liebe … oder … Ich spreche diese Worte aus, und jeder weiß, was ich mit Zorn, mit Sehnen, mit Verlust und alldem meine. Aber besitzt ihr auf Canopus Instrumente, mit denen ihr sie sehen könnt? Kannst *du* sie mit deinen anderen Augen sehen, Johor? Siehst du, wie ich hier sitze, dieses arme Tier Doeg? Bin ich für dich ein getönter Lichtfleck, der die Farbe wechselt, wenn Zorn oder Angst in mir aufsteigen? Woher kommen sie, Johor? Die Substanz unseres Körpers, die Materie, aus der wir bestehen, zerfällt in … riesige Räume, die durch die Bewegungen eines Tanzes festgelegt sind. Doch wir haben Angst oder Einsamkeit noch nicht durch Instrumente gesehen.«

Ich sank wieder in Schlaf – sank in einen Traum. Er war so lebendig, befriedigend und detailliert, daß er eine so klare und deutliche Welt war wie alles, was ich in wachem Zustand auf unserem Planeten oder auf anderen erlebt hatte. Ich bewegte mich in einer Landschaft, die an unseren Planeten erinnerte, aber trotzdem nicht unser Planet war. Ereignisse, Menschen, Gefühle … ich kannte sie alle, doch nicht von meinem gewöhnlichen Leben. Ich hatte diesen Traum schon einmal geträumt, und ich erkannte ihn wieder, vielmehr den Ort. Als der Traum begann, sagte ich mir: Ja, ich kenne diesen Ort, *denn ich kenne sein Flair*. Ich erwachte nach einer Zeitspanne und wußte nicht, ob sie lang oder kurz war, und die Atmosphäre des Traums war so stark, daß ich sie mitbrachte. Sie schimmerte in verführerischen Farben, die für uns nur noch Erinnerungen waren, da es in unserer Welt keine Farben mehr gab. Und sie legten sich glänzend über die frostigen Grau- und Brauntöne im Innern des Schuppens. Dann verblaßte der Traum, und ich sagte: »Ich habe geträumt.«

»Ich weiß. Du hast gelacht und gelächelt. Ich habe dich beobachtet.«

»Johor, ich könnte dir meinen Traum erzählen, denn er hatte eine Form, einen Anfang, eine Entwicklung und ein Ende, ganz wie die Geschichten von Doeg, dem Geschichtenerzähler. Ich könnte dir die Ereignisse, die Abenteuer und die Menschen in diesem Traum beschreiben, von denen ich einige kannte, andere nicht – aber die *Atmosphäre* des Traums könnte ich dir nie beschreiben, obwohl die Atmosphäre dieses Traums, dieser Folge von Träumen, so stark und einmalig ist, daß ich sie mit nichts verwechseln könnte. Sobald ich diese Traumlandschaft betrete oder mich ihr, aus einem anderen Traum kommend, nähere, kenne ich sie. Ich kenne die Luft, das Gefühl, den Geschmack. Trotzdem könnte ich weder dir noch einem anderen seine Atmosphäre beschreiben. Dafür gibt es keine Worte. Und doch sind Gefühle und Gedanken analoge Bereiche zu den Landschaften der Träume. Denn ein Gefühl besitzt ein Aroma, einen Geschmack, man *spürt* es, kann es aber nicht in Worte fassen, obwohl man ›Liebe‹, ›Sehnsucht‹ oder ›Eifersucht‹ sagen kann, und alle wissen dann genau, was man damit meint. Die Gefühle, die man hat und die in den Bereich von ›Liebe‹ gehören, besitzen alle die gleiche Eigenschaft und sind für jeden dasselbe, so daß das Wort Liebe eine Mitteilung darstellt; wir wissen, was wir damit meinen. Wird ein Gedanke, der im Grunde farblos oder geschmacklos ist, von Kummer oder Bosheit getönt, nimmt er einen Geschmack, ein eigenes Wesen an. Und wenn man diesen kummerbeladenen oder freudebringenden Gedanken erlebt, dann ist da zuerst die

Erfahrung und dann das Wort. Ich sage zu dir oder zu Alsi: ›Ich habe einen Gedanken, in dem Freude liegt, und du, jeder andere teilt meine Erfahrung. Dieser Geschmack ist eine *Substanz,* ist Materie, ist stofflich, denn alles ist Substanz, alles muß Substanz sein. Der winzige Tanz im Kern, der im Herzen eines Atoms kein Kern ist, ist Materie, und deshalb müssen Leidenschaften, Bedürfnisse oder Freuden ebenfalls Materie sein. Kannst du sehen, wie die Schwingungen des Atoms sich in Bewegungsmuster auflösen und sagen: Das ist Neid, dies ist Liebe?‹

Wie verändert die Materie oder Substanz der Liebe den winzigen Tanz? In welcher Beziehung stehen sie zueinander? Denn die *physische* Substanz unserer Körper, unserer Herzen bringt Liebe oder Haß, Furcht oder Hoffnung hervor – das stimmt doch, Johor? –, und sie sind untrennbar damit verbunden. Der Wind, der Liebe ist, muß sich irgendwo in diesen schauerlichen Räumen zwischen dem Kern eines Atoms und seinen Elektronen erheben, die sich wie alles in etwas Kleineres und noch Kleineres spalten und schließlich etwas Fließendes oder eine Bewegung sind – *oder eine Tür, die sich zu etwas anderem öffnet*?

Ich kann dir diese Frage stellen, denn ich weiß, ich teile dieses Wissen mit dir, wenn ich *Liebe,* wenn ich *Furcht* sage – und dann kehre ich in das Reich der Träume zurück, in dem ich ein Drittel meines Lebens verbringe und das durch und durch von Emotionen durchdrungen ist, jedoch auch mit Empfindungen und Gefühlen, die nichts mit Emotionen zu tun haben, die man besser als Farben beschreiben oder andeuten kann, von denen eine Sache oder ein Ort durchtränkt ist. Und ich kann sagen: ›Johor, ich habe geträumt‹, wenn ich hierher in diese Welt zurückkomme. Dann waren meine Träume für mich lebendiger als mein Wachen, und die Atmosphäre, in der ich meine Schlafreisen unternehme, kenne ich schon mein ganzes Leben lang, kannte sie bereits als kleines Kind. *Trotzdem kann ich kein*

Wort finden, das dir oder irgendeinem anderen dieses Gefühl, den Geschmack, die Farbe oder die Empfindung vermittelt. Das ist die absolute Einsamkeit, Johor … und doch frage ich mich, wenn du sagst: ›Ich habe dich im Schlaf beobachtet … beobachtet, wie du geträumt hast‹, ob du mit deinen Augen, die auf dem Planeten eines Sterns entstanden sind, der ein anderes Gewicht hat als der unsrige, sagen kannst, während du mich beobachtest: ›Doeg bewegt sich in *dieser* Schlaflandschaft, er geht über diesen Platz, trifft diese oder jene Leute – *Doeg ist Teil der Substanz dieses Ortes* – ich weiß es, denn ich sehe, wie die Substanz dieses anderen Ortes, der anderen Zeit oder Schwingung sich in den Räumen der subatomaren Partikel oder Bahnen bewegt‹ … Und wenn das so ist, Johor, dann erleichtert es die Last der Einsamkeit zu wissen, daß es nichts gibt, was ich sagen könnte – selbst meinen vertrautesten Freunden –, was ihnen den Geschmack eines Traums vermittelt.«

»Doeg, glaubst du, du träumst für dich allein, wenn du träumst? Glaubst du, ein Bereich, den du im Schlaf betrittst, ist nur dir bekannt? Glaubst du, von all den Millionen auf diesem kleinen Planeten kennst allein du diesen bestimmten Bereich? Du bist vielleicht nicht in der Lage, ein Wort zu finden, um ihn zu beschreiben, damit die anderen erfahren, wo du gewesen bist. Doch die anderen kennen ihn, denn auch sie finden sich in ihren Träumen dort ein.«

Hier endete die Unterredung, denn Alsi kam herein, in Begleitung von Marl, Masson und *Zdanye*, mit *Bratch* und mit *Pedug*, der vor dem Eis mit der Erziehung der Jugend betraut war.

Während Johor und ich wachend und träumend in dem kalten Schuppen saßen, hatte sich in dem Gebiet um den Pol, der immer noch frei von Schnee und Eis blieb, die leichte Drehung zur Wärme ereignet, die wir jetzt Sommer nannten. In einem Abschnitt, den wir in zwanzig Tagen durchwandern konnten, gab es noch Wachstum, und wir entdeckten dort eine uns unbekannte Pflanze. Sie wuchs sehr schnell, erreichte in wenigen Tagen ihre volle Höhe und wurde zu einem zarten, saftigen Busch, der übersät war mit duftenden blauen Blüten. In diesem Teil unseres Globus – der vielleicht ein Achtel oder Zehntel des Planeten ausmachte – wuchs die Pflanze überall. Klin arbeitete dort meist das ganze Jahr über und hatte ein Tal näher in der Mitte des Planeten aufgesucht, das früher sehr warm und fruchtbar gewesen war. Er hoffte, es sei immer noch mild genug, um dort etwas anzubauen, und sei es auch nur Heidekraut oder Farne. Doch das war nicht der Fall; das Tal lag unter einer hohen Schneedecke. Deshalb machte er sich auf den Rückweg in die Polarzone. Unterwegs traf er auf Boten, die berichteten, daß die Herden der großen Tiere von überall her zusammenströmten, um die Felder und Hügel zu erreichen, auf denen eine neue Pflanze blühte, deren Duft die Luft mit einem Geruch erfüllte, den niemand von uns kannte. Und als Klin noch zehn Tagesmärsche vom Pol entfernt den Punkt erreichte, wo der flüchtige Sommer die Tundra und das Grau ablöste, sah er die Herden. Zahllose Tiere überzogen das Land. Sie stampften, erhoben sich auf die Hinterbeine, wälzten sich auf dem Boden, und die Erde erbebte unter der Freude ihrer berauschenden Lust angesichts dieses Wunders, denn hier gab es frisches, saftiges, aromatisches Futter. Trunken vor Entzücken, galoppierten sie donnernd durch die Landschaft und hoben die riesigen Köpfe, als spürten sie das Gewicht der Hörner nicht. Sie brüllten und tänzelten sogar, und es brach einem das Herz, so erzählte Klin, mit anzusehen, wie die verzweifelten ausgehungerten Tiere sich Glück und Leichtigkeit überließen – falls man die spielerischen Kämpfe der schweren Tiere als leicht bezeichnen konnte –, denn man hatte sich gewöhnt, in der Landschaft unzählige massige melancholische Tiere zu sehen, die mit hängenden Köpfen widerwillig an dem Erdfutter schnupperten, es aber doch fraßen; Tiere, die kaum in der Lage zu sein schienen, sich zu bewegen – sie stolperten, glitten aus und stürzten auf dem eisglatten Boden, wenn sie weiterzogen. Nachdem man sich, von Schmerz und Mitgefühl erfüllt, an dieses Bild gewöhnt hatte, schien diese plötzliche Vitalität etwas Wunderbares zu sein.

Doch nicht nur die Herden sehnten sich nach etwas Frischem und Grünem; sie fraßen und verzehrten Pflanzen, die für unsere Bevölkerung von Nutzen sein konnten. In den Städten und Dörfern der Polregion weckte die Aussicht auf frische neue Nahrung die Leute; blinzelnd stolperten sie aus ihren stinkenden Behausungen hinaus in das vertraute Grau – aber hinter den dicken niedrigen Schneewolken entdeckten sie ein blasses Blau: unseren zaghaften flüchtigen Sommer! Sie bahnten sich ihren Weg durch die bitteren zähen Stengel und Ästchen des Tundragestrüpps in Richtung Pol. Und plötzlich sahen sie vor sich das Blau. Ein blauer Schleier bedeckte die Erde, als sei der Himmel heruntergefallen oder als spiegle die Erde plötzlich den Himmel. Und selbst die Masse der großen Tiere, die sich überall drängten, vermochte die Schönheit der blau blühenden Pflanzen nicht völlig zu verbergen. Ein aromatischer, würziger Geruch lag in der Luft; er belebte die Menschen, vertrieb ihre schreckliche Gleichgültigkeit und Lethargie. Sie bildeten Gruppen und trieben die Tiere in eine Hälfte des fruchtbaren Landes – wir wollten ihnen das Futter nicht völlig vorenthalten, wir brauchten ihr Fleisch und hatten bereits gefürchtet, sie würden nur allzubald ausgestorben sein, weil es zuwenig zu fressen gab. Die Pflanzen schossen sofort wieder aus dem Boden, wo die Tiere sie abgegrast hatten – überall breiteten sich blaßblaue Teppiche aus. Die Menschen warfen ihre dicken Fellmäntel ab, lagen inmitten der blühenden Büsche und weinten vor Freude. Sie rollten sich auf dem Boden, sprangen auf und liefen ebenso übermütig umher, wie es auch die bedauernswerten Tiere getan hatten. Auf dem begrenzten und kleineren Gebiet, das den Tieren nun zur Verfügung stand, taten sie das allerdings nicht mehr; doch sie fraßen stetig und so schnell sie konnten. Sie füllten sich den Magen, solange sie konnten, denn sie schienen zu wissen, daß der Überfluß nicht von Dauer sein konnte. Unser Sommer war bereits halb vorüber – unser Sommer, in dem inzwischen kein Obst, kein Gemüse und kein Getreide mehr wuchs. In letzter Zeit gab es auch hier nur noch ein bißchen spärliches Gras. Und doch gab es dieses Wunder, diese Wunderpflanze. Zwanzig Tage lang konnte man durch Grün und Blau wandern unter einem blauen Himmel, über den die Wolken unserer alten Welt zogen – weiße, wattige, träge, herrliche Wolken –, als wüßten sie nichts von den dunklen düsteren Wolkenmassen, die sich am Horizont ballten.

Nach einem Tag auf diesen würzigen Wiesen fühlten sich unsere Leute wie neugeboren, waren wieder sie selbst: Eindeutig enthielten diese Pflanzen einen starken, gesundheitsfördernden Wirkstoff. Klint benachrichtigte Bratch, den Repräsentanten für Gesundheit. Er traf ein, ließ seine Helfer nachkommen, und da die Pflanze ebensoschnell wieder wuchs, wie man sie abschnitt, gab es bald große Mengen von einer Art Heu, das mehr aus getrockneten Blüten als aus Blättern bestand, doch dann stellte sich die Frage, wie man die lebenspendende Nahrung aufteilen sollte, denn es war nicht genug, um jedem unserer Leute auch nur eine Handvoll zu überlassen.

Wer sollte in den Genuß kommen? Nach welchen Kriterien sollte man die Entscheidung treffen?

Klin, Marl, Masson, Pedug und Bratch standen unruhig im Schuppen, während sie uns das alles berichteten. Es war deutlich zu sehen, daß sie eigentlich nicht hier sein wollten; ihre Gedanken wanderten zu der lichten, kurzlebigen Welt des polaren Sommers, die sie nur ungern verlassen hatten, um sich mit mir, den anderen Repräsentanten in diesem Gebiet – und mit Johor – zu beraten. Mir entging nicht, daß sie ihn kaum ansahen; ihre Augen schienen über ihn hinwegzugleiten, ihn nicht wahrzunehmen. Es lag nicht nur daran, daß sie ihn noch nie zuvor so deutlich als ein Wesen wie wir gesehen hatten – blaß und leidend in seiner dicken Hülle aus Tierhäuten –, sondern auch daran, daß sie nichts von ihm erwarteten, obwohl ihnen niemand gesagt hatte: Dieser Planet wird nicht gerettet werden. Das Versprechen, das man uns gegeben hat, läßt sich nicht erfüllen. Früher hätte man damit rechnen können, daß sich alle um Johor gedrängt und gefragt hätten: Canopus, wo warten eure Raumschiffflotten? Wann werdet ihr uns hier wegbringen? Aber niemand stellte diese Fragen. Johor blieb ruhig auf den Säcken mit Ginster sitzen.

»Warum sind wir bei unseren Beratungen hier, an diesem sterbenden Ort?« fragte Marl, »laßt uns hinunter in den Sommer gehen. Wir können unsere Entscheidungen auch dort treffen.«

Also machten wir uns auf den Weg: Johor und ich, sie und zehn der anderen Repräsentanten. Wir bahnten uns einen Weg durch den Schnee, der unsere Stadt einhüllte, stolperten und glitten Abhänge hinunter, überquerten Bergpässe, auf denen wir glaubten zu erfrieren, und dann ging es wieder hinunter. Vor uns sahen wir Blau, nur noch Blau – ein blauer Himmel, blaue Erde –, ein frischer Wind trug uns nicht beißende Kälte entgegen, sondern warme milde Düfte, die wir vergessen hatten.

Meine Augen schienen größer und größer zu werden, während sie sich an den Farben labten, nach denen sie hungerten… Aber während ich dem blauen schönen Sommer vor mir entgegenstolperte, sagte ich mir: Ich, ein Fleck oder Schleier aus Partikeln, die das Licht bescheint, ich, ein Nichts, eine Ansammlung unendlicher Räume, die ein Tanz begrenzt, den mein Verstand nicht begreift, ich laufe vorwärts, hinein in… Nichts. Denn wenn ich dieses Sommerland sehen würde, wie Johor mit seinen canopäischen Augen es sieht, dann läge ein Universum aus Raum vor mir, in dem kaum wahrnehmbare Gestalten schweben, sich formen und auflösen. – Ich, ein Nichts, laufe auf nichts zu und weine, während ich laufe. – Wo leben die Emotionen, die diese Tränen entstehen lassen, Johor? Wo in diesen großen Räumen, in dem schwachen Nebel, der ich bin, wo in der bewegten fließenden Ordnung, dem Tanz der Atome, wo … und wie … und was, Johor?

Als wir die Hänge erreichten, wo das Grün sich unter den mit blauen Blüten überladenen Büschen zeigte, warfen wir uns auf die Erde, rollten uns im blauen Grün, saßen, die Schneegipfel und das eisige Land im Rücken, über dem Sommer und blickten in den hellen Sonnenschein, durch den Wolkenschatten zogen, bis eine plötzliche Kühle uns an den Winter erinnerte, der bald wieder über das duftende Wunder hereinbrechen würde, und wir sprachen über alles, was getan werden mußte, was wir tun mußten.

Wir sprachen. Johor schwieg, obwohl er mitten unter uns saß, als sei er einer aus unserer Gruppe.

Wir mußten ein praktisches Problem lösen: Wie sollte die Nahrung verteilt werden, nachdem wir entschieden hatten, wer davon bekommen würde? Es gab keinen Verkehr mehr zwischen den Dörfern und Städten, abgesehen von den Trupps, die Trockenfleischvorräte brachten. Wie sollten wir das leichte, aber sperrige Heu in großen Mengen in den Schnee und das Eis hinaufbringen? Und sollten die Leute es kochen oder roh verzehren, nachdem es verteilt war? – Wir aßen alle die Blüten geradewegs von den Büschen, ohne unangenehme Auswirkungen, abgesehen von leichten Verdauungsbeschwerden, mit denen wir uns in Zukunft wohl abfinden mußten. Bratch schlug schließlich vor, die getrockneten Pflanzen in flache Teiche und Wasserlöcher zu legen, denn die belebende Wirkung würde sich dadurch wahrscheinlich auf das Wasser übertragen. Einen Teil des Wassers konnte man dann in Behältern in das schneebedeckte Land bringen. Doch die Kälte würde bald wieder hereinbrechen und Moore und Marsche gefrieren lassen. Dann würden Trupps mit Schlitten zurückkommen, um das Eis abzutransportieren. Möglicherweise konnte man sogar große Eisbrocken über den Schnee ziehen. Inzwischen sollten Boten überall die Nachricht verbreiten, daß der kurze Sommer Einzug gehalten hatte und allen Pflanzennahrung bot, die in der Lage oder bereit waren, die Anstrengungen auf sich zu nehmen, hierherzukommen und sich an diesem Sommer zu erfreuen.

Ein paar der Leute, die den lebenden Zaun bildeten, der die Tiere von dem Teil des Gebietes fernhielt, den wir aberneten, machten sich auf den Weg, damit die Nachricht alle bewohnten Orte des Planeten erreichte. Wir blieben, wo wir waren, und nutzten jede Stunde des Tages, um das Heu in den Wasserlöchern und Sümpfen zu stapeln. Es war nicht warm genug, um Fäulnis zu einem unmittelbaren Problem werden zu lassen. Das nach Erde riechende Wasser der Moore verströmte bald den Geruch der blauen Pflanzen. In den Nächten lagen wir meist wach inmitten der Blüten, denn wir wußten, die Gnadenfrist würde bald abgelaufen sein. Über uns leuchteten die Sterne, jedoch nicht mit dem harten kalten Glanz der schwarzen Nächte während der Expedition zum anderen, zum kalten Pol. Jetzt waren sie ein milder ferner Schein, und sie erloschen immer wieder, wenn Nebel und Dunstschleier über den Himmel zogen.

Als die Boten zurückkehrten, wuchsen die Pflanzen nicht mehr nach, wenn man sie abgeschnitten hatte. Die Hügel und Täler lagen länger im Schatten als im Sonnenlicht. Der Wind wehte nicht mehr mild, sondern zwang uns, wieder zu den dicken Mänteln Zuflucht zu nehmen. Die großen Tiere brüllten und spielten nicht mehr, sondern waren wieder still geworden. Wir gingen alle zu einer Stelle über einem Tal, in dem sich die Tiere drängten. Sie ließen die Köpfe hängen und starrten auf die Erde, die nicht mehr grün oder blau war und auf der sich keine saftigen Pflanzen mehr im sanften

Windhauch wiegten. In der Nähe stand ein Stier mit seinen Kühen und den neugeborenen Kälbern – seit langem wurden nur noch wenige Kälber geboren. An den traurig, mutlos hängenden Schultern konnte man ablesen, daß er sich für einen Versager hielt, einen Schwächling, daß er bedrückt war: Wieder würde er eine ständig hungrige Gruppe anführen, die keinen Nachwuchs hervorbrachte, denn die Natur sagte: Nein, es gibt keine Zukunft. Wieder würden sie die weichen Mäuler in die feste, halb pflanzliche Erde drücken und das ungeliebte Futter in die Mägen hinunterzwingen, die nur einen Teil davon verdauen konnten. Die Kühe achteten mit wilden roten Augen ängstlich darauf, daß ihre Kälber in der Nähe blieben; sie leckten und bemutterten ihre kleinen Ebenbilder in einer Verzweiflung, die deutlich verriet, welche Gefühle sie erfüllten. Von einem Ende des Horizonts bis zum anderen standen die Herden – und warteten. Auch wir mußten zurückkehren, auch wir mußten wieder warten.

Etwa vierzig Repräsentanten hatten sich am Hang über den Herden versammelt, und etwa hundert der Boten, die der Bevölkerung die Nachrichten überbracht hatten. Die Leute kamen in kleinen Gruppen, um sich ihren Anteil der inzwischen so spärlichen Ernte zu sichern; und auch sie rollten sich im Grün und aßen die Blüten. Aber nur wenige hatten es geschafft, ihre Lethargie abzuschütteln und die Reise zu machen. Wir, eine kleine Menschenmenge, standen in einer Mulde zwischen den niedrigen Hügeln.

Lange vor dem Eis hatte ich gelernt, die Verfassung von Menschen im Zusammenhang mit Ereignissen genau zu beobachten – was gesagt wird und was ungesagt bleibt –, um zu verstehen, was vermutlich geschehen würde, *was bereits geschah, aber noch nicht in vollem Umfang sichtbar war.* Die Menge, die dort stand, sich in die dicken Felle hüllte und den Himmel betrachtete, an dem sich bereits die ersten Schneewolken ballten, bildete eine Einheit. Johor stand beinahe unbemerkt zwischen den anderen, obwohl alle wußten, daß Canopus unter uns weilte. Bald lösten wir Repräsentanten uns aus der Masse und stiegen auf eine Anhöhe. Man erwartete es von uns; wir sahen, fühlten und spürten, daß wir es tun sollten. Johor blieb an seinem Platz.

Wir vierzig standen dort und blickten auf die Menge, die auf uns blickte, und es entstand ein langes Schweigen. Was geschah? – das fragten wir uns alle, denn üblicherweise war der verbale Gedankenaustausch zwischen Repräsentanten und Repräsentierten lebhaft und ungezwungen: Er vollzog sich praktisch. Meist lag auf der Hand, was jeder zu tun hatte. Wir mußten nie Reden halten, den Leuten zureden, sie überzeugen oder etwas von ihnen fordern – wie ich es auf anderen Planeten erlebt und wie ich gelesen habe. Nein, es hatte immer eine Übereinstimmung, ein Verständnis gegeben, das uns verband, und das bedeutete: Soundso wird sich darum kümmern; dies und jenes muß getan werden – von irgend jemandem. Und bei solchen Gelegenheiten kehrte ein Repräsentant in die Menge zurück, wenn er glaubte, ein Wechsel sei notwendig, oder jemand, der sich berechtigt oder befähigt fühlte, gesellte sich zur Gruppe der Repräsentanten. Langes Schweigen hatte es bei uns noch nie gegeben. Jetzt sahen wir uns prüfend und aufmerksam an: wir sie, und sie uns. So standen wir lange Zeit. Auf der einen Seite drängten die Herden bis zum Horizont, wo die Stürme schwarz im Weiß wüteten. Auf der anderen Seite entströmte den zertrampelten welkenden Wiesen ein schwacher Duft, der Erinnerungen an den inzwischen vergangenen Sommer weckte. Der Himmel hing tief und grau über uns; vereinzelte Schneeflocken schwebten herab, schmolzen aber sofort auf unseren Gesichtern und den noch immer unbedeckten Händen. Forschend betrachteten wir die Gesichter der anderen, als seien sie unser eigenes Gesicht. *Was geschah?* Nun, heute weiß ich es; damals wußte ich es nicht. Ich hatte das Gefühl, gewählt zu werden, aber in einer Eigenschaft, die ich noch nicht kannte. Ich hatte das Gefühl, von diesen Augen, die sich nachdenklich auf mich und die anderen Repräsentanten richteten, geprüft, erforscht, beinahe abgetastet zu werden. Und während ich sie ansah, hatte ich den Eindruck, sie noch nie zuvor, noch nie richtig gesehen zu haben, nicht so, wie ich sie jetzt sah. Bei diesem verzweifelten und schrecklichen Unterfangen, das uns alle auf eine Art und Weise einbezog, die wir nur zum Teil kannten, standen wir uns sehr nahe.

Während dieses langen Gedankenaustauschs, während dieses Schweigens, das keiner Worte bedurfte, stand Canopus passiv und ruhig unter ihnen als Teil der Menge. Und doch taten, abgesehen von Alsi und – wie ich glaube – Klin, beinahe alle noch, als zweifelten sie nicht daran, daß Canopus uns von diesem Planeten weg und an einen anderen Ort bringen würde. *Offiziell* erwarteten wir das immer noch, und davon sprachen wir manchmal, jedoch zunehmend seltener. Aber an diesem Tag fragte keiner der Leute Johor: Canopus, wo sind eure Raumschiffe, die uns von hier wegbringen werden? Wann werdet ihr euer Versprechen einlösen?

Nein, niemand sagte das; es lagen auch weder Vorwürfe noch Zorn oder Anklagen oder Trauer in der Luft. Die Nüchternheit, die Ruhe, das Verantwortungsbewußtsein, das uns erfüllte und das keinen Kummer, keine Trauer oder Verzweiflung aufkommen ließ, war das Bemerkenswerte. In weiter Ferne, im schneebedeckten Land, wo unsere Freunde unter Bergen von Fellen in dunklen Löchern lagen, herrschte die Lethargie von Kummer und Verzweiflung. Doch hier, unter den wenigen, die die mühsame Reise in das Sommerland auf sich genommen hatten, verbreitete sich ein völlig anderes Gefühl. Und nach einer langen Zeit, in der wir alle dort standen und uns *ansahen*, war das Schweigen zu Ende: Wir schienen alle gleichzeitig durch einen inneren Vorgang zu entscheiden, daß es genügte. Die Leute machten sich auf den Weg zu den Wasserlöchern und Teichen, um nachzusehen, ob sie bereits zugefroren waren. Nein, das waren sie noch nicht; doch die Wasseroberfläche verdickte sich; wenn sie sich unter einem Windstoß kräuselte, entstanden Flocken und schließlich Schichten von hauchdünnem Eis. Als wir uns am nächsten Morgen erhoben und von dem Abhang, an dem wir lagerten, hinunterblickten, sahen wir, daß das Wasser überfroren, daß es weiß war. Doch darunter lag noch die Schwärze des Sumpfwassers und im Wasser das Grün und Blau der Pflanzen. Wir schickten einen Trupp zu den Herden, um ein paar junge Tiere von den anderen zu trennen, sie zu schlachten und das Fleisch zum Verzehr vorzubereiten. Die Erntezeit war vorüber, und es gab weder Heu noch frische Pflanzen. Der kalte Wind trug den Blutgeruch zu uns herüber; und wir hörten die Tiere in unserer Nähe brüllen und stöhnen, als ob auch sie das Blut rochen. Widerstrebend begannen wir, Fleisch, Fleisch und wieder Fleisch zu essen, eine Nahrung, von der es leider nur allzu kurz eine Abwechslung gegeben hatte.

Innerhalb weniger Tage verwandelte sich das Wasser in festes Eis; wir hackten große Blöcke heraus, stapelten sie auf Schlitten oder banden Seile darum; und überall konnte man lange Ketten von Leuten sehen, die sich an den mühsamen Abtransport machten – Weiß vor Weiß, denn alles war inzwischen wieder weiß; Schnee bedeckte die Erde, über uns hingen schneeschwere Wolken, vor uns lagen die verschneiten Berggipfel. Der Wind wirbelte den Schnee hoch in die Luft, wo er sich mit den weißen Flocken von oben mischte.

Die Reihen weißer Gestalten schleppten sich mühsam nach allen Richtungen davon. Unsere Gruppe kletterte geradewegs über die gefrorenen Pässe und hinunter in die Gebiete in der Mitte des Planeten. Weit vor uns ragte die weiße Masse unserer Mauer hoch in den grauen Himmel auf; beim Näherkommen schien sie eine gigantische Woge zu sein, die gerade in dem Moment erstarrt war, als sie in sich zusammenstürzen wollte. Der gezackte, gezahnte Kamm erstreckte sich über den ganzen Horizont und krönte eine inzwischen schneeweiße, völlig vereiste Mauer, die halb unter hohen Schneewehen versank.

Als wir uns mit den Schlitten, auf denen das mitgebrachte Eis lag, unserer Stadt näherten, liefen einige von uns voraus, um die Schlafenden zu wecken. Aber wiederum wankten nur ein paar wenige Leute stöhnend und jammernd aus ihren Behausungen. Nach dem langen Aufenthalt im Halbdunkel konnten sie im grellen Weiß draußen kaum etwas sehen. Wir redeten auf sie ein: »Versucht dieses Eis, das wir gebracht haben! Lutscht es, nehmt es mit hinein, laßt es schmelzen und trinkt das Wasser! Ihr werdet feststellen, daß es euch belebt und erfrischt.« Manche taten es; ihre Lebenskräfte erwachten, und sie fielen nicht wieder in diesen todesähnlichen Schlaf zurück. Denn viele starben, während sie schliefen, und konnten trotz aller Künste von Bratch nicht wieder ins Leben zurückgeholt werden. Ungefähr ein Viertel der Bevölkerung unserer Stadt versammelte sich im tiefen Schnee auf dem großen Platz. Klin, Marl und Alsi, Masson, Pedug und Bratch waren dort; ich und Johor ebenfalls. Wieder entstand das lange Schweigen, und es hielt so lange an, wie es notwendig war für … *wofür?* Es wurde kein einziges Mal gebrochen, doch es schien uns alle zu bestätigen und zu kräftigen. Und nachdem dieses Schweigen angehalten und angehalten hatte, geschah etwas anderes als während des Schweigens am Abhang weit unten im Polargebiet. Johor löste sich aus der Menge, ging ein paar Schritte vorwärts, blieb ganz ruhig stehen und sah uns alle an. Er schien uns *Gelegenheit zu geben … wozu?* Seine Augen wanderten von Gesicht zu Gesicht, und wir sahen, wie erschöpft und abgezehrt er war. Er wirkte ebenso ungesund wie wir alle, und das trotz unseres kurzen Ausflugs in den Sommer.

Oh, es war so dunkel … so dunkel. Die Stürme umtosten uns; dicke Wolken jagten über uns hinweg. Hinter uns ragte die düstere Eismauer auf; und die Dunkelheit war Ausdruck dessen, was ich damals empfand. Denn auf Johors Gesicht, das geduldig leidend und demütig wirkte, lag ein Ausdruck, der verriet, daß er sich von uns allen etwas erhoffte, das noch nicht vorhanden war… in den Gesichtern, die sich ihm zuwendeten, sah er, was er durch sein Heraustreten aus der Menge hervorgerufen, jedoch gehofft hatte, nicht hervorzurufen. Die Leute drängten sich um ihn und fragten: »Johor, werden die Raumschiffe kommen? Wann kommen sie? Wie lange müssen wir warten?« Doch ihre Stimmen standen im Widerspruch zu dem, was sie sagten. Die Fragenden schienen sich nur mit einem Teil ihres Wesens danach zu erkundigen, mit einem Teil, dessen sie sich nur halb oder überhaupt nicht bewußt waren – plötzlich schienen mir alle zu schlafen, vielleicht sogar unter Drogen zu stehen oder hypnotisiert zu sein, denn die gemurmelten Fragen klangen wie Worte, die man im Schlaf hervorbringt. Ja, während ich dort stand, etwas abseits wie Johor, und in die Gesichter blickte, hatte ich das Gefühl, mich unter Schlafwandlern zu befinden, die nicht wußten, was sie sagten, und sich beim Erwachen nicht mehr an ihre Worte erinnern würden. Ich überlegte, ob solche Fragen – Wo sind eure Raumschiffe, Canopus? Wann werdet ihr uns retten? – auf Johor immer so gewirkt hatten. In diesem Augenblick höchster Klarheit, als alle um mich herum Automaten zu sein schienen, fragte ich mich auch: Ist es möglich, daß wir normalerweise so auf Canopus wirken – wie Automaten, die diese Worte oder jene hervorbringen, die dies oder jenes tun, wozu sie von den oberflächlichen und äußerlichen Teilen ihres Wesens gedrängt werden? Denn mir war klar, daß diese Forderungen und Bitten automatisch geäußert wurden, daß sie von Schlafwandlern kamen. Selbst Alsi, die beim Zusammensein mit mir und Johor manchmal hatte erkennen lassen, daß sie wußte, nichts von alldem würde sich ereignen, beugte sich vor und fragte wie die anderen: »Wann, Johor? Wann?«

Johor sagte nichts, sondern blickte sie alle nur unverwandt an und lächelte ein wenig.

Bald wendeten sie sich ebenso automatisch, ja sogar gleichgültig von ihm ab, gingen auf dem geräumten Platz zwischen den schmutzigen Schneehaufen herum und riefen sich gegenseitig zu: »Wir müssen den Schnee wegschaffen. Wie sollen die Raumflotten hier landen? Sie haben nirgends Platz, um aufzusetzen.« Und alle, auch Alsi, begannen, emsig und eifrig den Schnee vom Platz zwischen die Häuser zu schieben, zu Bergen aufzutürmen und Pfade zu säubern – doch der Platz wäre nicht einmal für Johors Raumfähre groß genug gewesen, ganz zu schweigen für eines der großen interkonstellaren Raumschiffe, die zum Transport von vielen Menschen erforderlich waren. Trotzdem hasteten sie alle umher, arbeiteten verbissen, stirnrunzelnd und konzentriert… ich sah sie immer noch so, wie sie auch Johor erscheinen mußten – als habe sie irgendein belangloser, unwichtiger Impuls in Bewegung gesetzt. Besonders Alsi beobachtete ich bekümmert und ungläubig – jedoch auch in der geduldigen Erwartung, daß sie bald wieder zu Vernunft kommen würde. Und plötzlich wußte ich, daß ich diesen Ausdruck oft auf Johors Gesicht entdeckt hatte, wenn er mich betrachtete.

Ich sagte zu ihm: »Also gut, ich verstehe, die Zeit ist noch nicht gekommen… allerdings weiß ich nicht, *wofür* die Zeit noch nicht gekommen ist.«

Wir standen beide immer noch ruhig etwas abseits und beobachteten die Leute. In der Nähe befanden sich der Schuppen und die Gehege der Schneetiere. Wir gingen über den zertrampelten schmutzigen Schnee, vorbei an den aufgestapelten Eisblöcken mit den Blüten und Blättern der Sommerpflanzen, die grün und blau darin eingeschlossen waren. Der Schuppen war vollgestopft mit den Säcken getrockneter Pflanzen, die Alsi hier lagerte.

Den Boden überzog jetzt eine Eisschicht; Eis und nicht

Rauhreif glitzerte unter dem niedrigen Dach. Wir sanken auf die duftenden Säcke und zogen die Fellmäntel dicht um uns. Hinter einem Stapel Säcke kam ein kleines weißes Tier hervorgerannt: Alsi hielt ihre Lieblingstiere inzwischen im Schuppen. Hier lebten sie munter und vergnügt und hatten sich vermehrt, denn weitere flauschige Geschöpfe tauchten auf, musterten uns und wählten sich die Säcke, auf denen wir saßen, als Spielplatz. Sie waren so zutraulich, so anmutig, fanden an allem so großes Vergnügen – und mir entrang sich der gequälte Aufschrei: »Bald werden sie alle nicht mehr sein, nicht mehr sein, eine weitere Spezies wird nicht mehr am Leben und unter den Lebenden sein …« Es folgte ein neuer Ausbruch von Bitten und Klagen, von Kummer, von leidvoller Auflehnung. »Und ich kenne deine Antwort. Es gibt keine andere. Johor, du wirst sagen, dieser Liebreiz, diese Anmut werden hier verschwinden und an anderer Stelle wieder zum Vorschein kommen … an einem Platz, auf einem Planeten, von dem wir noch nie etwas gehört haben, von dem du vielleicht ebenfalls noch nie etwas gehört hast! Anmut geht nicht verloren, sagst du, die entzückende Freundlichkeit, die das Wesen dieser kleinen Tiere ist, kann nicht verlorengehen. Es sind Eigenschaften, die das Leben von neuem erschaffen muß … die Hüllen, in denen sie sich uns hier und jetzt zeigen … jawohl, sie werden bald nicht mehr sein. Die kleinen Tiere werden bald alle tot sein, alle, alle … doch wir sollen nicht um sie trauern, denn ihre Eigenschaften werden wiedergeboren … irgendwo. Es macht nichts, daß sie verschwinden, das Individuum zählt nicht, die Spezies zählt nicht … auch Alsi zählt nicht, ebensowenig wie Doeg, Klin und Masson zählen, wie Marl und Pedug und alle anderen, denn wenn wir alle nicht mehr sind, dann …« An diesem Punkt meines Trauergesangs, meiner Klage, zögerte ich, brach ab, als ich hörte, was ich gesagt hatte, als ich verstand und nicht verstand, noch nicht verstehen konnte.

In der gleichen belegten, mechanischen, sogar erstorbenen Stimme, mit der die Leute draußen Johor gefragt hatten, sagte ich: »Aber wir, die anderen, die Repräsentanten werden gerettet, sagst du? Ich habe gehört, daß du es gesagt hast … Hast du es nicht gesagt … ja, was hast du sonst gesagt … nein, nein, du hast es nicht gesagt, aber ich habe auch nichts Derartiges gesagt … doch wenn du das nicht gemeint hast, wenn ich das nicht hören sollte …« Ich unterbrach mein schwerfälliges albernes Gemurmel und blieb lange, lange, lange sehr ruhig sitzen. Die kleinen Tiere waren von ihren übermütigen Spielen müde. Sie kuschelten sich eng an mich und Johor, schmiegten sich in die dicken Fellmäntel. Die beiden Alten und die vier Jungen leckten uns die Hände, stießen Triller und leise Begrüßungslaute aus, als seien wir Freunde – ihre menschlichen Freunde. Sanfte blaue Augen blinzelten uns an, blinzelten langsamer, schlossen sich, öffneten sich wieder blau und klappten endgültig zu, als sie einschliefen und zusammengerollt wie kleine weiße Bälle dalagen.

Ich tauchte aus meinen tief nach innen gerichteten Überlegungen auf, die ich nicht beeinflussen oder lenken konnte, weil sie ihren eigenen Gesetzen und Notwendigkeiten folgten, und sagte: »Ich erinnere mich daran, wie mir der Gedanke kam, daß ich, Doeg, die Gestalt, die Züge habe, die ich habe, weil unter vielen die Wahl auf mich gefallen ist. Ich stellte mich vor den Spiegel und betrachtete mich – die Nase von meiner Mutter, die Augen von meinem Vater, die Kopfform des einen, den Körperbau eines anderen, die Erinnerungen der Großeltern und Urgroßeltern. Ich sah mich an und sagte: ›Sie hat ihre Hände ihm und dann ihr und so mir vererbt. Seine Haare wuchsen auf jenem Kopf, dann auf dem Kopf meiner Großmutter, und deshalb wachsen sie auch auf meinem.‹ Ich dachte daran, daß das Paar, meine Eltern, viele – wie viele? – Kinder, Tausende, vielleicht Millionen Kinder hätte haben können, und jedes wäre ein klein wenig anders gewesen – der Unterschied faszinierte mich bei meinem Spiel, und während ich mein Gesicht, meinen Körper im Spiegel betrachtete, stellte ich mir vor, daß sich hinter mir, zu beiden Seiten, überall um mich herum meine Varianten aufreihten. Einige sahen mir sehr ähnlich, andere kaum. In Gedanken füllte ich ein Dorf, dann eine Stadt, ganze Landstriche mit meinen Varianten. Doeg, Doeg, immer wieder Doeg, und im Geist begrüßte ich die nichtexistenten Leute, die auch niemals existieren würden, die Leute, die nie lebendig geworden waren, weil *ich* mit diesem bestimmten Körper, diesem bestimmten Gesicht und diesen bestimmten Eigenarten lebte. Ich sagte zu diesen Leuten, die mir alle mehr oder weniger, sehr oder auch nur entfernt ähnelten, die gleiche Größe hatten oder auch ein bißchen kleiner, ein bißchen größer, deren Haare Abwandlungen meiner Haare waren, und deren Augen das ganze Spektrum der Möglichkeiten zeigten – ich sagte zu ihnen: ›Seht her, hier seid *ihr*, in mir ... denn dieses Gefühl von mir, von mir als ich, das Gefühl, *ich, Doeg, bin hier*, wäre euer Gefühl, wenn die Gene es zufällig anders gewollt hätten und wenn ihr, wenn eure Gestalt und Form an meiner Stelle geboren worden wäre.‹ In diesem Sammelbecken des Millionen Jahre dauernden Würfelspiels der Gene wurde ein *Gefühl* geboren, ein Bewußtsein, das Selbst-Bewußtsein: *Hier bin ich.* Und dieses Bewußtsein erhielt später den Namen Doeg – obwohl ich in meinem Leben viele Namen getragen habe. Dieses besondere *Gefühl* wurde in diese Gestalt, in diesen Typ, in diese Konstellation ererbter Eigenschaften hineingeboren. Natürlich hätte es in jede dieser unzähligen Varianten, in die Möglichkeiten hineingeboren werden können, die vor meinem inneren Auge wie Geister standen und stehen, vielleicht ein bißchen trocken lächeln, mich beobachten, mich, den der *Zufall* bevorzugte. Doch sie sind ich, und ich bin sie, denn geboren wurde das Gefühl von mir als ich ...« Ich sank wieder in mich zusammen, entfernte mich eine Zeitlang, und als ich wieder zu mir kam, sagte ich: »... Und doch behauptest du, Johor, und natürlich ist es wahr, sobald du etwas sagst, muß es wahr sein, daß dieses kostbare Etwas, an das ich mich klammere, wenn ich sage: *›Ich bin hier, ich, Doeg‹*, dies ist das Gefühl, das ich bin, das ich habe, das ich im Schlaf wiedererkenne und das ich als mich wiedererkennen werde, wenn ich sterbe, wenn ich all dies hinter mir lasse, dieses kostbare kleine Etwas, das so klein ist, denn wenn man in einer dumpfen dunklen Nacht aus einem Schlaf erwacht, der so tief war, daß es lange dauert, bis man weiß, wo und wer man ist, dann ist von mir, von meinen Erinnerungen, von meinem Leben, von meinen Lieben, von meiner Familie, von den Kindern und Freunden – von *allem* ist da nur das kleine Gefühl: *Hier bin ich*, das Gefühl von mir als *ich* – und doch gehört es mir keineswegs, sondern wird geteilt; es muß geteilt werden, denn wie wäre es sonst möglich, daß es auf unserem Planeten ebenso viele Abstufungen und Grade des Ichseins gibt wie Individuen? Nein, das Bewußtsein, *hier bin ich, das bin ich, dies ist mein Ich*, diese Empfindung, die ich niemandem vermitteln kann, ebensowenig wie ich jemandem die Atmosphäre eines Traums vermitteln kann, gleichgültig, wie vertraut mir der Traum ist, wie nahe ich mich dem Traum fühle und wie oft ich ihn im Verlauf eines langen Lebens träume – die Empfindung oder der Geschmack oder die Berührung oder das Wiedererkennen oder die Erinnerung – das Ich-sein muß, obwohl ich es nicht weiß, allen anderen sehr wohl vertraut sein. Vielleicht wissen sie nicht, wer diesen bestimmten Geschmack oder dieses Gefühl mit ihnen teilt – diese Stufe, Ebene oder Qualität des Bewußtseins. Sie begegnen mir und wissen nicht, daß ich mit ihnen teile, was sie sind: ihr Gefühl von sich selbst. Und ich begegne ihnen, bin mit ihnen zusammen, kann aber doch nicht wissen, daß wir teilen, was wir sind. Wir können auch nicht wissen, wie viele oder wenige wir sind, auch nicht, wie viele Ebenen, Typen oder Arten dieses Bewußtseinszustandes es gibt. Gibt es auf unserem Planeten eine Million unterschiedlicher *Ichs*? Eine halbe Million? Zehn? Fünf? Oder teilen wir alle ein Ich-Bewußtsein? Nein, das ist schwer zu glauben – aber warum nicht? – wir wissen doch so wenig von dem, was wir sind, was wir unsichtbar, wirklich sind. Es ist ebensogut möglich, daß es eine Million unterschiedlicher Arten des Bewußtseins gibt – denn etwas anderes sind wir nicht, wenn wir in der Dunkelheit aus tiefem Schlaf erwachen und eine Weile unfähig sind, uns zu bewegen, ganz zu schweigen davon zu wissen, wo und weshalb wir sind – wie zehn oder fünf. Aber, Johor, wenn du mit deinen canopäischen Augen auf diesen Planeten blickst, nimmst du uns vielleicht überhaupt nicht als Individuen wahr, sondern als eine Mischung von Individuen, die eine Eigenschaft teilen, die sie, die uns, in Wirklichkeit zu einem Wesen macht. Du betrachtest uns und siehst nicht die schwärmenden Myriaden, sondern Gruppen von Ganzheiten, so wie wir in unserem See oder am Himmel Gruppen, Schwärme und Scharen sahen, die alle aus zahllosen Individuen bestanden, die sich selbst für einmalig hielten, obwohl wir mit unseren Augen mehr als sie sehen und erkennen konnten, daß jedes zu einem Ganzen, einer Wesenheit gehörte; sie bewegten sich als ein Wesen, lebten als ein Wesen, verhielten sich als ein Wesen – *dachten* als ein Wesen. Vielleicht siehst du uns genauso: Eine Ansammlung von Gruppen oder Kollektiven, doch diese Kollektive müssen nicht unbedingt … zumindest scheint es mir so, während ich hier sitze, Johor, und diese Gedanken denke, ohne daß du ein Wort sagst – obwohl ich ohne dich nicht in der Lage wäre, diese oder ähnliche Gedanken zu denken –, doch diese Einheiten oder Gruppen oder Kollektive müssen sich nicht unbedingt räumlich nahe sein oder miteinander in Berührung stehen. Vielleicht ist es möglich, daß ein Individuum genau dasselbe Gefühl von sich als Mann oder Frau hat wie ich, wenn er in der Dunkelheit aus einem tiefen

Traum erwacht, ohne einen kurzen Moment etwas von seiner Geschichte als Mann oder Frau, ohne etwas von seiner Vergangenheit zu wissen, und sich auch an nichts erinnern kann – es ist durchaus möglich, daß ich diesem Individuum nie begegnen werde, weil es vielleicht in einer Stadt auf der anderen Seite des Planeten lebt, wo ich nie gewesen bin und auch nie hinkommen werde. Vielleicht handelt es sich sogar um jemanden, den ich ablehne oder gegen den ich Abneigung empfinde. Ebensogut kann es jemand sein, zu dem ich mich hingezogen fühle – denn Antipathie und Zuneigung sind etwas Zufälliges; und manchmal fällt es schwer, den Unterschied zwischen Faszination und Abscheu, zwischen Zuneigung und Abneigung festzustellen. Aber welche Dimension fügt meine Idee, Johor *(deine Idee?)*, dem Geschäft des Lebens hinzu – während ich meiner Arbeit und meinen Pflichten nachgehe, mich um dieses oder jenes kümmere, überlege, was getan werden muß, Hunderte von Menschen am Tag treffe, dann sind die Menschen, denen ich begegne, möglicherweise keine Fremden. Sie sind *mir* nicht unbekannt. Sie sind meinem Ich nicht unbekannt, allem, was ich wirklich über mich weiß, dem Gefühl, hier bin ich, *ich bin hier* – dem einzigen, was übriggeblieben ist, wenn man in undurchdringlicher Dunkelheit aufwacht und die Glieder zu schwer vom Schlaf sind, um sie zu bewegen, wenn man nicht in der Lage ist, sich daran zu erinnern, was man ist, was man hier tut oder in welchem Raum man erwacht ist. Du hast gesagt, Johor, das schreckliche Gefühl der Isolation und Einsamkeit, das mich überkommt, wenn ich erkenne, daß es mir, wie sehr ich mich auch darum bemühe, nie gelingen wird, einem anderen die Atmosphäre, die *Realität*, das *wahre* Wesen einer Traumlandschaft zu vermitteln, der Landschaften, durch die wir im Schlaf wandern und die wirklicher sind als unser Tagleben – diese Isolation muß durch das Wissen gemildert, gebannt werden, daß auch andere diese Landschaften im Schlaf aufsuchen *müssen* und mich dort treffen, wie ich sie treffe, obwohl wir das vielleicht niemals – oder höchst selten – wissen, wenn wir uns am Tag begegnen. Und so ist auch meine Einsamkeit gelindert, wenn ich daran denke, daß ich für … ich weiß allerdings nicht für wie viele … spreche, wenn ich sage: *Ich; hier bin ich, hier ist, was ich bin,* das Gefühl oder die Empfindung oder der Geschmack von *mir.* Gewiß ist, ich spreche für andere. Dieses Gefühl des Ichseins wird geteilt, muß geteilt werden, es muß einer Gemeinschaft angehören. Ich werde nie wieder aus tiefem Schlaf erwachen, der wie ein schwarzes Wasser ist, in dem ich so schrecklich und wunderbarerweise vertrauensvoll untergetaucht war – so vertrauensvoll wie diese kleinen Tiere, die sich uns in ihrer Hilflosigkeit und Winzigkeit anvertrauen, uns, die wir so groß und unbekannt sind –, ohne zu denken, sobald ich wieder fühlen kann: *Hier bin ich, hier ist das Bewußtsein von mir,* mein Bewußtsein und das der anderen, die ich bin, obwohl ich nicht weiß, wer sie sind, und auch sie mich nicht kennen … Es ist merkwürdig, Johor, sich als Teil eines Ganzen zu empfinden, das sehr viel größer ist als man selbst. Es ist merkwürdig zu erleben, daß man verschwindet, während man denkt oder spricht, daß man in einem Kern oder einer Essenz aufgeht – und daß dieser Mittelpunkt ebenfalls schwindet, sich auflöst, verändert und in etwas anderem aufgeht, während man spricht oder denkt oder grübelt … Was bin ich also, Johor, während ich hier auf diesen halb vereisten Säcken sitze, die so köstlich nach unserem entschwundenen Sommer duften, und mein Körper eine Weile in diesem riesigen Fellmantel ausruht, während sich in meinem Kopf Gedanken drängen, die irgendwoher kommen, mich umkreisen, als sei ich eine Art Sieb oder ein Fangnetz für Gedanken, die eine Zeitlang Teil von mir sind und dann weitertreiben? Ich sehe dich an und weiß, indem ich einen ungesund wirkenden Menschen sehe, der sich nicht wohl fühlt und mir gar nicht so unähnlich ist, daß ich nichts von dir sehe, nichts von dir weiß: Ich weiß, aber nur, weil mein Verstand es mir sagt, dort ist Canopus. Das geht so weit über mein Vorstellungsvermögen hinaus, daß ich es dabei belassen muß. Ich spüre mich, ich denke an mich; während ich das tue, löse ich mich auf, ich entschwinde, mir bleibt nichts, nichts, nichts – es sei denn, ich bin der Wind, der durch die unermeßlichen Räume streicht, die zwischen einem Elektron und dem anderen, zwischen einem Proton und dem nächsten liegen, Räume, die nicht mit *Nichts* gefüllt sein können, denn nichts ist *Nichts*…« Ich sank wieder in Schlaf, wo mich immer eine dunkle Ruhe und Sicherheit erwarteten; von dort tauchte ich wieder auf, kehrte zurück in den kalten Schuppen, wo Johor saß. Er beobachtete die kleinen Tiere, die wieder munter geworden waren. Mit ihren scharfen weißen Zähnchen zerrten sie an einem Sack, um an den Inhalt heranzukommen. Sie verstreuten die getrockneten Ästchen, grünen Blättchen und verblaßten blauen Blüten auf dem Eis, sie hüpften, sprangen und rollten verspielt darauf herum. Er beobachtete sie und lächelte. Er lächelte, als ich aus dem Dunkel auftauchte und zu mir selbst sagte: *Hier bin ich, Doeg*, und hinzufügte: *Hier ist das Ich-Gefühl, das ich mit meinen unbekannten Freunden, meinen anderen Ichs teile.*

Ich bemerkte Alsi; sie saß in unserer Nähe. Sie trug keine Handschuhe; sie hielt etwas in den großen Händen und beugte sich traurig darüber. Eines der jungen Tiere war krank oder lag im Sterben. Sie versuchte, es mit der in ihren kalten Händen noch verbliebenen Lebenskraft wiederzubeleben. Unbewußt wiegte sie sich hin und her, vorwärts und rückwärts; ich erkannte darin die Forderung, den Protest eines leidenden, hartgeprüften Körpers, die Feststellung, daß ihr Körper immer noch ein starkes Leben besaß, das kämpfte – doch es war ebensosehr ein Ausdruck ihres Kummers. Ich dachte wieder daran, wie eng Körper und Geist miteinander verbunden sind, sich gegenseitig beeinflussen – und doch findet man in den weiten Räumen zwischen den

Schwingungen, die Partikel der Partikel der Partikel der Einheiten unseres körperlichen Wesens sind, keine Anzeichen von – Leid, zum Beispiel, oder von Liebe. Liebe, Liebe litt in allen Teilen von Alsis großem, aber hageren Körper, denn ihr großer Kummer verriet, sie wußte: Dieser Tod bedeutete den Tod von anderen – die Nachkommen der beiden geliebten Schneetiere, die hübschen, entzückenden kleinen Wesen würden bald tot sein, weil sie das Leben nicht mehr ertragen konnten.

»Ist dir klar, Johor«, sagte sie heftig anklagend, wie ich es manchmal tat, »daß es auf unserem Planeten nichts Junges mehr gibt? Die Kälber der Herden, die in diesem Sommer geboren wurden, sind gestorben. Sie waren nicht stark genug, und neue werden nicht mehr geboren ... in den Gehegen draußen sind nur noch ausgewachsene Tiere. Ich kann sie nicht dazu bringen, sich zu vermehren. Nichts, was ich tue, ändert etwas an dem, was sie spüren ... oder wissen.« Sie schluchzte heftig und beugte sich dicht über das kleine, flauschige Wesen in ihren kalten Händen. Es war inzwischen tot und wurde bereits starr.

Johor erwiderte nichts; er beobachtete sie jedoch.

Nachdem sie sich beruhigt hatte, fragte sie immer noch verzweifelt, aber leise: »Was sollen wir tun? Wenn die Herden nicht mehr sind und die Schneetiere nicht mehr sind, haben wir nichts mehr zu essen. Oh, ich bin froh darüber ... froh, so froh, denn dieses Fleisch, das wir essen müssen, macht mich so krank, daß der letzte Bissen, den ich hinunterzwingen muß, ein Fest für mich sein wird ... selbst wenn es mein Ende bedeutet ...« Doch ich sah, daß irgendein Gedanke sie beschäftigte, denn ihr Gesichtsausdruck veränderte sich, und ihre Augen nahmen uns nicht mehr wahr, denn ihr Geist blickte nach innen. Schließlich kam sie mit einem Aufseufzen wieder zu uns zurück. Vorsichtig legte sie den schweren kalten Klumpen, der vor kurzem noch das entzückende kleine Tier gewesen war, das zu unseren Füßen spielte, auf den Boden. Sie blickte lange und unverwandt auf ein anderes Tierchen, das nicht mehr spielte, sondern zitternd neben ihrem Fuß saß. Sie beugte sich hinunter, streichelte es sanft, und der Kummer verhärtete ihr Gesicht, doch sie hob es nicht auf.

»Alsi«, sagte Johor, »ich möchte, daß du jetzt Alsi ablegst und Doeg wirst.« Sie sah ihn an. Wir wechselten unsere Rollen oft genug und verrichteten andere Arbeiten, wurden Repräsentanten dessen, was gerade bewältigt werden mußte. Es war also für sie nichts Neues, daß sie »Doeg werden sollte«. Sie war erst vor kurzem »Doeg gewesen«, als die Reihe an sie kam, sich zu erinnern und Erfahrungen in Worte zu fassen, die in uns allen fixiert und festgehalten werden mußten, damit unsere Annalen auf dem laufenden blieben. Alsi hatte von der Reise zum kalten Pol berichtet, in das Land von Eis und Schnee. Dabei stand sie zwischen uns Repräsentanten, und wir hörten alle aufmerksam zu. Während dieser Zeit war sie Doeg gewesen.

»Ich möchte, daß du im Geist in die Kindheit zurückkehrst und von deinen Gefühlen berichtest, davon, was du dachtest und wie dir dein Leben erschien.« Er hob ein immer noch gesundes junges Tier hoch, das sofort begann, spielerisch seine Finger zu lecken, sie zu benagen, Nase und Gesicht daran zu reiben. Er hielt es zwischen den geöffneten Händen auf den Knien. Sein leises, zufriedenes Schnurren verbreitete sich im eisigen Schuppen; die sanften, blauen Augen sahen uns zufrieden und mit der Begeisterung an, die junge Geschöpfe bei ihren Entdeckungen empfinden: Oh, welch eine wunderbare Welt! Wie herrlich! Einmalig! Wundervoll! Seht her… was ich damit tun kann! Seht mich an! Auf seinem sicheren Platz in Johors dickem Mantel streckte es eine weiße Pfote aus und fing eine Schneeflocke ein, die durch eine Dachritze herabschwebte. Als die Flocke im Fell schmolz und verschwand, reckte sich das Tierchen, gähnte schwelgerisch und genußvoll, dann erschlafften seine Muskeln; es schlief ein und legte im Schlaf auf höchst possierliche Weise das Kinn auf Johors Finger.

Johor blickte Alsi freundlich an, der die Tränen über das Gesicht strömten. Sie schob die Kapuze zurück, die sie zu beengen schien; aus dem gleichen Impuls heraus ließ sie den Mantel von ihren Schultern gleiten. Darunter trug sie übereinander die zerlumpten und zerrissenen Kleider der warmen und freundlichen Tage; ihre Hände zerrten und rissen sie wie aus eigenem Antrieb herunter. Jetzt saß sie halbnackt in dem Haufen zottiger Felle.

In dieser Zeit sahen wir uns selbst niemals nackt und erst recht nicht die Körper anderer. Teilweise hing das mit der schrecklichen Kälte zusammen, teilweise auch aus einem Schamgefühl heraus. Ich glaube nicht, daß Alsi sich absichtlich so entblößte. Doch der Kummer trieb sie dazu. Ihre Augen blickten unverwandt auf das kleine Geschöpf in Johors Händen, dessen Ruhe nichts mit der lebendigen, atmenden Ruhe des Schlafs zu tun hatte, sondern wie eine Starre wirkte. Ihre Hände streckten sich in einer heftigen, unbewußten Bewegung danach aus, die sagte: Nein, nein, nein… ich werde dich retten… dann zogen sie sich zurück und zerrten an ihren Haaren; ihre Augen starrten zwischen den Fäusten blicklos ins Leere.

»Alsi«, sagte Johor – und legte die kleine Leiche neben sich auf den gefrorenen Boden.

»Ich wurde geboren… geboren, aber *ich* kann mich nicht daran erinnern, das weißt du. Vermutlich machte ich mit meiner natürlichen Anmut allen Freude, so wie dieses kleine Tier gerade eben uns noch Freude gemacht hat. Ich wuchs heran – ich erinnere mich nicht daran, wie; aber es geschah unter deiner Obhut und unter deiner Führung, Canopus, denn das ist die Essenz unseres Lebens und unseres Wesens. Ich lernte mehr und mehr über mich, und Tag für Tag dachte ich immer wieder: *Hier bin ich. Dies ist Alsi…* Diese Wahrnehmung meiner selbst lag damals nicht so sehr in meinem

Körper, obwohl ich mich über ihn freute, sondern irgendwo anders… vielleicht in dir, Canopus – aber schließlich sollen wir es auch nicht wissen, nicht wahr? Doch ich weiß noch, wie ich mein Ich fand – ein kleines Kind, ganz erfüllt von Staunen, Verwunderung und Entzücken –, genau wie dieses arme tote Geschöpf noch vor einem Moment. Plötzlich geschah etwas. Meine Brüste bildeten sich und…«

Sie starrte eine Weile vor sich hin; dann lösten sich ihre Fäuste vom Gesicht. Sie berührten einmal leicht den oberen Teil ihres Brustkorbs, dann glitten die Finger ungläubig und fassungslos tiefer… wir sahen ihre Rippen, über denen sich die gelbe Haut spannte und alle Knochen deutlich hervortreten ließ – wo waren ihre Brüste? Ihre Hände glitten zögernd tiefer; sie starrte noch immer blicklos vor sich auf den Boden und zog noch mehr Kleidungsstücke beiseite; wir sahen schlaffe Beutel; diese Beutel endeten in kleinen harten Knoten, und auf der Haut dieser Knoten befanden sich braune Runzeln – ihre Brustwarzen. Sie umfaßte die Knoten mit den großen, immer noch starken Händen, ließ sie los und betastete ihre Schultern, wo sich Knochen und Gelenke unter der straffen Haut deutlich abzeichneten.

Sie weinte nicht und litt nicht. Doch auf ihrem Gesicht lag der Ausdruck eines Menschen, der sich bemüht, das Unmögliche zu begreifen. Wir blickten auf den Körper einer alten, einer sehr alten Frau, den der Hunger ausgezehrt hatte. Ebenso nackt zeigte sie uns ihr Gesicht – hager, fahl, mit eingesunkenen schwarzen Augen. Doch in den Höhlen unter den Augen lag eine Verletzlichkeit, etwas Frisches, Jugendliches, und ich dachte: Wenn wir Repräsentanten alle von hier weggebracht werden und wieder richtig essen, wie wir essen müssen, wird aus Alsi wieder eine junge Frau. Es ist noch nicht zu spät und… Aber dieser Gedanke sank in die Tiefen meines Bewußtseins und kam dort nicht zur Ruhe. Nein, dachte ich, nein, das ist es nicht. Das ist es nicht! – Ich darf mir nicht solche Geschichten und Lügen ausdenken, um mich mit dem Gedanken zu trösten, daß andere Trost brauchen.

Alsi zerrte die zerlumpten Kleider wieder über den ausgemergelten Körper; sie hüllte sich wieder in den dicken Mantel und zog die Kapuze über den Kopf. Jetzt sah man von ihr wieder kaum mehr als die durchdringenden dunklen Augen, die aus den zottigen, speckigen Fellen hervorblickten.

»Alsi!« sagte Johor.

»Nun gut! Ich wurde geboren… und werde jetzt sterben. Nein, nein, Johor, wenn ich sagen soll, wie ich mein Leben sehe, dann muß ich bekennen, daß ich es immer häufiger so und nicht anders sehe… Sag mir, wenn du auf dein Leben zurückblickst, siehst du dann… nein, das ist eine sinnlose Frage. Ich weiß es, noch ehe ich sie stelle. Du lebst so viel länger als wir. Wenn du uns betrachtest, müssen wir dir nicht ebenso vorkommen wie uns diese kleinen Geschöpfe, deren Leben so kurz ist… oder wie ihnen ein Schneekäfer? Trotzdem werde ich dich fragen, denn es beschäftigt mich, Johor. Ich kann nicht aufhören, darüber nachzudenken. Ich überlege mir, wie ihr mit eurem Canopus-Bewußtsein Erinnerungen wahrnehmt. Denn darüber soll ich doch jetzt sprechen, nicht wahr? Die Erinnerung – ein dünner, transparenter Stoff – ist alles, was vom Leben bleibt, wenn man es gelebt hat. Habt ihr das Gefühl, daß eurem Leben die Substanz fehlte? Nein, natürlich nicht, aber trotzdem muß ich fragen. Habt ihr das Gefühl, eure Erinnerungen mit einem einzigen kräftigen Atemzug wegblasen zu können? Denn so sehe ich mein Leben. Ich sehe es wie einen Stoffetzen oder die Reste eines bunten Gewebes in einer Ecke liegen, und die Farben verblassen, während ich hinsehe: Erinnerung – Erinnerungen… denn von meinem Leben ist nichts da! Ja, ich weiß, ich werde sterben, ehe ich normalerweise sterben würde. Doch wenn ein Leben von Bedeutung ist, dann ist auch das Drittel eines Lebens etwas, und ein Drittel meines

Lebens liegt hinter mir. Mein Leben ist nichts … ein kleiner Traum: Ich schwöre dir, Canopus, wenn ich beim Aufwachen wieder zu mir komme, erscheinen mir die Träume manchmal lebendiger als mein Leben. *Trotzdem* – an diesem Punkt muß ich nachdenken, grübeln, und wenn ich damit fertig bin, verstehe ich immer noch nichts –, wenn ich einen Tag beginne, liegt er wie ein Hügel vor mir, den ich ersteigen muß, wie ein Gewicht, das ich einen Berg hinaufschieben muß, etwas, das mit Schwierigkeiten belastet ist. Beim Aufwachen kann ich manchmal den Gedanken an den schweren, langen Tag, der vor mir liegt, nicht ertragen. Oft wird diese riesige, schwere Last so drückend, daß sie mich mitten am Tag in den Schlaf zurückwirft … und sei es auch nur für ein paar Augenblicke, nur um der Last des … Bewußtseins zu entrinnen. Ja, die Struktur und Substanz eines Tages wach zu erleben … ist wie ein Stück Stoff, das man webt; vielleicht enthält es Muster, die man gewählt hat, die nicht zu weben man jedoch nicht wählen kann. Man kann sich auch nicht weigern, den Stoff fertigzustellen, weil es eine Aufgabe ist, die einem gestellt wurde. Manchmal stehe ich dort draußen in den Gehegen, während der Schnee auf eine seiner tausend Arten fällt … leicht oder schwer, schräg oder gerade, naß oder trocken, in Krümeln oder als große, weiche Masse, wenn die Flocken zusammenkleben … ich sehe zu und habe das Gefühl, jeder Schritt hin zum Schuppen, in dem das Futter liegt, die Aufgabe, es hinauszutragen, zu verteilen und dann nachzusehen, wie es den Schneetieren geht, ob einige tot sind, und wenn ja, wie viele … ich habe das Gefühl, all das ist so schwierig, Johor, als stehe jedes Atom meines Körpers im Bann einer Macht. Und doch tue ich es – und nachdem ich es getan habe, sage ich: Damit bin ich fertig. Das habe ich geschafft. Diese Aufgabe ist erledigt. Vor mir liegt die nächste Aufgabe – ich muß die anderen zusammenrufen, die Alsi sind, um Futter für die Tiere zu sammeln, oder was auch immer als nächstes getan werden muß. Den ganzen Tag lang folgt eine mühsame Anstrengung auf die nächste; dann ist der Tag vorüber, und die gütige Nacht ist da. Ich blicke auf den Tag zurück – und er ist verschwunden! Ein kleiner bunter Gedankenfleck, ein paar Bilder, die ineinanderlaufen – eine Szene: Ich stehe in einem Gehege, die Tiere drängen sich um mich und warten auf ihr Futter, oder ich stapfe mit hochgezogenen Schultern durch einen Schneesturm und habe vielleicht die Empfindung von Kälte im Nacken oder von eiskalten, empfindungslosen Füßen … ein Tag! Die Erinnerung an einen Tag! Ein so mühsamer Tag, und wenn er vorüber ist – nichts! Ein Leben … die Erinnerungen eines Lebens. Etwas muß sich doch verschoben haben, Canopus, es kann doch nicht mehr alles richtig zusammenpassen?! Es scheint mir immer unmöglicher oder sogar falsch zu sein, daß unser Tun, unser Leben einen so flüchtigen Schatten wirft, eine so schwache Spur hinterläßt – die Erinnerung. Ich frage mich immer häufiger: Brauchen wir Doeg deshalb? Was ist Doeg anderes als ein Versuch, ein verzweifelter und vielleicht tragischer Versuch, den leicht getönten Schatten, die Erinnerung, zu verstärken? Soll Doeg unseren Erinnerungen mehr Substanz verleihen? Ist das Doeg – und du möchtest deshalb, daß ich nun Doeg werde?«

»Ich bin nicht sicher, wie dein Name ist, wenn du diese Fragen stellst. Aber bestimmt ist das nicht Doeg!«

Sie lächelte bestätigend und dachte eine Weile ruhig nach. »Nun gut«, begann sie wieder, »aber mir scheint, alles, woran ich mich erinnern kann, ist … *Nichts,* Johor. Es ist vorbei und unter dem Eis begraben … Als ich mir meiner bewußt wurde, als ich mir das Gefühl aneignete, hier bin ich, lebte ich mit meinen Eltern in unserem Haus. Du bist einmal in unser Haus gekommen. Es stand in einer kleinen Stadt, die zu einer Gruppe kleiner Städte gehörte, die alle mit der Tuchproduktion beschäftigt waren. Jede Stadt war für ein bestimmtes Erzeugnis bekannt. In unserer Stadt wurde das Tuch gewoben.

In der Stadt auf der anderen Seite des Tals produzierte man die zur Tuchherstellung notwendigen Geräte. Hinter dem Hügel lag eine Stadt, in der alle Bewohner Farben herstellten. Es gab natürliche Farben, die wir selbst entdeckt hatten und aus Pflanzen, Erden und Steinen gewannen. Andere Farben waren künstlich. Canopus hatte unsere Gedanken in eine Richtung gelenkt, die schließlich zur Entdeckung der Farberzeugung führte. Eine andere Stadt in der Nähe spann alle möglichen Garne und Fäden. So entstand diese Gruppe von Städten ohne jede Planung. Wenn ich an diese Zeit denke, erkenne ich das Besondere daran: Die Dinge entwickelten sich, und alles geschah auf organische Weise. Doch es gab eine Veränderung, nicht wahr, Johor? Es kam der Punkt, an dem unser Leben nicht länger eine Funktion dessen war, was uns umgab, sondern darüber hinauswuchs und… bewußter wurde. Ist es das richtige Wort? Kann man es auf eine kollektive Sehweise anwenden… ?«

»Alsi«, mahnte Johor.

»Ja… nun gut… ich wuchs auf wie damals alle Kinder. Wir lernten alles, was wir wissen mußten, von den Erwachsenen in unserer Umgebung. Und jetzt *muß* ich feststellen, daß es unbewußt geschah, Johor! Sowohl auf seiten der Kinder als auch auf seiten der Erwachsenen! Es war, ehe Pedug kam…«

»Nein, ehe Pedug spürte, daß ein Name notwendig wurde.« Sie dachte darüber nach und nickte. »Ja, denn natürlich muß Kindern das Notwendige beigebracht werden… und das Notwendige muß sich verändern. Alle Erwachsenen waren Pedug, denn die Kinder lernten so natürlich, wie sie atmeten, von den Erwachsenen. Doch dann gab es eine Veränderung… und zwar, als ihr, Canopus, das Instrument gebracht habt, das kleine Dinge sichtbar macht. Ja, Canopus, damit endete eine gewisse Art von Natürlichkeit und Annehmlichkeit. Ihr habt nicht nur ein paar dieser Instrumente gebracht, denn selbstverständlich konntet ihr nicht jedem Haushalt eines geben, noch nicht einmal eins für jede Stadt, nein, ihr habt uns so viele gebracht, wie ihr konntet. Aber damit jeder auf unserem Planeten hindurchblicken und sehen konnte, woraus wir wirklich gemacht sind, mußten die Instrumente von Ort zu Ort gebracht werden – von Pedug. Zum ersten Mal verließen Kinder und junge Leute den Kreis der Eltern und freundlichen Erwachsenen. Sie versammelten sich wie Kinder zum Unterricht, zu einer bestimmten Zeit an einem bestimmten Platz. Sie saßen im Kreis um Pedug und wurden unterwiesen. Welch eine erstaunliche und fundamentale Veränderung war das, Johor! Natürlich wußtet ihr das. Ihr hattet einkalkuliert und bedacht, daß das, was geschah, unser Bild von uns selbst verändern mußte. Denn zuvor hatten Kinder niemals Eltern, Verwandte und Freunde verlassen, die alle für sie verantwortlich waren. Sie wußten kaum, was sie lernten, denn sie lernten überall, die ganze Zeit und auf jede erdenkliche Weise. Ich weiß zum Beispiel alles, was es über die Stoffherstellung zu wissen gibt. Aber ich habe keine Ahnung, wie ich es gelernt habe! Doch als ich auf einem großen Platz saß, Pedug zuhörte, der mich aufforderte, mit den Augen ganz dicht an das Instrument zu gehen, um zu betrachten, was es dort zu sehen gab, der mich aufforderte, darüber nachzudenken – o Johor, da hatte sich wirklich alles verändert. Uns wurde bewußt, daß wir lernten und wie wir lernten … während wir gleichzeitig die Materie unseres Körpers sahen und feststellten, daß sie sich unter unseren Blicken auflöste, als wir wußten, daß wir ein Tanz, ein Leuchten, eine unaufhörliche Schwingung, ein Fließen sind. Als wir wußten, daß wir zum größten Teil aus Raum bestehen … wenn wir mit den Händen das Gesicht betasteten und Fleisch spürten, war das eine Illusion; wenn unsere Hände etwas Festes, Warmes spürten, berührte in Wirklichkeit eine Illusion eine andere Illusion – trotzdem, Johor, mein ganzes Leben lang – das natürlich sehr kurz sein wird und die Bezeichnung ›Leben‹ vielleicht gar nicht verdient … nun wirst du sagen, daß ich abschweife, daß ich nicht bei der Sache bleibe, daß ich nicht tue, was du von mir willst! Aber, Johor, ist das nicht an sich schon eine Veranschaulichung dessen, was ich sage? Ich kann meine Gedanken einfach nicht auf einen, wie es scheint kurzen und – zumindest in den Anfängen – schönen Traum konzentrieren …«

»Du hast mit deinen Eltern in einem Haus gelebt, das in …?«

»Ich wurde in Xhodus geboren, in einer der vier kleinen Städte, die gemeinsam Tuch herstellten. Solange ich klein war, beschäftigten sich meine Eltern mit der Weberei. Später wurden beide Pedug. Sie waren oft nicht zu Hause, weil sie mit dem neuen Instrument überall auf dem Planeten herumreisten, um die neue Art des Sehens und Denkens zu lehren. Ich hatte zwei Brüder und Schwestern. Wir alle lernten die Fertigkeiten unserer Städte. Meine Eltern brachten mich an alle möglichen Plätze und Orte, um mein inneres Wesen zu erkennen. Damals nahmen sie mich auch auf eine Farm mit, die man zu Fuß in einer Stunde erreichte und die Wolle für die Tuchweber lieferte. Ich, meine Eltern und die anderen Kinder lebten einige Wochen auf dieser Farm. Meine Brüder und Schwestern interessierten sich nicht für die Arbeiten dort. Aber ich sagte meinen Eltern, ich wolle Alsi sein, eine der vielen, die sich mit der Aufzucht junger Tiere beschäftigten. Ich wurde schon als kleines Mädchen Alsi, denn ich ging oft dorthin. Als die Zeit gekommen war, erklärte ich mich zu einer Lehre auf dieser Farm bereit. Ich erwartete, dort mein Leben zu verbringen. Doch dann kam die Kälte … und jetzt ist alles, das Leben, die Städte, die Tiere, die Bäume – alles, alles verschwunden und tief unter dem Eis begraben. Und ich sehe es so: Dort unter dem Eis liegt ein Traum, etwas, das keine Substanz hatte und doch lebendig war, Leben war, ein langer, vielschichtiger Prozeß des Lebens, der … Es war ein gutes, echtes und ehrliches Leben, nicht wahr, Johor? Nichts, dessen wir uns jetzt schämen müßten, obwohl es natürlich absurd ist, so etwas zu sagen, denn wie kann man sich einer Sache schämen, für die man sich nicht *entschieden* hat? – Wir hatten unser Leben nicht gewählt oder wie wir uns entwickelten oder wie wir uns veränderten. Denn wir veränderten uns. Das weiß ich jetzt. Wir veränderten uns, schon ehe ihr das Instrument gebracht hattet, in das wir alle hineinblickten und feststellen mußten, daß die Art und Weise, auf die wir uns wahrnahmen, eine Illusion ist. – Waren diese Veränderungen vielleicht nicht alle gut? Wie können wir das jetzt sagen? *Denn ich kann mich nicht richtig erinnern!* Ich spreche mit anderen, die mit mir jung waren … mit denen, die noch leben oder die immer noch versuchen zu arbeiten trotz des Schnees und der Stürme – und wir erinnern uns alle an etwas anderes. Ist das nicht seltsam, Johor? Wir stimmen zwar alle darin überein, daß es Veränderungen gegeben hat. Jawohl! Eine Veränderung, die man damit beschreiben könnte, daß man sagt, eine Unschuld schwand aus unserem Leben … daß man sagt, eine neue Art Selbst-Bewußtsein entstand, bereits ehe die neuen Instrumente kamen. Doch wir können uns absolut nicht darüber einigen, worin die Veränderungen bestanden. Ich frage: ›Erinnerst du dich an dieses oder jenes?‹ Und sie antworten: ›Nein, aber bestimmt erinnerst du dich …?‹ Johor, etwas daran ist unerträglich. Das mußt du doch einsehen. Dem mußt du doch zustimmen … du mußt …«

»Alsi«, mahnte Johor.

»Ja. Das Haus, in dem ich geboren wurde, glich den anderen Häusern, die es damals gab. Wir bauten in wenigen Tagen ein Haus, und es kamen vielleicht hundert Leute, um zu helfen. Wenn wir beschlossen, die Zeit für ein neues Haus sei gekommen, gab es Feste und Feiern. Ein Haus konnte völlig aus Schilfrohr bestehen oder aus Latten, die mit Schnüren zusammengehalten wurden. Dächer und Wände waren immer beweglich. Wir konnten sie öffnen und schließen, wenn der Wind sich drehte oder es regnete. Ein Haus verwandelte sich im Laufe des Tages immer wieder. Wände wurden herabgelassen und hochgezogen, Dächer konnte man zurückschlagen, und Tag und Nacht herrschte ein ständiges Kommen und Gehen, denn uns schrieben keine starren Regeln vor, wann wir schlafen mußten, ob bei Tag oder bei Nacht. Wir führten ein Gemeinschaftsleben. Das Leben war leicht, beweglich, und wir gingen ungezwungen miteinander um… ich habe beobachtet, daß wir infolge der Kälte und der Schwierigkeiten, die wir jetzt haben, streng miteinander sind. Wir kritisieren, wir stellen Forderungen, und der Gedanke an Strafen stellt sich leicht ein, obwohl das früher nie der Fall war. An diese Seite unseres alten Lebens denke ich am häufigsten. Es war so beweglich, anpassungsfähig, Häuser, Straßen und Städte veränderten sich wie Pflanzen, die sich dem Licht zuwenden oder abwenden. An einem Tag rissen wir ein Haus ein und bauten am nächsten ein anderes auf. Auf der Farm versetzten wir täglich, wie es jetzt scheint, die Pferche der Tiere. Selbst Lagerhäuser und Örtlichkeiten, die eine gewisse Stabilität verlangten, wurden immer wieder umgebaut. Ich erinnere mich auch daran, wie das neue Gebäude für die neuen Maschinen errichtet wurde, die gerade erfunden worden waren, um schneller weben zu können. Wir standen alle mit unguten Gefühlen dabei und fühlten uns bedroht. Es handelte sich nicht um eines der vertrauten leichten Gebäude aus Latten, durch die schmale Lichtstreifen fielen und ein sanfter Wind wehte, ein Gebäude, dessen Form wir veränderten, indem wir an einer Schnur zogen oder einen Wandschirm versetzten; nein, es war aus Steinen und Erde gebaut. Es hatte ein dickes Dach; und damit war bereits unser altes Leben in Frage gestellt, ehe die Kälte, ehe das Eis kam. Und ich überlege…«

»Alsi, beschreibe dich, als seist du eine andere Frau, als wolltest du eine Geschichte erzählen. Greife ein Ereignis heraus, an das du dich erinnerst… irgendein Ereignis.«

»Von einem Ereignis soll ich berichten, Johor, eine kleine Geschichte erzählen. Wie ich diese kleinen Ereignisse fürchte, die unsere Erinnerung aufbewahrt! Eines Tages zogen die Mutter meines Vaters und der Vater meiner Mutter in unser Haus ... und irgend jemand mußte diesen beiden alten Leuten jeden Tag zuhören. Wir wechselten uns dabei ab. Das Zuhören war eine Art Arbeit. Sie erinnerten sich immer an dasselbe. Die beiden alten Leute saßen da – nicht beisammen, denn die alte Frau liebte die Sonne, und der alte Mann bevorzugte einen schattigen Platz. Alte Leute befinden sich ohnedies lieber in Gesellschaft von Jungen als ihresgleichen – sie saßen also da, und wenn wir kamen, um ihnen zuzuhören, erzählten sie dieselben Vorfälle in immer denselben Worten – ein Leben ... eine Kette weniger Ereignisse ... immer dieselben Ereignisse. Wir Kinder hörten uns dieselben Worte zum zehnten, zum hundertsten und dann zum tausendsten Mal an. Ein Leben. Was an einem bestimmten Tag vor beinahe hundert Jahren gegessen worden war, was jemand vor fünfzig Jahren gesagt hatte. Immer und immer wieder. Erinnerungen ... Und jetzt möchtest du, daß ich eine Erinnerung schaffe, mit der ich meine Enkelkinder langweilen werde; aber natürlich werde ich keine Enkelkinder haben, also kann ich es ruhig tun! Nun gut, Johor. An einem warmen, angenehmen Abend verließ ich die Farm, um meine Familie zu besuchen. Auf dem Weg geschah etwas Unerwartetes. Ich war erst einige Minuten gegangen, da entdeckte ich vor mir ... Ich sehe mich dort gehen, ich, ein etwa zwölfjähriges Mädchen, ein großes, eher mageres Kind. Das Mädchen trägt ein leuchtendgrünes Tuch um die Hüfte geschlungen und ein rotes Tuch um die Brüste, die sich gerade erst abzuzeichnen beginnen. Sie trägt ein Geschenk für ihre Eltern, ein Stück zubereitetes Fleisch. Das Fleisch lockt Vögel an, die sich in der Luft über ihr sammeln. Zuerst bemerkt das Mädchen sie nicht. Sie schwingt beim Gehen den Korb und ist sehr stolz darauf, wie gut sie mit diesen neuen bunten Tüchern, mit ihren Rundungen aussieht. Plötzlich bemerkt sie Schatten, die sie überall auf dem Pfad und im Gras umkreisen. Sie blickt auf und sieht dicht über sich die großen Vögel mit scharfen Krallen und nach unten gerichteten Schnäbeln in der Luft schweben. Das Mädchen schreit die Vögel an. Sie hört ihre dünne und schwache Stimme, hört dann den lauten Schrei eines Vogels und den Antwortruf eines anderen. Die Vögel flattern um ihren Kopf herum und versuchen, sie zu ängstigen. Sie spürt den heftigen Luftzug der Schwingen an ihren Wangen und riecht ihre warme, stinkende Ausdünstung. Sie will ihren Korb nicht fallen lassen; sie will ihn unter keinen Umständen fallen lassen. Plötzlich fliegt ein Vogel geradewegs auf sie zu und läßt sich einen Augenblick lang auf ihrem Kopf nieder. Sie spürt die scharfen Krallen auf der Kopfhaut, läßt den Korb fallen und rennt davon. Als sie sich umblickt, sieht sie drei Vögel um das Fleisch sitzen, das aus dem Korb gefallen ist. Sie beschimpft sie mit allen möglichen Schmähworten: ›Ihr dreckigen, widerlichen Biester! Ihr schrecklichen Tiere …!‹, und schon erheben sie sich mit den roten Fleischbrocken in den Klauen wieder in die blaue Luft. Der Korb ist umgefallen und liegt leer im braunen Staub. Sie hebt ihn auf und geht nach Hause. In Gedanken überlegt sie bereits die Worte, mit denen sie ihren Eltern erzählen will, was geschehen ist – und weil sie das getan, weil sie sich die Mühe gemacht hat, die richtigen Worte zu wählen, die ihr Mißgeschick auf dem Weg zwischen der Farm und der kleinen Stadt zu etwas Interessantem und Mitleiderregendem machen werden, so daß Eltern, Geschwister, Großeltern, Freunde und Nachbarn herbeilaufen, zuhören und vielleicht sagen werden: ›Arme Alsi. Du mußt dich sehr geängstigt haben …‹, deshalb bleibt ihr der Vorfall im Gedächtnis haften, sieht sie alles so klar vor sich, als stehe sie am Straßenrand und beobachte das junge Mädchen, das fröhlich in ihren bunten Tüchern daherkommt, während die großen Vögel sich über ihr sammeln, beraten und dann durch die warme Luft nach unten stürzen, bis sie dicht über dem Mädchen sind und sie mit ihren starken, ausgebreiteten Schwingen angreifen.«

»Erzähl weiter, Alsi! Erinnere dich, was geschah, als du nach Hause gekommen bist, die Geschichte erzählt hast und die Leute schließlich ihre Aufmerksamkeit wieder auf etwas anderes richteten. Kannst du dich daran erinnern, wie…«

Aber ich hörte nichts mehr von Alsis Bemühungen, sich zu erinnern, denn unter einem heftigen Windstoß flog die Tür auf, und ein Bote kam in den Schuppen. Bratch schickte nach mir: Meine Hilfe war vonnöten. Ich mußte eine Zeitlang Bratch werden, wie Alsi Doeg geworden war. Ich ging hinaus in den Sturm, der unaufhörlich tobte und aus dem Land hinter unserer Mauer kam.

Ich kämpfte mich stolpernd durch die lockeren Schneewehen und hielt mich an der jungen Frau fest, die gekommen war, um mich zu holen, und die sich nun an mich klammerte. So arbeiteten wir uns mühsam aus der Stadt hinaus in die leere Tundra, wo man nichts sah als das Schneetreiben, und näherten uns langsam der nächsten Stadt.

Als wir sie erreichten, hatte der Schneesturm sich gelegt. Es war so viel Schnee gefallen, daß die Stadt beinahe darunter verschwand. Wir kämpften uns durch die dicken, lockeren, erstickenden Schneemassen, die bis über die ersten Reihen der Fenster reichten. An manchen Stellen beobachteten wir Bewegungen und Stöße, als versuchten überall junge Tiere, mühsam aus Eiern zu schlüpfen. Wir erreichten ein Gebäude, das bis in Höhe des ersten Stockwerks in weichem Schnee versunken war. Doch man hatte zur Haustür hinunter einen Tunnel gegraben. Wir brachen hindurch und kamen in einen Raum, der für Beratungen und Diskussionen benutzt wurde, in dem viele Leute saßen – nicht halbtot in lethargischem Schlaf lagen – und auf mich und andere aus den umliegenden Städten warteten. Eine neue Gefahr drohte, die ich bald mit eigenen Augen sah, denn die Gruppe trat in den Morgen hinaus, wo eine kalte, fahle ferne Sonne am blassen, dunstigen Himmel schien. Doch unsere Augen richteten sich nicht auf diesen seltenen Anblick – Sonne an einem wolkenlosen Himmel! –, sondern auf die Mauer, die dicht am Stadtrand verlief. Darüber ragten die vertrauten, schroffen Zacken und Blöcke aus Eis auf; aber die Mauer war von oben bis unten geborsten – Schwarz zwischen Weiß, denn das Innere der Mauer war noch nicht gefroren und dadurch stumpf geworden. Das intensive, glänzende Schwarz setzte uns in Erstaunen. Wir standen da und starrten darauf; doch plötzlich weitete sich der Riß mit einem Ächzen, und Eisstücke flogen durch die Luft, drohten unsere armen, ungeschützten Gesichter zu treffen. Von der Mauerkrone stürzten Schneewolken herab. Plötzlich krümmte sich die Mauer, der obere Teil brach unter dem schrecklichen, unvorstellbaren Gewicht des Eises, und die Trümmer fielen beinahe bis dorthin, wo wir standen. Die Eisblöcke schoben sich vorwärts, zermalmten noch mehr von der Mauer – und dann bewegte sich der Gletscher direkt auf den Platz mitten in der Stadt, direkt auf uns zu!

Die Mauer existierte an diesem Punkt nicht mehr – sie war verschwunden.

Wir alle wußten, was geschehen würde, und kannten die Gefahr, die der Bevölkerung drohte. Ehe man nach mir und den anderen geschickt hatte, die eine Zeitlang Bratch werden würden, waren sie in alle Häuser der Stadt gegangen, um die Bewohner zum Verlassen der Stadt zu drängen. Sie sagten ihnen, es sei an der Zeit, sich von der gefährlichen Mauer zu entfernen. Doch die Leute rührten sich nicht von der Stelle; man konnte sie nicht dazu bringen, sich aufzuraffen. Die Vorräte des belebenden gefrorenen Wassers, in denen Blüten und Blätter glänzten, blieben unbeachtet; ohnedies hatten nur die wenigen Aktiven Gebrauch davon gemacht.

Wir mußten erreichen, daß sie alle aufwachten, aus den

dunklen Höhlen herauskamen, zu denen ihre Wohnungen jetzt geworden waren, um darüber nachzudenken, wie man neue Unterkünfte herstellen konnte – und zwar sehr schnell, denn wir hörten, wie das Eis sich kreischend und ächzend auf den Schwachpunkt in unserer Mauer zuschob, die zu beiden Seiten der inzwischen völlig mit Eis ausgefüllten Lücke immer schneller und schneller einstürzte.

Ein größeres Problem als der Bau neuer Unterkünfte war die Furcht in uns. Etwas Neues, Unmögliches und Schreckliches war geschehen – Canopus hatte sich geirrt! Canopus hatte etwas gesagt, das sich nicht bewahrheitete, das sich als falsch erwies: Die Mauer, unsere Mauer, in die so viel von unserer Stärke und unserer Substanz geflossen war – die es nur gab, weil Canopus es wollte, und die bis ins kleinste Detail den Vorschriften von Canopus entsprechend gebaut worden war, riß und stürzte ein. Wenn das hier an diesem Ort geschah, konnte man beinahe sicher sein, daß es an anderen Stellen ebenso war, von denen wir noch nichts wußten – und vermutlich nichts erfahren würden, da Reisen so mühsam und beschwerlich geworden waren. Die Mauer sollte uns vor dem Eis retten, und es gab sie, weil Canopus kommen und uns alle auf das schöne Rohanda, in unser Paradies bringen würde, dessen Mutterstern wir oft am Himmel gesucht und mit unseren Augen und im Geist bewundert hatten. Aber die Mauer würde uns nicht retten ... und Canopus in der Gestalt von Johor, dem wie wir halb verhungerten und halb erfrorenen Wesen, saß, in einen Berg schwerer, schmutziger Felle gehüllt, in einem Schuppen und sprach mit der armen Alsi, die Doeg war – aber weshalb, wozu, weshalb, weshalb, weshalb ... *weshalb machte er sich überhaupt die Mühe*? – daran mußten wir denken, als wir dort standen und auf die Stelle blickten, wo sich das Eis über unsere unbezwingbare, unzerstörbare Mauer und in die Stadt hineingeschoben hatte. Wenn die Mauer unter dem Ansturm der Eismassen brach, hatte Canopus einen Fehler begangen. Und das bedeutete ...

alle unter uns Repräsentanten, die – allerdings immer seltener – vom Paradies und der Rettung, der Raumschiffflotte gesprochen hatten, die bald, sehr bald landen und uns schnell davonbringen würde, schwiegen und sprachen nicht mehr von Rettung … doch trotz der Niedergeschlagenheit und Verzweiflung, die jeder von uns empfand, und obwohl wir wußten, daß es allen so erging, war es notwendig zu beraten, unsere Situation einzuschätzen und die benommen vor sich hindösenden Leute aufzurütteln, die sich nicht selbst aufraffen konnten oder wollten. *Aber wozu*? Im Herzen wußten wir alle, wußte jeder einzelne: Es war sinnlos, sie aufzurütteln und zu beleben – wenn es uns überhaupt gelang –, denn es würden keine Raumschiffe landen. Doch Canopus wollte es so. Johor hatte es klar und deutlich gesagt: Jeder sollte so lange wie möglich wach und auf den Beinen bleiben, nicht teilnahmslos und wie betäubt schlafen. Obwohl wir keinen Sinn, sondern nur eine Art Grausamkeit darin sehen konnten, denn Schlaf und Lethargie boten Schutz; und die Leute wollten sich dem nicht stellen, was geschah. Wir mußten tun, was Johor wollte, was Canopus wollte …

Wir, die Wachen, verließen den Platz in der Mitte der Stadt, die der Gletscher so tödlich bedrohte, und gingen zurück in den Raum unter dem Schnee. Dort saßen wir, aßen unsere kleine Ration Trockenfleisch und dachten darüber nach, wie wir alle wecken und zur Arbeit bewegen konnten. Uns stand kein anderes Mittel zur Verfügung als die geringen Eisvorräte mit der belebenden Wirkung der Sommerpflanze. Etwas anderes fiel uns nicht ein, und da wir wußten, daß Ermahnungen in der Art: »Canopus sagt …«, nutzlos sein würden, machten wir uns daran, die Eisblöcke in kleine und immer kleinere Stücke zu zerschlagen, die wir auf flache Schalen häuften. Trupp um Trupp machte sich mit einer solchen Schale auf den Weg in die dunklen, übelriechenden Höhlen unter dem Schnee. Ich trug diese Medizin, unsere letzte Zuflucht – ich als Bratch –, mit anderen, die

Bratch waren, in einen Raum. Wir weckten die Schlafenden, und während sie stöhnend erwachten, den Arm schützend über die Augen legten, die inzwischen selbst an den schwachen Lichtschimmer des fahlen Tags nicht mehr gewöhnt waren, den wir von draußen mit hereinbrachten, richteten wir sie auf, schoben ihnen die Eisstückchen in den Mund und achteten darauf, daß sie das Wasser schluckten. Als sich ihre Gesichter wieder belebten und sie sich energischer wehrten, schleppten wir sie nach oben, schoben sie die Stufen hinauf, durch die Schneemassen hindurch, unter denen die Häuser begraben lagen, auf den Platz mitten in der Stadt, auf den sich das Eis zuschob. Dort standen die bedauernswerten Gestalten in Gruppen zusammen; blinzelnd starrten sie auf die eingestürzte Mauer – die nicht einstürzen konnte, da Canopus ihren Bau angeordnet hatte, die aber eingestürzt war. Dann fiel ihr Blick auf die Gletscherzunge, die sich unaufhaltsam vorwärts schob. Sie starrten dorthin, bewegten die Köpfe teilnahmslos hin und her, denn das Wasser hatte sie nur kaum belebt, und die meisten ließen erkennen, daß sie unter den Schnee und in den Schlaf zurückkehren wollten. Wie stark ist dieser unergründliche, dunkle Drang, den Schlaf, den Tod, die Auslöschung zu suchen! Wie schrecklich, wie erschreckend stark er ist – in jedem von uns, und ich habe es ebenso erlebt wie sie. Ich habe betäubt von meiner Gleichgültigkeit unter einem Fellberg gelegen und wurde nur gerettet, weil andere mich wachrüttelten, mit mir rangen und mich dazu brachten, mich unter unendlichen Mühen in das kalte Licht hinauszuschleppen. Wir mußten sie nun dazu bringen, sich zu bewegen, lange genug auszuharren, bis der aktive Wirkstoff der Flüssigkeit ihre Zellen anregte – und das taten wir. Doch es gelang uns nur unter Einsatz all unserer physischen und moralischen Kräfte, sie davon abzuhalten, zurück- und in die Kälte hinunterzugehen. Wir kämpften mit ihnen. Und bald schleppten viele Gruppen auf Schlitten und allem, was über den Schnee glitt,

Schaufeln, Spaten, das getrocknete Fleisch und Felle weit hinaus vor die Stadt, wo wir aus Schnee ein paar Unterkünfte bauten. Etwas anderes gab es nicht. Ihre Teilnahmslosigkeit! Ihre dumpfe Verwirrung! Ihre Gleichgültigkeit! Wir mußten kämpfen, ihnen gut zureden und helfen! Die Menschenschlangen schleppten sich mühsam aus der Stadt, stolperten schwerfällig weiter, bis die Nacht und mit ihr ein neuer Schneesturm kam. Doch wir trieben sie weiter, bis ein klarer Tag anbrach. Es schneite nicht, obwohl die niedrigen, undurchdringlichen Wolken schnell über uns dahintrieben. Wir wanderten den ganzen Tag. In der folgenden Nacht kam uns der Himmel zu Hilfe, denn wir sahen sehr schwach, fern und oft von Wolken verdeckt, ein paar Sterne. Das machte uns Mut und hielt uns auf den Beinen. Am nächsten Tag errichteten wir in – wie wir glaubten sicherer Entfernung – kleine Häuser aus Schnee- und Eisblöcken, die man, durch einen langen, niedrigen Tunnel kriechend, betrat. Im Innern breiteten wir Felle aus, zündeten kleine, glimmende Talglichter an und stapelten die Vorräte an Trockenfleisch auf. In jede dieser Behausung krochen vier, fünf oder mehr Leute; sie fielen aber augenblicklich in ihre Lethargie zurück, denn die stimulierende Wirkung des Wassers ließ nach. Sie lebten, sie waren in Sicherheit – für eine Zeitlang. So lange als notwendig, um … *notwendig, um?* Unsere Trupps, Bratch, achteten darauf, daß mindestens eine Person in jeder Unterkunft lebhafter und tatkräftiger war als die anderen – obwohl das nicht viel bedeutete; wir übertrugen ihr die Verantwortung, daß die Bewohner des Schneehauses wenigstens zeitweise wach blieben und ihnen nicht erlaubt wurde, in den letzten Schlaf zu sinken. Ihr dürft nicht … dürft nicht – und wenn ihre Augen, in denen die Frage stand: *Weshalb? Was soll es nutzen?* unsere Augen suchten, erwiderten wir den Blick mit Zuversicht und einem Vertrauen, das wir nicht empfanden – wir fühlten uns nicht in der Lage zu erwidern: »Weil Canopus es sagt.«

Wir verließen diese kleine, halb im Schnee versunkene Siedlung und machten uns auf den Weg in die nächste Stadt auf dieser Seite, die noch weiter entfernt von dem Ort war, an dem Johor saß und Alsi als Doeg zuhörte. Dort stellten wir fest, daß die Mauer noch hielt, obwohl das Eis sich schon so erschreckend hoch darüber auftürmte, daß sie nicht mehr lange halten konnte. Wieder standen wir vor der ermüdenden, aufreibenden und schwierigen Aufgabe, die Leute aufzurütteln, sie zum Verlassen der Häuser zu bewegen und dazu, neue Unterkünfte zu bauen.

Als diese Stadt evakuiert war und die Bewohner sich in »Sicherheit« befanden – soweit das möglich war –, gingen wir zur nächsten... und zur nächsten... und dort war wieder Bratch, Bratch der Arzt am Werk, die Menschen aufzurütteln und zu beruhigen, denn überall zeigten sich zuerst schwarze Sprünge in der Mauer, dann stürzte sie zusammen. Das Eis schob sich durch die Bresche, die Bewohner mußten die Städte verlassen und in Gegenden ziehen, die weiter von den Gebieten entfernt lagen, aus denen das Eis über die Mauer kam. Und so arbeiteten wir alle, sehr viele, in Gruppen: Wir, Bratch, arbeiteten daran, Geist und Körper der vielen Menschen zu retten. Es gab keinen von uns, der sich nicht insgeheim fragte: Weshalb? Wozu? Denn die Leute werden hier in ihren Schneehütten sterben – und zwar nur wenig später, als sie gestorben wären, wenn man sie in ihren eigenen Häusern und Städten gelassen hätte. Denn nur wir, die Repräsentanten, werden gerettet... aber ich konnte sehen, daß dieser Gedanke sich in ihnen, den Repräsentanten, ebensowenig festsetzte, wie er sich bei mir einnisten konnte. Er wurde zurückgewiesen und tauchte in meinem Bewußtsein von neuem auf, aber diesmal als etwas, das zurückgewiesen worden war. Nein, wir lehnten nicht nur die Ungerechtigkeit ab, daß wir, die wenigen, gerettet werden sollten, während die anderen auf einem Eisplaneten begraben sein würden – denn *Gerechtigkeit* ist nicht so einfach. In der Substanz dieses Gedankens, in seiner Beschaffenheit und seinem Wesen lag etwas, das unser Geist nicht akzeptieren konnte … unser neuer Geist – denn wir begriffen, daß alles in uns neu war, neu gemacht, neu geschaffen und verändert war. Während wir uns abmühten, kämpften, aufmunterten, die zum Untergang verurteilten Leute zwangen, die rettende, gütige Lethargie abzuwerfen, wurden wir Molekül um Molekül, Atom um Atom verändert. Und in den unvorstellbar weiten Räumen zwischen den Partikeln der Partikel der Partikel von Elektronen, Neutronen und Protonen, zwischen den Partikeln, die tanzten und flossen und pulsierten – jawohl, in diesem feinen Gewebe, Raster, Gitter der Schwingungen fanden Veränderungen statt, die nicht unserer Kontrolle unterlagen. Wir konnten sie nicht aufzeichnen oder messen. Gedanken – aber wo waren sie in den leeren Räumen unseres Wesens? –, die wir einmal toleriert oder als notwendig gebilligt hatten, wurden von dem verworfen, was wir geworden waren.

Wenn wir die Bevölkerung einer großen oder kleinen Stadt, eines Dorfes hinausführten und aus dem Bereich der tödlichen Mauer brachten, die das Eis zermalmte, wenn wir die Leute in die weiße Wildnis schickten, wo nur winzige Eishütten sie vor den Schneestürmen schützten, die sie früher oder später unter sich begraben würden, dann empfanden wir nicht, daß sich unsere Situation von der ihren unterschied. Beide Teile der Bevölkerung des Planeten 8 – die Repräsentanten und die Repräsentierten – harrten geduldig aus. Uns beherrschte der Gedanke, daß das, was wir gezwungen waren zu tun, sie veränderte; und wir änderten uns dadurch, daß sie am Leben gehalten wurden, obwohl sie sich sehr viel lieber unserer gemeinsamen Anstrengung entzogen und in den Tod geflüchtet hätten.

Damit beschäftigten wir uns – wir, die Repräsentanten, die manchmal Bratch, der Arzt, waren und manchmal Zdanye, der Obdach und Schutz bot –, wir fanden, das Wort

Masson, der Baumeister, sei bei unserer Arbeit nicht angebracht, denn wir ließen nur Hütten aus Schnee und Eis errichten. Doch wir fragten uns, ob die Bewohner einer Welt aus Schnee und Eis vielleicht glücklich und zufrieden lebten, weil sie nichts anderes kannten – denn wir konnten uns vorstellen, daß in den Weiten unserer Galaxis solche Planeten existierten. Alle, die im Verlauf ihres Werdegangs als Repräsentanten auf anderen Planeten gewesen waren, hatten eine solche Vielfalt, solche Extreme und soviel Unvorstellbares gesehen, daß uns der Gedanke an Wesen glaubhaft erschien, die ebenso fröhlich in ihren Eiswelten lebten wie wir früher in der Sonne auf unserem begünstigten Planeten, wo ein kalter Wind Anlaß zu einer Geschichte für unsere Kinder bot. Ja, ich erinnerte mich an Doeg – meine Eltern, ältere Leute, Reisende –, der einen Bericht vielleicht mit den Worten begann: »Und so, meine Freunde, müßt ihr euch vorstellen, daß an jenem Tag ein sehr kalter Wind über den Himmel fegte, der die Wolken zusammentrieb und wieder zerriß. Über unserem Meer blies er so heftig, daß Wellen entstanden, die so hoch waren wie kleine Hügel … Ja, das ist die Wahrheit, so war es. Und dann …« Und die jungen Zuhörer sahen ihn nachdenklich und ungläubig an.

Während wir uns darum bemühten, die Leute zu evakuieren, erreichte uns die Nachricht, daß unser »Meer« – unser kleiner See – so dick zufror, daß es schwerfiel, die Tiere zu fangen, die noch darin lebten. Mit einigen anderen machte ich mich als Rivalin, als Hüter des Sees, im langsam und dicht fallenden Schnee auf den Weg. Erst als die mittleren Regionen hinter uns lagen und wir hinabstiegen, ließen die Schneefälle nach, und wir erreichten eine graue Wildnis von Hügeln und Tälern, wo der See lag, ein blendendes, weißes Glänzen. Wir vermieden es soweit als möglich, dorthin zu blicken, denn wieder erfüllte Weiß, Weiß, Weiß unseren Geist und unsere Augen, bis wir glaubten, unsere Gedanken seien von dieser unendlichen Endlosigkeit geblendet. Ja, selbst die Grautöne und die frostigen Felsen, die braune, mit weißen Kristallen gesprenkelte Erde empfanden wir als Erholung. So schleppten wir uns zum See, auf dem wir weit draußen in der Mitte eine kleine dunkle Menge entdeckten, ein geschäftiges Treiben, das etwas Drängendes, Hektisches an sich hatte. Wir gingen über das glatte Eis, ohne daran zu denken, daß wir das noch nie getan hatten, und erreichten schließlich ein Loch von der Größe eines Teichs, das man in das Eis gehackt hatte – schwarzes, bewegtes, klatschendes Wasser in einer erstarrten weißen Ummantelung. Darauf tanzten höchst gefährlich kleine Boote, über deren Seiten Leinen und Netze hingen. Um das Loch, dessen Seitenwände höher waren als die größten von uns, standen überall Leute, deren Aufgabe es war, das Eis sofort aufzuhacken, sobald das Wasser sich verdickte, eine Haut, dann Schuppen und schließlich dünne Eisplatten bildete. Doch das Wasser gefror schneller, als es gelang, die Kruste aufzubrechen.

Man schaufelte aus den Booten den spärlichen Fang, der auf Schlitten geladen und davongezogen wurde. Es war eine sehr magere Ausbeute – die letzte Nahrung aus unserem Meer. Ich beobachtete, wie einige nach den kleinen Wassergeschöpfen griffen, die immer noch zappelnd in der eisigen Luft um ihr Leben kämpften, und hineinbissen, weil der Hunger nach etwas Frischem sie überkam und sie jede Disziplin und Zurückhaltung vergaßen. Auch ich spürte das quälende gierige Bedürfnis nach dieser Nahrung; es zog mich unwiderstehlich über das Eis bis zum Rand des Teichs; meine Hände streckten sich aus, mein Mund kannte nur noch ein Bedürfnis, schmeckte bereits die knirschende salzige Frische – aber etwas ließ mich innehalten, ehe ich eines der Tiere vom Eis aufhob und hineinbiß. Auch andere drängte es wie mich zur Nahrung; sie blieben aber ebenfalls plötzlich stehen, und wir dachten alle an die Leute, die hungernd in ihren Eishäusern lagen oder hungrig ihre Arbeit verrichteten.

Aber was vor uns auf dem Eis lag, würde nur wenige Menschen für sehr kurze Zeit am Leben halten. Noch während wir dort auf dem Eis standen, senkte sich der Himmel erdrückend weiß auf uns herab; es begann wieder zu schneien. Das schwarze Wasser wurde weiß, plötzlich gab es kein Schwarz mehr, sondern nur noch ein wirbelndes Schwarzgrau, und sehr schnell überzog eine Kruste das Wasserloch oder den Teich, in dem die Boote festsaßen. Man konnte gerade noch undeutlich sehen, wie die Leute in den Booten das neue Eis auf seine Tragfähigkeit überprüften, dann darauf standen und schnell darüberliefen, während es unter ihren Füßen knirschte und schwankte. Als sie den Rand erreichten, mußten sie immer wieder hochspringen, bis ihre Hände schließlich einen Halt in der Eiswand fanden und wir sie heraufziehen konnten. Zum letzten Mal standen wir alle als Rivalin, als Hüter des Sees auf dem Eis; wir verharrten lange, dachten an unser heiliges Wasser unter dem Eis und an die wenigen Lebewesen, die dort von der erstickenden Kälte über ihnen eingeschlossen waren, während das Weiß sich tiefer und tiefer senkte und sie hinunter auf den schlammigen Boden schob und drängte und sie alle tötete, wenn das letzte Wasser gefror.

Als wir uns umdrehten, um zum Ufer zurückzukehren, schien der Himmel vor uns eine einzige Mauer oder Klippe aus gefrorenem Wasser zu sein, denn er war vom Zenit bis vor unsere Füße von erstickendem Weiß. Und wenn wir darauf starrten, sahen wir nichts, nicht einmal den hochaufragenden, berstenden Kamm unserer Mauer. Vielen von uns erschien es sinnlos, in das eisige, erdrückende Weiß zurückzugehen, das unvermeidlich den Tod bedeuten würde. Doch wir zogen weiter und weiter, und schließlich erreichten wir die erste Ansammlung kleiner Eishütten. Wir krochen in eine dieser Höhlen, hustend und mit tränenden Augen, denn von den brennenden Talglichtern stieg beißender Rauch auf. Inmitten dicker Felle tauchte ein Gesicht auf, und eine

Stimme sagte: »Jemand war hier. Es ist Zeit für die Repräsentanten, zum Pol hinunterzugehen. Dort ist wieder Sommer.« Der Sprecher hustete, das Gesicht verschwand unter einem zottigen Ärmel, und wir krochen rückwärts durch den Eistunnel nach draußen. Wir versammelten uns alle im tosenden Sturm in einer flachen Mulde und dachten an die blauen Blumen und an das sanfte saftige Grün des vergangenen Sommers. Wir begegneten den Schlitten mit den toten Seetieren und schickten Boten in die Schneestürme hinauf, um den Leuten zu sagen, daß wir wieder nach der wunderbaren blauen Pflanze suchten – fünfzig Repräsentanten machten sich auf den Weg hinunter, hinunter, um den Sommer zu finden. Wieder kämpften wir uns unter tiefen, erdrückenden und erstickenden weißen Wolken durch das weiße, weiße wattige Land. Der Wind stand uns im Rücken, und in den dunklen Nächten drängten wir uns in Schneehöhlen zusammen, die wir bauten, wenn das Licht schwand. Uns kam es vor, als werde die schreckliche Dunkelheit der Nächte kürzer, und wir spürten, bald würden wir das Sommerland erreichen. Von jeder Anhöhe, jedem Hügel richteten wir unsere Blicke und Gedanken mit aller Kraft nach vorne und versuchten, das alles auslöschende Weiß zu durchdringen, in der Hoffnung, am Himmel schließlich doch einen blauen Schimmer oder ein helleres Grau zu entdecken. Dann wußten wir, wir hatten die Stelle bereits passiert, an der im Jahr zuvor der Schnee endete und die offene Tundra begann. Immer noch umgab uns nur Schnee. Immer noch kämpften wir uns weiter, bis wir schließlich von einer Bergspitze die Säule, den Turm, den Pfeiler entdeckten, der den Pol markierte. Dort wurde auf einer kleinen Fläche das grünliche Grau der Sümpfe sichtbar. Es gab keine Blumen, keine Pflanzen, nichts, auch kein Zeichen der Herden. Doch uns fehlte die moralische Kraft, uns Gedanken über die Herden zu machen, denn wir wußten, das Ende des Planeten stand bevor. Wir mußten schließlich akzeptieren, daß wir am Ende unserer Suche nach Auswegen und neuen Lebensräumen, am Ende unseres langen Leidens angekommen waren. Wir erreichten das Gebiet, auf dem der Schnee dünner wurde oder nasse gelbliche Bänke und Dünen bildete wie feuchter grober Sand und schließlich zu Streifen und Flecken auf nassem Gras und in Tümpeln schrumpfte. Dort ließen wir uns nieder und versuchten, die wärmende Kraft der fernen Sonne zu spüren. Einen Tagesmarsch vor uns ragte die hohe Säule auf, doch wir sahen nichts als dunkle Erde, an manchen Stellen ein bißchen stumpfes Grün oder einen Flecken Grau.

Wir hatten nur noch ein paar Stücke getrocknetes Fleisch, doch wir wollten nicht essen. Während wir warteten, ohne zu wissen, in welche Richtung wir denken oder planen sollten, schienen wir über das Bedürfnis nach Nahrung hinausgewachsen zu sein. Nichts drängte uns, für unsere Ernährung zu sorgen oder etwas für unsere jämmerlich ausgezehrten Körper zu tun, die in den dicken Fellmänteln zitterten. Unsere Augen wanderten immer wieder zu der hohen schlanken Säule, die Canopus dort aufgestellt und als Markierungspunkt für die Raumschiffe benutzt hatte. Ihre vollkommenen, ausgewogenen Proportionen, ihre Position in einer bestimmten Beziehung zu den umliegenden Hügeln und zum Himmel sprachen von Canopus – sie hatte nichts mit diesem Planeten zu tun. Und während wir dort warteten und zu dem Ding hinüberblickten, hatten wir nur den einen Gedanken – Canopus! Canopus würde kommen und uns retten!

Doch ich wußte sehr gut, daß keine Raumschiffe landen würden – ich wußte es jetzt mit einer Ruhe und Endgültigkeit wie nie zuvor. Und daraus entstand – jawohl, Hoffnung, allerdings einer mir bis dahin unbekannten Art. Wir hatten so lange – zumindest mit einem Teil unseres Bewußtseins – geglaubt, eines Tages würde unser ganzer Himmel blitzen und glänzen, wenn die canopäischen Raumflotten auftauchten, und dann würde unsere gesamte leidende Bevölkerung

»in den Sternen« Sicherheit finden – und das hieß, wir hatten uns auf die Zukunft verlassen. Doch diese Zukunft stand in keinem Zusammenhang mit unserer Vergangenheit. Als ich schließlich den alten Traum, die Hoffnung aufgab, und unverwandt auf die vollkommene hohe schwarze Säule blickte, in der sich immer noch der Himmel spiegelte, wie früher in unserer Mauer, als sie noch frei und nicht vom Eis bedeckt war, vollzog sich in mir eine völlige Verwandlung. In mir floß eine kleine Quelle der Stärke und des Selbstvertrauens, die, wie ich spürte, unzerstörbar war und an Stärke zunahm. Ich war diese Kraft, ich, Doeg, und durch sie hindurch zogen Gedanken und Gefühle, wie Vögel oder Wolken über einen Himmel ziehen, ohne ihn im geringsten zu verändern – unter anderem auch der vertraute Gedanke, allerdings sehr schwach und eher lächerlich: *Eines Tages wird Canopus kommen und uns retten*… Als ich in die Gesichter meiner Freunde blickte – Gesichter, die ich ebensogut kannte wie mein eigenes Gesicht –, als ich in ihre Augen blickte, die manchmal ebensosehr meine Augen wie die ihren zu sein schienen, glaubte ich, darin alles zu sehen, was ich als mein wahres Ich kannte. Selbst wenn einer sagte: »Vielleicht kommen sie morgen«, und ein anderer antwortete: »Oder übermorgen oder in der nächsten Woche – der Sommer wird immer noch Tage oder Wochen dauern!«, schienen diese Worte aus einem künstlichen Teil ihres Wesens zu kommen, und ihnen schien nicht einmal völlig bewußt zu sein, was sie sagten. An ihren Augen sah ich, daß ihr Geist sich mit ganz anderen Gedanken, Überlegungen oder sogar Gewißheiten beschäftigte.

Es ist höchst bemerkenswert, wie Gedanken in einem oder in vielen Menschen auftauchen: In einem Moment denken wir dies oder jenes, als sei uns kein anderer Gedanke möglich. Im nächsten beschäftigen uns ganz andere Vorstellungen und Möglichkeiten. Aber wie sind sie in unsere Köpfe gekommen? Wie gelangen sie dorthin? Diese neuen

Erkenntnisse, Vorstellungen, Gedanken und Überzeugungen verdrängen die alten und werden natürlich ihrerseits ebenfalls bald genug verdrängt.

Während wir alle zitternd in die Mäntel gehüllt warteten, und die kraftlose fahle Sonne unsere Gesichter beschien, während meine Gefährten murmelten: »Canopus wird kommen und uns retten« und andere Fragmente und Bruchstücke unserer alten Träume äußerten, wußte ich, daß in ihnen Veränderungen vorgingen, von denen sie nichts ahnten.

Wir blieben zusammen auf diesem Abhang, wo es Grasbüschel gab und niedrige zähe Pflanzen; das verschneite Land, aus dem ein scharfer kalter Wind wehte, lag in unserem Rücken. Niemand zeigte Neigung, weiterzugehen, oder von unserer Verantwortung gegenüber der Bevölkerung zu sprechen, oder darüber zu diskutieren, was zu tun sei – ob wir uns auf die Suche nach den verschwundenen Herden machen oder Boten mit der Nachricht von ihrem Verschwinden aussenden sollten –, oder etwas von den anderen Dingen zu besprechen, die uns normalerweise in Bewegung und Aktivität versetzt hätten.

Wir betrachteten das trostlose Moor und die Tundra um die Säule, aber mehr noch uns gegenseitig. Immer öfter ruhten unsere Augen prüfend und geduldig auf den Gefährten – als würden wir nicht jeden von uns so gut kennen, wie es der Fall war; so gut, daß wir im nächsten Augenblick die Arbeit jedes anderen übernehmen und – in gewisser Weise – zum anderen werden konnten. Wir blickten uns in die Augen und in die Gesichter, als gebe es dort sehr viel zu lernen – mehr, als wir je geglaubt hatten. Und bald bildeten wir einen Kreis und blickten nach innen, nicht hinaus auf das kleine Gebiet unseres »Sommers«. Wir wendeten unsere Gesichter nach innen, als liege die Wahrheit, die uns erreichbar war, dort… zwischen uns… in uns… unter uns… in der Art unseres Zusammenseins in dieser extremen Lage.

So fanden uns Alsi und Johor, die irgendwann aus der weißen Wildnis auftauchten. Sie stolperten und glitten auf dem unebenen Grund aus, und daran erkannten wir, wie erschöpft sie waren. Sie sanken neben uns zu Boden und blieben mit geschlossenen Augen liegen. Wir sahen, wie die gelbe Haut sich über den gelben Knochen ihrer Gesichter spannte.

Wir warteten, bis Alsi die Augen öffnete, sich aufrichtete, und Johor ihrem Beispiel folgte.

Ich fragte sie: »Wie ist es dir als Doeg ergangen?« Sie erwiderte lächelnd: »Doeg, während ich sprach, schien alles, was ich erlebt hatte, schienen alle meine Gedanken und Gefühle, alles, was ich glaubte, sein zu müssen, in Worte, Worte, Worte gefaßt… verpackt, verschnürt und weggeschickt zu werden… Ja, Doeg, ich – Doeg – sah, wie Alsi dies und jenes tat, das empfand oder so dachte… und wer war Alsi? Ich sah sie, sah mich inmitten all der anderen… und wenn ich jetzt auf mich als Doeg zurückblicke, die mit Johor im Schuppen sitzt, sehe ich mich und Johor. Zwei Menschen sitzen zusammen und reden. Und wer war Doeg? Doeg, und wer ist Doeg? Wo sind Alsi oder Doeg nun – denn was ist von uns allen geblieben? Wem werden du und ich oder andere unsere kleinen Geschichten erzählen, unsere Lieder vorsingen?« Sie lächelte erst mich an, dann Johor, der, auf den Ellbogen gestützt, zuhörte, und danach alle anderen. Sie betrachtete uns langsam einen nach dem anderen, und wir erwiderten ihren Blick. Die Rückkehr von Alsi und Johor hatte unserer kleinen Gruppe die Situation noch deutlicher bewußtgemacht, in der wir uns befanden. Wir wurden uns unserer selbst bewußt; wir *spürten* uns so deutlich, wie wir uns sahen: Wir saßen an einem kalten Abhang unter dem niedrigen kalten Himmel, an dem die Wolken dahinjagten, ein halbes Hundert Individuen, fünfzig Bündel schmutziger, zottiger Tierhäute, und darin jeweils ein zitternder Haufen Knochen und Fleisch mit Gedanken und Gefühlen (aber wo waren sie, was waren sie?). Wir hockten dort, lauschten auf die Schneestürme, die am Horizont heulten, wüteten und unseren kurzen Sommer zu beenden drohten, der nur noch ein kleines Gebiet oder eine kurze Zeitspanne am äußersten Punkt unseres Planeten war, denn die Fröste des herannahenden Winters machten sich bereits wieder bemerkbar: Weiß auf Schwarz, kleine weiße Partikel auf schwarzer Erde, weiße Krümel und Kristalle auf den Felsen, den graugrünen Gräsern und den dürren kleinen Pflanzen – und durch die Luft wirbelten weiße Flocken. Noch waren es wenige, die über den Hügel trieben, im schwachen Sonnenlicht aufleuchteten, zu Boden schwebten, um sich mit dem Frost auf der Erde zu vereinigen. Hoch über uns, unter schweren weißen Wolken mit schwarzen Rändern kreisten die großen Schneevögel Weiß in Weiß.

»Wenn du nicht länger Alsi bist, müssen die Schneetiere tot sein«, stellte ich fest.

»Die Gehege sind leer.«

Wir alle blickten auf ihre Hände und registrierten plötzlich, daß wir das taten: knotige dünne Knochen, die einmal groß und geschickt gewesen waren, die so geschickt die Kleinen, Schwachen, die Verwundbaren gepflegt hatten.

Und *sie* sah Johor an. Dieser Blick ließ sich nicht leicht beschreiben. Es lag nichts Flehendes darin; nichts darin sprach von einem Bedürfnis. Doch etwas war darin zu sehen, und zwar sehr deutlich: Sie erkannte ihn, erkannte Canopus.

»Ich bin nicht mehr Alsi«, erklärte sie. »Auf keine Weise und in keiner Funktion.« Es klang beinahe wie eine Frage, die sie im nächsten Moment selbst beantwortete. »Alsi ist irgendwo anders … an einem anderen Ort, in einer anderen Zeit. Alsi kann nicht verschwinden, denn Alsi *ist* und muß immer wieder erschaffen werden.« Sie schien darauf zu warten, daß Johor etwas sagte, doch er lächelte nur. »Zwar können wir sie nicht sehen, denn es ist Tag, und das Sonnenlicht dort oben verdunkelt diese Wahrheit, doch unser Himmel ist voll von Sternen und Planeten, und auf ihnen ist Alsi, Alsi … dort bin ich, denn so muß es sein.«

»Denn so muß es sein«, erklang es wie ein Echo aus der Gruppe.

»Wenn dies nicht Alsi ist, wer bin ich dann, Johor? *Wie heiße ich?*«

Ich sagte zu ihm: »Doeg erzählt immer und an allen Orten Geschichten und Lieder. Überall verständigen sich Menschen mit Hilfe von Tönen. Wenn ich also nicht länger Doeg bin, dann *ist* Doeg immer noch, und wenn die Dunkelheit hereinbricht …« – sie brach herein, während wir sprachen, und kleine ferne Sterne erschienen am Himmel – »… erblicken wir vielleicht Welten, in denen Doeg am Werk ist, denn Doeg muß sein. Aber wer bin ich, Johor, und wie heiße ich?«

Klin, der Obstzüchter, der Hüter der Obstgärten, ergriff das Wort: »Auf unserer Welt gibt es nirgendwo mehr einen Obstgarten, einen Baum oder Früchte. Nichts ist von all der Schönheit und dem Reichtum geblieben – und deshalb bin ich nicht Klin, denn Klin war, was ich tat – Klin ist irgendwo am Werk, pfropft Schößlinge, Klin veredelt, züchtet und bewirkt, daß die Zweige von Blüten übersät sind und schwer werden von Früchten, die an ihnen hängen. Aber nicht hier, nirgendwo hier. Deshalb bin ich nicht länger Klin. Wie heiße ich?«

Bratch sagte: »Die Kunst und das Können in meinem Kopf und in meinen Händen sind am Werk, sind überall dort am Werk, wo es Wesen aus Fleisch, Sehnen, Blut und Knochen gibt … Bratch ist notwendig, und deshalb muß Bratch sein, aber nicht hier, denn hier gibt es nichts mehr zu tun. Auf unserer Welt liegen die Menschen in ihren Eishäusern im Sterben. Ich bin nicht Bratch, denn Bratch war mein Tun … wie heiße ich, Johor?«

Und Pedug erklärte: »Wo Arten sich fortpflanzen, wo ständig junge geboren werden, um die zu ersetzen, die sterben müssen, ist Pedug, denn Pedug muß sein. Pedug wird neu erschaffen, immer und überall, in jeder Zeit und an jedem Ort, wo Pedug notwendig ist, ist Pedug nicht verloren und verschwunden, nur weil Pedug auf unserem Planeten nicht mehr existiert. Aber ich bin nicht Pedug, Johor ... also, wie heiße ich?«

So sprach einer nach dem anderen; die undurchdringliche Dunkelheit hüllte uns ein, und der Gesang, die Klage, das Lied hörte die ganze Nacht nicht auf; einer nach dem anderen fragte Johor, fragte ihn, berichtete, wo und wie und warum. Aber wir gaben uns die Antwort selbst; wir beantworteten alles, was wir wissen wollten, endeten jedoch immer mit dieser Frage, die wir nicht beantworten konnten, denn sie ging über uns hinaus – Was bin ich? Wer bin ich? Wie heiße ich? Oder *wie hießen wir*? –, wir, die Repräsentanten, die nicht länger Können, Fähigkeiten oder Funktionen repräsentierten, aber immer noch frierend, winzig und in so kleiner Zahl die Nacht hindurch, die ganze Nacht hindurch am Abhang saßen – und dann ging verschwommen die schwache Sonne auf – ein grauer Glanz am grauen Himmel. Es gab keine Farbe mehr, denn sanft und leise war Schnee gefallen, und die hohe Säule, die Canopus errichtet hatte, ragte aus frischem, weichem Weiß, durch das sich die Spitzen niedriger Pflanzen und die starren toten Grashalme bohrten.

»Einer von uns hat immer noch einen Namen«, sagte Alsi, als wir schwiegen, nachdem jeder gesprochen hatte.

»Aber Marl ist nicht hier«, erklärte einer, »die Hüter der Herden sind nicht hier.«

»Auch die Herden sind nicht da, und doch gibt es keinen anderen Platz mehr für sie.«

Wir blieben den ganzen Tag dort sitzen, während leise der Schnee fiel, denn Johor schwieg, und wir wußten nicht, was wir tun sollten.

Als das Licht schwand und einer neuen Nacht wich, näherten sich wankend aus der Dämmerung drei Gestalten, sanken schwer und mühsam atmend neben uns zu Boden und schliefen eine Weile, während wir warteten. Sie waren Marl, und erst als sie sprachen, spürten wir, daß dieses Stadium unseres Zusammenseins sein Ende fand.

Im Laufe der Nacht erwachten sie aus dem Schlaf der Erschöpfung und erzählten uns die Geschichte der Herden – ja, eine Weile lauschten wir – Doeg-Marl als Doeg, und das erzählten sie uns:

Die unzähligen hungrigen großen Tiere drängten sich Tag für Tag enger zusammen, während der Schnee fiel und sich um sie auftürmte, einen natürlichen Korral mit Schneewänden bildete, eine Barriere, die die Tiere nicht durchbrechen wollten, denn das wenige Futter, das auf dem Planeten übriggeblieben war, fanden sie nur noch auf diesem kleinen Gebiet um die hohe schwarze Säule. Das Heu vom letzten Sommer reichte nicht lange; danach weideten sie die zähen Pflanzen und bitteren Gräser ab und fraßen schließlich die halb pflanzliche Erde. Immer weiter kreiste der Schnee sie ein, und schließlich standen viele tausend Tiere, zahllose Tiere eng zusammengepfercht, und es gab nichts zu fressen. Viele starben, und den noch Lebenden verlieh die Situation eine Intelligenz, die ihnen niemand zugetraut hätte – sie schoben die verendeten Tiere mit den schweren, und wie wir am Anfang geglaubt hatten, nutzlosen Hörnern aus der Masse der Lebenden heraus. Doch diese Hörner hatten den Boden durchpflügt, als es notwendig wurde, Erde zu fressen, hatten Wurzeln ausgegraben, bei der verzweifelten Suche nach Futter Felsbrocken umgewendet und schließlich dazu gedient, die Toten aus dem engen, noch nutzbaren Gelände zu schieben.

Danach standen sie eine Weile ruhig da, die Köpfe nach außen gerichtet, und blickten in die Schneewelt. Marl beobachtete sie von den Hügeln, bekümmert über die Unfähigkeit, den bedauernswerten Tieren zu helfen. Plötzlich lösten sich überall aus den Herden kleine Gruppen, dann mehr und immer mehr Tiere, und stürzten davon. Marl beobachtete tagelang, wie die Massen um den Pol abnahmen, immer weiter abnahmen, und die Tiere verschwanden. Aber wohin zogen sie? Es gab keinen Platz, zu dem sie hätten aufbrechen können! Trotzdem verschwanden sie. Auf ihrem Weg zertrampelten und durchpflügten sie die Erde, rissen sie mit heftigen Bewegungen ihrer Hörner auf, als wollten sie verwunden und zerstören, was ihnen nicht länger Nahrung bot. Unter zornigem und verzweifeltem Gebrüll stoben die Tiere mit roten, wilden wütenden Augen in allen Richtungen davon, und die Erde erzitterte, als sie ihre letzten Weidegründe verließen. Dann breitete sich Stille aus, denn der tiefe Schnee dämpfte das Dröhnen der zahllosen Hufe. Die Beobachter auf den Hügeln hörten das wilde klagende Brüllen der Herden, mit dem sie hinauf in die Berge und in den heulenden Wind stürmten – bald blieb um den Pol nichts zurück außer der schwarzen, aufgewühlten, mit Kot besudelten und völlig kahlgefressenen Erde. Kein Tier, nicht ein einziges Tier blieb zurück. Marl trennte sich und folgte den Herden in die heftigen Schneestürme, obwohl das nicht leicht war, denn im dichten Schneetreiben verschwanden alle Spuren. Aber schließlich erreichten die Repräsentanten besiedeltes Gebiet und vermuteten, die Tiere hofften, hier Futter oder zumindest die Nähe von Menschen zu finden. Wer konnte sagen, was in den Köpfen der dem Untergang geweihten Tiere vorging oder welches Maß an Hoffnungen oder Intelligenz die Situation in ihnen weckte. Aber nein, die Herden waren bis hinauf zu den alten, inzwischen verlassenen Städten und Dörfern gestürmt, ohne jedoch dort zu bleiben. Nur hin und wieder blieben sie stehen, wenn einzelne Tiere der Drang überkam zu bestrafen und zu zerstören und wie im Süden auf ihren alten Weidegründen die Erde aufzuwühlen – hier richteten sich die Stöße ihrer Hörner gegen die Wände von Gebäuden, Schuppen und Gehegen; sie zertrampelten, was sie fanden, bis die Siedlungen aussahen, als hätten wir sie zerstört, ehe wir sie verließen. Danach stürmten die Herden weiter – ohne Ziel. Wo die Mauer eingestürzt war und Pässe in das schreckliche Land der ewigen Stürme geschaffen hatte, kletterten die Tiere über das Eis. Sie blieben auf der anderen Seite stehen und warteten. Inzwischen waren es weiße Tiere, denn dicker Schnee lag auf ihren Fellen, und ihr Atem stieg weiß in die weiße Luft. Sie warteten, bis alle Tiere ihrer jeweiligen Gruppe sich eingefunden hatten, und dann stürmten sie alle wie nach einem gemeinsam gefaßten Plan hinauf in den Norden. Brüllend und klagend rannten sie in den sicheren Tod.

Marl stand an verschiedenen Plätzen entlang der Mauer, dort, wo sie unter den Gletschern eingestürzt war, und beobachtete das alles. Sie sahen, wie die Herden den Tod suchten. Sie beobachteten es, verstanden es und versammelten sich wieder, da sie wußten, es hatte keinen Sinn, den Tieren weiter zu folgen, denn sie würden bald von den Schneestürmen verschluckt sein. Deshalb wanderte Marl langsam hinunter an den Ort, wo sie uns mit Sicherheit zu finden hofften. Und wir, die Repräsentanten, saßen an unserem verschneiten Abhang und warteten. Wie sich herausstellte, warteten wir auf sie, warteten auf Marl, der nicht länger Marl war, denn auf unserem Planeten gab es keine lebenden Tiere, kein einziges Tier mehr, und deshalb wirkte Marl, mußte Marl an einer anderen Stelle wirken. Marl war und mußte in anderen Zeiten und an anderen Orten sein, Marl wendete sein Können an, um zu paaren und zu züchten, zu vermehren, zu füttern, fortzupflanzen und zu pflegen. Marl konnte nicht aufhören zu sein, denn Marl wurde gebraucht. Aber hier bei uns, auf unserem kalten Planeten gab es Marl nicht. »Johor, da wir nicht länger Marl sind, wie heißen wir? Denn ich weiß zwar, ich bin nicht, was ich war, ich bin nicht Marl, denn ich war, was ich tat – jetzt tue ich nichts, doch ich bin hier. Ich bin etwas. Ich sitze mit all den anderen hier im tanzenden Schnee, sehe dich an, und du, Johor, siehst uns an, siehst mich an – ich spüre, ich bin hier: hier. Ich habe Gedanken, und ich habe Gefühle – aber wo sind sie, was sind sie, die Gedanken, die Gefühle in diesen Bündeln eiskalter Knochen und frierenden Fleisches? Also bin ich nicht nichts, Johor, aber was bin ich? Wenn ich einen Namen habe, wie heiße ich?«

So war es mit uns allen: Johor saß mit den Repräsentanten an dem kalten Hang, während der Schnee fiel, fiel und fiel, bis wir schließlich hüfthoch im lockeren leichten Schnee saßen; dann bedeckte das weiße Leichentuch uns bis zu den Schultern – und zuerst erhob sich einer, dann ein anderer langsam aus dem Weiß, tauchte auf wie aus Wasser, schüttelte Flocken, Klumpen und Klümpchen Schnee ab. Bald standen wir alle bis zur Hüfte im weißen Schnee, und es schneite noch immer, es schneite, als wolle es nie mehr aufhören. Wir wendeten uns einander zu und blickten uns in die Augen. Von Canopus kam kein Wort, kein einziges Wort, keine Rettung – solche Gedanken schienen uns alle einer weit zurückliegenden Kindlichkeit anzugehören. Wir konnten uns alle kaum noch daran erinnern, wie wir in den Tagen unserer Jugend gewesen waren, denn jetzt richteten sich unsere Gedanken auf eine völlig andere Notwendigkeit. Wir drehten uns um, so daß jeder den südlichsten Punkt unseres Planeten im Rücken hatte, den die schlanke, schwarzschimmernde Säule markierte, die inzwischen grau schimmerte, da der Frost sie überzog, und die bald inmitten der hohen Schneewehen und treibenden Schneewolken kaum noch zu sehen sein würde. Unsere Gesichter richteten sich nach Norden, und wir setzten uns alle gleichzeitig in Bewegung, als könnten wir nicht anders, als sei das, was wir taten, uns bestimmt und unvermeidlich – wie die hungernden Herden vor uns zog es uns hinauf in das Reich des Winters; aber dieser Winter würde bald alles verschlungen, alles erobert haben, und unser kleiner Planet würde weiß und glitzernd im Raum kreisen, wo die Sonne und die Sterne ihn beschienen. Dann, wenn er völlig von Eis bedeckt und nichts von dem Leben, das ihn einmal bevölkert hatte, zurückgeblieben war – welche neuen Prozesse würden einsetzen, nachdem die Prozesse des Erstarrens abgeschlossen waren? Denn nichts kann statisch, unveränderlich und permanent sein. Unsere kleine Welt konnte unmöglich unveränderlich im Raum kreisen, ein Planet aus Schnee und Eis bleiben. Nein, es würde weitergehen, sie würde wachsen wie ein rollender Schneeball oder sich völlig verwandeln und zu einer Welt werden, die wir uns auch nicht andeutungsweise vorstellen konnten mit unseren Sinnen, die auf Planet 8 abgestimmt waren – nicht einmal auf diesen Planeten 8, den erstarrenden, sondern auf die alte und schöne Welt der Zeit vor dem Eis… nein, Veränderungen, die wir uns auch nicht andeutungsweise vorstellen konnten, würden – mußten – auf unserer Heimat stattfinden. Doch sie würden uns nicht beschäftigen müssen, denn wir waren dann nicht mehr da…

Langsam zogen wir weiter, die Gesichter den eisigen Winden zugewandt, die uns erbarmungslos Tag und Nacht entgegenbliesen; wir gingen weiter, frierend, leer, praktisch nicht vorhanden in unseren dicken Mänteln, als seien wir nur noch Knochen, Sehnen und trockene Haut. Johor war bei uns, war einer von uns; und seine Augen blickten zwischen den zotteligen Fransen seiner Kapuze ebenso hohl, gequält und zusammengekniffen hervor wie die unseren – denn das Gleißen des Schnees bohrte sich in unsere Augen und in unsere Köpfe. Es war unmöglich, ihn auszuschließen und eine weiche, angenehme Dunkelheit zu finden, in der wir ausruhen konnten. Denn selbst wenn die Nacht anbrach, erfüllte uns das Schneelicht so sehr, daß wir die Lider nicht schließen konnten. Sie blieben nicht zu, sondern öffneten sich, als seien Schnee und Eis ebenso in uns wie um uns, und als seien die Augen Fenster, die sich nach beiden Seiten auf weiße, weiße Landschaften öffneten – flach, hart, weiß.

Halb blind und taub von den unablässig heulenden Stürmen, abgestumpft und sterbend, schleppten wir uns an den Schneehäusern und Schuppen vorbei, die wir für die Bevölkerung errichtet hatten, um sie vor den heranrückenden Gletschern in Sicherheit zu bringen – wir warfen keinen Blick hinein, denn wir wußten, was wir dort finden würden. Während wir diese Zone durchwanderten, wurde deutlich, daß die Buckel aus Schnee und Eis, die kleinen Rundungen und Hügel zwischen den Schneewehen bald im Weiß versunken sein würden, denn einige waren bereits völlig bedeckt und nicht mehr zu sehen. Und als wir uns auf den Bergpässen, die zu den Teilen des Planeten führten, in denen früher so viele Menschen gelebt hatten, umdrehten und zurückblickten, konnten wir nicht mehr erkennen, wo sich die Schneesiedlungen befanden – oder befunden hatten, denn die Stürme schoben sich undurchdringlich zwischen uns und sie. Wir, die wenigen, marschierten weiter und hielten unterwegs Ausschau nach den alten Städten. Doch die Gletscher hatten sie unter sich begraben; wir konnten keine Anzeichen von Städten oder Siedlungen entdecken, obwohl wir uns einmal an einem Zimmer vorbeikämpften, das aus dem Schnee aufragte. Es hatte auf allen Seiten quadratische Öffnungen, und in seinem Innern lagen verstreut Stücke und Reste, die einmal Möbel gewesen waren, ehe die Kälte sie zermahlen hatte. Dieser Raum befand sich einmal auf der Spitze eines hohen Gebäudes, und wir zogen in einer Höhe daran vorbei, in der früher nur die großen Raubvögel der Kältezeit schwebten und kreisten. Und als wir vor uns nach einem Wall oder einer Klippe Ausschau hielten, entdeckten wir nichts: Das Eis, das sich über die Mauer schob, hatte sie zum Einsturz gebracht, und sie lag jetzt tief unter uns, als wir über die Kämme und Hügel aus Schnee wanderten. So überquerten wir unsere berühmte Mauer, die undurchdringliche, unzerstörbare, unbesiegbare Mauer. Die Mauer, die zwischen uns und dem Unheil stehen sollte, bis Canopus mit seinen glänzenden Raumschiffen landen würde. Wir überquerten sie, ohne zu wissen, wann, und befanden uns in einer Landschaft, in der es keine Berge oder Hügel gab, es sei denn, Berge aus Schnee. Denn alle Unebenheiten der Landschaft lagen unter dem Schnee begraben.

Es wäre nicht richtig zu sagen, wir wanderten unbeschwert; wir schleppten uns mühsam und stolpernd vorwärts – aber diesmal lag es nicht an den Steigungen und Abhängen von Bergen und Tälern. Und doch war es eine einzige, lange schwere Mühe. Von uns war nichts übriggeblieben! Wir waren leer, als fege der Wind durch uns hindurch. Wir bestanden wirklich nur noch aus Haut und Knochen, und unsere armen Herzen schlugen langsam und unregelmäßig. Sie versuchten, das dickflüssige Blut durch unsere ausgetrockneten Adern und Arterien zu pressen. Wir waren halbtot, und es fiel uns so schwer, die zerfallenden Körper auch nur ein paar Schritte vorwärts zu bewegen.

Wie schwer wir waren – wie unendlich, unendlich schwer… Die Gravitation des sich drehenden Planeten zerrte und zog an jedem Partikel unseres Körpers. Sie schien uns festzuhalten wie der dicke Schnee. Schwer, schwer, schwer wog die Last unserer Sterblichkeit, obwohl wir alle durchsichtig wie Schatten waren und das Fleisch um unsere Knochen schon lange geschrumpft und geschwunden war. Schwer fiel uns jeder kleine Schritt, mit dem wir weiterschlurften; wir trieben uns vorwärts, zwangen uns zu gehen, unser Wille hämmerte in den schmerzhaften Stößen unserer Herzen: *Weiter… weiter… weiter… ja, noch ein Schritt… – ja so… und noch einer… ja und jetzt noch einer… weiter… immer weiter…* So ging es jedem von uns; wir schleppten uns unter den Schneewolken dahin, die so tief über den Schneewehen trieben, daß man kaum unterscheiden konnte, was Luft und was bereits aus der Luft heruntergefallen war. Wir waren beinahe Geister, beinahe schon nicht mehr da und doch so schwer. Wir spürten, daß unser Gewicht von der Substanz unseres Willens abhing, es hing und zerrte daran – und was war das, dieser *Wille*, der uns weiter hinauf- und vorwärtstrieb, hinauf über die hohen verschneiten Pässe zum anderen Pol, dem anderen Ende unseres Planeten? In diesen Bündeln aus Haut und Knochen und sich bereits zersetzendem Gewebe brannte noch etwas anderes: *der Wille*! Und wo war er, dieses Pulsieren, diese Schwingung in den unendlichen Räumen zwischen den winzigen Schwingungen oder Impulsen, die ein Atom bilden?

Schwer, schwer, ach so schwer … schleppten und schoben wir uns vorwärts; wir wateten und schienen zu schwimmen, immer weiter hinauf, hinauf und hindurch. In den Nächten ruhten wir uns zusammen aus, wir bedauernswerten Geister, während die Winde um uns heulten oder die Sterne über uns flüsterten. Schließlich erreichten wir die Stelle, an der sich die Schlucht befinden mußte, in der Nonni gestürzt war. Eine saubere frische weiße Decke lag darüber, und die Höhlen, die uns Schutz geboten hatten, waren im Schnee begraben, verschwunden. Als wir das hochgelegene Tal zwischen den tönenden Gipfeln erreichten, wo wir gelagert und die glitzernden Sterne betrachtet hatten, und hörten, wie sie rauschten und sangen, stellte sich heraus, daß die Spitzen der Berge nur noch niedrige Hügel waren. Und wenn wir nicht gewußt hätten, daß es sich um Berge handelte, hätten wir uns nicht vorstellen können, daß sie einmal hoch und furchteinflößend aufgeragt hatten. Die Dunkelheit brach herein, und wir lagerten in einer kleinen Mulde auf dem Gipfel eines dieser Hügel. Ein pfeifender Wind erhob sich, und wir spürten, wie der Schnee um uns herum rutschte, wirbelte und polterte. Am nächsten Morgen bot sich unseren Augen ein wunderbarer Anblick. Wir kauerten auf einem hohen Berggipfel inmitten von Felsen – der Sturm hatte in der Nacht den lockeren Schnee aus dem Tal gefegt, und es lag leer vor uns wie bei unserem ersten Besuch. Der Wind hatte einen Rhythmus: Er füllte das Tal bis zum Rand und fegte es dann wieder frei. Überall auf dem Planeten wurden jetzt Schneemassen hin- und herbewegt; sie türmten sich auf, dann blies der Wind sie wieder davon, nur um sie an einer anderen Stelle aufzuhäufen und weiterzutreiben. Wir blickten auf eine gläserne glitzernde Eislandschaft tief unter uns, die sich viele Tagesmärsche weit zwischen mächtigen schwarzen eisigen Gipfeln erstreckte. Uns bot sich eine gläserne, ehrfurchtgebietende Majestät dar, die in unseren sterbenden Augen schmerzte. Wir spähten über den Rand unseres winzigen Tals nach unten, stellten fest, daß wir auf einem hohen Berggipfel gestrandet waren, und wußten, daß wir ihn nie mehr verlassen würden. Wie sollten wir, schwach wie wir waren, die steilen Felswände hinunterklettern? Also rückten wir enger zusammen und blickten uns zum letzten Mal mit den alten Augen an, bis ein Gesicht nach dem anderen sich im Tod verschloß und das Bündel Knochen in den zerfetzten Pelzmänteln in sich zusammensank. Und als wir diese Szene verließen und sie mit Augen betrachteten, von denen wir nicht gewußt hatten, daß wir sie besaßen, sahen wir scheinbar nur eine Herde Tiere, die sich im Schlaf oder im Tod dort oben auf einem Berggipfel zusammendrängte.

Wir bewegten uns zusammen weiter und waren jetzt so leicht. Wir bewegten uns so fröhlich und unbeschwert, daß wir ungläubig und voll Entsetzen an die gräßliche Schwere, an unser altes Gewicht dachten, das jeden Schritt, jedes Vorwärtstaumeln zum Kampf gegen den Sog und den Zug machte, aus dem sich selbst das winzigste Atom nicht befreien konnte. Unsere neuen Augen kannten keine starre Perspektive. Wir schwebten frei und leicht davon, und als wir orientierungsuchend auf die toten Hüllen zurückblickten, die wir bewohnt hatten, sahen wir nur, daß wir uns inmitten unendlich vieler wunderbarer zarter Strukturen und Formen befanden. Glitzernde Kristalle umgaben uns, die sich alle voneinander unterschieden; jedes war ein Wunder an Zartheit und Ausgewogenheit. Wir hätten verweilen, sie betrachten und bestaunen mögen… doch es waren Myriaden; sie umschwebten und umtanzten uns, und da unsere Augen ständig ihre Sehweise änderten, schienen die Kristalle manchmal riesengroß, so groß wie wir zu sein und manchmal klein. Wir begriffen nicht sofort, daß es sich bei dieser unendlichen Vielfalt neuer Formen um Schneeflocken handelte. Schneeflocken, die noch vor kurzem unsere Feinde gewesen waren! Und durch ihre Schönheit war unser kleiner Planet langsam gestorben. Das hatten wir nicht geahnt, das hatten wir nicht gewußt, wenn wir die Hand ausstreckten, um eine weiße Flocke aufzufangen und sie vielleicht unseren Kindern zu zeigen: »Seht ihr, das ist Schnee! Das ist der Wasserdampf, der sich ständig in der Luft befindet, die uns umgibt, in einer neuen Form.« Wir hatten nie daran gedacht, daß diese kleine weiße Krume, der Flaum, ein Gebilde aus Strukturen sein könnte, die so erstaunlich sind, daß man sie voll nie nachlassender Bewunderung betrachten konnte. Wir schwebten durch sie hindurch, spürten, wie wir immer wieder Gestalt und Größe änderten, und versuchten, unsere Bewegungen zum Stillstand zu bringen, um uns an diesem Wunder satt zu sehen. Aber die Szene löste sich auf, verging, und die kristallenen Strukturen verschwanden. Sie gehörten einer Sphäre oder einem Bereich an, den wir hinter uns gelassen hatten. Wenn wir jetzt auf die Körper in den schmutzigen Häuten zurückblickten, um zu sehen, wie weit wir uns von dem Berggipfel bereits entfernt hatten, sahen wir sie als Netze und Schleier aus Licht; wir sahen das zarte Gitter der atomaren Struktur, sahen die weiten Räume, die wir eigentlich zum größten Teil gewesen waren – obwohl wir nicht die Augen besessen hatten, um das zu erkennen, obwohl unser Geist um die Wahrheit wußte. Doch das kleine Glitzern, der Tanz, das Gewebe atomarer Struktur löste sich unter unseren Blicken auf: Ja, wir sahen, wie unsere alten Körper in den schweren Fellen ihre Gestalt verloren, wie die Atome und Moleküle die Verbindung miteinander lösten und mit der Substanz des Berges verschmolzen. Ja, mit unseren neuen Augen sahen wir, daß der ganze Planet ein feines zartes Gewebe oder Gitter geworden war, dessen Zwischenräume durch die Struktur der Atome definiert wurden. Doch was für neue Augen waren das, mit denen wir unsere alte Heimat als ein Geflecht von Atomstrukturen sahen? Und wo waren wir, die Repräsentanten? – Was waren wir? Und wie wirkten wir auf jene, die uns sehen konnten, mit ihrem schärferen, feineren Sehvermögen? Denn wie unsere Augen, unsere Sehweise sich änderte, so daß wir uns jeden Moment in einer anderen Zone, Welt oder Wirklichkeit zu befinden schienen, so mußten andere auch uns beobachten und sehen können – aber *was* sehen? Wenn wir unsere alten Gestalten verloren hatten, die sich bereits auflösten und in der Substanz von Berg, Schnee, Wind und Felsen aufgingen, wenn wir dieses zarte Gewebe, diese Schleier oder Raster, die mehr Raum als Materie waren, verloren hatten – wenn wir also verloren hatten, was wir gewesen waren, dann waren wir trotzdem noch etwas. Wir bewegten uns zusammen weiter, eine Gruppe von Individuen und doch eine Einheit. Und das *mußte* so sein. Wir mußten Strukturen einer Materie sein, irgendeiner Materie, denn alles ist das Gewebe einer Materie oder Substanz oder etwas Faßbares, obwohl es gleitet, sich vermischt, immer kleiner und kleiner wird – Materie, eine Substanz, denn wir erkannten uns als existent: Wir waren Gefühle, Gedanken und Willen. Sie bildeten das Gewebe, Schuß und Kette unseres neuen Seins, obwohl es in unserem alten Sein scheinbar keine Heimat und keinen Platz für sie gegeben hatte. Wir hatten uns vorgestellt, daß Liebe, Haß und alles andere in den endlosen Räumen heulte, pfiff und pulsierte, die zwischen dem Kern eines Atoms (wenn man etwas, das sich auflöst, als Kern bezeichnen will) und den Partikeln liegen, die ihn umgeben (wenn man eine Schwingung und Fließen als

Partikel bezeichnen will) – und diese Gefühle und Gedanken bildeten unsere neuen Ichs. Unser neues Ich und unser Verstand sagte uns, daß wir immer noch ein zarter aber festgelegter Tanz waren, genau wie unser alter Verstand uns gesagt hatte, was wir gewesen waren, obwohl wir nicht die Augen besaßen, um es zu sehen. Früher, ehe wir zu toten Tieren wurden, die erfroren auf einem Berggipfel lagen, paßten diese Schichten oder Schleier ineinander. Sie bildeten ein Ganzes und funktionierten gemeinsam. Doch nun war eine Struktur bereits in die physische Substanz des Planeten 8 zurückgesunken, und eine andere bewegte sich weiter; unsere Augen veränderten sich mit jedem Moment, wodurch wir immer wieder Teil einer neuen Szene oder eines Teils wurden. Wir waren auch nichts bereits Fixiertes mit einem Wesen, das sich nicht mehr verändern konnte, denn wir begegneten einem Geist oder Gefühl oder Geschmack, den wir *Nonni* nannten; es war ein schwach schimmerndes Geschöpf, eine Form oder ein Tanz. Und wir wußten, das war der tote Nonni, Alsis früherer Gefährte. Diese Wesenheit, dieses Sein kam zu uns, verschmolz mit uns, mit unserer neuen Substanz, und wir alle setzten unsere Reise zum Pol als Einheit, aber einzeln fort.

Wer reiste? Und wie hießen wir?

Der Lehrer der Kinder war da, der Hüter des Sees, der Züchter und Schöpfer von Getreide, Früchten und Pflanzen, der Hüter und Züchter von Tieren, der Geschichtenerzähler, der die Erinnerungen der Völker ständig schafft und neu erschafft; der Pfleger der sehr Kleinen und Verwundbaren, der Heiler – der Entdecker von Medizinen und Heilmitteln; der Reisende, der Planeten besucht, damit das Wissen nicht isoliert und ungeteilt bleibt – sie alle waren da, unter uns und gehörten zu uns. Alle unsere Funktionen und die Fähigkeiten unserer Arbeit vereinigten sich zur Substanz dieser neuen Wesen, dieses neuen Wesens, das wir nun waren – Johor war bei uns und gehörte zu uns; Johor vermischte sich mit uns, der Repräsentant des Canopusanteils des Repräsentanten von Planet 8 – dem zerstörten Planeten – zumindest für unsere Zwecke nicht mehr verwendbar – denn wer konnte sagen, wie dieser Klumpen Eis, der in den Räumen des Himmels kreiste, sich ändern, vielleicht Gas werden würde auf seinem Weg zurück zu Erde und Form und Materie, die Augen sehen konnten, wie wir sie einst besaßen?

Der Repräsentant glitt weiter und höher wie eine Schule oder ein Schwarm Vögel oder Fische: eine Einheit, aber eine Gruppe von Individuen – jedes mit seinen kleinen Gedanken und Gefühlen, die es mit den anderen teilte. Gedanken und Gefühle fluteten wie Wellen herein, heraus und herum; sie machten aus den vielen eins.

Was sahen wir dort, fühlten wir dort – wo? An welchem Ort oder in welcher Zeit befanden wir uns? Was waren wir und wann? Wir sahen keine Schnee- oder Eiswüste, nein, sondern ein endloses Sich-Verändern und -Verschieben. Wir sahen unseren Planeten in einer Myriade Formen oder Möglichkeiten. In einem Aufblitzen, in einem flüchtigen Moment sahen wir ihn, wie er gewesen war – unsere warme und schöne Heimat, in der alles eine Wohltat für uns gewesen war. Neben dieser flüchtigen Vision befanden sich tausend Variationen, die sich alle leicht voneinander unterschieden. Und hätten wir jede einzelne losgelöst gesehen, hätten wir sie für ein Stadium in der Entwicklung unseres Planeten halten können – aber so, in diesem schnellen Ineinanderverschmelzen, in dieser feinen Nuancierung wußten wir, daß wir *Möglichkeiten* sahen. All das hätte sein können, war aber in unserer Zeit, in unserem Raum nicht gewesen. Waren sie woanders gewesen? Ja, das war es: Wir beobachteten, was es davor, dahinter, daneben oder darüber gab – jedenfalls irgendwo und irgendwann die verschiedenen Entwicklungsstadien unseres Planeten gewesen waren. Es waren so viele, so viele Möglichkeiten, die sich auf der Existenzebene, die wir gekannt und erfahren hatten, nicht manifestiert hatten; aber sie schwebten direkt hinter dem Schleier – Potentiale: Alles, was hätte sein können ... es gab Myriaden unerreichte Möglichkeiten, doch jede war real und funktionierte auf ihrer eigenen Ebene – *wo* und *wann* und *wie*? Und jede Welt bis ins Kleinste war ebenso wirksam und wertvoll wie das, was wir einmal als *wirklich* erlebt hatten. Wie ich, Doeg, einmal vor dem Spiegel stand, auf mein altes Ich blickte und sah, wie es sich in eine endlose Reihe der Möglichkeiten erstreckte, alle Variationen der genetischen Vorratskammer sichtbar werden ließ – manchmal waren sie mir so ähnlich, daß ich kaum einen Unterschied feststellen konnte, aber dann entfernte sich Variante um Variante weiter von dem, was »ich« war – jede war die mögliche und potentielle Wohnung des Gefühls von mir, Doeg. Und manche waren für meine Kameraden leicht als Doeg erkennbar, andere so völlig anders, daß nur eine Kopfbewegung, die leiseste Andeutung einer vertrauten Bewegung der Augen oder die Schulterhaltung verriet: »Ja, auch er gehört zur Familie Doeg, ist Doegs Potential, das nicht in diese Dimension oder in diesen Ort eintrat« – und so sahen wir alle die Welten, die nicht unser Planet waren, aber dort lagen, sich überschnitten und berührten, jede an ihrem Ort und in ihrer Zeit eine unabhängige Welt, eine Realität.

Wer waren dann Doeg und Alsi – wo waren Klin, Nonni und Marl und all die anderen? Was war unser Planet, der einer unter so vielen war? Und als wir weiterschwebten, Geister zwischen geisterhaften Welten, spürten wir neben, in und mit uns die erfrorene und tote Bevölkerung, die unter dem Schnee begraben lag. In Höhlen, Hütten, in Hügeln aus Eis und Schnee lagen die Menschen unserer alten Welt; sie waren erfroren – ihre toten Körper blieben dort eingeschlossen, solange das Eis blieb, ehe es sich veränderte, wie sich alles ändern muß, um etwas anderes zu werden – vielleicht ein Gaswirbel oder Meere bewegter Erde oder Feuer, das brannte, bis auch es sich änderte ... sich ändern *mußte* ...

etwas anderes werden *mußte*. Aber was unsere Leute gewesen waren, unsere *Ichs* befanden sich bei uns, *waren* wir, waren zu uns geworden – sie konnten nichts anderes sein als wir, ihre Repräsentanten –, und zusammen fanden wir, der Repräsentant, schließlich den Pol, den äußersten Punkt unseres alten Planeten: Den dunklen, kalten Mast, den Canopus einst aufgerichtet hatte, um die Raumschiffe zu leiten, wenn sie uns besuchten. Dort verließen wir den Planeten und kamen hierher, wo wir jetzt sind. Wir, der Repräsentant – viele und einer – sind hier, wo Canopus uns behütet, über uns wacht und unterweist.

Ihr fragt, wie die canopäischen Agenten auf uns wirkten, als DAS EIS kam.

Diese Geschichte ist unsere Antwort.

Nachwort

Ein Vorwort dieser Art wäre beinahe im dritten Band der Reihe, in den *Sirianischen Versuchen* erschienen. Der Roman entstand als direktes Ergebnis einer beinahe fünfzigjährigen Faszination für die beiden britischen Expeditionen in die Antarktis, die erste von 1901–1904, die zweite von 1910–1913 unter Leitung von Robert Falcon Scott. Nein, mich interessieren nicht Schnee und Eis an sich, sondern vielmehr gewisse soziale Prozesse jener und unserer Zeit, die die Expeditionen so deutlich veranschaulichen. Aber ich wußte wohl, die weniger tiefschürfenden oder prosaischen Leser würden nicht so leicht begreifen, wie *Die siranischen Versuche* als Ergebnis der Beschäftigung mit Polarforschung entstanden sein konnten. Deshalb ließ ich die Absicht fallen. Der nächste Roman, der vierte Band, wurde so winterlich, daß es keine Schwierigkeiten bereiten kann, den Zusammenhang zu sehen: Eine lange Auseinandersetzung mit der Polarforschung und ein Roman über einen Planeten, der unter Eis erstarrt. Aber jemand, der etwas von den kreativen oder – elektrotechnisch ausgedrückt – von den transformierenden Prozessen versteht, würde ohne weiteres auch einen Roman über Wüsten oder andere Extreme von Klima, Geographie oder Verhalten erwarten. Deshalb sollte man dieses Nachwort im Zusammenhang mit den *Sirianischen Versuchen* und *Die Entstehung des Repräsentanten von Planet 8* sehen – es allerdings eher mehr ersterem als letzterem zuordnen.

Es spricht auch ein praktischer Grund dafür, das Nachwort in dem kurzen Buch zu haben, obwohl es nicht geplant war. Als ich dem englischen Verleger berichtete, dieser vierte Band sei sehr kurz, freute er sich. Er freute sich nicht nur, weil das weniger gefällte Bäume, Papier, Druckarbeiten, Druckerschwärze, Herstellungsaufwand bedeutete, sondern weil man in diesem Land dazu neigt, kurze Bücher eher für gut und wirklich wertvoll zu halten als lange. Und das trotz Dickens und all den weitschweifigen und zweifellos erstrangigen Viktorianern. Als ich meinem amerikanischen Verleger jedoch ankündigte, der Roman sei kurz, erklärte er sofort, sich und sein Land verspottend, aber wie es dort drüben üblich ist, von dem überzeugt, was man sagt: »Sie wissen doch, wir können nur dicke Bücher ernst nehmen.« Also freuen wir uns, dort drüben (oder hier, je nachdem, von wo man es betrachtet) ist dick schön.

In Cambridge hat man den Dokumenten und Zeugnissen der Antarktisexpeditionen ein Gebäude gewidmet. Aber ich war nie dort. Ich betreibe keine systematischen Studien. Sie gehören der anderen Art an, das heißt, man weiß, daß man eine Affinität mit einem Thema oder einer Sache hat, denn sie taucht im Leben immer wieder, jedoch in anderen Aspekten auf – wie eine Landschaft, die an verschiedenen Punkten eines Berges ihr Aussehen verändert. Und deshalb wartet man darauf, daß die Dinge sich entwickeln: Man findet ein Buch, von dessen Existenz man nichts wußte, im Regal der Bibliothek; man lernt zufällig den Verwandten eines Forschers dieser Expeditionen kennen; man liest einen Brief in einer Zeitung; ein Freund, der von dem Interesse weiß, schickt eine Biographie, die er in einem Antiquariat in Brighton gefunden hat. Bei diesem Vorgehen ist es möglich, daß man Fakten nicht kennt, die selbst einem Neuling auf diesem Gebiet bekannt sind. Aber wenn man sich Fakten und Möglichkeiten ständig durch den Kopf gehen läßt, fügen sie sich vielleicht auf eine unerwartete Weise zusammen.

Und so hörte ich auch zufällig zum ersten Mal etwas von Scott und seiner Heldenschar, und zwar mitten in Afrika, in dem alten Südrhodesien, heute Zimbabwe, auf der Farm meines Vaters. Wir, die Familie, saßen, wie es unserer Gewohnheit entsprach, draußen vor dem Haus, um den Tag- und den Nachthimmel zu genießen, das Wetter und den meilenweiten Blick über die Landschaft – ein wildes und meist leeres Land, das die Berge umsäumten. Man muß sich vor Augen halten, bis zum Meer waren es mehrere hundert Meilen; England lag in weiter Ferne, und ebenso fern war die Zeit der Scottschen Expeditionen. Es war beinahe immer heiß, und der Himmel bot immer ein grandioses Schauspiel. Er war entweder wunderbar blau und leer, oder Wolken zogen schnell darüber hinweg. Sie trieb die Hitze, die von der sonnenverbrannten Erde und der Vegetation aufstieg. In der Trockenzeit brannten meist irgendwo in der Nähe Buschfeuer. Ich erinnere mich lebhaft daran, wie meine Mutter mit zurückgeworfenem Kopf, ausgestreckten Händen und in einer Pose dramatischer Identifikation vor uns steht. Ich weiß nicht mehr, ob gerade ein spektakulärer Sonnenuntergang zu bewundern war. Aber eigentlich müßte es so gewesen sein. Zumindest zog ein Sturm auf. Meine Mutter glühte und war überwältigt von Emotionen, denn sie genoß diese Augenblicke. Sie sagte: »Wenn ich mir vorstelle, wie Captain Oates ganz allein in den Schneesturm geht, um zu sterben … o ja, er war ein tapferer Gentleman!« Und ich erwiderte mit der rohen Schnippischkeit der Jugend: »Was hätte er denn sonst tun sollen? Außerdem blieb ihnen allen nichts als Sterben übrig.« Ich bedaure die Schnippischkeit, jedoch nicht die Bemerkung. Ja, mir scheint, daß ich damals die Dinge schon so klarsichtig sah wie mein ganzes Leben lang. Ich beneide das nüchterne Mädchen, das Pietät und Gefühlsduselei rücksichtslos beiseite schob, denn das Leben macht einen eindeutig weich: Die Toleranz macht aus uns allen Nougat. Mein Vater war nicht sentimental, und die Gefühlsausbrüche meiner Mutter bereiteten ihm eigentlich immer Unbehagen. Mit Sicherheit sagte er etwa: »Ach beruhige dich, beruhige dich…«, und zu mir: »Ja, das kann man wohl behaupten, aber mußt du immer so hart sein?« Ja, das mußte ich! Die Gründe für diese Haltung stehen mit dem Thema dieser Bemerkung in einem Zusammenhang.

Mein Vater stand Scott und der ganzen Angelegenheit nicht gleichgültig gegenüber, denn es handelte sich um *englische* Leistungen. Und wie für meine Mutter galt auch für ihn ganz selbstverständlich: Englisch war einfach das beste.

Heute kann man nur schwer verstehen, was *England* für meine Eltern bedeutete, die derselben Generation angehörten wie diese heroischen Forscher. Ein Wort kann für eine Generation eine berauschende Droge sein und für die nächste so harmlos wie Milch. Es ist für dieses Thema auch nicht ohne Bedeutung, daß ausländische Leser, und dazu gehören in diesem Zusammenhang auch Amerikaner, kaum eine Vorstellung von dem Forscher Scott haben; sie wissen ebensowenig über ihn wie die meisten Menschen in England unter, sagen wir, vierzig. Ich ernte verständnislose Blicke, wenn ich in das alte Horn blase: »Der Scott der Antarktis!«

»Scott?« fragen sie, »hat er nicht den Südpol entdeckt?« Und doch waren Scott, die Antarktis und die Namen der Männer, die zu ihm gehörten, noch vor kurzer Zeit einer dieser Mythen oder heiligen Kühe, die jede Nation als inspirierenden Ansporn braucht. Da gab es diese Schar Halbgötter, tapfere Gentlemen, einer wie der andere, die sich einer Sache verschrieben hatten. Und jeder, der es gewagt hätte, auch nur andeutungsweise von Makeln zu sprechen, wäre in Stücke gerissen worden. Das war ebenso schlimm, als beispielsweise zu vermuten, daß sich normale Menschen auf dem Langen Marsch befanden… aber setze dafür die heiligen Kühe der eigenen Nation ein, fülle den leeren Raum mit den Gesichtern deiner Helden und…

Bernard Shaw sagte einmal ungefähr folgendes: An Helden herrscht nie Mangel. Immer drängen sich die Menschen dazu, für eine Sache zu sterben – sei sie nun gut oder schlecht. Aber uns ist eher mit weniger Heldentum als mehr Nachdenken gedient. Wenn es um solche Themen geht, stellt man üblicherweise fest, daß Shaw es bereits formuliert hat.

In letzter Zeit kann man in Großbritannien einen Stimmungsumschwung in Sachen Scott beobachten. Er läßt auf eine Neueinschätzung seiner Fähigkeiten als Führer und Organisator der zweiten Expedition, 1910–1913, schließen. Gewisse Anzeichen deuten darauf hin, daß man ihn mehr oder weniger zu einem Verbrecher abstempelt. Möglicherweise war er nicht immer kompetent, und er beging Fehler. Es geht dabei nicht darum, daß er die Art Fehler begangen hat, die jeder begeht, sondern solche, die selbst ein durchschnittlich begabter Führer nie begehen sollte. Kurz gesagt, wir sind dabei, von einem Extrem ins andere zu fallen. Und damit möchte ich nichts zu tun haben. Mich interessiert, wie es zu dieser Neueinschätzung kommt – und der Zeitpunkt. Dahinter liegen Fakten wie diese: Vor kurzer Zeit hätte man nicht wagen können zu behaupten, Scott sei nicht vollkommen gewesen, ohne zumindest bekümmerte Mißbilligung zu ernten; ein Jahr, nachdem die Viererbande vollkommen war, wurde sie zu Verbrechern; in den Vereinigten Staaten gelang es in den fünfziger Jahren einem Nichts, genannt McCarthy, geistig gesunde und vernünftige Menschen einzuschüchtern und zu terrorisieren; junge Leute, die in den sechziger Jahren vor ähnliche Ausschüsse zitiert wurden, lachten einfach. Diese jungen Amerikaner sollten sich nicht vorstellen, sie hätten gelacht, wenn man sie vor die früheren Ausschüsse zitiert hätte – nein, sie hätten nicht gelacht! Sie waren so gut wie ihre Eltern, aber nicht besser. In der Zwischenzeit war irgend etwas geschehen; die *Atmosphäre* hatte sich gewandelt, wie wir sagen – um damit zu einer der Phrasen zu greifen, die das Nichtdenken entschuldigen. Ich könnte Seiten, ganze Bände mit Fakten füllen, die dieses Thema illustrieren. Die Häresien des einen Jahres sind die heiligen Kühe des nächsten – und umgekehrt. Und das könnte eigentlich jeder begreifen, der über das Alter des blinden Enthusiasmus hinaus ist – das könnte überhaupt jeder, wenn er es wollte. Aber aus irgendeinem Grund können wir die augenfälligen Lektionen der Geschichte nicht auf uns anwenden. *Weshalb nicht*? Könnten wir möglicherweise lernen, uns im Namen des einen oder anderen Dogmas nicht die geheiligte Notwendigkeit aufzuzwingen, deren Folgen im Lauf eines Jahrzehnts unvermeidlich mit den Worten: *Wir haben Fehler begangen* abgetan werden. Es ist nur allzu leicht, sich den Geist der Geschichte vorzustellen (wir haben das so lange praktiziert!). Er ist eine schlampige, aber selbstgefällige Frau in der Maske des einschlägigen Herrschers oder Despoten: »Ach du meine Güte!« lächelt sie, »da habe ich ja schon wieder einen Fehler gemacht!« Und schon verschwinden Massenvernichtungen, Hungersnot und Kriege, die Insassen unzähliger Gefängnisse und Folterkammern in den Papierkörben und Mülltonnen.

Ich habe mehrere dieser dramatischen Veränderungen erlebt; ganz offensichtlich werden sehr bald weitere folgen. Subjektive und ironische Gedanken zu diesem Thema sind ein Trost des Alterns. Es muß ein Prozeß stattfinden, bei dem Körnchen um Körnchen sich in einer Waagschale sammelt, obwohl man das nicht sieht, sondern nur ahnt. Plötzlich verschieben sich die Gewichte. Dies sind Vorgänge, die zu untersuchen wir lernen können – besonders da sie sich so oft wiederholen und sie sich wie alles andere zu beschleunigen scheinen.

Ein Beispiel: Ich gehörte zu der Handvoll Leute, die Anfang der fünfziger Jahre versuchten, Journalisten, Parlamentsmitgliedern, Politikern vor Augen zu führen, daß in Südafrika die Dinge nicht zum besten standen. Damals war es nicht möglich, von krimineller, grausamer Tyrannei zu sprechen. Alles mußte gut verpackt sein. Selbst so behandelte man uns nur tolerant amüsiert ... tat uns als Wirrköpfe ab ... als Rote ... Verrückte mit antibritischen Gefühlen. Im Verlauf von zehn Jahren wurde die Meinung, man möge zumindest genauer untersuchen, was im südlichen Afrika – in Südafrika und in Südrhodesien – vor sich ging, zu einem respektablen Standpunkt. Es war die »allgemeine Meinung«. Zehn Jahre später – aber inzwischen war es zu spät. Natürlich. Ich sage »natürlich« als ein Kürzel für meinen Verdacht, daß ein Gesetz am Werk ist. Es wäre die leichteste Sache der Welt gewesen, diesen Krieg zu verhindern, wenn Vernunft im Spiel gewesen wäre – aber wann ist Vernunft je dabei im Spiel? Wären die Weißen fähig gewesen, fünf Minuten lang mit kühlem Kopf analoge historische Prozesse zu untersuchen – aber wann besaß je eine herrschende Kaste dazu die Fähigkeit?

Nein, es geht nicht um: »Wir haben es euch gesagt!« Das steht einer schnippischen Jugend zu. Nach dem: »Ich habe es ja gesagt« kommt der Zorn über die Verschwendung, die Dummheit, über die vertane Chance, es zu verhindern ... aber wie, wenn es immer so ist? So sein muß? Ist da ein Gesetz am Werk? Denn dann sind alle die Emotionen sinnlos; sie sind Zeitverschwendung, der deprimierte Zorn ebenso wie das: »Ich habe es ja gesagt.« Wir müssen denken und uns nicht Gefühlen überlassen. Politiker und Herrscher sind nicht die Urheber von Ereignissen, sondern ihre Marionetten. Nun ja, wie kann man dann etwas anderes erwarten?! Aber scheinbar bemerkt man die Wiederholungen historischer und soziologischer Prozesse noch nicht einmal. Die jungen Leute, die jetzt ihr Erbe antreten und sich für eine der siebenundfünfzig Varianten des Sozialismus entscheiden, sind alle einhellig der Meinung, daß dort unten am Ende Afrikas Tyrannei herrscht: die Tyrannei der Weißen über die Schwarzen. Aber angenommen, ihre Pendants hätten das rechtzeitig gewußt? Und – aber das ist der springende Punkt – sie akzeptieren ebenso wie ihre Vorgänger

»die herrschende Meinung«. Doch welche aufkommenden Ideen ignorieren sie? Ideen, die in zwanzig Jahren, wenn es zu spät ist, problemlos von ihresgleichen übernommen werden – Ideen, die dann ihre Kraft verloren haben und wirkungslos geworden sind?

Ich hielt diese Abfolge – vergebliche und verspottete oder bestrafte Warnungen von ein paar wenigen, das langsame Akzeptieren dieser Warnungen, die zur Grundlage einer neuen Haltung werden, die zu diesem Zeitpunkt bereits veraltet ist – charakteristisch für Politik und religiöse Massenbewegungen. Aber man kann diese Prozesse in jedem Bereich – vom Sport bis zur Literatur – entdecken.

Übrigens auch an sich selbst.

Im politischen Bereich wird die herrschende Schicht eines Landes, eines Staates mit ihrer Propaganda identifiziert... nein, sie bedient sich der Propaganda nicht, denn das ist in meinen Augen einer der Glaubenssätze marxistischer Rhetorik, die Substitute für Gedanken sind; sie, die herrschende Schicht, wird von der Propaganda benutzt, denn man identifiziert sie mit ihren eigenen Rechtfertigungen für die Ausübung der Macht, die selbst auf Selbsttäuschungen beruhen. Wann hätte je ein Herrscher gesagt: »Ich bin ein übler Tyrann!« Der Schah von Persien und Idi Amin in Uganda hatten eine gute Meinung von sich. Es ist unvermeidlich, daß solche Leute immer und ausnahmslos die Fakten leugnen, die belegen, daß dieses oder jenes kolonisierte Land, ein weniger begünstigter Teil des eigenen Landes, der eigenen Stadt oder des Bezirks unter Härten, Unfreiheit und Tyrannei leiden. Etwas anderes kann man nicht erwarten. Ich erlebte die Enteignung eines Hauses, das vom Greater London Council erworben wurde. Ich konnte die Einschüchterungen, das gerissene Verhandeln, die nackte Korruption der Beamten im Umgang mit diesen bedauernswerten Menschen mitansehen, die nicht der Mittelklasse angehörten und sich nicht selbst wehren konnten. Ich wendete mich an Bekannte, die als Stadträte oder in anderen Funktionen im öffentlichen Dienst standen. Doch ich begegnete nur dem vertrauten toleranten Lächeln, der versteckten Ungeduld: Solche Ungeheuerlichkeiten waren einfach nicht möglich, nicht unter ihrer menschenfreundlichen Ägide.

Man könnte vorsichtig eine Regel aufstellen: Menschen an der Macht, Menschen an der Spitze einer Institution, einer Dienststelle, eines Ministeriums weigern sich zu wissen, was ihre Untergebenen tun, denn das würde bedeuten, das Selbstbild zu zerstören, wonach sie die einzig Befähigten sind, Verantwortung und Macht auszuüben. (Von ihrer Stellung ganz zu schweigen.) Ich kann einfach nicht glauben, daß die Welt immer so dumm und schlecht geführt wird wie heutzutage. Ich kann nicht glauben, daß die Armen immer so hilflos waren und von den Leuten an der Spitze immer so verächtlich behandelt wurden. In der Vergangenheit hat es Nationen, Staaten, Gemeinschaften gegeben, in denen die Herrschenden es sich zur Aufgabe machten, über das informiert zu sein, was in den unteren Regionen ihres Herrschaftsbereichs vor sich ging. Im Mittelalter und im Mittleren Osten gab es Reiche, deren Herrscher Beamte damit beauftragten, sich inkognito unter das Volk zu mischen, oder es sogar selbst taten, um über das Tun und Lassen der Staatsdiener etwas zu erfahren. Doch bei uns herrscht ein solches Maß von Zynismus, daß wir geneigt sind zu glauben, wenn wir so etwas Ähnliches praktizierten, würden die Kontrolleure beinahe augenblicklich zu den Lakaien der Staatsdiener, deren Verhalten sie überprüfen sollen.

Aber mich interessiert, daß dieser Gedanke überhaupt nicht mehr in den Katalog der Mittel, die man für eine gute Regierung als nützlich erachtet, gehört. An welchem Punkt hat er seine Kraft eingebüßt… ist er ein merkwürdiges Relikt geworden… ein Symptom personellen Despotismus? Wann wird er wiederaufleben und unter welcher Art Regierung? Ich glaube, Gedanken oder Gruppen verwandter Gedanken haben eine bestimmte Lebenszeit. Sie werden geboren (oder wiedergeboren), reifen heran, veralten, sterben und werden ersetzt. Wenn wir uns nicht zumindest fragen, ob dies tatsächlich ein Prozeß ist, wenn wir nicht den Versuch unternehmen, den Mechanismus der Gedanken zu einem möglichen Gegenstand unbefangener Studien zu machen, welche Hoffnungen bleiben uns dann, sie zu kontrollieren?

Nein, ich bin nicht abgeschweift: Diese Art Spekulation wird in Gang gesetzt, wenn man sich mit dieser ungewöhnlichen Folge von Ereignissen beschäftigt: die Erforschung der Antarktis oder – um die damalige offizielle Formulierung zu benutzen – die Entdeckung des Südpols – einer Trophäe, die Scott den Ausruf entlockte: »Großer Gott! Was für ein schrecklicher Platz!« Es ist dort so schrecklich, daß nicht einmal Tiere am Südpol leben. Ehe die Menschen kamen, war nichts dort, obwohl vielleicht manchmal ein Vogel über den Pol flog. Und deshalb zeichnet den Südpol wenigstens das eine aus, daß er tatsächlich entdeckt wurde – im Gegensatz etwa zu den Victoriafällen oder den Niagarafällen, die Afrikaner und Indianer seit Hunderten von Jahren kannten, ehe sie von den Weißen »entdeckt« wurden. (Diese Feststellung ist natürlich abgedroschen und trivial, aber bis vor kurzem noch war das ein wunder Punkt.)

In den Jahrzehnten vor dem Ersten Weltkrieg erforschten die meisten europäischen Nationen die Antarktis; wobei die verschiedenen Expeditionen im Wettstreit miteinander lagen: Das Schauspiel fand auf einer riesigen Bühne statt, das von dem neuen Spielzeug, den Massenblättern, beleuchtet wurde. Heute wirkt es, als hätten sich die »Augen der Welt« mehr auf dieses Drama gerichtet als auf die Ereignisse, die zum Ersten Weltkrieg führten. Und das ist an sich schon nicht uninteressant. Die beiden Aspekte nationaler Rivalität standen im Rampenlicht. Und den Europäern erschien das völlig normal. Aber so wirkte es auf viele andere, die nicht

Europäer waren. Das kleine Europa paradierte und stolzierte in seiner kleinen Ecke da oben, stritt und kämpfte wie eine Horde Schuljungen um einen Kuchen.

Es gibt Leute, die glauben, wenn unsere Nachfahren einmal auf unsere Zeit zurückblicken, wird ihnen Nationalismus als etwas ebenso tödlich Dummes vorkommen, wie den meisten von uns Religionskriege. Aber selbst in dem vergifteten Klima, in dem wir leben, konnte es das Internationale Geophysikalische Jahr 1958 geben. Und dies war den besten Aspekten von Rivalität und dem Ehrgeiz der Forscher zum Teil zu verdanken. Denn so wie die kämpfenden Soldaten in den Schützengräben Zurückhaltung und Vernunft den Gegnern gegenüber wahrten, während die Zivilisten vor Haß glühten, so überließen die Polarforscher, die die eigentliche Arbeit taten, die schlimmsten Ausbrüche von Neid und Eifersucht den Zuschauern.

Schließlich blieben nur noch Norwegen und Großbritannien im Rennen. Die norwegische Mannschaft stand unter Leitung von Roald Amundsen, die britische Mannschaft wurde von Scott geführt.

Amundsen erreichte den Südpol als erster, etwa einen Monat vor den Engländern. Er kehrte sicher und ohne Verluste an Menschenleben nach Hause zurück. Die britische Mannschaft hatte Todesopfer zu beklagen und mit allen möglichen Unglücksfällen zu kämpfen. Die Gründe, die dazu führten, daß die eine Mannschaft so erfolgreich war und die andere nicht, sind seitdem immer wieder analysiert worden. Zum einen, Amundsen wurde von seiner Regierung unterstützt, und die britische Mannschaft geradezu schmählich im Stich gelassen. Diese Art schäbiger Kurzsichtigkeit scheint aus irgendeinem Grund ein Charakteristikum aller britischen Regierungen zu sein. Jedenfalls mußte der sensible Scott mit dem Hut in der Hand sich das Geld zusammenbetteln. Und das tat ihm nicht gut. Er konnte sich nicht leisten, ein geeignetes Schiff zu kaufen und auszurüsten.

Amundsens Schiff dagegen war für das Eis gebaut. Die britische Expedition hatte wissenschaftliche Ziele, aber die Norweger wollten nur zum Pol und zurück. Sie besaßen die notwendigen Erfahrungen, während die Engländer nicht annähernd soviel von Schnee und Eis und über die Behandlung der Hunde wußten. Aber solche Vergleiche, die man beliebig fortsetzen könnte, gehören vielleicht nicht zur Sache.

Sobald man beginnt, die Tagebücher, die Briefe, die Aufzeichnungen zu lesen, fällt einem sofort der Unterschied im Ton, in der Atmosphäre auf.

Amundsen beschreibt in seinem Buch sachlich und bescheiden eine erfolgreiche Expedition. Sein Ton ist ruhig und faktisch. Wendet man sich den Aufzeichnungen der Scott- Expedition (1910–1913) zu, gerät man sofort in eine andere Welt.

Was ist Atmosphäre – ein Wort, das wir so unbekümmert benutzen? Ein Journalist oder ein Wissenschaftler fragt: Was geschah wo und wann? Wer sagte das und weshalb? Wie lautet Ihre Version der Ereignisse ...? Und man sitzt da, erinnert sich an alle möglichen Vorfälle, sagt die Wahrheit, so gut man kann, und erkennt, daß alles sinnlos ist, denn nichts kann eine Atmosphäre, den *Zeitgeist* vermitteln. Man kann Begebenheiten anführen, um diese vergangene Zeit zu veranschaulichen (und sie mag durchaus noch nicht lange vergangen sein), aber meist wirken sie absurd, und die Beteiligten scheinen nicht ganz bei Verstand zu sein. Man erklärt verzweifelt: »Verstehen Sie, die Atmosphäre hat sich so sehr geändert, daß ...«

Es ist nicht anders, als wenn man versucht, einem Freund einen Traum zu erzählen. Man beschreibt eine Reihe von Ereignissen wie die Handlung eines Films: »Ich war an diesem Ort, sagte jenes und dann ...« Aber dieselben Ereignisse, an denen dieselben Leute beteiligt sind, können ein anderer Traum sein. Die Atmosphäre ist der entscheidende Faktor. Und wie soll man sie vermitteln? Kläglich sagt man: »Der

Traum hatte so etwas Charakteristisches. Er war so überwältigend, verstehst du? Wirklich, es war wie … ja, wie soll ich sagen? Er besaß einen so unverkennbaren Charakter oder Geschmack. Und jedesmal, wenn ich in einem Traum mit dieser Atmosphäre bin, weiß ich, daß …«

Und dabei bleibt es. Eine Verständigung ist nicht möglich, es sei denn, jemand anderes hatte denselben Traum – und das kann man ihm nur glauben. Im Wachen hatten Leute natürlich unbestreitbar denselben Traum; sie erlebten dieselben Ereignisse, lebten in *derselben Atmosphäre*; und wenn man deshalb fragt: »*Erinnerst du dich?*«, erinnern sie sich tatsächlich, beide tun es; man lächelt sich vielleicht zu, was soviel bedeutet, es wäre unmöglich, die Atmosphäre einem anderen zu erklären, der sie nicht erlebt hat.

Die Aufzeichnungen der zwei Expeditionen, der norwegischen und der britischen, beschreiben zwei unterschiedliche, emotionale Ereignisse in klimatisch unterschiedlichen Erfahrungswelten. Es fällt schwer zu glauben, daß sie sich gleichzeitig, am selben Ort ereigneten und scheinbar mehr oder weniger die gleichen Ziele verfolgten. In beiden Fällen handelte es sich um Männer desselben Typs, von denen viele als professionelle Forscher bekannt waren. Diese Männer kannten sich gegenseitig oder wußten voneinander, und sie respektierten die Leistungen der anderen.

Aber beschäftigen wir uns zunächst mit den Aspekten der britischen Expedition, die damals überhaupt nicht wahrgenommen oder hinterfragt wurden; denn ich glaube, über jene Tendenzen, die das Ergebnis der unbewußten Selbstverständlichkeiten einer Zeit sind, staunen die Leute später am meisten.

Die nationalen Vorurteile sind immer noch lebendig, allerdings modifiziert, oder sie haben sich verlagert.

An den Expeditionen nahmen keine Frauen teil. Damals wurden Frauen, die Rechte forderten, von Polizisten geprügelt, in Gefängnissen zwangsernährt, von den feinen Herren verspottet und verhöhnt, ganz allgemein und oft von anderen Frauen ungerecht behandelt. An den Expeditionen teilzunehmen war für eine Frau einfach unmöglich. Man kann auch niemand dafür verantwortlich machen, denn niemand wäre auf diesen Gedanken gekommen. Doch frage ich mich, wie viele junge Frauen nachts wach lagen, sich wütend gegen die Ketten ihrer Rolle aufbäumten, gegen die erzwungene »Schwachheit« und dachten: »Wäre ich nur dabei. Ich würde es ihnen schon zeigen!«

»Ich wäre ebenso unerschrocken und einfallsreich wie sie!«

»Oh, die bitteren Tränen der nicht gefragten, wohlbehüteten und frustrierten Frauen!«

Dies sind Zitate aus Briefen, die Frauen kurz vor dem Ersten Weltkrieg an Frauen geschrieben haben.

Doch Frauen haben ihren Beitrag zu den Forschungsabenteuern des neunzehnten Jahrhunderts geleistet. Es waren Frauen am Werk. Isabella Bird zum Beispiel.

Die Dramen der Polarexpeditionen spielten sich vor einem Hintergrund oder Fries ab, den Frauen bilden – nein, Damen –, sie standen elegant in ihren langen, hinderlichen Gewändern da und lächelten schmachtend ihren Helden zu – und zum größten Teil sind sie eine Versammlung stummer Zeuginnen. Sie verabschiedeten ihre Männer in englischen Häfen, reisten nach Neuseeland, um ihnen Lebewohl zu sagen, um an Begrüßungsfeierlichkeiten und Banketten teilzunehmen. Sie erhielten Berge von Briefen und wurden ehrerbietig und dankbar angebetet, wie das damals üblich war.

Zumindest kann man sagen, es gibt Beweise, daß sie die Dinge nicht immer so sahen wie ihre Männer.

Und die Frauen der Mannschaft sagten noch weniger.

Das führt uns zu den Klassenschranken, die so starr waren, daß man beim Lesen ausruft: »O nein, das kann nicht wahr sein!« Und doch nahm man sie als selbstverständlich hin. Sie waren fundamental, waren richtig und natürlich … gut für die Disziplin. Und man wird den Verdacht nicht los, daß sie etwas mit Gott zu tun hatten, mit Tugend, mit der göttlichen Ordnung und ganz sicher mit der gottgewollten Größe Englands. (Für diese Männer ging es immer um *England* und nicht um Großbritannien – dieses Wort und diese Idee war ein Kompromiß und eine Verfälschung.)

Es gab die Offiziere, und es gab die Männer. Sie saßen und schliefen selbst in extremsten Situationen getrennt. Die Namen der Offiziere waren jedem Mann, jeder Frau und jedem Kind der britischen Nation vertraut, die der Männer waren weniger bekannt, obwohl sie die gleichen gefährlichen und schwierigen Arbeiten verrichteten. Selbst als sechs Männer einen antarktischen Winter lang in einer Eishöhle verbrachten und sie damit rechnen mußten, daß sie alle früher oder später an Hunger und Kälte sterben würden, blieben die starren Klassenschranken unangetastet – und das im gegenseitigen Einvernehmen, daß dies die einzig mögliche Art und Weise war: Offiziere lagen auf einer Seite, die Männer auf der anderen, und sie alle halfen sich gegenseitig mit innigster Fürsorglichkeit.

Der Einfluß der britischen Marine war für Scotts starre Haltung im Hinblick auf Klasse verantwortlich: Es gab andere, darunter Shackleton, denen sie lächerlich vorkam. Doch die Marine hatte sicher nichts mit der fiebrigen exaltierten Stimmung zu tun, die die Expedition 1910–1913 beherrschte; die britische Mannschaft begab sich in ein kühnes Abenteuer, in ein verzweifeltes, gefährliches Unternehmen, bei dem es um Leben und Tod ging… doch man wird dem sofort entgegenhalten, daß Amundsens Expedition ebenso gefährlich und heroisch war. Sehr richtig: Daß er seine Aufgabe so großartig meisterte, heißt nicht, daß er mit seiner Mannschaft nicht ebenso leicht hätte den Tod finden können. Er ging Risiken ein, wie er selbst sagte – er spielte mit dem Tod, wie man sagt. Aber keiner starb, und nichts in seinen Aufzeichnungen weist darauf hin, daß er damit rechnete, zu sterben.

Es trug ganz sicher zu dem emotionalen Ton bei, daß die Briten von ihrer Regierung nicht unterstützt wurden, daß ihnen ein ungeeignetes und gefährliches Schiff zur Verfügung stand, und daß sie deshalb soviel erdulden mußten: Wir gegen die ganze Welt… wir, die kleine Schar von Brüdern, die ihre Pflicht, trotz all der Widrigkeiten ihre Pflicht tut!

Doch es besteht die Gefahr der Fehlinterpretation, wenn man über diese Zeit schreibt, die so anders als die unsere war. Nehmen wir das Wort *Pflicht* als Beispiel. Ihr Pflichtbewußtsein führte dazu, daß sie sich für ihre Aufgabe und Verantwortung aufopferten. Für uns ist es (1980) ein absurdes Wort, und kaum jemand von uns würde auch nur im Traum daran denken, für eine Sache mehr Energie aufzuwenden, als unbedingt erforderlich. Im Gegenteil: Leute, die lügen, betrügen und damit durchkommen, werden eher bewundert. Damals lehrte man die Kinder, verantwortungsbewußt, ehrenhaft und zuverlässig zu sein, und die Teilnehmer der Expeditionen beurteilten sich und die anderen nach diesen Maßstäben. Doch besonders die Expedition 1910–1913 zeichnete sich durch hochfliegende, exaltierte Emotionen aus; zwar hatte sie auch etwas mit der Pflicht gegenüber England, Gott und der Wissenschaft und gegenüber dem besseren Ich zu tun, aber das Ganze ging zweifellos über das Erforderliche hinaus.

Ich glaube, man muß alles, was sie taten, in diesem anderen Licht sehen: Sie – oder die Männer in den maßgeblichen Positionen – ganz besonders Wilson – (und manche ganz bewußt) unternahmen den Versuch, sich selbst zu transzendieren. Dies war von Anfang an die eigentlich treibende Kraft der Expedition; und sie war stärker als alle Rückschläge, Schwierigkeiten, die Gleichgültigkeit der Regierung, die Unglücksfälle und Fehler, die den emotionalen Impetus schufen. Bei dem Wesen der Beteiligten hätte auch ein erfolgreicher Verlauf der Expedition vermutlich nicht viel daran geändert. Das Bedürfnis, aus unseren üblichen Möglichkeiten auszubrechen – aus dem Käfig, in dem wir leben und der aus Gewohnheiten, Herkunft und Umständen gemacht ist, der sich als so klein, eng und tyrannisch erweist, sobald wir versuchen auszubrechen –, dieses Bedürfnis ist vielleicht die stärkste Kraft, die wir besitzen. Jedenfalls kann man es jederzeit und überall beobachten. (Vermutlich ist sie auch für den Enthusiasmus verantwortlich, mit der die Menschen sich in Kriege stürzen – aber mit diesem Thema beschäftige ich mich hier nicht.) Wir alle denken wehmütig an die Zeit zurück, in der wir tagelang ohne Schlaf auskamen, in denen wir weit über unsere Kräfte hinaus arbeiten konnten, und wir haben keine Vorstellung mehr, wie wir dazu in der Lage waren, Leistungen vollbrachten, die unserem prosaischen Ich wunderbar und phantastisch erscheinen.

Da war die Angelegenheit mit den Eiern des Kaiserpinguins. Edward Wilson, Arzt, Biologe, Künstler, Forscher und Schriftsteller, wollte einige dieser Eier beschaffen; denn ein Ziel der Expedition war, Exemplare von Vögeln, Tieren und Fischarten zu sammeln, weil man glaubte, die Untersuchung von Vogelembryos würde ein Licht auf die Evolution werfen.

Diese Pinguine brüten ihre Eier mitten im antarktischen Winter, in der kalten schwarzen Dunkelheit an unzugänglichen Plätzen aus. Seit Monaten hatten sich die Männer bereits völlig verausgabt. Sie waren überanstrengt, überfordert und eindeutig überreizt. Sich auf die Suche nach den Eiern zu machen, war reine Torheit. Deshalb versuchte Scott, Wilson davon abzubringen. Unterwegs kamen auch Wilson Bedenken, weil er erkannte, in welche Lage er die anderen gebracht hatte: Aber natürlich verstieß es gegen den Geist der ganzen Sache umzukehren. Die beiden anderen Männer waren »Birdie« Bowers – in seinen moralischen und physischen Qualitäten überragte er die anderen, denen es daran keineswegs mangelte – und Apsley Cherry-Garrad, ein junger Mann von vierundzwanzig Jahren, der später das beste Buch über die Expedition schrieb. Hier ein Zitat:

> Wir waren im Dienst der Wissenschaft unterwegs. Den drei kleinen Embryos von Cape Crozier, den schweren Fossilien von Buckley Island, der Menge des weniger spektakulären Materials, das trotzdem Stunde um Stunde, in Wind und Schneetreiben, Dunkelheit und Kälte gesammelt wurde, galten unsere Mühe, damit die Welt ein wenig mehr Wissen besitzt, damit sie auf das bauen kann, was sie weiß, anstatt auf das, was sie denkt.

Das Buch trägt den Titel *The Worst Journey in the World*, und das Kapitel »The Winter Journey« berichtet von der Suche nach den Eiern. Das letzte Kapitel trägt die Überschrift »Never Again« und vermittelt das Gefühl von Bestürzung und Trostlosigkeit, obwohl es eindeutig in einem Hochgefühl geschrieben wurde. Cherry-Garrad analysiert darin seine Schlußfolgerungen über die Expedition als Ganzes. Aber selbst zehn Jahre später, als er mit bitteren Einsichten seine Erkenntnisse niederschrieb, bricht in einer sachlichen vernünftigen Passage über künftige Polarexpeditionen der rhetorische glorifizierende Geist der Expedition durch:

> Ich hoffe, wenn Scott schließlich nach Hause kommt – denn er kommt nach Hause: die Eisbarriere ist in Bewegung, und Shackletons Männer fanden 1916 keine Spur unseres Hügelgrabs –, werden die Härten, die sein Leben so sinnlos forderten, nur noch ein Schrecken der Vergangenheit, und seine *via dolorosa* wird eine Straße sein, die so bequem wie Piccadilly Circus ist.

Das bedeutet, offensichtlich werden Schnee und Eis der Antarktis auf eine mystische Weise Scotts Leichnam im Triumph nach *Hause*, nach England bringen. Und wenn man das als reinen Unsinn abtut, dann irrt man sich, denn man stellt dabei die *Atmosphäre* der Zeit nicht in Rechnung.

Doch zurück zur »Winterreise«... Es war sehr kalt, und es war sehr dunkel. Es ist nicht möglich zu begreifen, wie es war. Man kann zwar sagen, soundsoviel Grad unter Null, begreift aber trotzdem nicht, selbst wenn man solche Temperaturen schon selbst erlebt hat – denn ganz bestimmt war man gutgenährt, warm gekleidet und nur einen kurzen Augenblick in der Kälte. Es konnte »morgens« vier Stunden dauern, bis sie sich erstarrt aus den gefrorenen oder nassen Schlafsäcken herausgearbeitet hatten und sie die Glieder wieder bewegen konnten. Es kam soweit, daß es ihnen gleichgültig war, ob sie in Gletscherspalten stürzten. Als sie das Basislager wieder erreichten, mußte man ihnen die Kleider stückweise vom Leib hacken. Einmal, in einer tödlich kalten, aber ruhigen Nacht, denn ausnahmsweise tobte kein Schneesturm, heulte kein Wind, sitzen die drei Männer steif vorgebeugt im Zelt, ihre Knochen klappern – »Wenn die Knochen klappern, kann man sagen, daß es wirklich kalt ist...« Mit einer *Kerze* kämpfen sie sich mühsam meilenweit durch den Schnee, um einen Schlitten zu holen – die Schlitten waren in Zwischenlagern deponiert.

Diese unmögliche Reise dauerte sechs Wochen; sie kamen dabei beinahe ums Leben. Es war reines Glück, daß sie überlebten. Als sie das Ziel erreichten, mußten sie gefährliche Eisklippen hinunterklettern – natürlich in pechschwarzer Nacht und mit eiskalten Fingern –, um die Pinguine zu erreichen. Eiswände versperrten ihnen den Weg; sie mußten durch enge Spalten kriechen, und beinahe hätte es kein Zurück mehr gegeben. Dann setzte ein so heftiger Schneesturm ein, wie sie es nie für möglich gehalten hätten. Ihr Zelt flog davon, und... alles, was schiefgehen konnte, ging schief. Trotzdem machte Wilson die ganze Zeit über Einträge in sein Tagebuch; dazu zog er jeweils für ein paar Sekunden seine Handschuhe aus, und Bowers führte seine meteorologischen Messungen durch. Diese drei Männer liebten sich aufrichtig; sie waren bereit, füreinander zu sterben, was sie praktisch auch taten, denn wenn ihnen der Rückweg versperrt gewesen wäre, hätte ihre gegenseitige Abhängigkeit, ihr Vertrauen genau dazu geführt. Als ich diesen Teil des Buches las, protestierte ich laut: »Nein wirklich, aufhören! Das ist Wahnsinn, das ist verrückt! Weshalb tut ihr das?« Weshalb? Nun ja, um für das Naturhistorische Museum Embryos zu beschaffen, und natürlich zum Ruhm Englands. Aber was taten sie wirklich? Das ist eine ganz andere Geschichte! Man kann diesen wunderbaren, schrecklichen Seiten die Essenz des Geistes entnehmen, der hinter der ganzen Expedition stand.

Als sie mit den Pinguineiern nach England kamen und sie dem Naturhistorischen Museum übergaben, hielt ein dummer Beamter es natürlich nicht für nötig, sich mit ihnen oder den Eiern abzugeben; er wußte nicht, wer diese Männer waren. Doch dieses Drama wurde von einem Künstler geschrieben, der wußte, wie es hätte sein sollen: Hätte man diese heroischen Verrückten tatsächlich mit allen Ehren empfangen und die Eier mit der bebenden Ehrfurcht entgegengenommen, die sie verdienten… nein, das wäre ein zu großer Antiklimax gewesen. Und der erste Wissenschaftler, der die Eier untersuchte, übersah einen wesentlichen Punkt. Man könnte sagen, das ganze Unternehmen sei sinnlos gewesen… wenn man es von diesem Standpunkt aus betrachtet. Aber das war nicht Cherry-Garrads Standpunkt: hier der letzte Abschnitt seiner Zusammenfassung.

> Und ich sage euch, wenn ihr das Verlangen nach Wissen und die Kraft besitzt, ihm Ausdruck zu verleihen, dann geht hinaus und forscht. Bist du ein mutiger Mann, wirst du nichts tun. Bist du ein ängstlicher Mann, wirst du vielleicht viel tun: Denn nur Feiglinge haben das Bedürfnis,

ihren Mut unter Beweis zu stellen. Einige werden dir sagen, du bist verrückt; und beinahe alle werden fragen: »Wozu? Welchen Nutzen hat es?« Denn wir sind eine Nation von Ladenbesitzern; und ein Ladenbesitzer interessiert sich nicht für Untersuchungen, die sich nicht innerhalb eines Jahres finanziell auszahlen. So wirst du beinahe allein mit deinem Schlitten aufbrechen. Doch die, die dich begleiten, sind keine Ladenbesitzer, und das ist einiges wert. Wenn du deine Winterreisen machst, wirst du deine Belohnung finden, aber nur, wenn du nicht mehr als ein Pinguinei suchst.

Man beachte auch hier die feine Verachtung des Gentleman für das Kommerzielle – ein Geist, der bei uns durchaus noch lebendig ist.

Die Winterreise war nur eine der unmöglichen Heldentaten, die der Geist der Expedition hervorbrachte.

Hier eine andere: Sechs Männer, Offiziere und Mannschaft, befanden sich auf einem wissenschaftlichen Erkundungstrip, um Exemplare der Tierwelt zu sammeln und das Gebiet zu erforschen. Sie sollten auf das Schiff warten, das sie abholen würde, sobald das Eis es möglich machte. Doch es lag auf der Hand, daß das Schiff unter den herrschenden Bedingungen nicht durchkommen und sie an Bord nehmen würde. Ich wiederhole: Diese Möglichkeit war den Männern durchaus bewußt. Trotzdem dachten sie nicht daran, sich entsprechend auszurüsten. Kein Schiff kam. Und sie mußten ohne angemessene Kleidung, Nahrung oder Ausrüstung bis zum nächsten antarktischen Frühling überleben. Sie gruben eine Höhle tief in den Schnee, den eine spätere Expedition als Hundehütte bezeichnete. Sie erlegten ein paar Robben und Pinguine. Sie krochen in die Höhle, unterhielten in einem kleinen Öfchen ein Feuer mit Robbentran, dessen Rauch die Höhle erfüllte und Männer und Wände schwärzte. Die Offiziere saßen auf einer Seite, die Männer auf der anderen. Es verband sie die liebevolle Sorge füreinander. Sie lagen in schmutzigen, viel zu dünnen Schlafsäcken, sangen patriotische und religiöse Lieder und sprachen über England und über das Essen. Natürlich gab es nur Robbenspeck und Pinguinfleisch, und auch davon nicht viel. Wasser zum Kochen zu bringen, dauerte eine Stunde. Sie litten alle an Diarrhöe. Trotzdem verloren sie nicht den Mut und überlebten die sechs Monate der antarktischen Nacht durch ihre intelligente und entschlossen befolgte Disziplin. Als ihre Prüfung vorüber war – und ihrem Leben in der Eishöhle gingen vier Monate zermürbender Kälte und Unterernährung voraus –, machten sie sich auf den Rückweg zum Hauptlager, wo sie die Nachricht von den Todesfällen in Scotts Mannschaft erwartete. Die rußgeschwärzten, halbverhungerten Männer meldeten sich sofort freiwillig zum Dienst und gingen zurück an die Arbeit.

So war alles. Da gab es zum Beispiel Scotts in letzter Minute und ganz spontan getroffene Entscheidung, »Birdie« Bowers zu erlauben, die vier ausgewählten Männer zum Pol zu begleiten, obwohl er im Gegensatz zu ihnen keine Skier hatte. Ein Anführer sollte nicht derartig impulsive Entscheidungen treffen; und man hat Scott deshalb kritisiert. Man kann Scott auch nicht verstehen, wenn man sich nicht die glühend leidenschaftliche Stimmung dieses Abenteuers vorstellt – oder es zumindest versucht. »Birdie« Bowers wurde das begehrte Privileg gewährt, einer der Männer zu sein, die tatsächlich den Pol entdecken sollten (als sie ihn erreichten, mußten sie feststellen, daß Amundsen ihnen zuvorgekommen war). Und ich bin sicher, als sie sterbend in ihrem Zelt lagen, wäre ihnen nie der Gedanke gekommen, es sei vielleicht falsch gewesen, den fünften Mann mitzunehmen, dem die richtige Ausrüstung fehlte, oder daß man es vielleicht später für ein unnötiges Risiko halten könnte, das Leben dieses außergewöhnlichen Mannes aufs Spiel gesetzt zu haben.

Nein, sie lagen sterbend in ihrem Zelt, nachdem der tapfere Captain Oates in den Schneesturm getaumelt war – obwohl der Eindruck entsteht, er habe diesen Entschluß möglicherweise bereits vorher gefaßt (aber was würde sich dadurch ändern?) –, und sie tröstete das Wissen, daß sie ihre Pflicht, so gut sie konnten, erfüllt und sie es zurück ins Lager geschafft hätten, wenn das Glück auf ihrer Seite gewesen wäre. Später kam man zu dem Schluß, daß sie Schlichtweg verhungerten, da sie nicht wußten, wieviel Kalorien ein körperlich schwer arbeitender Mann braucht.

Das war keineswegs ihre Schuld. Und doch litt Amundsen nicht unter Hunger. Seine Mannschaft ernährte sich auf dem Weg zum Pol und zurück von Hunden. Die Engländer verachteten sie dafür, obwohl sie selbst ihre Pferde töteten und aßen, wenn die Not es gebot.

Es waren alles sehr intelligente Männer, und manche besaßen von früheren Expeditionen – nicht alle in polaren Regionen – einige Erfahrungen. Und doch handelten sie so töricht. Offensichtlich kann man das Wort *töricht* nicht gebrauchen, nicht im Zusammenhang mit dieser *heiligen* Sache.

Als die Nachricht vom Tod der fünf Helden in Großbritannien eintraf, trauerte die ganze Nation.

»Kümmert euch um Gottes willen um unsere Leute«, hatte Scott sterbend im Schlafsack geschrieben (so gut er noch konnte), wie man aus den Aufzeichnungen ersehen kann. Und die Regierung, auf diese Weise öffentlich in die Pflicht genommen, tat es.

Ein paar Monate später brach der Erste Weltkrieg aus. Die meisten von uns blicken heute darauf zurück und wundern sich über diese Dummheit und sinnlose Verschwendung. Es erscheint einfach unvorstellbar, daß er überhaupt begann, und dann, daß man ihn nicht sofort beendete. Unmöglich, daß dieses Abschlachten von Menschen überhaupt geschehen konnte. Unmöglich, unmöglich – sie müssen alle verrückt gewesen sein!

»Gott sei gedankt, der uns in seiner Stunde auserwählt«, jubelte der junge Idealist Rupert Brooke, während Millionen junger Männer mit verbrecherischer Fahrlässigkeit in den sicheren Tod getrieben wurden.

Brookes Ton und der einiger anderer Dichter, bevor sie sich der Wahrheit über diesen Krieg nicht mehr entziehen konnten, entsprach genau dem Ton der Scottschen Antarktisexpedition 1910–1913. Ich frage mich, ob die nationale Erregung über den Tod Scotts und der anderen zu der allgemeinen Stimmung beitrug, die diesen Krieg ermöglichte.

Aber sie kann nicht mehr gewesen sein als ein kleiner Tropfen, der half, die Stimmung anzufachen, denn ganz Europa war betrunken von Rivalitätsgefühlen. Die Atmosphäre war so mächtig, daß Sozialisten, die sich kurz vor Ausbruch des Krieges trafen, schworen, sich nicht von der Propaganda mitreißen zu lassen; sie wollten nicht erlauben, daß die Arbeiterschaft Europas sich aus nationalistischen Gefühlen heraus haßte. Sie wollten auch nicht dulden, daß sie von miteinander wetteifernden Reichen als Kanonenfutter benutzt wurden. Diese Leute sahen ihre Situation in aller Klarheit, ehe die Trommeln anfingen zu schlagen. Aber sie konnten sich dem allem nicht entziehen; sie wurden schwach und schließlich wie alle anderen mitgerissen.

Inzwischen wird man gesehen haben, daß die Antarktisexpedition 1910–1913 für mich ein Zusammentreffen von Extremen, von heftigen inneren Konflikten und dem Drama ist, das aus solchen Spannungen entsteht. Manchmal repräsentiert eine einzelne Person das Wesen eines historischen Prozesses, eines Ereignisses oder einer Krise, und ich glaube, in diesem Fall ist die Person nicht Scott, sondern Wilson. Er scheint bei beiden Expeditionen der moralische Mittelpunkt gewesen zu sein. Die Männer suchten bei ihm Rat, Trost und Hilfe; sie verehrten und bewunderten ihn, achteten und liebten ihn. Sie sprachen von ihm, wie man von Führern und Vorbildern spricht. Er rivalisierte jedoch in keiner Hinsicht mit Scott. Im Gegenteil, die beiden Männer waren die besten Freunde.

Ich muß betonen, daß Wilson ein durch und durch bewundernswerter Mann war, dessen Leben etwas von einem Wunder an sich hatte – und ich behaupte es auch weiterhin, obwohl uns in der heute herrschenden Atmosphäre Männer wie er ein gewisses Unbehagen bereiten. Es ist erstaunlich genug, daß ich so etwas sagen muß. Für meine Eltern zum Beispiel wäre die Vorstellung, daß man einen Mann wie Wilson vielleicht verteidigen müßte, unmöglich gewesen. Aber wir blicken auf Wilson nach zwei Weltkriegen, vielen »kleinen« Kriegen, größeren und kleineren Revolutionen und während die Vorbereitungen zum dritten Weltkrieg in vollem Gang sind. Wir haben Gründe, edlen Menschen zu mißtrauen: Edle Gedanken können Mord und Mörder hervorbringen. Diese Wahrheit haben wir auf schmerzliche Weise gelernt.

Edward Wilson war ein edler Mann.

In erster Linie war er Christ: ich meine ein wahrer Christ. Seine Religion bildete von Kindheit an die Grundlage seines Lebens. Er kam aus einer Quäkerfamilie, und seine Eltern wußten genau, wie ihr Sohn erzogen werden sollte: Sie wußten in dieser unschuldigen Zeit, was gut und was böse war.

Er war in erster Linie Naturforscher: Seine Liebe und das Verständnis für Vögel und Tiere zeigten sich schon als kleines Kind. Seine Talente als Maler entfaltete er im Dienst biologischer Studien. Er wurde ein sehr guter Maler, obwohl er keinerlei Ausbildung erhielt; die Zeichnungen und Aquarelle, die er auf den Expeditionen anfertigte, sind nicht das Werk eines Amateurs. Er war ein hervorragender Medizinstudent und später ein hervorragender Arzt; doch seine schwache Gesundheit setzte dieser Laufbahn ein Ende. Er bekam Tuberkulose, vermutlich, weil er sich zuviel abverlangte. Er aß sehr wenig, legte keinerlei Wert auf Kleidung und arbeitete offensichtlich viel zuviel.

Ich kann Leute nicht ertragen, die selbstverständlich voraussetzen, daß das wichtigste Ziel im Leben die Erhaltung von Gesundheit und Kraft, von Sehvermögen und allem möglichen für die Zeit ist, wenn sie einmal sechzig sind. Wie um alles in der Welt kann man wissen, ob man überhaupt dreißig wird? Ich halte es für besser, etwas zu tragen, wenn es gut und neu ist, die abgeschabten Ecken zu flicken, anstatt es in den Kleiderschrank zu hängen, bis die Motten sich darüber hermachen und man feststellen muß, daß es nicht mehr in Ordnung ist, wenn man schließlich daran denkt, es zu tragen.

Er stand jeden Morgen rechtzeitig auf, um zwei Stunden lang an seiner Version einer Exegese der Evangelien zu arbeiten: Er gehörte nicht zu den Leuten, die sich mit den Gedanken anderer Leute zufriedengeben. Danach ging er zu Fuß von seiner bescheidenen Wohnung durch den Park zum St. George's Hospital, absolvierte dort seine Arbeit, marschierte zurück, half in einem Jugendclub – die Jungen waren so arm, wie Leute damals sein konnten: ausgehungert arm. Er arbeitete die halbe Nacht. Er war der rücksichtsvollste Sohn, der beste Freund, er war … Aber wo fängt man bei einem solchen Mann an? Bereits in früher Kindheit fiel er jedem als außergewöhnlich auf, und biographische Zeugnisse lesen sich eher wie gesammelte Huldigungen.

Ich kannte Wilson sehr gut, in Cambridge und am St. George's Hospital, und er überragt alle Männer, die ich kenne, durch seinen edlen Charakter und seine hohen Ziele. Als Student lebte er in asketischer Reinheit; doch er gewann sehr schnell Freunde und sah auch im draufgängerischsten Studenten das Gute. Denn seine Reinheit besaß etwas von der Flamme, die keine Ansteckung fürchten muß. Selbst bei den weniger ernsthaften Studenten war er sehr beliebt, denn er besaß den Paß, der ihm den

Zugang zum Herzen des Colleges sicherte – einen köstlichen Humor. Jeder, der ihn kannte, fühlte sich durch ihn bereichert, und nur sehr wenige Menschen werden von ihren Freunden so sehr geliebt wie er …

George Seaver, ein Biograph, charakterisiert ihn folgendermaßen:

> Es genügt zu sagen, daß er die unumstößliche Überzeugung vertrat, daß es im Leben eines Menschen keine Situation gibt, wie unerquicklich sie auch zu sein scheint, die man nicht in vollkommene Freude verwandeln kann, wenn man Gott im Herzen trägt. Um diese letzte Vollkommenheit zu erreichen, muß man alle Erfahrungen durchleben und lernen, alle Menschen zu lieben. Diese besondere Liebe sollte zu einer universalen Liebe führen; den Wert des Lebens darf man nicht nur an Leistungen und Erfolgen messen, sondern allein am Motiv des Herzens und der Willensanstrengung; der Wert der Erfahrung hängt nicht so sehr von Vielfalt und Dauer als von Intensität ab; und durch eine einzige konzentrierte Anstrengung, die von Herzen kommt, kann ein kurzes Leben eine Ebene erreichen, die Jahrhunderte normaler Entwicklung überragt, so daß ein Mensch, der auf diese Weise lebt und in einer kurzen Zeit vollkommen geworden ist, die Erfüllung vieler Jahre ist.

»Das sind große Worte«, fährt er fort; und das sind sie in der Tat. Doch viele Menschen empfanden, daß solche Worte auf Edward Wilson angewendet werden durften.

War dieser Mann nicht ein Heiliger? Sicherlich besaß er alle Eigenschaften der Heiligen in oder außerhalb von Klöstern? Was besitzen Heilige, welche Stärken, welche Gottesliebe, Selbstdisziplin, Menschenliebe, die Wilson nicht besaß?

Es kostete ihn Anstrengung, ein »guter« Mensch zu sein, denn er mußte um seine Selbstdisziplin ringen, obwohl es ihm geholfen haben muß, in einer Familie aufgewachsen zu sein, in der man danach strebte, ehrenhaft, freundlich und selbstbeherrscht zu sein. Doch es fiel ihm sehr schwer. Als Kind neigte er zu Zornesausbrüchen – vielleicht, weil von ihm zuviel verlangt wurde? Er galt als intolerant und überkritisch: Schulfreunde fürchteten seine »verachtungsvollen Blicke« und seine »Bissigkeit«. Und doch blieb Dr. Wilson während der Expeditionen, unter Bedingungen, von denen wir alle wissen, daß irrationaler Haß und Reizbarkeit normale, freundliche Menschen überfallen können, in Situationen, in denen andere angespannt, mürrisch, schwierig und unvernünftig werden, »fröhlich, hilfsbereit, ausgeglichen und immer beherrscht«. Er hatte gelernt, weder zu verurteilen noch zu kritisieren. Trotzdem, neben all den Forderungen, die die Expedition an ihn stellte, beschäftigte er sich insgeheim mit eigenen Zielen – geheim, denn er sprach mit den anderen nicht über sein spirituelles Leben. Sie kannten die Quelle der Kraft nicht, die alle in ihm spürten; sie sollten sie erst später in seinen Briefen und Tagebüchern entdecken.

> Hier haben wir keine Wohnstatt – das spüre ich immer deutlicher, je älter ich werde –, und oft scheinen nur noch so wenige Tage des Dienens, des Tuns und Handelns vor mir zu liegen und auch so wenige hinter mir. Es ist erstaunlich und höchst verwirrend, wenn man versucht, über das Ziel unseres kurzen Erdenlebens – ein Leben, das wie ein Besuch ist – nachzudenken. Und wie hoffnungslos bescheiden muß sich unsere Wirkung auf den kleinen Teil der Welt ausnehmen, mit der wir in Berührung kommen. Mich überkommt ein Gefühl, daß es absolut notwendig ist, immer etwas zu tun, jede Stunde, Tag und Nacht, ehe das Ende vielleicht kommt oder ich einen guten Teil dessen getan habe, was von mir erwartet

wird; jede Minute ist kostbar, obwohl wir so oft Stunden um Stunden vergeuden; nicht weil wir ausruhen wollen, oder weil es mitunter eine Pflicht ist, sondern aus dem schlichten Fehlen einer sinnvollen Aufgabe. Je mehr man tut, desto mehr bekommt man zu tun…

Dieser Mann war aus dem Stoff, aus dem Fanatiker und Eiferer, Scheinheilige in Religion und Politik gemacht sind. Und das war er nicht, ganz bestimmt nicht, und doch… war er vielleicht ganz einfach ein ganz kleines bißchen verrückt?

Da gibt es die Winterreise, auf die er gegen Scotts Rat bestand, die er durchführte und die alle seine Qualitäten so glänzend zutage brachte, und von der Cherry-Garrad sich nie mehr erholte.

Aber oft erlaubte er sich nicht, in Extreme zu verfallen, auch wenn man es eigentlich erwartet hätte: seine Einstellung zu *England* zum Beispiel. Aber er weinte über das, was England im Burenkrieg tat, und seine Haltung zu seinem geliebten Land wurde von einer kleinen und verachteten Minorität geteilt, die wenigen, die kurze Zeit später den Weltkrieg haßten. Ich frage mich, wie Wilson diesen Krieg mit seinen Absurditäten und Grausamkeiten beurteilt hätte. Nein, es ist nicht leicht zu sagen, und das macht die Faszination dieses Mannes aus.

Jeder ist viel zu ängstlich oder egoistisch, um auch nur in kleinen Dingen »quichottisch« zu sein. Jeder lebt nach einer Faustregel – nach den Gesetzen der Gesellschaft oder den Gesetzen des Landes oder den Gesetzen der Kirche oder etwas Ähnlichem… obwohl niemand etwas anderem verpflichtet ist als dem Gesetz seines eigenen Gewissens.

Heute nachmittag besuchte ich einen Bücherbasar, den die Hilfsorganisation »Oxfam« zugunsten der Hungernden in der Dritten Welt veranstaltet hatte. Dort entdeckte ich Admiral Edward Evans Buch über die Expedition 1910–1913: *South with Scott*. Es ist forsch und sachlich geschrieben. Er erwähnt nicht, daß die *Terra Nova*, das Schiff, das seinem Kommando unterstand, eine Katastrophe war und Mensch und Tier darunter zu leiden hatten. Keineswegs: Er genoß die Schwierigkeiten. Die Winterreise ist für ihn ein Punkt unter anderen, obwohl er einräumt, daß die Strapazen möglicherweise das erträgliche Maß überschritten. Er erwähnt, daß Campbell und seine Männer in dieser Eisgrube überwintern mußten.

Hier spricht ein Mann, der gelernt hat, seine Vorgesetzten nicht zu kritisieren:

> Mit Sicherheit hätte kein Mensch Scotts Platz als Führer unserer Expedition besser ausfüllen können – niemand konnte sich mit ihm messen. Er war das Herz, der Kopf und der Meister.

Nun ja, das war der Geist der Zeit!

Von soziologischen Spekulationen zurück zu meinem kleinen Buch. Ich kann nicht behaupten, ich hätte es genossen, das Buch zu schreiben, denn Schnee, Eis und Kälte schienen in mich einzudringen und meine Gedanken und Reaktionen zu verlangsamen.

Vielleicht geschah auch etwas anderes. Ich beendete die Arbeit einen Tag nach dem Tod eines Menschen, den ich lange gekannt hatte; obwohl ich bis dahin nie einen Zusammenhang mit meinem Buch gesehen hatte. Es dauerte lange, bis sie starb; und auch sie hungerte, denn sie weigerte sich zu essen und zu trinken, um das Ganze zu beschleunigen. Sie war zweiundneunzig, und es schien ihr vernünftig, so zu handeln.

Mir scheint, wir wissen auch nicht annähernd genug über uns selbst. Wir fragen uns nicht oft genug, ob unser Leben, gewisse Ereignisse und Lebensabschnitte vielleicht Analogien, Metaphern, Echos von Entwicklungen und Ereignissen sind, die in anderen Menschen stattfinden – oder Tieren – vielleicht sogar Wäldern, Meeren oder Felsen – in unserer Welt oder sogar in anderen Welten oder Dimensionen.

Die Zitate auf den Seiten 184 und 186f. stammen aus Apsley Cherry-Garrads *The Worst Journey in the World* (London: Chatto & Windus, 1913). Die auf den Seiten 192ff. sind George Seavers *Edward Wilson of the Antarctic: Naturalist and Friend* (London: John Murray, 1933) entnommen.

Canopus im Argos: Archive V

Die sentimentalen Agenten im Reich Volyen

Klorathy, auf dem unabhängigen Planeten Volyen, an Johor auf Canopus.

Ich bat um Beurlaubung vom Dienst auf Shikasta: Ich finde mich auf einem Planeten mit den charakteristischen Merkmalen von Shikasta wieder. Nun gut! Ich werde diese Dienstzeit überstehen. Aber ich teile hiermit in aller Form mit, ich beantrage nach Abschluß meiner Arbeit hier, auf einen Planeten versetzt zu werden, der so rückständig und aufreibend sein mag, wie ihr wollt, dessen Bewohner jedoch nicht chronisch unter selbstzerstörerischem Wahnsinn zu leiden scheinen.

Nun zu meinem ersten Bericht. Ich bin seit fünf V-Jahren hier und kann neuere Meldungen bestätigen: Unser Agent Incent ist einem Anfall von Rhetorik erlegen – das ist schließlich nichts Ungewöhnliches und, wie ich dich erinnern darf, auch nicht immer so schlimm, wenn man es als eine Schutzimpfung gegen Gefährlicheres betrachtet –, aber bedauerlicherweise hat er sich nicht erholt und leidet immer noch an hartnäckiger, ungezügelter Rhetorik.

Er geriet vor zehn V-Jahren in die Schlingen von Shammat und meldete seine Reaktionen in einem Brief, den ich beilege. Bitte sorge dafür, daß er in die Archive kommt.

Klorathy, ich erlaube mir, dir direkt zu schreiben und nicht an die Kolonialbehörde, denn bei meinem Heimaturlaub auf Canopus im letzten Jahr sagtest du, ich sei dir unterstellt worden. Aber ich glaube, ich habe etwas so Wichtiges auf dem Herzen, das über meine kleinen persönlichen Probleme hinausgeht, andererseits gibt es keine administrativen Schwierigkeiten zu berichten.

Um zur Sache zu kommen: Während meines Aufenthalts auf Volyendesta, dem zweiten Planeten dieses Planeten, im Zusammenhang mit den Unruhen, die zu dem Abzug von Volyens Streitkräften führten, lernte ich jemanden kennen. Ich muß dir nicht sagen, daß man mir während der gesamten Ausbildung zum Kolonialbeamten und bei den Unterweisungen für meinen Einsatz die Gefährlichkeit von Shammat eingehämmert hat – mir und allen anderen! Aber stell dir meine Überraschung vor, als ich am Ende des inspirierendsten Abends meines Lebens feststellte, daß mein Gesprächspartner von Shammat kam! Ich hielt es für einen Scherz, als er sagte, er sei Krolgul von Shammat. Klorathy, ich lag die ganze Nacht gequält und gepeinigt wach. Ich kann mich nicht erinnern, je eine so schreckliche Nacht verbracht zu haben. Dann traf ich ihn zufällig wieder im Gericht, als die Rebellen verurteilt wurden. Ich erlebte einen Mann voll von Mitgefühl, Herzenswärme und empfänglich für das Leiden anderer. Das war das schreckliche Shammat, dieses wundervolle Wesen, das weinte, als man die Rebellen zur Hinrichtung führte! Ich verbrachte die nächsten Wochen in seiner Gesellschaft. Er vermittelte mir zuerst ein Bild von Volyen und dann vom »Reich« Volyen. Ich setze es in Anführungszeichen, wie bei uns Canopäern üblich – aber spricht das nicht von unserer Arroganz? Das »Reich« Volyen besteht aus den beiden Monden Volyenadna und Volyendesta und zwei benachbarten Planeten; Maken und Slovin in Volyens Terminologie (die sirianischen Planeten ME 70 und ME 71). Es hält einem Vergleich mit uns oder dem siriani-

schen Reich kaum stand. Aber für sie ist dieses »Reich« eine große Leistung. Ich schämte mich, denn Krolgul lächelte ironisch, aber freundlich, als ich vom »Reich« Volyen sprach und dabei, wie ich jetzt weiß, Verachtung in meiner Stimme lag.

Ich lernte nicht nur etwas über Volyen, sondern auch über Sirius und uns. Es war ein völlig anderer Standpunkt.

So anders, daß ich an einem gewissen Punkt – und ich wage kaum zu sagen, mit welchem Entsetzen und welcher Bestürzung – feststellte, daß meine Haltung sich nicht länger mit der eines treuen Dieners von Canopus vereinbaren ließ.

Ich bin bereit, meinen Abschied zu nehmen. Was soll ich tun? Wie immer dein dankbarer Schüler, Incent.

Ich antwortete darauf nicht. Doch natürlich hätte ich ihn gebeten, seine Entscheidung zu überdenken, wenn er aus dem Dienst geschieden wäre. Aber das tat er nicht. Ich erfuhr, daß er sich bei den Aufständischen auf Volyendesta engagierte. Er trug sogar eine Armverletzung davon und mußte ins Krankenhaus gehen. Da ich ohnedies in Kürze nach Volyen abreisen würde, beschloß ich zu warten, bis ich ihn gesehen hatte.

Auf Volyen brodeln Emotionen aller Art, in seinen vier Kolonien nicht weniger – und zwar in einem Ausmaß, daß es keinen Platz gibt, an den ich Incent in der Hoffnung bringen konnte, er würde dort lange genug der Stimulanz von Worten entzogen sein, um sein Gleichgewicht wiederzufinden. Nein, ich mußte ihn entweder nach Hause zurückschicken mit dem Hinweis, er sei für den Kolonialdienst untauglich, und das wollte ich nicht tun – wie du weißt, scheue ich immer davor zurück, solche Erfahrungen bei jungen Beamten nicht zu nutzen, da sie auf lange Sicht durch sie stärker werden können –, oder ich mußte ihn als einen Fall betrachten, bei dem wir Geduld aufbringen müssen.

Natürlich können wir beschließen, ihn der Totalen Immersionskur zu unterziehen. Aber das scheint mir die letzte Zuflucht zu sein. Bislang ist er immer noch im Krankenhaus.

DAS REICH VOLYEN, SEINE GESCHICHTE.
ZUSAMMENFASSUNG. (EXZERPTE.)

Volyen ist der größte Planet eines Sternes der Klasse 18 am äußersten Rand der Galaxis und liegt am Endpunkt des Spiralarms. Für Harmonische Kosmische Entwicklung befindet es sich in einer sehr ungünstigen Lage und gehörte aus diesem Grund nie zum canopäischen Reich. Dreißigtausend canopäische Jahre beschränkten wir uns auf Routinebeobachtungen. Zu Beginn dieser Periode fand unter der Bevölkerung ein Evolutionssprung statt, der sie von Typ II zu Typ 4 brachte (das heißt galaktische Einheit). Ein Typ (den man im wesentlichen als Sammler und Jäger bezeichnen konnte) entwickelte bald Landwirtschaft, Handel, begann mit Metallurgie und baute Städte. Es gab kaum Kontakt zwischen Volyen und den umliegenden Planeten. Infolge einer kosmischen Störung – das Resultat leidenschaftlicher »Selbsterforschung« des benachbarten sirianischen Reiches – vermehrte sich die Bevölkerung mit großer Geschwindigkeit; die materielle Entwicklung beschleunigte sich; die herrschende Kaste machte sich den Planeten untertan und neun Zehntel der Bevölkerung zu Sklaven. Alle Planeten in diesem Sektor waren ähnlich betroffen. Es folgte eine historische Periode, in der sie sich als kurzlebige und instabile »Reiche« einundzwanzig C-Jahre formierten, gegenseitig überrannten und kolonisierten.

Volyen befand sich mehrmals in einer herrschenden und mehrmals in der unterlegenen Position.

Das sirianische Reich unternahm nie einen Versuch, Volyen einzugliedern. In Volyens stabiler Phase war auch Sirius mehr oder weniger stabil und hatte sich gegen weitere Expansionen entschieden. Volyens Gleichgewicht wurde durch sirianische Einflüsse gestört als eine Folge der Unruhen im ganzen sirianischen Reich – die Begleiterscheinung des Konflikts zweier Parteien, bekannt als die Bewahrer und die Zweifler (dieser Konflikt spaltete sogar die auf Sirius herrschende Oligarchie, die Fünf). Einige der entfernteren Planeten rebellierten und wurden auf der Stelle bestraft. Andere baten darum, sich aus dem Verband zu lösen und sich selbst zu regieren. Es kam zu Vergeltungsmaßnahmen. Diese scharfen, um nicht zu sagen einschneidenden Maßnahmen führten dazu, daß die Zweifler ihre Proteste und die Forderungen verstärkten, Sirius müsse sein Wesen und sein Potential unter nichtausbeuterischen Gesichtspunkten untersuchen. Die Bewahrer gewannen für kurze Zeit die Oberhand, und die Zweifler wurden ebenfalls bestraft. Während dieser Umwälzungen blieb praktisch unbemerkt, daß Volyen – das sich wieder in einer aufsteigenden Phase befand – Streitkräfte aufbaute und seine beiden Monde – bzw. die Planeten des Planeten – unterwarf. Als Volyen sich selbst zum »Reich« Volyen ernannte, nahm Sirius – wie auch wir – dies lediglich zur Kenntnis. Aber schließlich begnügte sich Volyen nicht mehr mit seinen Planeten, sondern schickte Armeen zu den beiden anderen Planeten seines Sonnensystems; und das ließ Sirius aufmerksam werden. Denn diese beiden Planeten waren seit S-Jahrtausenden Gegenstand heftiger Diskussionen und Meinungsverschiedenheiten. Als das sirianische Reich – lange vor diesem Zeitpunkt – sich gegen weitere Expansionen entschied, standen diese beiden Planeten (Maken und Slovin) als nächste auf der Liste zur Eroberung und Kolonisierung. Weder Sirius noch wir gaben diesen Planeten Namen; in ihrer Terminologie tragen sie die Bezeichnungen ME 70 und ME 71 (Mögliche Expansion). Die Zweifler wehrten sich wortgewaltig, um nicht zu sagen ungestüm dagegen, diesem »Reich« die geringste Aufmerksamkeit zu schenken. Wegen seiner Rückständigkeit bot es von ihrem Standpunkt aus keinen Nutzen. Doch sie wurden überstimmt. Die Entscheidung der sirianischen Regierung – der Vier –, Volyen zu »bestrafen« und ME 70 und ME 71 für das sirianische Reich zu beanspruchen, stand am Anfang einer erneuten sirianischen Expansion. Sie hatte nichts mit der geplanten und kontrollierten Entwicklung des Reichs unter den Fünf zu tun, sondern war das Resultat innerer Erschütterungen. Das sirianische Reich erfaßte ein unsinniger Expansionsdrang, verstärkte damit seine Instabilität, und das führte schließlich unvermeidlich zu seinem Zusammenbruch.

ANMERKUNG DES ARCHIVARS: Klorathy nahm seine Arbeit im »Reich« Volyen auf, als seine beiden kolonisierten Planeten und ME 70 und ME 71 gegen Volyen rebellierten und sich von dem »Reich« lossagten. Das geschah vor der sirianischen Invasion.

Klorathy auf Volyendesta,
Mond II von Volyen, an Johor.

Vergebung! Ich war damit beschäftigt, mich auf Volyens Planeten um Shammat zu kümmern, erlitt einen kurzen Anfall von Shammatis und verordnete mir Rekonvaleszenzisolation, solange er dauerte. Nach meiner Wiederherstellung wollte ich mich vorrangig um Incent kümmern, denn für Shammat nimmt er eine Schlüsselposition ein. Ich habe dir gesagt, daß Incent wegen einer Fleischwunde im Krankenhaus lag. Ich ließ ihn in die Klinik für Rhetorische Krankheiten überführen und besuchte ihn dort.

Ich habe diese Klinik auf Volyendesta eingerichtet, weil wir damit rechnen müssen, daß der Planet Volyen brutal überrannt wird, wenn das »Reich« zusammenbricht. Volyendesta bleibt davon weitgehend unberührt – ein Beweis für die gesunde Atmosphäre auf Volyendesta. Agent 23 erreichte, daß die Klinik von den Rebellen gebaut und eingerichtet wurde. An ihrer Spitze steht eine bemerkenswerte Persönlichkeit, ein gewisser Ormarin, über den ich später noch ausführlich berichten werde. Ich lerne, mich inzwischen auf seine *relative* Unabhängigkeit von Illusion zu verlassen. Das Konzept für dieses Krankenhaus, so wie ich es ihm erklärte, läuft (für ihn) auf eine völlig neue Auffassung vom (wie er es nach der gerade gängigen volyenischen Mode ausdrückte) »Wesen des Klassenkampfes« hinaus – aber wir dürfen nicht zu viel in zu kurzer Zeit erwarten. Es führte bei ihm zu einem heftigen, aber glücklicherweise kurzen Anfall von Begeisterung. Du wirst natürlich schon bemerkt haben, daß die Bereitschaft, die Klinik zu bauen, teilweise auf einem Mißverständnis unserer Absichten beruhte. Als er begriff, worum es wirklich ging, stand die Klinik und wurde bereits benutzt. Es folgten die üblichen Gefühlsausbrüche und Proteste. Aber der Versuch, den Sinn dieser Klinik zu verstehen, die Diskussionen und Debatten – von denen manche gewalttätig verliefen – setzten einen Prozeß in Gang, der zur Entstehung einer neuen Fraktion führte, die sich politisch etablierte, Ormarin inzwischen unterstützt und seine Position stärkt.

Volyendesta ist ein feuchter Planet mit einem großen, sehr schnell kreisenden Mond, der bewirkt, daß die Bewohner einem großen Spektrum wechselhafter Stimmungen unterliegen. Der Zwang, unter diesen schwierigen Bedingungen zu leben, hat eine Rasse hervorgebracht (wie du dich erinnerst, kommen ihre Vorfahren zum Teil aus Volyen), die in der Lage ist, ständige Gefühlsumschwünge unbeschadet zu überstehen, ihnen aber *scheinbar* verfällt. Bei meinem ersten Besuch auf diesem Planeten entmutigten mich die heftigen Erregungen, mit denen die Bewohner auf alles reagierten. Aber bald erkannte ich, daß man sie eher als Stürme an der Oberfläche eines davon relativ unberührt bleibenden

Innenlebens betrachten kann. Ich entdeckte, daß es einigen Bewohnern sogar gelungen ist, den Zustand ständiger Stimulation zu nutzen, um innere Ruhe zu finden und zu bewahren. Zu ihnen gehört Ormarin.

Ich begab mich geradewegs in die Klinik für Rhetorische Krankheiten. Auf Ormarins Rat, den Agent 23, ohne zu zögern, befolgte, bezeichnet man sie als Institut für Historische Forschungen. Ich tarnte mich als ein Dozent, der das Institut besuchte, um sich eine Meinung darüber zu bilden, ob er einem Ruf Folge leisten sollte.

Der Standort der Klinik wurde nach Konsultationen mit ihren Geographen gewählt, um ein Maximum natürlicher Stimulation zu gewährleisten. Sie befindet sich auf einer kleinen, sehr hohen Halbinsel an einer stürmischen Küste, wo sich das Meer ständig in Aufruhr befindet und der Mond seine volle Wirkung entfaltet. Das Festland hinter der Landzunge bietet in überschaubaren Grenzen extreme Unterschiede: Auf der einen Seite erheben sich großartige, düstere Berge mit den unzähligen Gräbern allzu ehrgeiziger Bergsteiger. Auf der anderen erstrecken sich riesige, uralte Wälder, die mit Sicherheit die Gedanken in Richtung Alter, die Vergänglichkeit der Zeit und den unvermeidlichen Zerfall lenken. Beinahe bis vor die Pforten der Klinik reicht ein kahler, felsiger Hügelkamm, der in eine Wüste übergeht. Sie ist so heiß, kalt, kochend und feindselig, so reich an zerklüfteten Felsen, die steil in den Himmel ragen, der manchmal scharlachrot, manchmal violett und oft schwefelgelb leuchtet und sich ständig ändert, hier gibt es so hohe Dünen, Geröll und Sandberge – Sand, den die sich ständig drehenden Winde unablässig vor sich hertreiben –, daß man automatisch über die Vergeblichkeit und Nichtigkeit allen Tuns nachdenkt. Und wenn der Kranke unbedingt zwischen gebleichten Knochen, kahlen Ästen und Stämmen ehemaliger Wälder oder den Überresten von Schiffen herumirren möchte – diese Wüste war zu allem Überfluß sogar einmal

Meeresboden – oder über Felsen klettern will, in denen er die Abdrücke von Tieren findet, die längst ausgestorben sind, dann führt das im allgemeinen zu sehr befriedigenden und heilsamen Reaktionen. Unser Agent 13 hat sie das *Gesetz der Augenblicklichen Umkehr* genannt, das demonstriert, was geschieht, wenn – in den Worten des Patienten – *»man des Guten zuviel hat«*. Das wiederum führt zu einer trotzigen, inneren Stärke, der sie mit den Worten Ausdruck verleihen: *»Na und? Man muß trotzdem essen und trinken!«*

In meiner Raumfähre überflog ich bequem und vergnügt diese schaurige Landschaft und ließ mich dann weit genug von der Klinik entfernt auf einem Hügelkamm absetzen, um sagen zu können, ich sei mit hiesigen Transportmitteln angekommen. Große Teile der Klinik sind immer noch unbenutzt. Ich erklärte, die sich verschärfende Krise im Reich würde sie bald genug füllen, und Ormarin beruhigte seine Anhänger mit Entschuldigungen von Fehlplanungen und unzuverlässigen Vertragsunternehmen. *»Wer bezahlt das alles?«* Er erzählte ihnen ein Lügenmärchen von sirianischen Spionen, die geheime finanzielle Unterstützung anboten, und das kommt dem, was tatsächlich geschieht, nahe genug, um glaubhaft zu wirken. Die angebliche Geschicklichkeit, mit der er die Sirianer übers Ohr haut, wurde ihm als Verdienst angerechnet.

Das Gebäude unterscheidet sich nicht wesentlich von anderen, die wir unter ähnlichen Bedingungen auf mehreren unserer Kolonien eingerichtet haben.

Du weißt, mit welchem Widerwillen ich solche Plätze betrete: Und du kannst mir glauben, ich habe begriffen, weshalb ich mich dort so oft befinde. Ich habe mich sogar soweit überwunden, etwas zur Wissenschaft beizutragen: Ich werde mich in Kürze in der Abteilung für Rhetorische Logik betätigen, die ich ins Leben gerufen habe.

Ich muß berichten, Incent befindet sich in schlechter Verfassung. Ich traf ihn in Elementarer Logik an, denn weiter ist er noch nicht gekommen. Diese Station liegt an der Vorderseite des Gebäudes; die Balkone der Zimmer gehen auf die ständig tosenden, seufzenden oder murmelnden Wellen. Tag und Nacht heulen und toben die Winde. Um die Wirkung zu verstärken, spielen wir schwächende Hintergrundmusik, die zum größten Teil von Shikasta stammt. (Siehe *Geschichte Shikastas, Empfindsamkeit und Klage, Musik des neunzehnten Jahrhunderts.*) Die meisten Patienten – viele davon unsere Agenten, denn es wird dir nicht entgangen sein, wie viele in dieser Phase des schwärmerischen Partisanenenthusiasmus der Krankheit verfallen – hatten diesen infantilen elementaren Zustand überwunden und befanden sich auf anderen Stationen. Deshalb war der arme Incent ganz allein. Bei meiner Ankunft starrte er auf das Meer hinaus, wo ein morbider Sonnenuntergang die Wellen scharlachrot tönte; ein Hausmantel aus roter und rosa Seide spiegelte seinen inneren Zustand auf das anschaulichste wider; sein soldatisch bandagierter Arm unterstrich die Schwülstigkeit seines Aufzugs und machte sie unübersehbar. Tränen rannen ihm über das blasse tragische Gesicht. Du wirst dich erinnern, daß er sich für große, schwarze melancholische Augen entschied. Vielleicht hätten wir diesem Indiz mehr Beachtung schenken sollen (mir kommt soeben zum erstenmal der Gedanke, daß du es vielleicht getan hast). Es war ein schlechtes Zeichen… Ja, große tragische schwarze Augen richteten sich trauernd auf die endlose Weite des Wassers – diesen Satz hätte ich vielleicht in dem Buch finden können, das aufgeschlagen auf seinen Knien lag; ebenfalls von Shikasta. Es trug den Titel: *Der Held einer aussichtslosen Sache.* Er beachtete den Bildschirm nicht, auf dem seine Heilmittelbehandlung für den Tag lief, ein Programm, auf das ich ziemlich stolz bin: wiederum Shikasta! Wie unsagbar wertvoll ist dieser bedauernswerte Planet für die canopäischen Behandlungsmethoden dieser Leiden! Zwei gigantische Heere, nach dem neuesten technischen

Standard mit allem gerüstet, was man zum Töten braucht, bekämpfen sich vier Shikasta-Jahre lang mit größtem Heldenmut und in absoluter Pflichterfüllung auf brutalste und abscheulichste Weise. Sie kämpfen für Ziele, die ihre Nachkommen eine Generation später als Dummheit, Selbsttäuschung und Habgier beurteilen; aufgestachelt von *Worten*, die benutzt werden, um leidenschaftlichen, rivalisierenden Nationalismus zu entfachen, und hypnotisiert von *Worten* glaubt jede Nation, sie sei im Recht. Millionen sterben, und beide Nationen sind danach irreparabel geschwächt.

»Incent«, mahnte ich, »du nimmst deine Medizin nicht!«

»Nein«, rief er, sprang auf und umklammerte eine Säule des Balkons mit beiden Händen. Tränenüberströmt starrte er auf das tosende, donnernde Wasser, dessen Gischt bis zu den Fenstern heraufspritzte. »Nein, ich kann es nicht ertragen! Ich kann und will nicht! Ich kann die Schrecken dieses Universums nicht ertragen! Während ich Stunde um Stunde hier sitze und die Dokumente tragischer Verluste und Verschwendung ansehe...«

»Nun«, bemerkte ich, »du willst dich doch wohl nicht ins Meer stürzen?« Das war ein Fehler, Johor. Ich hatte seine Demoralisierung unterschätzt; es gelang mir gerade noch, ihn am Arm zu packen, als er sich über das Geländer schwingen wollte.

»Also wirklich!« hörte ich mich schimpfen, »wie unverantwortlich du sein kannst! Du weißt sehr gut, du müßtest doch nur sofort wieder zurückkommen und von vorne anfangen! Du weißt auch, was es kostet, dich wieder auszustaffieren und dich zum richtigen Zeitpunkt an den richtigen Platz zu bringen...« Ich gebe die kleine Tirade hier wieder, um dir zu zeigen, wie schnell *ich* von der allgemeinen Atmosphäre in Mitleidenschaft gezogen wurde. Bist du sicher, daß ich für diese Arbeit geeignet bin? Incent verfiel sofort in Selbstmitleid und Selbstanklagen. Er jammerte, er tauge zu nichts (ja, ich habe das Echo gehört – *Danke*!), er sei dem nicht gewachsen und verdiene das Vertrauen von Canopus nicht. Ja, er sei bereit, wenn ich darauf beharrte – denn er wisse sehr wohl, ich könne mich nicht irren –, zuzugeben, daß Shammat das Böse sei. Aber das sei lediglich eine intellektuelle Aussage; seine Gefühle stünden im Widerspruch zu seinen Gedanken, er könne nicht glauben, je wieder eine ungespaltene Persönlichkeit zu sein… All das untermalt von Tschaikowski und Wagner.

Ich schaltete ein bestimmtes therapeutisches Programm ein: Filmberichte über kürzliche Unruhen auf einem Planeten an der Grenze des sirianischen Reichs zum puttioranischen Reich. Polshi wird ständig von beiden Großmächten überrannt – einmal sind es die Sirianer, dann wieder die Puttioraner –, und die Bewohner müssen infolge dieser Zerreißproben, Spannungen und der Unterdrückung mühsam ihre planetarische Identität wahren, das Gefühl, Polshaner zu sein. Dadurch haben sie einen leidenschaftlichen, heroischen, kühnen Charakter entwickelt, für den sie seit langem berühmt sind. In den beiden riesigen Reichen (ich spreche nicht von unserem) sind die Polshaner für ihre Dramatik und sogar Selbstaufopferung bekannt. Ihre vernünftigeren Nachbarn kritisieren sie deshalb, besonders jene, die fest unter der Knute (Verzeihung!) von Puttiora oder Sirius stehen. Doch andere, weniger bedrängte Planeten bewundern sie; die Bewunderung steht meist im umgekehrten Verhältnis ihrer Nähe zu den Zentren der Macht und Unterdrückung. Deshalb wird »die Sache Polshis« am leidenschaftlichsten auf Planeten wie Volyen hochgehalten, die in letzter Zeit nicht von anderen Mächten überfallen worden sind.

Kriege und Massaker, unter denen die Polshi immer zu leiden hatten, gab es in letzter Zeit nicht, und so ist eine Generation herangewachsen, der die persönliche Erfahrung fehlt. Die jungen Leute sind ausschließlich auf die verbale Stimulation sirianischer Rhetorik angewiesen, und sie kennen nichts außer der Idee sirianischer Tugend. Und diesem höchst bewundernswerten tapferen Volk erklärte Sirius, daß sirianische Tugend und ihre Hüter *per definitionem* planetarische Selbstbestimmung, Gerechtigkeit, Freiheit, Demokratie (usw., usw.) befürworten und bewundern. Deshalb beabsichtigte Polshi, seine Angelegenheiten in Zukunft selbst in die Hand zu nehmen. Gleichzeitig forderte er unerschrocken alle benachbarten Kolonien auf, den Weg der Selbstbestimmung, Demokratie, Gerechtigkeit, Tugend (usw., usw.) zu beschreiten. Sirius (in diesem Fall die Bewahrer) beobachtete das, ohne Überraschung zu zeigen, denn Rebellion ist der Hauptgegenstand ihrer Untersuchungen und Erwartungen. Sirius unternahm nichts, vermied jedes Eingreifen bis zu dem Moment, an dem die Helden vor der Bildung einer Regierung standen, die die sirianische Tugend zugunsten der eigenen ablehnte. Dann marschierten die Sirianer ein. Durch das verzögerte Eingreifen gaben sie jedem Individuum mit dem Potential für Subversion/Selbstbestimmung/Heldentum/Abtrünnigkeit/antisirianische Gefühle/polshanische Tugend (usw., usw.) die Möglichkeit, sich bloßzustellen; so gelang es ihnen, die zu erwartende Opposition durch Verhaftungen zu vernichten, zu isolieren und zumindest für diese Generation wirkungslos zu machen.

»Klorathy!« bestürmte mich Incent mit Tränen in den Augen, »behauptest du, man sollte der Tyrannei niemals Widerstand entgegensetzen?«

»Hast du das je von mir gehört?«

»Oh, welcher Adel! Diese Selbstaufopferung! Dieser Wagemut! Dieses tollkühne Heldentum! Und du stehst mit trockenen Augen daneben, Klorathy! Du sagst, Reiche entstehen und Reiche versinken, und ich erinnere mich an deine nüchterne Exposition zu diesem Thema in unseren Seminaren auf Canopus. Aber sie versinken doch nur deshalb, weil unterworfene Völker rebellieren!«

»Incent. Stimmst du mir nicht darin zu, daß der Ausgang dieser heroischen Episode nicht allzuschwer voraussehbar war?«

»Ich möchte nicht darüber nachdenken! Ich kann es nicht ertragen! Wäre ich doch nur tot! Ich will es nicht wissen! Schalte dieses widerwärtige Ding aus!«

»Incent«, sagte ich, »du wirst mir glauben müssen. Du bist sehr krank. Doch du wirst wieder gesund werden, ich versichere es dir.«

Ich verabschiedete mich, ließ ihn schluchzend und händeringend zurück: Er breitete die Arme aus, als wolle er das Meer umarmen.

Ich unterhielt mich mit den Ärzten und erfuhr dabei, daß sich bisher kein Patient so lange gegen die Behandlung immun erwiesen habe. Ich sah, daß sie ratlos waren. Schließlich ist diese konzentrierte Mischung homöopathischer Mittel das beste – oder das schlimmste –, was wir anwenden können. Kurz gesagt, einen Fall wie Incent hat es noch nicht gegeben. Jeder andere Patient mit diesen akuten Symptomen erreichte sehr schnell das Stadium von: »Na und!«, und darauf folgte eine rapide Besserung.

Die Ärzte konnten keine weiteren Behandlungsvorschläge machen, und ich beruhigte sie mit dem Hinweis, ich würde über den Fall nachdenken und die Verantwortung übernehmen.

Danach stattete ich der Abteilung für Rhetorische Logik einen kurzen Besuch ab. Sie bedient sich des entgegengesetzten Prinzips: dem Entzug emotionaler Stimuli.

Die Räume befinden sich hoch oben in einem dem Land zugewandten Teil des Gebäudes. Von dort überblickt man die Ausläufer der Wüste, die Berggipfel auf der einen und die dunkle Stille des Waldes auf der anderen Seite. Die Zimmer sind völlig weiß, und abgesehen vom Klicken und Ticken der Computer, die über Fernsteuerung mit historischen Protasen gefüttert werden, herrscht völlige Stille.

Etwa Kapitalismus = Ungerechtigkeit; Kommunismus = Ungerechtigkeit; Freie Marktwirtschaft = Fortschritt; Monarchie ist die Garantie für Stabilität; der Diktatur des Proletariats muß der Zerfall des Staates folgen, usw.

Aber diese Abteilung war leer. Ihre Zeit ist noch nicht gekommen.

Ich besuchte Ormarin nicht in Begleitung von Agent 23. Er beobachtete an sich unverkennbare Symptome von Rhetorik und bat darum, in Vorsorgegewahrsam genommen zu werden. Dabei stellte sich heraus, daß die Erkrankung ernster Natur war: Er konnte nicht mehr selbst erkennen, wie krank er war, und verkündete mit Emphase, die pathetische Sprache der Verfassung des »Reiches« Volyen, die jedem Bürger Glück, Freiheit und Gerechtigkeit als angeborene, unveräußerliche Rechte verheißt, sei in seinen Augen das »Bewegendste«, was ihm je begegnet sei. Er kühlt in Gemäßigter Rhetorik ab und wird bald wieder normal sein.

Ormarin.

Am schnellsten kann ich ihn charakterisieren, wenn ich sage, er verkörpert eine Reihe von Widersprüchen: Er befindet sich in ständiger Hochspannung, und darin liegen seine Kraft und seine Schwäche.

Du wirst dich daran erinnern, Volyen ermordete nach der Eroberung von Volyendesta die Ureinwohner oder versklavte sie und nahm ihnen das Land. Du wirst dich möglicherweise nicht daran erinnern – weil eine solche Sache an sich unwahrscheinlich ist –, daß dieses grausame Vorgehen mit der rhetorischen Phrase gerechtfertigt wurde, es geschehe zum Wohl besagter Ureinwohner. Die Fähigkeit, Wahrheit mit Hilfe der Rhetorik zu verschleiern, findet bei unseren canopäischen Geschichtspsychologen natürlich in Verbindung mit dem sirianischen Reich besonderes Interesse. Aber ich bin der Ansicht, sie haben die Extreme dieses pathologischen Zustandes, die sich am »Reich« Volyen auf exemplarische Weise äußern, übersehen. Wie auch immer, ich lenke die Aufmerksamkeit auf diesen Punkt, denn er ist von grundlegender Bedeutung für das, was ich sehe, wenn ich (meist geheim) Volyen und seine vier Kolonien bereise.

Ormarin hat sein Leben lang »den Benachteiligten« repräsentiert, obwohl es sich dabei nicht um den elenden Halb-Sklaven handelt, sondern eher um die weniger Begünstigten der siegreichen Minderheit. Als intelligentes Wesen ist er sich dieser Anomalität bewußt, und um das zu kompensieren, entströmen ihm bei der geringsten Stimulation Fluten mitfühlender klagender Worte, mit denen er ihre Lage beschreibt. Die anderen Ansiedler schätzen diese Fähigkeit, verbal zu trauern, und verlangen von ihm bei zeremoniellen Anlässen rituelle Leidensgesänge zugunsten der Ausgebeuteten, die etwa mit folgenden Worten beginnen: »Und an dieser Stelle möchte ich sagen, die Lage unserer Mitmenschen, die wie wir Arbeiter sind, nimmt in meinen Gedanken stets den ersten Platz ein ...« Und so weiter.

Dies also ist der erste und schlimmste Widerspruch in Ormarin.

Der nächste läßt sich folgendermaßen beschreiben: Einerseits repräsentiert er die ärmeren Ansiedler, von denen manche wirklich sehr arm sind, doch man kann kaum behaupten, daß es ihm an irgend etwas mangelt. Er teilt den Geschmack der glücklichen Minderheit im ganzen »Reich« Volyen; doch er muß das verbergen. In einer bestimmten Phase sah er darin Heuchelei und verfiel in seltsame Extreme: Einmal beharrte er darauf, vom gleichen Niedriglohn wie die Armen zu leben, dann wieder von seinem Gehalt als Staatsbeamter; zu einem anderen Zeitpunkt hielt er Reden, in denen er erläuterte, seine Position verlange, daß er besser lebe als der Durchschnitt, jedoch nur, um zu demonstrieren, was allen erreichbar sei, usw., usw. Doch dann kam ein anderer Faktor ins Spiel – du wirst bereits erraten haben, was und wer –: Shammat, Vater der Lügen, in Gestalt von Krolgul! Krolgul zog kreuz und quer durch die fünf Planeten dieses »Reichs« – das tut er noch immer – und bemühte sich, aus Schwarz Weiß und aus Weiß Schwarz zu machen.

Er ist ein gutaussehender Bursche und besitzt die Anziehungskraft einer robusten unbewußten Vitalität. Er nahm Ormarin für sich ein, als er mit unverschleiertem Genuß Ormarins gequälten Kompromiß in klare und unmißverständliche Worte faßte.

»Du mußt dich damit abfinden«, erklärte er, »in diesen Zeiten, in denen wir leider alle leben, bleibt uns nichts anderes übrig, als mit dem Strom zu schwimmen und uns den Umständen anzupassen.«

Er schuf für Ormarin eine *Persönlichkeit*, der die Leute, die ihn an der Macht hielten, vertrauten, denn er bot ihnen ein Image, das sie sich selbst geben oder gerne geben möchten. Krolgul lehrte Ormarin, sich als zuverlässiger, rechtschaffener, leutseliger Mann zu präsentieren – der seine Schwäche für die Fleischtöpfe ehrlich eingesteht, obwohl nur die kleinen Sünden sichtbar werden durften.

Im Fall von Ormarin ist das Bild nicht einmal so ungenau: Ormarin besitzt tatsächlich viele dieser Eigenschaften. Aber Krolgul hat diese *Persönlichkeit* im ganzen »Reich« zu Dutzenden geschaffen; wohin man auch geht, begegnet man Repräsentanten der »Arbeiter« oder »des Volkes«, die leutselig, zuverlässig usw. sind, alle rauchen ausnahmslos Pfeife, trinken Bier und Whisky (natürlich in Maßen), denn diese Gewohnheiten stehen für Zuverlässigkeit und Vernunft.

Ormarin unterließ es bald, darauf hinzuweisen, daß er Pfeife und Bier verabscheut und sich nicht viel aus Whisky macht. Er erzählte auch nicht mehr, daß er eine bestimmte Zigarettensorte und sirianischen Nektar (vom Mutterplaneten) bevorzugt, die Raumpiraten von sirianischen Raumfähren erbeuten. Die Persönlichkeit, die er sich zugelegt hat, bereitet ihm Unbehagen; und er entschuldigt sich deshalb, sobald er vermutet, man könnte ihn kritisieren. Das ist also sein zweiter Charakterzug oder Widerspruch.

Drittens: Er ist volyenischer Abstammung, hat sich jedoch zeit seines Lebens – verbal – gegen die Herrschaft Volyens gewehrt. Trotzdem ist er ein gerngesehener Gast auf Volyen, wo auch seine Kinder erzogen wurden. Volyen schöpft den Reichtum seiner vier Kolonien ab, präsentiert sich jedoch als ihr Wohltäter und bedient sich dabei Parolen wie: Hilfe für die Notleidenden und Entwicklungshilfe für die Unterentwickelten! Ormarin ist ständig mit Plänen für die »Entwicklung« von Volyendesta beschäftigt, die von Volyen stammen. Doch er formuliert ständig Proteste, hält großartige Reden, bei denen kein Auge trocken bleibt (selbst meine, wenn ich mich nicht vorsehe; *ja*, ich bin mir der Gefahr bewußt), in denen er verkündet, daß diese Pläne heuchlerisch und verlogen sind.

Viertens: Sirius. Volyen selbst ist kaum anfällig; unter der Bevölkerung herrscht eine hohe Moral, denn sie ist im Vergleich zu den Kolonien gut genährt, gut gebildet und lebt in bequemen Häusern. Deshalb ignoriert Sirius Volyen (infiltriert den Planeten jedoch mit seinen Spionen) und widmet sich mit Nachdruck den Kolonien, an erster Stelle Volyendesta. Ormarin verabscheut den »nackten Imperialismus« von Volyen – so beschimpfte er (als Stimme seiner Wähler) Volyen, die Heimat seiner Vorfahren, schon immer; und ihm fällt es leichter als den Bewohnern Volyens, mit Sirius zu sympathisieren, die immer nur als »Ratgeber« oder »Helfer« auftreten und sich in langatmigen, höchst kunstvollen rhetorischen Beschreibungen der kolonialen Situation Volyendestas ergehen.

Auf Volyendesta herrscht ebenso wie auf Volyenadna und wie auf Maken und Slovin Mangel an Krankenhäusern für physische und emotionale Leiden, Mangel an Bildungsstätten jeder Art, Mangel an Annehmlichkeiten, die auf Volyen als selbstverständlich gelten – das alles bietet Sirius, »ohne Bedingungen daran zu knüpfen«.

Hin und wieder finden sich unter der wuchernden Rhetorik von Volyen richtige und prägnante Aussprüche. Dazu gehört zum Beispiel: »Ein freies Mittagessen gibt es nicht.« Bedauerlicherweise brachte Ormarin diese Gedächtnisstütze nicht mit seiner Situation in Zusammenhang.

Meine Situation komplizierte sich dadurch, daß ich nicht wollte, daß er sie auf mich anwendete, denn ich wäre die falsche Adresse gewesen.

Ich fand ihn schließlich bei einem offiziellen Anlaß. Er stand am Hang eines niedrigen Hügels inmitten seiner *Mitarbeiter* und blickte auf einen Straßenabschnitt hinunter, den ein sirianisches Bauunternehmen fertigstellte. Die Straße ist ein bewundernswertes Unternehmen – eine zweispurige Autobahn, die von der Hauptstadt zum Hafen am Meer führen soll. Sirius fliegt von seinen Planeten 46 und 51 ständig neue Arbeitskräfte ein, bringt sie in Lagern unter, beaufsichtigt und bewacht sie. Den bedauernswerten Wesen ist kein Kontakt mit den Einheimischen gestattet, denn dies hatte die Regierung von Volyendesta gefordert. So traf ich Ormarin, als er wieder eine seiner undurchsichtigen Rollen spielte, die für ihn so charakteristisch sind: Er und seine Kollegen konnten den Einsatz der Sklaven oder ihre Behandlung unmöglich gutheißen; und doch standen sie hier, um Beifall klatschend das »Geschenk«, die Straße, entgegenzunehmen. Bei meinem Näherkommen zogen alle Männer der Delegation ihre Pfeifen hervor, begannen zu rauchen, und die beiden Frauen versteckten hastig ein paar hübsche Schals und Schmuckstücke sirianischen Ursprungs. Ich kam gerade rechtzeitig, um Ormarins Rede mit anzuhören, die zur »Erbauung« der Arbeiter, ihrer Wachen und der sirianischen Delegation über Rundfunk ausgestrahlt wurde.

»Im Namen der arbeitenden Männer und Frauen dieses Planeten habe ich die Ehre, diesen Abschnitt der Autobahn dem Verkehr zu übergeben und unserem großen Wohltäter, dem sirianischen Reich, unsere Dankbarkeit...« etc. Inzwischen hatte Ormarin mich entdeckt.

Ormarin mag mich und freut sich immer, wenn er mich sieht, denn er weiß, mir muß er nichts vorspielen. Doch er verdächtigt mich, ein sirianischer Spion zu sein – zumindest manchmal. Oder er hält mich für einen Spion im Dienst einer anderen Regierung, vielleicht der Zentralregierung auf Volyen. Hin und wieder sagt er im Spaß, er sollte sich »eigentlich nicht mit Spionen einlassen«, und wirft mir dabei Blicke zu, in denen sich die »offene, ehrliche Bescheidenheit« seiner öffentlichen Persönlichkeit mit dem Unbehagen über seine Rolle (oder Rollen) mischt.

Ich erwidere scherzhaft, daß sich unter seinen Mitarbeitern ständig zumindest ein Spion der Zentralregierung von Volyen, einer der Zentralregierung von Volyendesta, vermutlich je einer von Volyenadna, ME 70 und ME 71 und mehrere von Sirius befinden. Er lacht. »Wenn das stimmt«, sagt er, »sind die Hälfte meiner Mitarbeiter Spione.« Ich sage im Spaß, er sehe sicherlich ein, daß dies eine präzise Beschreibung seiner Situation sei. Sein Gesicht nimmt den in solchen Momenten obligatorischen Ausdruck an, wenn man gezwungen ist, sich *unmögliche* Wahrheiten einzugestehen: säuerliches, weltkluges Bedauern, gemischt mit einer Spur Skeptizismus, der es ermöglicht, die Notwendigkeit, etwas zu tun, beiseite zu schieben.

Ihn umgeben tatsächlich alle möglichen Spione, und einige davon sind seine besten Mitarbeiter. Spione mit einem besonderen Talent für, sagen wir, Verwaltung, die zu Spionagezwecken in der Verwaltung sitzen, finden oft Vergnügen an ihrem »Nebenberuf« und steigen manchmal in hohe Positionen auf. Dann bedauern sie unter Umständen, nicht von Anfang an in den »öffentlichen Dienst« eingetreten zu sein (wie man das hier bescheiden ausdrückt), und machen sich insgeheim Vorwürfe von der Art: »Oh, hätte ich doch nur rechtzeitig erkannt, daß ich zu richtiger Arbeit geeignet bin, anstatt mich auf das Spionieren einzulassen.« Doch das ist eine andere Geschichte.

Ormarin beendete den offiziellen Teil der Veranstaltung bald. Seine Kollegen verabschiedeten sich; mit einem kurzen komplizenhaften Lächeln streifte er sein öffentliches Ich ab, und wir setzten uns zusammen auf den Hügel. Auf dem gegenüberliegenden Hügel marschierte die sirianische Delegation zu ihren Raumschiffen. Mehrere hundert sirianische Arbeiter wimmelten auf und in der Nähe der Straße; wir hörten das Gebrüll und Geschrei ihrer Aufseher.

Das Wetter auf diesem Planeten ist sehr wechselhaft, doch es gibt Zeiten, in denen man sich nicht gegen unangenehme Hitze oder Kälte oder die verschiedenartigen Substanzen, die vom Himmel fallen, schützen muß.

Wir beobachteten kommentarlos, wie einer der Männer aus Ormarins Gruppe eilig hinter der sirianischen Delegation herlief: Er würde über mich und meine Ankunft berichten.

Erleichtert registrierte ich, daß Ormarin auf die rituelle Klage nach dem Motto: »Oh, wie schrecklich, mit Verrätern zusammenzuarbeiten…« usw. verzichtete. Statt dessen sagte er mit einem fragenden Unterton: »Das ist eine sehr schöne Straße, die sie da bauen?«

»Ja. Wenn es etwas gibt, was die Sirianer können, dann ist es Straßenbau. Dies ist eine Straße erster Ordnung für Krieg vom Typ II, Totale Besetzung.«

Ich sagte das bewußt: Ich wollte ihn endlich zu der Frage provozieren: Und *woher* kommst du?

»Ich bin sicher, man kann sie für eine Reihe von Zwecken nutzen«, erwiderte er rasch und suchte verzweifelt nach einem neutralen Gesprächsthema.

»Nein, nein«, widersprach ich entschieden. »Wenn Sirius baut, dann nur zu einem fest umrissenen Zweck! Die Straße dient der Totalen Besetzung in einem Krieg vom Typ II.«

Würde er mir jetzt die Frage stellen? Nein! »Aber, aber, man muß nicht jedem geschenkten Gaul ins Maul schauen.«

»O doch, das muß man. Ganz besonders diesem.«

Leider hatte ich die Stimulation falsch beurteilt, denn er nahm sofort eine heroische Pose ein und deklamierte, auf einem kleinen Felsen neben einem hübschen blühenden Busch sitzend: »Wir werden an unseren Stränden gegen sie kämpfen! Wir werden auf den Straßen gegen sie kämpfen! Wir werden in der Luft gegen sie kämpfen…«

»Ich glaube, ihr werdet nicht weit kommen, wenn ihr in der Luft gegen Sirius kämpft«, erwiderte ich sachlich und in der Absicht, ihn aus der deklamatorischen Stimmung zu reißen, der sie alle so schnell verfallen.

Schweigen. Er warf mir immer wieder kurze unsichere Blicke zu. Aber er wußte nicht, was er mich fragen sollte; beziehungsweise er wollte mir *nicht* die entscheidende Frage stellen, und vielleicht war das auch ganz gut so. Das Problem ist, »Canopus« ist inzwischen eine Theorie, um die sich so viele mystische Vorstellungen ranken, daß er möglicherweise nicht in der Lage gewesen wäre, es zu begreifen, oder nicht so schnell, wie es für meine Zwecke erforderlich war.

Ich machte es ihm leicht, mich wenigstens vorübergehend für einen Sirianer zu halten. »Ich habe diese Art Straße auf einem Dutzend Planeten vor dem Einmarsch gesehen.«

Schweigen.

»Nein, nein«, sagte er. »Ich kann es einfach nicht glauben. Ich meine, wir wissen alle, Sirius hat schon genug Probleme mit seinen entfernteren Planeten. Sie werden sich nicht noch mehr Schwierigkeiten aufladen wollen… und überhaupt… sie sollen nicht glauben, ein Sieg über…« Es folgten ein paar Minuten mit rituellen patriotischen Kraftworten.

Da ich schwieg, sagte er schließlich in einem anderen Ton leise und angewidert: »Ich kann es mir einfach nicht vorstellen. Ich glaube wirklich nicht, ich möchte unter sirianischer Besatzung leben.«

Ich zitierte einen Abschnitt aus der Geschichte von Volyendesta, wie sie in unseren Annalen verzeichnet ist.

»Von den vierzehn Planeten des Sterns P 79 sind drei bewohnt, Planet 3 und seine beiden Monde. Das wesentliche Merkmal ihrer Geschichte besteht darin, daß sie sich seit Jahrtausenden gegenseitig überfallen und unterwerfen. Die längste stabile Phase dauerte mehrere Millionen Jahre; sie begann, nachdem Mond II die beiden anderen Planeten besetzte und eine besonders grausame Tyrannei ausübte…«

Wie beabsichtigt, unterbrach er mich: »Entschuldige bitte. Mond II, ist das dieser Planet, oder…«

»Das seid ihr. Volyenadna ist Mond I.«

Es war köstlich, den Ausdruck stolzer Zufriedenheit zu sehen, der unbewußt auf sein Gesicht trat. »Wir, Volyendesta, beherrschten alle drei Planeten? Volyen war damals eine Kolonie?«

»Du sagst es. Volyen und euer Bruderplanet Volyenadna waren Kolonien.«

Ihm wurde bewußt, daß sein unverhüllter Stolz einem Gegner des Imperialismus kaum angemessen war, und er korrigierte seinen Gesichtsausdruck. Dann erklärte er: »Davon steht nichts in unseren Geschichtsbüchern. Und außerdem…«, der Gegner des Imperialismus kämpfte um die passenden Worte, »…die Ansässigen, die Einheimischen hier sind ziemlich rückständig. Ich meine, es ist nicht ihre Schuld…« Er warf verstohlene Blicke nach allen Seiten, um sich davon zu überzeugen, daß niemand ihn hörte. »…Es gibt einleuchtende historische Gründe dafür, aber sie sind einfach ein bißchen, sagen wir…«

»Rückständig«, half ich nach, und er wirkte erleichtert.

»Wie es immer der Fall ist«, sprach ich weiter, »kam eine Zeit, in der die Völker der beiden versklavten Planeten durch die erduldeten Härten stark und selbstbewußt wurden und insgeheim Methoden und Technologien entwickelten, um sich aus der Tyrannei zu befreien – nicht ihr, sondern eure Vorfahren. Sie wurden beinahe völlig vernichtet. Eine ziemlich unangenehme Rasse. An ihnen war nicht viel verloren, oder zumindest fanden das alle, die unter ihrer Macht gelitten hatten. Doch wenn man weiß, wonach man Ausschau halten muß, findet man unter den Einheimischen hier immer noch Züge von ihnen.«

»Unglaublich«, murmelte er, und in seinem breiten, aufrichtigen Gesicht (im großen und ganzen wirklich *ehrlich*) spiegelte sich die Last der historischen Perspektive. »Und von all dem wissen wir nichts!«

Das war das Stichwort für mich zu sagen: »Aber glücklicherweise wir…« Doch ich hatte beschlossen, das Thema »Canopus« diesmal nicht zu berühren. Ich sah, wie seine Augen listig und nachdenklich auf meinem Gesicht ruhten; er wußte sehr viel mehr, als er sagte, und vermutlich mehr, als er sich selbst eingestand.

»Willst du nicht das Ende der Geschichte hören?« fragte ich. »Du mußt zugeben, es ist ein ziemlicher Schock.«

»Was ich sagen werde, steht in euren Geschichtsbüchern, allerdings mit Sicherheit anders als in unseren. Also weiter: Mond II – ihr – und Mond I standen mehrere V- Jahrhunderte hindurch unter volyenischer Herrschaft. Das war gar nicht so schlecht. Mond II, dieser Planet, sank in Barbarei, denn eure früheren Untertanen von Volyen hatten euch vernichtend besiegt. Die Volyener, erst vor kurzem noch eure Sklaven, besaßen großes Selbstvertrauen, beherrschten alle möglichen Techniken und Fertigkeiten, die sie von euch gelernt hatten. Man könnte sagen, sie bewahrten euch euer Erbe – zumindest teilweise. Diese Fähigkeiten wurden von den Volyenern hierhergebracht… oder zurückgebracht, wenn du willst, und von Volyenern bewahrt – obwohl die beiden Rassen sich so schnell vermischten, daß es schwerfiel zu sagen, welche Züge des neuen vitalen Volks von Volyen und welche einheimisch waren. Der gleiche Prozeß vollzog sich auch in den gemäßigteren Zonen von Volyenadna, dort sogar noch schneller, denn die schrecklichen Härten des eisigen Planeten hatten immer starke zähe Rassen hervorgebracht. Sehr bald vertrieb Mond I oder Volyenadna die Eindringlinge von Volyen oder absorbierte sie, eroberte Volyen und besiedelte diesen Planeten.«

»Einer meiner Vorfahren«, erklärte Ormarin stolz, »war ein Westermann von Volyenadna.«

»Man sieht es«, sagte ich.

Bescheiden streckte er die Hände aus, damit ich sie bewundern konnte. Es waren die sehr großen starken Hände, das Charakteristikum der Westermänner von Volyenadna.

»Na ja, wir mußten hart kämpfen. Es war alles andere als ein Spaziergang«, prahlte er.

»Nein. Bei ihrer Landung empfing sie eine Armee von tausend Volyendestanern, und sie wurden bis auf den letzten Mann umgebracht. Die Waffen von Mond I haben euch alle in die Luft gesprengt.«

»Richtig. Unsere tapferen Tausend. Und die Eindringlinge… neun Zehntel von uns fielen, obwohl die Volyendestaner vergleichsweise primitive Waffen besaßen.«

»Welches Massaker der Angreifer und der Angegriffenen.«

»Ja.«

»Ein ruhmreiches Kapitel in den Annalen beider Nationen.«

»Ja.«

»Ich habe heute gerade die beiden Denkmäler auf dem großen Platz in eurer Stadt bewundert, die zum Gedenken an diesen ruhmreichen Tag errichtet wurden. Das eine für die tapferen Tausend, die Volyendestaner oder Mond II, das andere für die heldenhaften Volyenadnaner oder Mond I. Deine Vorfahren, deren Blut in deinen Adern rinnt… zusammen mit dem Blut der Volyener und vieler anderer natürlich.«

Er musterte mich unverwandt und nachdenklich mit einem Anflug von Bitterkeit.

»Ich verstehe. Inzwischen kenne ich dich gut genug. Wovor willst du mich warnen?«

»Nun, denk nach, Ormarin!«

»Glaubst du wirklich, Sirius wird …?«

»Ihr seid schwach, gespalten, verbraucht.«

»Wir werden gegen sie kämpfen, zu Lande …«

»Ja, ja, aber glaubst du nicht auch …«

»Wie kannst du so sicher sein, wenn du kein sirianischer Agent bist? Ich beginne mich zu fragen …«

»Nein, das bin ich nicht, Ormarin. Und ich bin sicher, daß du in Wirklichkeit nichts dergleichen denkst. Weshalb brauche ich besondere Informationsquellen, die mich in die Lage versetzen, um das zu sehen, was auf der Hand liegt? Ein schwacher, gespaltener, verbrauchter Planet wird beinahe immer von einem stärkeren Planeten oder einer Gruppe von Planeten überrannt. Ist es nicht Sirius, dann eine andere Macht. Weshalb glaubst du, dieses Gesetz träfe auf euch nicht zu, Ormarin?«

Unten im Tal wurde es dunkel. Die vielen hundert versklavten Arbeiter mußten sich auf der neuen Straße in einer Zweierreihe aufstellen; ihre Aufseher trieben sie fluchend und schimpfend für die Nacht ins Lager.

»Arme Kreaturen«, stieß er plötzlich erregt und voll Mitgefühl hervor. »Und das soll unser Schicksal sein?«

Ich erklärte: »Das sirianische Reich ist weit über seinen Höhepunkt hinaus. Es hat sich seit langem langsam vergrößert … Wenn ich dir sagen würde, wie viele Jahrtausende lang, könntest du dir etwas darunter vorstellen? *Deine* Geschichte umfaßt ein paar tausend eurer Jahre. *Flächenmäßig* ist das sirianische Reich das größte in der ganzen Galaxis. Es hat Phasen gegeben, in denen sein Wachstum zum Stillstand kam, Phasen, in denen es als Folge von Unsicherheiten der sirianischen Herrscher schrumpfte. Aber insgesamt gesehen, ist es gewachsen. In der jetzigen Phase vollzieht sich ein hektisches, ungeplantes, wildes Wachstum, denn innerhalb der herrschenden Klasse auf Sirius kam es zu Auseinandersetzungen. Es ist sehr interessant, daß in der Theorie der Gedanke an Expansion zur Zeit ausgeklammert ist. Die Sirianer sind nicht dumm, zumindest nicht alle. Zumindest einige wissen, daß sich ihrer Kontrolle entzieht, was sie tun, und allmählich sehen sie ein, daß etwas anderes möglich ist. Ein Reich kann seine Entwicklung kontrollieren, indem es sich an ... aber das ist ein anderes Thema.« Ich suchte in seinem Gesicht nach einem Hinweis auf einen Funken von Verständnis, und hätte ich auch nur das geringste Anzeichen dafür entdeckt, hätte ich von Canopus gesprochen und von dem, was *uns* regiert. Aber ich sah nur die Anstrengung, Gedankengängen zu folgen, die vielleicht zwar nicht über seinen Horizont gingen, aber zumindest noch zu neu waren, um sie problemlos zu assimilieren. »In letzter Zeit ... natürlich relativ gesprochen ... hat Sirius mehrere neue Planeten erobert. Jedoch nicht auf Grund einer wohlüberlegten, durchdachten Entscheidung, sondern als Folge überstürzter Entschlüsse, um einer Katastrophe entgegenzuwirken.«

»Überstürzt«, murmelte Ormarin und wies dabei auf die großartige Straße unter uns, auf der die Sklavenarbeiter für die Nacht in ihr Lager marschierten.

»Die Entscheidung zum Bau dieser Straße fiel vor einem Jahr ... einem sirianischen Jahr. Als Volyen die beiden Planeten eroberte, die Sirius als Teil seines Reiches betrachtete.«

»Du bist mit deinem geschichtlichen Abriß noch nicht zu Ende.«

»Die Westermänner, diese skrupellosen Eroberer, auf deren Blut du so stolz bist, schufen hier und auf Volyen eine höchst differenzierte Gesellschaft mit vielen Fähigkeiten und Fertigkeiten.« Ich beobachtete, daß er seine großen Westermannhände mit einem schiefen Lächeln betrachtete. »Aber wie es immer der Fall ist, Mond I und seine beiden Kolonien verloren ihre Antriebskraft ... Volyen war wieder an der Reihe, sich zu erheben und zu erobern. Das augenblickliche ›Reich‹ Volyen war ein interessantes kleines Reich mit ein paar gemäßigten Vorstellungen von Gerechtigkeit. Es zeigte sich zumindest in der Theorie nicht gleichgültig gegenüber dem Wohl seiner Untertanen und versuchte, die oberen Ränge der unterworfenen Völker in seine herrschende Klasse zu absorbieren…«

Ich bemerkte, daß er sich schämte, und hörte ihn seufzen.

»Nun ja«, sagte ich, »du hättest dich dafür entscheiden können, in den Baracken und Lagern bei den Einheimischen zu wohnen, anstatt Kompromisse zu schließen. Aber du hast es nicht getan…«

»O glaube mir«, rief er mit der belegten, leidenden Stimme, die ich beinahe bewußt provoziert hatte, »ich liege nächtelang wach und hasse mich.«

»Ja, ja, ja«, sagte ich, »aber du hast nun einmal getan, was du getan hast, und als Ergebnis nimmst du eine entscheidende Position auf diesem Planeten ein. Und wenn die Sirianer einmarschieren…«

Doch ich hatte ihn falsch eingeschätzt. Der Reiz war zu stark.

Er sprang auf – der Hügel lag inzwischen im Dunkel, und hinter ihm gingen leuchtend die Sterne auf, darunter auch Volyen, sein derzeitiger Herr und Meister –, hob die rechte Faust – seine Westermann- oder Volyenadnafaust – und trompetete: »Hier stehe ich als freier Mann auf meinem Grund und Boden und atme freie Luft! Ehe ich mich der Tyrannei fremder Aggressoren unterwerfe, werde ich, wenn nötig, Steine von den Hügeln sammeln und Stöcke im Wald und bis zum letzten Atemzug kämpfen und…«

»Ormarin!« versuchte ich, ihn zu unterbrechen. »Was haben all die großen Worte mit deiner Situation zu tun? Außerdem besitzt ihr wirkungsvolle moderne Waffen, ihr freien Völker im ›Reich‹ Volyen…« Aber es half nichts.

»Welcher Mann, in dessen Adern echtes Blut fließt, würde ein Leben als Sklave wählen, wenn er kämpfend sterben kann? Welcher Mann, welche Frau und welches Kind unter euch, wer von euch, die ihr wißt, was es heißt, aufrecht zu stehen…«

Ich muß leider berichten, daß es sich um einen schweren Anfall handelte. Ich mußte ihn ein paar Tage lang im Krankenhaus unterbringen.

Aber es kommt noch schlimmer. Im Krankenhaus besuchte ich auch den bedauernswerten Incent und stellte fest, daß er relativ vernünftig und in der Lage war, über seine Situation zu sprechen. Ich bat ihn, einen Test durchführen zu dürfen.

Es handelte sich um den einfachsten Test überhaupt, und er basierte auf dem Wort *Geschichte*.

Das Wort an sich brachte ihn noch nicht aus der Fassung. Beim Wort *historisch* beschleunigte sich sein Pulsschlag, beruhigte sich jedoch wieder. Bei *historische Prozesse* blieb er standhaft. *Perspektive der Geschichte*, so weit, so gut. *Der Wind der Geschichte* – schon zeigten sich die ersten Anzeichen von Erregung, die sich nicht wieder legte. Leider beschloß ich, die Dosis zu erhöhen, und versuchte es mit *Logik der Geschichte*. An diesem Punkt begann ich einzusehen, daß sein Zustand im Augenblick bedenklich ist. Sein Atem ging schnell, er wurde bleich, und seine Pupillen weiteten sich. *Unvermeidbarkeit der… Lektionen der… Historische Aufgaben…*

Aber erst bei *Mülltonne der Geschichte* brach ich ab. Er sprang auf, schäumte vor Erregung, breitete beide Arme aus und setzte zu einer großen Rede an. Ich sagte kopfschüttelnd: »Incent, *was* sollen wir mit dir nur tun?«

Die Umstände müssen diesen rhetorischen Höhenflug entschuldigen.

Ich gab Anweisung, ihm die beste Pflege zukommen zu lassen.

Er ist entflohen. Man mußte mir nicht sagen, wohin. Ich mache mich auf den Weg nach Volyenadna. Dort ist Krolgul am Werk. Ich werde mich von dort wieder melden.

Klorathy auf Volyenadna,
Mond I von Volyen, an Johor.

Dies ist kein besonders attraktiver Planet. Das Eis, das ihn bis vor kurzem bedeckte, ist bis an die Pole zurückgewichen, und geblieben ist die typische Landschaft: Sie ist rauh, trocken, gefurcht und aufgerissen von Eis und Sturm. Die Vegetation ist dürftig und eintönig. Die wilden Flüsse führen noch immer schmelzende Schnee- und Eismassen; sie sind schwierig zu befahren und bieten kaum Möglichkeiten, sich dort zu vergnügen oder zu erholen.

Die Ureinwohner haben sich aus den Geschöpfen des Eises entwickelt; sie waren schwerfällig, massig, langsam und stark. Die großen Hände, auf die Ormarin so stolz ist, haben Wände aus Eisblöcken errichtet, Tiere aus halb zugefrorenen Gewässern gezogen und sie erdrosselt, haben gehämmert, gezerrt, gebrochen, zerrissen, haben Werkzeuge aus Geweihen und Knochen gefertigt. Invasionen weniger harter Völker (im Gegensatz zu Mond II wurde dieser Planet mehr als einmal von den Planeten ME 70 und ME 71 erobert und kolonisiert) haben die einheimische Bevölkerung nicht geschwächt, denn die Lebensbedingungen blieben hart, und alle, die sich nicht anpassen konnten, starben.

Die Geschichte dieses Planeten unterscheidet sich nicht allzusehr von der Geschichte Volyendestas und zeigt anschaulich die Macht des natürlichen Lebensraums. Hier lebt ein hartes melancholisches Volk; es ist schwer zu bewegen, doch neigt es zu schrecklichen Wutausbrüchen und Jähzorn. Wenn einer von ihnen mißtrauisch den Kopf dreht und in den Augen eine wachsame Spannung liegt – sie scheinen ebensosehr zu lauschen wie zu sehen –, kann man sich heute noch vorstellen, daß ihre Vorfahren nie mit anderen Geräuschen rechneten als mit Warnungen und Drohungen, mit dem Heulen und Jammern des Windes, Knirschen und Knacken berstenden Eises, dem dumpfen Klatschen von Schneemassen auf Schnee.

Die letzte Eroberung durch Volyen hat die Lage noch verschlechtert. Der Planet ist sehr reich an Mineralen, und deshalb sieht man überall Fabriken, Bergwerke, ganze Städte, die nur dem Zweck dienen: Minerale für Volyen abzubauen und zu verarbeiten. Die Einheimischen, die in den Bergwerken arbeiten, leben wie Sklaven. Sie sterben jung an Krankheiten, die meist durch Armut (Staub oder Strahlungen, die bei der Verarbeitung der Rohstoffe entstehen) hervorgerufen werden. Die herrschende Klasse des Planeten lebt entweder auf Volyen oder in den wenigen, etwas begünstigteren Gebieten dieses Mondes. Dort werden sie von Volyen mit allem versorgt; und sie tun alles, um nichts von dem schrecklichen Leben ihrer Landsleute zu wissen.

Die Lebensbedingungen auf Volyenadna sind so extrem, daß man meiner Ansicht nach von einem Sklavenplaneten sprechen kann. Es wird dich sicher nicht erstaunen zu erfahren, daß Krolgul ihn auch so bezeichnet: »Oh, du Sklavenplanet, wie lange willst du deine Ketten noch ertragen?«

Ich traf dort an einem grauen und trostlosen Tag in der Nähe einer grauen und trostlosen Stadt ein, begab mich zu dem großen Platz im Zentrum, wo Krolgul vor einer grauen, trostlosen und stummen Menge eine Rede hielt. »O Sklavenplanet, o Volyenadna, wie lange willst du deine Ketten noch tragen?«

Aus der Menge stieg ein lang anhaltendes Stöhnen auf; dann herrschte wieder Schweigen. Die Leute hörten zu.

Krolgul stand auf dem Sockel der überlebensgroßen Statue eines Bergarbeiters mit erhobenen geballten Fäusten und starrte über die Köpfe der Menge. Krolgul imitierte diese Pose bewußt – eine berühmte Pose, denn die Statue dient als Symbol der Arbeiterbewegung. In Krolguls Nähe sah ich Incent. Seine Nervosität und Erregung bildeten einen starken Kontrast zu Krolgul. Manchmal lächelte Incent, runzelte dann wieder düster die Stirn, denn es gelang ihm nicht, in der Öffentlichkeit eine befriedigende Pose zu finden und beizubehalten. Krolgul entdeckte mich, wie ich beabsichtigt hatte. Inmitten dieser schwerfälligen, langsamen Menschen ragten drei heraus: ich, eigentlich Canopäer, werde hier aber für einen »Volyener« gehalten, denn Fremde können nichts anderes sein; Incent, schlank, schmächtig und nervös, und Krolgul, obwohl er alles unternimmt, um wie ein Volyenadnaner auszusehen.

Du wirst dich vielleicht an Krolgul noch erinnern: ein kräftiger, um nicht zu sagen dicker Mann, umgänglich und leutselig, der alles tut, um zu gefallen. Seine Anpassungsfähigkeit ist ein Triumph der Selbstdisziplin. Er hat sich das *Image* eines ernsthaften, sich aufopfernden, heroischen Kämpfers zugelegt; man weiß, daß er in einem kahlen Raum lebt und sich mit weniger als dem Lohn eines Arbeiters begnügt; er lächelt so selten, daß sich um sein Lächeln Balladen ranken.

… Volyens Handlanger feuern in die Menge.
Unsere Helden fallen sterbend im Gedränge.
In Krolguls Augen schwelt düstere Glut.
»Wir marschieren«, tönt es voll Wut,
»Wir rächen das vergossene Blut.«
Und Krolgul lächelt…

Das Problem besteht darin, daß die Leute hier so phlegmatisch sind und Krolgul wenig Gelegenheit hat »zu lächeln«. Er möchte, daß sich »alle bis zum letzten Mann erheben, ein für allemal mit Volyen aufräumen und die Macht übernehmen«. Verhindert hat das bisher nur der gesunde Menschenverstand der Volyenadnaner, die aus bitterer Erfahrung gelernt haben, daß die volyenischen Streitkräfte schlagkräftig und grausam sind.

Deshalb begann Krolgul damit, eine Zielscheibe für den

allgemeinen Haß zu suchen; zuerst lenkte er ihn auf ganz Volyen, und nachdem sich das als zu allgemein erwies, um wirkungsvoll zu sein, auf Lord Grice, den volyenischen Gouverneur. Man schmückt seinen Namen inzwischen mit Schimpfworten wie mit zusätzlichen Titeln, etwa der greise Grice, der grausige, grimmige, geizige Grice. Das ist bereits zu einer Selbstverständlichkeit geworden, und man kann hören, wie jemand sagt: »Lord Grausegrice hat gestern Soundso besucht.« Er selbst scheint nichts mehr dabei zu finden, denn wie man erzählt, hat Lord Grice sich beim offiziellen Besuch eines Gouverneurs mit den Worten vorgestellt: »Sie wissen doch, ich bin der Gruselgrice.«

In Wirklichkeit ist er ein großer, unauffälliger, eher schmächtiger Mann, dessen Hang zur Melancholie durch die Härten dieses Planeten noch verstärkt wird; seine Rolle als Gouverneur erfüllt ihn mit Selbstzweifeln.

Dieser aufrechte Repräsentant Volyens stand an einem Fenster der Residenz, das auf den Platz hinausging, und hörte Krolguls Rede zu, ohne den geringsten Versuch zu machen, sich zu verbergen.

Er stellte eine Bedrohung für Krolguls Pathos dar, denn die Leute auf dem Platz mußten nur den Kopf drehen, um den *Verbrecher* mit eigenen Augen zu sehen …

»Und was sollen wir über diesen Erzscharlatan Grice, den Gierigen, den Unersättlichen sagen? Er verkörpert in seiner Person das ganze Verbrechertum der volyenischen Tyrannei! Ein Blutsauger …« Und so weiter.

In der Menge regten sich Unmut und dumpfe Wut. Die lethargischen stoischen Leute zeigten endlich die Bereitschaft zum Handeln.

Es lag jedoch nicht in Krolguls Absicht, daß sie die Residenz stürmten. Er wollte Grice noch einige Zeit als Mittel zum Zweck benutzen. Deshalb stimmte er geschickt ein kämpferisches Lied an: »Wir marschieren, wir marschieren, wir siegen …«, und die Masse fiel brüllend ein.

Ein paar Jugendlichen ganz hinten genügte das nicht, sie sehnten sich nach Aktion. Sie drehten sich um und entdeckten am Fenster der Residenz die einsame Gestalt. Sie stürmten die Terrasse hinauf und schrien dem Beobachter trotzig zu: »Wir werden ihn uns holen! Versucht nicht, ihn zu verstecken! Wo ist Grice, das graue Schwein?«

»Hier«, erklärte Grice und trat bescheiden und bereitwillig durch die Tür hinaus zu ihnen.

Die Kerle spuckten und traten nach ihm. Sie versetzten der Luft ein oder zwei Tritte und forderten, Gricegraus zu warnen, denn »es würde bald Knies geben«. Dann sprangen sie wieder hinunter und schlossen sich dem Gesang der Menge an.

Die Menge sang jedoch weniger leidenschaftlich, als Krolgul wünschte. Ich betrachtete die vom Singen verzückten Gesichter, und mir fiel auf, daß sie immer noch nachdenklich, sogar geduldig wirkten.

Ich ging in ein kleines Eßlokal am Platz und beobachtete, wie die Versammlung sich auflöste.

Krolgul stieg lächelnd vom Sockel und nahm die Huldigung der Menge (kameradschaftliches Grüßen) entgegen. Neben ihm stand Incent, erregt, bebend und mit blitzenden Augen. Doch er tat alles, um die strenge hingebungsvolle Ernsthaftigkeit zu wahren, die dem militärischen Aussehen entsprach, das er anstrebte. Die beiden marschierten wie zwei Soldaten auf das Gasthaus zu, gefolgt von der üblichen Schar Anhängerinnen und ein paar jungen Männern.

Sie nahmen an einem Tisch Platz, und Incent entdeckte mich. Er schien sich zu freuen und keinerlei Schuldgefühle zu empfinden. Er sprang auf, lief auf mich zu, erinnerte sich jedoch an seine neue Rolle und näherte sich mir mit großen Schritten.

»War das eben nicht das Bewegendste, was du je erlebt hast?« sprudelte er hervor und setzte sich strahlend mir gegenüber.

Zeitungen wurden gebracht. Die Überschriften: »Ermutigend … Bewegend … Begeisternd …« Incent griff nach einem Blatt und vertiefte sich hingebungsvoll in einen Bericht, obwohl er an der Versammlung teilgenommen hatte.

Krolgul bemerkte mich und warf mir einen sarkastischen, beinahe zynischen Blick zu, den er jedoch augenblicklich zugunsten seiner revolutionären Düsterkeit verwarf. Er saß so in einer Ecke, daß er durch die Fenster beobachten konnte, wie sich die Menge draußen verlief, gleichzeitig aber auch im Auge behielt, was hier drinnen vor sich ging. Angeführt von Calder, betrat ein Trupp Bergarbeiterführer das Gasthaus. Calder nickte Krolgul kurz zu und nahm mit seinen Gefährten in einer anderen Ecke Platz.

Incent bemerkte es nicht. Er starrte die Männer voll glühender Bewunderung an, und Krolgul warf ihm einen kalten, warnenden Blick zu.

»Sie sind wunderbar, einfach *großartig*«, erklärte Incent im Versuch, Calders Aufmerksamkeit auf sich zu ziehen, der ihm schließlich freundlich zunickte.

»Incent«, mahnte ich.

»Oh, ich weiß, du wirst mich bestrafen. Du wirst mich in die schreckliche Klinik zurückschicken!«

»Dir schien es dort recht gut zu gefallen.«

»Das war etwas ganz anderes. Jetzt befinde ich mich mitten im wirklichen Geschehen.«

Inzwischen waren alle Tische besetzt, nur mit Bergarbeitern, ausnahmslos Volyenadnanern – abgesehen von uns dreien: ich, Incent, Krolgul. Fremde hält man generell für Beamte oder Spione von Volyen oder – aber diese Vermutung äußert man erst seit kurzem – von Sirius. Die etwa fünfzig Bergarbeiter versammelten sich hier, um ihre Lage zu besprechen und um sich ihre Zusammengehörigkeit zu beweisen. Offensichtlich fragten sie sich, wie es dazu kam, daß Krolgul und sein Schatten Incent sie repräsentierten.

Krolgul spürte, wie die Leute ihn musterten, und vertiefte

sich in eine ernste, gewichtige Diskussion mit einer jungen Frau aus der Stadt, einer Einheimischen; er raschelte mit Papieren und bot das Bild effizienter Geschäftigkeit.

Doch es fiel nicht schwer zu bemerken, daß Calder unzufrieden war. Er wechselte mit seinen Kameraden ein paar Worte und erhob sich.

»Krolgul«, sagte er. Das Gasthaus war nicht groß, und er zog die Aufmerksamkeit aller auf sich, als er aufstand.

Krolgul erwiderte die Anrede mit einer modifizierten Form des Saluts mit der erhobenen Faust: Er hob die locker geballte Faust bis in Schulterhöhe und öffnete und schloß sie ein- oder zweimal wie einen Mund.

»Ich und die Genossen sind nicht sehr glücklich darüber, wie die Sache läuft«, sagte Calder.

»Aber wir haben die beschlossenen Ziele konkretisiert«, entgegnete Krolgul.

»Das zu entscheiden ist an uns, oder?«

Angesichts der Konfrontation, und darum handelte es sich, blieb Krolgul keine andere Wahl, als zuzustimmen; doch Incent fuhr auf, klammerte sich mit beiden Händen am Stuhl fest, und in seinem Gesicht zeigte sich Enttäuschung. »Oh«, rief er, »aber das war doch das *Bewegendste*… also wirklich… das *Bewegendste*…«

»Ja, ja«, unterbrach ihn Calder. »Aber ich finde, es war nicht ganz in der Richtung, auf die wir uns geeinigt hatten.«

»Aber in unserer Analyse der Situation waren wir alle der Ansicht…«, setzte Krolgul an, aber Calder schnitt ihm das Wort ab. »Der da, ist das ein Freund von dir?«

Womit er natürlich mich meinte. Fünfzig Augenpaare richteten sich auf mich – harte, graue, mißtrauische Augen.

»Ich glaube, so könnte man sagen«, erklärte Krolgul, von stummem Lachen geschüttelt, das verschiedene Interpretationen zuließ. Aber Calder gefiel es ganz und gar nicht.

»Rede für dich selbst«, wendete er sich an mich.

»Nein, ich bin kein Freund von Krolgul«, erklärte ich.

»Bist du vielleicht auf Besuch hier?«

»Er ist mein Freund, mein Freund!« rief Incent. Dann fragte er sich, ob das richtig gewesen war, und sank mit offenem Mund und einem schiefen Lächeln auf seinen Stuhl zurück.

»Ja, ich mache einen Besuch.«

»Kommst du vielleicht von Volyen?«

»Nein«, sagte ich.

»Ein Freund von diesem Burschen hier, der ein Freund von Krolgul ist, aber kein Freund von Krolgul«, sagte jemand sarkastisch, und alle lachten.

»Willst du einen Reiseführer schreiben?« Gelächter. »Eine Analyse unserer Situation?« Gelächter. »Einen Bericht für…«

»Für Canopus«, erklärte ich und wußte, das Wort würde in ihren Ohren wie ein altes Lied, wie eine Legende klingen. Schweigen.

Krolgul konnte sein Erschrecken nicht verbergen. Plötzlich begriff er, daß meine Anwesenheit ernst zu nehmen war, daß wir seine Aktivitäten in dieser Zeit ernst nahmen. Wie merkwürdig, daß Menschen, die sich halb spöttisch, halb tastend in absolut theatralische Intrigen einlassen, oft die Fähigkeit verlieren, sich und ihre Situation im Auge zu behalten. Der Genuß an *Manipulation*, an Macht, daran, *sich selbst in einer Rolle zu sehen*, trüben das Urteilsvermögen.

Ich blickte langsam von Gesicht zu Gesicht – knochige graue Gesichter, in denen sich die Mühsal ihres Lebens spiegelte, Gesichter wie Steine. Ich sah in ihren Augen, den langsamen, grauen Augen, daß sie sich erinnerten, daß sie versuchten, sich zu erinnern.

Calder stand immer noch; seine großen Hände lagen auf der Stuhllehne. Er war der Bergarbeiterführer, den die Verzweiflung dazu gebracht hatte, sich zum Objekt von Krolguls Manipulationen machen zu lassen. Er blickte mich lange und prüfend an und sagte schließlich: »Du kannst deinen Leuten sagen, daß wir hier sehr unglücklich sind.«

Auf diese Worte folgte ein langes, unwillkürliches Aufstöhnen; dann herrschte wieder Schweigen.

Was hier geschah, unterschied sich in jeder Hinsicht von den Ereignissen auf dem Platz und von allem, was von Krolgul ausging. Mein Blick richtete sich auf Incent, denn schließlich war er der Schlüssel in dieser Situation; ich sah, daß er beeindruckt schwieg und sogar nachdenklich wirkte.

Auch Krolgul begriff, daß dies ein entscheidender Moment war. Er erhob sich langsam und bedächtig und streckte beide Fäuste aus. Nun richteten sich alle Augen auf ihn.

»Unglücklich«, sagte er leise, kaum hörbar, so daß sich alle anstrengen mußten, ihn zu verstehen. »Ja, das können wir sagen, wir können es immer und immer wieder sagen…« Er hob die Stimme und hob langsam auch die Fäuste. »Unglück war das Erbe eurer Väter, Unglück ist euer tägliches Brot, und Unglück wird das Los eurer Kinder sein.« Er endete mit größter Lautstärke, und die Fäuste sanken schlaff herunter. Er appellierte an die Bergarbeiter mit seinem opferbereiten Körper, mit dem blassen Gesicht und den Augen, denen es tatsächlich gelang, eingesunken und hungrig zu wirken.

Aber er hatte sich verrechnet. Er hatte sie nicht mitreißen können.

»Ja, ich glaube, das wissen wir alle«, erklärte Calder und wendete sich mir zu. »Du von… woher kommst du noch gleich? Aber das ist nicht wichtig… was hast du zu sagen?« Das war halb spöttisch gemeint, doch sagen wir *hoffnungsvoll* spöttisch. Nun wendeten sich alle Augen wieder mir zu; die Männer beugten sich gespannt vor und warteten.

»Ich würde sagen, ihr könntet damit beginnen, einmal eure derzeitige Lage genau zu beschreiben.«

Das ernüchterte sie; Incent sah mich plötzlich an, als habe ich ihm bewußt einen Schlag versetzt, in der Absicht, ihn zu verletzen. Johor, es wird für Incent nicht leicht sein. Es gibt in der Galaxis nichts Schwereres, als sich von der berauschenden Wirkung von Worten unabhängig zu machen, wenn man sich zum Spielball von Worten, Worten, Worten hat machen lassen.

»Ich glaube, dazu sind wir alle in der Lage«, erklärte Calder trocken, nahm wieder Platz, wendete sich von mir ab und seinen Genossen zu. Aber nicht ganz; er behielt mich immer noch im Auge, die anderen ebenfalls.

Krolgul saß inzwischen wieder und starrte unverwandt Incent an. Incent rutschte unter diesem Blick unruhig hin und her; er fühlte sich nicht wohl in seiner Haut und litt unter einem schrecklichen Konflikt. Ich empfand ihn als ein Vakuum, aus dem Krolgul die Kräfte von Canopus saugte und herauszog. Incent mochte zwar als mein »Freund« hier am Tisch sitzen, doch er befand sich in Krolguls Macht. Krolgul erkannte, daß er seine Gefolgsleute, die Volyenadnaner, verloren hatte, wenn auch nur vorübergehend, wie er hoffte, und so blieb ihm nur noch Incent. Mir kam es vor, als beobachtete ich, wie einem keuchenden Opfer das Blut ausgesaugt wird, bis es in sich zusammensinkt; aber nicht Incent nährte sich von diesem Blut, sondern Krolgul.

Meine einzige Hoffnung ruhte auf Calder.

Ich erhob mich, so daß alle mich sehen konnten.

»Du gehst?« fragte Calder enttäuscht.

Mit dem, was jetzt folgte, hatte ich gerechnet. Calder sagte: »Vielleicht könnten wir in den Genuß einer objektiven Meinung kommen, der Ansicht eines Außenstehenden.«

»Ich mache dir einen Vorschlag«, erwiderte ich, »du rufst so viele deiner Leute zusammen wie möglich, dann treffen wir uns mit Krolgul und sprechen das Ganze durch.«

Sie stimmten nicht sofort zu, willigten aber schließlich doch ein. Krolgul blieb keine andere Wahl, obwohl ihm die Vorstellung einer Konfrontation höchst unangenehm war.

Natürlich hätten wir das auf der Stelle im Gasthaus tun können, doch ich machte mir Sorgen wegen Incent.

Ich forderte ihn nicht auf, mich zu begleiten, als ich ging, doch er folgte mir, das heißt, sein *Körper* folgte mir.

Ich nahm ihn zu meiner Unterkunft in einem armen Teil der Stadt mit. Ich wohnte bei der Witwe eines Bergarbeiters, die Kinder zu ernähren hatte und Zimmer vermietete. Sie hatte mich mit den Worten begrüßt: »Wir sind unglückliche Leute.« Sie sagte das mit einer Ruhe und Würde, die, wie ich glaube, sie alle vor Krolgul bewahren konnte. Die Frau willigte ein, uns das Abendessen auf mein Zimmer zu bringen.

Es gab nicht viel zu essen; sie sind wirklich arme Leute.

Incent und ich saßen bei Brot und ein wenig Obst am Tisch. »Incent«, fragte ich, »was soll ich mit dir nur tun?« Es war alles andere als rhetorisch gemeint.

»Du wirst mich bestrafen, du wirst mich bestrafen«, jammerte er immer wieder, doch mit dem Genuß, wie er es von Krolgul gelernt hatte.

»Ja, natürlich, du wirst bestraft werden. Aber nicht von mir, nicht einmal von Canopus, sondern von den inhärenten Gesetzen von Aktion und Reaktion.«

»Wie grausam, wie grausam«, schluchzte er und schlief ein. Seine emotionalen Funktionen waren völlig durcheinander; und seine intellektuellen Mechanismen hatten sich diesem Chaos unterworfen. Aber physisch ist er stark, und das ist immerhin etwas.

Ich ließ ihn schlafen, bat die Vermieterin, ein Auge auf ihn zu haben, und verbrachte die Nacht in den Bars der Stadt und der Vororte. Überall bemerkte ich Unruhe, ja, das Gefühl einer bevorstehenden Rebellion. Es ist schwer zu entscheiden, ob dies in erster Linie auf die sich verschlimmernden Bedingungen zurückzuführen ist oder auf Krolguls Wirken… über den man interessanterweise sehr viel weniger spricht als über Incent. Kein Wunder, daß Incent so erschöpft ist. Er scheint alle wichtigen Zentren auf Volyenadna besucht und sogar die meisten kleineren Orte nicht ausgelassen zu haben. Um das Wesentliche in Worte zu fassen, das die Leute an ihm finden: *Er fällt auf.* Er hat einen Eindruck hinterlassen. In einer Stadt nach der anderen sprach er auf einer Versammlung nach der anderen: in Lokalen, Bergarbeiterclubs, Frauenclubs; und seine Berechtigung, überall zu sein, zieht er aus der Überzeugung, daß die Sache, für die er eintritt, ihn überall willkommen macht. Er beruft sich auf keine Autorität; in den seltenen Fällen, in denen man ihn darauf anspricht, bestreitet er ungeduldig, sogar verächtlich die Notwendigkeit solcher Referenzen und vermittelt den Eindruck, als ließen seine Zuhörer Kleinlichkeit und Schlimmeres erkennen. Und nach den stundenlangen ernsten, anfeuernden Reden – die seine Zuhörer eindeutig überfordern; selbst nach mehreren Tagen bemerkt man an ihnen noch Zeichen nervöser Überreizung – ist er schon wieder unterwegs zur nächsten Verabredung mit dem Schicksal.

Kann ich behaupten, man vertraue ihm nicht? Der Fall ist interessanter …

In Zeiten, in denen ein potentieller Wechsel in der Luft liegt, taucht stets ein besonderer Typ des Revolutionärs auf. Anfänglich ist er unsicher, sogar furchtsam, doch dann staunt er darüber, daß er mit seiner leidenschaftlichen Überzeugung auch andere überzeugen kann … und empfindet bald Verachtung für sie. Er kann kaum glauben, daß er, dieses kleine, unbedeutende Etwas (denn zumindest in der ersten Zeit sieht er sich vielleicht noch als fehlbares Individuum), von Älteren mit größeren Erfahrungen als er ernstgenommen wird – von hochgeschätzten Leuten, die manchmal die Massen repräsentieren. Trotzdem gelingt es ihm, mit der Fackel der gerechten Überzeugung und nur gerüstet mit seinen Qualitäten, zu ihnen vorzudringen, sie zu überzeugen und sie zu beeinflussen. Er fordert Vertrauen – das an allererster Stelle –, danach Geld und dann, daß sie ihren Einfluß geltend machen. Im Handumdrehen gibt es überall Gruppen, die ihm gehorchen, untereinander in Kontakt stehen und ihm zuhören. *Zuhören*, darauf kommt es an. Man begegnet ihm vielleicht im Café, an einer Straßenecke, überall – ein junger Mann mit flammendem Blick, der wie eine gespannte Feder seine Beute mit den Augen fixiert, sie in der Überzeugung gemeinsamer Zielsetzungen, einer Verschwörung bannt – auf immer –, in einer kleinen Sache gegen die ganze Welt vereint zu sein. Doch weitet sich diese *kleine Sache* beinahe augenblicklich höchst bemerkenswert aus. Es ist so leicht, für etwas Überschaubares einzutreten, etwa für die Schaffung einer lokalen Institution, für einen Versammlungsplatz, für eine bescheidene Eingabe; doch plötzlich stellt er – die anderen nicht weniger – überrascht fest, daß die Sache zu einer städtischen, einer planetaren und schließlich interplanetaren Bewegung wird.

»Wir werden die Sterne für unsere Sache in Bewegung setzen!« rief Incent vom Podium einer Stadt, und als jemand aus dem Publikum rief: »Halt die Luft an, junger Mann, wir wollen vielleicht etwas bescheidener anfangen«, erntete er nur freundliches Gelächter. Natürlich! Wenn man aus so bescheidenen Umständen so schnell so hoch gestiegen ist – in diesem Fall, auf diesem Planeten, wo die Leute im allgemeinen völlig erschöpft, müde und ausgelaugt sind und sich nach etwas Besserem sehnen –, weshalb dann nicht die »Sterne in Bewegung setzen« und alles verändern?

»Ist dieser Augenblick nicht dynamisch?« rief Incent auf einem Podium nach dem anderen, und seine ganze Persönlichkeit verströmte dabei Dynamik, so daß die armen müden Menschen, die ihm zuhörten, sich ebenfalls dynamisch fühlten – aber nicht allzu lange, denn merkwürdigerweise fühlen sie sich noch müder, noch erschöpfter, wenn Incent bereits auf dem Weg zum nächsten Versammlungsort ist, den er beschlossen hat zu aktivieren.

»Die neuen Lebensformen werden dynamisch dramatisch«, ruft er, obwohl er sich eben noch mit einer Frage aus dem Zuschauerraum beschäftigt hat, ob der Versuch sinnvoll sei, Lohnerhöhungen mittels einer Petition an Volyen (über den Geizkragen Grice) zu erreichen.

Wie wir wissen, setzt ein solcher Mensch nicht »die Sterne in Bewegung«, aber er setzt viele Menschen in Bewegung, die selbst, auch wenn sie unter seinem Bann stehen, ein gewisses Unbehagen empfinden, die aber auch Unbehagen darüber empfinden, daß es so ist. Wie abgestumpft sie sind! Wie hat das Leben sie geschwächt! Wie weit sind ihnen die flammenden Tage ihrer Jugend gerückt, die sie in Gestalt dieses edlen, begeisterungsfähigen Jünglings wieder vor sich sehen, der, wenn er sich vorbeugt und sie mit seinen Augen durchbohrt, ihr ganzes Leben zusammenzufassen und ihnen in Gestalt einer Frage vorzulegen scheint.

»Was ist aus dir geworden?« fragen die dramatischen, feuchten, schamlosen Augen. Denn dieser junge Held wird natürlich unbewußt alle Mittel einsetzen, die ihm zur Verfügung stehen, um den Widerstand zu brechen, den er in verschiedenen Formen in den Gesichtern entdeckt. Dazu gehören Sex, mütterliche und väterliche Liebe (»Oh, wenn doch nur mein Sohn so wäre!«), die leuchtende Flamme des Versprechens und des Handelns (»Hätte ich doch nur einen solchen Mann geheiratet!«).

Aber sie fühlen sich nicht wohl dabei. Vielleicht geschieht es um einer guten Sache willen, aber *wie* werden sie manipuliert. Und wie ist es möglich, daß dieser Mann – dieser junge Bursche, der eigentlich kaum mehr als ein Kind ist – nicht nur mit dem eigenen (natürlich) unwürdigen Ich spielt, sondern auch mit dem geachteten und würdigeren Kollegen?

Dieser Manipulateur hat von Anfang an, und zwar instinktiv, begriffen (beinahe all dies geschieht instinktiv und nicht berechnet: Unser Held arbeitet auf der Wellenlänge des reinen Gespürs. Er hat sich nie überlegt: »Wie kann ich den armen Wicht unter meinen Einfluß bekommen?«), daß man natürlich einen »Namen« benutzen muß, um einen anderen zu beeindrucken. »Ich habe Hadder heute getroffen«, bemerkte er vertraulich und nebenbei, »er hat gesagt, er will mit Sev sprechen. Und als ich gestern bei Bolli vorbeikam, versicherte sie mir, sie wisse, wie man an… herankommt.« Eine große, beinahe unglaublich hohe Summe scheint sich zu materialisieren; der begeisterte Jüngling und das hypnotisierte Opfer denken schweigend darüber nach. »Ja-a-a-a«, murmelt das Opfer schließlich, »ich verstehe…« Und über beide Gesichter huscht der Anflug eines befangenen Lächelns, das die Absurdität eingesteht.

Er schafft es allein. Er besitzt das Flair, den Funken, den Impetus, die Energie; er kann Menschen oder Gruppen in Bewegung setzen. Er-wer? »Wer bin ich?« fragt er sich vielleicht in Augenblicken der Panik, wenn er sich umblickt und überall sieht, wie die Puppen tanzen. Aber wie ist das möglich…? Alle diese fähigen, intelligenten, erfahrenen Menschen beugen sich seinen Befehlen?

Er kommt sich vor, als hinge er zappelnd im leeren Raum. Die Augenblicke der Panik wiederholen sich; er weicht ihnen aus, meidet sie, entflieht ihnen… Er arbeitet intensiver, schneller, eilt von Ort zu Ort, schläft kaum und ißt nur als Teil des Vorgangs, Menschen zu überzeugen und zu manipulieren. »Nein, danke. Nur eine Scheibe Brot bitte. Ich esse nicht…« »Ein Glas Wasser vielleicht, ich trinke nicht…« Doch inzwischen geschieht etwas. Zweifellos. Zwar nicht genau im prophezeiten Rahmen von »die Sterne in Bewegung setzen«, aber ganz gewiß auch nicht so, wie er es sich in den ersten ängstlichen (feigen?) Momenten vorgestellt hat. Nein, als er zum erstenmal die göttlichen Schwingen von Gerechtigkeit und Überzeugung ausbreitete, dachte er: »Vielleicht kann ich erreichen, daß sie nur eine Spur von dem sehen, was…« Nein, davon hat er sich weit entfernt. Entstanden, wirklich und wahrhaft entstanden sind Organisationen – zahlende Mitglieder, Etats, Broschüren, Briefköpfe, Versammlungen. Sie wirken. Merkwürdigerweise erscheint *sein* Name nie. Weshalb nicht? Ganz einfach: Ein dürftiger Briefkopf, eine Liste von Sponsoren können der Bedeutung seiner Präsenz, seiner Ansprüche und seiner beherrschenden Wirkung nie gerecht werden. Vielleicht taucht sein Name jedoch irgendwo ganz klein gedruckt auf – als zweiter Sekretär oder so etwas Ähnliches. Außerdem haben seine Aktivitäten immer etwas Zweifelhaftes an sich. Seine Verachtung für die Leute, die er manipuliert, wächst ebenso wie das Staunen über sich, während er verspricht und überredet; und das verleitet ihn dazu, Aussagen über Geldsummen zu machen, die es nicht gibt; er behauptet, Soundso habe dies und jenes gesagt, was alles nicht der Wahrheit entspricht; hinter den wirklich vorhandenen, greif- und faßbaren Dingen – die Organisation, die Versammlungen, die Sponsoren, die Ziele – türmt sich ein gigantisches Lügengebäude.

Lügen, Lügen, Lügen! Schmeicheln, Speichellecken und Lügen!

An irgendeinem Punkt, manchmal erst Jahre später, fragen sich die Opfer plötzlich: »Ach ja, dieser... wie hieß er noch? Im Grunde war er verrückt... oder?«

Unser Held hatte inzwischen tatsächlich einen Anfall von Wahnsinn. Er mußte sich in ärztliche Behandlung begeben, oder er lebt auf einem anderen Planeten.

Es scheint, als habe er mit dem geschäftigen und fieberhaften Treiben nie etwas zu tun gehabt. Sein Name fällt nie oder kaum einmal. Das liegt nicht nur daran, daß die Leute, die nach seiner Pfeife getanzt haben, sich schämen und wünschen, sie könnten ihre Rolle dabei völlig streichen. Es hängt auch damit zusammen, daß irgend etwas nicht stimmt. Es war nicht leicht, diesen elektrisierenden Namen auf einen Briefkopf zu setzen oder unter einen Aufruf mit Fakten und Zahlen (Geschriebenes dieser Art muß im allgemeinen der Wahrheit näherkommen als das, was gesagt wird), denn diese mitreißende Erscheinung besaß eine andere Schwingung als all die anderen, eher durchschnittlichen Individuen; und so fällt es rückblickend schwer, ihm in der nüchternen und abgeklärten Erinnerung einen Platz einzuräumen. Dieses und jenes hat sich wirklich ereignet – vielleicht gibt es selbst jetzt noch eine dahinsiechende Gesellschaft oder Partei, aus der alles Leben gewichen ist –, aber man wird doch nicht behaupten wollen, dieser *Psychopath* habe sie gegründet?

So geschieht es, daß die Namen dieser Helden in der Geschichte fehlen. Man sucht vielleicht vergeblich in Berichten über Ereignisse, die man von Anfang bis Ende selbst erlebt hat – und über die man deshalb genau Bescheid weiß –, denn die Namen dieser Wunderwirker, ohne deren Zutun diese Ereignisse nie stattgefunden hätten, tauchen nirgends auf.

Incent wird wie die anderen dieser Art nicht in die Geschichtsbücher aufgenommen werden. Im Augenblick aber reden alle von ihm.

»Ja, er war letzte Woche hier. Wir haben ihm die ganze Nacht lang zugehört. Er meint es ehrlich!«

»O ja, das kann man sagen. Er meint es wirklich ehrlich.«

»So etwas Bewegendes habe ich noch nie erlebt«, berichtet jemand vielleicht nachdenklich, »ja ...«

Als ich in den frühen Morgenstunden in mein Zimmer zurückkam, stellte ich fest, daß Incent bereits ausgegangen war. Die Vermieterin hatte ihm beinahe die ganze Nacht zugehört und wirkte erschöpft und matt.

»Er hat sehr viel Mitgefühl, dieser junge Mann«, sagte oder murmelte sie im Halbschlaf, »ja wirklich ... er ist nicht wie diese Sirianer. Ihr kommt beide vom selben Planeten ... stimmt das?«

Damit habe ich jetzt meine Last.

Incent kehrte mittags zurück; er war so von sich selbst berauscht, daß er mich nicht erkannte. Er hatte mit Krolgul und Calder gesprochen und einer Stadt in der Nähe einen Blitzbesuch abgestattet, die »für die Wahrheit bereit ist«. Er marschierte mit starren, glasigen Augen in das kleine Zimmer im obersten Stockwerk des Hauses, wo ich ihn erwartete, und salutierte mit geballter Faust.

»Für mich, gegen mich«, tönte er und marschierte durch das Zimmer, denn es gelang ihm nicht, den Schwung zu bremsen, der ihn seit Tagen beflügelte.

»Incent«, sagte ich, »setz dich.«

»Fü' mi', gen' mi'!«

»Incent, ich bin Klorathy.«

»'mi, 'en mi'.«

»Klorathy!«

»Ach, Klorathy, hallo, Servus, alle Macht den ... *Klorathy*, ich habe dich gar nicht erkannt! Wunderbar, ich muß dir erzählen ...« Lächelnd sank er auf mein Bett und schlief ein.

Ich ging aus. Mit Calder und seinen Freunden hatte ich vereinbart, unsere »Konfrontation« solle in einem der Clubs oder Versammlungslokale der Bergarbeiter stattfinden. Doch unter Krolguls Einfluß hatte Incent, ohne das mit Calder zu besprechen, einen Saal im Gerichtsgebäude für diesen Anlaß gewählt und Calder einfach davon in Kenntnis gesetzt. Normalerweise finden in diesem Saal die Verfahren gegen die Einheimischen statt, die wegen kleiner Unbotmäßigkeiten angeklagt sind. Incent hatte überall in der Stadt auf Flugblättern und Plakaten »Eine Herausforderung der Tyrannei« angekündigt.

Ich ging zu Calder und traf ihn mit einer Gruppe seiner Leute in seinem Haus an. Er war außer sich vor Wut.

Ich erklärte, meiner Ansicht nach solle die »Konfrontation« abgesagt werden, und wir – er, ich, Incent und Krolgul – könnten uns statt dessen vielleicht mit zehn Vertretern der Bergarbeiter informell in seinem Haus oder in einem Lokal treffen. Doch seit unserer ersten Begegnung hatte man ihn mit Rhetorik überschwemmt. Er war wütend, daß die »Kräfte, die am Werk sind«, ihn »überlistet« und anstelle eines ihrer Clubs einen Schauplatz gewählt hatten, der ein

Symbol für Volyens Hegemonie war. Auf sich selbst war er wütend, weil er sich von Incent, dem er mißtraute, sobald er ihm den Rücken kehrte, hatte beeinflussen lassen, und er war zornig, denn Krolgul beteuerte in einer Nachricht, er habe nichts mit Incents Manövern zu tun. Deshalb sah Calder in mir jetzt einen Komplizen von Incent.

»Du und er, ihr kommt beide von demselben Planeten«, knurrte er mich an, als ich ihm gegenübersaß und mich etwa ein Dutzend kalter, wütender Augenpaare unverwandt musterten.

»Ja, das stimmt. Doch das bedeutet nicht, daß ich sein Vorgehen billige.«

»Du behauptest, daß ihr zwei von diesem fernen Planeten kommt, und daß du *nicht* mit ihm unter einer Decke steckst?«

»Calder«, sagte ich, »du mußt mir glauben, ich habe nichts mit diesen neuen Plänen zu tun. Ich halte sie für einen Fehler.« Doch es nützte nichts: Er – sie alle – war stundenlang Incents glühender Aufrichtigkeit ausgesetzt gewesen.

»Wir treffen euch dort in Volyens Gericht. Jawohl, wir treffen euch dort, und dann soll die Wahrheit siegen«, schrie Calder und schlug mit der großen Faust auf die Tischplatte – offensichtlich ein Ritual, um die Diskussion zu beenden.

Und so wird es also geschehen.

Krolgul läßt sich klugerweise nicht blicken. Incent schläft immer noch; er wirft sich jedoch ab und zu unruhig hin und her, richtet sich lächelnd auf und stößt abgehackte Phrasen hervor; dann sinkt er lächelnd in die Kissen zurück und träumt von der »Konfrontation«, die – wie ich fürchte – kaum gut ausgehen wird.

Und das geschah:

Kurz bevor Incent aus dem langen Schlaf erwachte, trat eine Änderung ein: Er lag schlaff und reglos auf dem Bett. Er erwachte langsam und war noch einige Zeit völlig benommen. Ganz offensichtlich konnte er sich nicht an das Geschehene erinnern. Wo war jetzt der »dynamische«, feurige, leidenschaftliche Verschwörer? Schließlich erhob er sich mühsam vom Bett und murmelte: »Krolgul ... ich muß zu Krolgul.«

»Weshalb?«

Er sah mich verblüfft an. *»Weshalb?«*

»Ja, weshalb? Es ist nicht notwendig, daß du überhaupt etwas mit Krolgul zu tun hast.«

Er ließ sich wieder auf das Bett sinken und starrte vor sich hin.

»In wenigen Minuten müssen wir uns auf den Weg in den Justizpalast machen, um dort in Raum Nummer drei mit Calder und seinen Genossen zu sprechen«, sagte ich.

Er schüttelte den Kopf, als wolle er sich von Gedanken befreien, die ihm durch den Kopf schwirrten.

»Arrangiert hast du es«, sagte ich.

»Klorathy«, fragte er, wieder ganz er selbst – zögernd, ehrlich und standhaft, »ich glaube, ich war wohl ein bißchen verrückt?«

»Ja, das stimmt. Aber versuche bitte zu bleiben, was du jetzt bist. Wir müssen zu diesem sogenannten Tribunal oder dieser Konfrontation gehen.«

»Was wirst du mit mir tun?« fragte er.

»Nun ja, wenn du dich halten kannst, wie du jetzt bist – nichts. Wenn nicht, mußt du dich der Totalen Immersion unterziehen ... fürchte ich.«

»Aber das ist entsetzlich, nicht wahr?«

»Wir wollen hoffen, daß es nicht soweit kommt.«

Das Verhandlungszimmer oder der Gerichtssaal der volyenischen Staatsmacht veranschaulicht die Prinzipien der Gerechtigkeit: Recht und Unrecht; gut und schlecht; Strafender und Bestrafte. Auf der einen Seite des runden Raums, dessen Wände mit glänzend braunen Steinen verkleidet sind, so daß die Bewegungen der Anwesenden sich im stumpfen Glanz der düsteren Oberfläche spiegeln, steht das Instrument der Macht: ein imposanter Sessel oder Thron. Ihm zugeordnet sind etwas schlichtere, aber ähnliche Sessel, Pulte für Ankläger und Zeugen. Sie stehen (zwangsläufig) den bedauernswerten Vertretern der Einheimischen auf der anderen Seite des Saals feindselig gegenüber. Dort befindet sich ein Dutzend harter Bänke.

Dieser volyenische Gerichtssaal ist so angelegt, daß sich *zwei* Ansichten gegenüberstehen. Wenn man das Wort *Ansicht* überhaupt für etwas verwenden kann, das stets mit Gefängnis, Folter oder Hinrichtung der Leute auf der einen Seite des Raums endet, während die auf der anderen Seite nach Hause zurückkehren, um sich dort zu erholen und auf einen neuen Tag vorzubereiten, an dem sie bestimmen, was »Gerechtigkeit« ist.

Aber wir vertraten *drei* Ansichten; ohne uns absprechen zu müssen, gingen wir instinktiv dorthin, wo die niedrigen Bänke standen. Wir ignorierten den Pomp des Gerichts und stellten die Bänke in einem Dreieck auf. Calder und seine Männer nahmen auf einer Seite Platz, Krolgul setzte sich allein auf die andere – allerdings nach einigem Zögern, das einnehmend bescheiden wirkte. Wie üblich trug er eine Art Uniform, in der seine Haltung zum Ausdruck kam: ein schlichtes graues Obergewand, eine weite Militärhose und um den Hals einen graugrünen Schal, wie ihn hier alle benutzen, um die Augen vor der blendenden Helligkeit der immer noch vorhandenen Gletscher und Schneefelder zu schützen. Er bot das Bild des verantwortungsbewußten Kämpfers.

Aber in Wirklichkeit war er völlig verwirrt. Das lag an Incent, seinem Geschöpf. Incent trottete teilnahmslos und erschöpft neben mir her. Man konnte glauben, er stehe unter Drogen oder Hypnose. Und genau das dachten außer Krolgul auch die Volyenadnaner. Calder begriff im ersten Moment nicht, daß dieser blasse, schwerfällige junge Mann, der neben mir auf der Bank zusammensank, der brillante und überzeugende Incent war. Mir kam das auch sehr ungelegen, denn ich hoffte, daß Incent einen Standpunkt vertrat – aber natürlich nicht Krolguls Standpunkt.

Krolgul hatte sich ebenfalls ausgerechnet, Incent würde für *ihn* sprechen.

Da saßen wir nun ruhig auf unseren Bänken. Niemand sprach.

Die Situation war nicht ungefährlich, denn natürlich benutzten wir den Gerichtssaal unerlaubterweise für unseren Zweck. Aus einem plötzlichen Impuls heraus hatte Incent auf einer Rednertribüne im armen Teil der Stadt geschrien: »Wir werden unsere Sache dort vorbringen, wo Volyens Herz schlägt!«

Deshalb konnte man damit rechnen, daß »Volyen« jeden Augenblick in Gestalt der Polizei, wenn nicht sogar der Armee auftauchen würde.

Schließlich erhob sich Calder, obwohl es keinen Grund dazu gab. Niemand mußte stehen. Er tat es, weil die Volyener ihm beigebracht hatten, daß man in Anwesenheit von Höhergestellten stehen muß. Calder, ein kantiger Brocken von einem Mann, so hart und undurchlässig wie die Schichten von Schiefer, Stein und Ton, die er bearbeitete, musterte Incent und bemerkte: »Wie es scheint, hat unser junger Held heute nicht viel zu sagen.«

Ich erwiderte, aber ohne aufzustehen, wie er und alle Volyenadnaner wüßten, habe Incent viel zu sagen gehabt. Er habe tage-, wenn nicht sogar wochenlang geredet und sei erst vor ein paar Stunden völlig erschöpft zusammengebrochen. Ich sagte das leise, humorvoll, um auf Calders ruhigen, beinahe ironischen Ton einzugehen.

»Und nun?« erkundigte sich Calder. Ich stellte erfreut fest, daß er sich wieder setzte.

»Darf ich vorschlagen«, sagte ich, »daß du die Situation erläuterst. Schließlich müssen deine Leute und du die Folgen jeder Aktion tragen.«

»Richtig, richtig!« stimmten die Männer hinter Calder im Chor zu. Ich erkannte, daß sie darüber miteinander bereits gesprochen hatten. »Er hat gut reden, aber wir dürfen später dafür ins Gefängnis wandern.«

Ich war natürlich ein Risiko eingegangen, denn ich wollte unter allen Umständen vermeiden, daß Krolgul aufstand und das Wort an sich reißen würde. Ich hoffte, das Gespräch ruhig und sachlich zu führen. Krolgul saß müßig auf der Bank, beobachtete alles, ohne sich das jedoch anmerken zu lassen, und versuchte, Incents Blick auf sich zu ziehen, damit er den Jungen wieder unter seinen Einfluß bekam.

Ich spürte Incent neben mir als ein Vakuum, als eine Leere. Er war nicht Krolguls Geschöpf, aber er war auch nicht er selbst. Er fungierte nicht als Kanal für die Kräfte und Mächte des Planeten, die Krolgul anzapfte; er ließ sich nicht den Geist von Canopus aussaugen. Er war ein Nichts. Ich hoffte, ihn in diesem Zustand halten zu können, bis die heilenden Kräfte von Canopus zu wirken begannen.

Krolgul wahrte Schweigen. Er setzte darauf, Incent seinen Willen wieder aufzuzwingen.

Calder beriet sich kurz mit seinen Gefährten, dann erklärte er knapp und kurz, aber mit einem zornigen Unterton: »Wir sind hier, weil ihr uns eingeladen habt – Volyen oder Sirius oder Canopus. Für uns ist das alles eins. Unsere Situation ist unerträglich geworden, und wir sind bereit, jeden Vorschlag anzuhören.«

»Es handelt sich weder um Volyen noch um Sirius, noch um Canopus... sondern um Shammat«, erwiderte ich, »Krolgul von Shammat.«

Damit riskierte ich sehr viel. Canopus klang in ihnen wie ein Echo uralter Geschichten und Legenden, und Shammat bedeutete ihnen nichts. Es war nicht mehr als Flüche und Verwünschungen, deren Quelle sie längst vergessen hatten.

»Shammat ist es?« fragte Calder und wurde zornig. Seine Sicherungen brannten durch. Er begriff nichts mehr. »Na ja, wer immer es auch ist, wir sind hier, um zuzuhören. Wer von euch fängt an?«

Ich fragte leise: »Weshalb nicht *du*, Calder?«

Calder sprang auf und erklärte aufgebracht: »Unsere Situation sieht so aus. Wir arbeiten alle Tag und Nacht, unser ganzes Leben lang. Unser Leben ist kurz, schwer und mühsam. Die Ergebnisse unserer Arbeit fließen alle nach Volyen. Und mehr ist dazu nicht zu sagen.«

»Und«, half ich nach, »nach Ansicht Krolguls von Shammat solltet ihr das abstellen, indem ihr rebelliert... obwohl nicht deutlich wird, wie diese Rebellion aussehen soll... und Grice, den Generalgouverneur, ermordet. So ist es doch, nicht wahr? Und dann sind eure Leiden alle zu Ende.«

Als die Männer um Calder den Sachverhalt in diesen nüchternen Worten hörten, entstand Unruhe und Gemurmel. Calder erhob sich und erklärte für unsichtbare Berichterstatter und Spione: »So etwas habe ich nie gesagt und keiner von uns.«

»Nein«, erwiderte ich, »doch das war das Thema gewisser Reden in letzter Zeit. Ich habe davon gesprochen, daß es vielleicht Alternativen gibt. Und ich bin bereit, sie darzulegen.«

Jetzt griff Krolgul ein. Er tat jedoch nicht mehr, als leise vor sich hin zu murmeln: »Grice, der Geier... Grice, der Gierschlund.« Er blieb sitzen, hatte die Hände um die Knie geschlungen und lächelte, als lausche er einer unhörbaren Musik.

Das weckte Incent, er kam zu sich. »Das ist es!« schrie er oder schrie er beinahe, und das Lächeln, das seine Selbsthypnose begleitete, trat wieder auf sein Gesicht, »Grice... Grice, der Graus... der Geier...« Er verstummte wieder und sank in sich zusammen.

»Wie es scheint, ist der junge Herr aufgewacht«, bemerkte Calder.

Inzwischen hatte ich hoch oben auf der braunen Wand

vor mir einen blassen Fleck entdeckt, der vorher nicht dagewesen war. Ein kurzer Blick nach hinten zeigte mir über dem Thron des Richters eine kleine Öffnung, in der ich das Gesicht von Grice sah – ebenso fahl, krank und leidend wie am Vortag, als er der Rede auf dem Platz zuhörte.

Bislang hatte ihn niemand bemerkt.

Ich erklärte laut und entschieden: »Ich werde kurz zusammenfassen, was ihr meiner Ansicht nach tun könntet …«

Krolgul sprang auf, hob die Faust wie das lebende Standbild der Arbeiterschaft und schrie: »Tod dem Tyrannen! Tötet Grice! Tötet …« Incent erwachte wieder zum Leben und stand lächelnd neben mir. »Tod«, stammelte er, und dann gewann seine Stimme an Kraft: »Tod dem volyenischen Schinder, Tod …«

Ist es möglich, Johor, daß wir manchmal dazu *neigen*… ich drücke es bewußt so vorsichtig aus … die Macht der Vernunft zu überschätzen? Ich betone mit Nachdruck, Calder ist ein zuverlässiger, vernünftiger Mann, der nichts anderes tut, als *maßvoll* die Dinge einzuschätzen und zu beurteilen.

Während Incent leicht schwankend, noch immer leichenblaß, aber sichtbar wiederauflebend, dort stand, lächelte Calder verlegen und beinahe mitleidig.

Ich fragte leise und ruhig: »Calder, habe ich das Wort?«

»Wenn sie dich reden lassen«, erwiderte Calder mit einem halb geringschätzigen und halb bewundernden Lachen und wies mit dem Kopf auf Incent und Krolgul, die in heroischen Posen tönten: »Tod …«

»Nur du kannst sie zum Schweigen bringen«, bemerkte ich. Calder sagte: »Laßt ihn sprechen …«

Krolgul brach sofort mit einem sarkastischen und verächtlichen Schulterzucken ab, nahm seine übliche Haltung ein, mit der es ihm gelang, bescheiden und nicht anmaßend Bedeutung zu suggerieren, gleichzeitig aber eine unbeschreibliche Überlegenheit.

Incent psalmodierte weiter, bis Calder sich halb erhob und

zu ihm sagte: »Setz dich, mein Junge. Laß die Opposition zu Wort kommen.« Incent setzte sich, außer Atem, und sah erst mich entsetzt und entschuldigend an und warf dann Krolgul entschuldigende und verschwörerische Blicke zu.

Ich sagte: »Ihr müßt eure Wirtschaft diversifizieren.«

Ich wußte, das würde sie in höchste Erregung versetzen, denn es klang so einfach und kam völlig unerwartet.

Volyenadna war ein Minenplanet. Das war er, und das war er gewesen, solange die von Volyen aufgezeichnete Geschichte zurückreichte.

Schweigen. Krolgul gestattete sich als erster einen langen, stummen Lachanfall und brach dann in schallendes Gelächter aus. Dann lachten die Volyenadnaner. Incent starrte ausdruckslos, benommen und mit offenem Mund vor sich hin. Um ihn machte ich mir besondere Sorgen, denn wenn ich ihn nicht retten, ihn nicht wieder zur Vernunft bringen konnte, dann ...

»Laßt ihn sprechen«, rief Calder, aber sein Gesicht verriet nichts als Hohn.

Ich erklärte: »Ihr seid ein Sklavenplanet, wie Krolgul sagt. Ein reicher Planet, dessen Reichtum abgezogen wird von ...«

»Von dem gefräßigen Geier«, bemerkte Krolgul leise und scheinbar nachdenklich.

»Nein«, widersprach ich, »seit Generationen werden euch die Früchte eurer Arbeit weggenommen. Aber so war es nicht immer. Habt ihr vergessen, ehe ihr Volyens Untertanen wurdet, standet ihr unter der Herrschaft des Planeten Maken und davor unter der des Planeten Slovin. Und beide haben euch die Erze genommen, die ihr abbaut. Doch davor seid ihr die Eroberer gewesen! Es gab eine Zeit, in der ihr Volyendesta und Volyen unterworfen hattet ...«

»Womit?« fragte Krolgul, »mit Eis und Schnee?«

»Als das Eis zurückwich, habt ihr euch in der Tundra angesiedelt und vermehrt. Ihr hattet nicht mehr genug zu essen, und euch fehlten auch die Mittel, um euch warmzuhalten. Ihr habt Raumschiffe von Slovin gestohlen, die hier auf einem Raubzug landeten. Damit seid ihr nach Maken und Volyen vorgedrungen. Ihr habt Raumschiffe gebaut und vier Planeten beherrscht und sie genauso ausgeraubt, wie es jetzt mit euch geschieht ...«

Calder hörte sich dies an und fragte leicht höhnisch: »Behauptest du, daß wir so imperialistische Blutsauger waren, wie Volyen es ist?«

»Ich behaupte, ihr seid nicht immer Sklaven gewesen und habt anderen zu Reichtum verholfen.«

»Und du willst andeuten ...«

»Ihr seid eine reiche Pfründe für Volyen, und daran wird sich auch nichts ändern, wenn Volyen abtritt, denn Reiche entstehen und zerfallen, zerfallen und entstehen. Volyen wird von diesem Planeten ebenso verschwinden, wie Maken und Slovin schwächer wurden und verschwanden, und wie es euch erging: Eure Stärke schwand, und die von euch unterworfenen Planeten gewannen die Oberhand. Doch wer immer Volyen ablöst« – natürlich konnte ich auf Sirius nicht einmal hinweisen, dieses Wort konnte man nur Ormarin zuflüstern, denn er besaß als einziger die Kraft, es zu hören. Auch Krolgul ahnte nicht, wie bald Volyens Macht zusammenbrechen und das Reich erobert werden würde –, »wer auch immer nach Volyen kommt, wird euch genauso behandeln, wenn ihr nicht dafür sorgt, daß es *nicht* geschieht. Ihr könntet etwas tun, um stärker zu werden. Ihr könntet Bauern und Bergarbeiter sein und ...«

Krolgul lachte; er schüttelte sich vor Lachen. »Bauern«, prustete er, und Calders Männer lachten. »Bauern ... auf dieser Eiswüste.« Seine Verachtung für den Planeten kam so unverhüllt zum Vorschein, daß es Calder mißfiel.

»Was sollen wir anbauen?« fragte er mich.

»Wenn du und deine Leute mir zuhören, werde ich es euch erklären. Ihr seid nicht der einzige Planet mit solchen klimatischen Bedingungen.«

»Und du glaubst, Volyen wird das zulassen? Volyen möchte, daß wir bleiben, wie wir sind. Sie interessieren sich nur für unsere Bodenschätze, sonst für nichts.«

Ich erwiderte: »Doch ihr habt einen Generalgouverneur, der meiner Ansicht nach auf euch hören würde.«

Krolgul schrie erregt: »Grice der Geier, Generalgouverneur Gierschlund …«

Plötzlich erwachte Incent wieder zum Leben, sprang hellwach auf. Er war wieder ganz Krolguls Geschöpf.

»Nieder mit Grice«, schrie er, »befreit euch von Grice und …«

Ich ließ Calder nicht aus den Augen und sagte über den Lärm hinweg: »Vergiß nicht, Calder, ich kann euch helfen. Vergiß meine Worte nicht.«

Calder wich meinem Blick aus, und das ist immer ein Zeichen, daß man für die Leute nicht mehr vorhanden ist. Tatsächlich hatte ich ein paar Minuten lang das Gefühl, für die Leute unsichtbar geworden zu sein, denn all die harten feindseligen grauen Augen der Arbeiter und natürlich auch Incents schwarze leidenschaftliche Augen wichen mir aus; sie sahen sich alle gegenseitig an. Krolgul hielt den Kopf gesenkt, als betrachte er nachdenklich den Fußboden, während er in Wirklichkeit unter schweren Lidern seinen hypnotischen Druck auf Incent aufrechterhielt, der jetzt wieder völlig unter seinem Einfluß stand.

»Eindeutig«, begann Incent beschwörend, beinahe singend – er sprach leise, doch seine Stimme gewann zunehmend an Kraft –, »eindeutig befinden wir uns am Wendepunkt einer dynamischen Entwicklung! Welche Perspektiven eröffnen sich uns, während wir mit einem Fuß in der schmachvollen Vergangenheit stehen und mit dem anderen in einer Zukunft, in der das Leben immer erregender, immer strahlender wird, in der wir nicht länger zu ängstlich sind, Möglichkeiten mit beiden Händen zu ergreifen. Und wir werden dort das Glück bauen, wo jetzt nichts als trostloses Leid herrscht …«

In Calders Gruppe wurde Murren laut, und Calder rief: »Heraus mit der Sprache, Junge! Wir wollen konkrete Vorschläge hören!«

Aus dem Konzept gebracht, vermochte Incent nur vage zu lächeln, während seine Rhetorik in ihm Purzelbäume schlug, so daß ihm Mund und Hände zuckten.

Krolgul sagte leise: »Ein konkreter Vorschlag! Ihr fordert Handeln, eine Tat! Ich will euch sagen, was für eine Tat auf euch wartet, um...«

»... das Gebot der Unvermeidlichkeit der Geschichte zu erfüllen...«, ergänzte Incent beinahe zögernd; sein Schwung war gebremst, und er konnte ihn nicht wiedergewinnen.

»Jawohl«, sagte Krolgul etwas lauter, »eine Tat, die für euch zu den Tyrannen spricht, die...«

»... sich an eurem Elend mästen!« schrie Incent.

Krolgul: »Grice der Geier. Volyens Vasall, Volyens Symbol. Er verkörpert Volyen hier unter euch. Ergreift ihn und...«

»Ergreift Grice!« schrie Incent und sprang erregt auf und ab. »Schleppt ihn vor die... vor die...«

»Schranken der Geschichte«, soufflierte Krolgul. Mit einer beinahe unmerklichen Handbewegung brachte er Incent zum Schweigen; Incent blieb mit offenem Mund und halbgeschlossenen Augen reglos stehen wie ein Schlafwandler oder jemand, der sich in Trance befindet.

Plötzlich ertönte aus den Reihen der Arbeiter der Ruf: »Jawohl! Schleppt ihn vor Gericht! Machen wir ihm den Prozeß...«

»Nieder mit ihm!« schrie Incent. »Wir zerren ihn aus seinem Palast. Hier vor uns allen soll er stehen.«

»Vor dem *Volk*«, half Krolgul nach – Incent war verloren! Er hatte die Arme hoch über den Kopf gehoben, er leuchtete und strahlte vor Leben, das Krolgul ihm einflößte. Jetzt gab es kein Hindernis mehr, Incent gehörte ihm, und alle in diesem Gerichtssaal hingen mit einer Art Sehnsucht, einem gierigen Hunger an ihm. Ich muß dir berichten, Johor, auch ich konnte mich der Wirkung nicht völlig entziehen. O wie klein, erbärmlich und unbedeutend erschienen mir plötzlich all unsere Bemühungen, ganz besonders unsere Sprache, die so kühl, maßvoll und *gewählt* ist. In diesem Moment sah ich mich so, wie diese Bergarbeiter mich sahen: Ein Mensch, der nichts mit ihrem Leben, ihren Anstrengungen zu tun hatte, ein Fremder, der ruhig, gleichgültig und teilnahmslos auf seiner Bank saß.

Gerade wegen meiner Distanz, und weil alles, was ich sagte, falsch, sogar brutal wirkte, wußte ich, sie würden mir zuhören. Ohne die Stimme zu heben, ohne gespielte Selbstaufgabe erklärte ich: »Was wird es Volyen ausmachen, wenn ihr Grice aus der Residenz schleppt und vielleicht sogar umbringt? Ihr habt sofort einen neuen Gouverneur, und vermutlich wird er sehr viel schlimmer sein als Grice.«

Den Männern entrang sich ein gequältes Stöhnen und Seufzen. Sie blickten auf den exaltierten Incent wie auf die Verkörperung ihrer entschwundenen Hoffnungen. Doch Calders Blick streifte mich einmal kurz; in seinen Augen lag Abneigung, und ich war schwach genug, um sie als schmerzlich zu empfinden.

»Und?« fragte ich, »wie stellt ihr euch das vor, ihn aus seinem Palast zu schleppen?«

Krolgul erwiderte: »Wir gehen auf die Straße, an die Versammlungsplätze, und sagen zu den Leuten: ›Kommt mit uns!‹... Mehr ist nicht notwendig.«

»Ich glaube, ganz so einfach ist das nicht«, erklärte ich trocken. Ich drehte den Kopf gerade weit genug, um zu sehen, daß jeder Grice entdecken würde, der zu dem kleinen Fenster hinaufblickte. Grice beugte sich vor und blickte düster und leidenschaftlich auf uns herab. Ganz besonders fixierte er Incent, den edlen Jüngling, der leise vor sich hin sang: »Freiheit oder Tod, Tod oder Freiheit.«

Ich lachte. O ja, mein Lachen war ebenso berechnet wie alles, was Krolgul tat.

Über das Gemurmel und die entrüsteten Zwischenrufe hinweg sagte ich zu Calder, der als einziger der Bergarbeiter genug Selbstkontrolle bewahrte, um noch eine Verbindung mit mir aufrechtzuerhalten: »Soll ich dir sagen, wann ich diesen Ruf ›Freiheit oder Tod‹ zum letztenmal gehört habe? Soll ich es dir sagen, Calder?«

Die steingrauen Augen weigerten sich immer noch, meinen Blick tatsächlich zu erwidern. Sie glitten über mich hinweg, und ich fragte: »Calder, habe ich das Recht zu sprechen?«

Voll Abneigung sah er mich schließlich an und nickte.

»Na dann los«, sagte er.

Während Incent immer noch sang: »Freiheit oder Tod!«, begann ich zu erzählen: »Das alles spielte sich auf einem anderen Planeten ab. Die Bewohner eines bestimmten Landes verarmten, und die wirtschaftliche Lage wurde völlig chaotisch. Das Volk wollte sich von einer Reihe Parasiten befreien, die auf seine Kosten lebten. Darunter befand sich auch eine Institution, die man *Kirche* nannte und die euch hier zumindest erspart geblieben ist. Während die Leute berieten, debattierten und sich verschworen... alles unter großen Risiken... schwangen sich ein paar Berufsrevolutionäre zu ihren Führern auf, und zwar mit Parolen wie: ›Freiheit oder Tod!‹ ›Wir können nur durch Blut neu geboren werden...‹«

»Erneuerung durch Blut...«, sang Incent, und die Worte schienen ihm Kraft zu geben. Er schien durch die Macht der Worte, die er benutzte oder die ihn benutzten, zu schweben.

»Der König und die Königin, im Grunde wohlmeinende und verantwortungsbewußte Menschen, dienten als Sündenböcke; auf sie lenkten die Revolutionäre den Haß und den Zorn der Menge. Lügen und Verleumdungen ließen das Bild monströser, genußsüchtiger Herrscher entstehen. Ein Bild, das sich bis in die letzten Jahrhunderte hielt. Die Revolutionäre ermordeten den König, die Königin und alle, die sie umgaben, als Repräsentanten der Tyrannei. Und als die Menge sich mehr und mehr und immer mehr an Worten berauschte, wurden die Morde willkürlicher, und bald brachten die Revolutionäre sich gegenseitig um. Eine Orgie des Tötens fand statt, während verbrecherische und skrupellose Elemente, die in solchen Zeiten immer gedeihen, an die Macht kamen und taten, wonach ihnen der Sinn stand. In der Raserei des Tötens und der Rache, in den Orgien der Worte, Worte, Worte, an denen sich jedermann beteiligte, geriet das Ziel der Revolution, die die wirtschaftlichen Bedingungen hatte ändern und das Land stark und gesund machen sollen, in Vergessenheit. Denn in allen von uns liegt, gerade noch kontrollierbar, *das Tier*: Das Tier, das auf diesem Planeten noch vor kurzer Zeit rohes Fleisch aß, Blut trank und morden mußte, um zu leben. Die Kräfte des bedauernswerten Landes flossen in das Töten um des Tötens willen, in den Genuß an Worten …«

»Töten, töten, töten«, intonierte Incent.

»Und bald herrschte überall Chaos! Und dieses Chaos machte sich ein Tyrann zunutze; er bediente sich mitreißender Worte, einte die zerstrittenen Menschen durch Worte, übernahm die Kontrolle und gab der Klasse, die sich an den Armen mästete, die Macht zurück, vergrößerte sie sogar noch. Dann ging er daran, alle Nachbarstaaten zu unterwerfen. Dieser Tyrann wurde durch die Macht der Worte – der *Lügen* – groß. Aber auch er fiel ihnen zum Opfer, nachdem er gemordet, geplündert und zerstört hatte. Das Land, in dem die Worte ›Freiheit oder Tod‹ einmal so edel und erhaben geklungen hatten, befand sich wieder in den Händen der durch Erbfolge gesicherten herrschenden Kaste, die den Reichtum kontrollierte. All das Leid, das Töten, das Heldentum, all diese Worte, Worte, Worte waren umsonst gewesen.«

Calder und die Bergarbeiter hörten mir inzwischen aufmerksam zu. Von dem unglückseligen Incent, der immer noch monoton seine Parolen intonierte, nahmen sie keine Notiz mehr. Auch Krolgul würdigten sie keines Blickes, der mir insgeheim den Sieg zugestand und bereits an Plänen für die Zukunft arbeitete. Er, ein bescheidener Mensch, beobachtete, das Kinn in die Hand gestützt, die Szene mit einem ironischen Lächeln: Es war das beste, was er tun konnte.

»Calder«, erklärte ich, »es gibt Leute, die von *Worten* leben. Worte sind ihre Nahrung, ihr Brennstoff. Worte sind ihre Existenz. Sie unterwerfen sich Gruppen, Armeen, Nationen, Länder, *Planeten* durch Worte. Und wenn all das Geschrei, das Singen, die Reden und der Rausch der Worte vorüber ist, hat sich *nichts* geändert. Ihr ›erhebt‹ euch, wenn ihr wollt! Zerrt Grice oder eine andere Marionette vor die Schranken der Geschichte, der Geographie oder der ›revolutionären Unausweichlichkeit‹, berauscht euch und euer Volk an Geschrei… und am Ende wird sich nichts geändert haben. Grice ist etwa so schuldig wie ein…«

Ich bemerkte, daß plötzlich alle nicht mich ansahen, sondern an mir vorbeiblickten. Der blasse Fleck hoch oben an der glänzenden Wand war verschwunden. Incents Gesicht, eben noch glühend vor Erregung und im Bann von *Blut… Tod… Freiheit…*, verzerrte sich zu einer Grimasse echten Hasses: Mitten unter uns, neben Incent, stand Grice! Er war ebenso erregt, ebenso blaß, so edel wie Incent; und in derselben Pose bereitwilligen Leidens hob er die Arme, reckte das Kinn und sagte mit leuchtenden Augen: »Ich bin Grice. Ich bin Grice der Schuldige.«

»Unsinn«, erwiderte ich, »nichts dergleichen. Du hast deine Aufgabe erfüllt, und nicht einmal so schlecht. Mach dir nur keine aufgeblasenen Vorstellungen von dir selbst.«

Inzwischen herrschte beklommenes Schweigen. Selbst Incent hatte seinen Singsang abgebrochen. Die Anwesenheit des leibhaften Grice wirkte wie ein Schock. Niemand hatte ihn bisher anders gesehen als halb verborgen in den unterschiedlichen volyenischen Uniformen, die alle dazu gedacht sind, das Individuum auszulöschen. Natürlich wußten sie, daß Grice kein fettes Ungeheuer war, das sich vom Blut und Fleisch seiner Opfer nährte. Aber trotzdem, die Gestalt vor ihren Augen ließ sich nur schwer mit ihrer Vorstellung in Einklang bringen. Grice ist klapperdürr, blaß, wirkt ungesund, und sein Gesicht trägt die tiefen Spuren zielloser Selbstbefragung. Ihn schwächt ein ungelöster Konflikt.

Würdevoll erklärte Grice: »Subjektiv kann ich sagen, ich bin nicht schuldig. Ich habe mich nicht gemästet. In letzter Zeit habe ich sogar nach einer strengen Diät gelebt. Ich mache mir nicht viel aus Kleidern, Luxus interessiert mich nicht, und Macht ödet mich an. Aber objektiv gesehen, in einer historischen Perspektive, bin ich schuldig. Deshalb: Macht mit mir, was ihr wollt!«

Er breitete die Arme aus, stand vor uns und wartete auf eine Apotheose des Schicksals.

»Moment mal«, sagte Calder angewidert, »wo ist deine Leibwache?«

»Sie wissen nicht, daß ich hier bin. Ich habe mich heimlich davongeschlichen«, erklärte Grice stolz. »Ich habe verkleidet eure Versammlungen besucht, wenn auch nicht so oft, wie mir lieb gewesen wäre... Ich habe soviel von dir zu lernen. Ich bin einer deiner größten Anhänger, Calder. Ich bewundere, was du tust. Ich stehe auf deiner Seite.«

Incent war in sich zusammengesunken. Er saß auf der Bank, starrte den Bösewicht an, und ich sah, daß er sich im Zustand eines klinischen Schocks befand. Ich mußte etwas tun. Ich erhob mich und zog Incent auf die Beine.

»Grice überlasse ich dir«, sagte ich zu Calder, der sich mit seinen Männern beriet. Ich ging, zog Incent hinter mir her und hörte gerade noch, wie Calder angewidert und gereizt zu Grice sagte: »Also, Gouverneur, du verschwindest wieder in deinem Palast, und zwar schnell! Wir möchten nicht, daß man uns vorwirft, wir hätten dich entführt oder etwas Ähnliches.«

Ich brachte Incent in unsere Unterkunft zurück. Er befand sich tatsächlich in einem jämmerlichen Zustand. Er fieberte vor Rhetorik, denn er hatte sich nicht von all den Worten befreien können, die in ihm wühlten.

Ich setzte ihn auf einen Stuhl und erklärte: »Tut mir leid, Incent, aber ich muß es tun.«

»Ich weiß, ich habe es verdient«, erklärte er mit Genugtuung.

Es mußte also Totale Immersion sein. »Ich werde dich die Schrecken der Ereignisse, die ich Calder im Gericht geschildert habe, tatsächlich durchleben lassen«, sagte ich.

Ich machte ihn zu einem Metallarbeiter in Paris. Natürlich lebte er nicht in tiefster Armut, denn der Revolutionär eines bestimmten Typs darf nicht unter schlimmstem Hunger und Kälte leiden oder die Verantwortung für eine Familie tragen müssen. Die fanatischsten Revolutionäre gehören immer der Mittelklasse an; sie können ihre ganze Zeit auf die Revolution verwenden. Incent traf sich mit seinesgleichen an den zahllosen Treffpunkten der Armen, in Gießereien, Cafés, allen möglichen Buden, hielt Reden und hörte sich Reden an; er stürmte mit dem Mob durch die Straßen und schrie *Worte*: »Tod … Blut … Freiheit … Gerechtigkeit … Nieder mit … Auf die Guillotine mit …« Gierig verschlang er alle *Nachrichten* über den König, die Königin, über den Hof und die Priester. Er glich einem Kanal für Worte, Worte, Worte; er lebte ständig im Fieber der Rhetorik, stand unter dem Bann all der Scharlatane, der Hypnotiseure der Öffentlichkeit. Als Worte schließlich die Macht völlig übernahmen und der Wahnsinn der Worte ganz Paris erfaßt hatte, rannte er neben dem Schinderkarren zu den Plätzen des rituellen Mordes, beschimpfte und schmähte König, Königin, Aristokraten; sein Haß richtete sich auch gegen ehemalige Verbündete wie Madame (›Nur durch Blut können wir uns erneuern‹) Roland, und bald brüllte er mit der Menge Beifall, wenn die Köpfe ehemaliger Idole rollten. Als ganz Paris über die Grausamkeiten jubelte, schrie er am lautesten und leidenschaftlichsten. Als die Pariser nach dem Aufruf der Kommune neun Gefängnisse stürmten und im Blutrausch innerhalb von fünf Tagen vierzehnhundert Menschen töteten, überbrachte er Dantons Reaktion auf diese Nachricht: »Zum Teufel mit den Gefangenen, sollen sie doch sehen, wo sie bleiben.« Und Incent tötete und tötete, stets mit den Worten auf den Lippen: »Tod dem … Tod, Tod, Tod …«

Als das Morden sich legte und die Menschen anekelte, sang er sentimentale Lieder über das Schicksal der Ermordeten und rannte wie eine Ratte oder ein Käfer durch die Stadt, denn er mußte rennen und schreien. Er konnte nicht aufhören. Als der neue Tyrann an die Macht kam, rannte, schrie und jubelte er: »Hoch … Ruhm dem …« Er erkämpfte sich mit Lug und Trug den Weg in das Heer des Tyrannen – inzwischen nicht mehr der leidenschaftliche, gutaussehende beredte Jüngling, sondern ein dicker Mann, aufgedunsen von Worten, Zügellosigkeiten und Grausamkeit. Mordend und raubend marschierte er mit dem Heer von einem Land in das nächste. Schließlich nahm er auch am letzten Eroberungsfeldzug des Tyrannen teil, der mißlang; und mit vielen tausend anderen starb er vor Hunger im Schnee, nahm den Mund bis zuletzt voll Worte und schmähte das Volk, dessen Land er hatte erobern wollen.

Incent kam wieder zu sich. Er saß mir gegenüber auf dem Stuhl, blinzelte und starrte mich an, als die Realität der Gegenwart stärker wurde als das Leben, das er gerade hinter sich gelassen hatte.

Er begann zu weinen. Zunächst weinte er beinahe lautlos, während die Tränen aus seinen leeren, entsetzt aufgerissenen Augen quollen, und dann hemmungslos schluchzend. Er krümmte sich auf dem Stuhl und preßte das Gesicht in die Armbeuge.

Ich ließ ihn dort zurück und ging auf die Straße. Alles wirkte wie üblich. Das heißt, in den besseren Plätzen der

Stadt – Parks, Restaurants und Cafés – drängten sich die Volyener, während die Volyenadnaner die Cafés und Clubs in den Seitenstraßen bevölkerten. Es schienen nicht mehr bewaffnete Patrouillen als üblich unterwegs zu sein. Im Palast brannte hoch oben hinter einem Fenster ein einsames Licht.

Ich ging zurück und warf einen Blick auf Incent: Er war im Sitzen eingeschlafen.

Ich ging über den Platz zur Residenz und bat um eine Unterredung mit Generalgouverneur Grice. Man teilte mir mit, er sei überraschend nach Volyen abgereist.

Ich hinterließ an allen Plätzen, von denen ich wußte, daß Calder sie besuchte, eine Nachricht für ihn: »Ich bin bereit, mich jederzeit mit dir zu treffen.« Ich wartete mehrere Tage auf Antwort; nichts geschah. Ich hörte Incent zu, der mir alles über das Leben erzählen mußte, das er gerade durchlebt hatte: Das Fieber hatte ihn – leider nur vorübergehend – verlassen. Die stockenden, zögernden, mühsamen Worte hatten nichts Glühendes und Begeisterndes mehr an sich. Er schauderte und zitterte, manchmal erstarrte er vor Entsetzen über das, was er gesehen und getan hatte.

Aber eines ist klar: Ich muß nach Volyen reisen. Ich kann Incent nicht mehr Zeit lassen, sich zu erholen. Ich sagte ihm, er könne mich begleiten oder bei Krolgul bleiben, und überließ die *Entscheidung* ihm – wie ich es natürlich tun muß, selbst wenn es für ihn noch so gefährlich wäre, die falsche Wahl zu treffen. Aber bei der Erwähnung von Krolgul schüttelte er sich vor Entsetzen.

Wir machen uns sofort auf den Weg.

Klorathy auf Volyendesta,
an Johor.

Ich habe auf meiner Reise nach Volyen hier Station gemacht, um Ormarin zu besuchen.

Die sirianische Präsenz ist sehr stark. Überall entstehen Straßen, Brücken und Häfen. Überall sieht man die Lager der Sklavenarbeiter. Am Himmel schweben sirianische Raumschiffe verschiedenster Typen. Man redet von nichts anderem als von der bevorstehenden sirianischen Invasion. »Sirius, Sirius«, sagen sie. Aber wer ist Sirius? Während meines Aufenthaltes verschwanden die Raumschiffe, und der Himmel blieb leer. Am nächsten Tag tauchten sie wieder auf. Irgendwelche Machtverschiebungen auf dem Mutterplaneten; aber die Leute auf Volyendesta wissen nichts von den Kämpfen dort. Für sie ist es einfach »Sirius«.

Ormarin, unsere größte Hoffnung, befindet sich in der Klinik! Ein Rückschlag! Man hätte seine Therapie besser dosieren können. Sie unterzogen ihn Leichter Immersion und wählten dafür fünf verschiedene historische Episoden, alle unter dem Aspekt der Eroberung von Schwachen durch Imperien auf dem Höhepunkt ihres Expansionsdrangs. Es handelte sich um kurzlebige Reiche auf Shikasta, aus der Zeit der vielen kurzlebigen Reiche am Nordwestrand. Da es sich um Leichte Immersion handelte, nahm er an den Ereignissen nicht tatsächlich teil, sondern beobachtete sie nur. Leider muß ich berichten, daß die Behandlung ihn in eine Geistesverfassung versetzt hat, die sich kaum von Incents Febriler Rhetorik unterscheidet. Ormarin sitzt in seinem Zimmer hoch oben in der Klinik, starrt weinend auf die Wüste und wird geschüttelt von einem Anfall des: »Was ist der Sinn von allem?« Oder: »Die Vergeblichkeit allen Tuns?«

»Komm zu dir, Mann, reiß dich zusammen!« mahnte ich. »Du weißt sehr gut, die Sirianer oder sonstwer werden bald angreifen, und du sitzt hier in diesem jämmerlichen Zustand.«

»Ist mir gleichgültig«, erwiderte er. »Was hat es für einen Sinn? Wir werden kämpfen … oder nicht. Wir wehren uns gegen sie, wenn sie hier sind … oder wir wehren uns nicht. So oder so werden wir zu Tausenden … zu Millionen sterben. Diese armen Kreaturen, die sirianischen Sklavenarbeiter, sterben zu Millionen, denn das ist ihre Funktion. Wir Volyendestaner werden sterben. Und dann wird das sirianische Reich zusammenbrechen, wie alle Reiche früher oder später …«

»In diesem Fall sehr viel früher als später«, unterbrach ich ihn.

»Und dann? Das weitere Beispiel eines gescheiterten Unternehmens für die Geschichtsbücher, ein nutzloses Unterfangen, etwas, das auf Blut und Leid aufbaute und besser nie in Angriff genommen worden wäre …«

In diesem Stil ging es einige Zeit weiter, und ich hörte aufmerksam zu, denn ich hatte bisher selten Gelegenheit, einen so klassischen Fall dieses Zustandes zu erleben. Er bediente sich aller Formulierungen, die zu den deutlichsten Symptomen gehören, und er benutzte sie wirklich schön und elegant.

Ich ließ das Gespräch als Unterlage für die Ärzte sogar aufzeichnen.

Eigentlich hatte ich gehofft, ihn nach Volyen mitnehmen zu können, damit er mir bei der Behandlung des armen Incent half.

Die Ärzte versichern, daß Ormarin bald wieder der alte und bereit sein wird, seine Rolle in unserer himmlischen Scharade zu spielen – eine Redewendung, die er ständig wiederholt. Ich finde sie sehr ansprechend, denn sie berührt jene Aspekte in mir, die *meine* Immersion in diese Ereignisse, wie ich weiß, kurieren oder zumindest leichter kontrollierbar machen sollen.

»Euer himmlisches Theater«, sagte Ormarin, und in seinem ehrlichen Gesicht spiegelte sich Erschöpfung – das Ergebnis des Schwelgens in Ironie –, »diese Peep-Show für die Feinschmecker der Vergeblichkeit. Dieses Spiel, das auf Planeten und in Sternbildern stattfindet, an dem sich, wie man annehmen darf, Beobachter ergötzen, deren Gaumen nach einer immer stärkeren Stimulation durch das Absurde verlangen…«

»Ormarin«, sagte ich, »du bist vielleicht krank, und unsere lieben Ärzte haben in deinem Fall möglicherweise ein bißchen übertrieben, doch ich muß dich zumindest dazu beglückwünschen, daß sich dein allgemeines Verständnis vergrößert und deine Perspektive erweitert hat. Ich freue mich sehr darauf, mit dir zusammenzuarbeiten, wenn es dir ein bißchen besser geht.«

Er nickte düster; seine Augen richteten sich auf geisterhafte Invasionsarmeen, die alles vernichteten, was ihnen in den Weg kam; diese Armeen wurden beinahe augenblicklich hinweggefegt; sie verschwanden, um von anderen ersetzt zu werden…

Ich erinnere mich, selbst unter einem langen schweren Anfall dieser Krankheit gelitten zu haben. In dieser Zeit bereitete ich den für mich Verantwortlichen – unter anderem natürlich dir, Johor – sehr große Schwierigkeiten. Aber ich kann behaupten, daß sie auch etwas Trostbringendes an sich hat: Eine stolze, verkapselte Melancholie begleitet das Nachdenken über all das, was dem kindlichen Gemüt als Vergeblichkeit erscheinen muß. Und das ist im Grunde sehr angenehm. »Also gut«, bemerkt dieser philosophische Betrachter kosmischer Ereignisse, den die kosmische Perspektive lähmt, und wendet sich dabei an den Kosmos selbst, »also gut, wenn du so bist, dann ist es deine Sache!« Man verschränkt die Arme, lehnt sich im Sessel zurück, läßt ein zynisches Lächeln um die Lippen spielen; man schließt halb die Augen und ist bereit zuzusehen, wie ein Komet auf einen hübschen kleinen Planeten stürzt oder wie ein anderer Planet von – sagen wir – einem momentanen sirianischen Expansionsdrang geschluckt wird, weil das Bedürfnis nach einem Mineral oder einer Ware besteht – und wie sich herausstellt, war es ein unsinniges Bedürfnis, denn es beruhte auf einer Fehleinschätzung der Wirtschaftsexperten.

»Wir sehen uns bald wieder, Ormarin«, sagte ich. »Insgesamt bin ich sehr zufrieden mit dir. Du bist auf dem Weg der Besserung.«

Aber er hat sich zu der Frage durchgerungen: »Nun gut, wenn du nicht Volyen bist, wenn du nicht Sirius bist, wer bist du dann mit deinem Autoritätsgehabe?« Ich erwähnte Canopus – und sein Blick schweifte ab. Er möchte es nicht so endgültig und eindeutig wissen ...

Klorathy in Vatun auf Volyen,
an Johor.

Ich besuchte sofort den armen Incent. Es war nicht leicht gewesen, den richtigen Platz für seine Wiederherstellung zu finden. In seinem Zustand war das Fehlen jeglicher Stimulation notwendig. Doch wo findet man das heutzutage auf Volyen, wenn selbst in den einsamsten ländlichen Gebieten im nächsten Augenblick alles unter dem Dröhnen von Maschinen oder von aufgezeichnetem oder gesendetem Lärm vibrieren kann? Einer unserer Freunde hat ein Hotel im Zentrum von Vatun. Ja, in der Hauptstadt gelang es mir, das zu finden, was ich suchte: Ein großes Zimmer in der Mitte des Gebäudes, gut isoliert und vor allem ohne jede Öffnung zur Welt draußen. Du wirst dich erinnern, Vatun besitzt viele Parkanlagen und Gärten; vielleicht sind sie jedoch nicht mehr so gut gepflegt wie damals, als Volyen auf dem Höhepunkt seiner Macht stand. Ich wollte Incent unbedingt vor den schwächenden Gedanken schützen, die die Prozesse der

Natur unvermeidlich hervorrufen. Der Kreislauf von Geburt, Wachstum, Verfall und Tod, die Verwandlung von einem Element in das andere, die ganze Unrast ... nein, das war nichts für Incent, nicht in seinem Zustand. Schon die leichteste unzuträgliche Stimulation wirkte schädlich.

In einem Brief, den ich Incent mitgab, erklärte ich unserem Freund, dem Besitzer des Hotels, daß natürlich keinerlei Gewalt angewendet werden dürfe. Doch Incent sei vermutlich nur allzu bereit, eine neutrale, nichtstimulierende Umgebung zu akzeptieren.

Und dort fand ich ihn auch. Ich ließ den Krach und den Lärm, das Rufen, Schreien und Singen auf den Straßen von Vatun und die beunruhigenden Gedanken, die seine Parks unvermeidlich wecken, hinter mir und begab mich in – eine vollkommene Stille. Ich näherte mich einer hohen weißen Tür am Ende eines mit dicken Teppichen ausgelegten Gangs, öffnete sie und stand in einem hohen weißen Raum. Dort ruhte Incent auf einer Liege und starrte an die weiße Decke. In diesem Refugium gab es keinen einzigen natürlichen Gegenstand – nicht einmal einen Faden aus Pflanzenfasern in den Teppichen oder Bettdecken, keine einzige Erinnerung an die Tierwelt in Form von Fellen, bzw. auch nur Fellstücken, nicht einmal eine Blume, eine Blüte oder ein Blatt. Welch ein vollkommener Friede! Ich brauchte selbst dringend Ruhe, um mein inneres Gleichgewicht wiederzufinden. Ich muß gestehen, Ormarin hatte es mit seinen philosophischen Folterungen durcheinandergebracht. Ich sank neben ihn in einen bequemen Sessel und blickte ebenfalls auf das Weiß um uns herum und lauschte wie Incent auf – nichts.

»Ich werde hier nicht mehr weggehen!« sagte Incent, »ich werde mein Leben ruhig und ungestört in diesen vier Wänden verbringen, ohne jemandem zu schaden.«

Ich machte mir nicht die Mühe, darauf zu antworten.

»Wenn ich an die Schrecken denke, die ich mitangesehen

und die ich mit verursacht habe... wenn ich...« Aus seinen großen, dunklen Augen strömten die Tränen.

»Incent«, mahnte ich und lieferte ihm eine Auswahl der tröstenden und nützlichen Floskeln, die ich erst vor kurzem bei Ormarin benutzt hatte.

»Nein«, er schüttelte den Kopf, »ich weiß inzwischen, wozu ich fähig bin. Ich habe beschlossen zu beantragen, daß ich nach Hause zurückkehren darf. Doch zuvor muß ich noch zwei Dinge tun. Erstens, ich muß mich bei Gouverneur Grice entschuldigen.«

»Aha.«

»Zweitens, ich will Krolgul suchen und... und... ich dachte... ich will versuchen, ihn zu bekehren.«

»Aha.«

Langes Schweigen.

»Nun ja, du weißt«, sagte ich, »du kannst tun, was du glaubst, tun zu müssen. Das ist das Gesetz. Die Freiheit der Entscheidung. Wenn du glaubst, es sei deine Bestimmung, Shammat zu bekehren, von Puttiora ganz zu schweigen...«

»Jetzt machst du dich über mich lustig! Das ist nicht nett!«

»Schon gut«, sagte ich, »vielleicht ist es zu früh. Meiner Ansicht nach solltest du noch ein bißchen hierbleiben und dich richtig ausruhen. Aber natürlich kannst du jederzeit gehen, wenn du möchtest.«

Ich brach auf und stellte erleichtert fest, daß Incent blieb, wo er war. Wenn man eine Ruhelage, in der die Füße sich in gleicher Höhe wie der Kopf befinden, als heroisch bezeichnen kann, dann kam Incents Pose dem Heroischen nahe: Arme trotzig verschränkt, das Kinn in Opposition zur Decke, die Füße in Habtachtstellung.

Ich verließ das Hotel; in der Halle herrschte aufgeregtes Durcheinander – eine Handelsdelegation des sirianischen Hauptquartiers auf dem Planeten Motz reiste gerade ab; die Delegierten trugen alle große Selbstzufriedenheit zur Schau.

Ich ging geradewegs in den Park gegenüber. Ein paar frei laufende Gazellen kamen herbei, um mich zu begrüßen. Wie es der Zufall wollte, stammten sie von Shikasta. Sirius hatte sie gestohlen und als Teil eines Staatsgeschenks hierhergebracht. Sie beschnupperten und leckten meine Hände. Ich wußte, mein Gefühlssystem stand kurz vor der Überlastung: Pflanzen in jedem Stadium des Wachstums; Vogelgezwitscher – kurz gesagt, der übliche Angriff auf die stabilisierenden Mechanismen. Es fiel mir so schwer, mein emotionales Gleichgewicht zu wahren, daß ich beinahe zu Incent zurück ins Hotel gehen wollte.

Oh, der Zauber des *natürlichen* Lebens! Die Täuschungen der Instinkte! Die Verlockungen all dessen, das pulsiert und oszilliert! Wie ich mich nach Canopus sehne und nach seinen… genug davon! Verzeih mir die Schwäche.

Natürlich befand ich mich auf dem Weg zu Krolgul. Beinahe hätte ich ihn noch vor Incent aufgesucht.

Shammat hat auf Volyen eine Schule der Rhetorik eingerichtet. Sie folgt in etwa dem Prinzip der äußerst erfolgreichen Schule der Rhetorik, die in der Spätzeit von Shikasta lange unter der Leitung von Tafta blühte. Dort diente sie dem Zweck, sich die Auswirkungen von Religion und Politik zunutze zu machen. Doch als Tafta seinen großen Fehler beging und die falsche Junta auf Shammat unterstützte, wurde die Schule vernachlässigt und schließlich nutzlos. Krolgul beschäftigte sich mit der Geschichte dieser Schule und beantragte bei den neuen Herren von Shammat, eine solche Institution auf Volyen ins Leben rufen zu dürfen. Kurz nach deinem Besuch hier wurde sie gegründet. Sie blüht und gedeiht infolge der Turbulenzen auf Sirius.

Ich kann mich nicht erinnern, daß du Taftas Schule auf Shikasta erwähnt hättest. Sie bestand aus einem als theologisches Seminar getarnten Zweig und einer Schule der Politik. Das theologische Seminar befand sich in einem prunkvollen, grandiosen Gebäude, das die Sinne in jeder Hinsicht ansprach und befriedigte. Die Schule der Politik war in einem schmucklosen, funktionalen Gebäude untergebracht. Die Studenten des theologischen Seminars trugen eine Vielfalt sehr kostbarer Gewänder und besaßen reichverzierte Gegenstände. Die Kleidung in der Schule der Politik war einfach und schmucklos. Doch in den beiden scheinbar so unterschiedlichen Seminaren bediente man sich einer beinahe identischen Sprache, so daß die Studenten das Religiöse in das Politische übertragen konnten und umgekehrt. Ja, man ermutigte sie sogar dazu, und im allgemeinen mußten sie nur ein paar Worte in einer Passage ihrer Deklamation austauschen, um diese Aufgabe zu bewerkstelligen.

Es erwies sich als unmöglich, dieses Konzept auf Volyen exakt zu kopieren, denn das volyenische »Streben nach dem Höheren« war hier immer identisch mit den politischen Idealen. Aber es gibt zwei Hauptzweige der Rhetorik, und zwei sehr unterschiedliche Gebäude repräsentieren sie: Der Stil des einen ist streng und schlicht, während man sich in dem anderen aller erdenklichen sinnlichen Hilfsmittel bedient – angefangen bei Licht- und Farbspielen bis hin zu Blumen und Pflanzen in kunstvollen Anlagen und Bepflanzungen. Selbstverständlich nutzt man auch Töne als bezaubernde Geräuschkulisse. Ein Besuch in diesem Zweig der Rhetorik, den sie salopp »mit allen Tricks« bezeichnen, erinnert einen an das Religionsseminar auf Shikasta; der andere Zweig befindet sich in einem schlichten, schmucklosen Gebäude, und die Studenten dort tragen einfache Kleidung; und das weckt andere Vergleiche mit Shikasta: Wie du dich vielleicht erinnerst, genügte es, daß ein Politiker der machtgierigsten Sorte schlichte Kleidung trug und sich der Sprache des einfachen Volkes bediente, um die Wirrköpfe mit seiner »Ehrlichkeit« und »Aufrichtigkeit« zu beeindrucken.

Aber da die Politik alle volyenischen Sehnsüchte »nach dem Besseren« auf sich gezogen hat und es noch immer tut, bietet sie tatsächlich so etwas wie die »ganze Fülle des Lebens«, um das Motto über dem Eingang von Krolguls Schule zu zitieren. In der Vergangenheit war Volyen mehrmals ein unterworfener Planet gewesen: In Ansichten und Gedanken finden sich immer noch viele Spuren der Rhetorik von Sklaven. Es war auch ein unabhängiger Planet gewesen, der kaum Kontakte zu Nachbarplaneten aufnahm: Die Sprache einer stolzen und autarken Isolation ist immer noch lebendig, obwohl die Volyener die Autarkie schon lange nicht mehr besitzen. Es war ein schnell wachsendes, rücksichtsloses Reich: Lieder, Gedichte, hochtrabende und pathetische Redewendungen sind immer noch lebendige Beweise dieser Phase. Im Augenblick ist es ein auseinanderbrechendes, sterbendes Reich, aber die Sprache hat sich diesem Zustand noch nicht angepaßt. Bald wird es eine sirianische Kolonie sein; nun ja, man wird keine neuen Ausdrucksformen entwickeln müssen, denn die Phrasen aus den Sklavenepochen müssen nur wieder hervorgeholt und mit neuem Leben erfüllt werden.

Doch ich merke, die Darstellung dieses Kreislaufs löst in mir Symptome von Ormarins Leiden aus, und ich werde damit aufhören.

Wie sich herausstellte, kam ich zu einem günstigen Zeitpunkt in die Schule, denn es fanden gerade Prüfungen statt. Krolgul saß mit ein paar anderen Prüfern am Kopfende eines Saals hinter einem Tisch, während ein Student nach dem anderen vortrat, um zu zeigen, was er konnte.

Der Prüfungssaal ist ein schlichtes Rechteck, und nichts darin spricht durch Form, Farbe, Duft oder Geräusche die Gefühle an. Man vermeidet jede Art von Stimulation, um die Wirkungen der Rede auf die Kandidaten genau beurteilen zu können.

Ich durchquerte zunächst eine Halle, in der die vielen aufgeregten Prüflinge warteten. Sie kamen von Volyen, Volyenadna, Volyendesta und den beiden äußeren Planeten Maken und Slovin. Ich entdeckte unter ihnen einige unserer Agenten, interessanterweise auch 23 und 73 – aber meine Berichte über sie liegen dir sicher schon vor. Da sie schon nach kurzer Dienstzeit in Shammats Hände fielen, konnten sie die Verbindung nie richtig herstellen und sind deshalb für Shammat nutzlos. Krolgul versteht nicht, weshalb all seine Bemühungen um die beiden, die genauso enthusiastisch sind wie Incent, erfolglos bleiben. Der Konflikt in ihnen ist schwächer, und dadurch wirken sie stabiler und beständiger. Deshalb erwartet er von ihnen mehr als von dem bedauernswerten Incent… Glücklicherweise versteht Krolgul so vieles nicht!

Ich begrüßte unsere beiden (im Augenblick) verlorenen Agenten, und sie grüßten verlegen zurück. In ihrem Herzen wissen sie, daß sie zu Canopus gehören, und reden sich irgendwie ein, ihr Dienst für Shammat sei immer noch Dienst für uns. Die anderen Agenten erkannten mich nicht.

Bei meinem Eintreten war gerade eine junge Kandidatin durchgefallen. Krolgul und seine Kollegen gaben das Zeichen, die Kontakte zu dem Apparat zu entfernen. Plötzlich entdeckte er mich, sprang vom Podium und eilte mir entgegen, um mich zu begrüßen. Er strahlte. Krolgul freut sich immer, mich zu sehen! Überrascht dich das? Mich überraschte es, und ich mußte darüber nachdenken. Zum einen sieht er in unserer Anwesenheit einen Beweis für die Bedeutung dessen, was er, was Shammat tut. Auf Planeten, wo sie manchmal – scheinbar – ohne unser Wissen am Werk waren, verlieren sie den Mut und zweifeln, ob sich die Anstrengung überhaupt lohnt. Ja, meine Ankunft im »Reich« Volyen gab ihnen allen großen Auftrieb. Außerdem wissen sie sehr gut, wie bruchstückhaft ihr Wissen ist, und daß unsere Absichten für einen Planeten auf Plänen basieren, die weit über ihr Verständnis hinausgehen. Krolgul arbeitet mit beachtlichem Geschick an einer Massenerhebung »im ganzen Reich und alle zur gleichen Zeit! Nur das, und das ist genug« – ein Zitat aus einer seiner letzten Reden –, doch in seinem Innersten weiß er, daß ich auf Grund *unseres Wissens* beinahe mit Sicherheit etwas völlig anderes erwarte.

Er eilte mit ausgestreckter Hand und einem breiten Grinsen auf mich zu; er erinnerte dabei an einen Affen, aber seine Freude war echt.

Er trug wieder eine Pseudouniform, denn es handelt sich nicht um Uniformen einer bestimmten Art oder für einen bestimmten Zweck. Doch die meisten jungen Leute im ganzen »Reich« Volyen tragen selbsterfundene Uniformen. Das hängt mit ihrer Konditionierung durch die Kriege der letzten Zeit und die Aufstände in den Kolonien zusammen, bei denen immer in Uniform gekämpft wurde. Jede Armee, und sei sie auch kaum mehr als eine Guerillagruppe, benutzte Uniformen und erzwang Uniformität bis hin zur letzten Schnalle, zum Gürtel und Kragen. Jede, selbst die leichteste Abweichung wurde bestraft – manchmal sogar mit dem Tod. Es ist ihnen inzwischen sogar unmöglich, sich einen Krieg ohne Uniformen vorzustellen. Diese Prägung erstreckt sich inzwischen auf jeden Aspekt ihres Lebens. Es gibt eine bestimmte Bekleidung für die unteren Gliedmaßen. Sie besteht aus dickem, hartem Stoff immer von derselben Farbe. Sie ist sehr eng und betont den Hintern und die Genitalien. Dieses Kleidungsstück wird nicht nur in jedem Winkel des »Reichs« getragen, sondern sogar auf den Nachbarplaneten von Sirius. Ein junger Mensch, der aus dem einen oder anderen Grund so etwas nicht besitzt, hält sich für einen Außenseiter und wird von anderen auch dafür gehalten.

Krolguls Uniform ist insofern seine eigene Erfindung, als der untere Teil aus einem Rock besteht, in der Art, wie ungelernte Arbeitskräfte – üblicherweise Ausländer – ihn auf Volyen tragen. Diese Leute raffen ihn jedoch zwischen den Beinen und stecken den Zipfel in den Bund. Doch Shammats Beine sind zu behaart und knotig, um sie zu zeigen. Deshalb läßt er den Rock darüberfallen, der außerdem bunt ist. Shammat liebt kräftige Farben, aber als Vorwand dient die Entschuldigung: »Schwarz zu tragen, also die Farbe der Arbeitskleidung der arbeitenden Massen, ist eine falsche Identifikation.« Über dünnen roten, blauen, grünen, gelben Baumwollröcken werden kurze, enggeschnittene braune Jacken getragen, deren Hauptmerkmal unzählige geknöpfte Taschen auf der Vorderseite und auf der unteren Rückenpartie sind. Das vermittelt den Eindruck eines Menschen, der zwei freie Hände braucht, um vielleicht ein Gewehr zu halten.

Krolgul trug einen leuchtendblauen Rock, und die Jackentaschen waren vollgestopft mit Papieren, Schreibutensilien und verschiedenen elektronischen Geräten.

»Servus«, sagte er und schüttelte mir die Hand, »willkommen. Möchtest du zuhören?«

»Glaubst du, ich könnte dabei viel lernen?« fragte ich scherzhaft.

»Wer weiß?« sagte er zufrieden, »wir schmeicheln uns ... aber du wirst es selbst sehen.« Er gab das Zeichen, den nächsten Kandidaten eintreten zu lassen, blieb jedoch neben mir stehen und warf mir anscheinend unbewußt kurze, beinahe flehende Blicke zu.

»Du willst mich nach Incent fragen?«

»Ja, ja«, sagte er eifrig, versuchte aber, es beiläufig klingen zu lassen.

»Er hat sich keineswegs schon erholt«, sagte ich. Krolgul strahlte. Erstaunlich, wie durchschaubar, wie einsehbar er wird, wenn seine Persönlichkeit nicht hinter einer Rolle zurücktritt. »Und ich glaube, er wird sich auch so schnell nicht erholen. Wie du natürlich weißt, ist es eine sehr große Anstrengung für ihn, wenn du ihn als Kanal benutzt, wie du es tust.« Er warf mir ein paar kurze schnelle Blicke zu – zweifelnd, triumphierend, entschuldigend, sogar verlegen. Denn Krolgul schien zu glauben, wir wüßten nicht, wie wichtig Incent für sie im Kampf zwischen uns, zwischen

Canopus und Shammat, ist, obwohl alle unsere Aktionen, sowohl Shammats als auch meine, seit meiner Ankunft hier deutlich darauf hinweisen. »Du riskierst es, ihn sehr krank zu machen«, sagte ich, »im Augenblick unterzieht er sich einer Behandlung.«

»Für uns ist er nur einer eurer Agenten«, sagte Krolgul großspurig und schien selbst nicht zu glauben, daß diese Lüge überzeugend wirkte. Er zog eine Pfeife hervor und zündete sie an.

»Krolgul«, sagte ich – wie ich hoffe gelassen und mit dem »Humor«, ohne den man hier nicht einen Tag überleben würde –, »du machst uns eine Menge Schwierigkeiten.« Er strahlte und fühlte sich wieder geschmeichelt; er drehte und wand sich mit einem leisen zufriedenen Lachen. »Aber weißt du, du bist auf dem Holzweg.« Ich sagte es, um zu sehen, wie die Mutlosigkeit ihn überkam. Und das geschah sehr plötzlich! Vor mir stand ein sichtbar bestürzter Krolgul, der mich wie so oft an einen Affen, an ein Tier erinnerte, ohne daß etwas an seinem Äußeren darauf hingewiesen hätte – ein blinzelnder Krolgul. Ja, Shammats oberster Vertreter im Reich Volyen stand mit offenem Mund und hängenden Schultern neben mir, und in seinen Augen lag nichts als die flehende Bitte: Sag es mir! Sag es mir! Sag es mir!

Doch seine Helfer hatten inzwischen den Prüfungskandidaten an das Meßgerät angeschlossen, und Krolgul mußte zu seinem Platz auf dem Podium zurückkehren. Ich lehnte es ab, ihn zu begleiten, und blieb allein an der Wand stehen.

Es war ein junger Mann aus Volyenadna, ein stämmiger, graugrüner schwerfälliger Mensch, der ohne ein Zeichen von Nervosität sofort begann. Er hob vorsichtig die Hand, um die Kabel der Monitoren nicht durcheinanderzubringen.

»Kameraden! *Freunde!* Ich weiß, was wir zusammen unternehmen werden, erlaubt mir, euch Freunde zu nennen.«

Die Diagramme und Leuchtanzeigen, auf denen seine emotionalen Reaktionen ablesbar waren, wurden auf einen großen Bildschirm hoch an der Wand projiziert, damit er sie nicht sehen und vielleicht davon beeinflußt werden konnte. Ich und die Prüfer auf dem Podium beobachteten ihn und konnten gleichzeitig den exakten Zustand seines Gefühlssystems verfolgen.

Es zeigte sich bereits, daß er nicht lange durchhalten würde – trotz der scheinbaren Schwerfälligkeit und Gelassenheit: Bei dem Wort *Freunde* hatte sein ganzer Organismus reagiert und bei *zusammen unternehmen* packte es ihn so, daß er beinahe den Grenzwert überschritt.

»... Nein, ihr fragt euch nicht: ›Was?‹, denn ihr wißt es schon. *Wir* wissen es schon ...«

Aber der junge Mann war schon durchgefallen. Bei diesem *Wir* versagte ihm die Stimme, und der Summton, der das *Durchgefallen* signalisierte, ertönte.

Auf den Mann folgte eine kräftige, gutaussehende junge Frau aus Volyendesta, die sehr selbstsicher wirkte und uns allen gelassen zulächelte.

Sie brachte den ersten Abschnitt mit dem gefährlichen und bewußt plazierten *Freunde* gut hinter sich; bei dem *Wir* zeigten die Geräte einen kaum sichtbaren Ausschlag. Doch dann wuchs die Erregung in ihr: »... Wenn wir uns nicht über die Gründe einig sind, wie das, was geschehen ist, geschehen konnte, dann sind wir uns doch einig über das Heilmittel. Wir stehen hier, vereint in dem Wissen, daß es so nicht weitergehen kann! Warum leben wir inmitten eklatanter Ungleichheit, schreiender Ungerechtigkeit, entsetzlicher Armut und zynischen Reichtums ...« Das Timbre ihrer Stimme verriet, daß Tränen in ihr aufstiegen, und sie konnte nicht mehr lange durchhalten. Doch sie gab nicht auf, obwohl der Ausdruck von Ungeduld und Verärgerung über sich selbst auf ihrem Gesicht uns zeigte, sie wußte, daß sie versagt hatte. »... Weshalb sind wir mit einer aufgeblasenen, stupiden Bürokratie geschlagen, die unter der Last ihrer eigenen Unfähigkeit stöhnt? Warum sehen wir in der einen

Straße die Gesichter junger Leute, die nie erlebt haben, wie es ist, eine Lohntüte für ihre ehrliche Arbeit zu öffnen…«

Bei *Arbeit* versagte ihr die Stimme, und der Summer ertönte.

Tapfer ging sie mit großen Schritten hinaus, doch die Tränen verrieten ihre Enttäuschung.

Als nächstes kam eines der ernsten, blassen Wesen von Slovin, die immer große Schwierigkeiten haben, die kräftigen, schwerfälligen und robusten Bewohner der anderen Planeten von ihrer Kraft zu überzeugen. Sie sind zäh und ausdauernd, und ihr Nervensystem ist weit weniger anfällig für emotionale Erregungen als das der meisten anderen. Wenn man sie einmal erlebt hat, schätzt man sie sehr. Auf dem Podium erhoffte man sich große Dinge von dieser scheinbar zerbrechlichen Revolutionärin. Und tatsächlich nahm sie mühelos die Reizworte, über die alle anderen gestolpert waren. »…ehrliche Arbeit zu öffnen, und in der nächsten die übersättigten Nichtstuer, deren Anblick uns anwidert. Warum? Warum?« Durch die beiden *Warum* gerieten ihre Werte beinahe in die Gefahrenzone. Doch sie fing sich. »Warum? Wir wissen alle, warum! Aber was tun? Wir wissen es. Auch das wissen wir. Oder nicht? Unsere Lage ist schlimm. Sie ist entsetzlich, aber sie ist nicht hoffnungslos. Wir sollen und müssen bereit sein zu Opfern!« Und schon war es passiert. Aber der Ausschlag der Nadeln kam so plötzlich, daß man auf dem Podium beriet und ihr sagte, sie könne sich ausruhen und zu einem zweiten Versuch zurückkommen. (Dann bestand sie mühelos.)

Es folgte ein einheimischer volyenischer Arbeiter. Diese Leute sind nicht gerade besonders attraktiv. Sie haben eine graubraune Haut, sind massig, und im großen und ganzen fehlt ihnen jede Anmut. Aber man weiß, daß sie emotional nicht labil sind. Bei *Freunde, Arbeit, Opfer* zuckten die Nadeln bedenklich, beruhigten sich jedoch wieder. »Jawohl, Opfer. Und von uns wird nicht nur verlangt, daß wir den

Gürtel enger schnallen, obwohl das verlangt *wird*. Nicht nur, daß wir achtzehn Stunden am Tag, sogar vierundzwanzig Stunden am Tag arbeiten, sondern auch, daß wir unsere vereinzelten und jämmerlich kleinen individuellen Willen und Gedanken dem großen Ganzen unterordnen, dem großen Willen, dem großen Ziel, der großen *Entscheidung*... daß wir ein für allemal uns darüber einig sind, daß es so nicht weitergehen darf. Jawohl, ein für allemal Kameraden ... Brüder ... Schwestern ... *Freunde*...« Die Nadeln schlugen heftig aus. Der Kandidat hob die Hand und bat um einen zweiten Versuch etwas später. Er wurde ihm gewährt.

Und wieder erschien ein Volyener. »Und wo sollen wir beginnen? Wo? Natürlich bei uns selbst! Wie können wir mit alten Herzen und alten Willen eine neue Welt schaffen? Wir brauchen neue, saubere, junge Herzen ...«

Bei *Herzen* war dieser Bedauernswerte verloren. Aber allen, die bis zu dieser Stelle durchgehalten hatten, wurde ein zweiter Versuch gestattet.

Es folgten mehrere Kandidaten, die gleich zu Anfang, beim ersten Testwort versagten. Dann überstand endlich einer die ganze Rede. Auch er war einer der silbrigen, zarten, scheinbar so verletzlichen Bewohner von Slovin. »Wir leben in einer Zeit ungeheuerer Ereignisse, in deren Licht künftige Generationen ihr eigenes Schicksal sehen werden. Das gegenwärtige Geschick der Planeten übertönt wie ein Aufschrei das gemeinsame Donnern der Zeiten. Wir brauchen einen klaren Blick und eine unerschütterliche Entschlossenheit. Wir werden unser Werk zum Klang von Liedern und Gesängen der Arbeiter beginnen und beenden. Unser Werk ist keine Sklavenarbeit, sondern ein erhabener Dienst am Vaterland aller ehrbaren Leute. Opfer! Ein vereinter Wille! Nur dieser Weg führt uns hinaus, führt uns zur Rettung, zu Wärme und Zufriedenheit. Opfer. Und reine Herzen. Reine Hände. *Liebe*...«

Dieser erste erfolgreiche Kandidat zog sich scheu und bescheiden zurück, wie es hier Sitte ist, wenn jemand Erfolg hatte, und das Podium beriet sich. Ich konnte sehen, daß es eine Unterbrechung geben würde. Ich wußte es, weil Krolgul die ganze Zeit über Fingernägel kauend auf seinem Stuhl gesessen hatte und seinen Kollegen die Arbeit überließ, das Können der Kandidaten zu überprüfen, während er über meinen Worten brütete. Er wollte wieder zu mir kommen, um mich so lange zu drängen und zu bearbeiten, bis ich ihm sagte, was ich wußte… bis er wußte, welche Pläne Canopus hatte, welches Wissen Canopus besaß…

Aber in diesem Moment geschah etwas Unerwartetes: Den Prüfungssaal betrat – ruhig und unauffällig in einer Variante der Kleidung der hiesigen administrativen Klasse – Incent. Er sah mich auf meinem Platz und bedeutete mir mit einer Geste: Sei unbesorgt.

Doch er vermied es, meinem Blick zu begegnen. Ein schlechtes Zeichen. Das bedeutete, nichts, was ich sagte, würde ihn erreichen. Ich lehnte mich zurück, damit geschehen konnte, was geschehen mußte…

Krolgul war bei seinem Anblick aufgesprungen. Ihn erfüllten neue Energie und Entschlossenheit. Er rief: »Incent…«, erinnerte sich dann jedoch an meine Anwesenheit und blickte in meine Richtung – allerdings vermied er wie Incent, meinem Blick zu begegnen.

Incent benahm sich Krolgul gegenüber – es gibt nur ein Wort dafür – hoheitsvoll. Er stand auf dem Platz des Kandidaten und bedeutete den Helfern, ihn an das Gerät anzuschließen.

»Ich habe die Absicht, diese Prüfung zu bestehen«, sagte er auf diese ruhige, beinahe gleichgültige Weise, die eine Folge seiner Krankheit war. Denn natürlich war er krank, obwohl die Prüfer das nicht unbedingt merken mußten. Er war noch immer aller Emotionen beraubt; er war leer nach diesem Exzeß. Niemand erholt sich in ein paar Tagen oder sogar in vielen Tagen von der Totalen Immersion. Seine emotionalen Reservoire waren auf einem niedrigen Stand. Deshalb wirkte er ruhig, daher der Anschein huldvoller Liebenswürdigkeit.

Nachdem alle Kabel und Drähte angeschlossen waren, stand er aufrecht auf seinem Platz und lächelte mir zuversichtlich zu.

»Ich bin bereit«, erklärte er.

Nun, es war schlimm, sehr schlimm.

»Kameraden, *Freunde…*« Ich glaube, Krolgul erwartete, daß er über dieses erste Stolperwort fallen würde. Doch es geschah etwas weit Alarmierenderes. Auf den Monitoren hinter Incent konnten wir sehen, daß die Nadeln keineswegs beunruhigende Gefühlsgipfel, -schwankungen und -höhen registrierten, sondern meist am unteren Ende der Skala den Blicken entschwanden. Incent befand sich in einem solchen Tief, daß sein ganzer Organismus in das andere Extrem verfiel. Das Wort *Freunde* folgte natürlich im richtigen Abstand auf *Kameraden*, so daß die Nerven der Prüfer erwartungsvoll vibrierten; doch das hatte nur zur Folge, daß der kleine Rest Emotion, der ihm noch geblieben war, plötzlich versickerte. Die Zeiger tauchten nur hin und wieder kurz zuckend am unteren Ende der Diagramme auf. Incent sprach eintönig, beinahe liebenswürdig, traf jedoch die Intonation perfekt und machte die richtigen Pausen an der richtigen Stelle. *Eklatante Ungleichheit und schreiende Ungerechtigkeit und so weiter* nahm er gut, obwohl im wahrsten Sinne des Wortes kein Brennstoff mehr in ihm war. Ich beobachtete, daß die Prüfer unruhig wurden und miteinander flüsterten. Krolgul hatte panische Angst und ließ mich nicht aus den Augen. So etwas hatte er noch nicht erlebt und auch nicht gewußt, daß es einen solchen Zustand überhaupt gab. Er fürchtete, ich würde ihn bestrafen.

Doch von allen Wesen in unserer Galaxis kann Krolgul sich vermutlich am wenigsten etwas unter freiem Willen vorstellen – zumindest noch nicht und noch lange Zeit nicht.

Incent leierte seinen Text herunter: »Opfer, jawohl, Opfer…«

Plötzlich kippte er um, und die Kabel lösten sich.

Ich ging zu ihm und brachte ihn wieder zu sich.

Er fragte nicht, wo er sich befand, denn er wußte es sofort. Er stand auf – schwach, aber er selbst. Tief beschämt sah er mich an und sagte: »Am besten bringst du mich ins Hotel zurück, Klorathy. Ich habe einen Narren aus mir gemacht.«

Und zu Krolgul: »Nun gut. Aber ich bin noch nicht fertig mit dir. Ich wollte dir zeigen, daß ich deine Prüfung bestehen kann. Und dann wollte ich mit dir diskutieren, nachdem ich bewiesen hätte, daß ich immun bin gegen…« Er weinte, doch es waren Tränen der Schwäche und inneren Leere… wenige kraftlose schmerzliche Tränen.

Krolgul lief aufgeregt um uns herum, während wir zur Tür gingen, und rief: »Aber… aber… ich hoffe, ihr macht uns nicht dafür verantwortlich. Ich wußte nicht, daß Incent hierherkommen würde. Ich weise jede Verantwortung dafür energisch zurück.«

Incent war zu schwach, um das Gebäude sofort verlassen zu können. Wir blieben eine Weile in der Vorhalle sitzen und beobachteten, wie die Kandidaten sich auf die Prüfung in Rhetorik vorbereiteten; sie benutzten sich gegenseitig als kritische Zuhörer einer Rede, die vom Tenor und den Reizwörtern her noch schwieriger war als der eigentliche Prüfungstext.

»Was wollen wir also? Was? Ganz einfach. Nichts anderes als eine sichere, glückliche, strahlende Zukunft für uns alle und für unsere Kinder. Was steht diesem Paradies im Weg? Wir alle wissen es. Nichts! Unsere Erde birgt den Reichtum von Ernten und Bodenschätzen; das Meer und die Luft schenken uns Nahrung. In unseren Herzen liegen Liebe und das Verlangen, glücklich in einer glücklichen Welt zu leben, in der es kein Leid mehr gibt. Was hat in der Vergangenheit Leid und Gefühllosigkeit hervorgebracht? Nur der mangelnde Wille, diese Dinge zu beseitigen. Jetzt ist alles anders, denn wir haben den Willen, und wir haben die Mittel. Vorwärts … nehmen wir unser rechtmäßiges Erbe selbst in die Hand … ergreifen wir das Glück. Glück und Liebe.«

Incent hörte nicht ganz ohne Emotionen zu. Ich freute mich festzustellen, daß er Verachtung empfand.

»Was für ein entsetzliches Geschwafel«, murmelte er.

»Ich freue mich, das von dir zu hören, und hoffe, daß du auch in Zukunft so denkst.«

»Also, ich hätte die Prüfung bestanden, wenn ich nicht ohnmächtig geworden wäre.«

»Ja, aber Shammat hat Worte der Macht, auf die sie in diesem Text völlig verzichtet haben.«

»Wirklich? Welche? Nein, sag nichts, sonst werde ich vermutlich doch noch schwach. Ich fühle mich wirklich schrecklich krank, Klorathy. Mir ist schwindlig, ich muß mich hinlegen.«

Er legte sich mit dem Gesicht nach unten auf eine Bank und hielt sich die Ohren zu; ich beobachtete das lebhafte Treiben nicht ohne gemischte Gefühle – wie du dir vorstellen kannst, Johor! Wie attraktiv sie doch waren, diese Auserwählten aus dem ganzen »Reich« Volyen. In erster Linie auserwählt, weil sie fast alle zu den Privilegierten gehörten. Die Armen und Notleidenden haben selten die Energie, Machtstellungen anzustreben. Auserwählt, denn sie besaßen natürliche Fähigkeiten; auserwählt, denn ihren Fähigkeiten bieten sich Möglichkeiten – viele Möglichkeiten, jetzt, wo das »Reich« zerfällt. Die meisten sind jung; sie sind gebildet in dem Sinne, wie man dieses Wort hier in diesem rückständigen Winkel der Galaxis versteht; sie sind aufgeweckt und entschlossen, Erfolg zu haben. Von den Kandidaten, die ich beobachtete, während Incent dort lag und versuchte, sein inneres und äußeres Gleichgewicht wiederzufinden, gelang es nur wenigen, die selbstgewählte Rede durchzuhalten. Und noch wenigere würden die Prüfung bestehen. Aber alle würden sich für weitere Studien in Krolguls Akademie einschreiben. Sie glauben an sich und an die Zukunft, die ihnen Krolgul verheißt.

Shammat durchstreift das »V-Reich« – um den umgangssprachlichen Ausdruck zu gebrauchen – und hält bei jeder öffentlichen Versammlung nach Talenten Ausschau. Ein junger Mensch, der vielleicht aus wirklicher Betroffenheit über das Los der Unglücklichen aufgestanden ist, um anzuklagen, jemand, der vielleicht wirklich eine strahlende Zukunft vor sich sieht, findet diese verständnisvolle Person an seiner Seite, die seine innersten Gedanken, Träume und Wünsche kennt und teilt. »Wie wundervoll du bist«, sagen die beredten, mitfühlenden Augen des neuen Freundes. »Wie sehr sprechen doch deine wunderbaren Gedanken für dich! Bitte, mach weiter…«

Der Erwählte, von Shammat Erwählte, erlebt, daß seine Bemühungen ermutigt, daß seine Reden mit Beifall aufgenommen werden. Und vor allem vermittelt sich durch jedes Wort das Gefühl, daß die beiden, diese neuen Kameraden, diese *Freunde* verstehen, was andere nicht verstehen. Er stellt fest, daß man ihn für edler, besser und tapferer hält als die meisten anderen. Oh, wie geschickt Shammat die Instinkte für eine Entwicklung hin zum Besseren ausnutzt, die in jedem Wesen der Galaxis lebendig sind! Doch während der Neuling sich auf dieses großzügige und einfühlsame Verständnis stützen kann, erlebt er auch kluge und intelligente Kritik. »Das hättest du vielleicht eine Spur besser ausdrücken können«, flüstert Krolgul, wenn er es tatsächlich ist – oft genug ist das tatsächlich der Fall, denn seine Energie ist bewundernswert. »Wenn ich vielleicht vorschlagen dürfte…« Der strebsame junge Mensch ist über diese wahre Freundschaft nur allzu glücklich, in der er etwas lernen kann, und natürlich darüber, daß er gefördert wird. Und so kommt eine Laufbahn in Gang, die in der bestehenden Ordnung keine Zukunft hat und die sich nur auf eine Idee stützt: Der junge Mann (oder die junge Frau) blickt sich im Chaos, der Häßlichkeit und Unordnung einer Zeit des Zerfalls um und sieht irgendwo in weiter Ferne eine unendlich edle Gesellschaft, über die er/sie herrscht. Doch Shammat hat bei seiner kompetenten Kritik niemals gesagt: »Du strebst die Macht über deine Mitmenschen an«, sondern nur: »Du willst dienen.« Mit Shammat an der Seite lernen die jungen Leute, durch Rhetorik Gefühle zu wecken, und wenn man sie für reif genug hält, bietet man ihnen einen Lehrgang an…

»Du kannst das sehr gut«, sagt Krolgul bescheiden, kameradschaftlich und komplizenhaft – darauf hat Shammat sich spezialisiert, und in jedem Lächeln, jedem Blick und jedem Händedruck liegt unterschwellig die Aussage: *Du und ich, wir stehen gegen die anderen, die anderen, die nichts begreifen.*

»Möchtest du nicht vielleicht noch besser werden? Wir können dir das beibringen, weißt du. Wir? Sagen wir *Freunde*. Aber du hast einen schwachen Punkt – ich darf doch darüber sprechen? Es ist wundervoll, es ist großartig, wirklich inspirierend zu erleben, wie du die anderen mitreißt, zu erleben, wie du von deiner Leidenschaft mitgerissen wirst, zu erleben, wie du dich an deinen Visionen berauschst. Aber wenn du weiterkommen, wenn du das professionell beherrschen willst, mußt du dieses Stadium hinter dir lassen!« Dann mildert Shammat den Schock, lindert die momentane Desillusion des Neulings durch Verständnis. Denn im »V-Reich« – das heißt, auf Volyen und seinen Kolonien – stehen auf Grund des volyenischen Einflusses Gefühle hoch im Kurs. Diese Bewertung basiert auf den Verlogenheiten des Reiches, auf *der* Emotion der herrschenden Klasse des Herrscherplaneten. (Obwohl diese Herrschaft von unserem Standpunkt aus so kurz gewesen ist, dauerte sie doch lange genug, um eine ganze Gruppe von Planeten mit dieser Krankheit zu verseuchen.) Es handelt sich um die Emotion: »Wir Volyener, wir opfern uns, um euch, unseren Kindern, die unschätzbaren Vorteile eurer Entwicklung unter unserer Anleitung zu gewähren.« Unechte Emotionen bringen andere hervor: Weinen, Sicheinfühlen, zeigen, daß man weint und einfühlsam ist, und diese monströsen Perversionen werden hochgeschätzt, selbst bei den aufgeweckten jungen Leuten, die die Verlogenheit der »Anleitung« durchschauen und sich »endgültig« von Volyen befreien wollen. Zu hören, daß sie lernen müssen, ihre Sehnsüchte nach einer vollkommenen Welt von ihren verbalen Äußerungen, von ihrem kühlen, kritisch beobachtenden Verstand trennen müssen… das zu akzeptieren fällt ihnen schwer, und Shammat weiß es. »Nein, nein«, murmelt Krolgul voll Sympathie, »ich verlange von dir nicht, du sollst weniger für das Leid anderer empfinden. Kannst du das von mir glauben, nachdem du mich so gut kennst? Vergiß es! Niemals! Doch um wirkungsvoll zu sein, um ein Instrument des Aufwärtsstrebens in der Galaxis zu werden, um die großen und berechtigten Sehnsüchte der Armen, der Leidenden, der Unfreien anzusprechen – wenn du das willst, mußt du lernen, Worte zu benutzen, ohne von ihnen benutzt zu werden.«

O ja, es sind die verdrehtesten Gedanken, die ich je gehört habe – und zwar sehr oft, denn ich war anwesend, wenn Shammat am Werk ist, obwohl Shammat es nicht ahnte –, eine Karikatur von Canopus, eine schäbige Imitation!

Und weil Shammat Worte benutzen kann, die den unsrigen so ähnlich *klingen*, befanden sich an diesem Tag so viele von unseren Leuten unter den Anwärtern auf einen Titel der krolgulschen Schule der Rhetorik. Ich bemerkte sie und sprach mit den beiden, die mich kannten; ich benutzte unsere ruhigen Worte, die sie vielleicht daran erinnern, die sie *bestimmt* daran erinnern werden, wenn die Zeit gekommen ist, daß sie nicht zu Shammat gehören und daß ihre Zukunft nicht darin liegt, zu den Machthungrigen der Galaxis zu gehören.

Kurz gesagt, Shammat läßt sich das Material für seine Schule vom »Leben« liefern; ermuntert das »Leben«, dieses Material zu entwickeln, und wenn diese Leute sich an die rhetorischen Ergüsse der anderen und an ihre eigenen gewöhnt haben, nimmt man sie in Krolguls Schule auf, wo sie lernen müssen, dagegen immun zu werden, damit es ihnen vielleicht später gelingt, die Menge durch die leidenschaftlichste, aggressivste, emotionalste Sprache, die man sich denken kann, zu beherrschen, ohne selbst davon berührt zu werden.

Und während der Vorbereitung »durch das Leben« oder in der Schule sagt Shammat niemals zu seinen Schülern: »Diese Schule dient zur Ausübung der Macht über andere, der nackten Manipulation niederster Instinkte.«

Wie leicht kommt der Unschuldige, der Unvorbereitete da vom Weg ab: Als der neben mir auf der Bank ausgestreckte Incent sich schließlich umdrehte, sagte er: »Klorathy, ich habe nachgedacht. Weshalb sollte ich mich eigentlich nicht in Krolguls Schule anmelden? Er braucht nie zu erfahren, daß ich einfach hier bin, um zu lernen, was ich brauche.«

»Und was brauchst du?«

»Ich muß lernen, mich nicht durch Worte manipulieren zu lassen. Was sonst?«

»Du siehst wirklich keinen Unterschied zwischen den Methoden, die wir benutzen, um dich gegen Rhetorik immun zu machen, und Shammats Methoden?« Unser Incent lag melancholisch lang ausgestreckt da, die Arme hinter dem Kopf verschränkt, die schwarzen Augen grübelnd ins Leere gerichtet, und er war infolge seines Zustandes sehr blaß. Unterdessen tönte ein junger Sloviner: »Was wollen wir also? Nun, nichts anderes als ...«

»Sie scheinen es eindeutig mehr zu genießen als wir«, murmelte er verdrießlich.

»Ja, das stimmt. *Genießen* ist das richtige Wort. Was ist

genußvoller als Macht oder das Versprechen der Macht! *Wann haben wir dir je geschmeichelt, Incent?*«

Ein kurzes, bitteres Lachen. »Nein, das kann man dir wirklich nicht vorwerfen, Klorathy. Na ja, vielleicht *entschließe* ich mich, das, was mir fehlt, in Krolguls Schule zu lernen und nicht bei dir! Krolgul wird mir wenigstens nicht das Gefühl geben, ich sei ein verächtlicher Wurm, der absolut nichts taugt.«

»Nein, aber du wirst ein verächtlicher Wurm werden, der zu nichts taugt! Wenn du Krolguls Schule absolvierst, Incent, wirst du als erstklassiger kleiner Tyrann daraus hervorgehen. Das verspreche ich dir. Du wirst dich auf jedes Podium, jede Plattform stellen können, die Menge zu Tränen rühren oder sie zum Mord aufhetzen, *wirst ihr deinen Willen aufzwingen*, ohne dabei eine Spur Reue oder Gewissensbisse zu empfinden. Oh, Krolguls Schule ist sehr wirksam, und ich hatte die Absicht, sie dir vorzuführen, damit du gewisse Vergleiche hättest selbst ziehen können – aber erst, nachdem du innerlich stark genug sein würdest, um die Vergleiche zu ziehen.«

Incent lag da und sah mich mit seinen dunklen Augen an: Die Leere dahinter verriet das Ausmaß seiner Erschöpfung. Er hatte sich zwar erholt, doch es ging ihm immer noch sehr schlecht.

»Einige unserer Leute sind hier bei Krolgul. Agentin 73 ist gerade an der Reihe. Ich kenne sie.«

»Ja. Und glaubst du, es wäre eine einfache Aufgabe, sie innerlich wiederaufzubauen, ihnen zurückzugeben, was man ihnen gestohlen hat, wenn das Leben ihnen gezeigt hat, was aus ihnen geworden ist? Incent, du bist in großer Gefahr, vielleicht mehr als manche der anderen. Dein Temperament, deine physischen Neigungen, deine Fähigkeit zur Selbstprojektion –«

»Danke«, sagte er gespielt pathetisch. »Ich bin ja sehr gut gerüstet!«

»Nun, Incent, *wer hat sich für diese Rüstung entschlossen*? Nein, ich möche keine Klagen darüber hören, daß der freie Wille deiner Ansicht nach ein Fehler ist. Worin liegt denn der Unterschied zwischen *ihnen* und *uns*, was glaubst du denn? *Wir* haben die Wahl.«

Ein langes Schweigen entstand, während ein junger Mann intonierte: »Und was steht diesem Paradies im Weg? Wir alle wissen es – nichts! Unsere Erde birgt den Reichtum von Ernten und Bodenschätzen ...«

»Also gut«, sagte Incent. »Aber in der nächsten Zeit läßt du mich besser nicht aus den Augen.«

Ich brachte ihn zum Hotel zurück, und ich muß nicht sagen, mit welcher Erleichterung wir den wunderbaren, völlig künstlichen, kühlen, stimulationsfreien weißen Raum betraten.

Und dort ruhten wir uns aus, Seite an Seite auf den Liegen – ich auf dem Rücken, er auf dem Bauch, durch das Geflecht auf den stumpfen schwarzen Boden starrend, erholten wir uns zusammen. Es war dort so still wie in einem Grab tief in der Erde, so still, als schwebten wir in den schwarzen Räumen zwischen den Galaxien. Der schmale hohe Raum lag im obersten Stockwerk des Gebäudes, und oben in der Decke gab es eine Stelle, durch die sanftes Licht fiel.

Zuerst nimmt man nur flüchtig Kreise, Dreiecke, Quadrate aus strahlendem Weiß in mattem Weiß wahr. Die Formen werden dunkler, werden grau und schließlich stumpf grau im Weiß, das, wenn auch nur sanft, zu leuchten beginnt. Diese Darstellung einer Ordnung bleibt unverändert, und das Auge kann darüberwandern, jedoch ruhig, besänftigt und ermutigt. Bald beginnt der Geist jedoch, gegen die Unveränderlichkeit zu protestieren, und sehnt sich nach Abwechslung, und während man erkennt, daß einen dieser Gedanke beschäftigt – ein Hunger, der von einem brennenden Bedürfnis in die leidenschaftslosen Bahnen des Geistes gerät –, ist das Auge schon wieder in Bewegung, denn dort oben, am Ende des dämmrigen Schachts, versucht der Blick nicht Polygone, sondern Polyeder zu umfassen. Sie stehen scheinbar wartend in der Luft, doch ihre Körperlichkeit ist noch nicht festgelegt, ist noch gewichtslos, und man glaubt immer noch, daß ein Hexagon oder Oktagon den Blick auf sich zieht. Doch nein, dort im schwach schimmernden Weiß ist Masse, ist Gewicht. Schweigen und Stille, keine Bewegung für lange Zeit, für lange… Und dann, wenn das ruhelose Auge eine Änderung fordert, entsteht wieder Bewegung – Tetraeder verwandeln sich in Oktaeder und dann – völlig verwirrend! – in die bezaubernden Ikosaeder, die zu Ikosidodekaedern werden, und hoch oben, im allmählich sich verlierenden Dämmer des Geistes, scheinen Sphären zu kreisen, die klar und deutlich alle die leuchtenden Körper enthalten, so daß Dodekagone Sternpolygone umspielen, und ein Dekagon verschmilzt vielleicht mit einem Dodekaeder, das sich in ein Pentagon auflöst, das sich bescheiden für die Form eines Hexaeders entscheidet. Allerdings nicht für lange…

Unendlich erfrischt, schlug ich Incent vor, sich umzudrehen und hinaufzublicken. Er tat es, stöhnte jedoch sofort: »Schneeflocken«, und legte sich wieder auf den Bauch.

Ich vergnügte mich noch eine Weile mit dem mathematischen Spiel, schaltete den Kontrollmechanismus von »automatisch« zu »Handbedienung«, damit ich nach Belieben vom Eindimensionalen ins Vieldimensionale und wieder zurück wechseln konnte; denn kaum hatte ich entschieden, daß mich nichts von dem faszinierenden Tanz der Polyeder weglocken würde, wußte ich, ich könnte bis in alle Ewigkeit eine Decke betrachten, die flach geworden war und sich mit den schimmernden Mustern und verschlungenen Formen sich überschneidender Polygone schmückte.

Als ich wieder zu mir fand, hatte sich auch Incent erholt, oder zeigte zumindest Anzeichen, sich erholen zu wollen. »Ich habe über Gouverneur Grice nachgedacht«, sagte er.

»O nein«, sagte ich, »muß das sein? Du hast wirklich überhaupt kein Gefühl für deine Grenzen, Incent!«

»Oh, ist es das? Ist das meine Krankheit?« Bei der Aussicht auf eine Diagnose strahlte er: Es ist sehr erstaunlich, wie diese Kinder der Rhetorik durch *Worte* getröstet werden.

Als ich schwieg, sagte er: »Ach, Klorathy… Wenn ich daran denke, wie ungerecht ich war. Schließlich hat Grice nur getan, was er tun mußte, und doch wollte ich ihn als Individuum bestrafen.«

»Incent«, sagte ich, »wenn du nur deine Hausaufgaben machen würdest – tust du das? Beschäftigst du dich mit dem, was man dir aufgegeben hat? In deinem Reden und deinem Verhalten gibt es nämlich keinerlei Anzeichen dafür. *Wenn* du es tätest, wüßtest du, wenn Individuen, Gruppen oder Gruppenverbände zu einem abschreckenden Beispiel für die Bevölkerung gemacht werden, schmäht und verleumdet man sie vor der rituellen Opferung. Schließlich könnte man es als Zeichen von Anständigkeit oder zaghaften Anfängen von Gerechtigkeit sehen, daß es so schwer ist, Menschen so weit zu bringen, daß sie jemanden töten – und sei es auch im Affekt –, der, wie sie glauben, nur seine Pflicht tut, obwohl er vielleicht verblendet ist. Nein, man muß ihnen sagen, daß Grice gierig, daß Klorathy grausam ist und Incent…«

»Das klingt irgendwie abgeschmackt und langweilig«, sagte er, drehte sich plötzlich auf den Rücken und legte den Arm wie schützend über die Augen, blickte jedoch zu den verschlungenen Mustern über uns hinauf.

»Du meinst, die Worte sind abgeschmackt«, erwiderte ich. »Du hast sie in unseren Schulen immer wieder gehört. Doch sie scheinen keine Wirkung auf das Verhalten zu haben. Sie hatten ganz sicher wenig Wirkung auf dein Verhalten, also heißt das, der *Gedanke* ist es keineswegs. *Wenn* ihr Enthusiasten und Revolutionäre Krolgul widerstehen könnt und bei Schlagworten wie *Grice, der Gierschlund* nicht aufschäumt und euch zu selbstgerechten Tiraden hinreißen laßt, *dann* kannst du Worte wie *abgeschmackt* benutzen!«

»Ich würde mich am liebsten bei ihm entschuldigen.«

»Nichts hält dich davon ab.«

»Warum legst du uns diese schreckliche Bürde auf?«

»Warum ist uns allen diese Bürde auferlegt?«

»Dir natürlich auch, das habe ich vergessen.«

»Uns allen.«

»Es ist zuviel. Wir sind nicht stark genug. Ich bin nicht stark genug. O nein ...« Er schloß die Augen, verschloß sie vor einer Vision im kühlen Dämmer dort oben, wo ein Muster von Sternenoktagonen sich vom Zwei- ins Dreidimensionale verwandelte und wieder zurück – Linien und Flächen von dunklem Grau auf hellem Grau, dann ein schönes zartes Schwarz auf einem Schatten, der nur deshalb weiß war, weil ein klareres Weiß nicht nahe genug lag, um einen starken Kontrast zu bilden und dem zu widersprechen. Weiß auf weiß, oder Weiß, das wirkte, als sei ihm eine Spur Wärme entzogen worden; eine Welt klar umrissener mathematischer Formen lebte in den Räumen unter der Decke, die selbst formlos war und sich in nichts aufzulösen schien.

»O doch, wir sind es«, erwiderte ich. »Jeder von uns hat einmal genauso empfunden wie du.«

»Du auch?«

»Natürlich.«

»Auch Johor – und alle anderen?«

Sein ungläubiges Staunen war das Echo meines eigenen. Denn natürlich fällt es mir ebenso schwer zu glauben, daß du, Johor, einmal so schwach gewesen sein solltest wie Incent, daß ich es einmal war ...

»Und dann?«

»Du wirst es erleben, Incent. Doch in der Zwischenzeit ...«

»Bringe ich dich zur Verzweiflung?« Sein Kichern klang tröstlich, denn daraus sprach wieder Vitalität.

»Oh, du wirst es schon schaffen. Aber in der Zwischenzeit …«

»Du möchtest nicht, daß ich Gouverneur Grice nachlaufe?«

»Wenn du es tun mußt, dann mußt du es tun.«

»Hmm … ich verstehe schon. An ihm ist etwas, wovon ich nichts weiß. Was ist es?«

»Was würdest du sagen, wenn ich dir erzähle, daß man ihn in gewissen Kreisen für einen sirianischen Agenten hält?«

Er brach in schallendes Gelächter aus, ein echtes derbes, polterndes, verächtliches Lachen. Mein Optimismus wuchs.

»Das heißt vermutlich, du hast vor, ihn um die Ecke zu bringen, oder jemanden zu finden, der es für dich tut, und deshalb mußt du ihn zuerst verleumden.«

»Logisch gedacht«, sagte ich, »gratuliere.«

»Mach dich nicht über mich lustig. In der Schule haben sie immer gesagt, ich müßte über jede Behauptung so lange nachgrübeln, bis ich sie ins Gegenteil verkehrt hätte, ehe ich sie gelten lasse. Also ist er ein sirianischer Agent?«

»Das ist eines der Dinge, die ich hier herausfinden will. Du, Incent – obwohl ich an der plötzlich veränderten Schulterhaltung sehe, daß diese Information dich enttäuscht –, bist nicht meine einzige Aufgabe. Aber ich kann dir versichern, manchmal bist du mir mehr als genug … Glaubst du, du kommst eine Weile zurecht, wenn ich dich hier allein lasse, um ein paar Erkundigungen einzuziehen? Johor erwartet einen Bericht.« Er sah gelassen zu, wie ich mich zum Ausgehen fertigmachte.

»Soll ich das Spiel an der Decke eingeschaltet lassen?«

»Ja. Es lenkt meine Gedanken auf Canopus.«

»Ja.«

»Du vertraust mir und läßt mich hier allein, nachdem ich mich so oft zum Narren gemacht habe?«

»Mir bleibt keine andere Wahl, Incent.«

Klorathy in Vatun,
an Johor.

Johor, würdest du heute Volyen besuchen, weiß ich nicht, ob dir die Veränderungen oder das Fehlen von Veränderungen am stärksten auffallen würde. Du warst hier, als Volyen seinen Höhepunkt als Reich erlebte, nachdem es kurz zuvor ME 70 und ME 71 erobert hatte, und ehe es begann, wieder in sich zusammenzufallen. Damals war es sehr reich, selbstgefällig und zufrieden. Wie es für Imperien in diesem Stadium üblich ist, bestimmte die Litanei des Eigenlobs den Ton oder die Stimmung in der Öffentlichkeit. Von ME 70 und ME 71 kam neuer Reichtum; Volyenadna und Volyendesta waren bereits wohlintegrierte Bestandteile des Wirtschaftsverbundes. Die Städte auf Volyen wuchsen und gediehen durch eine Bevölkerungsexplosion, die eine Folge des allgemeinen Wohlstandes war. Volyen war lange arm und rückständig gewesen, nachdem es in der vorausgegangenen Periode als Kolonie von Volyenadna ausgesaugt worden war. Doch die Städte boten einen erschreckenden Kontrast zwischen extremem Reichtum und extremer Armut, denn selbst im größten Wohlstand war Volyen nicht in der Lage oder willens, seinen arbeitenden Klassen ein anständiges Leben zu erlauben. Diese Millionen existierten, weil die Bedingungen sich verbesserten, doch man erlaubte ihnen nicht länger zu leben, als sie den privilegierten Klassen dienten, die sie beschäftigten.

Dies war vielleicht der beeindruckendste Teil deines Berichts, Johor, und er wurde in der Ausbildung für den Kolonialdienst als Unterrichtsmaterial benutzt, wo ich damals unterrichtete, um zu demonstrieren, daß ein Imperium als reich betrachtet werden, daß es seinen Reichtum im Lauf eines Jahrhunderts durch Plünderung und Raub vervielfachen, daß es überall in einer Galaxis im Ruf von Pracht,

Wohlstand und Wachstum stehen kann, während die Mehrzahl seiner Bewohner immer noch so armselig und hoffnungslos lebt wie die bedauernswertesten Sklaven. Die ärmsten Klassen auf Volyen lebten unter schlechteren Bedingungen als Sklaven.

Dein Bericht wurde veröffentlicht, als ich Urlaub auf Canopus machte und einen Lehrgang über Vergleichende Reichskunde hielt: Das Unterrichtsmaterial bildeten Sirius, ein Reich, das beinahe so lange besteht wie das unsere, und Volyen, das im Vergleich dazu eine flüchtige Erscheinung ist. Dein Bericht beeindruckte meine Studenten und mich zutiefst. Ein einziger Satz bot nicht nur Stoff für eine Vorlesung, sondern für ganze Kurse. Zum Beispiel:

Im allgemeinen kann man als Regel annehmen, daß die voraussichtliche Dauer eines Reichs sich danach berechnen läßt, in welchem Maß die Herrschenden ihrer eigenen Propaganda glauben.

Welchen Reichtum fanden wir darin, Johor!

Nun ja, die zufriedenen Herrscher von Volyen glaubten bestimmt an das Bild, das sie projizierten. Sie hielten sich für freundliche, väterlich besorgte Lehrer, die der rückständigen Bevölkerung, die sie versklavten und ausbeuteten, Zivilisation brachten. Dies machte sie blind für die wahren Gefühle, die unter ihrer milden Herrschaft gärten.

Ich erinnere mich, daß verschiedene Stadien des sirianischen Reiches als Anschauungsmaterial herangezogen wurden. Im frühesten Stadium plünderten und raubten, mordeten und zerstörten sie – alles angeblich zum Besten des sirianischen Mutterplaneten. Das wurde niemals bemäntelt! (In den allerersten Anfängen nahmen auch wir, Canopus, was wir wollten, machten große Fehler und wunderten uns, daß alles mißlang, was wir anpackten, und schließlich zu Mißerfolgen und Fehlschlägen führte, bis wir schließlich die

NOTWENDIGKEIT erkannten und es uns gelang zu tun, was wir tun sollten.) Doch Sirius entdeckte die NOTWENDIGKEIT nicht; während es sich entwickelte, entwickelte es Rhetorik. Jeder neue Planet, jedes attraktive bißchen Besitz wurde unter vielen Worten, Worten, Worten geschluckt und vereinnahmt, die den Diebstahl als ein Geschenk verherrlichten, Zerstörung als Entwicklung und Mord als öffentliche Hygienemaßnahme. Das Schema der Worte und Gedanken änderte sich, als Sirius ein Gewissen entwickelte und sich durch die langen Zeitalter der Veränderung, der Ausdehnung und Schrumpfung hindurchquälte und schließlich eine Art Stabilität erreichte. Worauf es sich von neuem ausdehnte, von neuem schrumpfte und dabei alles mit neuen *Wort*schemata rechtfertigte. Diese Wortschemata gingen niemals in die Richtung von: »Wir nehmen uns diesen Planeten, weil wir seinen Reichtum an Bodenschätzen, Nahrungsmitteln oder Arbeitskräften brauchen.« O nein, irgendwie wurde die Eroberung immer so dargestellt, als geschehe sie zum *Wohl* des unterworfenen Planeten.

Die verlogene Rhetorik einer Invasionsmacht läßt sich deshalb gewissermaßen auch als Tribut an die Moral betrachten...

Ich erinnere mich, daß ich Puttiora und sein Anhängsel, das räuberische Shammat, als Illustration des Gegenteils heranzog, als ein Beispiel für das eingestandene Motiv, was im Vergleich mit folgendem sogar erfreulich ist:

Das Volk von (sagen wir Volyenadna), das sich freiwillig und begeistert bereit erklärt hat, sich von uns in den höheren Werten unserer Zivilisation unterweisen zu lassen, hat sich verräterisch und niederträchtig gegen uns erhoben, und deshalb mußten unsere heldenmütigen Soldaten ihm eine heilsame Lektion erteilen.

Shammats Stil klang immer etwa so:

Diese widerlichen Ratten, die Volyenadnaner, beobachteten, wie wir unsere Transportschiffe mit ihrer neuen Ernte beluden, und haben versucht, sie in Brand zu setzen. Dabei wurden zwei unserer Männer ermordet. Also haben wir ihnen eine Lektion erteilt, die sie so bald nicht vergessen werden, damit sie uns in Zukunft in Ruhe lassen.

In deinem Bericht sprichst du von vielen neuen, würdigen, imposanten öffentlichen Gebäuden in den Städten auf Volyen, von neuen wohlhabenden Vororten, neuen Methoden des öffentlichen Transports, von Brücken, Kanälen und Plätzen für Spiel und Sport – in diesen Städten herrschte Selbstbewußtsein und ein reges Leben –, all das gründete sich auf dem Bild von Volyen als dem »größten Reich in der Galaxis«. Dieses Bewußtsein von Reichtum und Herrschaft teilte selbst die ärmste Arbeiterin, die damals infolge der harten Arbeit und der Überbeanspruchung als Gebärerin vermutlich nur ein Drittel ihrer normalen Lebensspanne erreichen würde. Eine laute, geschäftige, derbe Vitalität erfüllte die Menschen; die Städte waren hauptsächlich von Volyenern bevölkert, einer Mischung aus der Urbevölkerung und Volyenadnanern, Volyendestanern, den Völkern von ME 70 und ME 71 (Maken und Slovin), aus der sich das Volk, »wir Volyener«, zusammensetzte.

Mein erster Eindruck beim Verlassen des hohen Raums, in dem Incent sich erholte, unterschied sich nicht sehr von deinem Bericht. Die großen öffentlichen Gebäude des stolzen »Reiches« Volyen stehen noch, obwohl sie inzwischen etwas schäbig aussehen. Überall gibt es großzügige Park- und Gartenanlagen, aber bei näherem Hinsehen sind die Bäume meist alt, und die Vernachlässigung zeigt sich an der ausgewaschenen Erde und am schmutzigen Wasser in den Seen und Teichen. Die wohlhabenden Vororte sind Teil der Innenstadt, denn Vatun hat sich weiter ausgebreitet, und neue, kleinere Vororte mit ärmlicheren Behausungen sind entstanden. Die Häuser in der Innenstadt werden nun nicht mehr von einzelnen Familien mit den dazugehörigen Dienstboten bewohnt, sondern von mehreren Familien. Mit den Fabriken und Arbeitsstätten aus der Zeit von Volyens Größe geht es abwärts; viele stehen bereits leer. Nicht Gedankenlosigkeit und lautstarkes Selbstbewußtsein bestimmen den allgemeinen Ton, sondern eine verwirrte, sogar streitsüchtige Unsicherheit. Überall beobachtet man, wie Volyener, die bis vor kurzem die meisten wichtigen öffentlichen Positionen bekleideten, abgelöst werden – oft von Bürgern ihrer Kolonien. Das gilt ebenso für einige der wichtigsten Stellen wie für die Besitzer der Geschäfte in den großen und kleinen Straßen: Zur Zeit von Volyens Blüte war der Handel die treibende Kraft; heute sind es zunehmend Volyenadnaner und Volyendestaner, denen die Läden gehören, und sie organisieren den Handel.

Als sich Unsicherheit im »Reich« ausbreitete und der Widerstand der unterworfenen Planeten wuchs, wurde es immer schwieriger, die Herrschaft aufrechtzuerhalten, und an einigen Stellen sogar unmöglich. Nachdem die Bedingungen auf den Kolonien sich verschlechterten, kam die Bevölkerung in großen Zahlen nach »Hause«, nach Volyen, um an dem Reichtum teilzuhaben, den man ihnen geraubt hatte. Bei einem Gang durch die Straßen und Plätze von Vatun begegnet man ebenso vielen Ausländern wie Volyenern. Und vielleicht wäre das der auffälligste Unterschied, den du, Johor, bemerken würdest. Die anderen, grundlegenderen Unterschiede lassen sich nicht so einfach beschreiben.

Es ist leicht zu sagen: Das ist ein untergehendes Reich – und wir haben so etwas schon tausendmal gesehen. Ebensoleicht kann man sagen: Wenn ein Reich zerfällt, werden die Entwurzelten und die Armen in sein Zentrum gezogen – auch das ist nichts Neues. Aber jedes Reich hat in seiner Endzeit ein eigenes »Gefühl«, seine Atmosphäre, die man nicht einfach vermitteln kann, indem man von einer Unsicherheit des Willens spricht.

In diesem Fall handelt es sich natürlich um ein Reich, das in Kürze auseinanderbrechen wird, da Sirius es in einer Phase der eigenen Implosion übernimmt. Das bringt mich zum nächsten, vielleicht wichtigsten Teil meines Berichtes.

Infolge des langen Kontakts mit uns – unserer langsamen Erziehung von Ambien II – kam es im sirianischen Reich zu einer Krise, was zur Selbstbefragung, der Infragestellung der Rolle, der Motive und der *Funktion* führte: Sirius stand zitternd vor der wirklichen Frage, der einzigen Frage: *Wozu sind wir da?* Das sirianische Reich befand sich gerade in einer Schrumpfungsphase und war in seiner räumlichen Ausdehnung nur noch ein Bruchteil dessen, was es auf seinem Höhepunkt gewesen war. Es spaltete sich in zwei Fraktionen: die eine unterstützte Ambien II im Exil und die anderen Vier, die ihr dorthin gefolgt waren. (Die ehemalige herrschende Junta, die Fünf, befindet sich seit zwei S-Jahren oder fünfzig V-Jahren nicht weit von hier entfernt, auf dem sirianischen Planeten 13, im Exil.) Diese Fraktion forderte eine Annäherung an uns, an Canopus, und verband damit die Bitte um eine Unterrichtung in den fundamentalen Fragen, dem Verständnis der NOTWENDIGKEIT. Inzwischen hat eine Entscheidung, die Möglichkeiten zur Erlangung von TUGEND (ihre Bezeichnung für NOTWENDIGKEIT) zu erforschen, vorschnell zu der Überzeugung geführt, sie besäßen bereits die wirklichen Eigenschaften. In der (kurzen) Zeit, in der diese Fraktion die Oberhand behielt, setzte eine enthusiastische Expansion ein. Sie überrannten nicht nur Planeten, die Sirius bereits kolonisiert und wieder verlassen hatte, sondern auch andere, die man früher nicht kolonisiert hatte, weil das nicht zu lohnen schien. Aber mit ihrer neuen »Tugend« sahen sie sich als Bringer von Wohltaten und zwangen selbst zweit- und drittklassige Planeten, widerwillige Mitglieder des sirianischen Reichs zu werden.

Sirius sah sich als Bringer *neuer* Wohltaten – auf Grund des *neuen* Selbstbildes –, doch die Opfer konnten zwischen dieser neuen Expansion und den früheren keinen Unterschied sehen, denn alle waren wie immer von Ergüssen verbalen Eigenlobs begleitet; und auch in der Praxis gab es keine Veränderungen. Du wirst natürlich bereits erkannt haben, daß diese sirianische Fraktion eine Illustration des Gesetzes ist, auf das du unsere Anweisung gelenkt hast: Eine herrschende Klasse, die das Opfer ihrer eigenen Rhetorik wird, kann nicht lange überleben.

Der anderen Fraktion, die in Opposition zu den verbannten und gefangengehaltenen Fünf stand – deren Gedanken großen Einfluß ausübten, obwohl ihnen keine der Kommunikationsmöglichkeiten offenstand –, gelang es nicht, deren Ideen zu bekämpfen; und alle griffen zu Parolen von der NOTWENDIGKEIT und der TUGEND. Bald erkannte jedoch beinahe jedermann, daß sich nichts geändert hatte: Das Reich befand sich in einer Phase der Expansion; Planeten fielen ungehemmter Ausbeutung zum Opfer, die wie üblich von Rhetorik begleitet wurde. Die Gegner der Fünf, die ununterbrochen über die Wahl der *richtigen Worte* berieten, um damit die Fünf in Mißkredit zu bringen, stellten fest, daß *das Leben* ihnen diese Aufgabe abgenommen hatte, denn das Gerede über TUGEND hatte nichts geändert. Die Fünf, in der Verbannung auf ihrem Planeten wiedervereint, begriffen, daß sie sich wieder und zum tausendstenmal von ihren eigenen verbalen Äußerungen hatten täuschen lassen. Diesmal jedoch war ein neuer Einfluß im Spiel, und zwar unser Einfluß auf Ambien II; und er nahm nicht ab, weil er nicht auf physischer Kommunikation beruhte. Die Fünf dachten in ihrer erzwungenen Isolation über die Ereignisse nach und kamen zu der Einsicht, daß sie für den Gebrauch von *Worten* verantwortlich waren, die alles verzerrten und verdrehten, wofür Canopus steht, und sie deshalb auch die Verantwortung für ihre fälschliche und voreilige Verteidigung von Canopus trugen, die wiederum Canopus in Mißkredit gebracht hatte. Doch sie erkannten auch, daß dies nichts am Wesen von Canopus und dem, was Canopus bietet, änderte, nichts ändern konnte. Die Fünf lernten, sich an die Wahrheit zu halten, daß es Canopus gab und er bereit war, Sirius zu unterweisen, *wenn* Sirius die Bereitschaft dazu zeigte. Dabei beließen es die Fünf; sie weigerten sich, neue Manifeste, Proklamationen, Thesen und Analysen der Situation zu verbreiten, wozu man sie immer wieder drängte, denn dissidente Gruppen überall im Reich schickten ständig Boten und Agenten zu ihnen auf den Planeten 13, und natürlich gab es – und gibt es – viele Spione der Opposition, die hauptsächlich an Formulierungen interessiert ist, die sie zu eigenen Zwecken benutzen kann, obwohl sie natürlich auch von der vieltausendjährigen Erfahrung der Fünf profitieren möchte. Außerdem gibt es die Historiker, Archivare, Aufzeichner und alle möglichen Erinnerer. Deshalb ist die Isolation der Fünf nur relativ.

Aber man kann ihnen kein zündendes, inspirierendes, provokatives, *rhetorisches* Wort mehr entlocken.

Man könnte sagen – und auch die Fünf haben es oft genug gesagt –, das heißt soviel, wie die Tür des Reaktors zu schließen, nachdem die Elektronen entschlüpft sind.

Denn inzwischen ist das ganze sirianische Reich vom Fieber der Worte, Phrasen und Parolen gepackt, die alle auf die Fünf in ihrer idealistischen und tugendhaften Phase zurückgehen, von denen sie sich jetzt jedoch distanzieren. Ganz Sirius liegt im Wortfieber und expandiert hektisch und verzweifelt. Zum Teil liegt das daran, daß die gemäßigte und nüchterne Führung der Fünf fehlt und ihre Nachfolger sich nur auf den Gedanken stützen, daß sie die Herrscher sind – ein Gedanke, dem die solide Grundlage fehlt, unter anderem deshalb, weil die Expansion des Reichs ihre eigene Dynamik entwickelt, zum Teil aber auch, weil die derzeitigen sirianischen Herren von Sirius – ein bunt zusammengewürfelter

Haufen, ein Mischmasch von Rassen, ein galaktisches Allerlei, wie es im Buche steht – Gefangene ihrer eigenen Rhetorik sind und nicht länger zwischen der Wirklichkeit und der selbstgeschaffenen Fiktion unterscheiden können.

Die Formulierungen, deren sie sich alle bedienen, stammen aus der Zeit, als der Einfluß der Fünf zu Vorstellungen von TUGEND führte, und sind deshalb so hochtrabend, einfältig, sentimental und verlogen, wie man sie sich nicht schlimmer vorstellen kann; und sie beziehen sich alle auf die Belohnungen, die TUGEND verheißt. Ich muß gestehen, vor diesem Besuch auf Volyen hatte ich geglaubt, das Schlimmste an verbalen Ergüssen bereits erlebt zu haben.

Bei deinem Besuch – der selbst nach volyenischen Begriffen noch nicht lange zurückliegt – wurde die Jugend der aufstrebenden Ober- und Mittelklasse mit Blick auf die administrative Maschinerie des Reiches ausgebildet, von der sie träumte und in der sie einen Platz fand. Die Bildung entsprach der Erwartung, und die Erwartung entsprach der Leistung.

Aber seit dreißig Jahren, seit dem letzten Krieg, in dem Volyen gegen eine abtrünnige Gruppe von Sirius kämpfte, die beabsichtigte, dieses geschwächte Reich als Stützpunkt für ihre eigenen Abenteuer zu benutzen – kämpfte und gewann, jedoch einen hohen Preis dafür bezahlte, denn dieser »Sieg« schwächte das Reich endgültig –, seit damals sah die gebildete Jugend einer sehr schwierigen Zukunft entgegen. Trotzdem orientiert sich die Bildung immer noch an der Vergangenheit – das heißt, an der Überzeugung von Volyens moralischer Überlegenheit gegenüber niedriger stehenden Rassen. Volyenjahr um Volyenjahr verlassen junge Leute die Bildungsstätten mit dem praktischen, meist jedoch moralischen Rüstzeug zur Verwaltung, Leitung und REGIERUNG anderer und müssen feststellen, daß sie überflüssig sind. Außerdem haben diese Generationen junger Leute durch den barbarischen Krieg gegen die sirianischen Dissidenten, durch die verlogene Propaganda auf beiden Seiten, die das »Leben« so schnell entlarvte, einen wertvollen, aber schmerzlichen Erziehungsprozeß in Dekonditionierung, im Gebrauch ihres Verstandes zur Analyse von Propaganda der eigenen Seite ebenso wie der des Feindes hinter sich.

Ein Ergebnis dieses Krieges war, daß sich eine neue Methode, ein neuer Ton oder Stil in den Bildungsstätten der Jugend auf Volyen ausbreiteten. Etwas Ähnliches wäre vorher unmöglich gewesen. Es handelte sich um eine scharfe und zornige Kritik an ihren Eltern, jedoch um eine sehr zynische Kritik. (»Was kann man schon anderes erwarten?!«) Diese Verachtung fand ihren Ausdruck nicht nur im Tonfall, sondern in einem charakteristischen Schulterzucken, anmaßend zusammengepreßten Lippen, begleitet von einem Nicken und dem Senken der Augenlider, als beabsichtige man, den Gefährten oder Mitverschworenen vor der Mühsal der Gedanken zu schützen, deren Banalität wie erwartet *natürlich* keine Spur geringer war. Der Beigeschmack des *»natürlich«* beherrschte solche Begegnungen. *Natürlich*, diese Unfähigkeit, diese Gleichgültigkeit gegenüber dem öffentlichen Wohl, diese Bestechlichkeit, diese Korruption; *natürlich* waren die Lügen dieser erfahrenen und zynischen Propagandisten zu erwarten. Aber nicht für lange … Denn hinter dem Horizont, nicht weiter als der nächste Stern und seine freundlichen Planeten entfernt, lag Sirius; Sirius, die neue Zivilisation, das große und das gute Sirius; Sirius, die Hoffnung der Galaxis. Denn die absolute Bereitschaft, an Volyen nur das Schlechte zu sehen, fand ihre Entsprechung im Bedürfnis, an Sirius nur das Gute zu sehen.

Die sirianischen Agenten, die selbst damals schon überall anzutreffen waren, bemerkten diese neue Stimmung unter der Jugend, der künftigen Klasse von Staatsdienern (obwohl im bröckelnden Reich Volyen nur wenige eine solche Stelle finden würden). Sie berichteten den Repräsentanten von Sirius auf den umliegenden Planeten, die ihrerseits Sirius Bericht erstatteten (der Junta, die die Fünf abgelöst hatte), die gesamte Jugend auf Volyen, angewidert von der eklatanten Korrumpiertheit der herrschenden Klasse, abgestoßen von der Raubgier ihres Reichs (du wirst dich erinnern, daß Sirius wieder Phantasien über sein Wesen als herrschende Macht und als Quelle der TUGEND nachhing), würde den eigenen Planeten nur allzu bereitwillig verraten und Agenten für Sirius werden – größtenteils ohne Entlohnung, nur aus der Überzeugung heraus, eine Pflicht zu erfüllen; aus reinem Idealismus, der Liebe zum Fortschritt und dem Glauben an eine künftige friedliche Entwicklung nicht nur der dortigen galaktischen Bevölkerung, sondern aller Völker des Universums …

Vergib mir, wenn es zeitweilig so aussieht, als sei ich hin und wieder von dem Stil angesteckt.

Dieser Krieg vor dreißig V-Jahren war wirklich grauenvoll. Eine gerade im Entstehen begriffene Technologie lieferte neue, schreckliche Waffen. Die sirianische Rhetorik und die Rhetorik, die Volyen als Gegenmaßnahme einsetzte, waren ekelerregend. Die jungen Leute auf Volyen können zu einer bestimmten Zeit die einheimische Rhetorik durchschauen; obwohl das üblicherweise nur ein kurzer Abschnitt ist, ehe sie ihren Lebensunterhalt verdienen und sich deshalb anpassen müssen, ehe sie also als Mitglieder einer herrschenden Klasse akzeptiert werden – und sich deshalb anpassen müssen; und ehe sie sich jetzt, nachdem die herrschende Klasse, der man angehören möchte, so klein ist, einer der zahllosen politischen Gruppierungen anschließen, die alle ihre eigene Rhetorik haben und die zu kritisieren sie sich nicht leisten können; denn wenn sie das tun, setzen sie die Mitgliedschaft in der Gruppe aufs Spiel, die ihre soziale Basis ist – die einzige Basis für Freundschaften. Die Volyener haben das Stadium tierischen Gruppenlebens noch nicht lange überwunden und können deshalb außerhalb von Gemeinschaften, Rudeln und Herden so gut wie nichts tun;

jede dieser Gemeinschaften hat ihre eigene geheiligte Terminologie, die – allerdings nur unter Schwierigkeiten – geändert werden und (solange sie akzeptiert ist) nicht in Frage gestellt werden kann.

Wieder werden die jungen Leute von Rhetorik beherrscht, obwohl sie versucht haben, ihr zu entfliehen. Sie legen die imperiale Rhetorik ab, die sie bereitwillig und scharfsinnig analysieren und voll Verachtung und Geringschätzung ablehnen, aber nur um Gefangene der Rhetorik oppositioneller Gruppen zu werden, deren einziges Ziel darin besteht, ihrerseits Herrscher zu werden, die durch Rhetorik regieren: durch Formulierungen und Manipulationen der *Worte*.

Sirius verstand es auf Grund seiner großen Erfahrung in Gruppenpsychologie, Manipulation und im Einsatz von Ideologien, die jungen Leute gerade in dem Moment ihres Lebens zu unterwandern, als sich ihr heftiger jugendlicher Zorn gegen die Rhetorik richtete, die sie ablehnte.

Auf Volyen wurden diese Jugendlichen scharenweise sirianische Agenten – und dies lange ehe es ins öffentliche Bewußtsein drang, daß Sirius eine echte äußere Bedrohung darstellte und vielleicht tatsächlich das »Reich« angreifen und besiegen würde. Es ist schwer zu sagen, weshalb es den Volyenern so schwerfiel, diese Vorstellung zu akzeptieren, denn schließlich hatten sie selbst noch vor kurzem andere Planeten an sich gerissen und überrannt. Nein, diese jungen Leute sagten sich nicht: »Ich bahne einer sirianischen Invasion den Weg«, denn diese Vorstellung erschien ihnen lächerlich, sondern: »Ich vertrete die edlen, wahren und schönen Ideen von Sirius, die das jämmerliche, korrupte, verlogene und hohle Volyen verwandeln und beinahe zum Paradies machen werden. Diese Ideen werden dem bereits zerfallenden Reich Volyen den Todesstoß versetzen. Je früher desto besser, denn Imperialismus ist schlecht und widerlich. Sirius verkörpert die stetige Vorwärtsentwicklung der aufstrebenden Galaxien. Sirius bedeutet Gerechtigkeit! Wahrheit! Freiheit!« (Und so weiter, *bis zum Erbrechen ...*)

»Die Blüte der volyenischen Jugend« träumt zu Hunderttausenden von den sirianischen Tugenden, während dieses Reich in seiner augenblicklichen Phase in Wahrheit eine brutale Tyrannei ist. In der Vergangenheit hat Sirius mehrmals in Zeiten der Expansion ganz einfach beschlossen, daß ein bestimmter Planet seinen Zwecken dienlich sei. Dann hat Sirius seine Armeen dorthin in Marsch gesetzt, eine Regierung etabliert, alle umgebracht, die Widerstand leisteten, und die ökonomischen Bedingungen im Sinne des eigenen Vorteils verändert. Doch unter dem Einfluß der »Tugend« sieht das Schema etwa so aus: Ein Planet, der auf dem Weg der sirianischen Expansion liegt, gerät ganz oben auf die Liste ihrer Eroberungen. Agenten und Spione in allen möglichen Verkleidungen tauchen dort auf und verbreiten Geschichten über den Vorteil einer sirianischen Herrschaft. Diese Operation ist eine Mischung aus absolutem Zynismus und eklatanten Widersprüchen und schafft Planeten voller Verrückter, denn diese Leute müssen sich darüber im klaren sein, daß auf die Bedingungen, von denen sie sprechen, die klassischen Symptome einer Tyrannei (zu jeder Zeit und an jedem Ort) zutreffen; sie müssen aber gleichzeitig glauben, daß diese Bedingungen eine »Tugend« darstellen. Die einheimische Bevölkerung »glaubt« anfangs mehr oder weniger diese Märchen über Sirius. Wenn Sirius einmarschiert, gibt es einen harten Kern von Anhängern, die um der »Tugend« willen zu jedem Verbrechen am eigenen Volk bereit sind. Diese Leute werden zum Bestandteil der neuen Machtmaschinerie. Bald setzt bei manchen – wenn nicht sogar bei den meisten – die Desillusionierung ein, wenn sie sehen, welche Frevel um sie herum begangen werden. Sie werden auf der Stelle ermordet. Andere verschließen die Augen davor und werden zu willigen Werkzeugen von Sirius. Die Reichtümer des kolonisierten Planeten stehen Sirius jetzt zur Verfügung.

Dieses Vorgehen hat natürlich nichts mit dem wohlüberlegten und geplanten Handeln zu Zeiten der Fünf zu tun, die wenn auch nichts Höheres, so doch zumindest etwas von ökonomischer Langzeitplanung verstanden. Nein, alles ist ein einziges Durcheinander; es herrschen Unfähigkeit und Konfusion. Beklagenswerte, ausgebeutete Völker, denen jede Form des Protests verweigert wird, müssen die sirianischen Litaneien des Selbstlobs über sich ergehen lassen, in die ihre verblendeten Landsleute einstimmen. Wer versucht, die Sprache einzusetzen und präzise zu beschreiben, was wirklich geschieht, verschwindet in Folterkammern und Gefängnissen oder – nachdem man ihn für geistesgestört erklärt hat – in Irrenhäusern. Bald kommt es zu einer scharfen Trennung zwischen den Massen und der kleinen, gehorsamen Führungsschicht. Die einen leben in größter Armut, den anderen stehen alle Vergünstigungen offen. Zu den Hauptbeschäftigungen gehört das Ersinnen von Formulierungen, die dieses uralte Verwaltungssystem eines Landes verschleiern und als eine Art Utopia darstellen sollen. Die Administration verwendet einen Großteil ihrer Zeit und Energie auf nichts anderes.

Und das ist die Wahrheit auf allen sirianischen Kolonien in der Nähe von Volyen. Man kann sie als Gefängnisplaneten bezeichnen. Wäre dieser Bericht auch zwanzigmal länger, so könnte ich doch nicht annähernd eine Vorstellung von der erstickenden, verlogenen, alptraumartigen Atmosphäre solcher Planeten vermitteln: die Armut, das Elend, die Ausbeutung *aller* Ressourcen zum Wohl von Sirius.

Währenddessen richtet sich die Hoffnung der tatkräftigen, gebildeten jungen Leute in ihren zahllosen Gruppen auf eine sirianische Herrschaft in der Zukunft. Und da die Ausbildungsstätten Jahr für Jahr ihre Insassen entlassen, bilden sich neue Gruppen, neue Gesellschaften, neue Parteien, die alle von der einen Idee beherrscht sind, Volyen »wie Sirius« zu machen. (Wenn auch jede Gruppe sich einen anderen nahe gelegenen Planeten zum Vorbild wählt.) Natürlich dringen von den sirianischen Sklavenplaneten Nachrichten über ihre wahre Lage nach außen; aber da diese Gruppen unfähig sind, ihren Traum aufzugeben, verändern sie auf der Stelle die Formulierungen und verkünden: Dieser oder jener Planet sei bedauerlicherweise vom »richtigen Weg abgekommen«; doch jener andere Planet, der vielleicht gerade erst unterworfen wurde (so daß man über die wahren Zustände dort noch nichts weiß), sei nun für alle die Inspirationsquelle.

Die Generation von Volyenern, die sirianische Agenten wurden, ist inzwischen in den mittleren Jahren oder sogar alt. Überall in den Behörden und Ämtern von Volyen sitzen Leute, die mehr oder weniger Agenten waren und denen »das Leben« die Augen darüber öffnete, in welchen Alptraum sie Volyen unbedingt hatten stürzen wollen. Manche flohen in eine der sirianischen Kolonien im sicheren Wissen, daß man sie dort bevorzugt behandeln würde – selbst wenn sie dort nur die Bequemlichkeit und Zufriedenheit von gefangenen Tieren erwarteten, deren Funktion darin besteht, ihren Besitzern in irgendeiner Form Nahrung zu liefern. Andere wurden gefaßt und eingesperrt. Wieder andere wurden entlarvt – und nicht bestraft, denn man entdeckte bald, wie weit verbreitet die Schwäche volyenischen Herrschaftsgefüges war und wie viele man bloßstellen müßte und damit das Ausmaß der Schwäche proklamieren würde. Manche wurden nie entdeckt. Sie lebten – leben immer noch – in der ständigen Furcht, entlarvt zu werden. Aber die Bürger von Volyen beginnen erst langsam zu ahnen, wie viele der Männer, denen ihr ganzes Vertrauen gehörte, bereit waren, sie zu verraten. Diese Seuche ging sogar so weit, daß selbst ihre Geheimdienste, deren wichtigste Aufgabe es natürlich ist, das ständig expandierende sirianische Reich im Auge zu haben, von sirianischen Agenten unterwandert war. Es ging sogar so weit, daß zu einem bestimmten Zeitpunkt der Leiter aller Geheimdienste ein sirianischer Agent war...

Also – da haben wir eine Tatsache, die ich vielleicht für die interessanteste halte. Hier haben wir ein Phänomen – es ist, wie ich glaube, einmalig, denn ich kann mich an keinen ähnlichen Fall weder in unseren Archiven noch unter allem, was wir in der Vergangenheit über Sirius erfahren haben, erinnern –: Ein Reich (Volyen) wird durch Tausende seiner Bürger geschwächt und unterminiert, die eine der schlimmsten Tyranneien bewundern, die es in der Galaxie je gegeben hat; sie bewundern Sirius nicht, weil Sirius eine Tyrannei ist, sondern aus Idealismus und wegen der sirianischen »Tugend«. Ironischerweise ist Volyen – nicht seine Kolonien, die es immer versklavt und ausgebeutet hat – eigentlich ein angenehmer Planet. Die Extreme der Armut sind verschwunden; und bei einem Besuch würdest du jetzt, Johor, keine Straßen voller Menschen mit allen sichtbaren Anzeichen von Hunger und Krankheit mehr sehen; du würdest keine unterernährten, frierenden Kinder mehr sehen; nirgends stößt man auf das, worüber du so traurig berichtet hast: auf Kinder, die unter Bedingungen arbeiten mußten, die zu ihrem Tod führten, und auf Frauen in menschenunwürdigen Berufen.

Nein, für diesen kurzen Zeitraum, für nicht mehr als für ein paar ihrer Jahrzehnte, war Volyen – und ist es immer noch – ein Planet mit ausreichender, wenn auch nicht idealer Gesundheitsfürsorge, ausreichenden Bildungsmöglichkeiten; er gibt genug Nahrung für alle und irgendeine Art Unterkunft für die meisten. Und vor allem fehlt die unmittelbare Unterdrückung, die in den sirianischen Kolonien zu einer feindseligen Ruhe führt, weil man sich fürchtet, Worte zu gebrauchen, um etwas so zu beschreiben, wie man es wirklich sieht.

Diesen eher angenehmen, wenn auch erst vor kurzem erreichten und natürlich vorübergehenden Zustand möchte die idealistische Jugend beseitigen.

Und die idealistische Ex-Jugend, Leute wie Gouverneur

Grice, der während des letzten Krieges aufwuchs und den die Propaganda abstieß – zunächst die der potentiellen sirianischen Eroberer und dann die der eigenen Seite, denn er empfand sie als zynisch und opportunistisch –, Grice und seine Altersgenossen richteten ihr Augenmerk dann auf die *volyenische* Art, mit den Kolonien umzugehen; und sie hatten das Gefühl, enttäuscht und verraten zu sein – von Worten, die geschickt gegen sie eingesetzt worden waren. In einem Gespräch mit einem Angehörigen seiner Gruppe, der ein sirianischer Agent geworden war, erklärte er sich bereit, »Informationen« zu liefern. »Aber nur, was ich will und wann ich es will!« (Diese Formulierung kann nur von einem jungen männlichen Angehörigen der herrschenden Kaste stammen, der es gewohnt ist, die Bedingungen zu diktieren.) Und schließlich verstrickte er sich immer mehr in den Schlingen von Sirius. Aber nachdem Grice die Wahrheit über die wirklichen Zustände allmählich auf den nahe gelegenen sirianischen Kolonien erfahren hatte, stellte er sich seinen Vorgesetzten zur Bestrafung. »Macht mit mir, was ihr wollt! Ich verdiene es!« Die Vorgesetzten erkannten eine geistige Verfassung, die zumindest einige in ihren Reihen ebenfalls erfaßt hatte. Sie überlegten und kamen zu dem Schluß, es sei schade, seine wahren Qualitäten zu verschwenden. Sie machten ihn zunächst zu einem untergeordneten Funktionär in der Kolonialverwaltung und dann zum Gouverneur. So wurde er zum Gouverneur Grice, zum Grauen Greis.

Aber er mußte durch »heilsame« Zwischenfälle in seiner Haltung unterstützt werden – etwa durch die Besuche eines gewissen Handelsbeauftragten. Grice lernte, ihn wie einen schrecklichen Spiegel zu sehen, denn ein interessanter und liebenswürdiger Gast verwandelte sich plötzlich in ein sich windendes Häufchen Elend von einem Mann, der Grice um Mitgefühl und Verständnis anflehte. »Mehr will ich nicht«, jammerte er in den Augenblicken, in denen er nicht der gewandte Diplomat war. Es war erstaunlich, wie schnell die beiden Seelen in dem sorgfältig gepflegten Körper unter der maßgeschneiderten Kleidung des Spions die Plätze wechselten. »Ich muß nur mit jemandem reden können, der mich versteht und weiß, in welcher Hölle ich lebe! Aber Sie wissen ja, was ich meine.«

Er ist ein sirianischer Agent, der dazu ausgebildet wurde, Volyen auf jede erdenkliche Weise zu schaden. Man wählte ihn auf einer Eliteschule seines Planeten als »geeignetes Material« und schickte ihn zur Ausbildung auf den sirianischen Mutterplaneten. Danach gab man ihm Anweisung, sich auf Volyen niederzulassen und sich unerkannt in eine hohe Stelle einzunisten – und so weiter, wie üblich. Er war tatkräftig, geschickt, ehrgeizig und vor allem hingebungsvoll bei der Sache. Das gefiel seinen Vorgesetzten; und seine Erfolge verschafften ihm Befriedigung. Er genoß das Leben auf Volyen, das im Vergleich zu dem düsteren Fanatismus der sirianischen Herrschaft so angenehm war. Vor einigen V-Jahren fiel es ihm »plötzlich und in einem einzigen Moment« – so schilderte er es Grice – »wie Schuppen von den Augen«. Was tat er? Er versuchte, diese liebenswürdigen, wenn auch schwächlichen Leute, diese angenehme, wenn auch zerfallende und schlecht organisierte Gesellschaft zugrunde zu richten, um sie durch die Abscheulichkeiten – wie er es inzwischen sah – des sirianischen Reiches zu ersetzen. Er brach zusammen. Er litt. Seiner Seite konnte er nichts gestehen, denn man hätte ihn im Namen der »Tugend« sofort ermordet. Deshalb wandte er sich an den Geheimdienst des Gastlandes, wo man mit seiner mißlichen moralischen Lage sympathisierte und sich abwartend verhielt, als er seine Talente und natürlich auch seine »völlige Ergebenheit« als Doppelagent anbot. Wie so viele andere seiner Art in volyenischen Diensten ließ man ihn im unklaren darüber, ob er »wirklich« ein Doppelagent war oder nicht. Seine Vertrauensleute fanden ihn zunächst tatsächlich nützlich, um Leute wie Grice bei der Stange zu halten.

Grice leidet sehr, wenn er sich fragt, ob er als Persönlichkeit stark genug ist, um der Problematik seiner Position gewachsen zu sein. Ein Gouverneur, der das Regieren haßt; ein Volyener, der Volyen zu Hause liebt, aber nicht im Ausland; ein Bewunderer der Tugend, aber nur auf eine abstrakte, reine und ideale Weise, denn bisher ist die Tugend noch auf keinem Planeten so praktiziert worden, daß sie ihren Namen verdient hätte; ein Feind der sirianischen Tugend, von der Tugend der sirianischen Kolonien ganz zu schweigen ...

Wenn er sich in solchen Momenten sagt, das sei alles zuviel für ihn, überzeugt ihn ein Besuch von X unweigerlich davon, daß seine eigene Position im Vergleich zu X paradiesisch ist. »Hier ist Mr. X, Ihr besonderer Freund«, so kündigt er sich bei Grice an, den ein Schauder überläuft – nicht zuletzt deshalb, weil er sich fragt, wie *sie* scheinbar so unfehlbar spüren, wenn seine Moral sinkt.

Grice ist zur Zeit auf Volyen und verlangt, »auf höchstmöglicher Ebene« gehört zu werden. Auf dieser hohen Ebene erkennt man, daß es möglicherweise tatsächlich zum Vorteil wäre, Grice zu empfangen; man ist jedoch inzwischen damit beschäftigt, ihn auf mögliche neue Treuebrüche zu überprüfen. Einmal Agent, immer Agent – so sieht man es dort. Außerdem weiß man, daß er getarnt die Zusammenkünfte von Calder und seinen Männern besucht hat.

Grice wartet ungeduldig in den Vorzimmern und schickt eine Botschaft um die andere: »Es ist wichtig! Sie sollten mich anhören! Auf der Stelle! Die Situation ist kritisch!«

Krolgul hat das alles erfahren und brütet darüber nach, wie er die Situation für seine Zwecke ausnützen kann.

Klorathy auf Volyen,
an Johor.

Ja, meine Informationen bestätigen, was du erfahren hast. Wir müssen früher als erwartet mit einer sirianischen Invasion auf Volyen rechnen. Aber *von welchem Planeten* wird sie ausgehen?

Ich bin Grice gefolgt, wie ich auf Volyenadna Incent folgte. Grice betätigte sich nicht weniger fieberhaft, hinterließ jedoch eine völlig andere Spur. Nachdem ich versucht hatte, von einer Person nach der anderen herauszufinden, was Grice plant, kam ich unvermeidlich zu dem Schluß, daß er geistesgestört ist und daß jeder es auch sieht.

Das bedeutet, seine alten Kollegen, die ihn zum Gouverneur gemacht haben und sich Sirius gegenüber zum größten Teil in der gleichen heiklen Situation befinden, zogen sich ihm gegenüber mit Ausflüchten aus der Affäre. Ja, ja, ihr Tenor war, er habe geniale Ideen für das Wohl von Volyenadna; aber weshalb gönne er sich nicht zuerst einmal einen erholsamen Urlaub von der provinziellen Langeweile dieses Planeten?

Da es Grice nicht gelungen ist, jemanden seiner Generation zum Zuhören zu bewegen, wendet er sich jetzt an die Erben seiner Generation, nämlich an eine revolutionäre Gruppe nach der anderen.

Ich fand ihn schließlich in einer Kleinstadt im Norden von Volyen. Er hatte Einladungen an die Tugend-Partei geschickt, an die Partei der Wahren Tugend, an die Partei zur Unterstützung der Sirianischen Tugend, an die Partei der Gegner der Sirianischen Tugend, an die Freunde von Alput (der sirianische KP 93), an die Feinde von Alput und an die Freunde von Motz (der sirianische KP 104). Allen diesen Gruppen liegen das künftige Wohl von Volyen und eine gute Regierung am Herzen; und sie bekämpfen sich untereinander auf das heftigste.

Als ich in seinem Hotelzimmer ankam, hielt mich Grice für den letzten in einer langen Reihe von jungen Revolutionären und begann einfach seine Rede, die er schon seit Stunden gehalten hatte, wieder von vorne.

Er ging mit großen Schritten im Zimmer hin und her, wobei ihm die blassen glatten Haare in das erregte und erhitzte Gesicht fielen, in dem seine blassen Augen brannten, und malte, wild gestikulierend, ein (zutreffendes) Bild von den Leiden der Volyenadnaner und ein (unzutreffendes) Bild von den Erfolgen der »idealistischen Experten von Sirius in Sachen kolonialer Revolutionen«, womit er Incent meinte.

»Grice«, mußte ich immer wieder zu ihm sagen, »Grice, nimm doch Vernunft an. Ich bin Klorathy. Wir haben uns dort getroffen. Erinnerst du dich nicht?«

Er erinnerte sich und erinnerte sich auch wieder nicht. Er kam zu mir herüber, beugte sich vor, musterte mich blinzelnd, wobei er im wahrsten Sinne des Wortes am ganzen Körper zitterte – eine Nachwirkung der Anstrengung, mitten in seiner verbalen Selbststimulation abzubrechen. Dann sank er kraftlos in sich zusammen.

Ich redete und redete mehr oder weniger wahllos drauflos, bis er mir zuhören konnte, und dann erklärte ich ihm:

»Wir, Canopus, können veranlassen, daß alles nach Volyenadna gebracht wird, was notwendig ist, eine neue Form der Landwirtschaft in Gang zu setzen. In kürzester Zeit könnte dieser arme Planet sich selbst ausreichend ernähren und außerdem noch Überschüsse exportieren. Das würde alle möglichen bedeutsamen Folgen haben. Grice, du könntest als Gouverneur erreichen, daß man diese günstige Entwicklung in Zusammenhang mit der volyenischen Herrschaft sieht. Doch dazu mußt du sehr schnell die Einwilligung deiner Vorgesetzten durchsetzen.«

Ein Funken Leben zeigte sich in ihm: »Sie? Du machst Witze!« Er sank sofort wieder genußvoll in seine frühere Schwermut zurück. »Korrupt, hoffnungslos, dekadent…«

Ich ließ ihn eine Weile reden und sagte dann: »Nun gut, aber möchtest du, daß diese Verbesserungen – die gewissermaßen einer Art Revolution gleichkämen – mit dem Einfluß von Sirius in Verbindung gebracht werden?«

Er wurde starr vor Angst und Entsetzen; dann hob er vorsichtig den Kopf, warf mir einen kurzen Blick zu und lag dann wieder bewegungslos auf dem Rücken.

Er schwieg. Aber er suchte nach einer geeigneten Formulierung.

Ich hatte gehofft, durch den Schock würde ich ihm ein paar Informationen über die Art seiner Beziehung zu Sirius entlocken können. Aber ich hatte mich geirrt.

Schließlich sagte er: »Wenn das geschieht, würden sich eine Menge Leute freuen …« Er brach in schrilles Gelächter aus und dann in Tränen. Denn er litt wegen Sirius unter einem großen Konflikt, einem schlimmeren, als ich befürchtet hatte. »… Du hast keine Ahnung, wie viele Leute … ich habe den ganzen Tag mit ihnen zu tun gehabt, jeden Tag, seit ich hierhergekommen bin. Es ist merkwürdig, nicht wahr? Wir wissen jetzt genau, wozu Sirius fähig ist, doch trotzdem scheinen sie es nicht wissen zu wollen.« Wieder folgten das schrille Gelächter und die Tränen. »Oh, ich weiß, was du denkst. Ich habe mich lange genug täuschen lassen. Aber zumindest habe ich …«

Ich will natürlich wissen, welche Macht Sirius über ihn hat. Erpressen sie ihn? Ich glaube nicht. Mir kommt es vor, als habe die herrschende Klasse von Volyen, nachdem sie das Ausmaß der Siriushörigkeit ihrer Staatsdiener erkannte und entdeckte, wie viele erpreßt wurden, diese Drohung einfach wirkungslos gemacht, indem sie diesen Beamten sagte: »Nun gut, du gestehst rückhaltlos, was du Sirius versprochen hast und was sie von dir verlangen können, und wir stehen zu dir!« Damit sind die Agenten auf eine Weise kaltgestellt, die *sie* sich nie hätten träumen lassen! Denn *sie* gehören nicht zu denen, die unter ähnlichen Umständen zu ihren eigenen Leuten stehen. O nein! Einer ihrer glücklosen Diener müßte mit einem Messer im Rücken oder einer Portion Gift rechnen, mit einem *»Unfall«*... Nein, ich kann mir vorstellen, daß Sirius, nachdem man Hunderte von Volyenern in Schlüsselfunktionen so lange und so geschickt in ihre Machenschaften verwickelt hatte und dann entdeckte, daß Volyen sie auf diese Weise überlistet hatte, daß Sirius zumindest vorübergehend verwirrt war. Vermutlich hat Sirius Volyen auch für diesen Schachzug bewundert. Ja, ich kann mir vorstellen, daß Sirius die Raffinesse des Gegners in diesem Spiel bewunderte. Denn welche Tricks und Fallen, welche Fallstricke und Netze wurden dabei aufgedeckt! Und welche Fallen und Schlingen blieben unentdeckt! Denn manche Agenten würden Volyen alles gestanden haben, andere einen Teil, wieder andere gar nichts und manche Falsches. Vermutlich wiegten sich ein paar Hochgestellte auch in dem Glauben, nachdem sie erst einmal jugendliche Sünden bekannt hätten – »Bitte versteht, ich wußte nicht, was ich tat!« – und man ihnen vergeben hatte, sei alles vorüber, nur, um später zu entdecken, daß überhaupt nichts vorüber war. Sirius sagte vielleicht: ›Ja, aber *das* hast du ihnen nicht gestanden. Was werden sie jetzt denken, wenn du erklärst, du hättest es einfach vergessen? Du beabsichtigst zu sagen, du hättest nichts davon gewußt. Wie naiv du doch bist! Oder welch sträfliche Nachlässigkeit!« Sirius sagte vielleicht: »Ja, wie denkst du jetzt darüber, daß du *uns*, denen du wahre Ergebenheit schuldest, an *sie* verraten hast, an die dich nur sentimentale Treue bindet, jetzt, nachdem wir zum Einmarsch bereitstehen, nachdem wir euch umzingelt haben? Dein Verhalten war kurzsichtig. Findest du nicht auch? Nein, nein, wir verfolgen eine Langzeitperspektive, wir haben den historischen Blick. Wir geben dir noch eine Chance, wenn du dich bereit erklärst...« Sirius sagte vielleicht: »Du hast geglaubt, wir hätten dich vergessen. Aber Sirius vergißt niemals! Also gut, aber du weißt sehr wohl, was uns für Strafen zur Verfügung stehen! Du wirst sie in ihrer ganzen Härte zu spüren bekommen, es sei denn …«

Und wo stand Grice in diesem Spektrum der Loyalitäten und Illoyalitäten, vom eigenen Standpunkt aus betrachtet?

»Grice«, sagte ich, »was würdest du tun, wenn ich dir verrate, daß Sirius in Kürze in Volyen einmarschiert?«

»Ich würde mich vom nächsten hohen Gebäude stürzen.« In dieser Antwort lag so viel masochistischer Genuß, daß ich eine Weile wartete. »Was würde sich für einen Volyenadnaner ändern – oder für einen Volyendestaner, nach allem, was ich über diesen Planeten gehört habe? Wäre die sirianische Herrschaft schlimmer als die unsrige?«

»Ihr könntet euch natürlich bessern. Besteht irgendeine Chance, daß deine Kollegen auf dich hören?«

»Die? Die kümmern sich einen Dreck um ihre kolonisierten Planeten!«

Plötzlich richtete er sich kerzengerade auf und sah mich mit bebenden Lippen tragisch an.

»Und sie kümmern sich einen Dreck um mich. Alle … ausnahmslos. Und die anderen auch.«

Damit meinte er die Gruppen der jungen Leute. Sie hatten ihm eine Abfuhr erteilt.

Du wirst bemerkt haben, was ihn wirklich traf, war, daß sie sich »einen Dreck um ihn kümmerten«.

»Ja, aber liegt irgendeinem von ihnen etwas an Volyenadna?«

»Wenn du einigen von ihnen sagen würdest, sie sollen dorthin gehen und sich der Revolution anschließen, würden sie vielleicht darauf hören.«

»Ich nehme an, du sprichst von Incent … von Krolgul?«

»Wenn sie mich haben wollten, ich würde auf der Stelle mich auf ihre Seite, auf Calders Seite schlagen. Aber sie wollen mich nicht! Niemand will mich. So war es schon immer, Klorathy! Schon als ich noch ein kleines Kind war. Ich habe nie irgendwo richtig dazugehört. Niemand wollte mich. Ich war nie …«

Er warf sich aufs Gesicht und weinte laut und gequält.

Ich sah, daß wir von ihm nichts erwarten können. Deshalb bat ich das Hotel, ihm einen Arzt zu schicken, und kehrte nach Vatun zurück.

Ich bin der Meinung, ich, als Canopus, sollte versuchen, so gut es geht, Calder einzuschalten. Das beantrage ich hiermit offiziell.

Klorathy auf Volyenadna,
an Johor.

Ich hatte gehofft, Calder und seine Kollegen zu treffen. Er schickte mir die Nachricht, er würde allein kommen, und zwar an einen Ort in einem kalten Tal weit entfernt von der Hauptstadt, wo nur ein paar wenige Sippen lebten – graue Steinhäuser bzw. Hütten, eine graue Tundra unter einem grauen Himmel.

Wir trafen uns im Bergarbeiterclub, jedoch zu einer Zeit, als alle bei der Arbeit waren. Eine Frau brachte uns das für Volyenadna typische dünne, saure Getränk und verließ uns wieder mit der Bemerkung, sie müsse für ihre Kinder kochen.

Ich gebe jetzt das folgende Gespräch wieder:

Calder saß mir gereizt und düster gegenüber – ein Zustand, der bei dieser Spezies auf höchstes Mißtrauen hinweist.

»Calder, würdest du sagen, ihr lebt hier unter einer starken Tyrannei?«

Er schlug mit seiner großen Faust auf den Tisch und schrie: »Tyrannei, sagst du! Das kann man wohl sagen! Dreckige, ausbeuterische, kaltschnäuzige Schweine, die …« So ging es ein paar Minuten weiter, bis er allmählich verstummte. »Aber du weißt ja, wie sie sind«, fügte er hinzu.

»Ich wollte wissen, ob sie stark sind?«

Er blinzelte mich verwirrt an. Er fühlte sich angegriffen und knurrte: »Du vergißt, ich bin nie von diesem Planeten weggekommen. Wie soll ich da Vergleiche anstellen? Aber ich nehme an, du kannst es. Also sag du mir, sind sie stark oder nicht? Von uns aus gesehen, ist diese Tyrannei stark genug. Sie entzieht uns alles, was wir im Schweiß unseres Angesichts erarbeiten, und läßt uns… du siehst es ja selbst.«

Er saß mir triumphierend gegenüber, als habe er in einer Diskussion ein gutes Argument vorgebracht. Er warf sogar verstohlene Blicke nach beiden Seiten, wie um die Reaktion eines Publikums zu überprüfen.

Doch ich sah, daß sein Bedürfnis nach großspurigen Reden zumindest vorübergehend gestillt war. Jetzt konnte ich mir seine Aufmerksamkeit zunutze machen. Er saß leicht vorgebeugt, und seine grauen, glanzlosen Augen musterten mich prüfend. Calder (ein schwerer, massiger, langsamer Mann), dessen Verstand nur gelernt hatte zu mißtrauen, beschäftigte sich langsam mit irgendwelchen Gedanken.

Ich sagte: »Calder, es ist eine schwache Tyrannei. Und das ist sie schon lange… mit Sicherheit zumindest, seit du lebst. Sie ist schwach, wie Tyranneien in ihrem letzten Stadium es sind.«

Ich hielt inne, um meine Worte wirken zu lassen.

»Ich habe nichts davon bemerkt, daß sie beschlossen hätten, uns in Ruhe zu lassen.«

»In der Anfangszeit wußte Volyen alles; sie kannten eure Gedanken, eure Pläne, von eurem Tun und Lassen ganz zu schweigen. Die Volyener waren überall. Und wo ist heute der nächste volyenische Polizist?«

Er nickte. »Trotzdem, wir spüren sie immer noch genug.«

»Aber nicht mehr lange…«

»Das sagst du!«

»Ich möchte dir eine konkrete Frage stellen. Nehmen wir an, die Felsen, also diese niedrigen Felsen hier überall auf den Hügeln, ändern ihre Farbe und sind nicht mehr grau, sondern braunrot. Glaubst du, der volyenischen Verwaltung würde dies auffallen?«

Er schüttelte sich vor Lachen und teilte das Vergnügen über meine Dummheit wieder mit seinem unsichtbaren Publikum.

»Nein, ich glaube, sie würden nichts merken. Ja, soviel kann ich sagen.« Er zog eine Pfeife hervor und zündete sie langsam und umständlich an.

»Ich kann euch ein Nahrungsmittel anbieten, das euch unabhängig machen würde. Es ist eine Art Pflanze, etwas Ähnliches wie eure Flechten. Sie wächst auf Felsen. Man müßte nur ein paar Sporen in diesem Tal verstreuen, und die Felsen wären sehr schnell von dieser Pflanze bedeckt. Man kann sie als Gemüse kochen. Sie läßt sich auf verschiedene Arten fermentieren und verändert dabei ihre Beschaffenheit. Mit dieser Pflanze könnt ihr euch auf Volyenadna selbst ernähren.«

Er hatte sich im Stuhl zurückgelehnt, und seine Augen schienen nur noch halb so groß zu sein. Seine Lippen verzogen sich zu einem skeptischen Grinsen, und aus seiner Pfeife drang narkotisierender Rauch. Calder hatte sein unsichtbares Publikum so gut im Griff, daß er ihm sogar hin und wieder durch kurze Blicke ein geheimes Einverständnis suggerierte. Er war ein massiger Klotz aus kaltem, feindseligem Mißtrauen. Dann lachte er kurz und verächtlich auf, rief gebieterisch nach der Frau, und als sie aus dem Nebenzimmer kam, schnalzte er mit den Fingern. »Ja, sofort«, sagte sie und füllte unsere Gläser nach.

»Etwas zu essen«, sagte er bedächtig, »ja, wenn es so einfach wäre.«

Bei dem Wort *»essen«* warf uns die Frau einen schnellen, klugen Blick zu, mit dem sie die Situation völlig erfaßte. Bisher hatte sie uns kaum Aufmerksamkeit geschenkt, da sie offensichtlich familiäre Probleme beschäftigten.

Jetzt bemerkte ich ihren Schatten auf der Wand hinter der halboffenen Tür. »Also gut«, dachte ich. »Damit hatte ich nicht gerechnet, aber wir werden sehen…«

»Es ist so einfach.«

»Wir haben ein Sprichwort auf diesem Planeten…«

»Ich kenne es: Trau keinem Fremden, der mit Geschenken kommt.«

»Woher kennst du es?«

»Weil es auf jedem Planeten eine Version dieses Sprichworts gibt. Aber ist es wirklich ein so guter Rat, der unter allen Umständen nützlich ist.«

»Nun ja«, sagte er und wiegte nachdenklich den Kopf hin und her, »für uns ist er gut genug!«

»Calder, du bist ein sehr vernünftiger Mensch. Ich habe mir von diesem Gespräch, vom Gedankenaustausch mit einem ehrlichen, vernünftigen und sachlichen Mann viel erhofft. Das bist du für mich, weil ihr dieses schwere Leben führt – und du hast keine Vorstellung davon, wie entsetzlich schwer, entbehrungsreich und hart euer Leben ist, Calder, denn ihr habt keine Vergleichsmöglichkeiten. Es liegt an eurem harten und schweren Leben, daß du vernünftig bist und mit beiden Beinen auf dem Boden stehst. Da gibt es keinen Platz für den Unsinn, der mir zum Beispiel auf Volyen begegnet.«

»Nun ja, ich verstehe, was du meinst. Ein paar von meinen Kumpeln waren mit einer Delegation da. Ein kaputter Haufen, würd ich sagen.«

»Ja, aber ich hatte gehofft, ein paar einfache, klare Dinge sagen zu können, und daß du zuhören würdest.«

Er starrte schweigend in sein Glas, das bereits wieder leer war. Er schien aufzutauen, ansprechbar zu sein – zumindest für ein paar Augenblicke.

»Eure Situation hier auf Volyenadna sieht folgendermaßen aus: Ihr fördert nur Bodenschätze. Eure gesamte Nahrung muß importiert werden – zur Zeit von euren Herren, den Volyenern. Ihr seid ihnen völlig ausgeliefert. Ihr könnt euch nicht auflehnen, noch nicht einmal verhandeln, denn eure kümmerlichen Nahrungsquellen erlauben es nicht. Solange ihr jedoch selbst ein räuberisches Reich gewesen seid und eure Nahrung von anderen erbeutet…«

»Du behauptest, wir wären einmal ein *Reich* und genauso schlimm wie Volyen gewesen? Aber warum sollen wir dir das glauben?« schrie er.

»Oh, Calder, jeder Planet, dem man die Möglichkeit dazu gibt, wird zu einem Imperium. Es ist ein Entwicklungsstadium, das diese Galaxie erreicht hat. Die Frage ist jedoch, welche Art von Imperium… wenn es dich interessiert, können wir darüber sprechen…«

»Kommen wir zu deiner Pflanze zurück.«

»Sie wächst sehr schnell und breitet sich aus. Doch es gibt Möglichkeiten, sie unter Kontrolle zu halten. Sie wird euch unabhängig machen, Calder.«

»Du sitzt hier und erzählst so ganz nebenbei, zwischen dem zweiten und dem dritten Glas, daß es eine Pflanze gibt, die unsere Lage verändern wird… ganz einfach so. Warum haben wir noch nie etwas davon gehört?«

»Wer hätte es euch sagen sollen?«

Sein Gesicht war auch weiterhin eine betont höhnische Grimasse, doch er dachte angestrengt nach.

»Krolgul hat sie nie erwähnt.«

»Er hat nie davon gehört. Bis jetzt ist die Pflanze Shammat noch nicht in die Hände gefallen. Sie heißt übrigens Rocknosh.«

»Shammat! Canopus! Nach allem, was ich weiß, könntest du ebensogut ein sirianischer Spion sein.«

»Und wenn es so wäre? Durch Versuche würdest du bald herausfinden, ob diese Pflanze euch tatsächlich etwas nützt.«

»Plötzlich wimmelt es hier überall von sirianischen Spionen. Jeder zweite, sagt man, ist ein Spion von Sirius.«

»Aus gutem Grund, Calder. Das Reich Volyen ist am Ende. Sirius wird es in Kürze überrennen.«

»Wir werden gegen sie kämpfen«, schrie er, wie ich erwartet hatte, denn er ist darauf programmiert, »wir werden sie in den Dünen und auf den Klippen bekämpfen! Wir werden in den Straßen unserer Städte gegen sie kämpfen! Wir werden in der Tundra gegen sie kämpfen…«

»Ja, ja, ja«, sagte ich, »doch warum sollte es euch nicht gleichgültig sein, ob es Volyen oder Sirius ist… Ob der eine oder der andere, ohne die Pflanze, die ich dir anbiete, seid ihr hilflos. Sei es Volyen oder Sirius, mit der Pflanze könnt ihr euch selbst ernähren. Ihr könnt verhandeln.«

»Warum hast du – warum hat uns niemand diese Pflanze früher gegeben?«

»Weil die Bedingungen auf diesem Planeten es erst seit kurzem ermöglichen, daß sie hier wächst.«

»Das gefällt mir nicht«, sagte er düster, traurig und leidend. Die lange dunkle Geschichte des Planeten lastete schwer auf ihm. Er saß da, blickte auf sein Leben zurück, auf den langen Kampf und dachte, wie ich sehen konnte, auch an frühere Generationen, die unter Entbehrungen, Hunger und der harten volyenischen Herrschaft gelitten hatten.

»Was habt ihr zu verlieren, Calder?«

»Woher soll ich wissen, daß wir nichts verlieren?«

In diesem Augenblick kam die Frau mit dem Krug herein, füllte unsere Gläser und blieb ruhig stehen, während sie durch die offene Tür hinaus in den Regen, auf den nassen dunklen Abhang blickte.

»Ich weiß nicht mehr, wo ich das Essen für die Kinder hernehmen soll«, bemerkte sie, »in den Läden gibt es kaum etwas. Die Rationen sind wieder gekürzt worden. Die letzte Lieferung von Volyen fiel um die Hälfte kleiner aus als üblich.«

Calder hörte kaum hin. »Ja, ja«, sagte er in der freundlichen väterlichen Art, die sie im Umgang mit ihren Frauen haben, wenn die Frauen die ihnen zugewiesene Rolle spielen, das heißt, noch härter arbeiten als ihre Männer.

»Ich nehme an, Kamerad Calder, du hast nichts über die nächste Lebensmittellieferung von Volyen gehört?«

»Nein, aber sie ist überfällig. Meine Frau hat schon darüber geschimpft.«

»Merkwürdig, warum wohl?« Sie ging langsam hinaus, blieb aber direkt hinter der Tür stehen. Ich beobachtete Calder, der sich innerlich in den Schlingen seines Mißtrauens mir gegenüber wand.

Ich sagte: »Ihr werdet sehr bald von Sirius erobert werden. Jawohl, gleichgültig, ob ihr kämpft oder nicht. Und dann wird es beinahe augenblicklich keine Sirianer mehr geben, denn ihr Imperium hat seinen Höhepunkt erreicht und steht dicht vor dem Zusammenbruch.«

»Woher weißt du das alles? O ja, du sagst Canopus, Canopus, als sei damit das Ganze beantwortet.«

»Von deinem Standpunkt aus ist es das … Soll ich weiterreden? Die Sirianer, die Volyen erobern, werden brutal und *schwach* sein – und zwar in dem Sinn, wie ich das Wort benutzt habe –, denn Sirius ist durch Diskussionen, Konflikte und Unentschlossenheit gespalten. In der sirianischen Geschichte hat es Zeiten gegeben, in denen sie einen Planeten effizient eroberten. Damals waren sie *stark*. Ich meine damit, die Eroberung verlief organisiert, mit einem bestimmten Ziel vor Augen und nach einem Plan. Wenn sie in Volyen einfallen, wird es anders sein. Zunächst einmal deshalb, weil eine neue Gruppe an die Spitze des Mutterplaneten und aller Planeten des sirianischen Reichs gelangt. Es gibt keinen vernünftigen Plan. Die Eroberung von Volyen wird infolge der vorübergehenden Dominanz eines bestimmten Standpunktes innerhalb der derzeitigen – vorübergehenden – Ausrichtung einiger Planeten beinahe ein Zufall sein. Und bei euch werden keine Soldaten vom sirianischen Mutterplaneten auftauchen, sondern zusammengewürfelte Armeen, die zerstritten sind, die sich nie auf irgend etwas einigen können und keinen Befehlen gehorchen.«

»Oh, das arme Volyenadna«, seufzte Calder. In seinen Augen standen Tränen (entsprechend einer volyenischen Sitte, nach der Tränen als ein Zeichen von ungewöhnlicher Empfindsamkeit und sogar ungewöhnlicher Intelligenz gelten. Die Volyener achten darauf, daß man diese Zeichen der Empfindsamkeit in einer Situation nicht übersieht, und deshalb drehte Calder auch den Kopf ein wenig, damit ich das Wasser in seinen Augen bemerken mußte). »Wie lange wird das alles dauern?«

»Ganz bestimmt nicht lange«, sagte ich, »denn die Armeen, die hier landen, werden kaum genug Verpflegung für sich selbst haben. Und sie werden keine Nahrungsmittel für euch bringen. Sobald sie feststellen, daß ihr hungert, werden sie das sirianische Hauptquartier auf Volyen um Nachschub bitten. Doch die Lieferungen, die eintreffen, werden nicht genügen, und keiner ...«

»Woher weißt du das alles? Du sitzt hier und verkündest ganz ruhig dies und das, als könntest du es sehen!«

»Warum sollten wir es sehen müssen? Es genügt, das Wesen der beteiligten Spezies, der Rassen und Individuen zu kennen. Die Armeen, die diesen kleinen Planeten überfallen – diesen sehr kleinen, unwichtigen Planeten, Calder –, werden in blinder Panik sein, weil sie begriffen haben, daß das sirianische Reich um sie herum zusammenbricht und sie hier verlassen und vergessen auf einem Planeten festsitzen, der – vergib mir – nicht gerade der verlockendste in der Galaxis ist.«

»Oh, du unglückseliger Planet, du zu Leid und Elend verurteilter Planet, zu ...«

»Unsinn, Calder. Er ist überhaupt nicht verurteilt. Ihr könntet euch lange vor dieser Zeit selbst versorgen. Ihr könntet diesen Soldatenhaufen mit Proviant bestechen und zum Abzug bewegen. Ich versichere dir, es wird nirgends viel zu essen geben, nicht einmal auf Volyen, denn die Sirianer werden aus allem ein heilloses Durcheinander machen.

Bei kluger Vorausplanung wird es euch sogar gelingen, mit den Vorräten an Rocknosh nicht nur eure Unabhängigkeit von Sirius zu erkaufen, sondern wahre Unabhängigkeit. Ihr werdet euch selbst regieren, die Bodenschätze behalten können und exportieren, was ihr wollt und wohin ihr wollt.«

»Du hast nur eine Kleinigkeit übersehen«, stieß Calder triumphierend hervor, »wieso glaubst du, daß Volyen uns nicht auf die Schliche kommt? Na? Was sagst du nun?!« Er lehnte sich zurück, lachte leise vor sich hin und schüttelte den Kopf über meine Dummheit, während er gleichzeitig seinem Publikum, für das er sein ganzes Leben lang gespielt hatte, Blicke zuwarf.

»Hast du nicht anfangs gesagt, es würde ihnen nicht einmal auffallen? Du könntest die Felsen auf dem halben Planeten mit rötlichbraunen Pflanzen überziehen, und sie würden es nicht bemerken?«

»Das sagst du so!«

»Ich habe vorausgesehen, daß die Gewohnheit euch zu Sklaven gemacht hat, und wollte mich deshalb an Gouverneur Grice wenden, damit er die offizielle Erlaubnis für die Einführung dieses Nahrungsmittels einholen würde. In der volyenischen Kolonialverwaltung gibt es eine Menge Leute, die mit euch sympathisieren, weil man euch so schlecht behandelt. Und Gouverneur Grice ist genau der richtige Mann, um das zu tun, aber ...«

»Für mich bist du jetzt völlig auf dem Holzweg.«

»Es wäre *beinahe* der einfachste Weg – der einfachste und leichteste wäre natürlich gewesen, daß du zugestimmt und es selbst getan hättest –, doch ich fürchte, Grice ist im Augenblick nicht in der besten Verfassung.«

»Und noch etwas: Ich sitze nicht hier, um mir von dir sagen zu lassen, ich sei ein Sklave!«

Er stand auf und war sich dabei der hundert Augenpaare bewußt, für die sein bescheiden duldendes, heroisches Auftreten bestimmt war. Ohne mich eines Blickes zu würdigen, brüllte er: »Der sirianische Herr will zahlen!« Als die Frau hereinkam, lachte er sie breit an wie ein Kind, das sich gegen ein anderes behauptet hatte, zog in meine Richtung eine Grimasse, die mich zum unrettbar Verrückten stempelte, schlug ihr klatschend auf den breiten Hintern, um sein inneres Gleichgewicht wiederzufinden, und ging hinaus.

Die Frau blickte mich an. Wie alle ihre Frauen ist sie ein wahrer Fels und besitzt die Kraft und die Fähigkeit auszuharren. Langsam kam sie herüber und blieb neben Calders leerem Stuhl stehen.

Es folgt die vollständige Wiedergabe meines Gesprächs mit dieser Frau auf Volyenadna.

»Du sagst, es gibt da diese Pflanze?«

»Ja, ich habe die Sporen bei mir.«

»Wie muß ich sie pflegen, wenn ich sie ausgesät habe?«

»Du brauchst gar nichts zu tun. Sie wächst auf jedem Felsen. Hier ist eine Aufstellung aller Methoden, nach denen du sie zubereiten kannst.«

»Danke.«

Klorathy auf Volyen,
an Johor.

Das erste, was ich bei meiner Rückkehr erfuhr: Motz hat Grice entführt! Lösegeld ist nicht verlangt worden. Unter anderem stellen sich die Fragen: Warum Grice? Weiß Motz, daß Grice in seiner Jugend ein sirianischer Agent war? Wenn ja, ist das wichtig? Ist mit seiner Entführung beabsichtigt, allen ehemaligen oder »ruhiggestellten« sirianischen Agenten auf Volyen Angst einzujagen? In anderen Worten: Steht hinter der Entführung eine sirianische Fraktion? Weiß Alput, der andere nahe gelegene sirianische Planet, von dieser Situation?

Ich habe gehört, daß zwischen Alput und Motz ernste

Meinungsverschiedenheiten wegen der Invasion auf Volyen bestehen.

Motz vertritt beinahe eine Prä-Ambien-Haltung, nach der ein sirianischer Einmarsch logischerweise einen Vorteil für die Besiegten darstellt. Wer die Macht hat, hat das Recht. Sirius ist gut; die anderen Planeten bedürfen alle seiner überlegenen Weisheit.

Die Fraktion, die auf Alput zur Zeit am Ruder ist, debattiert endlos über die »Tugend«.

Während ich auf weitere Informationen über Grice wartete, besuchte ich Incent. Auf dem Weg nach oben hielt mich unser Freund, der Hotelbesitzer, an, um mir zu sagen, die Geräusche, die aus dem inneren Raum dringen, in dem Incent sich erholt, ließen vermuten, daß Incent »wieder verrückt« geworden sei. Und das bestätigte sich. Er lag auf der Liege und betrachtete unter Kichern, Ausrufen des Entzückens, Stöhnen und allen möglichen ekstatischen Äußerungen die Muster im oberen Teil des Raums, die er in ungestüme Bewegung versetzt hatte: Kreisende Rhomboeder, tänzelnde Tetraeder wirbelten zusammen mit oszillierenden Oktoiden in einem bunten Reigen dahin; er hatte auf volle Leuchtkraft geschaltet, und der Tonregler stand auf Sphärengesang, was heißt, er war ebenfalls voll aufgedreht.

Ich schaltete das Gerät ab und wartete, bis er aufhörte zu zucken, zu schreien und zu stöhnen: »Wow! Heiß! Sauber! Weiter! Sensationell! *Bewegend!*«

Er lag auf dem Rücken und starrte auf die inzwischen leere Stelle an der Decke.

»Schon gut«, seufzte er schließlich, »du brauchst es mir nicht zu sagen.«

»Was sollen wir mit dir nur tun, Incent? Was?«

»Weißt du, ich habe wirklich das Gefühl, ich kann es schaffen und werde wieder gesund. Wirklich, Klorathy.«

»Also gut. Möchtest du hierbleiben – ich bin allerdings vermutlich einige Zeit unterwegs, denn der arme Grice macht uns großen Kummer – oder willst du mich begleiten?«

»O *nein,* ich glaube, ich kann mich noch nicht hinauswagen. Hier ist es wunderbar. Ich hatte wirklich das Gefühl, mich wieder zu fangen. Ja, gut, ich werde beim Spielen mit der Mathematik vorsichtig sein.«

Ich verließ ihn.

Unser Agent auf Motz (AM 5) hat das Vertrauen der Entführer von Grice; ironischerweise gehörte er zu den Gründungsmitgliedern der revolutionären Gruppe, die auf Motz zur Zeit am Ruder ist, denn damals befand er sich gerade in einer sentimentalen Phase. Er hat sich sehr schnell erholt und nimmt inzwischen eine, von unserem Standpunkt betrachtet, vorteilhafte Position ein. Ich erwarte einen Bericht von ihm.

Bericht von AM 5.

Salud! Servus, wie Krolgul sagen würde – und sagt, denn er ist hier und schafft Unruhe. Nun ja, er hat es nicht so leicht, wie er es sich wünscht, denn die Situation hier ist ziemlich klar, und der Vater der Lügen liebt trübes Wasser, das er noch stärker aufwühlen kann. Die Situation? Auf einem öden, von höheren Tieren unbewohnten Planeten landete ein Volk auf der Flucht von einem anderen Planeten – seinem eigenen –, der von einer Spezies gewaltsam an sich gerissen worden war, die man von *ihrem* Planeten vertrieben hatte… doch der Bericht über diese Invasion liegt bereits in unseren Archiven. Mittlerweile sind die Wüsten und Sümpfe auf Motz urbar gemacht worden. Es sind kluge, fleißige Leute voller Energie, die aus Zielstrebigkeit erwächst. Worauf richten sich ihre Gedanken und Anstrengungen? Nur auf das eine: Sie wollen in ihre Heimat zurückkehren. Denn Motz, das sie geschaffen haben, ihr *Werk,* ist nicht ihre Heimat: Dieser Gedanke hat sich in ihnen festgesetzt. Während sie einen Berg abtragen oder einen Sumpf trockenlegen, singen sie: »Eines Tages kehren wir in die Heimat zurück.«

Doch die Eroberer ihres Planeten haben natürlich keineswegs die Absicht, ihn aufzugeben, solange sie nicht gewaltsam vertrieben werden. Lange Zeit war Motz dazu nicht stark genug – seit kurzem ist es das. Und obwohl sie – dramatisch genug – von Krieg reden, unternehmen sie nichts. In Wahrheit sind sie Motzaner geworden, Motzaner auf Motz; im Grunde wollen sie nicht »in die Heimat zurückkehren«. Aber das können sie nicht zugeben – zumindest nicht öffentlich. Reden und alle möglichen Feiern erlauben ihnen – vorübergehend –, von »unserer Heimat« zu träumen. Sie gelangten zu der Ansicht, ihr Leid, ihre gerechte Sache sei von der Galaxis vergessen worden. Sie haben Grice entführt, um die allgemeine Aufmerksamkeit auf ihren Fall zu lenken, denn sie rechneten mit Volyens Bemühungen, einen seiner hohen Kolonialbeamten zu befreien. Aber wie du weißt, beließ Volyen es bei Routineprotesten; das liegt an Grices Vergangenheit (eingestandenermaßen eine zwielichtige) als sirianischer Agent, die es schwermacht zu entscheiden, was eigentlich zu tun sei. Die Motzaner sehen in seiner Agententätigkeit eher einen Beweis für seinen Wert, seine TUGEND.

Krolgul hat ihnen erzählt, Grice sei auf Volyenadna ein blutsaugender Tyrann gewesen, und da es den Motzanern nicht gelang, diese beiden Dinge miteinander zu vereinbaren, kamen sie nach langen, tiefschürfenden Überlegungen zu dem Schluß, sein tyrannisches Verhalten als Gouverneur sei die Folge der notwendigen Tarnung seines (wahren) tugendhaften Wesens, um dem Verdacht einer möglichen Bindung an Sirius zu entgehen. Denn diese Revolutionäre, die sich als Verkörperung der sirianischen TUGEND sehen, glauben, daß »insgesamt, auf lange Sicht und mit dem Blick auf das Wesentliche« Gott gleichbedeutend mit Sirius ist, und wenn etwas, das in Opposition zu Sirius steht, das geringste Zeichen von Anständigkeit zeigt, kann das nur bedeuten a) das fragliche Phänomen zeigt – natürlich nur kurz – sirianische Eigenschaften oder b) ist »vom objektiven Standpunkt aus betrachtet« in Wirklichkeit alles andere als gut und ehrbar. Sie glauben das, obwohl ihnen ihr Planet unter sirianischer Ägide von den Eindringlingen geraubt wurde, die man von *ihrem* Heimatplaneten vertrieben hatte; und sie glauben es, obwohl man in den abgelegenen sirianischen Kolonien nichts als Konfusion, Inkompetenz, Lügen und diesen besonders brutalen Formen der Tyrannei begegnet, die das Ergebnis von Unentschiedenheit und Konflikten an der Quelle – dem sirianischen Mutterplaneten – sind.

Die Motzaner können nicht mehr als einen Standpunkt gleichzeitig haben; das liegt an ihrer Geschichte, in der sie, wie ich bereits erwähnte, sich nur auf *ein* Ziel konzentriert haben: in die Heimat zurückzukehren. Angesichts einer Tatsache, die nicht mit ihrem augenblicklichen Standpunkt übereinstimmt, versucht man zunächst, sie auf den Kopf zu stellen, und wenn das nicht gelingt, schiebt man sie einfach beiseite. Krolgul erwähnte einmal versehentlich, daß er auf Volyen in völliger Freiheit seine Schule der Rhetorik betreiben konnte, und da er ihnen im Augenblick erklärt, Volyen sei eine totale Tyrannei, sind sie zu dem Schluß gekommen, daß Krolgul, wenn es eine solche Schule *gibt*, im Dienst der Volyener stehen muß.

»Nein, nein«, rief Grice, »so ist es nicht. In diesem historischen Augenblick ist Volyen selbst relativ demokratisch und tolerant gegenüber den unterschiedlichsten Standpunkten, obwohl dies selbstverständlich nur auf die Widersprüche historischer Anomalien und eine sprunghafte historische Entwicklung zurückzuführen ist …« (Ich *beeile* mich, daran zu erinnern, daß ich zitiere.) »Kurz gesagt, Volyen ist für die große Mehrheit seiner Bewohner der angenehmste Planet, den man sich denken kann«, erklärte Grice nachdrücklich und recht mutig, denn ihm entging nicht, daß die »Tugendverkörperungen« immer unruhiger und nervöser wurden, weil ihre Gehirnwindungen soviel nicht verkraften konnten.

Aber es nützte nichts. Motz befindet sich wie alle umliegenden Planeten im Kriegsfieber, bereit, auf Volyen einzumarschieren. Dieses Kriegsfieber wird natürlich mit der TUGEND gleichgesetzt, und es wäre von den armen Fanatikern zuviel verlangt, den »angenehmsten Planeten, den man sich denken kann«, anzugreifen, um ihm die sirianische TUGEND aufzuzwingen, selbst wenn »zwingende historische Imperative« es verlangen (ein Schlagwort, das in »diesem historischen Moment« hier sehr beliebt ist).

Ja, es ist alles zuviel für diese bedauernswerten » Verkörperungen«, und deshalb schieben sie das Problem Grice einfach vor sich her. Sie haben ihn in der soziologischen Abteilung ihrer großen Bibliothek eingesperrt, denn sie hat zufälligerweise nur einen einzigen leicht zu bewachenden Eingang. Dort läßt man Grice allein, und er kann nichts anderes tun als lesen.

Ich habe *ihre* geistige Verfassung geschildert.

Nun will ich mich Grice zuwenden. *Ihn* hat man konditioniert zu glauben (der bereits erwähnte unvermeidliche historische Zufall), es sei ein Zeichen von Reife, aufgeschlossen zu bleiben, mehrere Standpunkte gleichzeitig zu sehen und mit »Widersprüchen« zu leben. Diese Übung hat ihm nichts außer Unbehagen eingebracht, denn niemand hat ihm je gesagt, daß er ein Tier ist, das (historisch gesehen) noch vor kurzem in kleinen oder großen Gruppen lebte, in denen das Überleben der Gruppe ein Imperativ war, in der das Individuum erwarten durfte, mit allem Notwendigen versorgt zu werden, während draußen die *bösen* Feinde lauerten, die man möglichst ignorierte, falls sie jedoch in die Gemeinschaft eindrangen, bedrohte und wenn nötig vernichtete. Vom Geist der Volyener wird etwas verlangt, das Millionen

Jahre ihrer Entwicklung in Frage stellt, wenn in dieser kurzen Phase die ruhige, gelassene und leidenschaftslose Untersuchung aller Möglichkeiten als höchstes Ziel gilt, nach dem sie streben sollen. Nein, es ist der glühende Fanatismus der »Verkörperungen«, der ihnen leichtfällt. »Den Standpunkt des anderen zu sehen« ist eine Stufe auf der Leiter der Entwicklung nach oben, die man nur unter Schwierigkeiten halten kann… Und da sitzt Grice, hat täglich Umgang mit Leuten, die er dank seiner Erziehung für ziemlich engstirnig, sogar bedauernswert beschränkt halten muß, sehnt sich aber trotzdem mit jeder Faser seines emotionalen Ichs, zu ihnen zu gehören. Die »Verkörperungen« lieben einander, schätzen einander, kümmern sich um die Schwachen, belohnen die Starken und wachen untereinander über jeden Gedanken und Impuls. Denn die einzigen Ideen, die sie sich je erlaubt haben, kreisen um den Verlust ihrer Rechte, um die Rückkehr in die Heimat (»dort, wo wir hingehören«) und darum, wie sie Motz in ein Paradies verwandeln werden (»nur um es der Galaxis zu zeigen«). Die »Verkörperungen« haben sich dem Reichtum, der Vielfalt evolutionärer Möglichkeiten in der Galaxis kategorisch verschlossen. Grice beobachtet sie und sehnt sich danach, einer von ihnen zu sein, während ihm gleichzeitig vage protestierende Gedanken durch den gemarterten Kopf ziehen. »Nein, so ist es nicht«, nimmt er sich immer wieder vor, ihnen »bei passender Gelegenheit« zu sagen. »Nein, das ist nicht wahr! Wie könnt ihr so etwas behaupten. Ich bin auf diesem Planeten gewesen. Dort ist alles ganz anders, als ihr es darstellt… Aber seht doch, es ist eine Frage der *Fakten*…«

Klorathy auf Slovin,
an Johor.

Schlechte Nachrichten von Incent – leider. Ich ließ ihm Arbeitsmaterial zurück, doch infolge seiner Zerknirschung über den Mißbrauch der mathematischen Spiele hat er alles übertrieben. Seine emotionalen und mentalen Mechanismen hatten die Information noch nicht richtig verarbeitet, und das weckte in ihm den übermächtigen Drang zu lehren. Er hinterließ eine Nachricht und reiste in meiner Raumfähre nach Slovin ab.

Er hatte sich folgendes überlegt: Slovin hat nach langer Knechtschaft unter Volyen gerade seine Ketten abgeworfen (entschuldige!) und muß deshalb in einem leicht voraussehbaren und leicht diagnostizierbaren Zustand sein. Ein Teil des Materials, das ich ihm hinterließ, bezog sich auf die Nordwestlichen Randzonen von Shikasta. Wie du weißt, befand sich dieses Gebiet für beinahe zweitausend Shikasta-Jahre im Griff einer der barbarischsten und langlebigsten Tyranneien, die dieser bedauernswerte Planet je gesehen hat: der christlichen Religion, die keinerlei Opposition zuließ und sich durch Ermordung, Verbrennung und Folterung ihrer Gegner und, wenn das nicht möglich war, durch die noch einfacheren und wirkungsvolleren Methoden der Indoktrination und Gehirnwäsche an der Macht hielt. Zu Beginn des zwanzigsten S-Jahrhunderts verlor diese Religion an Macht, und zwar im wesentlichen deshalb, weil neue Technologien den Menschenmassen auf Shikasta freizügiges Reisen ermöglichten. Die Tyrannen der Nordwestlichen Randzonen konnten ihren Untertanen nicht länger einreden, das Christentum sei die einzige Religion und ihr Gott sei der einzige Gott, und so verbreitete sich unter den Versklavten allmählich die Wahrheit, daß die Nordwestlichen Randzonen im Vergleich zu anderen Teilen Shikastas, die ältere und höhere Zivilisationen besaßen, provinziell und rückständig waren.

Es folgte eine Phase, in der die Menschen in diesem Gebiet (geographisch gesehen ein kleines Gebiet) Gedankenfreiheit genossen, die Freiheit, Theorien und Möglichkeiten zu untersuchen, was man ihnen viele S-Jahrhunderte hindurch verboten hatte. Doch da die verschiedenen Sekten ihrer Religion sie so weit konditioniert hatten, daß sie eine Herrschaft über sich, daß sie »Priester«, Glaubensbekenntnisse, Dogmen, Erlasse brauchten, suchten sie diese Dinge in den alten Formen, jedoch unter neuem Namen, besonders in der »Politik«. Neue »Religionen« entstanden, zwar ohne »Gott«, jedoch in jeder Hinsicht identisch mit den Sekten der »Gott«-orientierten Religion der Vergangenheit. Auch sie hatten ihre Priester, denen man unmöglich widersprechen konnte, deren Befehlen man gehorchen, und deren »Glaubensbekenntnisse« man aufsagen mußte; das geringste Abweichen von der »Linie« zog schwere Strafen nach sich, die von Ausschluß und Verlust des Arbeitsplatzes bis zum Tod reichten, ganz wie es noch vor kurzem bei Auslegungen der »Heiligen Schrift« der Fall gewesen war. Jede dieser neuen Säkularreligionen behauptete sich durch die Anwendung von Gehirnwäsche und Indoktrination – Techniken, von ihren großen Vorbildern, den Priestern, übernommen, die sie im Laufe von zweitausend S-Jahren bis zur Vollkommenheit entwickelt hatten –, Techniken, die durch immer neue Sophistereien der Psychologie zunehmend verfeinert und angereichert wurden.

Also, kurz gesagt, Menschen, die darauf konditioniert sind, Tyranneien zu brauchen, können unmöglich frei sein.

Unser armer Incent fühlte sich gedrängt, Slovin diese Botschaft zu bringen.

Der Planet ist seit mehreren V-Jahrhunderten trostlos und eintönig; er ist arm, wird seines Reichtums beraubt, steht unter der Herrschaft einer volyenischen Kolonialregierung;

Polizei, Gefängnisse und Folter sorgen für Ruhe und Ordnung. Plötzlich haben sie nun »das Joch abgeworfen«. Die kleine Klasse im Dienst von Volyen floh, wurde umgebracht oder entdeckte ihren Patriotismus. Überall schießen, in enger Anlehnung an die militärischen Gruppen, die Slovin befreit haben, neue Parteien aus dem Boden, und jede hat – natürlich – ihren Führer, ihr Heer und ihr Glaubensbekenntnis, das oft in blutigen Auseinandersetzungen gegen alle anderen Gruppierungen verteidigt wird. Die eine Partei fordert ein vereinigtes Slovin, die nächste ein föderalistisches Slovin mit eigenständigen Regionen und so weiter. Die Luft dröhnt von der Rhetorik der Freiheit, denn sie wissen, sie sind frei.

Gruppen, Armeen, Sekten, Parteien, Fraktionen – wie auf jedem anderen »befreiten« Planeten wimmelt es auch auf Slovin davon.

Incent ging geradewegs in die Hauptstadt, erkundigte sich nach der größten und einflußreichsten Partei und mußte feststellen, daß jeder Sloviner ihm eine andere Antwort gab. Deshalb ließ er ankündigen, er, »ein unbeteiligter, neutraler und wohlmeinender Gast von einem fernen Sternensystem«, würde an dem und dem Tag auf dem Platz im Zentrum zu den befreiten Slovinern sprechen, damit seine Rede von ganz Slovin gehört würde.

Die Worte, die er benutzte, mußten Aufmerksamkeit erregen, denn *unbeteiligt* und *neutral* waren aus dem allgemeinen Sprachgebrauch verschwunden; durch die Korruption und Niedertracht der volyenischen Herrschaft waren sie in Mißkredit geraten; und die heftigen Leidenschaften aus der Zeit der »Befreiung« hatten ihr Schicksal endgültig besiegelt. »*Neutral*, was kann das bedeuten?« fragten sich die Sloviner, und nachdem sie die Bedeutung dieses und ähnlicher Worte nachgeschlagen hatten, spotteten sie: »Was für ein Unsinn, was für ein idealistischer Quatsch!« Aber es klang wehmütig, denn sie hatten das Gefühl, ihnen sei möglicherweise etwas verlorengegangen.

Diese großen, zarten silbrigen Wesen wecken in Fremden immer starkes Mitgefühl und Beschützerinstinkte, da sie scheinbar so verletzlich sind; unser Incent reiste kreuz und quer über den Planeten und beobachtete tief erschüttert, wie die Sloviner sich mit einer ganz neuen Vorsicht und Unsicherheit begegneten, wie sie tastend Fragen stellten. Sie erinnerten Incent an diese zarten schimmernden Insekten, die eine Nacht lang leben, dann ihre Flügel verlieren und sterben; er *wußte*, er konnte sie vor sich selbst retten, wenn er nur erreichen würde, daß sie ihm zuhörten. »Oh, ihr armen, armen Sloviner«, jammerte Incent, während er in Gedanken an den Sätzen seiner Rede arbeitete, an den richtigen, vor allem an den *angebrachten* Worten, die auf magische Weise die Folgen jahrhundertelanger volyenischer Unterdrückung und Uniformität beseitigen würden.

Die Sloviner ahnten nicht, wie sehr sie das »Andere« und der »Unterschied« der erstaunlichen Botschaft faszinierte. Was bedeutete *Unparteilichkeit*? Was *Großmut*? Und was *neidlos, gelassen, ehrenhaft, ritterlich*? Irgendwo, irgendwo, vielleicht sogar einmal auf Slovin, hatte es ein Volk gegeben, zu dessen Alltag diese Worte gehörten. War es ihm möglich gewesen, sie rechtmäßig zu benutzen?

Am großen Tag stand Incent, überwältigt vor Erregung und dem Drang zu überzeugen, auf einer Plattform auf dem zentralen Platz der Hauptstadt, inmitten vieler tausend flüsternder, silbriger, dünner, zarter Sloviner, die sich nicht als eine Menge versammelt hatten, sondern alle in bewaffneten Trupps und Verbänden erschienen waren, denn ihre Treue band sie an jeweils andere Führer. Mit ihren facettierten, glitzernden Augen blickten sie zu ihm auf, voll Erwartung, eine Wahrheit zu hören, die sie endgültig erleuchten würde. Unbewußt sehnten sie sich nach Einheit, denn sie hatten so lange nur die volyenische Einheit gekannt. Außerdem hatte sich in den letzten Tagen etwas für Incent sehr Günstiges ereignet: Überall auf Slovin waren Kämpfe zwischen Guerillas und regulären Truppen ausgebrochen, und man fürchtete allgemein einen Bürgerkrieg.

Stell dir die Szene vor, Johor! Eine riesige, aber völlig uneinige Menge, in der sich jeder nach inspirierenden, beflügelnden und erhebenden Worten sehnt, denn was sie von Incents Botschaft bereits wußten, klang nach einem Versprechen von einem Stern, von dessen Existenz sie nichts gewußt hatten, dessen Oberherrschaft sie jedoch möglicherweise anerkennen mußten. Natürlich hätten sie jeden aus ihren Reihen umgebracht, der auch nur gewagt hätte, etwas Derartiges anzudeuten.

Incent begann seine Rede damit, daß er sie um Erlaubnis bat, ihnen eine traurige Geschichte erzählen zu dürfen. Sie hätten ihm alles erlaubt, denn sie setzten übergroße Erwartungen in ihn, und alles hätte in ihren Ohren so geklungen, als sei es das, wonach sie sich sehnten. Er erzählte ihnen Shikastas Geschichte, die Geschichte der Nordwestlichen Randzonen während des Zusammenbruchs der schlimmsten und ältesten Tyrannei, als das Volk darum kämpfte, sich von neuem zu versklaven – und es ihm gelang. Er erzählte sehr gut, und die bedauernswerten Geschöpfe bebten und zitterten bei der Vorstellung, wie leicht es ist, dem zwanghaften Drang zur Unterwerfung zu verfallen, wenn Unterwerfung die Lektion ist, die man immer gelernt hat.

»Volk von Slovin«, sagte Incent nach einem langen Schweigen, das er allein durch die Kraft seines Andersseins und seiner erstaunlichen Worte erzwang, die von einer fernen und wunderbaren Sonne zu kommen schienen.

»Volk von Slovin«, sagte oder sang Incent mit ausgebreiteten Armen, als wolle er ihre Zukunft, ihre noch immer unverwirklichten Möglichkeiten umarmen, »Volk von Slovin, ihr seid in denkbar größter Gefahr, und ihr scheint es nicht zu wissen. Ihr seid in Gefahr, euch einem neuen Tyrannen zu unterwerfen, denn die Mechanismen der Tyrannei sind in euren Köpfen wirksam. Aber die Gefahr hat noch ein anderes Gesicht: Eine Straße, die in eine schöne Zukunft führt, in eine Zukunft, die ihr euch noch nicht einmal vorgestellt habt. Das heißt, ihr werdet alle wahrhaft freie Menschen bleiben und euch weigern, euch Priestern, Tyrannen, Dogmen zu verschreiben. Ihr werdet euch einen freien und offenen Geist bewahren, werdet die Möglichkeiten untersuchen, die Konditionierung der Vergangenheit analysieren und lernen, euch zu beobachten, wie ihr vielleicht eine andere Spezies von einem Nachbarplaneten beobachten würdet – wie ihr zum Beispiel alle Maken beobachtet und kritisiert.« (An dieser Stelle ertönte ein allgemeines abfälliges Gemurmel, denn dieses Gebiet der Galaxis unterliegt dem allgemeinen Gesetz, daß gegenseitige Ablehnung und Mißtrauen mit zunehmender Nähe wachsen.) »Jawohl, das könnte eure Zukunft sein! Ihr könntet euch sagen: ›Nie wieder werden wir uns einem Führer unterordnen, denn wir brauchen keine Führer. Wir erkennen, man hat uns beigebracht, daß wir Führer haben müßten.‹ Vor langer langer Zeit, in eurer Vergangenheit als Tiere und Halbtiere habt ihr in Gruppen, Banden und Horden zusammengelebt, und diese genetisch bedingten Neigungen haben Tyrannen ausgenützt, um euch in Gruppen, Banden und Horden zu halten. Aber jetzt könnt ihr euch befreien, denn ihr versteht euch selbst … versteht, was ihr seid …«

Das Konglomerat einzelner Gruppen verschmolz und wurde zu einem Meer der Gefühle, zu einer einzigen Seele; alle umarmten und umschlangen sich unter dem Geraschel trockener, papierener Körper, und ein Sturm raschelnder Küsse schien sich zu erheben. Dann drängten sie sich in einer einzigen Bewegung um Incent, hoben ihn in die Luft und riefen: »Unser Führer, du bist gekommen, um uns zu retten!« Und: » Incent für immer und ewig!« Und: »Bleib bei uns, Erhabener, teile deine edlen Gedanken mit uns, damit wir sie aufzeichnen, studieren und sie immer aufs neue zitieren!« Und: »Incent der Große …«

Incent wehrte sich, schrie und protestierte: »Nein, nein, nein! Begreift ihr nicht, darum geht es nicht … Oh, Sloviner, nein, bitte, oje … was muß ich sagen, damit ihr …«

In diesem Orkan der Begeisterung gingen seine Bitten und Klagen natürlich unter. Schließlich gelang es ihm, sich im Getümmel der Sloviner, die miteinander kämpften, sich sogar gegenseitig umbrachten, um ihm zu huldigen, davonzuschleichen. Weinend rannte er zur Raumfähre und kehrte nach Volyen zurück, wo er sich in die Sicherheit des hohen weißen Zimmers flüchtete.

Glücklicherweise war Shammat anderweitig beschäftigt und befand sich nicht auf Slovin.

Ich habe Incent das gesamte Studienmaterial entzogen. Ich mußte ihm nicht eigens erklären, daß es in seinem augenblicklichen geschwächten Zustand zu aufwühlend für ihn ist.

AM 5 auf Motz,
an Klorathy.

Ich bedaure, berichten zu müssen, daß Grice »bekehrt« wurde. Er verlangt »endgültig« einer von ihnen zu sein.

»Das ist unmöglich«, erwidern die ernsthaften Motzaner in ihrer strengen Art, die sie bemüht sind zu kultivieren, »du bist ein Volyener.«

»Wie könnt ihr so etwas sagen?« ruft er. »Ihr widersprecht damit der besten Seite eures Wesens. Die sirianische TUGEND muß überall alles und jeden erfassen! Das sagt ihr selbst. Wie könnt ihr mich da ausschließen, indem ihr sagt: ›Du bist Volyener‹ – und das zu einem Zeitpunkt, wo ihr beabsichtigt, Volyen die sirianische TUGEND zu bringen. Ihr seid unlogisch!« Damit blockiert er den intellektuellen Apparat der »Tugendverkörperungen«. Es kommt ihnen logisch vor. Andererseits ist er eindeutig nicht im entferntesten wie sie – weder körperlich noch geistig. Er mag ihre Uniform tragen – er hat um eine Uniform gebeten. Er mag versuchen, sich ihrer Redeweise zu bedienen. Aber wie einer von ihnen zu mir sagte (du erinnerst dich, daß man mich für eine »Verkörperung« hält): »Sieh ihn dir doch an! Er und einer von uns?«

Klorathy auf Volyen,
an Johor.

Das Folgende ist die Zusammenfassung eines sehr langen Berichts von Agent AM 5.

Es ist ein V-Jahr her, daß Grice von den Motzanern entführt wurde, die das inzwischen bedauern. Jeder Versuch, die Volyener so weit zu bringen, öffentlich zum Anspruch der Motzaner Stellung zu nehmen, mißlingt. Sie drohen mit Folterung und Schlimmerem – keine Reaktion. Motzanern bedeutet Loyalität sehr viel, und auf Motz ist jeder »einer von uns«. Die Vorstellung, daß die Herrscher von Volyen einen ihrer Beamten anscheinend vergessen haben – über so etwas Unverständliches wollen sie gar nicht nachdenken. Grice ist immer noch ein »Gefangener«; die Bibliothek ist sein Gefängnis, doch er ist aus freien Stücken dort. Der Buchbestand stammt aus einer volyenischen Provinzstadt, wo die Motzaner ihn vor einiger Zeit erbeutet haben – ebenfalls, um die Öffentlichkeit auf sich aufmerksam zu machen. Ein Skandal! Jedermann auf Volyen sprach nur von den gestohlenen Büchern und vergaß die Sache dann wieder.

Die Motzaner wundern sich: »Wie ist es möglich, daß den Volyenern Bücher wichtiger sind als einer ihrer Beamten?« Zufällig enthält diese Bibliothek die Forschungsergebnisse einer Untersuchung von Volyenern, die sich mit den Volyenern als Spezies beschäftigt. In Volyens Blütezeit wurden die eroberten Planeten gründlich erforscht; die Wissenschaftler machten es sich zur nützlichen Gewohnheit, Rassen und Völker wie Tierarten zu sehen – das heißt, sie mit derselben oder beinahe derselben Nüchternheit zu studieren, wie wir sie bei vergleichbaren Untersuchungen von Gattungen und Spezies anwenden. An einem gewissen Punkt fiel ihnen auf, daß sie zwar andere sachlich beobachteten, aber nie den Versuch unternommen hatten, ihre eigenen Lebensgewohnheiten mit derselben Haltung zu analysieren, also nicht mit dem subjektiven Blick auf sich selbst. So richteten sie ihre Forschungsinstrumente auf sich selbst und versuchten – obwohl das immer sehr schwer ist –, sich so zu sehen, wie andere sie sahen. Die Provinzbibliothek enthielt viele ihrer Forschungsergebnisse.

Grice hat seine Zeit mit dieser Lektüre verbracht. Ziel seiner früheren Bildung war es im wesentlichen gewesen, ihn für Regierungsgeschäfte geeignet zu machen, insbesondere in ihm die Überzeugung der Überlegenheit zu festigen, die Administratoren eines Reiches in der einen oder anderen Weise haben müssen. Er hatte nichts von dem Reichtum an Informationen über seine eigene Spezies geahnt. Man fragt sich vielleicht, wie es möglich ist, daß die Volyener diese vielen Informationen nicht sofort in die nützliche Praxis umsetzten, und weshalb sie dieses Wissen nicht an ihre Jugend weitergaben – auch Grice stellte sich diese Frage. Wenn die Historiker sich einmal mit dieser Epoche beschäftigen – der Zeit vor der Annektierung des Reichs Volyen durch Sirius –, wird dieser Umstand vermutlich als höchst bemerkenswert hervorgehoben werden. Sie besaßen ein so umfangreiches Wissen von den Mechanismen, die sie als Individuen, Gruppen und Konglomerate beherrschten – weshalb zogen sie keinen Nutzen daraus? Nun ja, sie sind eben ein lethargischer Haufen mit sehr verschachtelten Gehirnen.

Grice ist zerrissen, gespalten und aufgerieben. Kaum hatte er beschlossen, die Vereinfachungen der Motzaner voll und ganz zu bejahen, stand er Tag für Tag vor Fakten, die ihm diese Eingleisigkeit unmöglich machten. Ihm explodiert der Kopf vor neuen Ideen, Hypothesen und Möglichkeiten; er lebt in einem Fieber, das er nur durch liebevolle Gedanken über seine neuen Kameraden kühlen kann, die so ernst, so streng, so hingebungsvoll, so beruhigend und bewundernswert eingleisig sind.

Auszüge eines Berichts von AM 5.

O diese armen Tugendverkörperungen! Sie kommen mit Grice nicht zurecht! Manchmal denken sie daran, ihn nach Volyen zurückzubringen, um ihn nur loszusein. Sie wünschen nichts sehnlicher, als sich ihn vom Hals zu schaffen, doch anscheinend benutzte er zufällig ein paar der geheiligten Redewendungen, als er seine Bewunderung für sie zum Ausdruck brachte, die ihn immun machen, und jetzt ist er ein Gast. Aber nicht ganz, denn vielleicht erweist er sich als Geisel doch noch nützlich. In solchen seltenen Augenblicken der Beweglichkeit und Vieldeutigkeit spreche ich ihnen Mut zu, im (wie ich manchmal glaube vergeblichen) Bemühen, diese einspurigen Helden einen Schritt weiterzubringen.

Aber Grice belehrt sie. »Ihr seid unlogisch«, sagt er streng, denn er hat ihr Benehmen übernommen – zumindest die meiste Zeit. »Entweder bin ich ein Gast oder eine Geisel. Ich kann nicht beides sein.«

»Das stimmt«, erwidern sie, behandeln ihn jedoch weiterhin als Gast *und* als Geisel.

Als Gast bat er darum, mehr von Motz zu sehen, und man übertrug es mir, ihn zu begleiten.

Wir flogen kreuz und quer über den kleinen Planeten, und Gouverneur Grice – denn ich begleitete den Gouverneur, den Administrator, nicht Grice den Greiner – war begeistert und ernüchtert, fassungslos und voll Bewunderung für das, was wir sahen.

Man fliegt über einen steilen, felsigen Berg, blickt hinunter und entdeckt Felder an jedem Abhang, im winzigsten Tal. Der Berg ist schwarz und unfruchtbar, aber er trägt zahllose Erdnester, die dieses von einem fruchtbaren Planeten vertriebene Volk Korb um Korb dort aufgeschüttet hat. Man landet und begegnet einer Gruppe starker, muskulöser, hagerer Menschen, die einem Felder, Gärten und Obstbäume zeigen. Sie klettern unglaublich steile Hänge und Felswände hinauf und hinunter, und wenn sie dann stolz bei einem winzigen Fleckchen glänzenden Grüns stehenbleiben, lächeln sie mit so liebevollem Beschützerstolz, daß sie nicht zu sagen brauchen: »Ehe wir kamen, gab es hier nichts.«

Man fliegt über eine Ebene, die gefleckt ist mit fruchtbaren Feldern, und sie erzählen: »Dies war ein Sumpf. Wir haben ihn trockengelegt.«

Unten taucht eine Wüste auf, an deren Rändern sich ein dunkelgrüner Gürtel abzeichnet. »Noch ist es eine Wüste, aber schon bald wird dort ein Wald stehen.«

Ich kann mich nicht erinnern, schon einmal einen von Natur aus so trostlosen Planeten gesehen zu haben; aber ich habe auch noch nirgends solche Errungenschaften und Erfolge gesehen. Sie haben alles voll Hingabe mit eigenen Händen, mit ihrer Härte und Selbstdisziplin geschaffen. Ihr Selbstvertrauen ist ungebrochen: Sie wissen, sie können alles tun, wozu sie sich entschließen. Sie fürchten keine Entbehrungen, denn sie können von einer Handvoll Getreide am Tag leben und verachten jeden, der mehr fordert. Die Schlichtheit ihrer Kleider macht sie zur Uniform. Was für großartige Wesen! Und wie bedauernswert, denn sie verachten alle anderen zutiefst.

»Oh!« rief Grice, als wir wieder einmal in einer Siedlung mitten in der Wüste oder in einem Felsenmeer landeten, »oh, was hätten wir auf Volyenadna tun können, wenn wir es nur versucht hätten.«

»Unsinn«, wiederholte ich immer wieder, »ihr hättet nichts

dergleichen tun können. Man kann ein Volk nicht dazu zwingen. Es muß freiwillig geschehen.« Vergiß nicht, Grice betrachtet mich als eine »Verkörperung«, und deshalb muß ich mich entsprechend verhalten. Aber schließlich ist das nur allzu wahr.

»Wenn ich an das arme Volyenadna denke! Oh, das arme, arme Volyenadna. So etwas hätten wir auch tun können.«

»Wie siehst es denn auf diesem Planeten aus?«

»Dort gibt es nur Tundra, Felsen, Geröll und Dauerfrost.«

»Hast du schon von einer Pflanze namens Rocknosh gehört? Ich glaube, sie gedeiht unter solchen Bedingungen.« Er war aufs höchste erregt und aufgewühlt. »Ich glaube schon. Irgendein Typ hat davon gesprochen. Aber er war nur ein ...« Er hatte »sirianischer Spion« sagen wollen, brach jedoch ab. In solchen Momenten scheint sein Gesicht auseinanderzubrechen, zu zerfließen; dann zuckt es krampfhaft, als ringe sein ganzer Organismus um eine Art Gleichgewicht oder Ganzheit.

»Ein sirianischer Spion«, hörte ich ihn murmeln, »aber damals war ich noch so jung. Ich wußte es nicht besser ...« Und ein anderes Mal: »Ein sirianischer Spion? Das klingt schlecht. Aber wenn Motz Sirius ist, dann ...«

Hin und wieder versuche ich, mit ihm über das sirianische Reich zu sprechen, darüber, wie es wirklich war. Es ist sinnlos, zu jemandem von der Langzeitperspektive, von den vielen Jahrtausenden solcher Reiche zu sprechen, der bei dem Wort »Reich« nur an die wenigen V- Jahre volyenischer Herrschaft denkt. Aber ich versuche, etwas von der wechselhaften Geschichte zu erzählen und von der heutigen Zersplitterung. Ich erinnere ihn an die bevorstehende Annexion Volyens. Er seufzt, er stöhnt, er verzieht das Gesicht ...

Doch er hat eine Lösung für seinen emotionalen Konflikt gefunden. Geradezu bizarr, aber – du wirst mir zustimmen, Klorathy – eine psychologische Meisterleistung ...

Grice hat beschlossen, Volyen den Prozeß zu machen,

weil Volyen Versprechen und Garantien, die es in seiner Verfassung jedem volyenischen Bürger gibt, nicht erfüllt hat.

Zu den Problemen, die Grice lösen mußte, gehörten unter anderem: Er konnte sich nur ungefähr an die entsprechende Formulierung in der Verfassung erinnern; auf Motz gab es kein Exemplar der volyenischen Verfassung; er muß nach Volyen zurückkehren, um Anklage zu erheben; er konnte sich an keinen ähnlichen Fall erinnern.

Ein fassungsloser Motzaner erzählte Krolgul von dieser Absicht, und Krolgul besuchte Grice auf der Stelle. Nach dreimaligem kurzen Klopfen betrat er die Bibliothek und blieb schweigend und mit strengem Gesichtsausdruck in der Tür stehen, bis er sicher sein konnte, daß Grice ihn gesehen hatte. Dann ging er, ohne zu lächeln, durch den ganzen Raum auf ihn zu. Die graue Uniform (eine Version der motzanischen), die ernste, verantwortungsbewußte Miene, der soldatische Schritt – Grice stand instinktiv auf, als sei er sich einer Schuld bewußt. Doch ehe er etwas sagen konnte, streckte Krolgul ihm die Hand entgegen und schnarrte: »Servus!« Und dann: »Ich habe von deinen Plänen gehört. Ich bin gekommen, um dir zu gratulieren! Ausgezeichnet! – in der Zielsetzung! Das ist mutig, das ist tapfer, das ist wahre revolutionäre Kreativität.«

Nach ein paar Stunden mit Krolgul war Grice zu allem bereit – auch zu der Aufgabe, seine Idee den Motzanern begreiflich zu machen.

Stell dir vor, Klorathy! Zwanzig »Verkörperungen« und ich; wir kommen alle gerade von unserer harten Arbeit, und es fällt uns schwer, wegen der peinlichen Aufforderung von Grice einen Abend zu opfern. Wir sitzen im Halbkreis in einer Hütte mitten in der Wüste, die sie beschlossen haben, fruchtbar zu machen. Auf einem Wandbord: ein Krug Wasser, ein bißchen Gemüse, eine Lampe. Grice sitzt vor uns, aber niemand hat gesagt, ob als Gast oder als Gefangener.

»Du sagst, du willst dein Volk öffentlich kritisieren?«

»Nicht mein Volk, sondern Volyen.«

»Wo liegt da der Unterschied? Wie läßt sich Volyen von den Volyenern trennen?«

»Wenn *das* unmöglich ist, wie ist es Volyen dann möglich, seinem Volk bestimmte Rechte zu garantieren?«

»Aber du redest, als wolltest du eine Abstraktion öffentlich kritisieren.«

»Wie kann etwas eine Abstraktion sein, wenn es Garantien und Versprechen gibt? Wenn es wie ein Vater spricht? Außerdem kritisiere ich es nicht, ich bringe es vor Gericht.«

»Wen? Die Verfassung?«

»Nein, diejenigen, die zur Zeit Volyen repräsentieren.« Düsteres Schweigen, feindselige Blicke, Ungeduld.

»Und was willst du damit erreichen?«

»Erreichen? Ich werde Volyen entlarven, denn es ist ein einziger Betrug.«

»Volyen?«

»Ich meine unsere lächerliche Verfassung. Lügen, nichts als Lügen!«

»Aber wenn wir Volyen unsere TUGEND bringen, dann werden dort wahre Freiheit und Gerechtigkeit herrschen.«

»Ja, aber das wird noch eine Weile dauern, oder? Und außerdem …« Gouverneur Grice kann einfach nicht an das glauben, wovon er beinahe sein ganzes Leben lang geträumt hat: an den Ausbruch der Revolution, die Ankunft von Sirius in seiner Heimat. »Und außerdem«, sagte er triumphierend, »wenn ich sie vor Gericht entlarve, wie sie es verdienen, wird eure Aufgabe um vieles einfacher sein, nicht wahr? Die scheinheilige Maske der falschen Gerechtigkeit wird der Tyrannei vom Gesicht gerissen und –«

»Wir verstehen nicht, wie du, als Beamter dieser Tyrannei, oder auch nur als Bürger in der Lage bist, sie anzuklagen. In unseren Ohren klingt das eindeutig wie Kritik. Wie kann man eine Tyrannei *kritisieren*?«

»Ihr müßt verstehen, wir haben eine Demokratie. Natürlich nur als Folge historischer Anomalien, et cetera«, murmelte Grice.

In diesem Stil ging es beinahe die ganze Nacht weiter. Von Zeit zu Zeit machte ich einen Einwurf, um die Streiter auf den Boden der Tatsachen zurückzuholen, oder wie du und unsere Tutoren in den Schulen der Kolonialverwaltung es immer formuliert haben, »ins Leben«. Zum Beispiel:

Ich: »Aber darf ich dich daran erinnern, daß du nicht einmal ein Exemplar der Verfassung besitzt?«

Am Ende wurde beschlossen, zwei Motzaner als Volyener verkleidet nach Volyen zu schicken, um für Grice ein Exemplar der Verfassung zu beschaffen.

»Und wenn ihr schon dort seid«, rief er ihnen nach, als sie gingen, »könnt ihr mir auch den zweiten Band von Peace' *Gesetze des Gruppenverhaltens* mitbringen. Es war gerade ausgeliehen, als ihr die Bibliothek befreit habt, und ich brauche es für meinen Prozeß.«

Er schrieb es ihnen auf. Die Motzaner lesen nicht, das heißt, sie lesen nur Bücher über die Geschichte ihres Heimatplaneten, über ihre Vertreibung, ihre Anstrengungen, Motz urbar zu machen, und ihren Kampf, Motz nicht den sirianischen Nachbarkolonien in die Hände fallen zu lassen. Die Motzaner lesen Ratgeber, technische Literatur und in letzter Zeit Bücher über Volyen und sein »Reich«, die natürlich nur den sirianischen Standpunkt wiedergeben. Sie lesen niemals etwas, das darauf hinweist, daß man sie und ihre Geschichte, ihre Hingabe und Opferbereitschaft vielleicht auch von einem anderen Standpunkt aus betrachten könnte. Sie kämen nicht einmal auf diese Idee, denn sie sind erfolgreich konditioniert worden, die Gedanken anderer als ketzerisch zu betrachten. »Das ist alles, und das ist genug«, um ihre unvermeidliche Reaktion zu zitieren, wenn sie tatsächlich auf ein Buch stoßen, das sie vielleicht – und sei es auch nur indirekt – kritisiert. Und: »Wir haben alles, was wir brauchen.«

Den Prozeß gegen Volyen vorzubereiten, erforderte den Einsatz von Grice, mir, Krolgul und einem Motzaner, den Krolgul mit Grice bekanntgemacht hat, weil er glaubte, dieser neue Bundesgenosse könne Grice nur helfen – aus Krolguls Sicht. Der junge Motzaner heißt Stil. Charakteristisch für ihn sind die Hindernisse, die er überwinden mußte. Er wurde in einer dieser neuen Siedlungen geboren – in der Nähe des Meeres, wo man Sümpfe trockenlegte. Es war dort kalt, feucht und trostlos. Seine Mutter starb bei der Geburt des dritten Kindes. Der Vater arbeitete hart wie alle Motzaner; die Erziehung der Kinder blieb mehr oder weniger dem Zufall überlassen. Stil kümmerte sich um seine beiden jüngeren Geschwister, ging zur Schule und arbeitete schon als Kind, um Geld zu verdienen. Dann kam der Vater bei einem Unfall ums Leben. In dieser Art geht Stils Geschichte weiter. Schon früh erwachsen, wurde aus ihm eine körperlich und geistig starke Persönlichkeit, die zu jeder Arbeit fähig und jeder Situation gewachsen war. Dieses Musterbeispiel eines Motzaners verbringt seine Zeit mit Grice, dessen Selbstverachtung und Minderwertigkeitsgefühle dadurch noch verstärkt werden. Natürlich ist Stil von Grice fasziniert, dessen Leben ihm krankhaft egoistisch und ausschweifend erscheint. Grice stimmt jeder Kritik lauthals zu: »Dafür werden sie bezahlen, du wirst es erleben« – womit er natürlich »ganz Volyen« meint.

Die Anklageschrift umfaßt inzwischen schon mehrere Bände, und es sieht so aus, als gäbe es keinen Grund, je damit zu Ende zu kommen. Aber Krolgul treibt zur Eile an. Gerüchte! Gerüchte! Meist über eine drohende sirianische Invasion. Theoretisch ist die Mobilmachung in Motz abgeschlossen. Da die Soldaten jedoch auch Bauern und Bergarbeiter, also unverzichtbare Arbeitskräfte, sind, kann Motz sich diese Situation nicht leisten. Deshalb sind Proteste »direkt an Sirius« gegangen, wo natürlich nichts als Meinungsverschiedenheiten, Unstimmigkeiten herrschen und

Debatten geführt werden. Politische Richtungswechsel sind an der Tagesordnung. Keine Antwort von »Sirius direkt«; deshalb hält Motz seine Armee in Bereitschaft, sagt sich aber richtig, daß die Soldaten diszipliniert genug sind, um sie im Lauf eines Tages wieder zusammenziehen zu können. Krolgul mahnt Grice: »Wenn du jetzt nicht handelst, ist es zu spät. Dann wird es kein Volyen mehr geben, dem du den Prozeß machen kannst.«

»Ach, Krolgul«, sagt Grice, »übertreibst du da nicht?«

»Willst du die ›Tugend‹ von Sirius oder willst du sie nicht?«

»Auf Volyenadna habe ich dich nie von der sirianischen ›Tugend‹ sprechen hören. Weshalb eigentlich nicht?«

»Damals warst du noch nicht reif für die Wahrheit.«

»Es ging nicht darum, daß ich sie hörte. Aber was ist mit Calder und seinen Leuten?«

»Woher weißt du, worüber ich mit ihnen gesprochen habe? Du hast nicht immer am Schlüsselloch gelauscht, Gouverneur Grice!«

So tief ist Krolgul im Umgang mit Grice gesunken. Grice fühlt sich dabei nicht wohl, aber aufkommende Zweifel an Krolgul beschwichtigt er stets mit einem Blick auf ihn: Diese aufrechte soldatische Haltung! Diese heroischen Züge! Dieser Anflug von Einsamkeit und Selbstgenügsamkeit! Wenn er Krolgul ansieht, scheint dieser alles zu verkörpern, was Grice liebend gern gewesen wäre, gerne wäre. Und wenn seine Zweifel an Krolgul zu stark werden, dann ist Stil in der Nähe. Stil kommt entweder gerade nach langer, harter körperlicher Arbeit zurück oder macht sich gerade auf den Weg zur Arbeit – und bei allem ernährt er sich nur von gemahlenen Fischköpfen und etwas brackigem Wasser.

Außerdem gibt es natürlich mich; aber Grice kann mich nicht so recht einordnen. Manchmal ist er erleichtert, daß ein Motzaner zu ganz gewöhnlicher Respektlosigkeit, ja sogar zu Spott fähig ist, daß ein Motzaner Motz kritisieren kann. Dann wieder hat er das Gefühl, daß etwas mit mir nicht ganz stimmt. »Und du bist wirklich kein Spion?« fauchte er einmal. »Natürlich bin ich ein Spion«, erwiderte ich, »wie klug du bist, du hast es erraten! Aber natürlich muß man selbst ein Spion sein, um einen anderen zu erkennen, nicht wahr, Gouverneur Grice?«

Klorathy auf Volyen,
an Johor.

Seit meinem letzten Bericht habe ich a) Ormarin auf Volyendesta besucht; er ist inzwischen aus dem Krankenhaus entlassen, ist wieder völlig gesund und bereit für die Zukunft, auf die er sich durch das ernsthafte und gewissenhafte Studium der Geschichte einiger unserer Planeten vorbereitet; b) Volyenadna überflogen, wo große Gebiete sich rötlich färben; und c) bin von einem Ende von Volyen zum anderen gereist.

Incent schickte mir eine Nachricht; er fühle sich wohl genug, um seinen Zufluchtsort zu verlassen. Er will sich auf die Probe stellen. Auch er zieht durch Volyen. Ich bin ihm zweimal begegnet.

Zum erstenmal in einer kleinen Stadt, in der Unruhen und Tumulte ausgebrochen waren: Einwanderer von ME 70 und ME 71, die sich hier niedergelassen haben, gerieten mit den Einheimischen aneinander. Du wirst inzwischen wissen, diese beiden Planeten haben die volyenische Herrschaft abgeschüttelt. Die bedauernswerten Einwanderer, die seit langem zufriedene und treue Bürger Volyens sind, wurden durch die in primitiven Köpfen üblichen logischen Abläufe von der aufgebrachten Menge plötzlich zu Sirianern und möglichen Verrätern erklärt.

Ich war dort zusammen mit 33, 34, 37 und 38, die ich von ihrer Arbeit auf Volyendesta abgezogen hatte. Und wir taten, was wir konnten, um die schlimmsten Exzesse des Mobs zu verhindern. Natürlich hatten wir uns getarnt, und Incent erkannte mich nicht. Er saß auf einer Mauer und beobachtete den Tumult. Allein seine Anwesenheit hätte als Provokation wirken können: düster, bleich, mit einem tragischen Ausdruck im Gesicht, aber vor allem ein Zuschauer – ein unglücklicher Zufall hätte genügt, ihn zur Zielscheibe zu machen. Ich beauftragte 33, ihn zu beschatten. Dann schickte ich ihm eine Nachricht mit dem Vorschlag, sich uns anzuschließen und wirklich verantwortungsvolle Arbeit zu leisten. Ich erhielt keine Antwort. Gestern sah ich ihn hier in Vatun wieder. Auch diesmal bei Unruhen. Ganze Straßenzüge brannten, und ein Trupp meist jugendlicher Volyener zerstörte alles, was ihnen in den Weg kam, mit dem Schlachtruf: »Nieder mit … ins Feuer mit …« Es folgten die Namen von Geschäftsleuten dieser Gegend, in den meisten Fällen Einwanderer aus Volyenadna. Incent löste sich aus der Menge und schwang sich auf eine niedrige Brücke, die über die Straße führte. Die Häuser auf beiden Seiten brannten; der Rauch, die zuckenden Flammen, das Gesindel außer sich vor Zorn – und da stand unser Held und rief, vielmehr schrie, um gehört zu werden: »Ihr müßt begreifen … nein, hört mir zu … ihr begeht Verrat an allem, was euch zu wahren, verantwortungsbewußten Individuen macht … nein, ihr müßt zuhören … ihr seid in diesem Augenblick völlig in der Gewalt eurer tierischen Gehirne … wißt ihr, daß …« Die Leute in den ersten Reihen blieben einen Moment lang stehen und starrten mit offenem Mund zu ihm hinauf – staunend und verwirrt, aber hauptsächlich deshalb, weil man der Flut ihrer Emotionen Einhalt gebot. Die Schatten der Flammen und der Rauch verdunkelten die Gesichter. Einen Augenblick lang herrschte beinahe völlige Stille; nur die Flammen tosten und prasselten, und ein paar Leute im Hintergrund brüllten: »Nieder mit … runter mit ihm …«

»Jeder von euch hat zwei Hirne in seinem Kopf, eigentlich sogar mehr, aber das eine ist ein tierisches Gehirn, und wenn das die Kontrolle übernimmt, werdet ihr wie Tiere. Genau das seid ihr jetzt. Ihr seid eine Herde von…« Die Masse johlte und lachte höhnisch. »Wenn wir eine Lektion in Biologie brauchen, wenden wir uns an dich«, schrie unser Agent 37 aus ihrer Mitte zurück, um die Wut der Leute abzulenken. Als sie sich umdrehten, um zu sehen, wer für sie sprach, noch dazu in Worten, die ihnen in diesem Moment bestimmt nicht eingefallen wären, rannte 38 zu Incent, denn es fehlte nicht viel, und er wäre in die Menge hinuntergestürzt, die ihn in Stücke gerissen hätte. »Hört her«, schrie Incent, »hört mich an… ihr seid alle beherrscht von eurem primitiven Gehirn, könnt ihr das nicht begreifen? Ihr seid eine Million Jahre zurückgefallen und…« In diesem Moment zog ihn der starke 38 von der Brücke und schleppte ihn schnell zu mir. Wir packten ihn bei den Armen und rannten mit ihm in eine Straße, die der Mob noch nicht erreicht hatte.

»Aber es *stimmt*«, wiederholte Incent immer wieder beim Rennen.

Wir ließen ihn in einer kleinen, leeren Bar zurück und sagten ihm, er solle dort auf uns warten, bis wir zurückkämen. Dann gingen wir wieder hinaus, um zu sehen, ob wir etwas Nützliches tun konnten. Es sah sehr schlecht aus. Die Krawalle, Plünderungen und Kämpfe gingen weiter. Als ich zurückkehrte, war die Bar geschlossen und von Incent nichts zu sehen.

Seid wegen Incent nicht allzu entmutigt! Ich spüre, daß er auf dem Weg der Besserung ist. Krolgul kann ihn nicht länger als einen offenen Kanal für seine Attacken benutzen.

AM 5 an Klorathy.

Ganz Motz befindet sich in Alarmbereitschaft. Grice ist unterwegs nach Volyen: Die »Verkörperungen« haben endgültig das Interesse an ihm verloren. »Gouverneur Grice«, sagten sie, »gehen Sie. Ja, ja, ja, tun Sie alles, was Sie wollen, aber gehen Sie.« Auf Bitten von Grice muß Stil ihn begleiten.

Klorathy in Vatun,
an Johor.

Grice hat festgestellt, daß das Volyen, in das er zurückkehrt, nicht mehr das Volyen ist, das er verlassen hat. Tumulte und Krawalle, Brandstiftungen und Plünderung! »Aber so sind die Volyener nicht«, beteuert er immer wieder, »so sind wir ganz bestimmt nicht! Wir sind gutmütig und freundlich. Wir sind *vernünftige* Leute.«

Doch sein schwer angeschlagenes geistiges Gleichgewicht muß noch etwas anderes verkraften. Wenn das Schlimmste gesagt ist, was sich über Volyen sagen läßt – es herrscht Arbeitslosigkeit zum Beispiel; die von anderen Planeten eingewanderten Bevölkerungsgruppen werden nicht als vollwertige Bürger anerkannt; der Lebensstandard fällt nach dem Verlust der Kolonien –, man kann also das Schlimmste über Volyen sagen, was sich sagen läßt, und dennoch ist das Los der ärmsten Volyener immer noch besser als das der reichsten Motzaner.

Und während Stil in Erfüllung des Auftrags, »ein Auge auf ihn zu haben«, Grice finster überallhin begleitet, protestiert er: »Das nennst du Armut? Du sagst, diese Leute plündern, weil sie arm sind? Das mußt du mir bitte erst einmal erklären! Nein, gib mir nur eure Armut. Ich nehme sie mit zurück in meine Siedlung, denn was allein in dieser einen Straße weggeworfen wird, würde für uns ein ganzes Jahr ein Leben im Überfluß bedeuten.«

Es ist Grice gelungen, das zu verkraften, wie alles andere auch, und zum Bestandteil seiner großen »Anklage« zu machen.

Grice fand für seinen Fall keinen Anwalt. Deshalb wendete er sich an den Öffentlichen Ankläger, dessen Aufgabe es ist, dafür zu sorgen, daß berechtigte Klagen gehört werden. Dieser Herr blätterte amüsiert in den vielen hundert Seiten der »Anklageschrift«, aber Grice ist ein viel zu guter Kenner von seinesgleichen, um nicht zu verstehen, was das bedeutete. Ehe der Ankläger ihn auf die ironische und charmante Weise hinauswerfen konnte, die Grice selbst oft genug benutzt hatte, sagte Grice: »Erinnerst du dich an mich, Spascock? Wir waren 53 zusammen im Kindergarten.« Der Beamte gab zu, daß er tatsächlich diesen Kindergarten besucht hatte; allerdings konnte er sich nicht an Grice erinnern. »Erinnerst du dich an Vera?« »Natürlich erinnere ich mich an Vera. Sie war einer der positivsten Einflüsse in meinem Leben. Meine Eltern waren meist auf Dienstreisen, auf Volyenadna, und ich muß gestehen, ich hungerte nach der ganz normalen Zuneigung, die man in einer Familie geschenkt bekommt.« »Du hast Vera seit damals nie mehr gesehen?« erkundigte sich Grice ganz aufgeregt. (Ich habe einen genauen Bericht von Incent, der bei diesem Gespräch anwesend war. Incent und Grice sind inzwischen gute Freunde – das ist nicht weiter verwunderlich.) Spascock fühlte sich unbehaglich, wurde nervös und konnte es nicht verbergen. »Denn ich habe Vera sehr viel später getroffen. Und ihr Einfluß war entscheidend für mein Leben.«

Vera, ein reizendes und warmherziges Mädchen, hatte einen Urlaub auf Volyenadna verbracht, dabei die Leiden der einheimischen Bevölkerung unter der volyenischen Herrschaft gesehen und zum erstenmal begriffen, daß das angenehme Leben auf Volyen nicht nur den Kolonien versagt blieb, sondern überhaupt nur *durch* die Kolonien möglich war. Vera bekehrte sich auf der Stelle zum Glauben an die sirianische Tugend und wurde bald eine Agentin – allerdings auf die für diese Zeit typische vage Art: ein paar aufregende Besuche in einer sirianischen Botschaft, ein paar zwanglose Gespräche auf offiziellen Empfängen, die Einladung, »Sirius« zu besuchen – in diesem Fall Alput, das sie zutiefst beeindruckte –, und danach nichts. Sehr bald begriff sie, daß Sirius eine schreckliche Tyrannei war, und »vergaß« im wahrsten Sinne des Wortes die Zeit, in der sie Sirius bewundert hatte. Aber damals wurden zwei ehemalige Mitschüler durch ihren Einfluß zu Bewunderern von Sirius. Einer war Grice, der andere Spascock. Vera hatte sie angeworben.

»Ich bin der Ansicht, Leute in unserer Lage sollten zusammenhalten«, sagte Grice zu Spascock.

Spascock versuchte zu lächeln und versprach, sich die »Anklageschrift« anzusehen und sich dann bei Grice wieder zu melden. »Und wer«, erkundigte er sich, als Grice und Incent sich verabschiedeten, »ist dein Freund?«

»Er kommt von weit, sogar von sehr weit«, sagte Grice, wohl wissend, wie das auf Spascock wirken mußte, der geradewegs an seinen Schreibtisch zurückkehrte und begann, die »Anklage« zu lesen.

»O nein«, stöhnte er immer wieder, »o nein, das darf doch nicht wahr sein… aber das ist einfach verrückt… es ist völlig…« Und dann begann das Telefon zu klingeln. Bei ihm meldeten sich alle möglichen Kollegen in hohen und niederen Positionen – manche sogar in sehr hohen –, und jede dieser interessanten Unterhaltungen, die sich alle scheinbar um etwas völlig anderes drehten, lieferte ihm unmißverständliche Gründe dafür, daß er der Klage von Grice den Weg ebnen mußte.

»Ja, ich lese sie gerade«, bekannte er stöhnend einem Kollegen nach dem anderen, von denen jeder in etwa verlauten ließ, »Grice, du weißt, unser Kollege«, habe ihm ein Exemplar seiner Anklageschrift überreicht. »Ja, aber vielleicht stimmt das ja alles. Ich sage nicht, daß es nicht so wäre. Sicher ist alles höchst interessant, aber… aber… ja, ja, sehr gut. Sehr gut. Ich habe es gehört.«

»Aber«, stöhnte Spascock, als er etwa nach dem zwanzigsten Anruf allein in seinem Büro saß, »wir können doch nicht *alle…?*« Und natürlich waren sie nicht *alle…*, fragten sich jedoch, ob irgend etwas, was sie getan oder gesagt hatten… ? Oder sie waren es, wußten jedoch nicht, inwieweit Sirius sie als »ruhiggestellt« oder zumindest »inaktiv« betrachtete; oder sie bemühten sich tatsächlich nach besten Kräften, Volyen zugrunde zu richten; oder sie standen insgeheim in engem Kontakt zu einem sirianischen Drahtzieher.

Dieser Prozeß wird stattfinden. Grice glüht im Fieber der Begeisterung. Und genau das beunruhigt seinen Kameraden und Verbündeten. Es erscheint Incent nur gerecht, daß Volyen »endgültig entlarvt« und »vor die Schranken der Geschichte zitiert wird«; denn obwohl es Incent sehr viel besser geht, bringen ihn bestimmte Wortfolgen noch immer leicht aus dem Gleichgewicht. Doch treu seinem Wesen ist ihm jede Form von Genuß verdächtig, wenn man von dem absieht, den er beim Nachdenken über seine Schwächen selbst empfindet. In Wirklichkeit ist seine Mißbilligung eine Art Neid auf Grice. Wenn Grice sich vor Vergnügen windet, während er seine Anklage durch eine neue Redewendung ergänzt, die Volyens Verlogenheit entlarvt, hat man Incent murmeln hören: »Aber Grice, ich bin oft sehr viel schlimmer gewesen!«

AM 5 auf Motz bittet mich in einer Nachricht um seine Versetzung hierher. Er hat, wie er sagt, als Zuschauer Geschmack an der Farce gefunden. »Oh, Klorathy«, klagt er, »wie kann ich diese bewundernswerten Motzaner ertragen!? Sie tun nie etwas, was nicht in irgendeiner greifbaren Leistung endet. Alle ihre Äußerungen wurzeln ›im Leben‹. Wo sind, nachdem Gouverneur Grice gegangen ist, diese herrlichen Widersprüche, die ich zu schätzen gelernt habe? Jetzt gibt es nur noch einen: Die Motzaner, ob es ihnen paßt oder nicht, sind auch Sirianer. Und ihre Rettung ist ihr Mangel an

Phantasie, denn ihr Verstand arbeitet folgendermaßen: »Wir sind gut. Wir sind Sirianer. Deshalb sind Sirianer gut.« Sie bereiten sich auf die Invasion von Volyen mit der Haltung vor, mit der sie ein Stück Wüste in eine Oase verwandeln. Dank Grice sehen sie nur das eine: Volyen braucht ihren Beistand! Wenn ich auf diese leicht komische Art, die ich hier kultiviert habe, um mich gegen ihren feierlichen Ernst zu wehren (und die mir natürlich zu Recht ihr Mißtrauen einbringt), andeute, daß vielleicht nicht jeder auf Volyen wie Grice ist, bekommen sie glasige Augen: Die Motzaner sind alle gleich, denn sie sind ›im Feuer geschmiedet‹, im Feuer gemeinsamer Härten (vergib mir), und deshalb können sie sich einen Planeten der Vielfalt nicht vorstellen. Rette mich, Klorathy, erlaube mir, nach Volyen zu kommen.«

Ich antwortete darauf: »Vielleicht erkennst du es an dir selbst nicht, doch diese ›Komik‹, der gezielte, halbgetarnte Spott, der ›Geschmack an der Farce‹ ist die gleiche Schwäche, die innere Kapitulation vor dem Potential der Anarchie in dir, die dazu geführt hat, daß eine ganze Generation Volyener der Oberschicht (mehr oder weniger) sirianische Agenten geworden ist. Erkennst du nicht die Atmosphäre, den ›Ton‹? Ich erinnere mich, daß ich eine Reihe von Vorlesungen (die du, wie ich weiß, besucht hast) über diese spezielle Periode auf Volyen gehalten habe, denn sie veranschaulicht so deutlich die Gesetze innerer Unzufriedenheit, die Gesetze des Verrats. Erinnerst du dich nicht an den Vortrag mit dem Titel: ›Denn wo Erfolg ist, spreche keiner von Verrat?‹ Offenbar erinnerst du dich *nicht* daran. Du bist nicht Agent von Canopus in diesem (zugegebenermaßen) nicht sehr reizvollen Winkel der Galaxis, um Geschmack am Studium historischer Anomalien zu finden, deren Wurzeln beinahe immer in *Falschheit* liegen – nein, es ist kein Zufall, daß die volyenische Klasse, der man beibrachte, sich als die natürlichen Herren zu betrachten, zu dieser tiefsitzenden, alles durchdringenden Frivolität erzogen wurde –, dem Stolz jener, die sich für besser als die anderen halten. Der ›Geschmack‹ an den Anomalien, die den Zusammenprall von Planeten begleiten, ist eine Form von Stolz. Nun gut, ich gebe zu, ein gewisses Maß davon ist zulässig, sogar notwendig, um sich vor der Niedergeschlagenheit und der Entmutigung zu retten, die uns überfallen, wenn wir darüber nachdenken, welche Verschwendung die Galaxis – oder wie die Volyener sagen: die Natur – sich leistet, um ihre Ziele zu erreichen. Aber ein Schritt über das erlaubte Maß hinaus, und man erhebt sich voll Verachtung über alle, die einen umgeben, und bald bläht man sich vor Stolz über die eigene Klugheit. Agent AM 5 von Canopus – würdest du bitte deine Arbeit tun, wie dir aufgetragen ist, und deinen Genuß daran mäßigen! Wie es sich trifft, ist geplant, daß du mit den motzanischen Invasionstruppen nach Volyen kommst. Doch du darfst nicht glauben, daß du großen Gefallen daran finden wirst.«

Als Reaktion auf diese Zurechtweisung – oder vielmehr Erinnerung – habe ich die nüchterne Bestätigung erhalten, daß sie notwendig war.

Die Vorverhandlung hat stattgefunden. Spascock stellte in einem letzten Anfall professioneller Empörung den förmlichen Antrag, den Fall abzuweisen. Das geschah in einem kleinen Raum des Gerichtsgebäudes. Anwesend waren Spascock, drei Beisitzer, Grice, Incent und ein paar Gerichtsbeamte. Die Beisitzer fühlten sich unbehaglich und ließen das auch erkennen.

»Worauf gründet sich Ihre Anklage?« fragte der Erste Beisitzer.

»Auf Absatz eins der volyenischen Verfassung«, antwortete Grice. Er stand kerzengerade, mit leuchtenden Augen vor ihm und fühlte sich wie die personifizierte Gerechtigkeit, die das Urteil über Volyen fällt.

»Lesen Sie.«

»›Volyen verpflichtet sich, alle seine Bürger zu schützen und für sie zu sorgen in Übereinstimmung mit der Nutzbarmachung seiner natürlichen Reichtümer in der gegebenen Zeit und mit dem Fortschreiten und Wachstum des Wissens über die Gesetze der volyenischen Natur und die Gesetze der Dynamik in der volyenischen Gesellschaft.‹«

Grice hörte sich das an, als sei jedes Wort eine Anklage, der niemand widersprechen konnte, und wartete triumphierend ab.

Die drei Beisitzer vermieden es, sich anzusehen.

Spascock sagte: »Meiner Ansicht nach ist das einfach absurd.«

»Warum, Spasky?« fragte Grice. »Entschuldigung, ich meine Ankläger. Entweder Volyen meint, was es – sie – er sagt, oder nicht. Was für einen Sinn hat eine Verfassung, wenn es als lächerlich gilt, auch nur zu fragen, ob sie respektiert wird?«

Incent wirkte äußerst unglücklich und sagte zu Grice: »Nun, na ja, das wissen wir alle, aber …«

»Was weißt du? Dieser spezielle Absatz ist der Schlüssel zur ganzen Verfassung und wurde eingefügt, weil man bei der Verfassungsreform feststellte, daß die Gesetze in keinem Verhältnis mehr zu den modernen soziologischen und psychologischen Erkenntnissen standen. Damals waren die Gesetze eine Absurdität, und heute sind sie es wieder.«

»Einen Moment«, schaltete sich der Erste Beisitzer ein, »wer ist in diesem Kontext Volyen? Wer oder was ›verpflichtet‹ sich?«

»Offensichtlich die Regierung.«

»So einfach ist das nicht«, sagte Spascock, »Regierungen kommen und gehen. Sind die Beamten auf Lebenszeit ›Volyen‹?«

»Natürlich nicht. Es liegt auf der Hand, was Volyen ist«, sagte Grice, »es ist der Geist der Kontinuität …« Und da Spascock und der Erste Beisitzer Anstalten machten, dieser schwachen Theorie zu widersprechen, fügte er hinzu: »Wenn ›Volyen‹ sich ›verpflichten‹ kann, muß es etwas Permanentes geben, das sich verpflichtet, selbst wenn dieses Etwas nicht zu definieren ist.«

»Das ist zwar logisch«, erwiderte Spascock, »aber in meinen Augen Unsinn. Erstens, wenn ›Volyen‹ ständig seine Strukturen entsprechend der wissenschaftlichen Entwicklungen reformieren wollte, dann müßte es eine Körperschaft oder ein Organ geben, um diese Entwicklungen zu beobachten und sie in die besagten Strukturen einzufügen.«

»Genau das wollte ich sagen«, erklärte Grice.

»Aber«, fuhr Spascock fort, »dieses Organ müßte sich in der Bewertung der Ergebnisse von Wissenschaft und Forschung einig sein. Und das ist nicht so leicht.«

»Sehr leicht«, sagte Grice, »wenn es das wollte.«

»Es …?« fragte der Erste Beisitzer. Normalerweise wirkte er vernünftig, kühl, über Kleinlichkeiten erhaben. Doch jetzt war er wütend und fühlte sich nicht wohl in seiner Haut – jeder wußte weshalb: Druck von oben.

»Man muß es so sehen«, sagte Incent, offensichtlich bemüht, Grice zu unterstützen, obwohl es ihn sichtlich Mühe kostete. »Wenn man es für notwendig hielt, diesen Passus an den Anfang zu stellen, weil unser Wissen über uns selbst die juristischen und gesellschaftlichen Strukturen überholt hatte, konnte keine Einigkeit geherrscht haben.«

»Unser?« fragte Spascock kalt. Incent ist unübersehbar ein Fremder, und jeder weiß, daß er von »weit her kommt«.

»Ich habe mich mit Volyen identifiziert«, murmelte Incent.

»Mit *was*?« erkundigte sich der Erste Beisitzer im Versuch, Humor zu zeigen.

Es folgte ein langes, bedrücktes Schweigen. Experten fällt es nicht leicht, sich über ihr erworbenes Wissen hinwegzusetzen. Normalerweise hätte ein solcher Fall dieses Stadium nie erreicht.

»Ich sehe nicht, wie man leugnen könnte«, sagte Grice schließlich voll Verachtung in seiner förmlichen Art, »daß es eine Verfassung gibt, die bestimmte Dinge verspricht.«

»Das leugnen wir nicht«, sagte Spascock.

»Und daß diese Versprechen nicht eingelöst worden sind.«

»Das ist etwas anderes.«

»Ich beabsichtige, es zu beweisen.«

»Ich habe einen Vorschlag zu machen. Wir sollten einen Sonderausschuß einsetzen ...«

»O nein, das kann doch wohl nicht ernst gemeint sein«, sagte Grice.

»... um die genaue Bedeutung von ›Volyen‹ in diesem Kontext, von ›es‹, von ›verpflichten‹, ›sorgen für‹ und ganz besonders ›in Übereinstimmung mit‹ festzulegen.«

»Angenommen«, sagten alle drei Beisitzer gleichzeitig.

»Nun gut«, sagte Grice, »juristisch seid ihr im Recht. Aber ich bestehe hiermit auf meinem Recht: Ich möchte von meinen Peers gehört werden.«

»Oh, Grice«, sagte der Ankläger, »muß das sein?«

»Ja, Öffentlicher Ankläger«, sagte Grice, »es muß sein.«

Die Beisitzer und Spascock mußten sich geschlagen geben und saßen wütend und resigniert auf ihren Plätzen, während die Gerichtsdiener hinausgingen und die ersten zwölf Personen hereinbrachten, die ihnen über den Weg liefen.

Die Stimmung auf Volyen ändert sich schnell. Gleichzeitig mit der Unruhe wegen der Gerüchte über eine unmittelbar bevorstehende Invasion verbreiten sich Hochstimmung und allgemeine Erregung. Alle sind ruhelos, eilen hin und her auf der Suche nach Stimulation und Ereignissen, die ihren Hunger danach stillen sollen. Das üblicherweise würdige und förmliche Verhalten der Gerichtsbeamten war einer gewissen Unbekümmertheit gewichen, die manchmal an Verachtung grenzte.

»Du da, komm mit. Man braucht dich als Peer bei einem

echten Hammer von einem Gerichtsverfahren...« »Du kannst dir nicht vorstellen, was sie sich diesmal zusammengesponnen haben – zumindest gibt es etwas zu lachen.« In diesem Ton wurden die Peers zusammengestellt. Sieben Soldaten und fünf Zivilisten drängten sich auf den Bänken – lächelnd und in dieser Feiertagsstimmung, die Volyener aus unerfindlichen Gründen bei einem bevorstehenden Krieg erfaßt. Der Erste Beisitzer sah sie stirnrunzelnd an; ihre Gesichter wurden ernst, und sie hörten zu, als er fragte: »Sind Sie damit einverstanden, daß Grice, Gouverneur von Volyenadna, gegen Volyen wegen Nichterfüllung von in der Verfassung verankerten Pflichten gegenüber seinen Bürgern ein Verfahren anstrengen will?«

Die Peers wechselten bedeutungsvolle Blicke und konnten nur mühsam ein Lachen unterdrücken.

»Einverstanden«, sagten sie. »Nur zu!« »Wow!« »Ja, das ist eine gute Idee...«

»Nun gut«, sagte Spascock, »nun gut. Doch dann wollen wir auch den Sonderausschuß berufen, damit er seine Arbeit sofort aufnimmt.«

Nach der Verhandlung ging Incent zu Grice und sagte: »Objektive Bedingungen machen diesen Prozeß zu einer galaktischen Anomalie.« Die Gedanken, die Incent in Grice weckt, faszinieren ihn, und Worte wie »galaktisch« versetzen ihn in einen Zustand, in dem er, wie er sagt, »das Gefühl hat, sein Kopf fülle sich mit kühler Luft«. Doch bei dieser Gelegenheit stand sein Bild von Incent dessen Absichten entgegen:

»Ihr von ›weit her‹ könnt unsere hiesigen Zustände einfach nicht verstehen.«

»Aber ich lebe doch hier, oder?«

»Das zählt nicht, man muß hier geboren sein.«

»Ihr seid nicht gerade die beste Reklame dafür. Seht euch doch an, in welchem Dilemma ihr seid.«

»Das stimmt. Aber der Prozeß wird auf bescheidene Weise ein bißchen dazu beitragen, daß...«

»Grice, glaub mir, dieser Prozeß ist schlichtweg unangebracht.«

»Wie kann man ein solches Wort benutzen, wenn die Lage so verzweifelt ist! Siehst du, genau das meine ich. Du bist kalt und herzlos!«

»Begreifst du nicht, daß ...«

»Hör zu. Sag mal ehrlich: Tut Volyen, was es in seiner Verfassung verspricht?«

»Nein, natürlich nicht. Aber galaktisch gesehen kann man sagen, nur der Planet ist glücklich, der keine Verfassung braucht.«

»Du kannst dich über uns auch noch lustig machen!«

»Das hab ich nicht getan – aber warum eigentlich nicht?«

»Und dabei wird die Gerechtigkeit ...« Das Wort *Gerechtigkeit* in Verbindung mit *galaktisch* war zuviel für Grice. Tränen strömten ihm über das Gesicht (und natürlich drehte er den Kopf so, daß Incent sie sah).

»Und außerdem ist es absolut falsch zu behaupten, man könne lokale Probleme nur verstehen, wenn man sie am eigenen Leib erfährt. Ganz im Gegenteil. Ich bin ein Beweis dafür, und du bist es auch.«

Johor, du siehst, mit Incent geht es aufwärts. Aber er ist wieder herumgereist und hat allen Volyenern, die es hören wollten, von ihrem tierischen und ihrem höheren Gehirn erzählt. »Versteht ihr«, mahnt er ernsthaft, »wenn ihr euch in einer Herde, im Rudel befindet, dann werdet ihr von den entsprechenden Instinkten beherrscht. Wenn ihr wie eine Herde durch die Straßen stürmt, dann müßt ihr rhythmisch immer wieder dieselben Rufe ausstoßen, müßt brennen, zerstören und vernichten. Ihr müßt töten. Aber wenn ihr ruhig und allein seid, wie jetzt mit mir, beherrscht euch das höhere Gehirn, und ihr seid in einem Zustand, in dem ihr für höhere Impulse empfänglich seid. Versteht ihr?«

Wenn die Volyener »ruhig« mit Incent »zusammensitzen«, erntet er nur Zustimmung und intelligentes Verständnis;

doch sobald dieselben Volyener in der Masse durch die Stadt stürmen und Incent entdecken, der sie vom Straßenrand oder von einem Laternenpfahl, auf den er geklettert ist, um besser gehört zu werden, ermahnt, dann beschimpfen sie ihn oder ignorieren ihn einfach. Man hat gehört, wie ein solcher Volyener später beschämt und verlegen zu ihm sagte: »Ich weiß einfach nicht, was in mich gefahren ist«, und Incent darauf antwortete: »Du darfst dir niemals, unter keinen Umständen erlauben, zum Mob zu gehören, denn dann kannst du dir nicht mehr helfen.«

»Alles schön und gut! Aber wir leben nun einmal immer in der einen oder anderen Form als Gruppe, na ja, fast immer.«

Mit solchen Bemühungen hat Incent seine Zeit verbracht. Krolgul läßt ihn nicht aus den Augen und wartet auf eine passende Gelegenheit, um ihn wieder in seine Macht zu bekommen. Doch bei Krolguls Anblick – wenn er auch nur hört, daß Krolgul in der Nähe ist – nimmt Incent Reißaus.

Ich habe folgendes Gespräch mit Incent geführt.

»Incent, irgendwann mußt du dich Krolgul stellen.«

»Ich kann nicht. Ich fürchte mich.«

»Aber inzwischen bist du stärker. Du kannst dich gegen ihn behaupten.«

»Ich fürchte seine Macht-Worte.«

Ich fürchte sie auch – für Incent –, und als er das merkte, rief er: »Weshalb hast du mir diese Position übertragen, diese Schlüsselposition?«

»Du hast dich freiwillig dafür gemeldet, Incent.«

»Habe ich das? Ich muß verrückt gewesen sein. Warum hast du mich nicht daran gehindert?«

»Als dein Lehrer habe ich dich dazu ermutigt.«

»Aber es ist einfach zuviel für mich.«

»Andere unserer Agenten haben sich bereit erklärt, dir zu helfen. Sie sind schon hier und überall im ›Reich‹ Volyen am

Werk. Das ist einer der Gründe, weshalb du stärker bist. Jetzt gibt es nicht nur einen ›Kanal‹, sondern viele.«

»Na«, murmelte er, »ich nehme an, es wird nicht lange dauern, bis sie auch umfallen.«

Johor, ich wünschte, du könntest unseren Incent in solchen Momenten dramatischer Selbstdarstellung sehen. Wir kennen ihn als bescheidenes, besonnenes Individuum, das – auf Canopus – diese Eigenschaften selbst in volyenischer Hülle bewahrte. Aber hier mußt du ihn dir vorstellen, wie er sich weit zurücklehnt und den Kopf in die schmalen, nervösen Hände stützt; seine schwarze Mähne fällt ihm über die Schultern, und die großen schwarzen Augen, die er (wie ich fürchte, aus Eitelkeit) gewählt hat, starren mich an. In Wirklichkeit ist sein Blick nach innen gerichtet, als betrachte er zufrieden eine innere Wunde oder sinniere über einen Schock nach. Doch dann hebt er die Augen, und in ihnen liegt ein Ausdruck, der davon spricht, daß er tapfer und stolz unermeßliches Leid trägt.

»Bis jetzt halten sie sich alle ganz gut. Keiner ist umgefallen, und teilweise haben wir das dir zu verdanken, denn du bleibst fest. Aber du mußt einsehen, Incent, es ist Zeit, daß du wieder ganz zu dir selbst findest. Es ist einfach unproduktiv, in einem Moment, wenn ganz Volyen von den Emotionen der Masse erfaßt ist, den Leuten in deiner vernünftigen unterkühlten Art die Mechanismen der Massen zu erklären.«

»Aber ich kann es nicht ertragen, ich kann es einfach nicht ertragen!« rief er gequält. »Ich kann nicht mit ansehen, wie sie zulassen, daß sie … einfach Tiere werden …« Er verbarg das Gesicht in den Händen und weinte.

»Incent. Komm *zu dir*!«

»Verschreibst du mir noch einmal Totale Immersion, wenn ich nicht wieder völlig gesund werde?«

»Daran habe ich ganz bestimmt nicht gedacht.«

»Aber wenn du es vorhättest, was würdest du dafür wählen?«

Du kannst dir vorstellen, Johor, daß ich das mit Beunruhigung hörte.

»Ich glaube, niemand ist je zweimal ›Totaler Immersion‹ unterworfen worden.«

»Du willst doch nicht behaupten, das sei noch nie notwendig gewesen? Niemand ist so schwach wie ich«, sagte er zufrieden und streckte die Arme aus, wie um die Schande entgegen- und auf sich zu nehmen.

»Nur wer sehr stark ist, kann TI widerstehen.«

»Wirklich? Und das habe ich getan, nicht wahr? Nun gut, dann sag mir, welche hübschen Dinge du sonst noch in der Hinterhand hast.«

»Incent, für mich klingt das, als würdest du im nachhinein deine TI genießen, obwohl es damals eindeutig anders war.«

Diese Bemerkung ernüchterte ihn auf der Stelle, und er sagte aufrichtig: »Nein, nein, nein, niemals, Klorathy! In diesen Breiten können schmerzliche Erfahrungen in der Erinnerung zu angenehmen Assoziationen führen – ich weiß noch, daß du mich davor gewarnt hast. Nein, niemals. Verstehst du, ich möchte, daß du – wenn du willst – mir angst machst.«

»Du willst damit sagen, daß du nicht vernünftig bleiben, daß du nicht die Fassung bewahren kannst, obwohl ich dir erkläre, wie wichtig das für Volyen und für unsere Macht hier ist? Aber du behauptest, man könnte dich durch Furcht zur Vernunft und ins Gleichgewicht bringen – was auf eine Drohung hinauslaufen würde!«

»Sage ich das? Nun, wenn es so ist, dann muß es wohl so sein. Ich kann es nicht ändern. Dann mußt du mir angst machen, Klorathy. Offenbar brauche ich das.«

»Also gut«, sagte ich, und Incent setzte sich in Positur: Die Hände hatte er bereits gefaltet, und in seine Augen trat der charakteristische aufnahmebereite, erwartungsvolle Ausdruck, als seien die Ohren allein zum Hören nicht genug.

»Es geschah auf einem anderen Planeten. Dort hatte eine neue Technologie einen Krieg möglich gemacht, durch den weite Gebiete verwüstet wurden und verarmten. Die Bewohner waren verzweifelt. Einige Leute hielten sich für besonders begabt, die Bevölkerung zu manipulieren. Ihr stärkstes und wirkungsvollstes Talent war die Anwendung von Worten, die Rhetorik, und sie nutzten die verzweifelte Lage, um die Macht an sich zu reißen. Von Anfang an verkündete der oberste Anführer dieser Tyrannen: ›Wir bekennen uns zu organisiertem Terror‹, eine Feststellung, der seine Anhänger, und auch viele andere Leute, applaudierten und die sie bewunderten. Und ...«

»Ich scheine eine Ähnlichkeit zu entdecken«, sagte Incent düster.

»Ja, ich spreche von demselben Planeten wie im ›Gericht‹. Das alles geschah nicht lange nach jener anderen Revolution, die sehr schnell zu zwanghaftem Morden führte und einen Tyrannen hervorbrachte. Die Rhetoriker besaßen zumindest den Weitblick, die Gefahr selbst zu erkennen, und hatten sich deshalb eingehend mit der ersten Revolution beschäftigt, deren Exzesse und Brutalitäten sie sehr bewunderten. Sie einigten sich darauf, sich nicht gegenseitig umzubringen, sondern *nur* das Volk, das sie ›befreien‹ wollten, falls es sich dagegen wehrte, befreit zu sein. Während der ersten Revolution hatten Parolen wie ›Nur Blut kann uns erneuern‹ die primitiven Seiten in den brutaleren Menschen angesprochen; in dieser zweiten Revolution löste ›Die Gewalt und der Terror als Massenbewegung müssen ermutigt werden‹ Stürme der Begeisterung aus. Denn die Rhetoriker wußten, sie würden nur an der Macht bleiben, wenn sie wahre oder imaginäre Feinde zu bieten hatten, um die Aufmerksamkeit der Massen von ihrem nicht endenden Elend abzulenken. Die Versklavten starben zu Millionen an Hunger, Krankheiten, jedoch vor allem durch den Terror, der inzwischen als organisiertes Überwachungssystem ein Reich überzog, das ein Sechstel des ganzen Planeten umfaßte. Und natürlich brachten sich die Rhetoriker gegenseitig um, als habe es den Pakt zwischen ihnen nie gegeben. Sie glaubten, die Ereignisse zu kontrollieren, nicht als Marionetten der Kräfte zu agieren, die sie selbst freigesetzt hatten. Ein neuer Tyrann erschien, wie es unvermeidlich ist, wenn eine Gesellschaft ins Chaos stürzt. Und die Bevölkerung starb auch weiterhin oder wurde ermordet. Doch die Bewohner dieses Planeten sind, wenn schon nichts anderes, so doch zumindest fruchtbar. Die Verluste durch Krankheiten, Katastrophen oder die eigenen Mordmaschinerien waren bald wieder ausgeglichen.« Ich ließ Incent nicht aus den Augen, konnte jedoch kaum eine Reaktion erkennen. Er hörte mir ruhig und aufmerksam zu, und seine innere Spannung hatte sich verringert. »Vielleicht das bemerkenswerteste an all dem war, daß man in anderen, begünstigteren Teilen des Planeten, ja selbst in gutorganisierten und angenehmen Regionen von den Massenmorden, Folterungen und noch nie dagewesenen brutalen Methoden der Volksüberwachung wußte, die Tyrannei aber trotzdem bewunderte. Es ist eine Tatsache, daß es immer Menschen gibt, die nur auf blutrünstige und sensationelle Berichte reagieren, die…« An dieser Stelle blickte Incent verlegen auf und bedeutete mir mit einer Geste: Genug! »… Sie brauchen das Stimulans blutrünstiger Worte und blutrünstiger Gedanken. Sehr vielen Menschen in allen Teilen des Planeten gefiel der Gedanke an ›Terror‹ insgeheim, die Vorstellung von Folter und Brutalität; ihnen gefiel die Vorstellung, über ein Volk von Beinahe-Sklaven zu herrschen. Und der Gedanke an Gefangenenlager, in denen Millionen Menschen starben, weckte nur ihre Sensationslust.«

Incent sah mich unverwandt an, und in seinen ausdrucksvollen Augen lag inzwischen fast so etwas wie Humor.

»Incent«, sagte ich, »es ist unmöglich, an dieser widerwärtigen kleinen Geschichte etwas komisch zu finden.«

»Das stimmt, aber vielleicht bin ich komisch«, sagte Incent und warf sich mit ausgebreiteten Armen in einer Pose der Kapitulation auf den Rücken. »Also ... erzähl weiter.«

»Ich habe gesagt, was ich sagen wollte. Es geht nicht um das Abschlachten von Millionen und Abermillionen, sei es aus Gleichgültigkeit, sei es aus Absicht; es geht nicht um die Schaffung einer Todes- und Terrormaschinerie, nicht um die Versklavung eines Volkes, sondern darum, daß alle diese Dinge in Worte *gefaßt* wurden zum Zweck der Versklavung, der Manipulation, der Täuschung, der Erregung niederer Instinkte; daß Tyrannen als Wohltäter, Schlächter als Chirurgen der Gesellschaft, Sadisten als Heilige, Kampagnen zur Ausrottung ganzer Nationen als Freundschaftsdienst an diesen Nationen, Krieg als Frieden und ein allmählicher gesellschaftlicher Zerfall, ein Abstieg in die Barbarei, als Fortschritt bezeichnet wurden. Worte, Worte, Worte, Worte ... Und wenn die Analytiker dem Volk seinen Zustand beschrieben, rief es enthusiastisch: ›Was für interessante, was für hinreißende *Worte*!‹ und machte weiter wie zuvor.«

»Ich höre.«

Ich sprach nicht weiter, sondern betrachtete meinen Schüler, wie du mich manchmal betrachtest, Johor – ich weiß es.

»Klorathy, was wäre meine Rolle gewesen, wenn du mir Totale Immersion in diese Epoche verordnet hättest?«

»Du kannst noch fragen? Du wärst ein Instrument des Terrors gewesen. Du hättest unzählige anständige Menschen mit allen dir zur Verfügung stehenden Mitteln ermordet. Du hättest ständig neue Foltermethoden entwickelt und die Menschen durch geschickten Einsatz von Propaganda, durch Konditionierung und durch die Androhung von Tod, Folter und Gefängnis versklavt. Auch du wärst bald getötet worden, denn es ist ein Gesetz, daß Gleiches Gleiches anzieht. Aber ich hätte dafür gesorgt, daß du sofort wieder zurückgekommen wärst und einen Platz in dieser Maschinerie der Brutalität eingenommen hättest, um weiterhin all diese Dinge zu betreiben und gleichzeitig von Kameradschaft, gesellschaftlicher Verantwortung, Frieden, Freundschaft und so weiter zu reden.«

Wieder entstand ein langes Schweigen.

Dann setzte sich Incent langsam auf. »Mich hat noch nie etwas mehr fasziniert«, verkündete er schließlich mit diesem charakteristischen Genuß an der Diagnose seiner eigenen inneren Vorgänge, der offenbar keineswegs im Schwinden begriffen ist. »Ich weiß genau, wenn ich TI in dieser Periode durchgemacht hätte, würde ich mich schreiend und jammernd auf dem Boden wälzen und alles daransetzen, es zu vergessen. Ich bin froh, daß ich diese andere entsetzliche TI bereits vergessen habe! Ich würde dich anflehen, jeden Gedanken daran aus meinem Gedächtnis zu löschen. Ich würde den Kosmos wegen seiner Grausamkeiten anklagen. Aber weißt du, ich kann zuhören, solange ich will, und trotzdem scheint das alles keine Realität für mich zu gewinnen. Es klingt eher… nein, nicht verlockend, das nicht, aber interessant… Tatsache ist, Klorathy, *ich glaube es nicht*. Nein, nein, ich will damit nicht sagen, daß es nicht geschehen ist. Ich will damit nicht sagen, daß es nicht immer noch geschieht. Ich will damit sagen, es *scheint* mir nicht real zu sein. Es ist wie eine Geschichte, eine alte Geschichte, ein Märchen von fernen Kämpfen irgendwo und vor langer, langer Zeit.«

»Ich beklage mich nicht, Incent! Das ist bestimmt ein Zeichen, daß du Fortschritte machst. Hast du innerlich irgendwie auf Worte wie *Blut, Terror* et cetera reagiert?«

»Nein, ich dachte nur, ›Oh, nicht schon *wieder*‹.«

»Sehr gut. Und wie ist es damit? Der Baum der Freiheit muß von Zeit zu Zeit durch das Blut von Patrioten und Tyrannen verjüngt werden. Es ist sein natürlicher Dünger.«

Incent schüttelte achselzuckend den Kopf.

»Wir versprechen euch, wir werden jeden dreckigen Verräter, den ganzen Abschaum der Menschheit und die widerlichen Erscheinungsformen einer verbrauchten Philosophie aus unserer Mitte entfernen. Wir werden diesen ganzen stinkenden Abfall auf die Müllhalde der Geschichte werfen.«

Bei dem Wort *Geschichte* zuckte Incent zusammen, lächelte aber in sich hinein.

»Die Würmer und Maden, die sich in unserer neuen gesunden Gesellschaft eingenistet haben, wird man herausreißen und vor die Schranken der Geschichte zerren, um sie als das zu entlarven, was sie wirklich sind – erbärmliche Überbleibsel einer überholten Vergangenheit!«

Incent schüttelte den Kopf. Er schien mit sich zufrieden zu sein.

»Glaubst du, ich bin geheilt, Klorathy?«

»Ganz sicher hättest du das noch vor kurzem, vor deinem Zusammentreffen mit Grice, nicht so gut überstanden.«

»Das stimmt. Grice hat mir einen Schock versetzt, das kann ich wohl sagen. Ich betrachte ihn und denke: ›Weshalb um alles in der Welt …‹«

»Du bist noch nicht außer Gefahr, Incent.«

»Ich möchte so gern wieder nützlich sein. Der Gedanke, daß ich mich von Krolgul habe benutzen lassen, ist mir unerträglich. Wie war so etwas möglich, Klorathy?« Er sprang auf, lächelte tragisch und stürzte hinaus.

Ahnst du, was ich jetzt berichten muß? Ja, er ist beinahe augenblicklich wieder Krolgul verfallen, der ihm auflauerte. Incent lief in Hochstimmung und bester Laune durch die Straßen. Eine Menschenmenge kam ihm entgegen, darunter Leute, die er kannte. Diesmal war es kein schreiender, brüllender destruktiver Mob. Die Leute marschierten nach einem Beschluß, den sie vorher auf einer öffentlichen Versammlung gefaßt hatten, ruhig, diszipliniert und verantwortungsvoll. Die Anführer grüßten Incent kameradschaftlich.

»Wohin geht ihr?« rief Incent zurück.

»Wir werden die allgemeine Mobilmachung verlangen,

um Volyen gegen Sirius zu verteidigen«, erwiderten sie, »diese Verräter dort oben würden zulassen, daß wir überrannt werden, ehe sie etwas unternehmen… Das sind alles sirianische Spione!«

Inzwischen marschierte Incent an der Seite der Anführer in die entgegengesetzte Richtung. »Eine sehr gute Idee«, sagte Incent, »obwohl sie so oder so einmarschieren werden«, fügte er eigentlich mehr zu sich selbst hinzu. Er merkte, wie die Anführer ihn ansahen und von ihm abrückten. »Aber macht nichts«, sagte er fröhlich, immer noch im Bann der Perspektiven unseres Gesprächs. »Die Invasion wird nicht von langer Dauer sein. Wie könnte sie auch? Sirius hat sich gewaltig übernommen.« Er sah ihre zornigen, abweisenden Gesichter und fügte hinzu: »Also, ich begreife nicht, wieso Fakten euch wütend machen können.«

»Ach, Fakten sind das?« fragte einer der Anführer, »klingt mir eher nach Verrat.«

»Verrat?« keuchte Incent, der inzwischen neben ihnen herlief.

»Imperien haben eine bestimmte Lebensdauer, und oft expandieren sie vor ihrem Ende wie in einem fieberhaften Wahn…«

»Wir sind nicht an defätistischen Reden interessiert«, rief einer der Anführer und schob Incent zur Seite. Aus der Menge, die hinter ihnen marschierte, ertönte zorniges Zischen und dann vereinzelt: »Verräter!«

Ein Anführer sagte: »Auf Abschaum wie dich haben wir es abgesehen – auf den ganzen korrupten Haufen da oben. Nach allem, was du sagst, gehörst du auch zu ihnen.«

»Nein«, erwiderte Incent, der immer noch neben ihnen herlief und jemandem die Hand hinstreckte, den er kannte. Im selben Moment begriff er, wer es war.

»Krolgul«, rief er.

Und unter solchen Umständen wurde der arme Incent auf die Probe gestellt.

»Politischer Naivling!« sagte Krolgul. »Bin ich das?«

»Revisionist«, zischte Krolgul.

»Sei doch nicht albern«, erwiderte Incent, doch er fühlte sich getroffen. »Begreifst du nicht, daß das alles nichts bedeutet?«

Krolgul hatte ihn mitten unter die Anführer an der Spitze der Menge gezogen, und Incent sah sich nur noch von drohenden Gesichtern umringt.

»Es bedeutet also nichts, wie? Du ziehst die Gedanken unseres HEILIGEN FÜHRERS in den Schmutz, wie?«

»Nein, nein, natürlich nicht. Ich …«

»Reaktionär« war das nächste Macht-Wort. Es war stärker als das vorhergehende, und Incent wurde sichtbar schwächer.

Doch er wehrte sich immer noch. »Wie kann ich ein Reaktionär sein? Was bedeutet das? Worauf und weshalb reagiere ich?« fragte er, während die Leute um ihn herum zischten und wie Tiere knurrten. Ihre Disziplin und ihre Entschlossenheit, kein Mob zu sein, waren dahin, und die Ursache dafür war Incent: Incent im Bann der Manipulation des lächelnden Krolgul, der Inbegriff des ehrenwerten, verantwortungsvollen Revolutionärs. Seine Augen glühten vor Entschlossenheit, alles zu vernichten, was sich in den Weg der historischen Unabwendbarkeit stellte (oder wie die Formulierung lautete), und aus seinem Gesicht sprach die Vitalität triumphierender Grausamkeit.

»Bourgeois!« zischte Krolgul, und Incent hätte sich beinahe geschlagen gegeben.

Aber noch hatte Incent sich in der Gewalt – gerade noch.

»Faschist«, sagte Krolgul plötzlich, und schon war es geschehen. Incent war bis ins Mark getroffen. Im nächsten Augenblick war er einer von ihnen und brüllte und schrie: »Tod dem … Nieder mit … Blut …«

Und so weiter.

Aber mach dir keine allzu großen Sorgen. Ich *spüre*, daß

Incent weit von seinem beklagenswerten vorherigen Zustand entfernt ist; es gibt kein großes Loch mehr, durch das die Substanz von Volyen gesaugt wird, um die Bedürfnisse von Shammat zu befriedigen. Nein, Incent ist stark und ganz. Und er übt sogar einen mäßigenden Einfluß auf die Fanatiker in seiner Umgebung aus. Wenn er als Reaktion auf eine aufputschende Tirade sagt: »Aber das *bedeutet* doch alles nichts«, bremst sie das oft, und sie zeigen – zugegebenermaßen nur vorübergehend – eine gewisse Bereitschaft zu denken.

Krolgul ist völlig frustriert. Unsere anderen Agenten sind standhaft. Incent gehört ihm *nicht*. Krolgul hat sein stärkstes Macht-Wort verspielt – mehr steht ihm nicht zur Verfügung. Das nächste aufsehenerregende öffentliche Ereignis ist der Prozeß gegen Volyen. Ich werde dabeisein und in meinem nächsten Bericht darüber schreiben.

In seiner Eigenschaft als Öffentlicher Ankläger hat Spascock versucht, den Prozeß in einem kleinen, abgelegenen Gericht stattfinden zu lassen; als möglicher sirianischer Agent (»Bin ich es oder bin ich es nicht?« fragte er sich in schlaflosen Nächten) bestand er schließlich unter dem Druck seiner Peers (die sich alle stöhnend fragen: »Bin ich es oder bin ich es nicht?«) auf dem Obersten Gerichtshof.

Die Verhandlung findet in dem großen Saal statt, der düster und feierlich ist, um Achtung, vielleicht sogar Ehrfurcht einzuflößen. Jede Wand ist einem anderen Thema gewidmet. »Die Glieder unseres geheiligten Körpers« – das heißt, Volyenadna und Volyendesta, Planet ME 70 (Maken) und ME 71 (Slovin)haben je eine Wand. Volyenadna zum Beispiel ist durch Schneestürme und Eis und durch glückliche Bergarbeiter mit Calder als Anführer dargestellt. Über allem wölbt sich eine bemalte Decke mit Szenen, die das gute Volyen, personifiziert als der Geber, der Versorger, der Ratgeber, inmitten seiner »Glieder« zeigen, die sich in Posen der Dankbarkeit um Volyen scharen.

Doch Maken und Slovin, die gerade das volyenische »Joch« abgeworfen haben, ließen die entsprechenden Wände von eigens entsandten Abordnungen übermalen. Dies geschah jedoch so hastig, daß das Ganze häßlich und unfertig wirkt. Auch die lächelnden Gesichter Volyens an der Decke sind farbig übersprüht worden.

In diesem irritierenden Rahmen begann heute der Prozeß.

Die Peers saßen auf ihren erhöhten Plätzen auf einer Seite. Als Gruppe schienen sie noch in dieser mutwilligen sorglosen Stimmung zu sein, die vor einer Krise so oft für die Allgemeinheit typisch ist; ihre bunte Kleidung unterstrich den Eindruck von gutmütigem Zynismus. Einzeln betrachtet wurde deutlich, daß sie nicht alle von dieser Stimmung angesteckt waren. Besonders eine vernünftige, liebenswerte junge Frau gab sich Mühe, der Verhandlung verantwortungsvoll zu folgen. Incent hielt sich in der Nähe der Peers auf; er ließ sie nicht aus den Augen und versuchte, ihnen durch drängende Blicke und eindringliches Lächeln klarzumachen, daß der Anlaß ernst war. Er agierte als offizieller *Beistand* von Grice. In *seiner* Nähe lauerte Krolgul, der, als der bedauernswerte Spascock Einwände gegen seine Anwesenheit erhob, einfach die Kleidung eines Gerichtsdieners überstreifte; er tat das demonstrativ, um Spascock lächerlich zu machen. Dann richtete er an den Bedauernswerten die einzige, fast liebevolle Frage: »Spion?«

Grice saß mit Stil auf dem Podium des Klägers.

Im Saal hatten sich etwa hundert Bürger eingefunden.

Spascock fungierte als Richter und erklärte, nach einem müden sarkastischen Blick auf die verunzierte Decke und die beiden schlecht übermalten Wände von Volyens abgefallenen »Gliedern«, ohne jedes Pathos das Verfahren für eröffnet.

»Entschuldigung«, meldete Grice sich zu Wort. »Aber wo ist der Verteidiger?« Denn auf der Verteidigerseite standen nur ein paar leere Stühle.

»Da es sich als unmöglich herausgestellt hat zu entscheiden, *wer* oder *was* Volyen ist…«, erklärte Spascock gedehnt und gestattete sich ein Lächeln, als Krolgul an die Decke deutete, wo Volyens Gesichter unter weißer Farbe verschwunden waren.

»Volyen ist das, was seinen Bürgern in der Verfassung Versprechungen gemacht hat«, fiel ihm Grice ins Wort.

»Richtig, richtig«, ertönte es von den Bänken der Zuhörer, und der Nachdruck dieser Zwischenrufe erhöhte die Aufmerksamkeit aller. Die Peers blickten verdrossen auf das Publikum, denn sie waren hierhergekommen, um zu lachen. Ein oder zwei murmelten hörbar: »Wie langweilig, es wird ja ernst. Ich gehe«, und so weiter.

Doch sie blieben, scheinbar unter dem Einfluß der jungen Frau, deren Stellung dann offiziell durch die Wahl zur Sprecherin der Peers gefestigt wurde.

»Also fangen wir an, Grice«, sagte Spascock. »Wie lautet der erste Anklagepunkt?«

»Ich beschuldige Volyen, mich – und ich repräsentiere für die Dauer dieses Prozesses alle volyenischen Bürger –, also uns, nicht mit richtigen Informationen über unsere wahre Natur versorgt zu haben, um uns in die Lage zu versetzen, bestimmte Fallen zu vermeiden, in die wir mit großer Wahrscheinlichkeit geraten und…«

Ich lege meinem Bericht ein Exemplar der Anklageschrift bei.

Grice verlas sie – ein Werk von beachtlichem Umfang, wie du zugeben wirst – mit fester lauter Stimme und hob bei den entscheidenden Worten die Augen, um seine Peers zu mustern, die schwiegen. Die Aussicht auf eine ernste anstelle einer erheiternden Sitzung hatte sie verstummen lassen.

Die Sprecherin der Peers – sie heißt Arithamea – hatte sich nach ihrer Wahl einen mütterlichen Gesichtsausdruck zugelegt und wirkte inzwischen, als könne sie ihre Verärgerung kaum noch unter Kontrolle halten.

Schließlich fragte Spascock: »Das ist der erste Punkt der Anklage, nicht wahr? Nun gut. Wo sind die Zeugen?«

Grice gab Incent ein Zeichen, der seinerseits jemandem an der Tür zuwinkte, worauf ein Gerichtsdiener auf einem kleinen Wagen etwa hundertfünfzig Bücher in den Saal schob.

»Das sind meine Zeugen.«

Es entstand ein langes düsteres Schweigen. Spascock blickte auf den Bücherberg hinunter; den Peers schien es die Sprache verschlagen zu haben, und aus den Reihen der Zuschauer ertönte ein tiefes Seufzen.

»Sie schlagen vor, wir sollen alle diese Bücher lesen?« erkundigte sich Spascock mit dem müden Sarkasmus, der in solchen Augenblicken des juristischen Alltags auf Volyen üblich ist.

»Keineswegs. Ich werde zusammenfassen.«

Stöhnen im ganzen Gerichtssaal.

»Ruhe, Ruhe«, mahnte Spascock. »Ich werde mich kurz fassen«, sagte Grice. »Das ist durchaus möglich. Es ist kein schwerverständliches oder abstruses Thema… Soll ich fortfahren? Also gut. Das menschliche Tier, das sich erst vor kurzem über einen Zustand hinausentwickelt hat, in dem es in Gruppen lebte, in Gruppen innerhalb von Herden, Rudeln, Meuten, Horden und Sippen, kann ohne sie nicht leben. Es läßt sich beobachten, daß der Mensch Gruppen sucht und sich allen erdenklichen Gruppen anschließt, weil er…«

»Und sie«, ergänzte Arithamea.

»…und sie eine Gruppe braucht. Wenn das junge Tier – Entschuldigung: der junge Mensch die Familiengruppe verläßt, muß er, sie, eine andere Gruppe suchen. Doch man hat ihm, ihr nicht gesagt, daß er, sie das tun wird. Man hat nicht erklärt: ›Du wirst herumlaufen und eine Gruppe suchen, weil du dich außerhalb einer Gruppe nicht wohl fühlst, weil du sonst die Evolution von Millionen V-Jahren leugnest. Du wirst es blindlings tun, und niemand wird dir gesagt haben, daß du innerhalb einer Gruppe die Ideen, die diese Gruppe hervorbringt, um eine Einheit zu bilden, ebensowenig ablehnen kannst, wie ein Fisch sich den Bewegungen seines Schwarms oder ein Vogel den Flugbahnen der Vogelschar entziehen kann, deren Bestandteil er ist.‹ Dieser Mensch ist also in keiner Hinsicht gerüstet und kann sich nicht davor schützen, völlig von einem Ideengebäude absorbiert zu werden, das in keiner Beziehung zu den wahren Kenntnissen stehen muß, die eine Gesellschaft bewegen oder antreiben. Dieser Mensch …«

Arithamea meldete sich zu Wort und machte dabei deutlich, daß es ihr nur um Genauigkeit ging: »Einen Moment, mein Lieber, wollen Sie damit sagen, daß junge Leute die Gesellschaft Gleichaltriger suchen?«

»Ja, wenn man es so ausdrücken will«, sagte Grice und ließ seinerseits erkennen, daß er glaubte, sie begebe sich damit unter das Niveau, das man von ihr erwartete.

»Aber das weiß doch jeder, nicht wahr, Herzchen?« sagte sie und begann zu stricken.

»Wenn *jeder* es weiß, dann unterläßt es *jeder*, den notwendigen Schritt vorwärts zu tun«, sagte Grice energisch in ihre Richtung, hob die Augenbrauen wegen der blitzenden Nadeln und warf dem Richter auffordernde Blicke zu. Spascock beugte sich vor, hob seinerseits die Augenbrauen und erklärte: »Sprecherin der Peers. Tut mir leid, aber Sie dürfen in diesem Gericht wirklich nicht stricken.«

»Wenn Sie meinen, Richter«, erwiderte sie ruhig und packte riesige Wollknäuel, Nadeln etc. in eine Art Reisetasche, ein Vorgang, der die Augen und die Aufmerksamkeit aller Anwesenden auf sich zog. »Aber es beruhigt mich.«

»Uns nicht«, entgegnete Spascock. »Erlauben Sie mir, darauf hinzuweisen, daß dies eine ernste Angelegenheit ist.«

»Da Sie Richter sind, können Sie wahrscheinlich sagen, was Sie wollen«, sagte Arithamea. »Aber ich möchte wissen

– ich meine, um es in Ihrer Sprache auszudrücken, ich brauche eine Art Klarstellung. Ich bin sicher, ich spreche für alle von uns …« Sie blickte sich um und stellte fest, daß zumindest vier der Peers eingeschlafen waren und einige andere schläfrig wirkten. »Aufwachen«, sagte sie.

»Jawohl, aufwachen«, wiederholte Spascock, und die Peers wurden wieder munter.

Incent näherte sich ihnen und flüsterte: »Begreifen Sie, wie wichtig das hier ist? Gerade dieser Punkt? *Verstehen* Sie, wie *lebenswichtig* er ist?«

Die Sprecherin der Peers sagte: »Als ich von zu Hause wegging, hat meine Mutter zu mir gesagt: ›Paß auf, daß du nicht in schlechte Gesellschaft gerätst.‹ Steht das vielleicht in Ihren dicken Wälzern? Entschuldigen Sie die Frage, ich möchte Sie keineswegs vor den Kopf stoßen«, sagte sie zu Grice.

»Nun ja, im wesentlichen schon. Aber es geht darum: Wurde Ihnen gesagt, daß Sie ein Gruppentier sind und alle Ideen Ihrer Gruppe in sich aufnehmen müssen, ob Sie wollen oder nicht?«

»Mit so vielen Worten?« fragte sie. »Wie das so geht, lernte ich ein paar Mädchen und Jungen kennen, natürlich besonders Jungen …«, sie lächelte die Peers an, die ihrerseits alle nachsichtig zurücklächelten, »… aber ich konnte ihren Ideen nicht lange folgen. Es war nicht viel los mit ihnen.«

»Wie glücklich Sie sind, Madam«, bemerkte Spascock schwermütig und lenkte mit seinem Ton alle Blicke auf sich, den einsamen Richter auf seinem Thron.

Es entstand ein langes Schweigen, in dem man ein gezischtes oder geflüstertes *»Spione«* hörte. Doch als alle in Richtung Krolgul blickten, stand der Bauchredner mit einem sarkastischen Lächeln an der Wand, und die Flügel seiner schwarzen Robe hingen wie schlaffe Flügel an ihm herunter. *»Spione …«*, murmelten oder dachten alle, und das Zischen erfüllte die Luft.

Spione sind das Thema immer neuer Artikel, Rundfunksendungen, Flugblätter und Schlager. Plötzlich blickt die Bevölkerung (nicht nur Volyens, sondern auch die der beiden verbliebenen »Glieder«) auf die volyenischen Beamten und überlegt, was für eine psychologische Epidemie das gewesen sein mochte, der, wie es manchmal scheint, eine ganze herrschende Klasse zum Opfer gefallen war.

Arithamea blickte taktvoll *nicht* auf den Richter, als sie bemerkte: »Ich bin sicher, eine Menge Leute in diesem Land fragen sich, was sie dazu gebracht hat, die Dinge zu tun, die sie getan haben ...«

»Richtig«, sagte Grice scharf und zog dadurch alle Blicke auf sich. »Genau. *Was?* Aber wenn man uns und anderen wie uns in der Schule, als Bestandteil unserer Erziehung, gesagt hätte, daß das Bedürfnis, in eine Gruppe aufgenommen zu werden, uns wehrlos gegen ihre Ideen macht ...«

»Wehrlos, ach ja?« fragte ein Peer, ein kräftiger junger Mann in einer Art rot-grünem Sportleranzug und einem lustigen Hut. »Wehrlos? Manche sind es und andere nicht.«

»Es ist eine Frage des Charakters«, sagte die junge Frau. »Einigermaßen vernünftige und anständige Leute lassen sich von den falschen Ideen nicht umwerfen.«

Grice und Spascock stöhnten im selben Moment so verzweifelt und traurig auf, daß wieder alle auf sie starrten.

Spascock zog instinktiv eine Pfeife hervor und zündete sie an; Grice ebenfalls. Die guten Bürger von Volyen wissen nicht, daß ihre Öffentlichkeitsexperten (üblicherweise Krolgul) so vielen den Rat gegeben haben, als Zeichen ihrer Integrität und moralischen Standfestigkeit, Pfeife zu rauchen, und deshalb wunderten sich die meisten Anwesenden, daß da nicht nur der Richter und der Ankläger, sondern auch andere Pfeifen hervorholten. Unter den Zuschauern auf den Bänken, unter den Gerichtsbeamten in ihren feierlichen Roben, sogar unter den Peers – überall konnte man sehen, wie sich Lippen gierig, sogar zitternd um Pfeifenstiele schlossen, und bald verdunkelten dicke aromatische Rauchwolken die Luft. Spascock und Grice beugten sich vor, um ihre unbekannten Komplizen zu mustern, und auf ihren Gesichtern stand deutlich zu lesen: Sag bloß, *du* auch ...

»Wenn Sie Pfeife rauchen, kann ich auch stricken«, bemerkte die Sprecherin der Peers und holte ihre Wollknäuel hervor.

»Nein, nein. Sie haben völlig recht. Rauchen ist strengstens verboten!« Im nächsten Moment verschwanden überall im Saal die Pfeifen oder wurden hastig ausgemacht.

Stil, der die ganze Zeit neben Grice gesessen hatte – in korrekter aufrechter Haltung, mit verschränkten Armen, jeden Muskel unter Kontrolle und anfangs ungläubigem, dann entsetztem Gesicht –, bemerkte jetzt:

»Wenn man in den Gerichten von Volyen schon so undiszipliniert ist, was kann man dann von den einfachen Leuten erwarten?«

»Und wer sind Sie, mein Lieber?« fragte die Sprecherin der Peers. Sie hatte das Strickzeug immer noch auf den Knien liegen.

»Er ist der Kronzeuge der Anklage für den Punkt zwei«, sagte Spascock.

»Das weiß ich. Aber wer ist er?«

»Ich komme von Motz.«

»Und wo ist das? Ja, wir haben schon davon gehört. Aber es wäre doch nett zu wissen ...«

In der Luft lag: *Er ist ein sirianischer Spion* – doch natürlich wahrte Krolgul lächelnd sein korrektes Verhalten.

»Bist du ein Sirianer, Herzchen?« fragte die Frau freundlich, als rede man nicht überall auf Volyen von Lynchmorden.

»Ja, ich bin stolz darauf, mich einen Sirianer zu nennen.«

»Er ist ebenso Sirianer, wie jemand von Volyenadna ein Volyener ist«, sagte Grice.

»Oder wie jemand von Maken oder Slovin«, sagte Incent

voll Überzeugung, ohne das sarkastische Lachen hervorrufen zu wollen, das daraufhin den Saal erfüllte. Jedermann blickte auf die verunzierten Wände und die Decke. Stürmisches Gelächter.

Stil sagte: »Ich kann nicht sehen, was an der erfolgreichen patriotischen und revolutionären Erhebung unterdrückter Kolonien lächerlich ist.«

»Nein, nein, ganz recht, mein Lieber«, sagte Arithamea begütigend. »Nimm es uns nicht übel.«

»Also führen Sie diesen Prozeß nun ordentlich oder nicht, Spascock?« fragte Grice.

»Wenn man es einen Prozeß nennen kann«, erwiderte Spascock. »Gut. Also weiter.«

»Ich habe das Wesentliche bereits gesagt.«

»Nicht, daß ich wüßte«, sagte Arithamea, und die Peers stimmten ihr im Chor zu. »Würden Sie es vielleicht noch einmal zusammenfassen? Ich scheine das Wesentliche nicht verstanden zu haben.«

»Natürlich haben Sie das«, sagte Grice, »es liegt doch auf der Hand. Wir wissen viel über die Mechanismen, die uns beherrschen, die uns wie Marionetten tanzen lassen. Einige der stärksten Mechanismen regeln, einmal grob gesagt, das Funktionieren von Gruppen.« Grice deutete auf die Stapel roter, grüner, blauer und gelber Bücher auf dem Wägelchen vor seinem Platz. »Über diese Mechanismen herrscht keine Uneinigkeit, keine wirkliche Uneinigkeit. Wir kennen den Prozentsatz jener in einer Gruppe, die nicht in der Lage sind, sich der Meinung der Mehrheit zu widersetzen oder ihr die Zustimmung zu versagen. Wir kennen den Prozentsatz jener, die Befehle der Gruppenführer ausführen, gleichgültig wie brutal und barbarisch sie auch sein mögen. Wir wissen, solche Gruppen entwickeln bestimmte Verhaltensmuster; wir wissen, daß sie sich auf eine gewisse Weise teilen und unterteilen. Wir wissen, sie haben ein organisches Leben.«

»Wie Imperien zum Beispiel«, fühlte Incent sich gedrängt,

hilfreich hinzuzufügen. Und wieder sorgte Krolgul dafür, daß das Wort *Spion* in den Köpfen aller Anwesenden war.

»Und wer bist *du*?« fragte Arithamea, »ich meine, woher kommst du?«

»Er ist natürlich ein sirianischer Spion«, bemerkte einer der Peers. »Sie sind alle Spione. Sie sind überall.«

»Nun kommt schon. Macht weiter«, sagte jemand aus den Reihen der Zuschauer laut.

»Also genau das will ich sagen«, fuhr Grice fort und versuchte, wieder in Fluß zu kommen. »Wenn wir von Mechanismen beherrscht werden – und das werden wir –, dann sollte man uns darüber aufklären. In der Schule. Und zwar in einem Alter, in dem man lernt, wie der Körper funktioniert und wie der Staat regiert wird. Wir sollten lernen, diese Mechanismen zu verstehen, damit sie uns nicht beherrschen.«

»Moment mal, mein Lieber«, sagte Arithamea, »ich weiß, du meinst es gut. Ich verstehe auch, worauf du hinauswillst. Aber du willst mir doch nicht erzählen, daß du im Ernst glaubst, man könnte einem jungen Ding sagen, das nichts anderes im Kopf hat als seine Unabhängigkeit und natürlich alles besser weiß als die Eltern: ›Also, Mädchen …‹«

»Oder Junge. Fair ist fair«, warf der Peer neben ihr ein.

»Mädchen oder Junge … behalt einen kühlen Kopf und paß auf die Mechanismen auf! Denn genau dazu sind sie eben nicht in der Lage.«

»Richtig. Sie hat recht«, tönte es von den Zuschauerbänken.

»Ich lasse den Saal räumen«, drohte Spascock.

Schweigen.

Spascock: »Haben Sie gesagt, was Sie sagen wollten, Grice?«

»Ich bin nicht ihrer Ansicht. Sie ist negativ. Sie ist pessimistisch. Volyen kann seine Verantwortungen nicht einfach so über Bord werfen. Außerdem hat Volyen in der Verfassung versprochen …«

»Haben Sie Tatz und Palooza über Gruppenmechanismen gelesen?« fragte Krolgul.

»Nein, müßte ich das?«

»Sie sind völlig anderer Ansicht als Quinck und Swaller«, sagte Krolgul. »Zum Beispiel im Hinblick auf den möglichen Prozentsatz potentieller Widerständler gegen die Autorität.«

»Aha«, rief Grice erregt, »ich bin also nicht auf dem laufenden. Ich war auf Motz ein Gefangener und nicht in der Lage, auch nur herauszufinden, ob mir alle relevante Literatur zur Verfügung stand. Aber ich glaube, dies hier (er deutete auf die Bücherberge) sind genug Beweise.«

»Ich mache nur darauf aufmerksam, daß kein hundertprozentiger Konsensus besteht«, sagte Krolgul.

»Also, Richter«, sagte Arithamea, »leiten Sie nun diesen Prozeß oder nicht? Der Mensch dort, der gerade redet, ist, soweit ich sehe, ein Ordner.«

»Ja, ja, tut mir leid«, sagte Spascock. Und zu Grice: »Wären Sie so freundlich, Ihr Anliegen in adäquate Worte zu kleiden?«

»Ja. Ich möchte, daß dieses Gericht Volyen mit Stumpf und Stiel verurteilt, weil es unterlassen hat, seiner Jugend Regeln zu lehren, die seine Psychologen und Anthropologen durch Forschungen und Studien gefunden haben; weil es unterlassen hat, seine Jugend mit Informationen zu wappnen, die sie, die Jugend, befähigen würde, sich zur Wehr zu setzen, damit sie nicht von jedem x-beliebigen Ideensystem, das sich zufällig anbietet, davongerissen wird. Ich möchte, daß dieses Gericht in aller Deutlichkeit feststellt, daß mindestens drei Generationen der volyenischen Jugend, und ich darf hinzufügen, daß ich eines dieser Opfer bin…«, Buhrufe, Gelächter, Zischen, »…schutzlos waren, weil es unterblieb, ihnen ein Wissen zu vermitteln, das jedem Experten auf dem Gebiet des Gruppenverhaltens leicht zugänglich ist; daß Volyen eine Situation toleriert, nein begünstigt hat, die seinen Experten erlaubte, immer mehr Kenntnisse über

Gruppen, die elementaren Einheiten einer Gesellschaft, zu erwerben, jedoch verhinderte, daß diese Informationen die Institutionen der Gesellschaft beeinflußten, die auch weiterhin archaische, schwerfällige, wenn nicht sogar tödliche, auf jeden Fall jedoch lächerlich unangemessene Maschinerien blieben. Unsere linke Hand weiß nicht, was die rechte tut. Auf der einen Seite immer neue Fakten, Informationen und Erkenntnisse, auf der anderen Seite die unausrottbaren Dummheiten unserer Kultur. Ich möchte, daß Volyen verurteilt wird.«

Es herrschte ein langes Schweigen. Die Volyener waren tatsächlich beeindruckt. Doch jeden beschäftigte nur ein Gedanke: Wie es aussieht, steht die sirianische Invasion kurz bevor – obwohl wir uns das nicht so einfach gefallen lassen werden –, und außerdem haben wir andere Sorgen …

Spascock wendete sich an die Peers. »Möchten Sie sich zur Beratung zurückziehen?«

Arithamea erkundigte sich bei den anderen Peers, das heißt, bei jenen, die noch wach waren.

»Nein, Richter.«

»Gut. Stimmen Sie dem Kläger zu, daß Volyen schuldig ist oder nicht?«

Sie erkundigte sich noch einmal, aber es dauerte nicht länger, als ich brauche, um diesen Satz zu schreiben.

»Das ist nicht nur recht und billig, Richter. Schuldig. Natürlich verlasse ich mich darauf, daß in den Büchern steht, was Gouverneur Grice behauptet.«

»Tatz und Palooza«, murmelte Krolgul.

»Ach, halten Sie sich da raus«, sagte sie. »Ihr Gesicht gefällt mir nicht. Natürlich ist Volyen schuldig. Man hätte uns das alles sagen müssen. Ich werde jetzt ein bißchen lesen, nachdem meine Aufmerksamkeit geweckt ist. Jawohl. Schuldig.«

Spascock: »Ich spreche Volyen hiermit in Punkt eins der Anklage schuldig. Dies ist ein vorläufiges Urteil, das in

Kraft tritt, wenn und falls der Sonderausschuß ›Volyen‹ definiert hat. Wenn und falls ›Volyen‹ als eine Wesenheit definiert ist, die man verurteilen kann, dann wird ›Volyen‹ rechtmäßig verurteilt. Gut. Das war es. Wir werden uns auf morgen vertagen und uns dann Punkt zwei der Anklage zuwenden.«

Nach diesen Worten verließ Spascock mit großen Schritten den Saal – offensichtlich völlig zermürbt. Grice und der finster blickende Stil gingen zusammen. Man hörte, wie Stil sagte: »Wenn ihr eure Regierung auf diese Weise kritisieren könnt, dann mußt du mir erklären, wieso ihr in einer Tyrannei lebt.«

Incent fiel beinahe Krolgul in die Hände, doch er folgte mir. Aber inzwischen ist deutlich, daß Krolguls Werk auf diesem Planeten vollbracht ist: Totaler Zusammenbruch und völlige Demoralisierung sind für ihn, Shammat, Speise und Trank. Incent geht gestärkt aus dieser Prüfung hervor, und das ist ein gutes Omen für Volyens Lage während der sirianischen Besetzung und dem darauf folgenden Zusammenbruch von Sirius. Wenn Incent sich so weiterentwickelt, schlage ich vor, ihn hier zu lassen. Ich glaube, er könnte einen günstigen Einfluß ausüben, wenn er vermeiden kann, sich irgendwie einfangen zu lassen.

Der zweite Tag ist zu Ende. Als wir uns heute morgen versammelten, war zumindest die Hälfte der Peers nicht mehr erschienen. Der Prozeß bot ihnen nicht die erwartete Unterhaltung. Doch es hatte sich eine große Zahl von Volyenern anderer Art eingefunden, in der Hoffnung, die freigewordenen Plätze einzunehmen oder auch nur einen Sitzplatz im Saal zu finden. Es hat sich herumgesprochen, daß der Versuch einer ernsthaften Kritik an Volyens System unternommen wird. Als die neuen Peers ernannt worden waren, fiel der starke Kontrast zwischen ihnen und der fröhlichen Schar vom Vortag deutlich ins Auge. Die Sprecherin saß gelassen und erwartungsvoll unter ihnen.

Als Spascock mit seinen Beisitzern Platz genommen hatte, erhob sich Arithamea und sagte: »Entschuldigung, Richter.«

»Was gibt es?«

»Ich habe die ganze Nacht nicht geschlafen«, sagte sie, nicht ohne eine gewisse Dramatik.

»Ich möchte behaupten, das haben viele von uns nicht«, sagte Spascock, und auf seinem blassen, besorgten Gesicht erschien der Anflug eines Lächelns.

Allgemeines Schweigen. Es ist bekanntgeworden, daß sirianische Raumschiffe angriffsbereit warten.

»Nein, ich meine nicht das, was Sie meinen, Richter. Nicht, daß ich mir weniger Sorgen mache als alle anderen ... Aber da ist diese Sache mit den Gruppenmechanismen, mit denen wir uns gestern auseinandergesetzt haben.«

»O nein«, sagte Incent, seine anmutige dramatische Erscheinung völlig zu ihren Diensten, »o nein, Sprecherin, die Entscheidung gestern war absolut vernünftig. Und vielleicht wird sie für Volyen auf lange Sicht zu wundervollen Ergebnissen führen.«

Sie musterte ihn von oben bis unten. »Wo sonst sollte sie zu einem Ergebnis führen? Mir genügt, wenn sie hier auf Volyen zu Ergebnissen führt.« Stürmisches, zustimmendes Gejohle, Buhrufe und allgemeine Erregung im Saal. Überall war der Pöbel unterwegs, und die erste Frage war immer: »Bist du auf Volyen geboren?« Als sich herausstellte, daß das praktisch niemand war: »Bist du Volyener?« Und schließlich, als die Definitionen von Volyen ins Uferlose gingen, wurde jeder einfach zusammengeschlagen, dessen Gesicht der Meute nicht gefiel. »Ich möchte den Unsinn da draußen nicht unterstützen«, verkündete Arithamea, »ich weiß wirklich nicht, was in uns alle gefahren ist. Ich habe uns Volyener immer für faire und vernünftige Leute gehalten.« Diese starke und tüchtige Frau hatte eine solche Wirkung, daß die Zuschauer sich beruhigten und manche sogar beschämt auf ihren Plätzen saßen. »Nein, es geht darum,

Richter: Ich habe die ganze Nacht über Gruppenstrukturen nachgelesen. Ganz offensichtlich war ich gestern die Autorität in der Gruppe – denn wir sind eine Peer-Gruppe, nicht wahr? Gut. Inzwischen habe ich den Eindruck, ich war ein bißchen anmaßend. Und ich muß darauf aufmerksam machen, daß es heute in diesem Gericht keine vorschnellen Entscheidungen geben wird. Wir werden uns alle für unsere Entscheidungen Zeit nehmen…«

»Du kommandierst ja schon wieder!« bemerkte ein Spaßvogel, einer der Männer von gestern – bunt gekleidet und mit einem großen Button, auf dem stand: »VOLYEN SUPERMACHT: O. K.?«

»Wenn es so ist, habe ich heute ein Recht dazu. Die Regel sagt, jeder Peer, Sprecher oder nicht, kann verlangen, daß sich die Gruppe zu Beratungen zurückzieht.«

Plötzlich entstand auf der Bank der Peers Unruhe. Etwa ein halbes Dutzend Leute, die von der gestrigen Gruppe übriggeblieben waren, standen auf. »Tut uns leid«, sagten sie, und: »Das ist einfach zuviel.« Und: »Wir haben eigentlich gedacht, hier gäbe es was zu lachen«, und verließen das Gericht.

»Ersatz für die Peers«, sagte Spascock, und im nächsten Augenblick kamen aus dem überfüllten Zuschauerraum ernsthaft und verantwortungsvoll wirkende Leute.

Und so saßen mit Ausnahme der Sprecherin heute andere Bürger auf den Plätzen der Peers als gestern.

»Können wir beginnen?« erkundigte sich Spascock. Der obligate Sarkasmus ließ seine Stimme beben.

»Ja, ich glaube schon, Richter«, sagte Arithamea.

»Gut. Dann werden wir mit Ihrer Erlaubnis beginnen.«

Grice erhob sich. Er war blaß und wirkte ebenso düster und dramatisch wie Spascock. Sie sind so unübersehbar zwei Exemplare derselben Art, daß man sie als Illustration des Typs benutzen könnte, den untergehende Reiche hervorbringen. Neben Grice wirkte der bewundernswerte, der unvergleichliche Stil wie die lebende Illustration des heutigen Themas.

Grice sagte: »Ich möchte meinen Kronzeugen aufrufen.«

»Einen Augenblick, Grice. Wie lautet die Anklage?«

»Das wissen wir doch, Richter«, sagte Arithamea, »es steht im Programm, das wir alle bekommen haben. Es geht darum, daß wir uns verwöhnen.«

»Wären Sie bitte so freundlich, mich die Verhandlung führen zu lassen?« Spascock schrie beinahe.

»Entschuldigung.«

»Was sie sagt, ist eigentlich nicht falsch«, bemerkte Grice.

Wieder prallten diese beiden dünnen, nervösen, bleichen, bebenden Individuen aufeinander und wirkten, als wollten sie sich im nächsten Moment aufeinanderstürzen, während sie gleichzeitig alle Anzeichen zärtlicher, schützender Fürsorglichkeit füreinander an den Tag legten.

»Ja, allerdings«, sagte Spascock, »aber es ist nicht in Ordnung, und ich kann einfach nicht…«

»Aber vielleicht könnten Sie ein Auge zudrücken. Es wird einen halben Tag dauern, um den zweiten Anklagepunkt zu verlesen.«

»Ich verstehe einfach nicht, warum niemand bereit ist, mich, den Richter, diese Verhandlung in meinem eigenen Gericht führen zu lassen. Aber wenn Sie darauf bestehen…«

»Ich will nicht darauf bestehen, sondern es geht ganz einfach um das Zuhören…«

Von draußen hörte man Geschrei und Lärm einer vorbeilaufenden Menschenmenge.

»Nun ja, vermutlich, aber es ist wirklich sehr…«

»Regelwidrig, ich weiß, aber…« Grice gab Stil ein Zeichen.

Stil trat in den Zeugenstand und blieb dort abwartend stehen. Wieder entstand ein langes Schweigen. Auf Volyen hatte man noch nicht wirklich begriffen, daß Motz einmarschieren würde: »Sirius« war noch immer das Wort für die drohende Gefahr. Aber welch ein Gegensatz bestand zwischen diesem Menschen und ihnen, zwischen diesem Motzaner und jedem Volyener dieser Zeit.

Dort stand dieser unglaublich starke Mann – nur Muskeln und gebändigte Kraft. Seine präzisen und gemessenen Bewegungen verrieten einen Mann, der jederzeit bereit ist, sich voll und ganz einzusetzen. Stil ist nicht größer als die Volyener. Er ist auch nicht intelligenter, genetisch nicht besser ausgestattet. Aber während die Volyener ihn ansahen, entrang sich ihnen ein tiefer Seufzer, und ich konnte beobachten, wie sie sich gegenseitig geringschätzig musterten.

Spion – vom allgegenwärtigen Krolgul in den Raum gestellt – konnte sich nicht behaupten. Die Atmosphäre schien dieses Wort zurückzuweisen.

»Ich bin kein Spion«, sagte Stil nachdrücklich und bedächtig, »das Gericht hat mich zu dieser Verhandlung eingeladen.«

»Das sagen alle Spione«, warf Krolgul ein, und Incent sagte: »Sei still, Shammat!« Er hatte nicht »Shammat« sagen wollen, tat es aber und stand dann dazu, denn er drehte sich um und fixierte Krolgul, der lässig und hohlwangig an der Wand lehnte und auf seine wichtigtuerische Weise lachte.

»Faschist«, sagte Krolgul.

Incent verlor nicht die Fassung.

Die Sprecherin, deren Geduld deutlich am Ende war, sagte: »Richter, machen wir weiter. Ich bin sicher, der Herr meint es gut, aber diese Art Gerede hat mich schon als Kind geärgert.«

»Die Sprecherin hat recht«, sagte Spascock, »machen wir weiter.«

»Ich möchte, daß du die Geschichte deines Lebens erzählst, Stil.« Und das tat Stil. Falsche Bescheidenheit ist unter den Motzanern nicht üblich, und seine Schilderung, die er weder ausschmückte noch entschärfte, war sehr eindrucksvoll. Wenn er etwas zu vergessen schien, unterbrach

Grice: »Aber Stil, mir hast du gesagt, als du damals allein warst, ohne Familie, hast du davon gelebt, Pflanzen auszugraben und ...«

»Nein, das war, als ich mich zum zweitenmal allein durchschlagen mußte. Beim erstenmal fand ich eine Arbeit. Ich mußte Fische enthäuten. Die Häute wurden in der Familie eines Fischhändlers weiterverarbeitet.«

»Wozu habt ihr Fischhäute benutzt?«

»Wozu? Wozu benutzt *ihr* sie?«

»Wir benutzen sie nicht«, sagte Grice.

»Wir benutzen so einen Dreck nicht«, ertönte es aus den Zuschauerbänken.

»Dreck?« fragte Stil und nahm seinen dicken, weichen Gürtel ab, an dem alle möglichen Messer, Nadeln und ähnliche Utensilien hingen. »Fischhaut«, sagte er.

»Na gut, und als du keine Familie gefunden hast?«

»Ich habe eine Weile von Diebstahl gelebt, denn ich mußte schließlich etwas essen. Dann bin ich in die Sümpfe gegangen und habe eßbare Pflanzen ausgegraben und in den Siedlungen verkauft. So habe ich drei M-Jahre lang gelebt.«

»Und damals warst du zehn Jahre alt?«

»Ja.«

»Und du hast für deine beiden Geschwister gesorgt, einen Bruder und eine Schwester. Ihr habt in einer Höhle nahe bei einer Siedlung gelebt, wo die beiden Kinder Arbeit als Fischputzer fanden?«

»Ja.«

»Und sobald dein Bruder und deine Schwester alt genug waren, seid ihr zu dritt in eine unbesiedelte Gegend von Motz gezogen, habt Sümpfe trockengelegt und Entwässerungsgräben ausgehoben. Schließlich stießen andere zu euch, und es entstand eine Siedlung.«

»Ja.«

»Würdest du bitte dem Gericht sagen, welche Fertigkeiten du besitzt?«

Stil dachte einen Augenblick lang nach, dann folgte eine Aufzählung, die einige Minuten dauerte. Sie begann folgendermaßen: »Ich weiß alles, was mit dem Fangen, Säubern, der Haltbarmachung von Fisch und seinen Produkten zusammenhängt. Ich kann unfruchtbares, saures Land entwässern und urbar machen, ich kann Bäume pflanzen, und ich kann…«

Als er schließlich endete, entstand ein langes Schweigen.

Spascock: »Ich vermute, Ihr Argument ist, Grice, daß Ihr Mutterland Ihnen keine Bildung ermöglicht hat, die so vielseitig und umfassend ist wie die Stils?«

»Genau.«

»Ich glaube, sein Argument ist, Richter, daß die Härten Stil zu dem gemacht haben, was wir vor uns sehen… und das ist sehr bewundernswert«, sagte die Sprecherin.

Einige Zuschauer klatschten Beifall, und Spascock brüllte empört: »Das ist kein Theater!«

»So etwas wie ihn habe ich noch nie gesehen«, fuhr Arithamea fort, »ich bin sicher, keiner von uns. Aber, Gouverneur Grice, beklagen Sie sich wirklich darüber, daß Volyen Sie nicht schlecht behandelt hat, daß Sie nicht hungern mußten und all das?«

»Nicht ganz«, sagte Grice, doch im Grunde ging es ihm um etwas Ähnliches. »Ich weiß nur soviel: Ich tauge, wenn überhaupt, nur für das eine, eine Kolonie zu regieren, vorausgesetzt, ich habe genug Untergebene für die schmutzige Arbeit. *Ich* verstehe das technische Instrumentarium einer Administration nicht.

Mein ganzes Leben war ich verweichlicht, schwach und habe mich gehenlassen. Der leichteste Rückschlag bringt mich aus der Fassung, und Härten kann ich nicht ertragen. Ohne die Bequemlichkeiten und Annehmlichkeiten, an die ich gewöhnt bin, könnte ich keinen Tag überleben. Im Vergleich zu Stil, im Vergleich zu einem Motzaner bin ich nichts.«

Wir musterten alle Grice, und wir musterten Spascock.

Eindeutig gab es an ihnen nicht viel zu bewundern. Der Motzaner stand schweigend und mit verschränkten Armen da und blickte geradeaus – ein Soldat in Habtachtstellung. Diesen Eindruck erweckte er mit seinem breiten, gesunden Gesicht, dem starken Nacken, den kräftigen, nackten Armen und Beinen unter dem auf Motz üblichen Obergewand. Arithamea fuhr fort:

»Ich möchte dem Zeugen eine Frage stellen.«

»Gewiß, wenn er sich dazu bereit erklärt«, sagte Spascock. Stil nickte.

»Wie viele Motzaner starben im Kindesalter unter solchen Bedingungen?«

Zum erstenmal schien Stil sich unbehaglich zu fühlen. »Ziemlich viele. Aber wir sprechen von der Vergangenheit. Sie werden sich erinnern, daß wir einen unwirtlichen Planeten aus dem Nichts heraus erschließen mußten. Und es ist noch nicht lange her, daß ...«

»Also starben viele?«

»Ja.«

»Nicht alle haben überlebt und können ihre Geschichte erzählen?«

»Nein.«

»Sind alle Leute auf Ihrem Planeten so vielseitig, stark und tatkräftig wie Sie?«

»Ja, ich würde sagen, das sind wir alle«, erwiderte Stil zu unserer Überraschung, denn wir hatten erwartet, daß er in seiner Ehrlichkeit nicht so weit gehen würde. Doch infolge seiner Ehrlichkeit wußten wir, daß er nicht übertrieb. »Jawohl, wir sind alle in der Lage, alles anzupacken, was getan werden muß. Wir fürchten uns nicht vor Härten und Entbehrungen. Wir können alles essen.«

»Ihr steht auf, wenn die Sonne aufgeht. Ihr arbeitet den ganzen Tag, seid mit zwei kleinen Mahlzeiten zufrieden. Ihr trinkt selten berauschende Getränke und schlaft nicht länger als drei oder vier Stunden nachts.«

Stil nickte: »So ist es.«

Ein ernsthafter, besorgt wirkender Mann, der den Platz des enttäuschten jungen Gecken neben Arithamea eingenommen hatte, sagte plötzlich:

»Mir scheint, in diesem Anklagepunkt wird Unmögliches gefordert.«

»Keineswegs«, erwiderte Grice, »es liegt auf der Hand und ist allgemein bekannt, daß ein verwöhntes und verweichlichtes Volk, dem man erlaubt, träge zu werden, schließlich zu nichts mehr taugt und degeneriert. Das ist ein Naturgesetz. Wir beobachten es immer wieder an Pflanzen, Tieren… und an Menschen. Obwohl bei uns auf Volyen die stillschweigende Überzeugung zu herrschen scheint, daß die Menschen von diesen Gesetzen ausgenommen sind und…«

»Darf ich eine Frage stellen?« erkundigte sich der besorgte Mann.

»Darf er eine Frage stellen, Sprecherin der Peers?« fragte Spascock.

»Ich wußte nicht, daß ich ihm die Erlaubnis dazu geben muß.«

»Er meint es sarkastisch«, erklärte Incent, der sich wie beschützend in der Nähe der Peers aufhielt, »achten Sie nicht weiter darauf.«

»Aber wir können den Richter nicht außer acht lassen, mein Lieber, selbst wenn er nicht so gute Manieren hat wie ich.«

»Vielen Dank, Sprecherin«, sagte Spascock.

»Meine Frage lautet: Im zweiten Punkt der Anklage, mit dem wir uns heute beschäftigen, sagen Sie, Imperien sind wie tierische Organismen. Sie haben eine aufsteigende Kurve und enden schließlich im Zerfall. Solange sie sich entwickeln, sind sie stark, ihre Bewunderung gilt schlichten Tugenden und Fähigkeiten. Sie lehren ihre Kinder Disziplin und Pflichtbewußtsein. In der aufsteigenden Kurve bringen sie Menschen wie diesen Stil hier hervor, die gesund und nicht neurotisch sind, die Tatkraft und Entschlossenheit bewundern und Verantwortung übernehmen. Doch während des Niedergangs sind die Leute wie ... wie wir auf Volyen. Wir sind träge und sogar stolz darauf. Wir lehren unsere Kinder, daß ihnen alles zusteht, ohne daß sie dafür arbeiten müßten. Wir lassen uns gehen. Wir verbringen unsere Zeit mit Essen, Trinken und Schlafen. Wir kleiden uns, wie es uns gerade in den Sinn kommt, und viele von uns nehmen Drogen und Rauschmittel.«

»Das ist deine Meinung«, ertönte es aus dem Publikum.

»Wenn das nur meine Meinung ist, wo habe ich dann die ganze Zeit gelebt?« sagte der besorgte Mann, »aber wenn dies ein organischer Prozeß ist und wenn ein Reich wie eine Gruppe, wie ein Mensch, wie ein Tier eine Zeit des Wachstums, der Blüte und dann des Zerfalls hat ... wenn das so ist, wie kann man dann erwarten, daß Volyen, dieser Organismus, seine eigenen Gesetze verändert? Das haben Sie nicht dargelegt. Wie? An welchem Punkt hätte ›Volyen‹, was immer das auch sein mag – und ich habe gehört, daß selbst dieses Gericht noch nicht zu einem Ergebnis darüber gekommen ist –, sagen sollen: ›Ich werde nicht zulassen, daß ich degeneriere und verweichliche. Ich werde alle Gesetze widerlegen, die – wie ich weiß – gelten‹?«

Erneutes Schweigen.

»Nun, Grice, das scheint mir eine vernünftige Frage zu sein«, sagte Spascock.

»Weshalb müssen wir es als selbstverständlich hinnehmen, daß es nicht anders möglich ist? Wieder Pessimismus. Das sieht uns ähnlich – Pessimismus und Negativismus.«

»Dem stimme ich zu«, sagte Stil plötzlich, »wenn ich als Zeuge überhaupt berechtigt bin, etwas zu sagen. Wenn wir uns etwas vornehmen, dann führen wir es auch durch. Es ist eine Frage des Willens.«

»Ja, aber ihr seid in der aufsteigenden Kurve, mein Lieber«, sagte Arithamea begütigend, »während es mit uns bergabgeht. Richter, erwartet man von uns, daß wir sagen, Volyen ist schuldig oder nicht schuldig, eine unvermeidliche Macht oder ein unvermeidliches Gesetz des Wachstums aufgehalten zu haben? Denn in diesem Punkt stimme ich meinem Peer zu.«

»Grice«, sagte Spascock auffordernd.

»Wie kommt es, daß ich Volyen in Person eines Staatsdieners, eines Lehrers, eines Richters oder eines Präsidenten, daß ich Volyen *nie* habe sagen hören … also nicht ein einziges Mal hat Volyen zu seinen Bürgern gesagt: ›Wir *waren* tatkräftig, diszipliniert und pflichtbewußt. Jetzt sind wir verweichlicht und taugen zu nichts!‹«

»Sie überraschen mich, Gouverneur Grice«, sagte Krolgul, »wie kommt es, daß Sie nicht davon sprechen, daß Volyen, während es all diese edlen und großartigen Eigenschaften besaß, jeden kleinen Planeten, auf den sein Blick fiel, eroberte, an sich riß und übernahm, die Bevölkerung tötete oder in die Gefängnisse warf?«

»Über diesen Punkt spreche ich jetzt nicht«, sagte Grice gequält.

»Also, mein Lieber«, fragte die Sprecherin der Peers Stil, »erobert und plündert ihr auch? Sperrt ihr auch Leute ein und tötet sie?«

Stil schwieg eine Weile und sagte dann: »Nein, nein, ich bin sicher, das tun wir nicht.«

Aber er wußte, daß die motzanischen Raumschiffe Volyen angriffsbereit umkreisten. Dieser Stil fühlte sich mehr als unwohl in seiner Haut. Er erlebte einen Angriff auf seinen gesamten emotionalen und intellektuellen Apparat. Zum erstenmal begriff er, daß die Tugend von Sirius sich nicht in ein Wort fassen ließ und undefiniert bleiben konnte.

Krolgul sagte: »Wenn Sirius einmarschiert, werden die Flotten von Motz die Vorhut bilden.« Er sagte das leichthin und lachte sogar. Diese Information war zu neu und kam zu unvermittelt, um richtig aufgenommen zu werden, und alle blickten zweifelnd auf diesen unheimlichen und bedrohlichen Gerichtsdiener.

»Machen wir weiter«, sagte Spascock noch einmal, »ich nehme an, daß der Spruch ergeht, ›Volyen‹ hätte uns davon in Kenntnis setzen müssen, daß diese Annehmlichkeiten, die wir unser ganzes Leben lang als selbstverständlich hingenommen haben, daß unsere Zivilisation und alles, worauf wir stolz waren, unser Leben im Wohlstand, unsere Bequemlichkeiten, unser Überfluß … daß all dies Zeichen der Dekadenz sind, die unvermeidlich zu unserer Unterwerfung durch stärkere und lebenskräftigere Völker führen würde.«

Er blickte Grice mit einem bitteren, selbstkritischen und zornigen Lächeln an.

Und Grice erwiderte diesen Blick mit einem ähnlichen Lächeln. »Nun, was meinen Sie, Spascock?«

»Nun ja … es ist meine persönliche Meinung«, sagte er leise und hastig, dann laut: »Also, meine Peers, das wäre es. Ziehen Sie sich bitte zurück, und überlegen Sie sich Ihren Spruch.«

Die Peers sahen sich an und berieten dann leise.

Im Gericht herrschte die unruhige, beinahe gereizte Atmosphäre, die verrät, daß die Leute glauben, eine Sache habe ihren Lauf genommen, und als die Sprecherin der Peers verkündete: »Wir ziehen uns zurück, um über den Spruch nachzudenken«, war sogar ein Stöhnen zu hören.

Spascock: »Ich habe bereits gesagt, daß dies kein Theater ist.«

»Es fehlt nicht viel«, rief es aus den Reihen der Zuschauer. Unter allgemeinem Gelächter standen alle auf und drängten sich ungestüm, übermütig und lautstark durch die Türen. Die Stimmung der Menge stand in scharfem Gegensatz zu der ernsten Haltung, mit der die Peers sich zurückzogen.

Die Leute von der Straße, die zur Verhandlung gekommen waren, durchliefen drei Stimmungsphasen. Zuerst hofften sie, die schwerfälligen und absurden juristischen Prozeduren würden es ihnen ermöglichen, sich von ihrem Zorn und der Frustration über alles, was um sie herum auf Volyen geschah, durch Lachen zu befreien. Dann, als ihre Erwartungen enttäuscht wurden und sie erlebten, daß die Peers nach dem ersten Verhandlungstag bereit waren, die Sache ernst zu nehmen, wurden sie aufmerksam. Dann klagten sie, wie man es beim Hinausgehen immer wieder hören konnte: »Aber da ist so oder so nichts, woran man sich halten kann«, und deshalb erwachte der Spott wieder. Sie waren bereit, sich über alles und jeden im Gericht lustig zu machen. Jedenfalls verließen sie einmütig den Saal, und von da an blieben die Zuschauerbänke leer.

Spascock richtete einen leeren, entsetzten und ungläubigen Blick auf Grice, der in seinen Akten blätterte, als sei dort irgendeine Wahrheit, die sich ihm entzog.

»Grice«, zischte Spascock, »du kannst unmöglich weitermachen mit diesem … dieser …«

»Farce«, ergänzte Krolgul hilfreich.

»Aber gewiß«, entgegnete Grice. »Siehst du nicht, daß du die volyenische Justiz in Mißkredit bringst?«

»Nein, nein, nein«, rief Incent, »im Gegenteil! Er stellt Fragen, die gestellt werden müssen.« Inzwischen hielt er sich in der Nähe von Grice auf, und seine großen, schwarzen Augen versprachen glühend jede gewünschte Unterstützung.

»Ja, aber doch nicht hier«, stöhnte Spascock.

»Es ist alles *logisch*«, sagte Grice, »nenne mir etwas, was ich gesagt habe, das nicht *logisch* wäre.«

Bei diesem Wort warf mir Incent einen zweifelnden Blick zu, denn er erinnerte sich, wie oft ich ihm gesagt hatte, daß man auf der Hut sein muß, wenn dieses Wort auftaucht. Ich schüttelte den Kopf, und Incent sank auf den nächsten Stuhl und vergrub das Gesicht in den Händen.

Krolgul lächelte mir zu. Interessanterweise scheint unser alter Feind sich in solchen Momenten beinahe als ein Verbündeter zu betrachten.

»Ich sehe, in Punkt drei der Anklage wird das gesamte volyenische Erziehungssystem in Bausch und Bogen verurteilt«, bemerkte Spascock.

»Vermutlich läuft es darauf hinaus«, stimmte Grice zu, »könntest du vielleicht dafür sorgen, daß man die entsprechenden Bücher bringt?«

»Vermutlich deine nächsten Zeugen. Aber wir haben den Punkt zwei der Anklage noch nicht abgeschlossen.«

Die zwei stritten sich auf die harmlose, brummige Art, die ihre Beziehung charakterisiert, bis eine Gruppe ernster, ja sogar bekümmerter Leute das Gericht betrat. Es waren die Peers. Ihre Beratung hatte sie eindeutig geeint: Sie standen eng beisammen, als wollten sie sich gegenseitig stützen. Das verriet uns, daß jeder für die anderen sprechen konnte. Aber immer noch ergriff Arithamea das Wort, aber ohne vorzutreten oder sich aus der Gruppe zu lösen.

»Richter«, sagte sie, »unsere kleine Unterhaltung hat eines deutlich gemacht: Es geht um eine ernste Sache.«

»Ach ja?« stöhnte Spascock, »zu diesem Schluß sind Sie gekommen?«

»Jawohl, mein Lieber. Und wir üben Kritik am Verhalten des Gerichts. Die Angelegenheit ist von Anfang an nicht ernst genug genommen worden.«

»Waa-a-a-s?« krächzte Spascock und fragte dann Grice: »Sie, als Ankläger, beschweren Sie sich über die Verhandlungsführung?«

»Ich bin froh«, erwiderte Grice theatralisch, »daß meine Peers die Bedeutung dessen erkennen, was ich hier zu sagen habe.«

»Ich habe nicht gesagt, daß wir in allen Punkten einig sind, Gouverneur Grice. Nein, wir sehen es so: Was Sie sagen, klingt vernünftig. Das denken wir alle … oder?« Als sie die anderen fragend ansah, erhielt sie Zustimmung durch Nicken, Lächeln und sogar in Form von Berühren oder einem kräftigen Druck.

»Jawohl, so ist es. Wir sind entsetzt, Richter, denn man hat uns Dinge vorenthalten, die wir wissen müßten. Wir sind Gouverneur Grice dankbar dafür, daß er sie zur Sprache gebracht hat. Aber da ist etwas, auf das wir sozusagen nicht den Finger legen können…«, sie blickte sich lächelnd auf ihre freundliche, mütterliche Art im Saal um, »…wir begreifen einfach nicht ganz, was an der Sache nicht ganz richtig ist. Wie sollen wir das ausdrücken…?«

»Es ist entweder richtig oder falsch«, sagte Grice und stand vor ihnen wie ein Mann vor dem Exekutionskommando – seine Existenz stand auf dem Spiel –, »entweder gut oder schlecht.«

»Entweder für mich oder gegen mich«, half Krolgul nach.

»Logisch«, ächzte der arme Incent, der immer noch zusammengesunken und niedergeschlagen auf dem Stuhl saß.

»Da haben wir es, mein Lieber. Das ist es. Irgend etwas ist albern daran. Aber wir kommen nicht ganz dahinter, was. Denn, wenn wir dasitzen und daran denken, was der Gouverneur gesagt hat, kommen wir zu dem Schluß, daß er recht hat. Aber dann sagt einer von uns: ›Trotz allem ist irgend etwas daran albern…‹«

Grice drehte sich in einer Geste der Langmut um, als wende er sich von ihr ab, von den Peers, dem Richter – von allen.

»Und deshalb verlangen wir, daß das Verfahren so lange vertagt wird, bis wir die Bücher gelesen haben. Und erst dann werden wir unseren Urteilsspruch abgeben.«

»Gute Frau, das kann doch unmöglich Ihr Ernst sein!«

»Warum nicht, Richter? Sind diese Bücher als Beweismaterial in den Gerichtssaal gebracht worden oder nicht?«

»Logisch«, hauchte Krolgul lächelnd.

»Denn wenn es so ist und wir unsere Entscheidung auf Grund von Beweisen treffen sollen, haben wir das Recht zu…«

»O ja, ja, ja, ja, schon gut«, unterbrach sie Spascock,

»man bringe die Peers in ein ruhiges Zimmer, gebe ihnen die Bücher, verköstige sie, und so weiter.«

»Vielen Dank, Richter.«

»Oh, keine Ursache. Wir haben alle Zeit der Welt. Sie haben doch die Nachrichten heute morgen gehört?« Er funkelte Arithamea an.

»Wenn Sie damit sagen wollen, daß in einer Zeit des Nationalen Notstands ein solcher Fall bis zu einer passenderen Zeit vertagt werden soll, dann stimmen wir dem zu. Aber wenn Sie zugelassen haben, daß der Fall verhandelt wird, müssen Sie auch zulassen, daß er bis zum Ende durchgeführt wird.«

»Logisch. *Wenn … dann …*«, bemerkte Krolgul lachend.

»Ergo«, sagte Spascock, »und«, murmelte er gequält mehr zu sich, »ich vermute, er hat seinen Zweck erfüllt.«

»Und der ist?« fragte ihn Grice herausfordernd.

»Diesen armen Planeten, unser Volyen, endgültig, absolut lächerlich zu machen und noch *hoffnungsloser* erscheinen zu lassen, als es bereits der Fall ist. Oder ist Ihnen noch nicht klargeworden, Grice, daß man in bestimmten Kreisen keine Möglichkeit ausläßt, um … Ach, was nützt das schon! Der Fall wird vertagt, bis die etwa zwanzig Peers … wieviel sind es … mindestens einhundertfünfzig wissenschaftliche Werke gelesen haben.«

Er rauschte hinaus. Die Peers verließen den Saal, gefolgt von drei Gerichtsdienern, die den Wagen mit den Büchern schoben.

So endete das letzte Gerichtsverfahren auf Volyen, das unter der alten Ordnung stattfand.

Klorathy auf Volyendesta,
an Johor.

Viele Ereignisse in kurzer Zeit!

Wie die Geschichtsbücher es ausdrücken werden, Sirius marschierte in Volyen ein – am Tag, nachdem der Prozeß vertagt worden war.

Auf Sirius tobt der Machtkampf. Die Zweifler, erst vor kurzem zurückgedrängt, eroberten ihre Position von neuem, und es gelang ihnen, das Zentrum über der Frage zu spalten, ob man Volyen erobern solle oder nicht. Doch natürlich war das nur Teil der umfassenderen Frage: Die Zweifler gewannen die Mehrheit mit der Parole: »Wir planen keine weitere Expansion, bis wir von Canopus gelernt haben, uns in Einklang mit der ABSICHT zu bringen, bis wir wissen, *wozu* wir da sind.«

Du siehst, der Einfluß der schweigenden Fünf war in der Tat sehr groß.

Doch die unterlegene Fraktion forderte die sirianischen Heere in einer Geheimbotschaft auf, die bestehenden Anweisungen durchzuführen, und als die Zweifler davon erfuhren, war es zu spät.

In sirianischen Raumschiffen des Zentrums landeten Motzaner auf ganz Volyen. Sie trafen nur vereinzelt auf Widerstand. Sirianische »Agenten« sorgten dafür, daß die Verteidigungsstreitkräfte in Verwirrung gerieten und widersprüchliche Befehle erhielten. Die Anführungszeichen habe ich natürlich gemacht, weil viele immer noch keine Ahnung davon hatten, inwieweit man sie als sirianische Parteigänger betrachten würde. Die meisten Leute ließen sich von patriotischen Absichten leiten, und deshalb kam es in einigen Gebieten von Volyen zu erbitterten Kämpfen. Die Streitkräfte der Motzaner hatten in wenigen V-Tagen alles unter Kontrolle.

Ihre Demoralisation setzte sofort ein.

Noch vor der Landung hatten sie Gerüchte erreicht – die natürlich sofort dementiert wurden –, das »Zentrum« habe den Angriff überhaupt nicht befohlen. Die ohnehin unwilligen Soldaten wurden wütend. Und dann, als sie landeten, was mußten sie erleben … diesen Überfluß! Diesen Überfluß an allem hatten sie sich nicht vorgestellt. Männer und Frauen – Motzanerinnen sind willige und gute Soldaten – liefen durch die Straßen der volyenischen Städte und trauten ihren Augen nicht. Man hatte ihnen Volyen als notleidenden und bitterarmen Planeten dargestellt, der sirianische Hilfe brauchte. In den Geschäften, auf den Märkten, in allen Straßen jeder Stadt, in jeder Siedlung türmten sich verschwenderisch Berge von Lebensmitteln: Früchte und Gemüsesorten, von denen die genügsamen Motzaner noch nie etwas gehört hatten; Fleisch und Fisch auf tausend verschiedene Arten zubereitet; phantasievolle, feine, bezaubernde und ausgefallene Kleidung.

Da klare Befehle »direkt vom Zentrum« fehlten, hatten die Motzaner sofort angeordnet, das normale Leben wiederaufzunehmen. Also ging das normale Leben weiter, und die Motzaner konnten es nicht glauben. Zuerst hielten sie es für eine gigantische, raffinierte Verschwörung, die ihnen die Vision lächelnden Reichtums vorgaukeln sollte. Sie streiften durch die Straßen auf der Suche nach der schrecklichen Armut und Entbehrung, die sie erwartet hatten. Aber sie stellten wie Stil bei seiner Ankunft fest: »Wir könnten eine ganze Siedlung mit dem Abfall eines Tages gut ernähren!«

Plötzlich schwand ihre Disziplin, und sie wurden Besatzungstruppen; sie aßen und sie tranken – ganz besonders tranken sie, denn auf Motz gibt es kaum starken Alkohol. Betrunkene aggressive Motzaner in Horden plünderten Volyen, und wenn sie wieder zur Vernunft kamen, schämten und fürchteten sie sich, schrieben ihr Verhalten sogar einem schlechten Einfluß der volyenischen Atmosphäre zu. Wie auch immer, sie wollten alle so schnell wie möglich nach Motz zurückkehren – alle, auch die Offiziere. Von einem Ende Volyens bis zum anderen konnte man Motzaner beobachten, die in kleinen, dann in größeren Gruppen zusammenstanden und beratschlagten, Kommandotrupps, dann Bataillone bildeten und zu den Raumflughäfen marschierten. Beladen mit den Reichtümern Volyens, drängten sie sich in die Raumschiffe. Keine Befehle, kein Wort von Sirius, vom »Zentrum«, wo die Kämpfe weitergingen und immer noch weitergehen. Also kehrten die Motzaner einfach nach Hause zurück und waren nicht länger Sirianer. Diese schlichten, geradlinigen Leute brauchten sich nur die eine Frage zu stellen: »Sirius hat uns belogen. Wollen wir uns da noch als Sirianer betrachten? Nein!«

Sie sandten eine Botschaft an Sirius, in der sie erklärten, sie seien nicht länger Teil des sirianischen Imperiums und würden jeden Versuch einer Invasion zurückschlagen. Doch ihre Meuterei blieb nahezu unbemerkt. Der Abfall der Motzaner war ihrem Nachbarn Alput nicht entgangen, dessen Truppen auf der Stelle auf Volyen landeten.

Ich füge einen Brief von unserem AM 5 bei. Ich fürchte, aus ihm spricht eine Hochstimmung, die das schlimmste Symptom des Kriegsfiebers ist:

Servus! (Das habe ich von Krolgul schon lange nicht mehr gehört. Wo ist er?) Klorathy, erwartest du von mir, in einer solchen Situation nüchtern zu bleiben? Niemand auf Motz ist es! Oh, diese armen Tugendverkörperungen. Was haben sie für einen Schlag erlitten; sie lassen die Flügel ihrer TUGEND schlaff und kraftlos hängen. Nein, im Ernst, es ist ernst, Klorathy! Ehe sie darangingen, Volyen ebenso tugendhaft wie Motz zu machen, war keinem einzigen von ihnen der Gedanke gekommen, ihr Leben könne möglicherweise nicht das beste in der Galaxis sein. Und die Zurückgebliebenen glauben denen nicht, die auf Volyen waren.

»Dort sieht man Straßen vollgestopft mit Lebensmitteln, Obst und allem möglichen. Die Volyener essen und trinken ganz nach Lust und Laune, noch dazu Dinge, an die wir noch nicht einmal im Traum gedacht haben. Und alles ist im Überfluß vorhanden. Der ärmste volyenische Haushalt lebt besser als unsere reichsten ...« Aber darauf erhalten sie zur Antwort: »Das ist Propaganda. Du bist ihrer Propaganda erlegen!« »Nein, das ist die Wahrheit, glaubt mir!« Doch man glaubt ihnen nicht, und deshalb ist Motz gespalten. Motz ist nicht länger eines Geistes; die Motzaner sind verunsichert, verwünschen Sirius und haben jeden, den sie verdächtigen, ein Sirianer zu sein, hinausgeworfen – auch mich!

»Du bist ein Spion«, haben sie zu mir gesagt.

»Aber nicht von Sirius«, erwiderte ich, »ich bin ein Agent von Canopus«, und deckte die Karten auf. »Wie ihr euch von Volyen unterscheidet, so unterscheidet sich Volyen von Canopus. Aber wenn ihr euch von Volyen um ein Grad unterscheidet, dann unterscheidet sich Canopus von Volyen um tausend Grad. Versteht ihr?« Ich sagte: »Ihr seid von einem winzigen, zuckenden Schein geblendet. Wenn ihr euch Canopus jedoch auch nur vorstellen könntet ...« Sie warfen mich hinaus. Sie haben mich nicht umgebracht: Motz bleibt Motz, fair und anständig, wenn auch nicht nüchtern, denn sie haben von Volyen das Wissen um Läden voll zahlloser unterschiedlicher Weine und Spirituosen mitgebracht. Sie sagten: »Geh.« Und so kam ich nach Alput. Auf Motz gibt es keinen einzigen Fremden mehr, nicht einen einzigen!

Alput ist nicht Motz! Wenn Motz einen Menschentyp hervorbringt – hervorbrachte –, den Motzaner, einen soliden, schwerarbeitenden, engstirnigen, disziplinierten, dann bringt Alput die Repräsentanten von hundert Planeten hervor; sie sind alle Fremde. Nach dem Sturz der Fünf, als Sirius so *tugendhaft* wurde, füllten sich die Gefängnisse, und Alput wurde zum Gefängnisplaneten, auf dem sich die Besten und Schlimmsten aus allen Teilen des Reiches *zwangs-*

weise versammelten. Aber ihre Verschiedenheit bedeutet, daß die Starre und Konformität, die die TUGEND erzwingt, Zynismen sind, nicht Überzeugung wie auf Motz. Wie deutlich wird hier unser Gesetz, daß ein Staat oder Reich um so langlebiger ist, je weniger es der eigenen Propaganda glaubt! Motz hielt Sirius für vollkommen – und Motz gehört nicht länger zu Sirius! Alput glaubt alles und jedes, ist grausam und despotisch – und wird vermutlich hier ein sirianischer Vorposten bleiben, während alle anderen Kolonien sich von Sirius lossagen. Du kannst mir glauben, Klorathy, mit den Alputs nach Volyen zu gehen ist nichts, um dir einen *unterhaltsamen* Bericht zu liefern. Sie betrachteten sich den Reichtum und den Überfluß auf Volyen, die vielen Rassen und Arten, die (im großen und ganzen) einträchtig beieinanderleben; sie hielten endlose Reden, wie Eroberer das tun, in denen sie ihre Überlegenheit in lauten Tönen priesen – die sirianische TUGEND diente dabei ihren Zwecken ebensogut wie alles andere –, aber keine ihrer Überzeugungen geriet ins Wanken, als sie feststellten, wie reich und schön Volyen war und wie – im großen und ganzen – tolerant und liebenswürdig seine Bewohner. Alput ist überbevölkert. Sie betrachten Volyen als einen nützlichen Besitz, in dem sie sich ausbreiten können. Sie haben getötet und getötet und getötet. Ich möchte dir Einzelheiten ersparen. Von den sirianischen »Agenten« auf Volyen wußten die Alputs ebensowenig etwas wie die Motzaner. Von einem Ende des Planeten bis zum anderen saßen Tausende von Volyenern nachts wach, kauten, in Angstschweiß gebadet, an ihren Nägeln und fragten sich: »Wie werden die Alputs, die sich als sirianisch bezeichnen, ohne je auf Sirius gewesen zu sein, die von Sirius sogar noch weniger wissen als wir, meinen Verrat (oder meine Weitsicht) beurteilen?« Manche stellten sich den neuen furchterregenden Eroberern mit den Worten: »Entschuldigung, aber ich glaube, ich bin einer von euch. Ich glaube an die sirianische TUGEND…«, und so weiter und so fort. »Ach ja, wirklich?… und?« war die Antwort. Hunderte dieser sentimentalen Agenten landeten in Gefangenenlagern, wo man sie verhungern ließ. Einige wenige werden von den Alputs in der Rolle von Aufsehern in den Dienst der HERRSCHAFT DER SIRIANISCHEN TUGEND (so bezeichnen sie ihre Regierung) übernommen.

Einer von ihnen ist Spascock. Wie ich höre, hat er unser Angebot abgelehnt, ihn nach Volyendesta zu bringen. Ich glaube, das war sehr mutig.

Ihm unterstehen die Gerichte, und er ist (die Strafe entspricht dem Verbrechen) ein Experte in den Auswirkungen der TUGEND auf den Alltag der Bevölkerung.

Und jetzt eine kleine Geschichte, ein Zwischenfall, ein Lichtstrahl in diesem Dunkel: Während Motz kam und wieder ging, saßen Arithamea und die Peers in einem Zimmer im Gerichtsgebäude und berieten über die Anklage gegen Volyen. Ja, sie wußten, daß Motz einmarschiert war. Aber hatte Motz nicht angeordnet: »Zurück zur Normalität«?

Ein paar motzanische Soldaten torkelten betrunken in den Raum, in dem die Peers saßen, eifrig lasen, sich Notizen machten oder ihre Gedanken austauschten; und da die Motzaner wußten, Bücher sind *gut*, torkelten sie wieder hinaus.

Bald darauf kamen die Alputs. Oh, Klorathy, stell dir diese Szene vor, stell sie dir vor, und erlaube mir, in diesem einen Vorfall genießerisch zu schwelgen…

Ein ziemlich verstaubtes Zimmer, dessen Fenster auf einen Innenhof hinausgehen. Von der Invasion und den vielen Morden ist nichts zu sehen und nichts zu hören. Zwanzig Peers, darunter Arithamea, sitzen an einem Ende des Zimmers; auf einem kleinen Podium steht ein ernster Mensch, der geduldig ein Dokument verliest. Sie sind alle sehr viel dünner, denn die Verpflegung ist unregelmäßig. Alle machen sich Sorgen um ihre Familien und um das Schicksal Volyens. Aber man hat ihnen diese Pflicht übertragen, und sie werden ihre Pflicht erfüllen! Bei dem Dokument handelt es sich um eine Zusammenfassung der Anklageschrift gegen Volyen.

Der Mann auf dem Podium weiß noch nicht, daß die Alputs brutal sind und schon oft aus einer Laune heraus getötet haben. Beim Anblick der fünf fremdartigen Soldaten – die Alputs haben die unterschiedlichste Erbmasse; charakteristisch ist für sie eine lässige, zynische, nachsichtige Freundlichkeit, mit der sie alles tun, mit der sie essen, trinken, sich paaren, morden, lügen, betrügen – hebt er nur die Hand und sagt: »Einen Augenblick, wir beraten immer noch unseren Spruch«, und liest weiter:

»Dies sind meine wichtigsten Punkte:

Erstens. Du, Volyen, hast mir nie ein Hindernis in den Weg gestellt. Von der Wiege bis zur Bahre hat man mir den Weg geebnet.

Zweitens. Du hast mich verwöhnt und verweichlichen lassen, so daß ich mir nichts versagen konnte.

Drittens. Du hast mich gelehrt, daß mir alles zustand, weil ich den Wunsch danach hatte.

Viertens. Du hast mir ein Leben unerträglicher Langeweile aufgezwungen, weil du mir alle Risiken und Gefahren genommen, das Gesicht des Todes verborgen, weil du dich wie eine allzu nachsichtige Mutter verhalten hast, die glaubt, Essen und Bequemlichkeiten seien gleichbedeutend mit Liebe…«

»Einen Augenblick«, unterbrach ihn der Anführer des kleinen Trupps Alputs. »Was glaubt ihr denn, was ihr hier tut?«

»Wir tun unsere Pflicht als volyenische Bürger im Rahmen unserer Berufung als Peers.«

»Wer hat das angeordnet?«

»Richter Spascock.«

Der Anführer schickte Soldaten hinaus, um herauszufinden, wem die Gerichte zur Zeit unterstehen, und hörte wieder zu.

»Fünftens. Du hast mich nie darüber informiert, daß im volyenischen Wesen das Bedürfnis liegt, uns zu transzendieren, über die Leichen unserer gestorbenen und toten Ichs unablässig vorwärts und aufwärts zu steigen und die Stufen der Evolutionsleiter höher und höher zu klimmen.

Du hast mich gelehrt, daß essen, trinken, schlafen und mich zu vergnügen das Ziel meines Lebens seien.«

»Entschuldigung«, unterbrach ihn der Anführer. »*Wer* beklagt sich hier bei *wem*?«

»Ja, mein Lieber«, sagte Arithamea, »das ist noch nicht entschieden. Irgendwo muß ein Sonderausschuß sitzen und darüber beraten.«

»Schwachsinn«, murmelte der Anführer, »ist es zu fassen?«

»Und als Sprecherin der Peers muß ich Sie wirklich bitten, uns nicht länger aufzuhalten. Es ist unsere Pflicht, verstehen Sie.«

»Siebtens. In anderen Worten, du hast mich meines Geburtsrechts beraubt, nämlich mich zu bemühen, zu kämpfen, zu leiden, zu überwinden, das Unmögliche zu vollbringen, Wunder zu bewirken und…«

An diesem Punkt kehrt der Soldat mit der Nachricht zurück, die Gerichte seien von Sirius unter die Aufsicht eines gewissen Spascock, eines Volyeners, gestellt worden.

»Also, ich glaube, wir müssen euch weitermachen lassen«, sagte der Alput, den das alles anödet und der entsetzt ist über den Einblick in den »volyenischen Alltag« (wie er glaubt), der sich ihm darbot.

»Was für ein Haufen«, murmelt ein Alput dem anderen zu, als sie durch die Flure wieder hinaus auf die Straße ziehen, um sich von neuem dem Genuß des Zerstörens und Plünderns zu widmen. »Also, wenn die ein bißchen hart angepackt werden wollen, kann ich das gern übernehmen!«

Und so bin ich also hier auf Volyen als Dolmetscher bei den Alputs. Soll ich bleiben, Klorathy? Soll ich nach Volyenadna gehen? Nach Volyendesta? Ich sehe nicht, daß ich hier viel tun kann. Das ist eine Methode, um zu sagen, daß ich nicht hierbleiben möchte. Ich kann mir nicht vorstellen, daß Volyen etwas mehr sein kann als die fünftrangige Kolonie eines auseinanderbrechenden Imperiums.

Und so kommt es, Johor, daß *ich* auf Volyendesta bin.

Ich befahl AM 5, auf Volyen zu bleiben. Ich beauftragte ihn, Kontakt mit den Peers aufzunehmen und zu pflegen, denn sie würden sich auch weiterhin als Gruppe betrachten und das Wissen über die Gesetze der Gesellschaft lebendig erhalten, das sie durch intensives Studium erworben haben. Spascock schützt sie. Spascock ist inzwischen *unser* Agent – diesmal eindeutig. Ich sagte zu ihm: »Bleib am Leben. Wenn du es schaffst, ist das schon viel. Schütze die Peer-Gruppe, die sich durch den Grice-Prozeß gebildet hat. Sie werden ganz Volyen beeinflussen, und wenn die Alputs abziehen, weil das sirianische Reich endgültig zerfällt, wird eine Gesellschaft entstehen, die sich auf das Wissen vom wirklichen Zusammenhang und von den wahren sozio-psychologischen Gesetzen gründet. Eines Tages werden von Volyen Einflüsse ausgehen, die alle Planeten in diesem Teil der Galaxis verändern. Aber im Augenblick muß diese kleine verwundbare Gruppe geschützt werden. Und das ist deine Aufgabe, Spascock!«

Ehe ich über die Lage auf Volyendesta spreche, ein paar Worte über Volyenadna.

Mit Ausnahme der Eiskappen glüht der ganze karge, kleine Planet in einem sanften Rot. Das sah ich, als ich in meiner Raumfähre darüber hinwegflog. Calder brachte die Arbeiterorganisationen dazu, unterirdische Fabriken zu bauen, um die tausend Produkte von Rocknosh zu verarbeiten. Man bewundert ihn wegen seiner Weitsicht so sehr, daß er im wahrsten Sinne des Wortes der Boß des Planeten ist. Die Fabriken befinden sich unter der Erde, weil man sich an meine Worte über bevorstehende Invasionen erinnerte. Sirius landete, wieder auf Grund geheimer Befehle, die von den Zweiflern zu spät widerrufen wurden: Das Ziel der Besetzung waren natürlich die Bodenschätze des Planeten. Aber »Sirius« erschien hier als geradezu abenteuerliche Menschenmischung. Die Armee, die Volyenadna eroberte, setzte sich zusammen aus Truppen des landhungrigen Alput, Soldaten von mehreren sirianischen Fabrikationsplaneten, die in der Phase des Zusammenbruchs alle dringend Rohstoffe brauchten. Diese Armee war eigentlich ein Konglomerat aus vielen Armeen, aus Völkern, die sich nicht mochten, die sich nur darüber einig waren, daß man diesen öden kalten, kleinen Planeten, der nur aus Tundra und Felsen besteht und von sturen, mürrischen Menschen bevölkert ist, aus ganzem Herzen hassen mußte. Alput lebt von Volyens Reichtum und hat seinem Heer gesagt, es müsse sich selbst versorgen. Die Fabrikationskolonien fühlen sich von Sirius im Stich gelassen, haben ihre Unabhängigkeit erklärt, und seitdem ist ihre Versorgung zusammengebrochen. Es herrschen Chaos und Hunger; überall kam es zu Kämpfen zwischen den Armeen und zwischen den einzelnen Fraktionen innerhalb der Armeen. Calder und seine Leute sahen zu, und niemand verriet den Eindringlingen etwas von den gefüllten unterirdischen Vorratslagern. Als die Fremden bemerkten, daß man die rötliche Kruste von den Felsen schabte, erzählten ihnen die Volyenadnaner, es handle sich dabei um Flechten, die zum Färben und in den Bergwerken benutzt würden; und die Soldaten glaubten es. Die Besatzungstruppen hatten bald nichts mehr zu essen.

Calder und seine Leute brachten sie dazu, den Planeten zu verlassen, indem sie ihnen genügend Lebensmittel für die Rückreise auf ihren weit entfernten Heimatplaneten anboten.

»Lebensmittel!« höhnten die Alputs und die hungernden Truppen von den Fabrikationsplaneten. »Wie wollt ihr sie beschaffen?«

»Wir geben euch alle Vorräte, die wir für Notzeiten aufbewahrt haben… denn es gibt bei uns schlechte Jahre, in denen es während der Wachstumsphase nur schneit. Deshalb müssen wir Lebensmittelvorräte anlegen.«

»Zeigt sie uns!«

Man führte sie in ein paar unterirdische Vorratslager, die man eigens dazu hergerichtet hatte. Dort stapelten sich nur ein paar wenige der zahllosen Nahrungsmittel und Produkte, die man aus Rocknosh herstellen kann. Die Besatzungstruppen zogen ab – die Laderäume ihrer Raumschiffe bis oben hin gefüllt mit Lebensmitteln, die sie nicht gerade schätzten. Sie bedauerten und verachteten die Volyenadnaner, ohne das geringste von den gefüllten unterirdischen Vorratslagern zu ahnen.

Also ist Volyenadna unabhängig; unabhängig von Volyen und von Sirius. Seine Wirtschaft wird von Tag zu Tag differenzierter, und unter dem Einfluß der neuen Pflanze verändert sich das rauhe Klima recht schnell. Volyenadna, bis vor kurzem noch der ärmste und trostloseste der fünf Planeten, aus denen das »Reich« Volyen bestand, wird es in Zukunft am leichtesten haben, und ihm stehen mindestens vier oder fünf V-Jahrhunderte stetiger Entwicklung bevor.

Ich halte unsere Präsenz dort nicht für erforderlich, und mit deiner Erlaubnis plane ich, mit Ausnahme der Agentin AM 59 alle unsere Agenten abzuziehen. Die Immersion in eine Periode des Optimismus und des Selbstvertrauens wird ihr guttun. Ich habe ihr gesagt, sie werde zu unserem Nutzen dort sein, aber in Wahrheit ist es zu ihrem eigenen Nutzen.

Bei meiner Landung auf Volyendesta erwartete mich Incent bereits. Hinter ihm entdeckte ich Krolgul, der Incent ängstlich anstarrte und sehnsüchtig beobachtete, wie ich mich ihnen näherte, dann seine Aufmerksamkeit wieder Incent zuwandte und ihn mit den Augen förmlich verschlang. Das war Shammat, das jämmerliche Tier, dessen Rollen und

Masken versagt hatten. Incent erwartete mich lächelnd und stolz darauf, sich gegen Krolgul behauptet zu haben.

»Wir haben ihn erledigt«, sagte er zu mir, während Krolgul um uns herumhüpfte – der affenähnliche Krolgul, zusammengesunken und mager in seiner adretten, gutgeschnittenen militärischen Uniform.

»Für den Augenblick«, erwiderte ich.

Krolgul bemühte sich zu verstehen, was ich sagte. Ich hob die Stimme. »Ich habe gesagt, Krolgul, daß du deine Verschlagenheit und Überheblichkeit nur vorübergehend abgelegt hast.«

»Warum haßt ihr Canopäer uns so sehr?« winselte er. »Was haben wir getan? Warum sind wir soviel schlimmer als alle anderen? Alle Planeten haben ihre Zeiten, in denen sie nehmen, was sie bekommen können. Trotzdem ist Canopus immer da und hilft ihnen. Selbst in ihren schlimmsten Phasen. Hat Canopus den Volyenern den Rücken gewendet, als sich das Reich Volyen auf seinem Höhepunkt befand?«

Er rannte neben uns her, manchmal ein paar Augenblicke lang sogar auf allen vieren – richtete sich wieder auf, rannte vor uns und hinter uns.

»Ja, das stimmt«, sagte ich, »aber ihr seid nie etwas anderes als ein diebischer, verlogener Planet gewesen.«

»Du sagst selbst«, japste er, »daß Reiche entstehen und zerfallen … sie haben ihre Gesetze, sie können sich nicht dagegen wehren.«

»Ja, aber du kannst dich wehren, Shammat!«

»Wie?« rief Incent empört und blieb wie angewurzelt stehen. »Diese Tiere sind besser als …«

Auch Krolgul verharrte, stützte sich mit dem Handrücken auf den Boden und blickte zu uns auf. In seinen Augen lag Sehnsucht und Verzweiflung.

»Wieso können wir uns selbst helfen? Wieso … was sagst du da, Canopus?«

»Ihr habt euch von Anfang an in Opposition begeben,

Shammat. Von eurem ersten Moment als Planet war Canopus für euch der beste und strahlendste – ihr habt euch dafür entschieden, von allen zu stehlen … vor allem aber von uns. Ihr habt uns beobachtet, ihr habt über uns nachgedacht; Shammat denkt jahrein jahraus über uns nach. Ihr wißt sehr viel über uns. Ihr wißt sehr wohl, was ihr tun solltet und was nicht. Wenn ihr lügt, stehlt, Komplotte und Intrigen schmiedet, dann wißt ihr sehr wohl, was ihr tut.«

Krolgul verharrte, immer noch mit einer Hand auf dem Boden, und blickte unsicher zu mir auf.

»Also das kannst du doch nicht sagen!« rief Incent aufgebracht, »sie wissen *nichts*. Alle ihre Aktionen gegen uns, ihre ganze Bosheit während der Zeit von Volyens Untergang waren umsonst, führten zu nichts, weil sie *nichts* wußten. Sie hatten keine Ahnung, wie schnell Sirius einmarschieren und damit all ihre Bemühungen zunichte machen würde.«

»Ja, ja, ja!« rief Krolgul hastig, ängstlich und eifrig. »Das stimmt, wir wußten nichts. Und ihr habt uns ruhig zugesehen, ihr habt uns nicht gewarnt …« Und vor Frustration und Zorn begann er zu springen und herumzuhüpfen.

»Hör ihn dir an«, spottete Incent, »›ihr habt ruhig zugesehen‹, sagt er, als hätte er nicht alles unternommen, um uns zu schaden, alles, um uns zu vernichten, und mich als eine Art Kanal benutzt, um canopäische Macht zu stehlen. ›Ihr habt ruhig zugesehen‹, ja wirklich!« Er versetzte Krolgul einen Tritt, der aufjaulte und sich die Stelle rieb, wo Incents Stiefel ihn getroffen hatte.

Verblüfft über sich selbst, fürchtete Incent mich anzusehen und schämte sich, Krolgul anzusehen, der, merkwürdigerweise mutig und kühn geworden, ihm triumphierende Blicke zuwarf, näher kam und sich umdrehte, als wolle er Incent zu einem zweiten Tritt auffordern.

»Es gibt mehr als einen Weg, um Shammat mit Canopus zu nähren«, sagte ich.

»Oh, Klorathy, es tut mir so leid. Was kann ich tun? Meine

Dummheit nimmt kein Ende.« Incent standen Tränen in den Augen.

Krolgul erkannte, daß diese Gelegenheit vorüber war, und richtete sich auf, schien sich aber noch etwas zu versprechen.

»Krolgul«, sagte ich, »da Shammat seit so langer Zeit an nichts anderes als an Canopus denkt, habt ihr viel über die ABSICHT, das GESETZ, die AUSRICHTUNG gelernt. Und doch benutzt ihr dieses Wissen nur zum Schlechten. Hast du je – hat Shammat je – überlegt, was geschehen würde, wenn Shammat mit der Bitte zu Canopus käme: ›Unterweist uns, wir sind nicht länger Diebe‹?«

Shammat krümmte und wand sich, lächelte und grinste, wirkte aber gleichzeitig verwirrt. Und ich wußte, eines Tages …

Ich sagte freundlich: »Shammat, vielleicht überrascht es dich zu erfahren, daß ihr mehr über uns wißt als jeder andere Planet in der Galaxis. Ihr wißt ebensoviel wie die Fünf von Sirius, die im Exil schmachten und darauf warten, daß ihr zerfallendes Reich sie endlich versteht. Viele Wege führen zum Pfad der ABSICHT. Wann werdet ihr verstehen, was ihr eigentlich tun könntet?«

»Dieses Tier«, stöhnte Incent, »diese entsetzlichen Shammatter, o *nein*, Klorathy, du kannst doch unmöglich …«

Und wirklich; Krolgul umtanzte uns in schrecklichem Triumph und wirkte wie ein Affe oder eine Spinne – nur Arme, Beine und Augen – und grölte: »Besser als … besser als … wir sind besser als …«

»Das habe ich nicht gesagt, nicht einmal annähernd«, erwiderte ich, »*besser* habe ich nicht gesagt.«

Aber Krolgul stürmte im Taumel des Eigenlobs davon, wobei er kläffte und jaulte: »Besser … am besten …«

Incent schwieg eine Weile. Dann fragte er: »Wozu soll das gut gewesen sein … für ihn, für sie?«

»Er wird sich daran erinnern«, erwiderte ich, »er wird daran denken, wenn er wieder klar bei Verstand ist.«

Incent ging schweigend neben mir her hinüber zu Ormarin, der nichts von dem großspurigen, verbindlichen Mann mehr an sich hatte. Er war ebenfalls zu meiner Begrüßung gekommen und wirkte ernüchtert, vernünftig und sogar müde.

»Mir wäre es lieber, ich wüßte das nicht«, sagte er. »Es ist schwer zu ertragen, sich Shammat so vorstellen zu müssen. Es ist schlimm genug zu erfahren, daß man Tag und Nacht, jede Minute auf der Hut sein muß, ganz zu schweigen davon, daß man nicht vergessen darf, dieses Tier ist… dieses Tier ist…«

»Dieses Tier ist was?«

Es folgte ein langes Schweigen. Ormarins Haus tauchte bereits vor uns auf, als Incent schließlich bemerkte: »Ich war seine Beute. Wozu macht mich das?«

Dir entgeht sicher nicht, daß Incent inzwischen das ist, was ich mir für ihn erhofft hatte. Durch seine Lektionen hier, auf und durch Volyen hat er gelernt, was wir beabsichtigten, als wir über seine Zukunft sprachen. Zerbrechlich, ja, das ist er – sehr, verwundbar, instabil und weit davon entfernt, immun zu sein gegen das, wozu Krolgul ihn verlocken wird. Aber er wird sich nie wieder im Rausch genußvollen Leidens winden, wird nie wieder ein bereitwilliges Opfer der Worte sein. Und ich kann berichten, daß alle unsere Agenten diese Prüfung gut überstanden haben; sie sind stärker und gleichmütiger geworden und können größere Verantwortung übernehmen.

Aber ich muß noch über Volyendesta berichten.

Als Sirius noch ein stabiles Reich war, hatte es die unterschiedlichsten Pläne für die volyenischen Planeten. ME 70 und ME 71 sollten Soldaten für die Invasion auf Volyenadna stellen und später für die Invasion anderer Teile der Galaxis. Die beiden Planeten werden ganz gewiß den Weg der Eroberung weitergehen, allerdings unter eigener Regie. Volyenadnas Schicksal hätte darin bestanden, auf ewig ein besetzter Planet zu sein, um den Nachschub an Bodenschätzen zu sichern. Sirius rechnete nicht damit, daß Volyen der Invasion und den Besatzungstruppen großen Widerstand leisten würde – dank der vielen sirianischen Agenten und der Bewunderung für die sirianische TUGEND, die unter den Volyenern erwacht war. Außerdem hielt Sirius wenig von den Volyenern, die durch das bequeme Leben völlig verweichlicht waren.

Ihre größten Anstrengungen konzentrierten sich auf Volyendesta. Hier wollten sie ein Hauptquartier zur Verwaltung jener Planeten einrichten, die einmal »Volyen« gewesen waren, und zur weiteren Expansion des Reiches.

Überall auf Volyendesta bauten sie Straßen, errichteten Stützpunkte – ganze Städte, die einmal sirianisch sein sollten. Auf dem Planeten gibt es Lager und Siedlungen, in denen die Sklaven dahinvegetieren, die diese Straßen, Stützpunkte und Städte gebaut haben. Sie kommen von vielen verschiedenen Planeten und stehen auf den unterschiedlichsten Stufen der Evolution. Aber während der Zeit des gemeinsamen Leids haben sie Organisationen aufgebaut, die ungeachtet der Unterschiede an der Befreiung aller arbeiten, die Aufstände und Revolutionen planen – gegen Sirius. Aber noch ist Sirius nicht hier. Ganz Volyendesta wartet auf die sirianische Invasion. Auch viele Volyener haben sich hierher geflüchtet und bewohnen die Städte und Stützpunkte, die für die Sirianer geplant waren.

Kurz gesagt, im Gegensatz zu ME 70 und ME 71 (Maken und Slovin), im Gegensatz zu Volyenadna und ähnlich wie Volyen – jedoch weit mehr – drängen sich hier die Rassen, Arten, Unterarten, Typen, Nationen, Klassen, Geschlechter, Gattungen, Familien, Stämme, Sippen, Sekten, Kasten, Gemeinschaften, Gruppen, Schichten und sogar Spezies: Und sie alle eint das *Warten*.

Auf dem sirianischen Mutterplaneten führen die Fraktionen ihren Krieg mit allen Mitteln. Sie bekämpfen sich auf den Straßen; sie streiten unablässig in den Rathäusern, Parlamenten und hinter verschlossenen Türen; sie intrigieren, wechseln die Seiten, geloben ewige Bruderschaft und bringen sich gegenseitig um. Unbestreitbar haben die Zweifler, vom formalen, rechtlichen Standpunkt aus betrachtet, die Oberhand; doch die Wahrer der »Tugend« erlassen Verordnungen, erteilen Befehle ganz nach Belieben und den momentanen Eingebungen der Anführer und Kommandanten. Das sirianische Reich zerfällt. Ein Planet in den Randgebieten des Reichs erhält Anweisung, einen anderen zu besetzen, der rebelliert; doch ehe es zur Invasion kommt, trifft ein anderer Befehl ein. Die Planeten proklamieren ihre Unabhängigkeit, den Abfall vom Reich, und auf jedem Planeten tobt ein verbaler oder ein tatsächlicher Krieg, denn die früheren Herrschenden, die ihre Befehle von Sirius entgegennehmen, bekämpfen die neuen Machthaber, die sie ihrerseits als Feiglinge und Speichellecker verachten. Planeten proklamieren ihre Unabhängigkeit unter einer Regierung, die am nächsten Tag schon gestürzt werden kann; sie bleiben unabhängig, aber mit anderen Zielen, etwa, indem sie planen oder nicht planen, einen reicheren Nachbarn zu überfallen, oder ihn zur Zusammenarbeit auffordern. Viele neue Bündnisse zwischen Planeten werden geschlossen – zwischen Planeten, die sich gerade aus der sirianischen Knechtschaft befreit haben, werden ebenso viele Bündnisse geschlossen, wie es Invasionen gibt; ebenso viele Verträge wie Ultimaten – »Sirius ist tot. Ergebt euch uns!« Und währenddessen tobt der Streit, der Kampf, der Krieg. *Veränderung* heißt die Devise des Augenblicks. Wohin man auch blickt, alles ist in Bewegung und ändert sich. Überall ist Shammat, ist Puttiora mit allen zur Verfügung stehenden Mitteln am Werk. Sie stiften Uneinigkeit, Hader und Krieg und nähren sich vom allgemeinen Zerfall.

Man weiß, die Invasion auf Volyenadna stand schon mehrmals unmittelbar bevor; aber sie war jeweils von anderen Planeten geplant.

Ormarin hat zu sich selbst gefunden. Alle seine vielfältigen Qualitäten kommen zum Einsatz… *»Endlich«*, wie er gelassen frohlockt. Denn die Ereignisse haben den Widerspruch, unter dem er immer gelitten, der ihn immer gequält hat, aufgelöst. Er spricht jetzt für die Millionen Sklaven; man lädt ihn zu geheimen Versammlungen ein; er eint die volyenischen Flüchtlinge durch Pläne, wie sie der Invasion begegnen und wie sie überleben können; er ist überall … und war nicht anwesend, als Incent und ich in seinem Hauptquartier eintrafen.

Wir beschlossen, Grice in der Klinik für Rhetorische Krankheiten zu besuchen, wo er Patient in Rhetorischer Logik ist. Ich gestehe, ich war beunruhigt wegen Incent, und ich sagte ihm das auch. Ihn erfüllte großes Selbstvertrauen, und er bestand sogar darauf, sofort die Grundlagen-Rhetorik aufzusuchen, wo wir durch das Beobachtungsfenster einige Opfer sahen, die unter denselben Symptomen litten wie er noch vor kurzer Zeit. Es handelte sich um etwa zwanzig junge Männer und Frauen, meist Flüchtlinge von Volyen. Sie trugen alle ähnliche Kleidung, die an Uniformen erinnerte, und saßen zusammengedrängt auf dem Fußboden; sie wiegten sich vor und zurück, von einer Seite zur anderen, und sangen ein Klagelied, einen Trauergesang, wie man ihn sich deprimierender kaum vorstellen kann:

We shall overcome
We shall overcome
We shall overcome some day
Deep in our hearts
We do believe
We shall overcome one day.

Die Melodie dieser Trauerhymne entstand vor vielen V-Jahrtausenden auf Volyen in der Zeit, als es eine volyenadnanische Kolonie war; und aus ihr sprach die Hoffnungslosigkeit der Sklaven.

»Merkwürdig«, sagte ich zu Incent, »daß man glaubt, starke *Worte* könnten eine so trostlose Melodie aufwiegen.«

Incent schwieg. Alles an ihm verriet bestimmte, nur allzu vertraute Emotionen.

Die armen Opfer, die immer wieder den Augenblick erlebten, in dem ihre dilettantischen Verteidigungen von den eindringenden Motzanern beiseitegefegt worden waren, sangen:

We shall not be moved
They shall not pass!
We shall not be moved
They shall not pass!

Incent weinte. »Hast du je so etwas Bewegendes gesehen?« fragte er.

»Incent, hör sofort damit auf. Möchtest du die ganze Behandlung noch einmal durchmachen?«

»Nein, natürlich nicht. Tut mir leid.« Er nahm sich zusammen.

»Glaubst du, ich kann dir Logik zumuten?« fragte ich.

»Ja, ja, natürlich.«

»Und sie ist kaum so *bewegend* wie Grundlagen… Wir werden sehen.«

Vor der Invasion der Motzaner hatten wir allen, die Volyen verlassen wollten, angeboten, sie wegzubringen. Grice wich nicht aus dem Gericht – eine hagere, grüne, gespenstische Gestalt mit nach innen gerichtetem Blick. Er murmelte unablässig Sätze vor sich hin wie: »Wenn A gleich B ist, dann muß C gleich D sein. Nimmt man ein Pfund saure Gurken, dann folgt so gewiß wie die Nacht auf den Tag, daß… Nehmen wir A für die Wahrheit und B für Lügen, dann ist C…«

Incent und ich nahmen ihn beim Arm, damit er uns bemerkte, und sagten: »Grice, du bist krank. Komm mit uns.«

»Krank? Ich bin Gouverneur Grice, und ich mache Volyen den Prozeß wegen… Wer ist das? Ach du bist es, Incent. Haben wir den Prozeß verloren? Ach, du auch, Klorathy? Aber ich bin doch im Recht, nicht wahr? Sieh mich an, Klorathy, sieh mich an, Incent! Was bin ich für ein Versager! Alles ihre Schuld. Wenn mich nur einmal in meinem Leben jemand an der Hand genommen und mich gezwungen hätte, mich *allem* zu stellen…«

»Wir nehmen dich bei der Hand, Grice, keine Angst«, sagte Incent, der, erschüttert, beinahe von seinen Gefühlen überwältigt worden wäre.

»Schließlich ist mein genetisches Material in Ordnung. Ich habe mich untersuchen lassen! Weshalb läuft *alles* falsch, was ich anfasse?«

»Nicht *alles*, Grice«, sagte Incent und tätschelte und streichelte ihn, »vielleicht denkst du, das da drin sei *alles* eine Art Farce gewesen, aber…«

»Eine Farce, sagst du? Es war das einzig Konstruktive, was ich in meinem Leben je getan habe!«

»Ja, ja, und irgendwann, aber dann werden wir beide schon lange tot sein…«

»Und je früher Volyens Boden von meiner nutzlosen Last befreit wird…«

»Ja, ja, ja«, sagte Incent, »aber ich wollte sagen, dieser ganze Unsinn da drin führt eines Tages dazu, daß deine Peers eine neue…«

»Unsinn, das ist es! Ja, ich bin der Stoff, aus dem Unsinn gemacht wird.«

Ich sorgte dafür, daß er nach Volyendesta ausgeflogen und in der Klinik für Rhetorische Krankheiten untergebracht wurde.

Wir fanden Grice ganz allein in einem großen, weißen Raum mit einem schlichten schwarzen Fußboden, der, abgesehen von ein paar schwarzen Stühlen und unserer Logik, leer war. Sein Zustand hatte sich deutlich gebessert, und er beschäftigte sich intensiv mit seiner Therapie.

I. Ist ein bestimmter Herrscher laut Definition im Recht, weil er den Vorwärtsdrang der Geschichte verkörpert, dann ist das Versagen einer von ihm oder seiner Regierung gestellten Aufgabe laut Definition ein feindseliger Akt gegen die Geschichte selbst. Ziehe sozio-historische Methoden heran, und stelle fest, welche Strafen angemessen sind.
   1) Tod. 2) Schwere Folter. 3) Gefängnis.

II. Niemand kennt die Folgen unserer Handlungen; bestimme die angemessene Strafe für Handeln an sich.
   1) Tod. (Auf diese Frage kann es eindeutig nur eine Antwort geben.)

III. In einer bestimmten Zeit hielt man in den nordwestlichen Randgebieten von Shikasta Frauen für böse; die willkürlichen Kriterien (verbale Formeln) dafür gingen auf eine männliche herrschende Klasse zurück; die Frauen wurden gefoltert, um Geständnisse zu erpressen, und dann bei lebendigem Leibe verbrannt. Ihre Familien mußten für die Kosten des Scheiterhaufens ebenso wie für die Zeit und Mühe der Richter und Henker aufkommen; war keine Familie vorhanden, wurde der Besitz konfisziert.
   Dieses schöne, unvergleichliche Beispiel für Logik erschließt sich in seinem ganzen Reichtum nur nach tiefer Kontemplation. Versuche das und erörtere dann den Fall.

IV. Lies *Die Gedanken des Präsidenten Motz,* dann beurteile unter dem Gesichtspunkt sirianischer »Tugend« in ihren verschiedenen Bedeutungen den Grad *subjektiver* und *objektiver* Schuld in der folgenden Geschichte:
   Ein treuer Anhänger der Partei der Tugend verursacht

durch eine Fehleinschätzung den Hungertod mehrerer Millionen Menschen; seine oder ihr erklärtes Ziel dabei war, die Herrschaft der Tugend zu errichten, um das Los dieser Millionen zu verbessern.

V. Berechne, wie viele Drehungen auf der *Logistischen Spirale* notwendig sind, um von: »Diese Persönlichkeit ist die Verkörperung der schönsten Blüte der Klassentugend« zu: »Sieh dir an, was hier gerade aus dem Gebälk kriecht!« zu gelangen.

VI. Berechne auf der *Logistischen Spirale* die Parameter von: »Wer nicht für uns ist, ist gegen uns.« Erörtere das Ergebnis.

VII. Zeichne, male, gestalte oder porträtiere auf andere Weise deine Auffassung von der *Logik der Geschichte*.

VIII. These: Die sirianische Tugend muß laut Definition jedem Teil der Galaxis, den sie erreicht, den Fortschritt bringen.
Antithese: In Wirklichkeit bringt sie Tyrannei, Elend, Versklavung und Entbehrungen.
Synthese:?

Grice sah sehr viel besser aus. Er war immer noch bleich und hohlwangig, wußte aber sofort, wer wir waren; er begrüßte uns fröhlich.

»Dieser Planet wird in Kürze überfallen werden«, sagte ich.

»Nicht zu fassen«, stöhnte er und erlitt einen Rückfall, »sobald ich an einem Ort bin, der, wie ich spüre, mir guttut, muß Sirius natürlich einmarschieren. Was kann man anderes erwarten?«

»Ich fürchte, du bist noch lange nicht geheilt«, sagte ich, »aber diesmal wird es nicht Sirius sein. Also beruhige dich.«

»Ach, du meinst, ich mache mir Sorgen, weil ich ein Spion bin!« sagte er mürrisch, »ich habe ziemlich viel darüber nachgedacht. Wenn ein Spion jemand ist, der die Interessen seines Landes verrät, und es stellt sich heraus, daß durch irgendeine Laune der Geschichte… entschuldige, ich meine natürlich durch die Dynamik der Geschichte… oder durch die Logik der Ereignisse dieses Land auf lange Sicht tatsächlich aus seinen Aktionen Nutzen zieht…«

»Diese Frage könntest du in deinen Rhetorik-Computer eingeben«, sagte ich.

Aber er wird schon gesund werden.

Der demoralisierte und verwirrte Planet Motz, der nicht in der Lage ist, sich selbst ein Heilmittel zu verordnen, erinnert sich an Grice, der lesend über der geraubten Bibliothek saß, ein Grice, der von sozio-ökonomischen Gesetzen sprach, einen Grice, den sie für einen Verrückten hielten.

Sie möchten ihn als Berater für Vergleichende Planetologie zurückhaben. Ich werde ihn ermuntern, diese Berufung anzunehmen.

Da Ormarin immer noch unterwegs ist, nutze ich die Gelegenheit, um mich »auszunüchtern«. Es hilft nicht, sich vorzusagen, ich sei von der geballten Überemotionalität der letzten Ereignisse nicht beeinflußt worden. Auch Incent hat das Gefühl, er braucht eine Ruhepause. Wir werden uns freiwillig als Patienten in die Grundlagen-Rhetorik begeben, und zwar auf der Station *Vollständiger Stimulationsentzug*. Das hohe, dämmrige, stille, isolierte Hotelzimmer auf Volyen ist in Anlehnung daran entstanden.

Ormarin an Klorathy.

Wie ich gehört habe, hältst du dich auf Volyendesta auf. Bei dieser Nachricht wurde mir sehr viel leichter. Es ist sinnlos, vor dir zu verbergen, daß mich gewisse Gerüchte zutiefst beunruhigen; ich bin sicher, sie sind auch dir zu Ohren gekommen. Ich meine damit natürlich die mögliche Invasion dieses Planeten. Ich gestehe freimütig, daß du mich vor dieser Eventualität gewarnt hast. Ich und meine Kollegen haben alle in unserer Macht stehende Schritte unternommen, um unsere Verteidigungsbereitschaft zu erhöhen. Aber seit neuestem schicken unsere Agenten Berichte über Luftlandetruppen, die man mehr als einmal über der Wüste im Landesinnern gesichtet hat; das heißt, es handelt sich um Verbände einzelner Soldaten, die – wenn man den Berichten Glauben schenken kann – in großen Transportschiffen ankommen. Die Soldaten verlassen die Raumschiffe und bewegen sich dann *aus eigener Kraft* durch die Luft. Für deinen galaktischen Rat wäre ich sehr dankbar. Ich hatte den Eindruck, mir seien alle Spezies unter sirianischer Oberherrschaft bekannt – aber wie ich höre, hat sich vieles geändert… oder? Doch weder ich noch einer meiner Kollegen hat je von einer Spezies mit Flügeln gehört.

Klorathy an Johor,
Anlage zu obigem Brief.

Dieser Brief zeigte mir, daß Ormarin, wie sehr er sich auch verändert haben mochte, während er – zwar nicht nominell, aber de facto – Herrscher des Planeten wurde, nach wie vor ein Beamter war.

Der Brief bewies mir auch, daß ich nachlässig gewesen war, weil ich mir nicht die Mühe gemacht hatte, darüber nachzudenken, wie die Truppen von ME 70 (Maken) hier wirken mußten. In einer für uns sehr kurzen, für sie aber sehr langen Zeit haben die Bewohner von ME 70 ihre Lebensgewohnheiten so weit geändert, daß es auf einen sozialen, wenn auch nicht genetischen, Evolutionssprung hinausläuft. Eine widerstands- und anpassungsfähige fliegende Spezies, die überall auf ME 70 vorkommt, wurde in einer Art sozialer Osmose zu ihren Partnern. Auf ME 70 mangelte es an Last- und Arbeitstieren. Ihnen fehlt eine Spezies, die sich gezielt in dieser Richtung entwickeln läßt. Der fliegende Pipisaurus erfüllt diese Funktion. Er trägt Lasten über große Entfernungen, liefert ihnen Häute, aus denen sie Kleidung und eine Reihe praktischer Gegenstände herstellen, und ein Drüsensekret, durch das sie die nicht sehr reichen Nahrungsquellen des Planeten ergänzen. Es gibt Gebiete, in denen die Menschen nichts anderes als das auf unterschiedliche Weise zubereitete Sekret essen und trinken. Die Partnerschaft zwischen den beiden Arten ist so eng und harmonisch, daß man einem kleinen Kind der höheren Art sofort bei der Geburt einen eigenen Pipisaurus zugesellt. Die beiden wachsen zusammen auf, leben und schlafen zusammen, teilen aber nur selten die Nahrung. Der Pipisaurus ist ein Vogel- und Insektenfresser; und deshalb kann man nicht zulassen, daß er sich ungehindert vermehrt. In einer gewissen Periode gab es infolge der großen Pipisaurusscharen beinahe keine Vögel und Insekten mehr. Der Brauch, jedem Kleinkind einen kleinen Pipisaurus zu geben, aber sonst keinen mehr, dient wirkungsvoll dazu, ihre Zahl unter Kontrolle zu halten. Du kannst dir unschwer diese enge Bindung vorstellen und wie groß der Verlust empfunden wird, wenn einer der Partner stirbt. Der Überlebende siecht meist dahin und stirbt oder tötet sich selbst.

Unter Volyen betrachtete man Maken im wesentlichen als Lieferant von Pipisaurusprodukten für die »Elite« des volyenischen »Reichs«. Außerdem war es ein beliebter Ferienplanet, da er als rückständig und primitiv galt. Die verweichlichte herrschende Klasse des »Reichs« liebte Erholungsplätze, wo man die Bewohner in enger Relation zu den primär körperlichen Mechanismen erleben konnte; Geschichten und Darstellungen der »Barbaren« und ihrer Herden fanden immer großes nostalgisches Interesse.

Volyen erlaubte dem Planeten Maken nicht, ein eigenes Heer aufzustellen. Volyen fürchtete Soldaten, die zu Lande und in der Luft kämpfen konnten. Insgeheim wurde jedoch auf Maken eine Armee ausgebildet. Die Sitte, daß jeder Pipisaurus eng mit seiner Herrin und seinem Herren zusammenlebte, machte es möglich, Guerillatruppen auszubilden und zu bewaffnen, ohne daß die volyenischen Herren von diesen Maßnahmen etwas bemerkten.

Maken schüttelte als erster Planet die volyenische Herrschaft ab – und das mühelos, dank der Schlagkraft seiner Armee. Maken half Slovin, Volyen zu vertreiben, und es wird dich nicht überraschen zu hören, daß sie dann als »Beistand« auf Slovin blieben. In anderen Worten, Maken ist jetzt der eigentliche Herr auf Slovin. Maken steht am Anfang seiner Entwicklung zu einem Reich – einem Reich, das die Nachbarplaneten unterwerfen wird, auf denen jetzt Chaos und Bürgerkrieg herrschen, nachdem sie sich von Sirius losgesagt haben. Aber Maken weiß das nicht und hat keine derartigen Pläne. Maken betrachtet sich als tugendhaft, als eine wahre Verkörperung der Tugend, ja als der Erbe der sirianischen Tugend.

Die Partei auf Maken, die die volyenischen Streitkräfte besiegte, nannte sich »Sirius«. Maken weiß nichts von der sirianischen Skrupellosigkeit, von der willkürlichen, launenhaften Grausamkeit, die für die Endzeit von Sirius charakteristisch ist. Makens idealistische Jugend hatte Geschichten von dieser »Tugend« gehört, war fasziniert von der edlen Sprache, von den Gerüchten über ein Goldenes Zeitalter, von Gerechtigkeit, Freiheit, Gleichheit, von – natürlich – der Logik der Geschichte und all dem anderen. Mit Liedern über die sirianische Tugend befreite und unterwarf Maken Slovin. Wenn die Truppen von Maken am Himmel über Maken und Slovin exerzieren – und seit kurzem dreist über den Wüsten von Volyendesta –, singen sie von der Tugend, und ihr Schlachtruf verspricht Wohlstand und Frieden.

Aber ich hatte mir nicht die Zeit genommen, darüber nachzudenken, wie dies alles auf den armen Ormarin wirken mußte, der noch nie fliegende Tiere gesehen hatte, die größer als seine Hand oder sein Kopf waren. Ormarin konnte sich Tiere nicht als Kollegen – mehr noch –, als Freunde, Blutsfreunde vorstellen. (Denn wenn man einem Kleinkind seinen Pipisaurus gibt – noch ehe beide richtig laufen können –, öffnen die Erwachsenen bei Kind und Tier eine Ader, damit das Blut der beiden sich vermischen kann.)

Ich traf mich mit Ormarin in einem Sklavenlager, auf einer Ebene zwischen Bergen, wo sie in Plantagen eine bestimmte Beere anbauen, aus der man ein stimulierendes Getränk zubereitet. Die Sklaven bearbeiten diese Plantagen. Das Lager bestand aus gleichförmigen Reihen kleiner Behausungen mit einem Zimmer und einem kleinen kastenförmigen Anbau zur Verrichtung der körperlichen Bedürfnisse. Diese Hütten erstreckten sich nach allen Richtungen, so weit das Auge reichte. Ich stand im Zentrum und wartete. Die Sklaven – oder ehemaligen Sklaven – stammten alle vom Planeten S 181 und haben sich immer nur innerhalb der eigenen Art fortgepflanzt. Deshalb begegnet man in den Lagern nur den sehr großen, geschmeidigen, langgliedrigen Geschöpfen von gleichförmig blaßgelber Hautfarbe. Ihre Größe und die außergewöhnlich langen Arme sind ein Vorteil bei der Beerenernte. Planet S 181 hat nie eine Besatzung erlebt, und seine Bewohner entwickelten sich einheitlich. Während ich dort stand, erlebte ich ein unvertrautes Gefühl. Ich erkannte darin Langeweile, die aus Mangel an Abwechslung oder Stimulation resultiert. Überall umgaben mich diese großen, gelben, dünnen Menschen mit ihren schwarzen Augen; sie waren sich alle so gleich. Während ich auf Ormarin wartete, dachte ich daran, daß man auf den Straßen, in den Städten von Volyendesta stundenlang die Leute an sich vorbeiziehen lassen kann, ohne zu erleben, daß sich Gesichter wiederholen und Gestalten gleichen. Volyendesta ist so oft überfallen, besiedelt, »beschützt« worden, hat selbst andere Planeten überfallen, seine Gene sind so lange und gründlich durcheinandergewirbelt, gemischt, durch neues Genmaterial bereichert, belebt und vermehrt worden, daß man bei den Einheimischen nicht von einem generellen Typus sprechen kann. Sie sind groß, schlank, blauäugig und haben helle Haare; sie sind klein, dick, dunkelhaarig und haben schwarze Augen, ihre Hautfarbe reicht von cremig weiß bis zu glänzend schwarz, und es gibt jede vorstellbare Mischung dieser Merkmale. Ich werde nie müde, auf einem der öffentlichen Plätze von Volyendesta zu sitzen und den unerschöpflichen Einfallsreichtum der Galaxis zu bewundern. Und es sind nicht nur die Einheimischen. Die volyenischen Einwanderer sind ebenso unterschiedlich, denn Volyen wurde ebenfalls besiegt und erobert, hat selbst erobert und besiegt. Die volyenischen Einwanderer und die Einheimischen haben sich fünfzehn V-Jahrhunderte lang miteinander gemischt. Die Bewohner der beiden Planeten, Volyen und Volyendesta, sind ein so buntes Gemisch, wie man in dieser Galaxis überhaupt antreffen kann. Ein Bewohner von Volyendesta hält es für ganz selbstverständlich, daß er nie zwei Individuen sehen wird, die sich ähneln. Zwei, die sich gleichen, sind Anlaß zu einer Bemerkung.

Die Sklaven von S 181, die anderen von Volyen hierhergebrachten Sklaven, die Sklaven, die für Sirius Straßen und Landeplätze gebaut haben, werden abgesondert in Lagern gehalten; ein durchschnittlicher Bewohner sieht sie im allgemeinen nicht. Dort in diesem Lager verstand ich allmählich das Unbehagen, ja sogar die Ablehnung der Volyendestaner, die oft sagten: »Sie scheinen alle aus demselben Material, aus derselben Form gestanzt zu sein.«

Und die Bewohner von Maken? Was würden die Volyendestaner sagen, wenn Makens Heer landete?

Ormarin kam allein zwischen den Hütten auf mich zu. Ich wußte, daß er jetzt selten ohne eine Gruppe von »Kollegen«, ohne sein Gefolge zu sehen war, und ich begriff, daß er immer noch fürchtete, man könne mich für einen sirianischen Spion halten.

Er rauchte seine Pfeife, und auf seinem Gesicht lag ein breites kameradschaftliches Lächeln.

Die Sache mit der Pfeife: Die Bewunderung für Ormarin hat das Pfeiferauchen in Mode gebracht. Auf dem ganzen Planeten stecken die Bewohner sich kleine Holzgegenstände in den Mund, aus denen Rauch aufsteigt. Auf Volyendesta gibt es nicht so viele Wälder, wie man gerne hätte. Als das Holz knapp wurde, mußte man andere Materialien benutzen. Ein Zeichen der inneren Ruhe, Zuverlässigkeit und der Vernunft wird sinnlos, wenn eine ganze Bevölkerung es adaptiert. Deshalb wurde ein Gesetz verabschiedet, das nur höheren Beamten das Pfeiferauchen erlaubt. Deshalb kann man die oberen Ränge in jeder Menschenmenge an ihrer Pfeife erkennen. Es wird dich nicht überraschen zu hören, daß in den Sklavenlagern das Pfeiferauchen zum geheimen Ritual geworden ist. Aus der Art, wie die Pfeife gehalten, angezündet und mit dem Kraut gestopft wird, und wie der Rauch aus dem Pfeifenkopf aufsteigt, leitet man alle möglichen Aussagen ab. Ein Vorgesetzter zeigt sein Wohlwollen etwa dadurch, daß er bei einem besonderen Anlaß seinen Untergebenen einlädt, am rituellen Rauchen teilzunehmen.

»Möchtest du rauchen?« fragte Ormarin mich als erstes. Wir standen dort inmitten der häßlichen kleinen Behausungen der Sklaven von S 181 – er rauchte, ich nicht.

Bei näherer Betrachtung konnte einem nicht entgehen, daß dieser große, gutmütige Mensch sich nicht wohl in seiner Haut fühlte.

»Ormarin«, sagte ich, »ich werde dir jetzt deine Situation beschreiben. Unterbrich mich, wenn ich mich irre … du bist über den ganzen Planeten gereist, du hast Sklaven und Bürger geeint, Volyendestaner und ehemalige Volyener, Flüchtlinge und sirianische Beamte, die sich hier niedergelasssen haben, du hast den ganzen Planeten in der aufrichtigen, leidenschaftlichen Entschlossenheit geeint, jeden Versuch einer Invasion zu bekämpfen.«

»Richtig!« sagte Ormarin. Er stand breitbeinig vor mir, richtete die grauen Augen unverwandt auf mich, seine Lippen preßten sich um den Stiel der Pfeife, in der das Kraut rot aufglühte, grau wurde, glühte, grau wurde…

»Ihr gedenkt euch gegen Sirius zu verteidigen…«

»Du hast gesagt, Sirius würde hier einmarschieren.«

»Ihr werdet im Namen von Sirius angegriffen werden, aber von Truppen, die bei der Invasion nichts benutzen werden, was Sirius zu diesem Zweck gebaut hat – sie werden keine Straßen, noch nicht einmal die Flughäfen benutzen.«

Er nickte. »Also hast du dich geirrt?«

»Selbst wenn ich genau gewußt hätte, welcher Planet euch erobern wird, hätte ich euch keinen anderen Rat geben können, als euch psychologisch auf die Invasion vorzubereiten.«

Während er angestrengt nachdachte, hielt er die Pfeife achtlos in der Hand, denn im Grunde machte er sich nichts aus Rauchen.

»Nun ja, zumindest haben wir den Planeten geeint«, sagte er, »das ist immerhin etwas.«

»Und ihr wollt alle bis zum letzten Blutstropfen kämpfen?«

»Was sonst?« fragte er und zog so heftig an seiner Pfeife, daß er in Rauchwolken gehüllt wurde. »Welcher Planet es diesmal auch sein wird, ich nehme an, er ist auch nicht besser als Sirius? Erzähl mir nicht, daß wir uns noch einmal mit dem ganzen Quatsch, mit der Tugend herumschlagen müssen?«

»Ich fürchte, ja.«

»Weißt du, ich glaube, ich würde mich lieber mit einem Despotenplaneten abfinden, der sagt, daß er blutrünstig, grausam und habgierig ist. Ich glaube, noch eine Dosis Tugend, und ich bin erledigt.«

»Was ist schon ein Wort?« fragte ich, nicht ohne eine gewisse moralische Erschöpfung.

»Wie auch immer, wir werden uns für die neuen Herren kein neues Vokabular zulegen müssen.«

»Wieso setzt du voraus, daß ihr unterliegt?« fragte ich.

»Ich weiß nicht… es sind die Berichte über diese… *was sind sie*, Klorathy? Halb Mensch, halb Vogel? Ich habe mir nie vorgestellt… ich gestehe, ich habe eine Mordsangst! Ich sage das natürlich nur dir, niemals meinen Kameraden…« Er wirkte bleich vor Entsetzen und ganz eingefallen. »Ich weiß, wir in unserer Galaxis haben zum Teil die merkwürdigsten Formen und Gestalten. Ich meine, es dauerte eine Weile, bis ich mich an die hier gewöhnt hatte…« Wir betrachteten die Leute von S 181, die um uns herumstanden und uns neugierig, aber mit diesem passiven, introvertierten, vorsichtigen Blick beobachteten, der verrät, daß ein unterworfenes Volk auf seinen Augenblick wartet. Diese großen, unglaublich dünnen Geschöpfe mit der stumpfgelben Haut, den runden, schwarzen, glänzenden Augen… »Im Vergleich zu den Vogelmenschen sind sie unsere Zwillinge!«

»Ormarin, es sind keine Vogelmenschen…« Und ich erklärte ihm die Beziehung der Leute von Maken zu ihren Tieren. Ich sah, wie Ormarin sein Gesicht verzog, zuerst vor Abscheu und dann vor Angst. »Du willst mir sagen, daß diese Leute Tiere bei sich in den Häusern haben?«

»Ein Maken schläft mit dem Kopf auf der Flanke seines Pipisaurus.«

»Und sie essen die Sekrete dieser Tiere?«

»Manchmal nichts anderes. Kannst du dir vorstellen, wie eng diese Bindung ist?«

»Das will ich nicht«, erwiderte Ormarin und schüttelte sich, »ich will einfach nicht darüber nachdenken.«

»Nun gut, aber über etwas mußt du nachdenken… Wie kannst du ihre Macht, ihren Einfluß hier in Grenzen halten? Denn das kannst du!«

»Wenn ein Planet einen anderen überfällt, tut er das nur wegen der Beute!«

»Ihr habt sehr wenig, was sie interessieren wird. Wenn es Sirius gewesen wäre, ja… eure Plantagen hier, zum Beispiel.

Die Sirianer hatten vor, auf Volyendesta riesige Plantagen dieser Beeren anzulegen. Wegen eurer ungewöhnlichen und vielfältigen genetischen Substanz wollten sie euch für alle möglichen sozialen Experimente benutzen. Aber Maken ist Jahrtausende weit vom Interesse an sozialen Gedanken entfernt. Sie sehen sich noch nicht auf diese Weise. Ihre Stärke, der Pipisaurus, ist auch ihre Schwäche. Sie sind nur in dieser Osmose lebensfähig. Sie sehen sich nur im Kontext zu diesem Tier. Sie werden andere Planeten überfallen, jedoch nur nehmen, was Maken unter diesem Gesichtspunkt von Nutzen ist.«

»Und was wird das sein?«

»Sehr wenig. Sie suchen Vögel und Insekten, die sie nach Maken bringen und dort züchten wollen, damit sich jeder mehr als einen Pipisaurus leisten kann. Und auf ihrem jetzigen Entwicklungsstand *ist* dieses Tier ihr Reichtum, ihre Stärke, der Mittelpunkt ihrer Zuneigung, ihrer Emotionen.«

»Und ihre Schwäche!«

»Ja, denn sie werden alle möglichen neuen Arten Vögel, Insekten, sogar kleine Säugetiere züchten, die sich zur Ernährung des Pipisaurus eignen. Ihre Zahl wird wachsen – und man wird sich nicht länger an das Verhältnis: ein Maken – ein Pipisaurus halten. Bald wird es riesige Herden oder Scharen Pipisaurier geben, die keine emotionale Bindung an die Menschen haben. Sie werden ihre Unabhängigkeit erklären, denn sie sind sehr intelligent und in einer sehr schnellen Entwicklung begriffen. Auf Maken wird ein grauenhafter Bürgerkrieg ausbrechen. Aber das alles liegt weit in der Zukunft – an eurer Zeit gemessen. Die Zeit, in der das Reich Maken kein Reich von Menschen mehr ist, sondern von Pipisauriern, muß dich nicht beunruhigen. Aber es wird eine Schreckensherrschaft sein… Dein unmittelbares Problem ist, zu erreichen, daß die Makens landen, daß ihr sie willkommen heißt, daß ihr einige *auffordert*, als eure Gäste hierzubleiben, daß ihr ihnen gebt, was sie wollen, damit sie euch nicht ausplündern, daß ihr alle, die bleiben wollen – denn manche werden bleiben wollen –, so weit verändert, daß sie ebenso beweglich und aufgeschlossen werden, wie ihr es seid, daß ihr wartet, bis sie gehen – vielmehr, bis ihr eines Tages feststellt, daß euch Makens Streitkräfte schon lange keinen Besuch mehr abgestattet haben, daß die Zurückgebliebenen sind wie ihr, daß ihr sie so weit absorbiert habt, daß Volyendesta in Wirklichkeit unabhängig, obwohl dem Namen nach ein Teil des Reichs Maken ist…«

»Werden wir denn nie unabhängig sein?« stöhnte er.

»Doch, so gut wie… und zwar sehr bald.«

»Das werden sie nie durchhalten«, protestierte er. Er dachte an seine ausgedehnten Reisen über den Planeten, bei denen er von Verteidigung, Blutvergießen und freiwilligem Martyrium gesprochen hatte.

»Doch, sie werden es. Versuch es!«

Also werden Incent und ich mit Ormarin und seinen Kollegen durch Volyendesta reisen, um die Bevölkerung auf einen Anblick, auf ein Ereignis vorzubereiten, das sie ohne Vorbereitung nur so abstoßend, so grauenvoll empfinden müßten, daß es bis zum völligen inneren Zusammenbruch führen könnte.

DIE GESCHICHTE DES REICHES VOLYEN, BAND 97, TEIL III: DIE INVASION VOLYENDESTAS DURCH MAKEN. (VERFASST VON KLORATHY.)

Die Bewohner von Volyendesta sahen der Landung von Makens Truppen gefaßt entgegen, da Ormarin sie darauf vorbereitet hatte. Agenten unterrichteten sie vom Herannahen der Raumschiffe. Die riesigen Flugkörper, die jeweils tausend Männer mit ihren Tieren aufnehmen konnten, schwebten einige Zeit über dem Planeten und wirkten wie harte silbrige Wolken. Überall auf Volyendesta standen die Menschen in geordneten und disziplinierten Gruppen beisammen und blickten in ängstlicher Erwartung zum Himmel hinauf. Man hatte ihnen den Anblick der Truppen beschrieben, aber selbst jetzt im letzten Moment konnten sie nur schwer daran glauben.

Im Rumpf der Transportschiffe öffneten sich kleine schwarze Luken, und aus jeder fielen kleine, schwarze Punkte, die sich zu Einheiten von jeweils hundert formierten. Sie schwebten in so großer Höhe, daß man sie zunächst nur als Punkte wahrnehmen konnte. Aber bald sanken diese Einheiten oder Kompanien tiefer, und die »Vogel-Menschen«, von denen die Gerüchte erzählt hatten, kamen in Sicht. In diesem Moment hätte Panik ausbrechen können – das geschah aber nicht. Sie sanken tiefer und tiefer, und am Himmel hing ein Netz des Grauens, das sich langsam über sie legte ... Der Pipisaurus sieht wie eine Echse mit Fell aus, besitzt aber einen breiten, wuchtigen Schnabel; auf jedem Pipisaurus saß, wie mit ihm verwachsen, ein Maken, in Pipisauruspelze gehüllt, den Kopf unter einem Helm, der ein vollständiger Pipisauruskopf war – mit Ohren und Schnabel. Und so entstand der Eindruck, als habe der furchteinflößende Pipisaurus zwei Köpfe, denn über den massigen Köpfen ragte noch einmal der gleiche Kopf auf. Tausende und aber Tausende dieser Ungeheuer senkten sich auf den Planeten herab, und die Flügel – schwarze Membranen, die sich über dünne Knochenstäbe spannten – erzeugten ein schlagendes, flatterndes, dröhnendes Geräusch, das die Luft erfüllte und in den Ohren weh tat, so daß man überall Leute sah, die sich die Ohren schützend zuhielten, während sie gleichzeitig angestrengt zum Himmel hinaufblickten.

Dicht über dem Boden verharrten die »Vogel-Menschen«, damit jeder sie deutlich sehen konnte. Die Leute von Maken hatten zu ihrer Überraschung und Freude festgestellt, welche Furcht sie ihren Gegnern durch ihren Anblick einjagten.

Aus der Nähe wirkten diese doppelköpfigen Vogeltiere mit den schrecklichen gefährlichen Schnäbeln, den harten, funkelnden Augen, dem dicken schwarzen Fell, den klatschenden, heftig schlagenden, gewaltigen Flügeln und den gekrümmten Klauen noch grauenerregender, als man den Volyendestanern angekündigt hatte. Doch die Menschen harrten aus; sie ließen sich ihre panische Angst nicht anmerken, sondern blieben äußerlich ruhig und gelassen.

Noch ehe die Truppen landen konnten, trat Ormarin vor – wie andere Repräsentanten es auf dem Planeten ebenfalls taten – und begann eine Begrüßungsrede zu halten.

»Leidensgefährten, Opfer Volyens! Opfer des Kolonialismus! Wir, der zweite von Volyen kolonisierte Planet, heißen euch willkommen! Wir heißen euch auf unserem Boden willkommen, ihr, die ihr als dritter Planet Volyen zum Opfer gefallen seid! Landet, tretet näher und erlaubt uns, euch voll Freude zu begrüßen ...«, und so weiter.

Während solcher Reden landeten die »Vogel-Menschen«, legten die Flügel an und warteten. Zu jeder Kompanie gehörte ein Anführer, der von seinem Pipisaurus sprang und neben ihm stehenblieb. Einen Augenblick lang herrschte Unschlüssigkeit. Die Tiere trugen, festgebunden auf dem Rücken, Waffen aller Art, denn das Spionagesystem von Maken war noch sehr unterentwickelt, und die Truppen hatten geglaubt, sie müßten bei der Landung um ihr Leben kämpfen. Doch sie erlebten auf Volyendesta ruhige, freundliche Menschenansammlungen und Begrüßungsreden.

Die Soldaten nahmen die Waffen vom Rücken der Tiere und hielten sie locker, aber nicht aggressiv in der Hand. Die Volyendestaner beobachteten ruhig, wie die Dinge sich entwickelten: Inzwischen stand neben jedem Tier seine »andere Hälfte« – ein zweibeiniges, aufrecht gehendes Wesen. In Erscheinung und Körperbau sahen sie den anderen Bewohnern der Galaxis nicht unähnlich; sie sahen auch den Volyendestanern nicht unähnlich. Aber die Makens steckten immer noch in ihren enganliegenden Pelzjacken und -hosen, trugen noch immer die großen Helme, deshalb konnten die Volyendestaner noch nicht sehen, wie sehr sie sich eigentlich glichen. (Die Ähnlichkeit sollte den Volyendestanern in Zukunft immer Unbehagen bereiten.)

Schließlich berieten sich die Anführer der Invasionstruppen. Sie beschlossen, von Maken neue Befehle zu erbitten, und spielten im Augenblick die Rolle des willkommenen Gastes – sie nahmen die Kopfbedeckungen ab, behielten die Waffen aber im Arm. Die Volyendestaner betrachteten bestürzt diese kleinen, eher plumpen Wesen in den Fellen mit den runden, glatten, kahlen, gelben Köpfen – sie rasierten sich – und glatten, runden, gelblichen Gesichtern mit kleinen, schwarzen, schrägstehenden Augen ohne Wimpern oder Brauen: Glatte, dunkle, behaarte Tiere mit larvenähnlichen Gesichtern – und alle sahen gleich aus! Obwohl man die Volyendestaner darauf vorbereitet hatte, obwohl sie durch die Sklaven von S 181 eine solche Gleichförmigkeit kannten, vermochten sie es nicht zu fassen. Sie fühlten sich unbehaglich und wußten nicht, wohin sie blicken sollten. Dann sahen sie sich voll Erleichterung und Dankbarkeit gegenseitig an. Sie beruhigten ihre Augen und ihren Verstand mit der eigenen unendlichen Vielfalt, mit blonden und braunen, roten, silbernen und schwarzen Haaren, mit weißer, cremiger und grauer, rosa, gelber, brauner und schwarzer Haut. Sie konnten gar nicht genug davon bekommen, sich gegenseitig anzusehen und über den unendlichen Reichtum an Gestalt, Größe und Beschaffenheit zu staunen, überrascht und verwundert festzustellen, *was* sie waren. Dann richteten sich ihre Blicke wieder auf die Fremden, die inzwischen ihre enganliegenden, glatten Pelzanzüge ausgezogen hatten und sich ihnen als rundliche, kräftige, glatte, gelbliche Menschen darboten mit rundlichen, schlitzäugigen, gelblichen Gesichtern. Alle waren sie gleich! Alle, alle völlig gleich! Es mochte kleine Unterschiede in Größe und

Körperumfang geben, und wenn man in ihren Gesichtern prüfend nach persönlichen Merkmalen suchte, nach einer leichten Abweichung in der Form eines Mundes, einer Nase, dann konnte man tatsächlich geringfügige Unterschiede entdecken.

Volyendesta war noch nie zuvor so geeint gewesen; und diese Einigkeit entstand aus der richtigen Einschätzung ihrer selbst und ihres reichen Erbes.

Währenddessen fanden Festlichkeiten statt und wurden Reden gehalten. Als die Makens müde wurden, brachte man sie in neu errichtete Kasernen, die umsichtig so geplant waren, daß die Soldaten mit ihren Tieren dort Platz fanden. Die Futterbeschaffung für die Tiere hatte sich jedoch als problematisch erwiesen; das führte sofort zu Gesprächen – Ormarin schlug sie vor; der große, kräftige, vertrauenerweckende, vernünftige Ormarin schien überall zu sein –, wie man Makens Bedürfnisse erfüllen könnte, von denen man auf diesem Planeten schon lange gehört hatte, und die die Volyendestaner aus dem Gefühl der Sympathie heraus, das ein kolonisierter Planet für einen anderen empfinden muß, mit neuen Tierarten, Vögeln und Insekten nur zu gerne erfüllen würden.

Die Makens wußten nicht, was sie davon halten sollten. Sie gehören nicht zu den intelligentesten, scharfsinnigen, geistig beweglichen Völkern. Sie hatten sich auf einen heftigen, unerfreulichen Eroberungskrieg eingerichtet, in dem sie siegen wollten, und dann… Ja, was dann? Auf Slovin waren sie als Alliierte gelandet und hatten dann die Macht an sich gerissen. Auch dort hatten sie nicht gekämpft. Im stillen sehnten sie sich nach Krieg und wollten sehen, ob ihre furchterregende Erscheinung – und mittlerweile wußten sie darum – tatsächlich die Gegner lähmen würde. Aber nun hatten sie wieder kampflos einen Planeten erobert. Aber was nun? Die Makens fühlten sich in jeder Hinsicht als Gäste so unbehaglich wie ihre »Gastgeber«. Sie verbrachten jede

Minute bei ihren Tieren. Sie wachten neben ihren Freunden auf, umarmten sie, leckten und küßten sie, wurden von ihnen geleckt und geküßt, dann schwangen sie sich auf den Rücken der Tiere und jagten durch die Luft, bis genug Vögel gefangen und verzehrt (im Flug) worden waren, um den Pipisaurus zu sättigen. Oder sie rannten, hüpften und sprangen mit ihren großen krallenbewehrten Füßen über den Boden, bis die starken Schnäbel genügend Insekten aufgespießt hatten (Insekten, die auf Maken oft die Größe eines ihrer kleinen Kinder erreichten), um ihren Hunger zu stillen. Danach verbrachten sie den Tag meist in der Luft: Dort fanden alle möglichen Spiele, Turniere und Wettkämpfe statt. Wieder auf dem Boden, gab es neue Wettrennen und sportlichen Zeitvertreib. Zweimal täglich nahmen die Soldaten eine kleine Mahlzeit zu sich, die manchmal aus einem Trunk von den Drüsen des Tieres bestand oder manchmal auf dem Rücken des Pipisaurus verzehrt wurde.

Auf Volyendesta unternahmen sie halbherzige Versuche, wie auf Maken zu leben. Aber es war nicht dasselbe. Zum einen war die Atmosphäre anders, und die Makens wurden deshalb lethargisch. Zum andern genossen die Makens zwar die Vorstellung, daß sie für andere Planeten furchteinflößende Wesen waren – doch sie kamen sich selbst nicht furchteinflößend vor –, aber jetzt wurden sie verlegen, wenn so viele Volyendestaner ihnen zusahen und sie anstarrten, wenn sie versuchten, sich zu vergnügen. Ja richtig, nicht ängstlich, nein, vielmehr, als wirkten sie, die Makens, irgendwie abstoßend oder unangenehm. Drittens empfanden die Makens für die Volyendestaner genau das gleiche wie die Volyendestaner für sie: Anfangs konnten sie es nicht fassen, und dann konnten sie sich an die zahllosen Menschen nicht gewöhnen, die sich alle voneinander unterschieden. War daran nicht etwas Befremdliches … nein, Unerfreuliches, sogar *Falsches*? Wie konnte es unter Leuten ein Zusammengehörigkeitsgefühl, echte Gemeinsamkeit geben, die, wenn sie sich ansahen, etwas erblickten, das sich so sehr von ihnen unterschied! Sicher mußten sie immer Spiegel bei sich tragen, um sich immer wieder zu versichern, daß ihre eigene Erscheinung ebensogut, wertvoll und *richtig* war wie das, was sich täglich im Umgang mit den anderen ihren Blicken bot? Es mußte schrecklich sein, dachten die Makens, zu einem Planeten zu gehören, der so beschaffen war, daß es keine angenehmen, selbstverständlichen, *natürlichen* und *richtigen* äußerlichen Ähnlichkeiten gab. Es mußte schrecklich sein, sich immer Unterschieden anzupassen, anstatt sich behaglich auf das Wissen zu stützen, daß jeder wie der andere war. Manche Makens schlichen sich sogar in die Lager der Sklaven, um sich durch den Anblick einer großen Menge von Leuten zu beruhigen, die alle gleich aussahen. Und dann beschäftigte sie die Frage, wieso diese beruhigenden, richtigen Leute in Lagern als Sklaven gehalten wurden, als seien sie etwas Schlechteres als die so übertrieben unterschiedlichen und ungleichartigen Volyendestaner.

Danach gefragt, erwiderte Ormarin, so sei es nicht! Diese Leute seien nicht länger Sklaven, nachdem Volyen abgezogen war, nachdem der sirianische Mutterplanet … »Ja, ja, wir wissen, ihr habt den Mantel der Tugend geerbt! Aber Sirius brachte diese Sklaven hierher. Es war nicht unsere Idee – nachdem wir uns wieder auf uns besinnen und unabhängig sind, dulden wir keine Sklaverei mehr.«

Nach dieser Information, daß der – doch sicher? – besiegte Planet Volyendesta sich für unabhängig hielt, baten die Eroberer wiederum Maken um Anweisungen. Sie erhielten den Befehl, sie sollten eine Besatzungstruppe aufstellen, alle Arten befreien, die vielleicht von Nutzen sein konnten, und nach Hause zurückkehren. Nur allzugern führten die Truppen diesen Befehl aus. Es gab Reden, Feiern, selbst ein paar Umarmungen. Nicht alle Volyendestaner fanden alle Makens abstoßend. Zum genetischen Erbgut des Planeten würde bald ein Schuß makenisches Blut gehören; und das war ein erfreulicher Gedanke für sie alle, und noch erfreulicher, nachdem sie gelernt hatten, wie traurig es ist, wenn die Menschen eines Planeten alle gleich aussehen.

Die Raumschiffe kamen und schwebten überall am Himmel von Volyendesta. Die Makens zogen ihre Pelzanzüge an, setzten ihre schnabelbewehrten Helme auf, schwangen sich auf den Rücken ihrer Tiere, und wieder füllten die schrecklichen doppelköpfigen Wesen den Himmel; ihre klatschenden Flügel ließen die Luft rauschen, vibrieren und dröhnen, daß es in den Ohren schmerzte. In Formationen von jeweils hundert flogen sie zu ihren Raumschiffen hinauf; und man konnte sehen, wie ein kleiner schwarzer Punkt nach dem anderen durch die schwarzen Luken im Bauch der Raumfähren verschwand. Und dann verschwanden die Raumschiffe, und der Himmel von Volyendesta war wieder leer.

Die »Besatzungstruppen« waren keineswegs darüber erfreut, auf diesem polyglotten, überfreundlichen, schwierigen, kleinen Planeten zurückgelassen zu werden. Doch sie schufen sich bald angenehme Lebensbedingungen. Sie schliefen und aßen mit (von) ihren Tieren, vertrieben sich auch weiterhin die Zeit mit Sport, Spiel und Wettkämpfen; und bald fanden sie das Leben hier gar nicht so schlecht. Ja, vielleicht war es tatsächlich eine Art Beschränktheit gewesen, nur Leuten zu begegnen, die genauso aussahen wie man selbst; vielleicht war es gar nicht so richtig, immer Teil einer Symbiose mit dem Pipisaurus zu sein.

Sehr bald vergaß Maken Volyendesta mehr oder weniger. Die Makens auf Volyendesta hörten auf, Makens zu sein.

Die Straßen, die Raumflughäfen, die Einrichtungen, die Sirius für seinen Nutzen geschaffen hatte, machten Volyendesta reich und wohlhabend. Von den vier Planeten, die Volyen kolonisiert hatte, erlebte dieser Planet die längste Zeit des Friedens, der Unabhängigkeit und des Wohlstands, ehe – wie es immer in dieser Phase der galaktischen Geschichte geschehen ist – ein stärkerer Planet der Unabhängigkeit ein Ende bereitete. Aber das ist nicht Teil dieser Geschichte.

Klorathy im Raumschiff
unterwegs nach Shammat,
an Johor.

Leider war ich im Hinblick auf den armen Incent zu optimistisch, denn er hat einen Rückfall erlitten. Überzeugt, daß es seine Mission ist, Krolgul zu reformieren, ist er…